D1924651

Das Java Codebook

Mark Donnermeyer, Benjamin Rusch, Dirk Brodersen,
Marcus Wiederstein, Marco Skulschus

Das Java Codebook

ADDISON-WESLEY

An imprint of Pearson Education

München • Boston • San Francisco • Harlow, England
Don Mills, Ontario • Sydney • Mexico City
Madrid • Amsterdam

Bibliografische Information Der Deutschen Bibliothek

Die Deutsche Bibliothek verzeichnet diese Publikation in der Deutschen Nationalbibliografie; detaillierte bibliografische Daten sind im Internet über <http://dnb.ddb.de> abrufbar.

Die Informationen in diesem Produkt werden ohne Rücksicht auf einen eventuellen Patentschutz veröffentlicht. Waren werden ohne Gewährleistung der freien Verwendbarkeit benutzt. Bei der Zusammenstellung von Texten und Abbildung wurde mit größter Sorgfalt vorgegangen. Trotzdem können Fehler nicht vollständig ausgeschlossen werden. Verlag, Her geber und Autoren können für fehlerhafte Angaben und deren Folgen weder eine juristische Verantwortung noch irgen Haftung übernehmen.
Für Verbesserungsvorschläge und Hinweise auf Fehler sind Verlag und Herausgeber dankbar.

Alle Rechte vorbehalten, auch die der fotomechanischen Wiedergabe und der Speicherung in elektronischen Medien. D gewerbliche Nutzung der in diesem Produkt gezeigten Modelle und Arbeiten ist nicht zulässig.

Falls alle Hardware- und Softwarebezeichnungen, die in diesem Buch erwähnt werden, sind gleichzeitig auch eingetrage Warenzeichen oder sollten als solche betrachtet werden.

Umwelthinweis:
Dieses Buch wurde auf chlorfrei gebleichtem Papier gedruckt.

10 9 8 7 6 5 4 3 2 1
05 04 03

ISBN 3-8273-2059-3

© 2003 by Addison-Wesley Verlag,
ein Imprint der Pearson Education Deutschland GmbH,
Martin-Kollar-Straße 10–12, D-81829 München/Germany
Alle Rechte vorbehalten

Korrektorat: Simone Meißner, Fürstenfeldbruck
Lektorat: Frank Eller, feller@pearson.de
Herstellung: Elisabeth Egger, eegger@pearson.de
Satz: reemers publishing services gmbh, Krefeld
Umschlaggestaltung: Marco Lindenbeck, mlindenbeck@webwo.de
Druck und Verarbeitung: Bercker, Kevelaer

Printed in Germany

Inhaltsverzeichnis

TEIL I
Einführung

Vorwort

Über die Autoren

Ein solches Projekt kann vermutlich nur in Teamarbeit entstehen. Unser Team besteht aus fünf Programmierern aus dem Ruhrgebiet und Berlin, die jeweils im Rahmen ihrer eigenen Firma als Entwickler und Berater für Unternehmen und Organisationen Java einsetzen.

- Mark Donnermeyer studierte Elektrotechnik mit Nebenfach Informatik an der Ruhr-Universität Bochum. Sein »Erstkontakt« mit Java datiert auf das Frühjahr 1995, als SUN die erste Alpha-Version des JDK zum öffentlichen Download bereitstellte. Seit dieser Zeit lässt ihn der Java-Bazillus nicht mehr los und er konnte sein Wissen über die Sprache im Rahmen von Tätigkeiten als Software-Entwickler und Projektleiter in verschiedenen Unternehmen stetig anwenden und erweitern. Seit 2002 ist er Geschäftsführer der Firma DE-Consulting (www.de-consulting.de), die sich hauptsächlich mit der Beratung und Software-Entwicklung im Bereich Java und Oracle beschäftigt.
- Dipl.-Physiker Benjamin Rusch ist am 8.5.1972 in Stuttgart geboren. Er studierte Physik an der Universität Karlsruhe. Zwischen 1998 und 2000 war Benjamin Rusch als freiberuflicher Dozent mit den Themenschwerpunkten Java und XML tätig. Im Jahr 2000 gründete er zusammen mit Christoph Leinemann die Comelio GmbH. In der Zeit zwischen 2000 und 2002 verantwortete er als Geschäftsführer den Bereich der Fort- und Weiterbildung. Anfang 2003 verkauft er die Comelio GmbH an die Semecon und arbeitet seitdem bei der Loyalty Partner GmbH.
- Dirk Brodersen studierte Elektrotechnik mit Nebenfach Informatik an der Ruhr-Universität Bochum. Seit seiner Studienarbeit ist Java seine bevorzugte Programmiersprache. Er hat ab 1998 als Entwickler und Projektleiter hauptsächlich im Bereich Inter/-Intranet-Applikationen, Content Management Systeme und Relationale Datenbanken gearbeitet. Seit 2003 arbeitet er als Software-Ingenieur bei Voßiek & Partner, einer Unternehmensberatung in Bochum.
- Marcus Wiederstein arbeitet für die Comelio GmbH (www.comelio.com) als Berater und Programmierer im Bereich der datenbankgestützten Weboberflächen. Zudem betreut er den Bereich Seminare, wobei er auch selbst Programmierseminare hält. Er studierte Elektrotechnik an der Universität Dortmund mit Schwerpunkt Ingenieurinformatik. Neben seiner Tätigkeit als Entwickler und

Dozent hat er verschiedene Bücher veröffentlicht, in denen er sein Wissen an Fachkollegen weitergibt.

- Marco Skulschus arbeitete für die Comelio GmbH (www.comelio.com) als Berater und Programmierer im Bereich der datenbankgestützten Weboberflächen. Er studierte Ökonomie mit Schwerpunkt Wirtschaftsinformatik in Paris und Wuppertal, wo er sich zum Ende seines Studiums immer mehr mit XML-Technologien im Zusammenhang mit der Analyse von Unternehmenswissen beschäftigte. Neben seiner Tätigkeit als Entwickler führt er auch Seminare durch und hat verschiedene Bücher veröffentlicht, in denen er sein Wissen an Fachkollegen weitergibt.

Wozu ein Codebook?

Vielleicht haben Sie sich auch schon einmal gefragt, ob die Zahl derjenigen, die sich privat oder beruflich mit Java beschäftigen, sich noch im Hunderttausender-Bereich befindet, schon die Millionen-Grenzen überschritten oder sogar im Millionen-Spektrum eine zweistellige Zahl erreicht hat, bald überwinden wird oder mit Lässigkeit übersprungen hat. Genauer ließe sich jedenfalls die Zahl der Java-Publikationen bestimmen, indem man ganz einfach beim nächsten Besuch seiner favorisierten Buchhandlung im EDV-Bereich die Büchermenge kurz zusammenzählt und mit einem geeignet erscheinenden Multiplikator auf die vermutlich tatsächlich erhältliche Menge Bücher schließt. Alternativ könnte man sich von der Buchverkäuferin beraten lassen oder – weniger persönlich – in das Textfeld eines Internet-Buchladens den Suchbegriff »Java« eingeben und für Länder, Ländergruppen und Kontinente (über die Weltgrenzen hinaus dürfte Java nun doch noch nicht gelangt sein) auszählen lassen, um wie viele Regalmeter der oben erwähnte favorisierte Offline-Buchladen seinen EDV-Bereich, wenn nicht seinen gesamten Laden, erweitern müsste, um wenigstens ein Exemplar jedes Werks vorrätig zu haben. Zur Kalkulation der Regalmeter könnte man nebenbei ein kleines Programm entwickeln, das anhand der Seitenzahl und einer durchschnittlichen Papier- und Umschlagsbreite unter Berücksichtigung der zufällig verteilten Verwendung von hauchdünnen Plastikfolie, die Gesamtlänge in Metern auf bspw. drei Regalebenen verteilt und zum Schluss nicht nur diese Gesamtmeter, sondern auch die Regalbreite bzgl. der Ebenen ausspuckt.

Vor diesem Hintergrund stellt sich anscheinend notwendigerweise die Frage, wozu sich fünf Programmierer an die Arbeit setzen, ein weiteres Werk zu schreiben, und hoffen, dass es nicht nur seine Leser findet, sondern dass die Leser auch wertvolle Hinweise, Tipps, Tricks und eine Quelle der Labsal im Buch selbst finden werden. Ein Codebook möchte und soll kein Lehrbuch sein, in dem ausgehend von der Variablendeklaration Funktionen, Klassen und Beispielanwendungen vorgestellt werden.

Vielmehr soll es dem Java-Kundigen wie dem Java-Novizen nach der Lektüre einer geeigneten Auswahl der anderen Bücher weitergehende Hilfestellungen bei konkreten Problemen liefern. Im Idealfall treten also Menschen aus dem Spektrum wie Kunden, Kollegen oder Ihre Kinder an Sie heran und verlangen die Sterne des Himmels, die Quadrierung des Kreises und die Vermessung des Bermuda-Dreiecks und Sie finden entweder exakt das richtige Rezept oder eine gute Annäherung, womit Sie dann das Unmögliche wahr werden lassen können. Damit ist also die Sprache heraus und das Salz in der Suppe: In diesem Codebook finden Sie zu einer – nach unserem Geschmack – ausgewogenen Themenauswahl umsetzbare Lösungen zu Problemen, die wir alleine oder im Team in den letzten Jahren ausgeknobelt haben.

Diesem Buch schwebt als typischer Leser jemand vor, der bereits seine ersten Erfahrungen mit Java gesammelt hat, der also die oben erwähnte Literatur verschlungen und auch schon so weit verdaut hat, dass er eigene Projekte ausführen möchte und auf typische Schwierigkeiten stößt, wie gewisse Situationen manchmal elegant oder auch nur pragmatisch entwirrt werden. Eine Obergrenze an Themen und an Rezepten musste selbstverständlich ebenso pragmatisch und wenig elegant festgelegt werden, damit nach einer ersten auch eine letzte Seite folgen und das Buch gedruckt werden konnte. Um zusätzlich mit dem Reichtum an Einsatzmöglichkeiten, Funktionen, Paketen, Konzepten und Technologien umgehen zu können, finden Sie für einige Rezepte weitergehende Hinweise und zu Beginn von komplexen Rezepten auch kurze allgemeine Hinweise. So hoffen wir, dass Sie sich auch von den Rezepten, die Sie gerade nicht für ein aktuelles Problem bzw. eine aktuelle Herausforderung benötigen, angesprochen fühlen und vielleicht Anregungen finden, welche kleinen Teufeleien und Tricksereien – die Grenzen dürften fließend sein – mit Java möglich sind.

Einführung

Aufbau des Buches

Wenn dieses Buch auch ein Nachschlagewerk darstellt und daher innerhalb der einzelnen Rezeptkategorien keine hierarchische Strukturierung vorgenommen wurde, die z. B. von einfachen nach schwierigen Rezepten führen könnte, sind die einzelnen Kategorien dennoch mit steigendem Schwierigkeitsgrad arrangiert. In diesem überschaubaren Gebiet reihen sich die variantenreichen Verfahren zur Erstellung von Objekten, einer Java-Umgebung und eben häufig einzusetzende APIs aneinander und decken unserer Hoffnung nach umfassend alles Wesentliche ab. Natürlich kann man in einem solchen Buch nicht alle nur vorstellbaren Rezepte für Java finden, aber wir sind der Meinung eine Auswahl der wesentlichen Themen gefunden zu haben. Alle Kategorien beschäftigen sich dann in steigender Schwierigkeit mit den Themen Oberflächengestaltung, Multimedia, IO, Datenstrukturen, Datenbank-Anbindung, XML und Web. Zum Schluss finden Sie die verschiedenen Konzepte und Ideen zusammengefasst, die nicht so recht in eine bestimmte Kategorie passen wollen. Aus dem Buch entfernen wollten wir diese Zutaten allerdings ebenso wenig, sodass die einfachste Lösung darin bestand, sie in ein Sammelsurium einzuordnen.

Wenn Sie Rezepte direkt mit den beliebten chinesischen Zauberformeln [Strg]+[C] & [Strg]+[V] weiterverwenden wollen, finden Sie sämtliche Zutaten und Gewürze auf der Buch-CD.

Über Java

Java ist eine sehr umfassende, objektorientierte Sprache, die sich einen enormen Stellenwert erarbeitet hat. Was die Bedeutung von Java angeht, so kann man an dieser Stelle schon sagen, dass diese zunehmen wird. Neben der heutigen Bedeutung als Sprache für Web-basierende Enterprise-Projekte seien hier Palmpilots und Handys genannt, auf denen immer häufiger Java-Unterstützung vorhanden ist, so dass mit einer einheitlichen Programmierumgebung viele Geräte bedient werden können.

Ursprünglich waren es kleinere Applets, wie z. B. Chatprogramme und Spiele, die Java bekannt gemacht haben. Innerhalb einer selbst für den IT-Bereich sehr kurzen Zeit wurden weitere Anwendungsgebiete für Java erschlossen, neben den bereits erwähnten Web-Projekten auch Desktop-Applikationen (man denke nur an E-Donkey, sicherlich eines der meistgenutzten Java-Programme) und neuerdings die mobilen Anwendungen für Handys. Java wurde aufgrund der Zuverlässigkeit und

Sicherheit in vielen Unternehmen eingesetzt. Hierbei baute man auch bei sehr großen Anwendungen mit vielen Mannjahren Entwicklungsaufwand erfolgreich auf Java.

Ein weiterer Punkt, der fast schon beweist, dass Java auf jeden Fall von der Bedeutung her nicht nachlässt, ist der finanzielle Aufwand, mit dem die großen Projekte verbunden sind. Gerade die finanzielle Situation der letzten Jahre begünstig nicht gerade den Umstieg auf zum Beispiel .NET, der einige Firmen sehr teuer zu stehen käme.

Sollte es zwischenzeitlich noch gelingen, komplette Programme für allgemeine Anwendungen wie Text- oder Grafikverarbeitung, Buchhaltung oder Warenwirtschaft so zu entwickeln, wie es mit C++ möglich ist, dürfte sich der Einsatz in komplexen Bereichen noch verstärken. Dies könnte gerade für Unternehmen, die eine starke Internet-Ausrichtung besitzen, für eine Integration und ein einfacheres Schnittstellenmanagement verschiedener Anwendungen und Tätigkeitskreise hoch interessant sein. Je komplexer, kostspieliger und bedeutsamer Anwendungen werden, desto bedeutender und unverzichtbarer wird die Technologie, mit der diese Anwendungen erstellt wurden. Während ein Chat-Applet leicht durch eine andere Technik zu ersetzen ist, ist dies bei Programmen, die auf eine Unternehmensdatenbank zugreifen, Texte verarbeiten, Suchalgorithmen organisieren oder Buchungen entgegennehmen, nur noch schwer und unter hohen Kosten möglich, die einer doppelten Entwicklung gleich kommen. Wie auch Cobol-Programme weiterhin gepflegt werden, obschon nur noch wenige junge Menschen diese Programmiersprache lernen, kann man durch eine einfache Fortschreibung der bisherigen Java-Einsatzfelder bereits sehen, dass hier ein zukunftstaugliches Konzept bereitsteht.

Im Wesentlichen wurden beim Entwurf der Programmiersprache Java folgende Kriterien zugrunde gelegt:

- Java wurde von Grund auf neu entworfen. Es beinhaltet bewährte Konzepte anderer Programmiersprachen, wobei explizit auf fehleranfällige und unnötig komplexe Bestandteile verzichtet wurde.
- Anwendungsgebiete sollen moderne vernetzte Systeme sein.
- Java sollte einfach sein und somit möglichst wenig grundlegende Sprachkonstrukte enthalten.
- Java sollte komplett objektorientiert ausgelegt sein. Außer wenigen Grunddatentypen für Zahlen, Zeichen und Wahrheitswerten sind alle Daten als Objekte vorgesehen.

- Java sollte verteilt sein. Das bedeutet, dass Java Programmierschnittstellen für die Datenkommunikation im Internet (Socket-Kommunikation über TCP/IP) enthält.
- Java sollte sehr robust sein. Dafür gibt es strenge Regeln zur Einhaltung der Konsistenz von Datentypen. Es ist kein direkter Zugriff auf den Speicher vorgesehen.
- Java sollte sicher sein. Dieses Merkmal ist besonders interessant, da die Programme für verteilte Anwendungen im Internet einsetzbar sein sollen. Neben dem fehlenden direkten Speicherzugriff gibt es Mechanismen wie den `SecurityManager`, mit denen der Zugriff auf Systemressourcen für Programme eingeschränkt werden kann.
- Java sollte architekturneutral sein. Ein einmal erstelltes und übersetztes Java-Programm kann auf jedem Rechner ausgeführt werden, auf dem ein Java-Laufzeitsystem vorhanden ist. Dabei spielt das bevorzugte Betriebssystem keine Rolle.

Die Geschichte von Java

Mitte der 90er Jahre hatte SUN eine schwierige Zeit zu überbrücken. Das amerikanische Softwareunternehmen hatte Produkte, die für Anwender und Entwickler nicht mehr konkurrenzfähig zu anderen Produkten waren oder zumindest nach außen hin so schienen.

Man wollte mit einem neuen zukunftstauglichen Produkt den Markt erobern. Das Konzept dazu sollte gleichermaßen leistungsfähig wie einfach sein. Das Unternehmen sollte damit seine Position auf dem Markt behaupten können. Bis hierhin waren das bei Sun alles Strategiegespräche, man wusste es nicht so genau.

Die Rettung fand sich wie immer durch einen Zufall. Als ein junger Programmierer die Firma aufgrund der Gerüchteküche über große Schwierigkeiten verlassen wollte, änderte sich durch seine Begründung vieles bei SUN.

Es fing danach mit einer kleinen Programmiersprache an, die kleine Haushaltsgeräte einfach und plattformunabhängig (es soll mehr Toaster-Firmen als Betriebssystemhersteller geben) über ein spezielles portables Endgerät steuern sollten. Man erkennt hier durchaus bereits die Grundstruktur und Zielsetzung des später entwickelten Java.

Aus Star Seven, wie das geplante endgültige Produkt heißen sollte und für das bereits eine eigene Firma für Produkte und Vertrieb gegründet worden war, blieb nichts aus einer Akte und Berge von Endlospapier.

Das steigende Interesse und die Faszination des WWW legten den Gedanken nahe, dass die Programmiersprache Oak, welche ursprünglich für die plattformunabhängige Heimelektroniksteuerung eingesetzt werden sollte, in einer geeigneten Variante auch für interaktive Internetseiten bedeutsam und einsetzbar sein könnte. Wie bei den anvisierten Hausgeräten war die Technologielandschaft, von deren Bergen man in die Wolken des Internets schaute, so aufgebrochen, dass sich am Horizont deutlich die Schwierigkeit abzeichnete, wie man für komplexe Inhalte, die mehr als nur einfachen Fließtext enthalten, und sogar eigene kleine Programme eine Technik benutzen konnte, die in allen Umgebungen gleich gut arbeitete. Oak wurden dann später aus markenschutzrechtlichen Gründen, Diskussionen und Gerichtsverhandlungen in HotJava bzw. in Java umbenannt.

Der entscheidende Durchbruch für den Einsatz von Java stellte dann die Integration in den damals sehr erfolgreichen Netscape-Browser dar, welcher in seiner zweiten Version zusammen mit einer lauffähigen Java-Umgebung ausgerüstet wurde. Damit konnten die damals bereits existierenden Applets in einer einfachen HTML-Seite eingebunden, im Netz übertragen und dann im Benutzerbrowser gestartet werden. Für die Entwicklung von Java-Programmen bzw. Applets stellte dann die von SUN gegründete Firma JavaSoft die erste Version des JDK (Java Development Kit) bereit, der heute in der Version 1.4 vorliegt und auf den dieses Buch auch mit Programmbeispielen ausführlich eingeht. Zur Unterstützung konnten sich interessierte Benutzer bzw. zukünftige Java-Programmierer kostenlos Beispielapplets herunterladen und sich von den Einsatzfällen der Sprache überzeugen. Java konnte sich in den folgenden Jahren durch strategische Verbindungen mit solchen Firmen wie Oracle, Lotus und Borland immer mehr Raum verschaffen. Die folgenden Versionen bereicherten den Sprachschatz um eine Vielzahl
an wichtigen Klassen und Konzepten wie z.B. die Integration von Multimedia, Oberflächenprogrammierung und den für den Einsatz im Unternehmensbereich enorm wichtigen JDBC-Treiber, der Datenbankschnittstellen zu kleinen wie großen Datenbanksystemen ermöglichte. Damit verlor Java auch komplett seinen anfänglich noch eher spielzeughaften Charakter, der durch die ersten Applets hervorgerufen worden war.

Die virtuelle Maschine

Auf den ersten Blick ist Java eine Programmiersprache wie alle anderen Programmiersprachen auch. Im Hintergrund ist allerdings doch einiges anders organisiert, als dies zum Beispiel in C++ der Fall ist. So erzeugen normalerweise Übersetzungsprogramme (Compiler) durch den Kompiliervorgang aus dem vom Programmierer erstellten Quellcode Maschinencode. Der Maschinencode ist dann ausgelegt für eine spezielle Plattform, läuft also auf einem bestimmten Betriebssystem.

Hier ist bei Java eine völlig andere Lösung gefunden worden. Der Java-Compiler erzeugt einen Zwischencode, den Bytecode, der in einer speziellen Ausführungsumgebung, der so genannten virtuellen Maschine, ausgeführt wird. Diese virtuelle Maschine stellt quasi einen Prozessor dar, der von dem jeweiligen Betriebssystem abstrahiert und eine einheitliche Umgebung für die Ausführung eines Java-Programms garantiert.

Einen Nachteil hat die Ausführung von Bytecode zur Laufzeit jedoch: Der Code muss wie bei jeder interpretierten Sprache stets neu übersetzt werden, so dass zur Ausführungszeit des Programms noch die Übersetzungszeit hinzukommt. Seit der Einführung der so genannten Just-In-Time-Compiler (JIT) wird dieser Übersetzungsvorgang nur noch einmal beim ersten Aufruf eines Programms bzw. eines Programmbestandteils ausgeführt. Der dabei erzeugte Maschinencode wird zwischengespeichert, so dass alle nachfolgenden Aufrufe wesentlich schneller ablaufen. Dadurch wurde die Ausführungszeit von Java-Programmen um ein Vielfaches beschleunigt, so dass die meisten Performance-Probleme, die früher durchaus zu beobachten waren, der Vergangenheit angehören.

Mögliche Einsatzbereiche

Jeder Programmierer entwickelt auf der Grundlage seiner persönlichen und privaten Interessen, die meist schon vor der ersten Programmiererfahrung bestanden, seine eigene Rangfolge an wichtigen und bedeutsamen Einsatzgebieten der einen oder anderen Programmiersprache. Daher ist der folgende Abschnitt natürlich nicht zu verallgemeinern, wenn wir auch meinen, dass er die großen und entscheidenden Anwendungsmöglichkeiten beschreibt und die Kernpunkte herauskristallisiert, die Java von anderen Werkzeugen unterscheiden oder die es in guter – wenn nicht besserer – Weise bereitstellt.

- Datenbank-Anwendungen
- Netzwerkprogrammierung
- Multimedia
- Grafikprogrammierung
- XML
- Dynamische Webseiten
- Unternehmensweite Portale

Java wurde vollständig neu entworfen und man versuchte sich so weit wie möglich an die Syntax von C zu halten. Laut SUN sollte Java eine einfache, objektorientierte, verteilte, robuste, sichere, architekturneutrale, portable, performante, nebenläufige und dynamische Programmiersprache werden. Der Erfolg von Java hängt damit zusammen, dass die Entwickler diesem Anspruch durchaus genügt haben. Java hat nicht alle Features von C++ realisiert, wodurch aber kein größerer Nachteil entstanden ist. Die Sprache wurde dadurch übersichtlich, ohne aber an Möglichkeiten einzubüßen. Java ist durchaus für Großprojekte und anspruchsvolle Aufgaben geeignet, und das (fast) ohne Einschränkungen.

Anfänglich beruhte der enorme Erfolg von Java sicherlich auf der Affinität zum Internet. Mit Hilfe von Java können Programme in Form von Applets (und seit Java 1.3 mit Hilfe von Java Web Start als eigenständige Programme) über das Web verbreitet und innerhalb eines Browsers ausgeführt werden. Im Übrigen wurde eigens für diesen Zweck die Sprache HTML um das Applet-Tag erweitert. Somit kann man auch kompilierten Code in normalen Webseiten einbinden. Technisch gesehen sind in jedem Java-fähigen Browser ein Java-Interpreter (die virtuelle Java-Maschine) und die Laufzeitbibliothek enthalten. Somit kann ein Applet direkt im Browser interpretiert und ausgeführt werden. Später haben Applets ihre anfängliche Bedeutung verloren, unter anderem auch deshalb, weil die Unterstützung nicht in allen Browsern einheitlich war.

Auch im Bereich der Grafik- und Oberflächenprogrammierung hat Java einiges zu bieten. Viele Anwendungen sind mit Java und der Swing-Bibliothek erstellt, so dass sie ohne Probleme auf verschiedenen Betriebssystemen lauffähig sind. Es gibt zu dem Zweck der Grafikprogrammierung die so genannten Java Foundation Classes, die im Prinzip drei Komponenten beinhalten:

- AWT
- SWING
- Java 2D API

Angefangen hatte alles mit AWT, dem so genannten Abstract Windowing Toolkit. Es bietet elementare Grafik- und Fensterfunktionen auf der Basis der auf der jeweiligen Zielmaschine verfügbaren Fähigkeiten. Will man komplexere grafische Oberflächen programmieren, bietet das neuere Swing Toolset darüber hinaus eine Reihe von Dialogelementen. Mit der Java 2D API stehen diverse Bildverarbeitungs- und ausgefeilte Zeichenroutinen zur Verfügung.

Zur Datenbankanbindung gibt es einen Standard namens JDBC (Java Database Connectivity). JDBC hatte sich von der Idee her an ODBC gehalten, welches eine standardisierte Schnittstelle von Microsoft darstellt, die einheitliche Zugriffe auf Datenbanken ermöglicht. ODBC steht dabei als eine Laufzeitumgebung (odbc.dll) zur Verfügung, wobei sie durch verschiedene Treiber auf die Datenbank zugreifen kann. Zu jedem Datenbanksystem muss also vorab bei ODBC ein Treiber installiert werden. Dies ist bei JDBC ganz ähnlich, auch hier sorgt ein spezifischer Treiber für den standardisierten Zugriff auf die Datenbank, der jedoch nicht per DLL, sondern als Java-Archiv-Datei eingebunden wird. JDBC ist objektorientiert ausgelegt und stellt verschiedene Klassen und Interfaces für den standardisierten Datenbankzugriff zur Verfügung. Im Idealfall ist die verwendete Datenbank einfach austauschbar, wenn der SQL-Standard eingehalten wird.

Nachfolgende Zeichnung soll den Zusammenhang bezüglich der Datenbankanwendungen veranschaulichen:

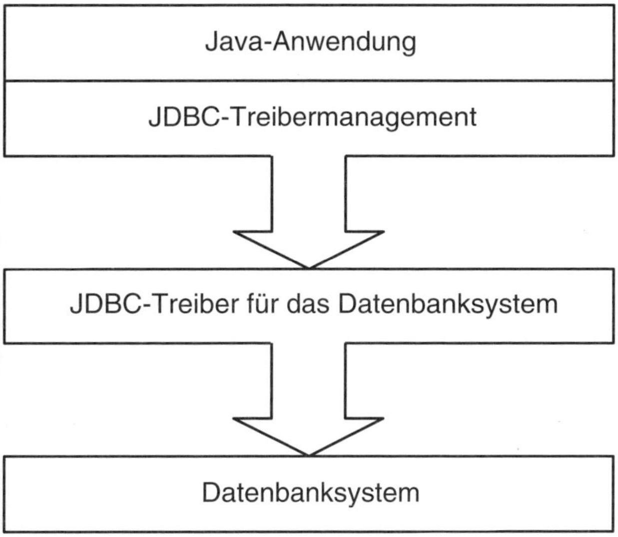

Abbildung 1: Java – JDBC

Alles in allem lässt sich jedoch feststellen, dass Java zumeist in der Webprogrammierung, der serverseitigen Programmierung, bei verteilten Systemen und für den mobilen Bereich eingesetzt wird.

Installation des Java 2 SDK

Wir zeigen Ihnen hier grundsätzlich die Installation anhand eines PCs unter Windows. Das Java 2 SDK unterstützt Microsoft Windows 98 (erste oder zweite Ausgabe), NT 4.0, ME, XP und 2000.

Systemvoraussetzungen:

- Mindestens Pentium 233 MHz oder höher
- Mindestens 64 MB Hauptspeicher

Diese Angaben sind absolute Mindestanforderungen. Da heutzutage Rechner meist eher mit mehr als 2GHz verkauft werden und auch der Hauptspeicher ausreichend dimensioniert ist, sind nur noch sehr alte Systeme von Performance-Problemen betroffen.

Zudem sollten Sie 120 MB freien Festplattenspeicher haben um die Java 2 SDK Software zu installieren.

Wie Sie ja bereits wissen, liegt das Java 2 SDK natürlich für alle anderen gängigen Betriebssysteme vor und kann auch darunter installiert und konfiguriert werden.

Mit der Installation des Java 2 SDK können Javaprogramme erst übersetzt und ausgeführt werden. Zunächst stellt sich dabei die Frage, woher Sie das Java 2 SDK beziehen können. Dies ist grundsätzlich eine leichte Aufgabe, Sie können sich jederzeit die aktuellste Version direkt aus dem Internet laden. Auf der CD zum Buch befindet sich die zum Erscheinungsdatum aktuelle Version des Java 2 SDK. SUN bietet auf der Webseite *http://java.sun.com/j2se/* eine Downloadmöglichkeit für die jeweils neuesten Versionen für Windows, Linux, SPARC/x86. Aufgrund der Größe der Dateien ist inzwischen die Dokumentation von dem eigentlichen SDK getrennt worden. Eine angepasste Version für MacOS X kann bei Apple heruntergeladen werden bzw. wird mit OS X ausgeliefert.

Nun aber zur Installation:

Auf der beigelegten Buch-CD finden Sie unter Software die Datei *j2sdk-1_4_2-windows-i586.exe*, die das Installationsprogramm von Java darstellt. Wenn Sie die nachfolgenden Schritte beachten, installieren Sie die ausführbaren Programme wie zum Beispiel den Compiler und den Interpreter sowie die Bibliotheken und Quellcodes.

1. Starten Sie die ausführbare Datei namens *j2sdk-1_4_2-windows-i586.exe*, dies ist das Installationsprogramm von Java.
2. Die nächsten Schritte sind recht schnell erledigt. So können Sie nach einer kurzen Zeit zunächst auf NEXT klicken um die Installation vorzunehmen.
3. Nun kommt die Einverständniserklärung! Im Wesentlichen unterschreiben Sie hier die Bedingungen für die Benutzung der Software.
4. Im nächsten Schritt geben Sie den Installationspfad an. Hier können Sie die Voreinstellungen übernehmen, oder aber Sie wählen einen anderen Pfad.

5. Jetzt können Sie auswählen, welche einzelnen Komponenten Sie installieren möchten. Dabei gibt es vier Auswahlkästchen:
   - Die Native Interface Header Files stellen einige Schnittstellen zu C zur Verfügung.
   - Bei den Demos handelt es sich zum Beispiel um kleine fertige Beispielapplikationen und Applets. Dabei ist es durchaus sinnvoll, auf kleinere Beispiele und deren Quelltexte zugreifen zu können. Allerdings kann man hier natürlich Festplattenplatz sparen, indem man diese Installation nicht durchführt.
   - Java Sources sind die umfassende Klassenlandschaft unter Java im Quellcode.
   - Java 2 Runtime Environment ist die Laufzeitumgebung. Diese ermöglicht es, Java-Programme auszuführen.
6. Im nächsten Schritt können Sie Ihren bevorzugten Browser einstellen, in dem die aktuelle Version der Laufzeitumgebung installiert werden soll. Wenn der Browser bereits eine andere Laufzeitumgebung mitgeliefert bekommen hat, sollten Sie das Kreuz entfernen.
7. Nun werden alle erforderlichen und ausgewählten Komponenten installiert. Nachher können Sie sich die so genannte *README*-Datei anschauen, indem Sie das Kontrollkästchen entsprechend anklicken.

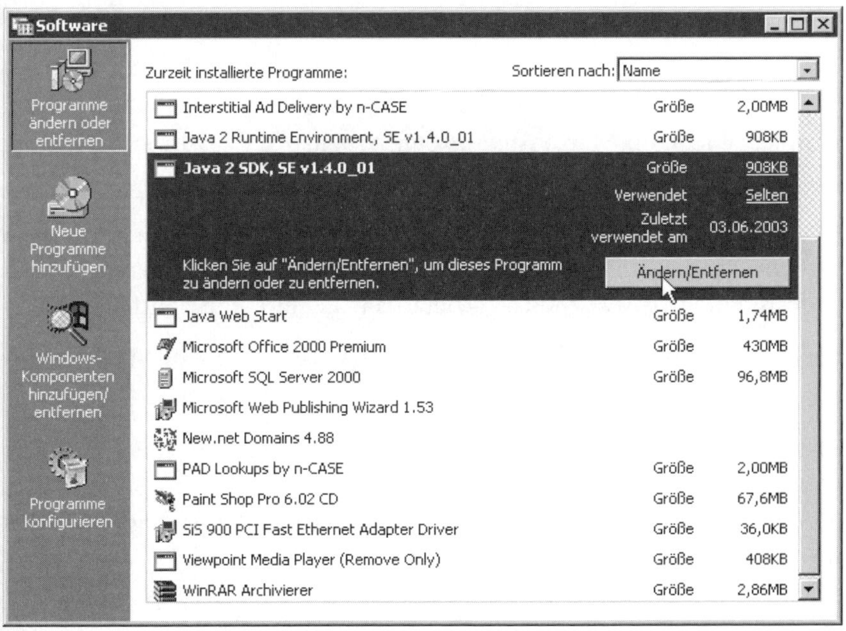

Abbildung 2: Eintrag in Windows

Natürlich kann die Installation unter Windows wieder rückgängig gemacht werden. Das Ganze wird ganz normal in die Windows-Registry eingetragen und besitzt somit auch einen Eintrag in der Softwareliste der Systemsteuerung. Von hier aus können Sie das Java 2 SDK wieder deinstallieren.

Im Übrigen befindet sich die Laufzeitumgebung unter *C:\j2sdk1.4.2*, sofern Sie bei der Installation kein anderes Verzeichnis gewählt haben.

Nun müssen noch ein paar Schritte per Hand vorgenommen werden. Nachfolgend müssen Sie das Verzeichnis *\jdk1.4.2\bin* in den Suchpfad für ausführbare Dateien eintragen. Unter Windows finden Sie diese Einstellung in der *autoexec.bat*-Datei Ihres Betriebssystems.

Um es dort einzutragen können Sie unter der DOS-Eingabeaufforderung Folgendes eingeben:

```
PATH: c:\j2sdk1.4.2\BIN;%PATH%
```

Unter Windows NT, Windows 2000 und schließlich Windows XP können Sie stattdessen einen entsprechenden Eintrag in den Umgebungsparametern der Systemkonfiguration vornehmen.

Die Umgebungsvariable finden Sie beispielsweise bei Windows 2000 unter den Eigenschaften des Arbeitsplatzes.

Gehen Sie nun wie folgt vor:

1. Klicken Sie mit der rechten Maustaste auf den Arbeitsplatz auf Ihrem Desktop. Wählen Sie dann die Registerkarte ERWEITERT.
2. Nun gibt es dort einen Button namens UMGEBUNGSVARIABLEN. Wenn Sie diesen anklicken, finden Sie die Einträge der Umgebungsvariablen. Im unteren Bereich – also im Untermenü SYSTEMVARIABLEN – betätigen Sie nun die Schaltfläche NEU.
3. Vergeben Sie in dem nun auftauchenden Eingabefeld den Namen PATH und für den Wert der Variable `c:\j2sdk1.4.2\BIN;%PATH%`

Für alle Betriebssysteme gibt es entsprechende Informationen zur Installation unter den INSTALLATION NOTES des Java SDKs, es wäre sicherlich nicht im Sinne dieses Buches, wenn wir die Installation für jeden Einzelfall zeigen. Bitte folgen Sie den Installationsanweisungen für die jeweilige Plattform.

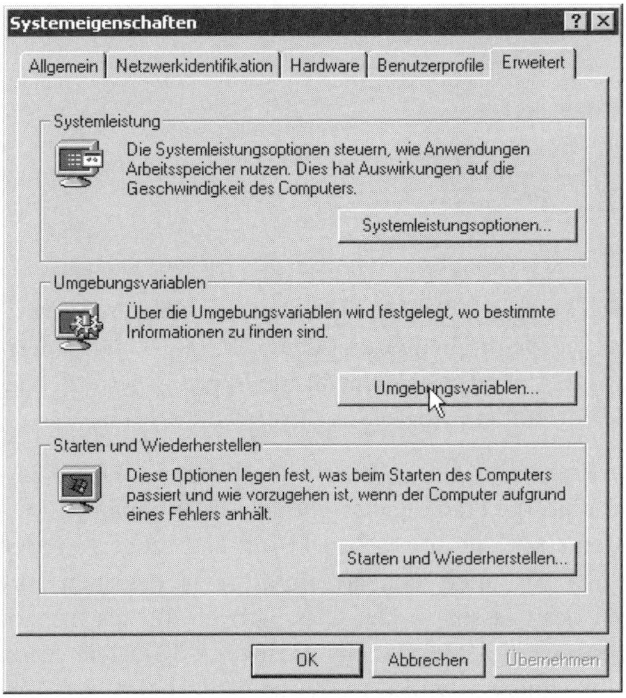

Abbildung 3: Arbeitsplatz

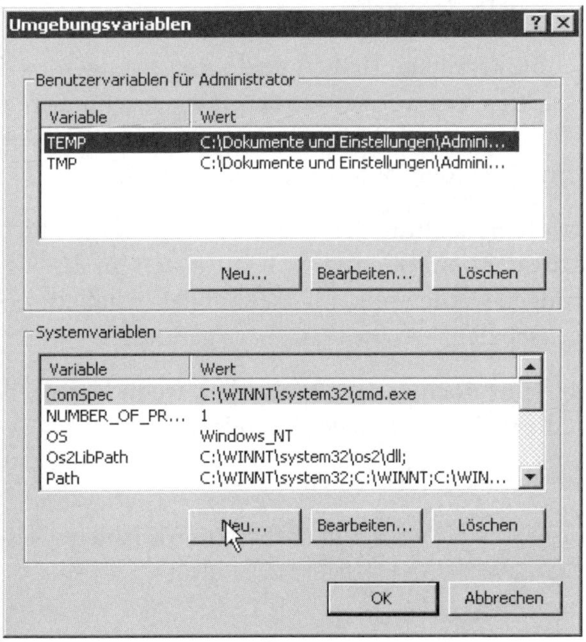

Abbildung 4: Die Umgebungsvariablen

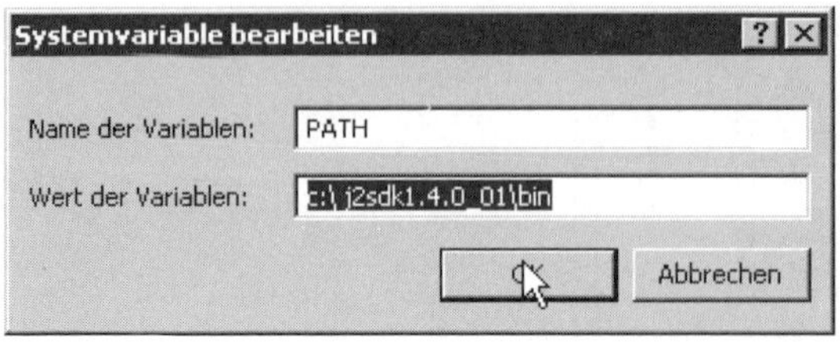

Abbildung 5: Vergeben der PATH-Variablen

In der Vorgängerversion, also der Version 1.1, benötigte man die Umgebungsvariable `CLASSPATH`. Seit dem JDK 1.2 wurde die Bedeutung der `CLASSPATH`-Umgebungsvariable geändert. Die Informationen werden seitdem in die Registry geschrieben. Ist jedoch die `CLASSPATH`-Variable vorhanden, wird sie auch verwendet.

Zunächst stellt sich natürlich die Frage, was diese Variable überhaupt ist. Die `CLASSPATH`-Variable ist eine System-Variable, die Pfadangaben enthält, unter denen die verschiedenen Java-Klassen zu finden sind, die in ein Projekt mit einbezogen werden sollen. Sowohl der Java-Compiler als auch der Java-Interpreter beziehen ihre Informationen aus den Angaben des Classpath. Der Classpath nimmt als Angabe Verzeichnisse (mit enthaltenen Java-Class-Dateien) oder Archive (JAR-Dateien) auf. Wie die `CLASSPATH`-Variable im Einzelnen zu setzen ist, hängt weitgehend vom verwendeten Betriebssystem ab. So wird unter Windows das Semikolon als Trennzeichen zwischen den einzelnen Pfadangaben verwendet und unter Unix / Linux ein Doppelpunkt.

Auch wenn auf den ersten Blick nicht erkennbar, erhalten beide Anweisungen zwei Pfadangaben, die der `CLASSPATH`-Variablen zugewiesen werden. Der abschließende Punkt stellt hierbei die Pfadangabe für das aktuelle Verzeichnis dar. So sind Klassen, die sich im aktuellen Arbeitsverzeichnis befinden, automatisch »sichtbar«.

Seit der Version 1.2 des JDKs wurde die Bedeutung der `CLASSPATH`-Variable deutlich geringer. Sie ist nur noch für die Suche der benutzerspezifischen Klassen im Einsatz. Alle Standard-Pakete und -Erweiterungen werden mit Hilfe der auf das Installationsverzeichnis verweisenden Systemeigenschaft `sun.boot.class.path` gefunden.

Somit braucht die `CLASSPATH`-Variable nur noch gesetzt zu werden, wenn benutzerspezifische Klassen vorhanden sind, die nicht im aktuellen Verzeichnis liegen.

Das Setzen der `CLASSPATH`-Variable erfolgt folgendermaßen:

1. Wie in vorangegangener Anleitung gehen Sie wieder in die System-Variablen. Diesmal setzen Sie dort die Variable: `CLASSPATH=.;C:\ j2sdk1.4.2\LIB\CLASSES.ZIP`

Nun wird es aber Zeit, die Installation einmal zu testen. Falls es nicht auf Anhieb klappt, überprüfen Sie alle Schritte noch einmal genau und starten Sie Ihr Betriebssystem danach neu.

Wenn Sie nicht schon ein fertiges Programm haben, können Sie dazu vorgehen wie folgt:

1. Öffnen Sie dazu die Konsole (Eingabeaufforderung).
2. Geben Sie die beiden Kommandos *java* und *javac* ein. Sie sollten im Anschluss eine Information zur Anwendung der beiden Kommandos erhalten. Geben Sie danach einmal `java-version` ein und es wird Ihnen die Versionsnummer des verwendeten J2dsk ausgegeben.
3. Wechseln Sie in der Konsole bitte einmal in das Verzeichnis: *c:\j2sdk1.4.2\demo\jfc\SimpleExample\src*. Geben Sie nun ein: `javac SimpleExample.java`. Sollten Sie eine Fehlermeldung erhalten, gehen Sie die einzelnen Konfigurationsschritte noch einmal erneut durch und kontrollieren Sie alle Einträge. Normalerweise sollte dieser Befehl die Klasse `SimpleExample` kompilieren. Wenn dies nun einwandfrei geklappt hat, können Sie das Programm auch einfach ausführen, und zwar mit dem Befehl: `java SimpleExample`. Es sollte nun ein kleines Tool aufgerufen werden, bei dem Sie zwischen unterschiedlichen Oberflächenansichten per Optionsmenü hin- und herschalten können.

Kurze Einführung in das SDK 1.4:

Nach der Installation fangen wir an uns ein wenig mit dem SDK 1.4 genauer zu beschäftigen. Zunächst gibt es hier zwei Dinge, die man bei dieser Software beherrschen muss:

1. Den Java-Compiler *javac*
2. Den Java-Interpreter *java*

Des Weiteren werden wir die Vielzahl der Werkzeuge kennen lernen, die das SDK 1.4 dem Programmierer zur Verfügung stellt. Schließlich soll dieses Buch dem fortgeschrittenen Programmierer helfen noch tiefer in Java einzusteigen und wir möchten Fragen über die Grundlagen hinaus beantworten.

Wie gesagt sind zunächst die wichtigsten beiden Programme *javac* und *java*. Sie stellen die Werkzeuge zur Entwicklung von Java-Applikationen dar. Dabei ist *javac* der Compiler, der den Sourcecode in den so genannten Bytecode umwandelt. Dahingegen handelt es sich bei der *java.exe* um den so genannten Interpreter. Damit startet man das selbst erstellte Programm.

Im Folgenden möchten wir allerdings der Reihe nach vorgehen und die einzelnen Werkzeuge alphabetisch sortiert vorstellen. Die gewählte Reihenfolge spiegelt nicht etwa die Reihenfolge der Wichtigkeit wider.

Das Programm appletviewer.exe

Mit diesem Programm haben Sie die Möglichkeit, *Applets* außerhalb des Browsers laufen zu lassen. Im Normalfall erfordert dies einen Browser. Der Applet-Entwickler wird sehr schnell die Bedeutung der *appletviewer.exe* kennen lernen, zumal auch mehrere Applets gleichzeitig gestartet werden können.

Das Programm nutzen Sie wie gewohnt in der Eingabeaufforderung wie folgt:

```
Appletviewer [Option] url1 url2 ...
```

Es gibt folgende Optionen:

- *Debug* – Das entsprechende Applet wird direkt im Java-Debugger *jdb* gestartet und kann dort auf Fehler hin untersucht werden.
- *-encoding* – gibt den Verschlüsselungsnamen einer HTML-Datei an
- *url1 url2* – benennen die HTML-Dateien, die der Appletviewer anzeigen soll
- *-J javaoption* – übergibt den String, der sich hinter *javaoption* verbirgt, an den Java- Interpreter. Hierbei sind mehrere Argumente möglich, wobei jedes Argument mit `–J` beginnen muss. Der Optionsstring darf keine Leerzeichen enthalten.

Das Programm extcheck.exe:

Mit Hilfe der *extcheck.exe* lassen sich Namens- und Versionskonflikte zwischen beliebigen Java- Erweiterungen (*Java-Archive, JAR-Dateien*) feststellen. Bevor eine neue Archivdatei installiert wird, kann man mit `extcheck[verbose] Archivdatei.jar` solche Konflikte erkennen. Wird ein von Null verschiedener Wert zurückgegeben, liegt ein Konflikt vor.

Es gibt folgende Optionen:

- *verbose* – listet die überprüften Archivdateien (JAR-Dateien) auf. Zusätzlich werden gefundene Konflikte aufgeführt.

Das Programm jar.exe:

Die strenge Objektorientierung von Java ist ein wichtiges Merkmal. Jede Klasse wird bekanntlich als eine eigenständige Datei abgespeichert. Bei der Entwicklung von Software haben Sie es dabei häufig mit einer nicht zu verachtenden Zahl an Klassen zu tun. Um hier den Überblick zu bewahren, besteht mit dem Programm *jar.exe* die Möglichkeit, mehrere Klassen zu einem Archiv zusammenzufassen und als Paket zu verwenden. Auch die Weitergabe von Programmen wird somit vereinfacht.

Hier ein kurzes Beispiel für die Benutzung in der DOS-Eingabeaufforderung:

```
jar [Optionen] Zielarchivdatei Datei1.class[Datei_n.class]
```

bzw.

```
jar [Optionen] Zielarchivdatei*.class
```

Es gibt folgende Optionen:

- *-c* – erzeugt eine neue, leere Archivdatei auf dem Monitor
- *-t* – listet das Inhaltsverzeichnis auf dem Monitor auf
- *-x datei* – entpackt alle Archivdateien bzw. nur die angegebene Archivdatei
- *-f* – Das Argument beschreibt die Datei, auf die *jar* angewendet wird. Im Falle der Erzeugung entspricht dies dem Namen der neuen Archivdatei. Im Falle der Auflistung (Option *–t*) beziehungsweise der *Extraktion* (Option *–x*) ist damit die Datei, deren Inhalt angezeigt bzw. ausgepackt werden soll, gemeint.
- *-v* – Die Option *–v* (*verbose*) liefert sämtliche Erläuterungen.
- *-m* – Es folgt der Name einer so genannten Manifestdatei. Diese enthält weit reichende Informationen zum jeweiligen Archiv.
- *-o* – speichert nur die Datei ohne Kompression
- *-M* – Es wird keine Manifestdatei (siehe oben, Option *–m*) erstellt.
- *- u* – dient zum Aktualisieren (*Update*) eines bereits vorhandenen Archivs
- *-C* – dient zum Ändern der Verzeichnisse während der *jar*-Ausführung.

Beispiel:

Das folgende Beispiel fügt alle Dateien, die sich im Verzeichnis mit dem Namen *Datei1* befinden, nicht aber das Verzeichnis selbst zur Archivdatei hinzu.

```
jar -uf Archiv1.jar -C Datei1
```

Das Programm jarsigner.exe:

Mit Hilfe des Programms *jarsigner.exe* können Sie Ihre Java-Archive digital mit Ihrem persönlichen Schlüssel versehen und somit quasi digital unterschreiben.

Es gibt folgende Optionen:

- *-keystore* url – gibt die genaue URL an, in die der Schlüssel gespeichert ist. Standardmäßig ist die Datei in Ihrem Home-Verzeichnis gespeichert, der Schlüssel ist grundsätzlich erforderlich. Wenn Sie ganz sicher gehen möchten, nutzen Sie natürlich einen eigenen Schlüssel. Dies müssen Sie in den Systemeigenschaften Ihres Home-Verzeichnisses explizit definieren. Zum Ausfindigmachen der Archivdatei wird der Schlüssel nicht gebraucht. Das *keystore*-Argument kann anstelle einer URL auch eine Datei (mit Verzeichnis) sein.
- *Storetype* – Speichertyp – bezeichnet den Speicherschlüssel
- *storepass Password* – Mit dieser Option wird das Passwort vergeben. Die Angabe eines Passworts ist nur beim Signieren eines Archives erforderlich. Aus Sicherheitsgründen sollte das Passwort nicht über die Kommandozeile oder in einer Script-Datei angegeben werden, da das Passwort hierbei direkt angezeigt wird.
- *keypass* – Passwort – Hiermit wird der persönliche Schlüssel von *keystore* geschützt.
- *sigfile* – Datei – legt den Namen der erzeugten Signaturdatei (SF-Datei) fest. Es dürfen nur Großbuchstaben und Ziffern sowie der Unterstrich und der Bindestrich verwendet werden.
- *Signedjar* file – Name des JAR-Archivs wird festgelegt
- *verify* – Hiermit wird die Signatur des bezeichneten Archivs verifiziert.
- *certs* – kann mit den Optionen *-verify* und *-verbose* benutzt werden. Somit können die Zertifizierungsinformationen aller Unterzeichner eines Archivs abgefragt werden.
- *verbose* – Es werden Informationen über den Einsatz beim Signieren bzw. Verifizieren eines JAR-Archivs angezeigt.
- *internalsf* – In früheren Versionen wurde die SF-Datei automatisch in verschlüsselter Form innerhalb des Signaturblocks angelegt, wenn dieser erzeugt wurde. Dieses Verhalten wurde aus Gründen der Speicherplatzoptimierung dahingehend

geändert, dass die Signaturdatei nicht automatisch integriert wurde. Mit der Option `–internalsf` schalten Sie genau diese Funktion wieder ein. Das macht allerdings nur für Textzwecke Sinn, damit entfallen durchaus nützliche Optimierungen.

- *sectionsonly* – Die resultierende SF-Datei enthält keine Informationen über die Manifestdatei, sondern über jede einzelne Quelltextdatei im Archiv.
- *Jjavaoption* – Die angegebene Java-Option wird direkt an den Java-Interpreter durchgereicht. Die Option darf keine Leerzeichen enthalten, da durch Leerzeichen bekanntlichermaßen mehrere Optionen definiert werden.

Das Programm java.exe:

Nun zu einem der wichtigsten Programme. Mit diesem Programm können alle Java-Anwendungen gestartet werden. Hier an dieser Stelle wird auch der Unterschied zwischen einer richtigen Anwendung und einem Applet deutlich: Ein Applet kann nur im Browser laufen oder eben mit dem zuvor beschriebenen Appletviewer.

Hier ein kurzes Beispiel für die Benutzung in der DOS-Eingabeaufforderung:

```
Java [Optionen] class [Argument ...]
Bzw.
Java [Optionen] -jar Archivdatei.jar [Argument ...]
```

Jede Java-Anwendung enthält eine so genannte Elementfunktion mit dem Namen *main*. Man unterscheidet Standard- und Nicht-Standardoptionen.

Dabei gibt es folgende Standardoptionen:

- *-classpath* classpath bzw. *–cp classpath* – Hier wird der Wert der Umgebungsvariable *classpath* für diesen speziellen Aufruf von java.exe bestimmt.
- *-DEigenschaft* = Wert – bestimmt den Wert der Systemeigenschaft. Hiermit kann z.B. die Farbe einer Schaltfläche gelb gefärbt werden: `Dawt.button.color = yellow`
- *-jar* – führt ein Programm aus einer Archiv-Datei heraus aus
- *-verbose* – gibt umfangreiches Erklärungsmaterial aus
- *-verbose:gc* – gibt umfangreiche Erklärungen über die Garbage Collection aus
- *-version* – zeigt Informationen über die aktuelle Version und beendet das Programm

- *-?* – gibt eine detaillierte Beschreibung der Benutzung des Programms aus und beendet anschließend das Programm
- *- X* – gibt Informationen über die Nicht-Standardoptionen an und beendet das Programm
- *-Xbootclasspath:* Pfad der Bootklasse erkannt durch eine durch Semikolons getrennte Liste von JAR- und ZIP-Archiven sowie Verzeichnissen, in denen nach Dateien mit Boot- Klassen gesucht werden soll.
- *-Xdebug* – Der integrierte Debugger wird aktiviert. Dazu gibt man ein Passwort ein.
- *-Xmsn* – Speicher kann für die Ausführung der Anwendung hiermit reserviert werden. Der Wert muss größer als 1000 sein und rechnet sich in k (kilobyte) und m (Megabyte). Dieser Wert muss mit k oder m zum Ende der eingegebenen Zahl anstatt des n hinten angegeben werden.
- *Xmxn* – legt die Obergrenze des zu reservierenden Speichers fest. Voreingestellt ist eine Speicherobergrenze von 16 MB. Ansonsten rechnet der Wert sich in k (kilobyte) und m (Megabyte). Dieser Wert muss mit k oder m zum Ende der eingegebenen Zahl anstatt des n hinten angegeben werden.
- *-Xrunhprof[help][:<Unteroption>=>Wert>]* – Hiermit wird Profiling für die CPU, den Heap oder die Überwachungsfunktionen aktiviert. Durch Verwendung der Option *help* erhält man nähere Informationen über die verwendbaren Unteroptionen.
- *- Xrs* – Hierdurch wird die Verwendung von Betriebssystemsignalen reduziert.
- *- Xcheck: jni* – Es werden erweiterte Tests über die Funktionen des *Java Native Interface* JNI durchgeführt.

Das Programm javac.exe:

Nun kommen wir zum Java-Compiler, der die Quelltexte, die als .java gespeichert sind, in die Klassendateien mit der Dateiendung .class umwandelt. Diesen Vorgang nennen wir Kompilieren. Wenn nur wenige Dateien kompiliert werden sollen, kann man in der Kommandozeile entsprechend die einzelnen Klassen hintereinander schreiben:

```
javac [Optionen] class1.java class2.java
```

Nun besteht ja ein komplexes Programm zumeist aus mehreren Dateien, so dass die vorherige Befehlszeile mit erheblichem Aufwand zu erstellen ist. Zudem ist es sehr unübersichtlich. Hier bieten sich nun die Stapeldateien an, die die Namen der zu kompilierenden Dateien enthalten:

```
javac [Optionen] @Dateiliste
```

Diese Methode hat natürlich einen durchaus nicht zu verachtenden Nachteil, nämlich den, dass immer die kompletten Dateien übersetzt werden, also auch die, die bereits zuvor kompiliert waren.

Dabei gibt es folgende Standardoptionen:

- *-classpath* classpath – überschreibt die bereits bekannte Umgebungsvariable
- *-d* Verzeichnis – Angabe des Verzeichnisses, in dem die kompilierten *.class*-Dateien gespeichert werden sollen. Standard ist hier, die *.class*-Dateien im gleichen Verzeichnis wie die *.java*-Dateien abzulegen.
- *-encoding* – Festlegung des Dateinamens mit der Verschlüsselungsinformation. Fehlt diese Option, so wird der Standardkonverter benutzt.
- *-g* – erzeugt Informationen, die der Debugger für die eingehende Untersuchung einer Datei benötigt. Standardmäßig werden die Informationen über Datei und Zeilennummer erzeugt.
- *-g:none* – Auf die Debugger-Informationen wird rigoros verzichtet. Diese Option sollte erst benutzt werden, wenn das Programm erfolgreich getestet wurde.
- *-g:[Liste von Schlüsselwörtern]* – Es werden nur bestimmte Debugger-Informationen erzeugt. Die Liste von Schlüsselwörtern enthält eine durch Kommas getrennte Aufzählung der gewünschten Schlüsselwörter.
  - *Source*: Informationen für das Debuggen der Quelldatei wird erzeugt
  - *Lines*: Zeilennummern werden generiert
  - *Vars*: Erstellung von Informationen über lokale Variablen
- *-nowarn* – Die Compiler-Warnungen werden nicht angezeigt. Von dieser Einstellung möchten wir an dieser Stelle abraten.
- *-0* – Optimierung des Laufzeitverhaltens des Programmcodes. Allerdings dauert durch diese Einstellung der Compilervorgang deutlich länger. Einen weiteren Nachteil stellt die Tatsache dar, dass die *.class*-Dateien dadurch deutlich größer werden, was wiederum zur Folge hat, dass dies nicht so leicht zu debuggen ist.

- *-sourcepath* – Pfad der Quelldateien – Mit dieser Option wird der Pfad der Quelltextdateien angegeben. In diesem angegebenen Pfad werden alle Klassen- und Interface-Definitionen gesucht. Durch ein Semikolon getrennt kann man mehrere Pfadeinträge voneinander trennen. Dabei ist es gleich, ob es sich um Verzeichnispfade, JAR- oder ZIP-Archive handelt.
- *-verbose* – Hierbei gibt es wieder Informationen über jede Klasse und zum entsprechenden Compilat.

Das Programm javadoc.exe:

Mit diesem Programm ist es möglich, Programme zu dokumentieren und zu kommentieren. Die Dokumentation soll später bei Erweiterungen Ihres Programms helfen, die Grundstruktur des Programms wieder zu erkennen. Gerade im Team ist eine ordnungsgemäße Dokumentation wichtig, wir haben immer wieder die Erfahrung gemacht, dass Teams nicht genau genug dokumentiert haben. Im Nachhinein ist es dann schwierig, Änderungen einzubringen.

javadoc.exe ist ein umfangreiches Programm, welches HTML-Seiten generiert. Das Programm geht die Quelltexte durch, schaut nach, wo sich Kommentare verbergen, und zeigt diese geordnet in HTML an. Standardmäßig werden hier Klassen mit den Modifizierern `public` und `protected`, innere Klassen, Schnittstellen, Methoden und Datenfelder aufgeführt. Lesen Sie sich hierzu auch die Seiten der Dokumentation von SUN selbst durch. Über dieses Thema gibt es mittlerweile fast 50 Seiten an dieser Stelle.

Das Programm javah.exe:

Dieses Programm erzeugt die Header- und C-Quelldateien aus einer Java-Klasse heraus. Hierdurch wird es möglich, so genannte native Methoden einzubinden. Die entstandene Datei ähnelt danach der Java-Klasse.

Dabei gibt es folgende Standardoptionen:

- *-o Zieldatei* – Die resultierenden Header- oder Quelldateien werden miteinander verbunden. Es kann jeweils nur eine von den beiden Optionen *–o* oder *–d* in Anspruch genommen werden.
- *-d Zielverzeichnis* – bestimmt das Zielverzeichnis für die Header- oder Quelldateien. Es kann jeweils nur eine von den beiden Optionen *–o* oder *–d* in Anspruch genommen werden.
- *-stubs* – Mit dieser Option wird eingestellt, wie die typischen Objektnamen, die in einer integrierten Entwicklungsumgebung angelegt werden, definiert werden. Die eigentliche Funktion muss der Programmierer hier natürlich selbst einbringen.

- *-verbose* – Es wird eine Statusangabe angezeigt.
- *-help* – gibt die Hilfe aus
- *-version* – gibt die Versionsnummer von *javah* zurück
- *-jni* – Die Ausgabedatei wird erzeugt, die JNI-ähnliche Methoden-Prototypen enthält.
- *-classpath Pfad* – Festlegung des Pfades, die jeweils aktuelle classpath wird durch diese Option überschrieben.
- *-bootclasspath Pfad* – Mit der Option wird der Pfad der Startklasse festgelegt.
- *-old* – erzwingt die Generierung von Header-Dateien im alten JDK1.0-Stil
- *-force* – Mit dieser Option werden die Ausgabedateien immer geschrieben.

Das Programm javap.exe

Mit diesem Programm können Sie Informationen über Javaprogramme abrufen, die bereits kompiliert sind. Wenn keine zusätzlichen Optionen angegeben wurden, gibt es nur Informationen über die Felder, die mit dem Schlüsselwort `public` deklariert sind, aus.

In der Eingabeaufforderung starten Sie das Programm folgendermaßen:

```
Javap [Optionen] Klasse ...
```

Dabei gibt es folgende Standardoptionen:

- *help* – Auf dem Eingabebildschirm wird eine Beschreibung des Programms ausgegeben.
- *-l* – Mit dieser Option legen Sie fest, dass alle Programmzeilen ausgegeben werden. Daneben werden die lokalen Variablen ausgegeben.
- *-b* – Die Kompatibilität mit der javap-Version des JDK 1.1 wird erzwungen.
- *-public* – Nur öffentliche Klassen werden angezeigt. Daneben werden natürlich auch die entsprechenden Elemente angezeigt.
- *-package* – Es werden nur die *packages* sowie die mit `protected` oder `public` deklarierten Klassen und Klassenelemente angezeigt.
- *-private* – zeigt alle Klassen und ihre Elemente an.

- *-Jflag* – Mit diesem Parameter lässt sich das Verhalten einer Applikation genauer bestimmen.
- *-s* – Mit dieser Option stellen Sie ein, dass interne Typenbezeichnungen ausgegeben werden.
- *-c* – sorgt für die Ausgabe der Befehle der virtuellen Maschine von Java. Diese erzeugen bekanntlichermaßen den Bytecode.
- *-verbose* – kümmert sich um die Ausgabe der Größe des *Stacks* und der Anzahl der *locals* sowie der Argumente für die Methoden.
- *-classpath Pfad* – Hier wird wie immer der Verzeichnispfad spezifiziert, der zum Suchen der Klasse dient. Die Werte der Umgebungsvariablen `CLASSPATH` werden dabei überschrieben. Mehrere Pfade können durch Semikolons voneinander getrennt werden.
- *-bootclasspath Pfad* – Die Starterklassen für ein Javaprogramm werden hier geladen. Standardmäßig sind sie in den Verzeichnissen *jre\lib\rt.jar* und *jre\lib\i18n.jar* abgespeichert.
- *-extdirs – Verzeichnisse* – Diese Option kümmert sich um den Suchpfad, in dem diese Erweiterungen normalerweise gesucht werden. Standardmäßig ist dieser Suchpfad unter *jrw\lib\ext* zu finden.

Das Programm javaw.exe:

Bei diesem Programm handelt es sich um einen Interpreter für den Bytecode. Das hört sich sehr danach an, als bekäme die *java.exe* Konkurrenz, da die Funktionalität komplett identisch ist. Bis auf eine einzige Ausnahme. *javaw* erzeugt keine Ausgaben in einem Fenster. Für die Optionen und den Aufruf gelten ansonsten die gleichen Bedingungen und Behandlungen wie für *java.exe*. Von daher sei an dieser Stelle darauf verzichtet, die Erläuterungen erneut aufzuführen.

Das Programm jdb.exe:

Hierbei handelt es sich um einen Java-Debugger, der zur gezielten Fehlersuche in den Programmen eingesetzt werden kann. Dabei handelt es sich nicht um ein Programm, mit welchem man syntaktische Fehler ausfindig machen kann. Viel eher findet man typische Fehler bezüglich der falschen Initialisierung der Variablen etc. Man spricht hier auch von den typischen Laufzeitfehlern.

In der DOS-Eingabeaufforderung arbeitet man mit dem Programm wie folgt:

```
Jdb [Optionen] [Klasse] [Argumente]
```

Dabei gibt es folgende Standardoptionen:

- *-help* oder *?* – gibt eine vollständige Auflistung aller jdb-Steuerkommandos sowie eine kurze Beschreibung ihrer Funktionen oder Anwendungen.
- *-print* – Es werden alle jdb-Objekt aufgeführt. Diese Option ruft `die toString()`-Methode des untersuchten Objekts auf.
- *- dump* – Es handelt sich hierbei um einen Speicherauszug. Die Instanzvariablen werden dabei als hexadezimaler Integerwert ausgegeben.
- *Threads* – Diese Option liefert als Ergebnis alle Threads in einer Liste.
- *Where* – zeigt den aktuellen Thread an

Breakpoints/Haltepunkte

Des Weiteren gibt es so genannte Breakpoints. Dabei handelt es sich um eine Stelle im Programm, wo dessen Ausführung unterbrochen wird. Somit kann man quasi Schritt für Schritt das Programm durchlaufen, bis man zu der Fehlerstelle gerät. Über das Jdb kann man die Zeilennummer der entsprechenden Stelle einfach angeben. Das sieht dann folgendermaßen in der DOS-Eingabeaufforderung aus:

```
stop at Klassel:12
```

Will man den Breakpoint wieder entfernen, gibt man dies folgendermaßen ein:

```
clear Klassel:12
```

Sie können auch alle gesetzten Breakpoints löschen, indem Sie `clear` ohne das Argument mit der Zeilennummer angeben.

Wenn Sie das Programm schrittweise durchlaufen möchten, können Sie das mit dem Kommando *step* bewerkstelligen.

Exception/Ausnahmen

Es kommt zu einer Exception, wenn an irgendeiner Stelle z.B. die Division durch Null stattfindet. Dies kann man natürlich bereits im Programm durch die Fehlerbehandlung vorab ausschließen und behandeln. Im Übrigen werden die Exceptions von *jdb* wie ein Breakpoint behandelt. Das Programm wird automatisch an dieser Stelle angehalten. Wenn Sie beim Kompilieren die Option *–g* verwendet haben, können die Instanzen und die lokalen Variablen ausgegeben werden. Auf diese Weise können Sie Ursachenforschung bezüglich der Fehler betreiben.

Dabei gibt es folgende Standardoptionen:

Es sind grundsätzlich die gleichen Optionen wie beim Java-Interpreter. Zusätzlich stehen aber zwei weitere Optionen zur Verfügung:

- *-host <Hostname>* Mit dieser Option geben Sie den Namen des Computers an, auf dem der Interpreter läuft.
- *-password <Passwort>* Mit diesem Passwort kommt man in die aktuelle Interpreter-Session.

Das Programm keytool.exe:

Das Programm dient zur Verwaltung von Zugangsschlüsseln zu geschützten Daten. Das Programm ist so umfangreich, dass wir Sie bitten möchten, hierzu die Dokumentation von SUN zu lesen. So viel sei verraten: Es gibt ein Kommando `keytool[Kommandos]`, mit dem das Programm gestartet werden kann. Im Keystore werden die Zugangsschlüssel gespeichert, die im Allgemeinen eine ganz normale Datei darstellen.

Das Programm native2ascii.exe:

Dies ist ein Konvertierungsprogramm für Zeichen. Der Java-Compiler selbst kann nur mit *ISO-Latin-1-Standard* oder *Unicode-Standard* interpretieren. Mit diesem Programm kann man alle Schriftzeichen dieser Welt darstellen.

In der DOS-Eingabeaufforderung sieht das folgendermaßen aus:

```
Native2ascii[Optionen][Quelldatei[Zieldatei]]
```

Dabei gibt es folgende Standardoptionen:

- *-reverse* – Es wird das umgekehrte Ergebnis der ursprünglichen Operation erreicht.
- *-encoding Kodiername* – Eingestellt wird hiermit die Konvertierungsmethode. Entnehmen Sie bitte die Konvertierungsmethoden aus der Online-Dokumentation.

Das Programm oldjava.exe:

Aus Kompatibilitätsgründen hat man hier an der Stelle den alten Java-Interpreter belassen.

Alles was dazu gesagt werden kann, steht bereits zur Programmbeschreibung zu *javaw.exe*. Der Unterschied liegt darin, dass es sich hier um die alte Version der *javaw.exe* handelt, wie im vorigen Abschnitt beschrieben.

Das Programm policytool.exe

Mit Hilfe dieses Programms kann ein Systemadministrator Zugriffsberechnungen auf bestimmte Daten erteilen. Auf eine ausführlichere Beschreibung wird hier verzichtet, da wir an dieser Stelle weiter ausholen müssten um dem Programm gerecht zu werden. Dies würde allerdings den Rahmen des Buches sprengen.

Das Programm rmic.exe

Dieses Programm ist grundsätzlich dafür vorgesehen, Stubs und Klassendateien zu erstellen. Diese Klassendateien bilden den Rahmen für nichtlokale Objekte (remote objects).

In der DOS-Eingabeaufforderung wird der Befehl wie folgt angesprochen:

```
rmic test1.test2
```

Mit oben stehender Anweisung werden die Dateien *test2_Skel.class* und *test2_Stub.class* erzeugt.

Dabei gibt es folgende Standardoptionen:

- *-classpath* Pfad – Pfad wird angegeben, in dem das Programm *rmic* nach Klassen sucht. Die Umgebungsvariable *CLASSPATH* wird wie immer dabei natürlich überschrieben.
- *-d Verzeichnis* – Sie können auf diese Weise die Datei für die Stub- bzw. Rahmendateien angeben.
- *-depend* – Mit dieser Option stellen Sie ein, dass die Dateien dann kompiliert werden, wenn sie noch nicht aktualisiert wurden.
- *-g* – Es werden Tabellen mit Informationen über die Zeilenzahl und den lokalen Variablen erzeugt.
- *-keepgenerated* – Es erfolgt eine Rückgabe der *.java*-Dateien für die *Stub*- und *Skeleton*-Dateien. Sie werden in das gleiche Verzeichnis wie die *.class*-Dateien geschrieben.

- *-nowarn* – Wie schon gehabt, schaltet man mit dieser Option alle Warnmeldungen aus.
- *-show* – Es wird die grafische Benutzeroberfläche für den rmic-Compiler angezeigt.
- *-vcompat* – Mit dieser Option sind explizit *Stubs* und *Skeletons* sowohl unter JDK 1.1 als auch unter dem SDK 1.4 lauffähig.
- *-verbose* – Der Compiler gibt Meldungen über kompilierte Klassen und geladene Dateien aus.
- *-v1.1* – Die entsprechenden Stubs und Skeletons werden exklusiv für JDK 1.1 erzeugt.
- *-v1.2* – Die entsprechenden Stubs und Skeletons werden exklusiv für JDK 1.2 erzeugt.

Das Programm rmid.exe

Rmid startet einen Dämon, damit Objekte von Java erkannt und gestartet werden können. Bei einem Dämon handelt es sich übrigens um ein Programm, das ständig wiederkehrende Aufgaben ohne Eingriff durch den Benutzer automatisch durchführt, also quasi im Hintergrund arbeitet.

Bekannt ist ein Dämon unter UNIX, es handelt sich dabei um den *Line-Printer-Dämon*, welcher im Hintergrund auf Druckaufträge wartet.

Der *rmid*-Dämon wird einfach in der DOS-Eingabeaufforderung wie folgt gestartet:

```
rmid [-port Port][-log Verzeichnis]
```

Der Standardport für *rmid* ist Port 1098.

Wenn Sie einen anderen Port als den Standardport, z.B. 1097, verwenden möchten, geben Sie Folgendes ein:

```
rmid -port 1097
```

Dabei gibt es folgende Standardoptionen:

- *-C <Kommandozeilenoption>* – Mit dieser Option kann eine Option an jeden beliebigen Kindprozess weitergeleitet werden. Das sieht dann folgendermaßen aus:
  `rmid -C- test.eigenschaft = wert`
- *-log–Verzeichnis* – Der Name des Verzeichnisses wird angegeben. Da hinein schreibt das Activation System seine Datenbank.
- *-port Portnummer* – Mit dieser Option ändern Sie die Port-Nummer.
- *-stop* – Der aktuelle Aufruf für rmid für den aktuellen Port wird gestoppt. Wenn kein Port zusätzlich angegeben wurde, wird standardmäßig der Port 1098 als Ziel genommen.

Das Programm rmiregistry.exe

Mit dem Befehl wird ein Registrierungseintrag für den spezifizierten Port auf dem aktuellen Hostrechner gestartet. Standard ist der Port 1099.

Das Programm wird in der DOS-Eingabeaufforderung gestartet:

```
start rmiregistry
```

Das Programm serialver.exe

Der Aufruf dieses Befehls liefert die so genannte *serialVersionUID* für eine oder mehrere Klassen zurück. Dabei handelt es sich um eine Seriennummer, die in den zu entwickelnden Klassen für die kontrollierte Serialisierung genutzt werden kann.

Der Aufruf im DOS Eingabefenster sieht wie folgt aus:

```
Serialver [Optionen]
```

- *-show-* – Mit dieser Option steht eine grafische Benutzeroberfläche zur Verfügung, dabei wird die Verwendung des Programms recht einfach gestaltet.

Die Struktur von Java-Programmen

Java ist grundsätzlich wie geschaffen dafür, dass verschiedene Programmierer gemeinsam ein größeres Projekt realisieren. Zu diesem Zweck ist Java gut strukturiert.

Wir möchten Ihnen in dieser Einleitung anschaulich zeigen, welche Programmelemente für die Struktur Ihrer Programme von großer Bedeutung sind:

- Pakete
- Applikationen
- Applets

Pakete

In Java gehört eine Klasse grundsätzlich zu einem Paket. Dies ist notwendig, damit in großen Programmen, die ja aus vielen Klassen bestehen, eine gewisse Ordnung herrscht. Im Prinzip sind diese Pakete Gültigkeitsbereiche (Namensräume) für Klassen, die in diesen definiert wurden. Zum Beispiel sind hier öffentliche Klassen so lange für andere Unterprogramme unbekannt, bis sie über eine Importanweisung eingebunden wurden.

Somit setzt sich auch der Name einer Klasse aus dem entsprechenden Paketnamen, gefolgt von einem Punkt und dem genauen Klassennamen zusammen. Eine tiefer verschachtelte Struktur ist ebenfalls möglich. Damit eine Klasse entsprechend verwendet werden kann, muss natürlich die Paketstruktur angegeben werden.

Eine Klasse wird extern also über den gesamten Namen angesprochen:

```
java.util.Date Datum = new java.util.Date();
```

Wenn Sie die benötigten Klassen vorab einbinden möchten, so müssen sie in Java mit Hilfe der gewünschten `import`-Anweisung eingebunden werden:

```
import java.util*;
```

Es wird mit der *import*-Anweisung immer entweder genau eine Klasse oder aber alle Klassen des Pakets eingebunden. Im letzten Fall bedeutet das * hinter dem angegebenen Paket, dass alle Klassen auf einmal importiert werden sollen. Im ersten Fall steht dort eine ganz bestimmte Klasse, die eingebunden wird.

In allen Fällen, bis auf eine Ausnahme, sorgt also die `import`-Anweisung dafür, dass die Klassen benutzt werden können. Auf das Paket

```
import java.lang.*;
```

kann verzichtet werden, da dieses Paket explizit automatisch importiert wird. Dies ist allerdings das einzige Beispiel, wo dies der Fall ist.

Eine genaue Beschreibung der meisten Pakete finden Sie im Glossar dieses Buches.

In diesem Buch werden die nachfolgenden Rezepte der einzelnen Kapitel in den entsprechenden Packages untergebracht. Natürlich ist es hier möglich, eigene Pakete einzubinden. Hierbei ist es empfehlenswert, die Pakete in ein gemeinsames Verzeichnis abzulegen. Auf diese Weise wird auch der entsprechende Klassenpfad nicht unnötig in die Länge gezogen.

Hierzu eine kurze Anweisung, wie Sie die Beispiele in dem Buch nutzen können:

1. Kopieren Sie zunächst den Ordner *javacodebook* auf der mitgelieferten CD auf das Hauptverzeichnis Ihrer Festplatte.
2. Natürlich muss hier an dieser Stelle noch der `CLASSPATH` gesetzt werden, der beispielsweise auf die Datei *C:\javacodebook* verweisen soll. Geben Sie dazu bitte in der DOS-Eingabeaufforderung Folgendes ein:

```
set CLASSPATH=.;c:\javacodebook
```

Natürlich können Sie jederzeit eigene Pakete verwenden. Dazu muss die entsprechende Klasse einem ganz bestimmten Paket zugeordnet werden, wozu es entsprechend eine `package`-Anweisung gibt. Der Aufbau der `package`-Anweisung entspricht exakt dem der `import`-Anweisung. Mit diesen Anweisungen löst der Compiler wie beim `import` den dort angegebenen hierarchischen Namen in eine Kette von Unterverzeichnissen auf.

Sichtbarkeit und Zugriffsattribute

In Java gibt es, wie in anderen Programmiersprachen auch, so genannte Schlüsselwörter. Die Schlüsselwörter `public`, `protected`, `private`, `final` und `package` steuern den Zugriff auf Variablen, Methoden und Klassen.

Nachfolgende Tabelle soll erläutern, welche Schlüsselwörter zu welchem Zweck eingesetzt werden:

Schlüsselwort	Anwendungsfall
`public`	Auf Elemente, die mit dem Schlüsselwort `public` versehen wurden, kann von überall zugegriffen werden. Dieser Zugriff kann von anderen Paketen und Klassen ausgehen. Zu beachten ist dabei, dass innerhalb einer **.java*- Datei nur maximal eine Klasse mit dem Schlüsselwort `public` versehen werden kann. Üblicherweise stellen `public`-Elemente die Schnittstelle einer Klasse nach außen dar.
`protected`	Die mit dem Schlüsselwort `protected` vergebenen Elemente sind innerhalb der Klasse und auch innerhalb der abgeleiteten Klasse sichtbar. Instanzen und Klassen können nur innerhalb des gleichen Packages auf dieses Element zugreifen.
`private`	Diese Elemente sind strikt nur innerhalb der eigenen Klasse sichtbar. Weder Instanzen noch abgeleitete Klassen haben hierauf Zugriff. In der Regel haben beispielsweise Instanzvariablen dieses Schlüsselwort. Für den Zugriff auf diese Variable programmiert man dann entsprechende Methoden mit dem `public`-Schlüsselwort. Dadurch ist eine so genannte Kapselung der Variable möglich.
`final`	Elemente mit dem Schlüsselwort `final` können nicht mehr weiter modifiziert werden. Handelt es sich um Variablen, so erzeugen Sie Konstanten. Handelt es sich um Methoden, dürfen diese auf keinen Fall überlagert werden. Wenn es sich wiederum um Klassen handelt, können davon, also von eben dieser Klasse, keine weiteren Klassen abgeleitet werden.

Tabelle 1: Sichtbarkeit

Verschiedene integrierte Entwicklungsumgebungen

Die meisten finden es sicherlich ungewöhnlich, wenn jemand direkt mit -Eingabeaufforderung ist alles andere als benutzerfreundlich.

Natürlich gibt es für Java eine Vielzahl von so genannten integrierten Entwicklungsumgebungen. Hier ist insbesondere für Windows-Betriebssysteme für ein Überangebot gesorgt worden.

Allen gemeinsam ist eine grundlegende Idee: Mit Hilfe der so genannten Assistenten oder Wizards können auf einfache Weise die gewünschten Elemente, wie zum Beispiel Schaltflächen, Dialogboxen, Listen oder Comboboxen, Eingabefelder usw., auf der Benutzeroberfläche Ihres Programms sehr einfach per Drag&Drop positioniert werden.

Aus Platzgründen können wir hier sicherlich nur auf einige wenige Entwicklungsumgebungen eingehen. Es gibt im Wesentlichen derzeit folgende wirklich wichtigen integrierten Entwicklungsumgebungen:

- JBuilder
- Netbeans/Forté
- Eclipse
- Visual Cafè
- PowerJ
- Sybase
- IDEA

Die jeweiligen Programme sind zumeist sehr komplex und ihre detaillierte Beschreibung würde den Rahmen dieses Buches sicherlich sprengen. Zudem haben diese Programme natürlich den Nachteil, dass sie Quellcode erzeugen, der natürlich nicht immer ganz einfach zu verstehen ist, wenn man nicht über einen großen Javakenntnisstand verfügt.

Der Branchenprimus ist sicherlich der JBuilder von Borland, den wir uns als allererstes auch einmal ansehen werden. Dieser ist allerdings nicht gerade günstig, weshalb immer wieder viele Javaprogrammierer auf Tools wie Netbeans oder Eclipse zurückgreifen, die im Internet kostenlos heruntergeladen werden können.

Wie schon erwähnt kommt man natürlich mit einem einfachen Texteditor aus, wenn man Programme mit Java erstellen möchte. Allerdings ist das bei größeren Objekten unhandlich und nicht professionell. Zu oft müssten Sie bei Fehlern ganze Dateien wieder öffnen, korrigieren und schließen.

Hier bietet eine so genannte integrierte Entwicklungsumgebung (kurz IDE) enorme Vorteile. Sie können damit folgende relevante Arbeitsschritte erledigen:

- Verwaltung und Bearbeitung der Quelltextdateien
- Projektverwaltung
- Übersetzung der Quelltexte
- Ausführen und Testen der Programme
- Fehlersuche, Debugging

Benutzung des JBuilders

Der Branchenprimus wird von Borland ausgeliefert. Dabei gibt es verschiedene Versionen für die einzelnen Zielgruppen. Die unterschiedlichen Versionen haben nicht nur unterschiedliche Preise, sondern auch durchaus unterschiedliche Oberflächen.

Quasi die Grundversion nennt sich *JBuilder Personal Edition* und ist die kostenlose Basisversion des JBuilders für den nichtkommerziellen Einsatz. Bereits mit dieser Version können Sie selbstverständlich professionell programmieren. Alle darin entstandenen Anwendungen sind unter allen Plattformen lauffähig. Leider unterstützt diese Version laut Dokumentation Datenbankanwendungen nicht. Dennoch können solche Anwendungen mit dieser Version durchaus übersetzt werden. Allerdings ist das bei dieser Version bei weitem nicht so komfortabel wie in den kommerziellen Versionen. Was eine entscheidende Einschränkung darstellt gegenüber den kommerziellen Versionen, ist die Tatsache, dass Sie nicht mit mehreren JDK-Versionen entwickeln können. Das macht sich insbesondere bemerkbar, wenn Sie zum Beispiel Applets programmieren möchten, die auf vielen Browsern akzeptiert werden sollen. Somit richtet sich das Angebot der *Personal Edition* eher an Java-Einsteiger und Programmierer, die kleine Anwendungen erstellen. Für Datenbankanwendungen wird sich der professionelle Programmierer eher etwas über die unkomfortablen Verbiegungen ärgern.

Wer im professionellen Geschäft arbeitet, der sollte sich eher für die *Professional Edition* interessieren. Mit dieser Version kann man auch Datenbankanwendungen mühelos entwickeln. Diese Version hat noch ein paar Einschränkungen in der Teamarbeit. Sie ist eher für den einzelnen Programmierer gedacht, der eigene durchaus anspruchsvolle Anwendungen schreiben möchte.

Wenn Sie nun aber eher im Team Java programmieren, empfehlen wir Ihnen die *Enterprise Edition.* Diese unterstützt wirklich alles aus der Java-Welt und ist gerade für die Entwicklung von EJB-, CORBA- und JSP-Anwendungen geeignet.

Zudem ist daneben eine ganze Palette an Zusatzprogrammen enthalten, wie zum Beispiel ein geeignetes CVS-System zur Versionskontrolle.

Einrichtung des JBuilders

Nun ist es an der Zeit einfach mal loszulegen und das Programm ein bisschen kennen zu lernen. Zunächst einmal zu den Systemvoraussetzungen der *Enterprise Edition:*

- 256 Mbyte empfohlen, mindestens 128 Mbyte
- ca. 300 Mbyte freier Festplattenspeicher
- Pentium-II-kompatibel
- Mindestens 233 MHz Taktfrequenz

Empfehlenswert wäre ein etwas schnellerer und neuerer Computer, natürlich ist das Schnellste bei Datenbankanwendungen gerade schnell genug.

Auf folgenden Betriebssystemen der Windows-Familie können Sie den JBuilder installieren:

- Windows 98 / ME
- Windows NT ab Service Pack 6a
- Windows 2000 (Service Pack 2)
- Windows XP

Die Installation:
Wir haben uns entschieden nachfolgend als Beispiel die Installation der Borland JBuilder 7 Enterprise Edition zu zeigen. Dabei wirft gerade Borland in regelmäßigen Abständen neue Versionen auf den Markt, so dass es möglicherweise zum Erscheinungsdatum des Buches bereits neuere Versionen gibt. Somit soll das Beispiel stellvertretend auch für andere Versionsnummern als die 7 gelten.

1. Im ersten Schritt können Sie die Installationsart bestimmen. Für unterschiedliche Benutzergruppen und Einsatzbereiche gibt es verschiedene Zusatztools, die Sie verwenden können.

   Sie können hier an dieser Stelle den Borland JBuilder installieren.

2. Im nächsten Schritt können Sie bei der Enterprise Edition anklicken, ob Sie zusätzlich zum JBuilder 7 auch den Application Server von Borland installieren wollen. Dieser bietet zahlreiche Basisdienste wie zum Beispiel verteilte Transaktionen, Sicherheitslösungen und vieles mehr. Vor allem hilft er bei Unternehmenslösungen, wobei das Intranet oder das Internet benötigt wird, und stellt Anwendungen und Dienste zur Verfügung.

3. In einem der weiteren Schritte müssen Sie angeben, ob Sie die volle Installation wählen oder die minimale Installation oder ob Sie eher benutzerdefiniert installieren möchten. Was das bedeutet, lässt sich aus der Benennung selbst ersehen, bei der benutzerdefinierten Installation können Sie sämtliche Einzelheiten bestimmen. Dies empfehlen wir hier an dieser Stelle nur erfahrenen Programmierern.

Abbildung 6: Borland Installationsprogramm

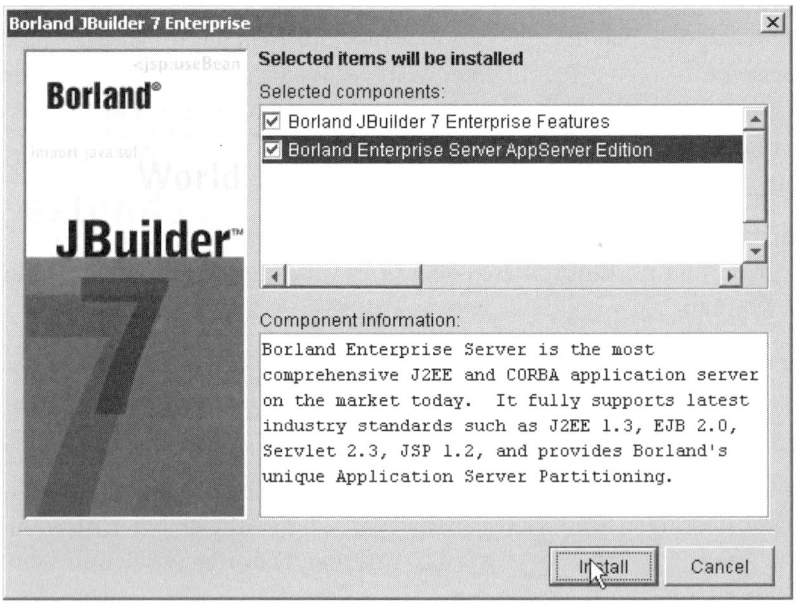

Abbildung 7: Installationsauswahl

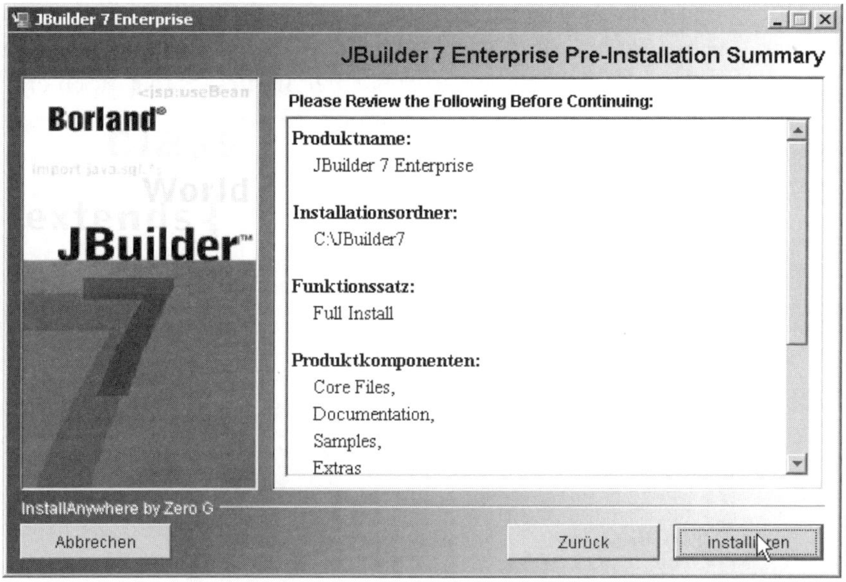

Abbildung 8: Installationsarten

4. Beim nächsten Schritt können Sie den Installationspfad auswählen. Standardmäßig ist für den JBuilder 7 der Pfad: *C:\JBuilder7* angegeben. Selbstverständlich können Sie das Programm auch auf einer anderen Festplatte oder an einem anderen Ort installieren.

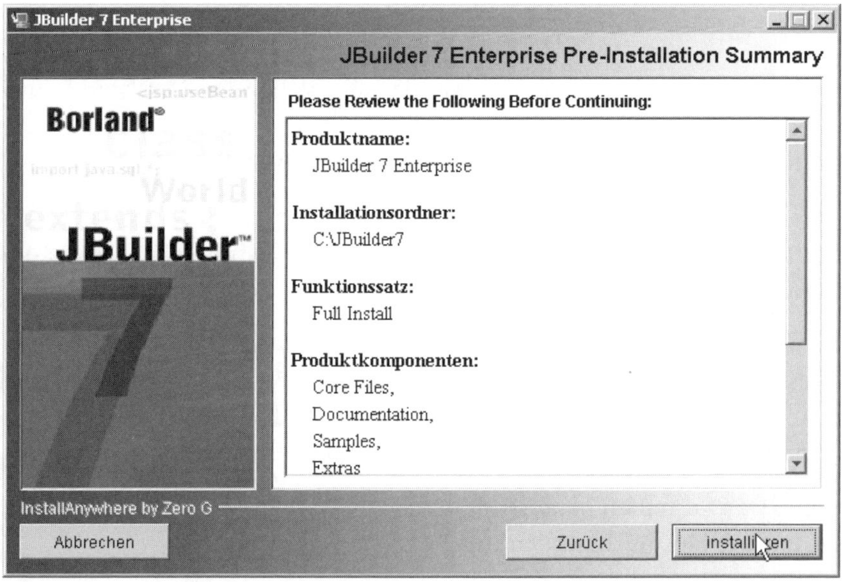

Abbildung 9: Installationspfad

5. Danach wird noch einmal das zuvor Eingegebene aufgelistet. Sie sollten sich noch einmal vorab vergewissern, ob Sie diese Installationseinstellungen behalten möchten. Wenn dies nicht der Fall ist, so haben Sie hier an dieser Stelle noch einmal die Gelegenheit zurück in die Einstellungsoption zu gehen und die Einstellung entsprechend anzupassen. Die Installationsroutine merkt sich die zuvor getätigten Schritte.

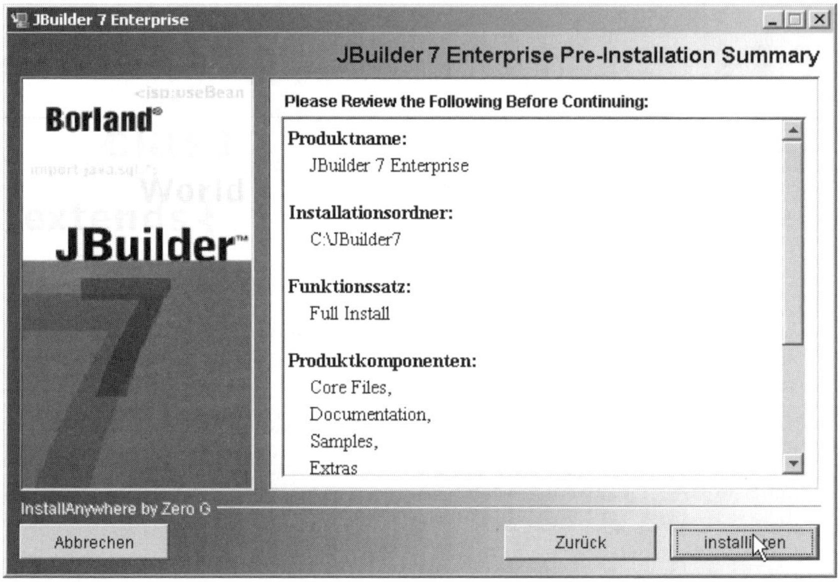

Abbildung 10: Überblick über die Installationseinstellungen

Nun startet der Vorgang und installiert alles an die entsprechenden Orte und konfiguriert auch alles in der richtigen Reihenfolge. Zu guter Letzt müssen Sie nur noch den Button »Fertigstellen« anklicken, danach ist die Installation abgeschlossen.

Der erste Start:
Beim ersten Start des JBuilders müssen Sie noch die Seriennummer eingeben und das Programm freischalten. Dazu gibt es grundsätzlich mehrere Möglichkeiten:

Sie müssen im Besitz der Original-Borland-CD sein oder aber den Key direkt bei Borland telefonisch oder per Email anfordern. Dabei gibt es zwei Wege: Entweder Sie sind im Besitz der Seriennummer und des entsprechenden Keys. Oder aber Sie haben eine Datei enthalten, die den entsprechenden Schlüssel enthält.

Wenn Sie z.B. eine Datei erhalten haben, mit der Sie die Version freischalten können, klicken Sie bitte auf das Optionskästchen unten.

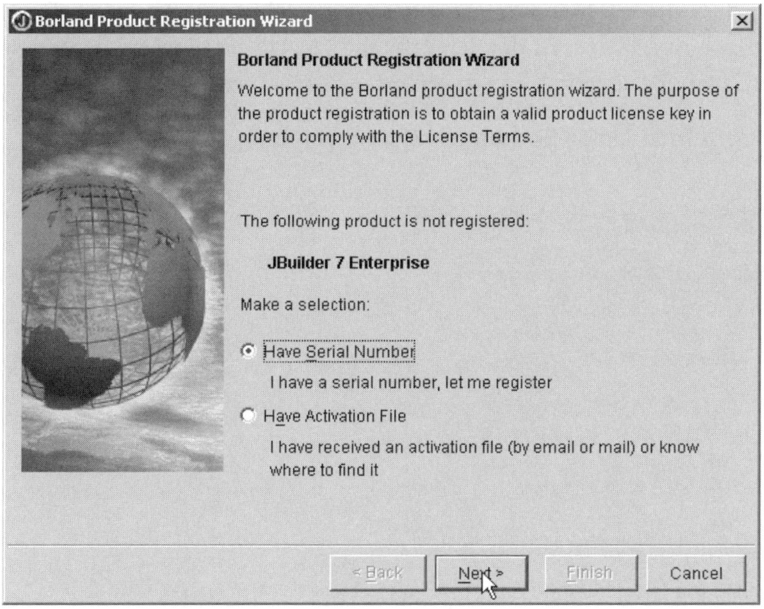

Abbildung 11: Registrierung vom Borland JBuilder

Nun geben Sie bitte den Pfad, der auf die Datei zeigt, ein und fahren Sie fort:

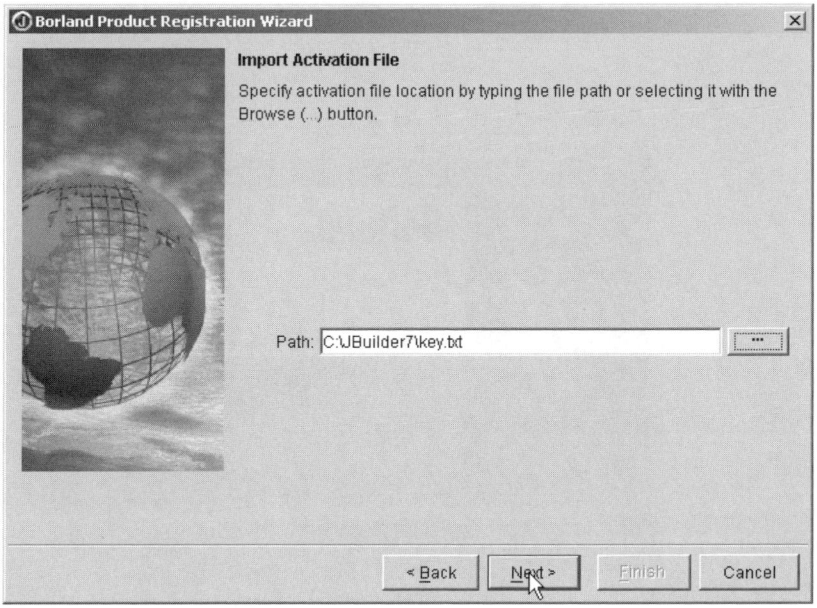

Abbildung 12: Einfügen der entsprechenden Schlüsseldatei

Wir sind überzeugt, dass die nächsten Schritte keiner Erwähnung in diesem Buch bedürfen, die Schaltfläche WEITER und die Schaltfläche FERTIG werden Sie problemlos betätigen können. Danach jedenfalls sollte sich das Programm öffnen.

Sie können nun die einzelnen Datei-Endungen registrieren lassen:

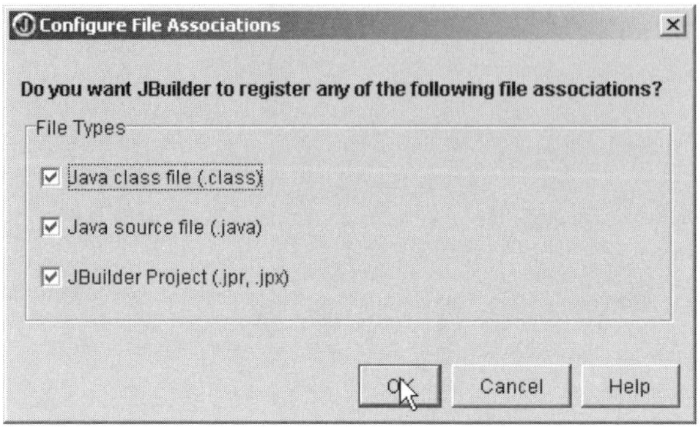

Abbildung 13: Registrierung der Dateiendungen

Nachfolgend sollte die Programmoberfläche erscheinen, sodass wir gleich mit dem Anlegen eines Projektes beginnen können:

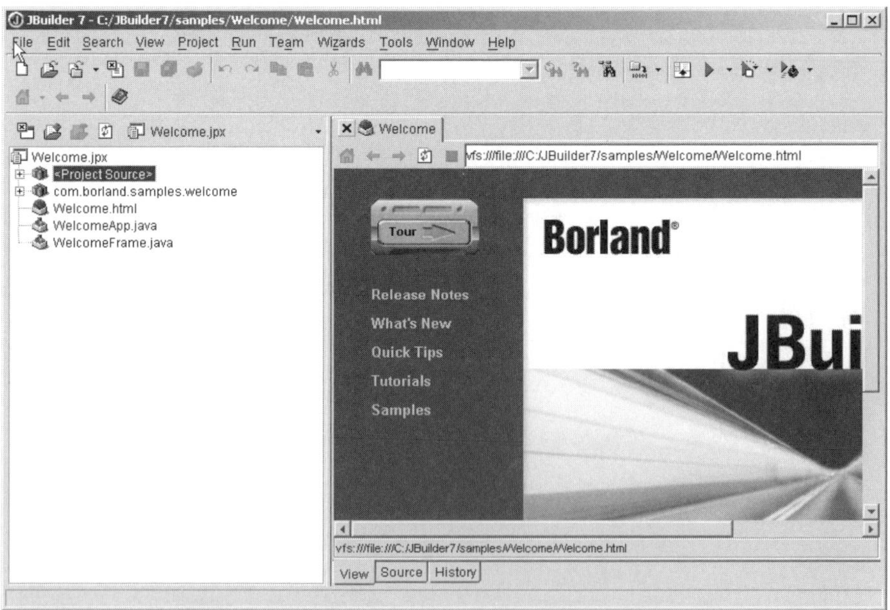

Abbildung 14: Die Programmoberfläche

Wie erstelle ich ein Programm?

Wir wollen gleich einmal mit dem Borland JBuilder ein erstes Programm erstellen. Dabei ist zwingend das Anlegen eines Projektes erforderlich. Wenn Sie während der Installation die Standardinstallation gewählt haben, so verfügen Sie bereits über ein kleines Beispielprojekt namens *Welcome.jpx*. Wenn Sie dieses starten möchten, so finden Sie oben in der Symbolleiste einen kleinen grünen Pfeil, der nach rechts zeigt:

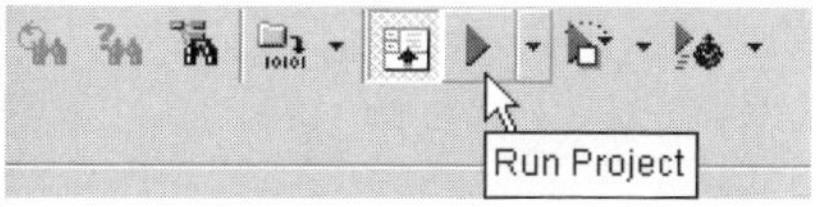

Abbildung 15: Ein Programm starten

Wenn Sie diese grüne Schaltfläche geklickt haben, sollten Sie normalerweise ein kleines Projekt sehen:

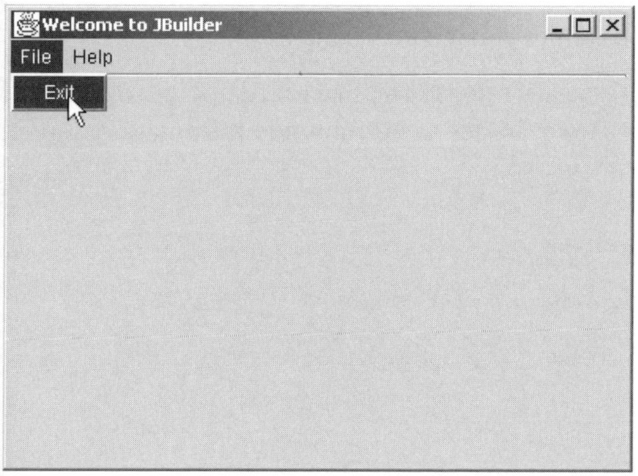

Abbildung 16: Welcome-Fenster

Nun aber widmen wir uns einem neuen Projekt und der Beschreibung, wie man es anlegt. Gehen Sie dazu wie folgt vor:

1. Als Erstes schließen Sie bitte das obige aktuelle Projekt. Dazu finden Sie im Menü FILE den Eintrag CLOSE PROJECTS. Hier können Sie Projekte mit einem Häkchen versehen, die Sie schließen möchten.

2. Nun können Sie ein neues Projekt erstellen, in dem Sie wiederum im Menü FILE den Eintrag NEW PROJECT wählen. Sie sollten hier die nötigen Eingaben tätigen um dieses Projekt genauer zu definieren. Hierzu gehören:

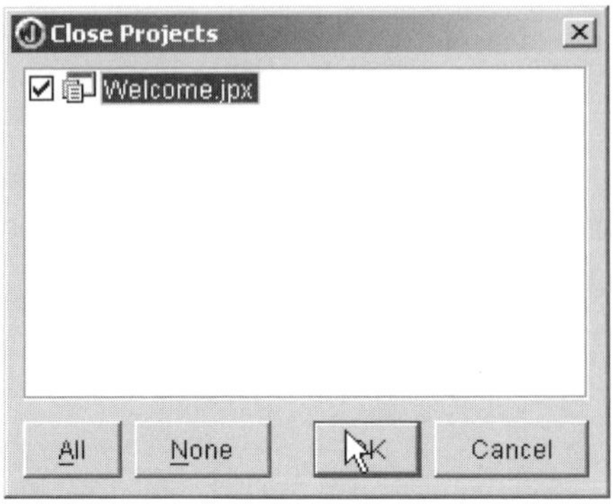

Abbildung 17: Projekte schließen

- Projektname (mein erstes Projekt mit JBuilder)
- Projekttyp (JPX ist hauptsächlich für XML-basierte Formulare und für die Enterprise Edition gedacht)
- Pfad zur Projektdatei (Vorgabe ist hier einfach beibehalten)
- Das Kontrollkästchen GENERATE PROJECT NOTES FILE bewirkt, dass eine so genannte Projektbemerkungsdatei kreiert wird, in der weiterführende Informationen über das Projekt abgelegt werden

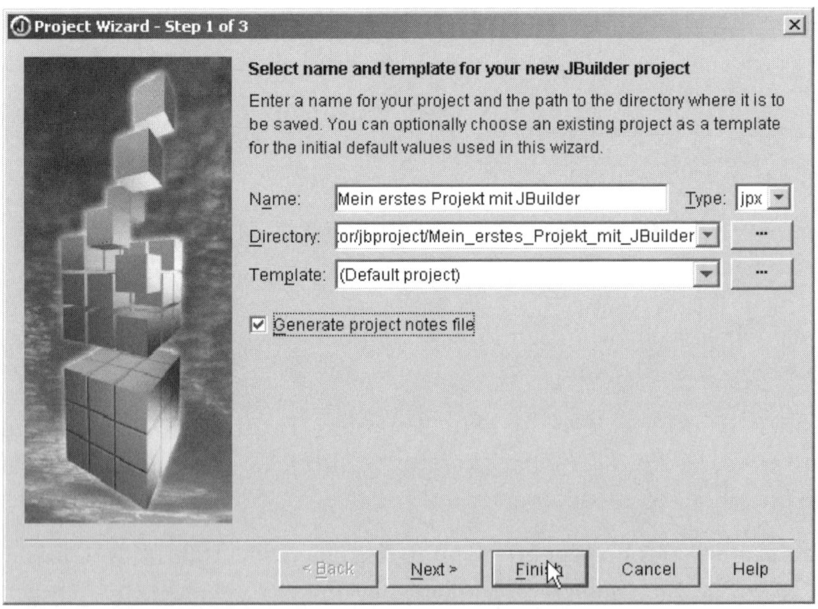

Abbildung 18: Ein neues Projekt erzeugen

3. In der Enterprise-Version kann man nun im nächsten Dialog unter anderem einstellen, welche Version des SDK man für das Projekt benutzen möchte. Zudem kann man hier einstellen, wo die Dateien gespeichert werden, wo eine Sicherheitskopie (also ein Backup) gespeichert werden soll.

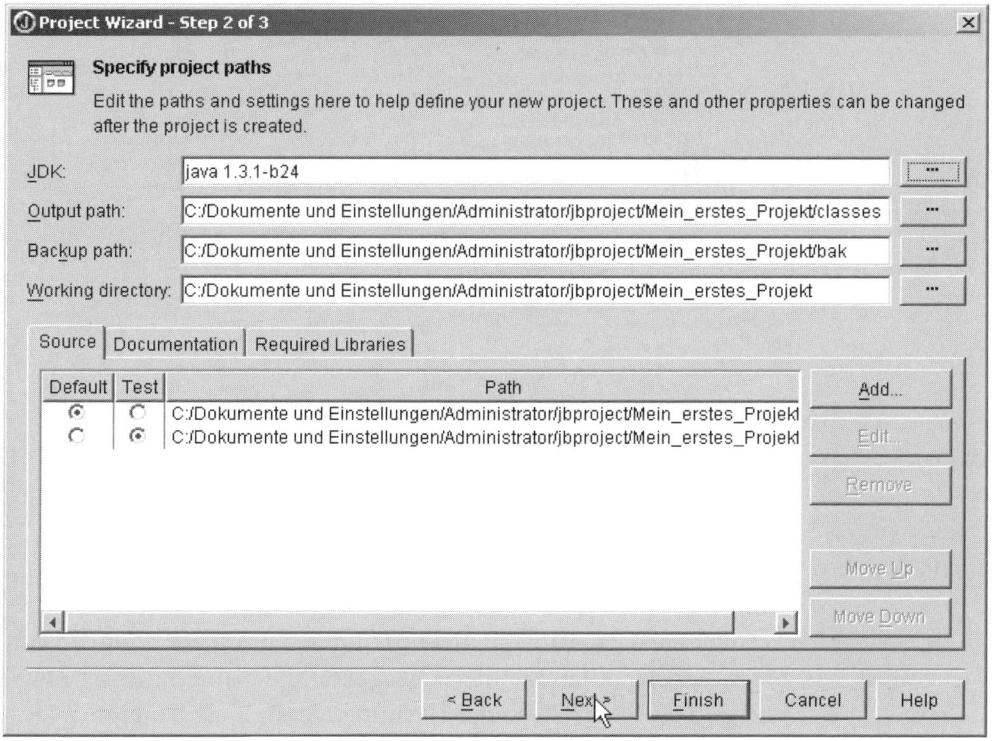

Abbildung 19: Einstellen der Projekt-Pfade

4. Im nächsten Schritt können Sie noch einige projektspezifische Angaben machen und weitere Einstellungen vornehmen. Ein Eingehen auf jeden einzelnen Punkt würde den Rahmen dieses Buches sprengen, von daher verzichten wir darauf und möchten Sie bitten, an dieser Stelle den Button FINISH zu klicken.

Sie haben nun ein Projekt angelegt. Natürlich hat es noch keinen programmierten Inhalt, wozu wir aber in den nächsten Schritten kommen möchten. Auch hier können wir nicht alle Möglichkeiten des JBuilders aufzeigen und verweisen hier beispielsweise auf das Buch von Bernhard Steppan, welches sich speziell mit der Java-Programmierung unter dem JBuilder beschäftigt.

Nun möchten wir eine kleine erste Anwendung schreiben:

1. Als Erstes kreieren wir mit dem JBuilder eine neue Anwendung. Rufen Sie dazu einfach im Menü DATEI den Eintrag NEU auf, wählen Sie aus dem folgenden Dialogfeld das Symbol APPLICATION aus und klicken Sie dann auf OK.

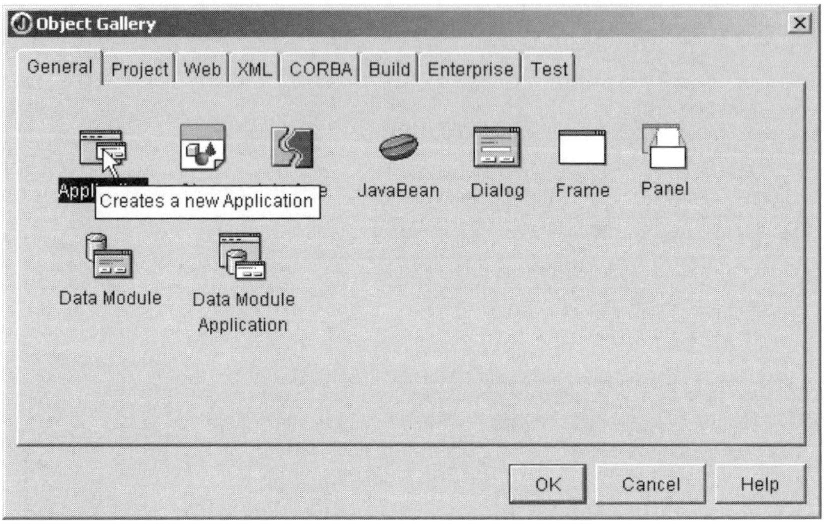

Abbildung 20: Eine neue Applikation kreieren

2. Im Folgenden können Sie wiederum einige Einstellungen und Benennungen vornehmen. Im Wesentlichen sollten Sie hier aussagekräftige Namen für die Klasse vergeben etc. Wir sind an dieser Stelle der Meinung, dass Sie als erfahrener Java-Programmierer die Einstellungen in den nächsten drei Schritte gut ohne weitere Erläuterungen festlegen sollten. Im Anschluss eine kleine Auflistung der wichtigsten Punkte, die hier eingestellt werden müssen:

- das zugehörige Package
- der Name der Klasse
- der Titel für die Oberfläche

Wenn Sie die Schritte durchlaufen haben, so haben Sie soeben eine kleine Anwendung geschrieben, die folgendermaßen aussieht (siehe Abbildung 21).

Diese kleine Anwendung kann natürlich noch nicht viel. Es würde den Rahmen nicht nur dieses Buches, sondern auch den Rahmen einer Einleitung sprengen, wenn wir an dieser Stelle versuchen würden, alles über den JBuilder zu sagen, was es dazu zu sagen gibt.

Abbildung 21: Die erste Anwendung

Somit lassen wir Sie an dieser Stelle mit dem JBuilder ein wenig alleine und hoffen Ihnen mit diesen ersten Schritten einen kleinen Start ermöglicht zu haben. Im Folgenden zeigen wir Ihnen noch, wie man ein Projekt mit dem kostenlosen Tool NetBeans anlegt und danach noch mit dem ebenfalls kostenlosen Tool Eclipse.

NetBeans

Die Installation von NetBeans ist auf den ersten Blick ebenfalls recht einfach. Sie können diese Software von der Seite *http://www.netbeans.org* herunterladen, wobei es sich um ein einfaches Installationsprogramm handelt. Das Programm NetBeans setzt übrigens direkt auf dem Java2 SDK auf, welches vorab installiert sein muss.

Wir zeigen hier wiederum die entsprechenden Punkte auf, wo es auf die genaue Einstellung ankommt:

1. Der erste wichtige Punkt ist die Einstellung des Pfades der entsprechenden installierten Version des Java 2 SDKs.
2. In dem nachfolgenden Schritt kommt ein ähnlicher Dialog wie der vorherige, wobei Sie nun den Installationspfad der Software NetBeans selbst angeben.
3. Die nächsten Schritte beinhalten im Wesentlichen noch einmal die Informationen, Sie können hier das Programm einfach installieren, indem Sie auf die Schaltfläche NEXT klicken.

Nun ist das Programm bereits installiert. Sie müssen nun innerhalb des Programms von NetBeans noch einige Einstellungen vornehmen.

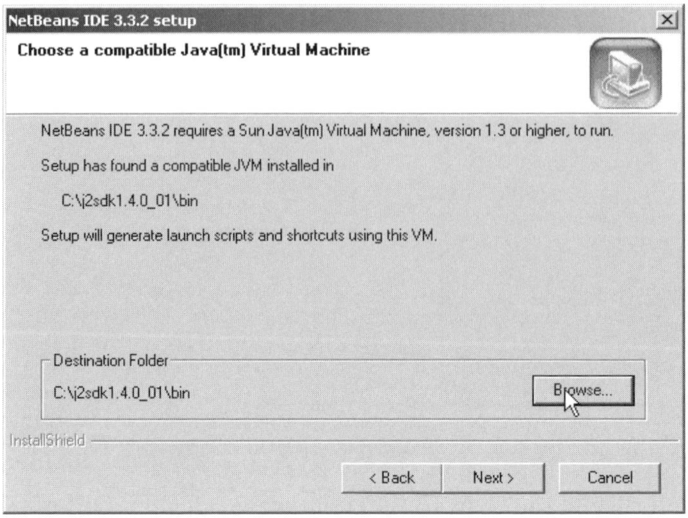

Abbildung 22: Einstellen des Installationspfades

1. Als Erstes sollten Sie nun eine Datei mounten, um hier Projekte anlegen zu können. Vorab sollten Sie schon eine Datei angelegt haben, in der Sie Ihre Packages mit den Klassen speichern möchten. Dazu gehen Sie in den programminternen Explorer und dort über das Kontextmenü über den MOUNT zu der Schaltfläche LOCAL DIRECTOR, wie nachfolgend veranschaulicht.

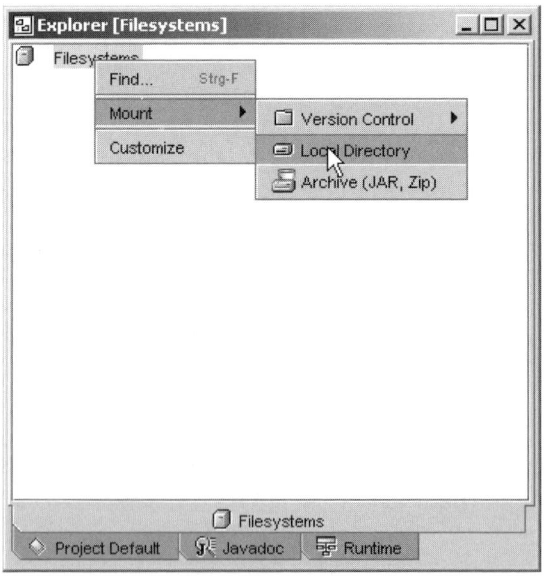

Abbildung 23: Dateisystem mounten

2. Nun wählen Sie in der Dialogbox die entsprechende Datei auf Ihrem Rechner aus und mounten diese. Die dazu notwendigen Schritte sind selbst erklärend, Sie brauchen nur die entsprechenden Bestätigungsschaltflächen zu betätigen.
3. Nun können Sie bereits ein Projekt anlegen und mit ihm entsprechende Klassen und Packages erstellen.

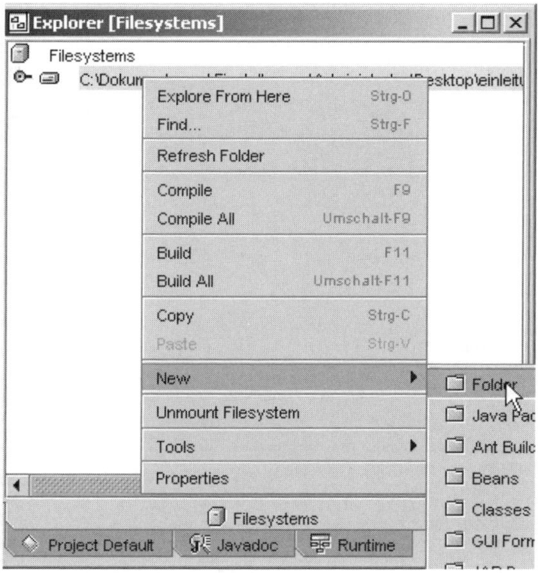

Abbildung 24: Erstellen von Packages, Klassen etc.

Auf der Seite *http://www.netbeans.org* finden Sie viele weitere Informationen über das Programm NetBeans. Im Übrigen haben die Programmierer dieses Buches das Programm NetBeans genutzt um damit den Quelltext für das Buch zu erstellen. Für viele ist das Programm völlig ausreichend und der große Vorteil liegt eben darin begründet, dass das Programm kostenlos zur Verfügung gestellt wird.

Eclipse

Auch das Programm Eclipse ist kostenlos im Internet erhältlich. Dieses Programm verfügt ebenfalls über eine relativ gut ausgestattete Bedienoberfläche und lässt sich genauso einfach im Internet herunterladen. Es ist ebenso auf der CD zu finden.

Auch hier gestaltet sich zunächst die Installation sehr einfach. Es sind nur ein paar wenige Schritte zu beachten, die wir im Folgenden aufführen.

1. Laden Sie sich die gezippte Datei *eclipse-SDK-2.0-win32.zip* herunter und entpacken Sie diese zum Beispiel mit Winzip beispielsweise auf Ihre Festplatte C:\.

2. Starten Sie das Programm Eclipse, indem Sie einfach die *exe*-Datei anklicken. Es erscheint folgendes Bild:

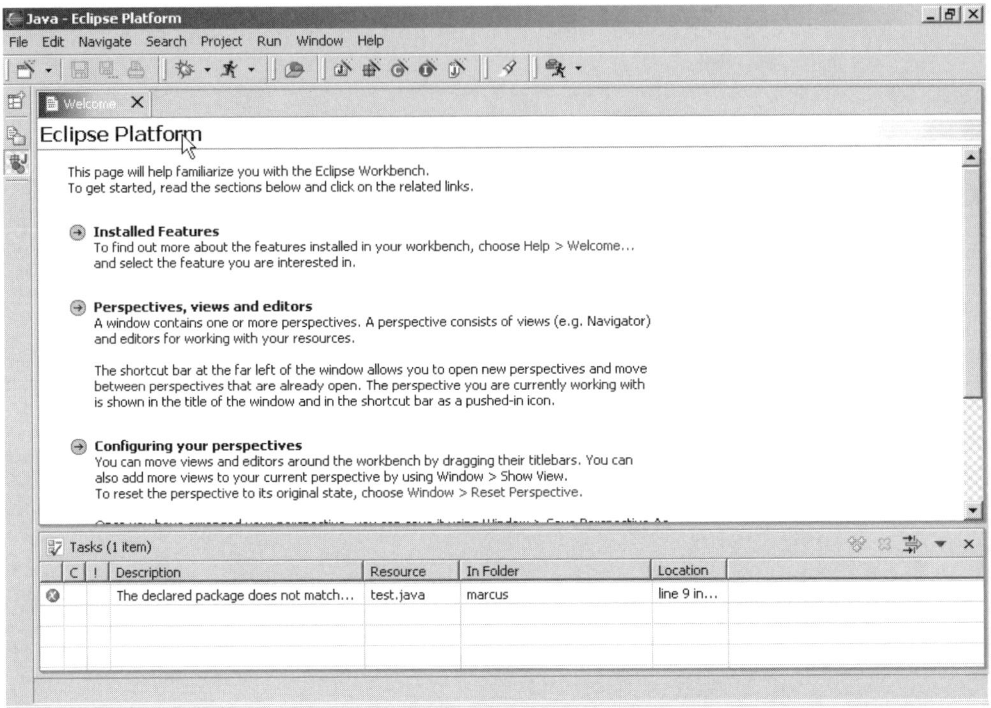

Abbildung 25: Eclipse

3. Nun kann man auch hier ein neues Projekt einfach anlegen, indem man unter dem Menüeintrag FILE den Eintrag NEW auswählt. Hier finden Sie nun die Einträge, mit denen man ein neues Projekt anlegt, einen Packagenamen vergibt oder eine neue Klasse kreiert.

Nun aber zu dem eigentlichen Kern des Buches, den Codebeispielen. In den nachfolgenden Kapiteln finden Sie sofort einsetzbare Codebeispiele für diverse Aufgabenstellungen in Java. Natürlich können wir keine Garantie geben, dass Sie vollständig alle Beispiele finden, die Sie suchen, aber wir garantieren Ihnen ein großes Spektrum an Beispielen, welches Ihnen in den meisten Fällen helfen wird.

Wir wünschen Ihnen viel Erfolg!

TEIL II
Rezepte

Core-APIs

1 Wie vergleiche ich Gleitkommazahlen mit Rundungsfehlern?

Bei der Berechnung von Gleitkommazahlen treten aufgrund der begrenzten Genauigkeit der Datentypen `float` und `double` häufig Rundungsfehler auf. In den meisten Fällen können diese Rundungseffekte vernachlässigt werden. Beim Vergleich zweier Zahlen können kleinste Rundungsfehler jedoch unerwartete Folgen haben:

```
double a = (2d/3d);
double b = (2.2d/3.3d);
if (a == b)
  System.out.println("a ist gleich b");
else
  System.out.println("a ist nicht gleich b");
```

Die Werte `a` und `b` sollten eigentlich gleich sein. Durch Rundungseffekte liefert die Berechnung für `a` aber einen anderen Wert als für `b`. Wie das Beispiel zeigt, sollten bei Zahlenvergleichen Ungenauigkeiten immer berücksichtigt werden. Zwei Zahlen, deren Differenz unterhalb einer Toleranzgrenze liegt, sollten als gleich angesehen werden. Das folgende Beispiel definiert eine Vergleichsfunktion, bei der eine Toleranzgrenze für die Gleichheit zweier Zahlen angegeben werden kann.

```
public static int compareFloat(float f1, float f2, float delta) {
  if (Math.abs(f1-f2) < delta)
    return 0;
  else if (f1 > f2)
    return 1;
  else
    return -1;
}
```

Mit Hilfe dieser Funktion können Rundungsfehler in berechneten Gleitkomma-Zahlen herausgefiltert werden.

```
double a = (2d/3d);
double b = (2.2d/3.3d);
if (cmpDouble(a, b) == 0)
  System.out.println("a ist gleich b");
else
  System.out.println("a ist nicht gleich b");
```

2 Wie runde ich Gleitkommazahlen?

Beim Casting einer Gleitkommazahl in einen Integer-Wert geht Java – wie andere Programmiersprachen auch – eher brachial vor: Alles, was sich hinter dem Komma befindet, wird abgeschnitten. Effektiv bedeutet dies, dass eine positive Zahl immer auf die nächstkleinere ganze Zahl abgerundet wird und eine negative Zahl entsprechend auf die nächstgrößere Zahl aufgerundet.

```
int a = (int)1.999;
int b = (int)-1.9999;
System.out.println(a); // -> Ausgabe ist '1'
System.out.println(b); // -> Ausgabe ist '-1'
```

Sie können Java dazu bewegen, mathematisch korrekt zu runden, indem Sie zu dem Ausgangswert 0.5 hinzuaddieren.

```
int a = (int)(1.4+0.5);
int b = (int)(1.5+0.5);
System.out.println(a); // -> Ausgabe ist '1'
System.out.println(b); // -> Ausgabe ist '2'
```

Sie sollten diese Art der Rundung jedoch nicht einsetzen. In einer komplexen Berechnung ist nicht immer klar, ob die 0.5, die in der Berechnung zum Ergebnis addiert wird, zur Berechnung gehört oder für ein gutes Rundungsergebnis addiert wurde. Eine bessere Alternative bieten die vier Methoden `round()`, `rint()`, `ceil()`, `floor()` aus der Klasse `java.lang.Math`:

Funktion	Rundungsart
`round()`	rundet auf die nächste ganze Zahl. Liegt der Wert genau zwischen zwei ganzen Zahlen, dann wird zur nächstgrößeren Zahl gerundet.
`rint()`	rundet auf die nächste ganze Zahl. Liegt der Wert genau zwischen zwei ganzen Zahlen, dann wird zur nächsten geraden Zahl gerundet (*gerechtes Runden*).
`ceil()`	rundet auf die nächste größere ganze Zahl.
`floor()`	rundet auf die nächste kleinere ganze Zahl.

Tabelle 1: Rundungsfunktionen

Zusammen mit dem Casting einer Zahl ergeben sich damit fünf verschiedene Möglichkeiten, eine Zahl zu runden. Das folgende Beispiel listet das Verhalten der Rundungsarten anhand verschiedener Zahlen auf:

```
double val = -2.25d;
System.out.println("Zahl\tround\trint\tceil\tfloor\tCast");
while (val < 2.5d) {
  System.out.print(val);
  System.out.print("\t" + Math.round(val));
  System.out.print("\t" + Math.rint(val));
  System.out.print("\t" + Math.ceil(val));
  System.out.print("\t" + Math.floor(val));
  System.out.println("\t" + (int)val);
  val += 0.25d;
}
```

Manchmal möchte man eine Zahl auf eine bestimmte Anzahl hinter dem Komma beschränken. Beispielweise dann, wenn Sie Geldbeträge berechnen. Ein Wert von 5,4574324 EUR ist zwar sehr genau, aber im alltäglichen Leben (Benzinpreise einmal ausgenommen) nicht besonders sinnvoll. Die Klasse `BigDecimal` bietet die Möglichkeit, eine Zahl auf eine bestimmte Anzahl Nachkommastellen zu runden.

```
BigDecimal amount = new BigDecimal(5.4574324d);
amount = amount.setScale(2, BigDecimal.ROUND_HALF_UP);
System.out.println("Wert gerundet auf: " + amount);
```

Das Ergebnis der Rundung sieht dann wie folgt aus:

```
Wert gerundet auf: 5.46
```

3 Wie formatiere ich eine Zahl in einen String?

Oftmals reicht die normale Darstellung von Zahlen in einer Anwendung nicht aus. In einer kaufmännischen Anwendung z.B. werden Beträge häufig wie folgt dargestellt:

```
1 Mio = 1.000.000,00
```

Für diese Art von Formatierungen steht in Java die Klasse `NumberFormat` und vor allem die Klasse `DecimalFormat` zur Verfügung. Mit Hilfe der Klasse `DecimalFormat` können Zahlen in (fast) beliebiger Art und Weise ausgegeben werden bzw. eine Zeichenkette, welche eine Zahl in einer bestimmten Formatierung enthält, in eine Zahl umgewandelt werden. Für die Umwandlung von Zahlen in Strings und umgekehrt muss man sich zunächst ein Objekt der Klasse `NumberFormat` erzeugen. Bei dieser Erzeugung muss der Klasse das zu benutzende Format (engl. *Pattern*) angegeben werden. Ein Pattern besteht im Wesentlichen aus den in der folgenden Tabelle enthaltenen Zeichen.

Symbol	Location	Bedeutung
0	Number	Zahl. Wird auf jeden Fall angezeigt.
#	Number	Zahl. Eine Null wird nicht angezeigt.
.	Number	Dezimalpunkt
-	Number	Minuszeichen
,	Number	Trennzeichen für Tausender
E	Number	trennt Mantisse und Exponent in wissenschaftlichen Notationen.
%	Prefix or suffix	Multipliziere Zahl mit 100 und zeige sie als Prozentzahl an.
\u2030	Prefix or suffix	Multipliziere Zahl mit 100 und zeige sie als Promille-Wert an.

Tabelle 2: Muster und Formate für Zahldarstellungen

Symbol	Location	Bedeutung
'	Prefix or suffix	Wird benutzt, um spezielle Zeichen (wie z.B. das #) zu maskieren. Beispielsweise formatiert '#'# die Zahl 123 zu #123. Einfache Anführungszeichen werden durch doppelte Anführungszeichen dargestellt (Also zeigt '' ein einfaches Anführungszeichen an.)

Tabelle 2: Muster und Formate für Zahldarstellungen (Forts.)

Die Formatierung einer Zahl in das bereits angesprochene Format wird demnach durch den folgenden Formatstring `pattern = ###,###,###.##` erreicht, wie das folgende Code-Segment verdeutlicht:

```
double number = 1000000.50;
String pattern = "'0' < ###,###,###.##";
DecimalFormat df = new DecimalFormat(pattern);
System.out.println(df.format(number));
```

Die Entscheidung, welches Zeichen bei der Formatierung z.B. als Trennzeichen für Tausender und welches als Dezimalpunkt genutzt werden soll, trifft die Klasse `DecimalFormat` selber. Ihre Informationen bezieht sie aus den Spracheinstellungen des Computersystems. Sind Sie mit den Einstellungen nicht zufrieden, können Sie sich einen eigenen Satz an Formatzeichen ausdenken und `DecimalFormat` über die Klasse `DecimalFormatSymbols` mitteilen. Sehen Sie sich das folgende Beispiel dazu an:

```
pattern = "'Zahl ist' ''###,###,###.00''";
DecimalFormatSymbols symbols = new DecimalFormatSymbols();
symbols.setGroupingSeparator('/');
symbols.setDecimalSeparator('!');
df = new DecimalFormat(pattern, symbols);
System.out.println(df.format(number));
```

Die beiden Beispiele zeigen außerdem die Verwendung von `#` und `0`. Während bei einem `#` nur dann ein Zeichen angezeigt wird, wenn nötig, bedeutet die Null, dass das Zeichen auf jeden Fall dargestellt wird. Hierdurch können Sie bei der Formatierung eine bestimmte Anzahl von Vorkomma- bzw. Nachkommastellen erzwingen. Der umgekehrte Weg – nämlich das Extrahieren einer Zahl aus einem String – ist mit dieser Klasse natürlich genauso gut möglich. Wie diese Umwandlung im Einzelnen funktioniert, wird Ihnen im nächsten Rezept eingehend erläutert. Die Klasse

`NumberFormat` kann dazu genutzt werden, einen sprachabhängigen Standard-Formatierer für die Formatierung zu erhalten. Dazu stellt die Klasse eine Reihe von statischen Methoden der Form `getInstance()` zur Verfügung.

Methode	Beispiel
`getInstance()`	1.000.000,5
`getCurrencyInstance()`	1.000.000,50 _
`getIntegerInstance()`	1.000.000
`getNumberInstance()`	1.000.000,5
`getPercentInstance()`	100.000.050%

Tabelle 3: Formatmöglichkeiten von NumberFormat

Als Rückgabewert liefern alle Methoden ein Objekt der Klasse `NumberFormat`. Das Objekt ist so konfiguriert, dass Umwandlungen von Zahlen in Zeichenketten und umgekehrt in der auf dem System eingestellten Sprache/Locale durchgeführt werden. Um einen Standard-Formatierer für eine andere Sprache zu erhalten, nutzen Sie einfach die Methoden der Form `getInstance(Locale)`.

```
// Erhalten eines Formatierers ohne und mit Angabe einer Locale
double number = 1000000.50;
NumberFormat nf;
nf = NumberFormat.getCurrencyInstance();
System.out.println(nf.format(number));
nf = NumberFormat.getCurrencyInstance(Locale.UK);
System.out.println(nf.format(number));
```

Dies erzeugt folgende Ausgabe:

```
1.000.000,50 _
£1,000,000.50
```

4 Wie lese ich kaufmännische Zahlen aus einem String?

Nicht immer werden Zahlen in einem String in dem gleichen Format abgespeichert. So könnten Benutzer z. B. Zahlen in einem Eingabefeld in der kaufmännischen Form eingeben. Aber auch andere Formen sind denkbar. Am besten nutzen Sie die Klassen `DecimalFormat` und `NumberFormat` zur Umwandlung von Strings in Zahlen. Ihre prinzipielle Funktionsweise können Sie aus dem vorhergehenden Beispiel entnehmen. Neben der in dem vorhergehenden Beispiel zur Verfügung stehenden Methode `format()` bieten die Klassen auch eine Methode `parse()` an. Mit Hilfe dieser Methode können Zeichenketten auf einfache Weise in eine Zahl verwandelt werden. In der einfachsten Variante erwartet die Methode einen String, dessen Inhalt eine Zahl gemäß dem im Konstruktor vorgegebenen Format (Pattern) enthält. Der String wird geparst und ein entsprechendes Objekt der Klasse `Number` erzeugt. Genügt der übergebene String nicht dem vorgegebenen Pattern, wird eine *ParseException* ausgelöst. Das folgende Beispiel verdeutlicht die Vorgehensweise:

```
String number = "1.000.000,50";
String pattern = "###,###,###.##";
try {
  DecimalFormat df = new DecimalFormat(pattern);
  System.out.println(df.parse(number));
}
catch (ParseException e) {
  System.err.println(e);
}
```

5 Wie kann ich mit sehr großen und sehr genauen Zahlen rechnen?

Bei numerischen Anwendungen kann es vorkommen, dass die in einer Programmiersprache zur Verfügung gestellten primitiven Datentypen in Bezug auf den abgedeckten Zahlenbereich und die Genauigkeit nicht ausreichen. Abhilfe schaffen hier die beiden Klassen `BigInteger` und `BigDecimal` aus dem Paket `java.Math`. Beide Klassen sind in der Lage, eine Zahl beliebiger Größe zu repräsentieren (wobei dem Wort »beliebig« durch die Größe des Hauptspeichers Grenzen gesetzt werden). Während die Klasse `BigInteger` nur ganze Zahlen aufnehmen kann, speichert die Klasse `BigDecimal` zusätzlich beliebig viele Nachkommastellen ab. Die Konstruktoren der Klassen können jeweils Zeichenketten entgegennehmen, da dies die einzige Möglichkeit ist, dem begrenzten Zahlenraum der primitiven Datentypen zu entfliehen.

```
BigInteger integer = new BigInteger("123456433523435345");
BigDecimal decimal = new BigDecimal("123456433523435345.3242424242421235");
```

Ein BigDecimal kann wahlweise auch mit einem double-Wert initialisiert werden. Leider haben die Java-Entwickler sich dazu entschieden, der Klasse BigInteger keinen entsprechenden Konstruktor mit einem Wert vom Typ long zu spendieren. Stattdessen müssen Sie hier die statische Methode valueOf() nutzen, um einen BigInteger aus einem Long-Wert zu erzeugen.

```
BigInteger integer = BigInteger.valueOf(12345);
BigDecimal decimal = new BigDecimal(12345.32d);
```

Objekte der Klasse BigInteger und BigDecimal sind unveränderlich (immutable), d.h. nach ihrer Erzeugung besteht keine Möglichkeit mehr, den in einem Objekt gespeicherten Wert zu ändern. Dennoch gibt es eine Reihe von Berechnungsfunktionen wie z.B. Addition, Subtraktion etc. Allen Methoden ist eines gemeinsam: Sie erzeugen jeweils ein neues Objekt der entsprechenden Klasse. Das Objekt, auf dem die Berechnung ausgeführt worden ist, wird nicht verändert. Als Beispiele für den Einsatz der Klasse BigInteger werden sehr häufig kryptografische Anwendungen genannt. Dies ist auch der Grund dafür, dass die Klasse die Möglichkeit bietet, große Primzahlen zu erzeugen, da Primzahlen in verschiedenen Verschlüsselungsalgorithmen eine wichtige Rolle spielen. Für den Hausgebrauch wichtiger ist die Klasse BigDecimal. Das folgende Beispiel zeigt die Verwendung der Klasse BigDecimal. Mit Hilfe der Klasse lassen sich die trigonometrischen Funktionen sin(x), cos(x) und arctan(x) sowie die mathematischen Konstanten Pi und e mit einer einstellbaren Genauigkeit berechnen.

```
package javacodebook.core.bignumber;
import java.math.*;
/**
 * Mit Hilfe dieser Klasse lassen sich die mathematischen
 * Konstanten Pi und e sowie einige trig. Funktionen
 * mit beliebiger Genauigkeit berechnen.
 */
public class CalcExample {

  static final BigDecimal ZERO = new BigDecimal(0);
  static final BigDecimal ONE  = new BigDecimal(1);
  static final BigDecimal FOUR = new BigDecimal(4);

  static final int ROUND_ME = BigDecimal.ROUND_HALF_EVEN;
```

Listing 1: CalcExample

```
/**
 * berechnet den Wert von e nach der Summen-Formel
 * e = 1/0! + 1/1! + 1/2! + 1/3! + ...
 */
public static BigDecimal euler(int scale) {
  BigDecimal factor  = new BigDecimal(1);
  BigDecimal factmul = new BigDecimal(1);
  BigDecimal result  = new BigDecimal(0);

  while (true) {
    // Berechne die Zahl 1 / akt. Faktor.
    BigDecimal x = ONE.divide(factor, scale+ 1, ROUND_ME);
    // Wenn der Faktor Null ist, dann abbrechen
    if (x.compareTo(ZERO) == 0)
      break;

    // Das aktuelle Ergebnis wird zum
    // Gesamtergebnis addiert
    result = result.add(x);

    // Den neuen Summanden berechnen
    factor = factor.multiply(factmul);
    factmul = factmul.add(ONE);
  }
  return result.setScale(scale, ROUND_ME);
}

/**
 * Berechnet den Wert von pi nach der Machin-Formel:
 * pi/4 = 4*arctan(1/5) - arctan(1/239)
 */
public static BigDecimal pi(int scale) {
  BigDecimal arctan_1_5 = arctan(0.2, scale+5);
  BigDecimal arctan_1_239 = arctan(1d/239d, scale+5);
  BigDecimal pi = arctan_1_5.multiply(FOUR).subtract(
    arctan_1_239).multiply(FOUR);
  return pi.setScale(scale, ROUND_ME);
}

/**
 * Berechnung den arctan(x) nach der folgenden Formel:
 * arctan(x) = x - (x^3)/3 + (x^5)/5 - (x^7)/7 + ...
 */
public static BigDecimal arctan(double x, int scale) {
  if (x>=1 || x<=-1)
```

Listing 1: CalcExample (Forts.)

Core
I/O
GUI
Multimedia
Datenbank
Netzwerk
XML
RegEx
Daten
Threads
Web-Server
Applets
Sonstiges

```
    return null;

  BigDecimal result = new BigDecimal(x);
  BigDecimal numer  = new BigDecimal(x);
  BigDecimal denom  = new BigDecimal(0);
  BigDecimal help   = new BigDecimal(x*x);
  BigDecimal term   = new BigDecimal(1);

  int i = 1;
  while (true) {
    numer = numer.multiply(help);
    denom = new BigDecimal(2*i+1);

    term = numer.divide(denom, scale, ROUND_ME);

    if (term.compareTo(ZERO) == 0)
      break;

    if (i%2 != 0)
      result = result.subtract(term);
    else
      result = result.add(term);

    i++;
  }
  return result;
}

/**
 * Berechnung des Sinus mit der folgenden Formel:
 * sin(x) = x - (x^3)/3! + (x^5)/5! - (x^7)/7! + ...
 */
public static BigDecimal sin(double x, int scale) {

  BigDecimal result = new BigDecimal(0);
  BigDecimal numer  = new BigDecimal(x);
  BigDecimal denom  = new BigDecimal(1);
  BigDecimal help   = new BigDecimal(x*x);
  BigDecimal term   = new BigDecimal(1);

  int i=1;
  while (true) {
    term = numer.divide(denom, scale+1, ROUND_ME);
```

Listing 1: CalcExample (Forts.)

```
      if (term.compareTo(ZERO) == 0)
        break;

      if (i%2 == 1)
        result = result.add(term);
      else
        result = result.subtract(term);

      numer = numer.multiply(help);
      denom = denom.multiply(
            new BigDecimal(2*i*(2*i+1)));
      i++;
    }

    return result.setScale(scale, ROUND_ME);
  }

  /**
   * Berechnung des Cosinus mit der folgenen Formel:
   * cos(x) = 1 - (x^2)/2! + (x^4)/4! - (x^6)/6! + ...
   */
  public static BigDecimal cos(double x, int scale) {

    BigDecimal result = new BigDecimal(0);
    BigDecimal numer  = new BigDecimal(1);
    BigDecimal denom  = new BigDecimal(1);
    BigDecimal help   = new BigDecimal(x*x);
    BigDecimal term   = new BigDecimal(1);

    int i=1;
    while (true) {
      term = numer.divide(denom, scale+1, ROUND_ME);

      if (term.compareTo(ZERO) == 0)
        break;

      if (i%2 == 1)
        result = result.add(term);
      else
        result = result.subtract(term);

      numer = numer.multiply(help);
      denom = denom.multiply(
            new BigDecimal((2*i)*(2*i-1)));
      i++;
```

Listing 1: CalcExample (Forts.)

```
    }

    return result.setScale(scale, ROUND_ME);
  }
}
```

Listing 1: CalcExample (Forts.)

Mit dieser Klasse können Sie nun die einzelnen trigonometrischen Berechnungen anstellen:

```
package javacodebook.core.bignumber;
public class Starter {

  public static void main(String[] args) {
   System.out.println("e (euler) = " + CalcExample.euler(30));
   System.out.println("pi     = " + CalcExample.pi(30));
   System.out.println("sin(x)  = " + CalcExample.sin(0.5, 30));
   System.out.println("cos(x)  = " + CalcExample.cos(0.5, 30));
   System.out.println("arctan(x) = " + CalcExample.arctan(0.5, 30));
  }
}
```

Listing 2: Starter

Die Ausgabe hat folgende Gestalt:

```
>java javacodebook.core.bignumber.CalcStarter
e (euler) = 2.718281828459045235360287471353
pi        = 3.141592653589793407314096690549
sin(x)    = 0.479425538604203000273287935216
cos(x)    = 0.877582561890372716116281582604
arctan(x) = 0.463647609000806116214256231463
```

6 Wie verwandle ich eine Zahl in ein anderes Zahlenformat?

Die Umwandlung von Zahlen in verschiedene Zahlensysteme ist in Java ein einfaches Geschäft, da die Klasse `Integer` die hierfür notwendige Funktionalität bereits über zwei statische Methoden `Integer.parseInt()` und `Integer.toString()` mitliefert. Die

Methode `Integer.parseInt()` wandelt eine String-Zahl zu einer beliebigen Basis in einen normalen `int` um. Die Basis wird als Parameter angegeben. Die Methode `Integer.toString()` wandelt dagegen einen `int` in eine String-Zahl zu einer beliebigen Basis um.

```
// Zahl als HEX-Wert (Basis ist 16)
String hex = "FFFA";
// Umwandlung der Zahl zur Basis 16 in einen int
int dec = Integer.parseInt(hex, 16);
// Umwandlung der Zahl in eine Zahl zur Basis 8
String oct = Integer.toString(dec, 8);
System.out.println("HEX: " + hex);
System.out.println("DEC: " + dec);
System.out.println("OCT: " + oct);
```

Im Ergebnis erhält man:

```
>java javacodebook.core.radix.Starter
HEX: FFFA
DEC: 65530
OCT: 177772
```

Da das Zahlensystem für die Umwandlung der Zahlen in Zeichenketten und umgekehrt bei der Umwandlung von Zeichenketten in Zahlen die Basis jeweils angegeben werden können, können natürlich auch exotische Umwandlungen einfach durchgeführt werden.

7 Wie kann ich bruchrechnen?

Mit Hilfe von Brüchen lassen sich Zahlen darstellen, die durch den Datentyp `double` nicht darstellbar sind, wie z.B. die Zahl 1/3. Die folgende Klasse `Fraction` erlaubt es Ihnen, einen Bruch ohne Rundungsfehler darzustellen und die grundlegenden Rechenoperationen für Brüche auszuführen. Die Klasse kann entweder mit einem String der Schreibweise `Zaehler/Nenner`, einer ganzen Zahl, Zähler und Nenner einzeln oder mit Hilfe eines anderen Bruches initialisiert werden. Die folgenden weiteren Operationen bietet die Klasse `Fraction` an:

```
Fraction add(Fraction fraction);
Fraction sub(Fraction fraction);
Fraction mul(Fraction fraction);
Fraction div(Fraction fraction);
```

Die Rechenoperationen geben jeweils einen neuen Bruch zurück, welcher das Ergebnis der Berechnung widerspiegelt. Die beiden an der Berechnung beteiligten Brüche werden nicht verändert. Das Ergebnis wird jeweils soweit möglich gekürzt.

Da die Klasse `Fraction` aus sehr vielen Zeilen Code besteht, wird sie an dieser Stelle nicht abgedruckt. Sie können die Klasse aber gerne von der Buch-CD kopieren bzw. sich den Source-Code dort ansehen.

Das folgende Beispiel zeigt, wie die Klasse `Fraction` zu benutzen ist:

```
package javacodebook.core.fraction;

public class Starter {

  public static void main(String []args) {
    Fraction f1 = new Fraction("6/-4");
    Fraction f2 = new Fraction("1/5");
    // Die gekürzten Brüche ausgeben
    System.out.println(f1);
    System.out.println(f2);

    // Grundrechenarten ausführen und ausgeben
    System.out.println(f1.add(f2));
    System.out.println(f1.sub(f2));
    System.out.println(f1.mul(f2));
    System.out.println(f1.div(f2));

    // Mehrere Rechenschritte ausführen und ausgeben
    System.out.println(f1.add(f2).mul(f1));
  }
}
```

Listing 3: Verwendung der Klasse Fraction

Beim Start der Anwendung wird die folgende Ausgabe erzeugt.

```
>java javacodebook.core.fraction.Starter
-(3/2)
(1/5)
-(13/10)
-(17/10)
-(3/10)
-(15/2)
(39/20)
```


8 Wie rechne ich mit Matrizen?

Matrizenberechnungen werden häufig in mathematischen oder technischen Anwendungen eingesetzt. Unerlässlich sind Matrizen auch für 3D-APIs. Hier werden sie z.B. zur Berechnung von Rotationen eines Körpers im 3D-Raum herangezogen. Leider befindet sich in der Standard-API von SUN keinerlei Unterstützung für Matrizen. Behelfen kann man sich aber mit dem Paket JAMA, welches von der NIST (National Institute of Standards and Technology) in Zusammenarbeit mit MathWorks entwickelt worden ist und als freie Referenzimplementierung vorliegt. Mit diesem Paket können grundlegende Matrizen-Operationen wie Addition, Subtraktion, Multiplikation sowie komplexere Aufgaben wie z.B. das Lösen nichtsingulärer Gleichungen oder Berechnung der Determinante durchgeführt werden. Das Paket können Sie unter der Adresse *http://math.nist.gov/javanumerics/jama/* herunterladen. Wenn Ihnen die Addition und Multiplikation mit Matrizen genügt, dann können Sie auch die im Folgenden vorgestellte Klasse `Matrix` benutzen. Die Klasse `Matrix` bietet die folgende Funktionalität:

- Matrizen mit vorgegebener Größe anlegen
- Eine Matrize aus einem 2D-Array vom Typ `double` anlegen
- Eine Matrize als Kopie einer Matrize anlegen
- Einzelne Werte in der Matrize lesen und schreiben
- Matrizen addieren
- Matrizen miteinander multiplizieren
- Eine Matrize mit einem Faktor multiplizieren

Der folgende Code verdeutlicht die Benutzung der Klasse:

```
package javacodebook.core.matrix;

public class Starter {

  public static void main(String []args) throws Exception {
    double [][]m1 = {
      { 2.0, 4.0, -3.0 },
      { 1.0, 0.0, 6.0 }
    };

    double [][]m2 = {
      { 1.0 },
      { 2.0 },
      { 6.0 }
    };

    Matrix a = new Matrix(m1);
    Matrix b = new Matrix(m2);

    System.out.println("Matrix a: ");
    System.out.println(a);
    System.out.println("Matrix b: ");
    System.out.println(b);
    System.out.println("Matrix c = a*b: ");
    System.out.println(a.multiply(b));
    System.out.println("Matrix d = a+a: ");
    System.out.println(a.add(a));
  }
}
```

Listing 4: Verwendung der Klasse Matrix

Die Klasse `Matrix` sieht wie folgt aus:

```
package javacodebook.core.matrix;
import java.util.Random;

public class Matrix {
  int rows, cols;
  private double[][] cell;
```

Listing 5: Matrix

```
/**
 * erzeugt eine Matrix der Größe rows/cols und
 * mit allen Elementen auf 0 gesetzt
 */
public Matrix(int rows, int cols) {
  cell = new double[rows][cols];
  for (int i = 0; i < rows; i++) {
    for (int k = 0; k < cols; k++) {
      cell[i][k] = 0;
    }
  }
  this.rows = rows;
  this.cols = cols;
}

/**
 * erzeugt eine Kopie der übergebenen Matrix
 */
public Matrix(Matrix matrix) {
  cell = matrix.getCells();
  rows = matrix.getRows();
  cols = matrix.getCols();
}

/**
 * erzeugt eine neue Matrix aus dem Array
 */
public Matrix(double [][]matrix)
{
  cell = new double[matrix.length][matrix[0].length];
  rows = cell.length;
  cols = cell[0].length;
  for (int i = 0; i < rows; i++) {
    System.arraycopy(matrix[i], 0, cell[i], 0, cols);
  }
}

/**
 * Anzahl der Zeilen der Matrix zurückgeben
 */
public int getRows() {
  return rows;
}
```

Listing 5: Matrix (Forts.)

```
/**
 * Anzahl der Spalten der Matrix zurückgeben
 */
public int getCols() {
  return cols;
}

/**
 * gibt eine Kopie der Matrix-Elemente zurück
 */
public double[][] getCells() {
  double copy[][] = new double[rows][cols];
  for (int i = 0; i < rows; i++) {
    System.arraycopy(cell[i], 0, copy[i], 0, cols);
  }
  return copy;
}

/**
 * den Wert einer Zelle der Matrix zurückgeben
 */
public double getValue(int row, int col) {
  return cell[row][col];
}

/**
 * den Wert einer Zelle der Matrix neu setzen
 */
public void setValue(int row, int col, double value) {
  cell[row][col] = value;
}

/**
 * Testen, ob zwei Matrizen die gleiche Anzahl an Zeilen und Spalten haben
 */
public boolean sameDimension(Matrix b) {
  return (rows == b.getRows() && cols == b.getCols());
}

/**
 * addiert zwei Matrizen miteinander. Die Matrizen
 * müssen hierfür das gleiche Format haben.
 */
public Matrix add(Matrix b) throws Exception {
  if (!sameDimension(b)) {
    throw new Exception("Dimension mismatch");
```

Listing 5: Matrix (Forts.)

```
    }
    Matrix result = new Matrix(rows, cols);
    double value = 0;
    for (int i = 0; i<rows; i++) {
      for (int j = 0; j <cols; j++) {
        value = getValue(i,j) + b.getValue(i,j);
        result.setValue(i, j, value);
      }
    }
    return result;
  }

  /**
   * multipliziert zwei Matrizen miteinander. Die Matrizen
   * müssen hierfür das richtige Format haben.
   */
  public Matrix multiply(Matrix b) throws Exception {
    if (cols != b.getRows()) {
      throw new Exception("Dimension mismatch");
    }
    Matrix result = new Matrix(rows, b.getCols());
    double value;
    for (int i=0; i<rows; i++) {
      for (int j=0; j<b.getCols(); j++) {
        for (int k=0; k<cols; k++) {
          value = result.getValue(i,j);
          value += (getValue(i, k)*b.getValue(k,j));
          result.setValue(i,j, value);
        }
      }
    }
    return result;
  }

  /**
   * multipliziert eine Matrix mit einer Zahl
   */
  public Matrix multiply(double value) {
    Matrix result = new Matrix(rows, cols);
    for (int i=0; i<rows; i++) {
      for (int j=0; j<cols; j++) {
        cell[i][j] = value* cell[i][j];
      }
    }
    return result;
  }
```

Listing 5: Matrix (Forts.)

```
  /**
   * schreibt die Matrix in einen String
   */
  public String toString() {
    String ret = new String();
    for (int i = 0; i < rows; i++) {
      for (int j = 0; j < cols; j++) {
        ret += " " + cell[i][j];
      }
      ret += "\n";
    }
    return ret;
  }
}
```

Listing 5: Matrix (Forts.)

9 Wie kann ich Zahlen ausschreiben?

Möchten Sie Zahlen in ausgeschriebener Form darstellen? Dann können Sie das über die drei Klassen `EnglishNumber`, `GermanNumber` und `RomanNumber` tun. Die drei Klassen können Sie von der CD kopieren. Alle drei Klassen wandeln eine ganze Zahl in einen ausgeschriebenen String um. Dazu müssen Sie lediglich die Methode `toString()` der jeweiligen Klasse aufrufen. Beispielhaft ist hier die Klasse `GermanNumber` abgedruckt.

```
package javacodebook.core.writtennumber;

public class GermanNumber implements WrittenNumber {

  int number;

  private static final String []EINER = {
    "null", "eins", "zwei", "drei", "vier", "fünf",
    "sechs", "sieben", "acht", "neun", "zehn", "elf",
    "zwölf", "dreizehn", "vierzehn", "fünfzehn",
    "sechzehn", "siebzehn", "achtzehn", "neunzehn"
  };

  private static final String []ZEHNER = {
    "","","zwanzig", "dreißig", "vierzig", "fünfzig",
```

Listing 6: GermanNumber

```
    "sechzig", "siebzig", "achtzig", "neunzig"
  };

  public GermanNumber(int number) {
    this.number = number;
  }

  public void setNumber(int number) {
    this.number = number;
  }

  public String toString() {
    if (number == 0)
      return "null";
    else if (number == 1)
      return "eins";
    else {
      StringBuffer buf = new StringBuffer();
      lessMillion(buf, number);
      return buf.toString();
    }
  }

  private void less100(StringBuffer buf, int number) {
    if (number == 0)
      return;
    else if (number == 1)
      buf.append("eins");
    else if (number < 20)
      buf.append(EINER[number]);
    else if (number%10 == 0){
      buf.append(ZEHNER[number/10]);
    } else {
      buf.append(EINER[number%10]);
      buf.append("und");
      buf.append(ZEHNER[number/10]);
    }
  }

  private void less1000(StringBuffer buf, int number) {
    if (number < 100) {
      less100(buf, number);
    } else if (number%100 == 0) {
      buf.append(EINER[number/100]);
```

Listing 6: GermanNumber (Forts.)

```
        buf.append("hundert");
      } else {
        buf.append(EINER[number/100]);
        buf.append("hundert ");
        less100(buf, number%100);
      }
    }

    private void lessMillion(StringBuffer buf, int number) {
      if (number < 1000) {
        less1000(buf, number);
      } else if (number < 2000) {
        buf.append("ein tausend ");
        less1000(buf, number%1000);
      } else {
        less1000(buf, number/1000);
        buf.append(" tausend ");
        less1000(buf, number%1000);
      }
    }
  }
```

Listing 6: GermanNumber (Forts.)

Das folgende Beispiel zeigt die Verwendung der drei Klassen. Es werden die Zahlen 1 – 24 ausgeschrieben dargestellt:

```
package javacodebook.core.writtennumber;

import java.text.DateFormat;
import java.util.Calendar;

public class Starter {

  public static void main(String []args) throws Exception {
    WrittenNumber r = new RomanNumber(0);
    WrittenNumber g = new GermanNumber(0);
    WrittenNumber e = new EnglishNumber(0);
    for (int i=1; i<24; i++)
    {
      r.setNumber(i);
      g.setNumber(i);
      e.setNumber(i);
```

Listing 7: Starter

```
      System.out.println("" + i + " " + r + "\t" + g + "\t" + e);
    }
  }
}
```

Listing 7: Starter (Forts.)

Die Ausgabe ergibt folgende Übersetzungen:

```
1 I     eins    one
2 II    zwei    two
3 III   drei    three
4 IV    vier    four
5 V     fünf    five
6 VI    sechs   six
7 VII   sieben  seven
8 VIII  acht    eight
9 IX    neun    nine
10 X    zehn    ten
11 XI   elf     eleven
12 XII  zwölf   twelve
13 XIII dreizehn        thirteen
14 XIV  vierzehn        fourteen
15 XV   fünfzehn        fifteen
16 XVI  sechzehn       sixteen
17 XVII siebzehn        seventeen
18 XVIII        achtzehn        eighteen
19 XIX  neunzehn        nineteen
20 XX   zwanzig twenty
21 XXI  einundzwanzig   twenty one
22 XXII zweiundzwanzig  twenty two
23 XXIII        dreiundzwanzig  twenty three
```


10 Wie erzeuge ich Zufallszahlen?

Zufallszahlen lassen sich über zwei verschiedene Wege erzeugen: Benötigen Sie mal schnell eine Zufallszahl, eignet sich die statische Methode `random()` der Klasse `Math` hervorragend. Bei jedem Aufruf erzeugt sie eine zufällige Zahl vom Typ `double`. Intern benutzt die Klasse `Math` zum Erzeugen einer Zufallszahl die Klasse `Random` aus dem Paket `java.util`. Dies ist auch die zweite Möglichkeit, sich eine Zufallszahl zu erzeugen – nämlich die Verwendung der Klasse `Random`. Der Begriff Zufallszahl ist in diesem Zusammenhang vielleicht ein wenig irreführend und sollte durch den Begriff

»*Pseudo-Zufallszahl*« ersetzt werden. Ausgehend von einem Startwert – dem so genannten *Seed* – wird eine Zufallszahl über einen mathematischen Algorithmus berechnet. Diese Zahl wird ihrerseits für die Erzeugung einer neuen Zufallszahl herangezogen. Gleiche Startwerte führen damit zwangsläufig auch zu einer gleichen Sequenz von Zufallszahlen. Der Seed kann im Konstruktor der Klasse `Random` in Form einer Variable vom Typ `long` angegeben werden. Wird er nicht angegeben, nutzt die Klasse `Random` die aktuelle Systemzeit als Startwert. Den Umstand, dass Zufallszahlen aus einem Seed errechnet werden und dieser bei dem parameterlosen Konstruktor über die aktuelle Systemzeit gelesen wird, sollten Sie bei der Benutzung der Klasse `Random` immer berücksichtigen. Schauen Sie sich dazu das folgende Beispiel einmal an:

```
Random r1 = new Random();
Random r2 = new Random();
for (int i=0;i<3; i++)
  System.out.println(r1.nextInt()-r2.nextInt());
```

Auf den ersten Blick sieht das Beispiel einwandfrei aus. Es werden jeweils zwei Zufallszahlen generiert und voneinander subtrahiert. Die Überraschung kommt bei der Ausführung des Beispiels: Das Ergebnis der Berechnung in der Schleife ist immer 0! Die Antwort ist einfach: Die Seeds der beiden Objekte `r1` und `r2` sind gleich, da sie quasi zeitgleich initialisiert wurden!

Die folgende Klasse erzeugt Lottozahlen, wie z.B. 6 aus 49. Lottozahlen haben die folgenden Eigenschaften:

1. Es werden `count` Zahlen aus der Menge `1-max` gezogen.
2. Eine Zahl kann nur ein einziges Mal gezogen werden.

Die Funktion `next()` erzeugt einen neuen Satz von Zahlen nach dem vorgegebenen Muster. Die Methode sieht folgendermaßen aus:

```
package javacodebook.core.random;
import java.util.Random;
import java.util.Arrays;
public class Lotto {

  Random rand;
  int count=0;
```

Listing 8: Lotto

```
  int max = 0;
  int []selected;

  /**
   * erzeugt einen neuen Lottozahlen-Generator
   */
  public Lotto(int count, int max) {
    rand = new Random();
    this.count = count;
    this.max   = max;
    selected = new int[count];
  }

  /**
   * erzeugt neue Lotto-Zahlen
   */
  public void next() {
    int index=0;
    int number = 0;
    boolean flag;
    while(index<count) {
      flag = false;

      // erzeugt und testet eine neue Lottozahl
      number = rand.nextInt(max-1)+1;
      for (int i=0; i<index; i++) {
        if (number == selected[i])
          flag = true;
      }
      // Wurde die Zahl bereits gezogen?
      if (flag == false) {
        selected[index] = number;
        index++;
      }
    }
    // Die Zahlen werden aufsteigend sortiert.
    Arrays.sort(selected);
  }

  /**
   * gibt die Lottozahlen als String-Liste zurück
   */
  public String toString() {
    StringBuffer buf = new StringBuffer();
    for (int i=0; i<count; i++) {
```

Listing 8: Lotto (Forts.)

```
        if (i!=0)
          buf.append(", ");
        buf.append(selected[i]);
      }
      return buf.toString();
    }

  }
```

Listing 8: Lotto (Forts.)

11 Wie erzeuge ich einen String mit vorbelegten Zeichen?

Leider stellt die Klasse `String` keine Möglichkeit bereit, einen String zu erzeugen, der eine vorgegebene Breite hat und dessen Inhalt aus einem bestimmten Zeichen besteht. Die Funktion kann natürlich schnell und einfach mit einer Schleife und dem Additions-Operator simuliert werden.

```
String xyz = "";
for (int i=0; i<len; i++)
  xyz += "*";
```

Allerdings ist diese Methode nicht besonders schnell, da bei jedem Schleifendurchlauf ein neues Objekt der Klasse `StringBuffer` mit dem Inhalt des Strings erzeugt wird, ein Asteriks (*) an den String angehängt wird und aus diesem neuen `StringBuffer` wiederum ein neuer String erzeugt wird. Schneller geht's über ein Array vom Typ `char`, wie es in der Methode `create()` der Klasse `StringToolbox` implementiert ist. Die Klasse können Sie sich von der Buch-CD kopieren.

```
  /**
   * erzeugt einen neuen String mit einer vorgegebenen
   * Länge und gefüllt mit dem Zeichen fill
   */
  public static String create(int len, char fill) {
    char []buf = new char[len];
    for (int i=0; i<len; i++)
      buf[i] = fill;
    return new String(buf);
  }
```

12 Wie zerlege ich einen String?

Sie möchten einen String in seine Bestandteile (engl. *Tokens*) zerlegen. Jeder Bestandteil im String wird durch Trennzeichen von den anderen Bestandteilen abgegrenzt. Beispielsweise wollen Sie aus dem Satz »Fischer Fritz fischt frische Fische« die einzelnen Wörter lesen.

Seit den ersten Versionen des JDK ist für Aufgaben dieser Art die Klasse `StringTokenizer` vorgesehen. Der `StringTokenizer` erwartet als Eingabe den zu zerlegenden String sowie die Trennzeichen (engl. *Delimiter*) zwischen den Tokens. Über die Methoden `hasMoreTokens()` und `nextToken()` können Sie nun die einzelnen Bestandteile aus dem String lesen. Die Angabe von Trennzeichen kann entfallen. In diesem Falle verwendet der Tokenizer ein Standardrepertoire von Trennzeichen um einen Text in seine einzelnen Wörter zu zerlegen. Das Standardrepertoire besteht aus den folgenden Zeichen: Leerzeichen (» «), Tabulatorzeichen (`\t`), Newline (`\n`), Carriage-Return (`\r`) und Form-Feed (`\f`).

```
// Zerlegung des Strings in einzelne Wörter
String txt = "Fischers Fritz fischt frische Fische";
StringTokenizer tn = new StringTokenizer(txt);
while(tn.hasMoreTokens())
  System.out.println("Token: " + tn.nextToken());
```

Möchte man andere als die Standardtrennzeichen verwenden, muss man die Trennzeichen im Konstruktor angeben. Beachten Sie dabei: Der Konstruktor erwartet als Angabe der Trennzeichen einen String. Das heißt aber nicht, dass der String selbst als Trennzeichen verwendet wird, sondern dass jedes einzelne Zeichen innerhalb des Strings als Trennzeichen genutzt wird. Die Angabe »`i `« spaltet also einen String bei Leerzeichen und bei dem Buchstaben `i` auf. Angewandt auf den obigen Satz sähe das Ergebnis wie folgt aus:

```
Token: F
Token: schers
Token: Fr
Token: tz
Token: f
Token: scht
Token: fr
Token: sche
Token: F
Token: sche
```

13 Wie zerlege ich einen String mit dem JDK 1.4?

Ab der Version 1.4 des JDK gibt es die Möglichkeit, einen String über einen regulären Ausdruck in mehrere Bestandteile zu zerlegen. Hierzu steht die Methode `split()` bereit, welche als Eingabe den für die Aufspaltung des Strings zu verwendenden regulären Ausdruck erhält. Als Ergebnis erhält man ein Array mit allen Bestandteilen, welche durch Strings, die dem angegebenen regulären Ausdruck genügen, bzw. durch das Ende des Strings begrenzt sind.

Ein Beispiel verdeutlicht das:

```
String txt = "Fischers Fritz fischt frische Fische";
// Zerlegung des Strings in einzelne Wörter
String []array = txt.split(" ");
for (int i=0; i<array.length; i++)
  System.out.println(array[i]);
```

Das obige Beispiel spaltet den String in seine einzelnen Wörter auf, da als regulärer Ausdruck lediglich ein Leerzeichen angegeben wurde. Eine Einführung in die Verwendung von regulären Ausdrücken finden Sie in der Kategorie »Reguläre Ausdrücke«

14 Wie gebe ich Strings bündig aus?

Manchmal möchte man mehrere Zeilen Text bündig und mit der jeweils gleichen Breite untereinander anordnen. Die drei Methoden `alignLeft()`, `alignRight()` und `alignCenter()` der Klasse `StringToolbox` erledigen genau diese Aufgabe. Alle drei Methoden erwarten den auszurichtenden String und die Anzahl an Zeichen, die es darstellen soll. Zurückgegeben wird jeweils ein String mit der angegebenen Zeichenzahl und dem ausgerichteten String. Hat der String mehr Zeichen, als dargestellt werden können, dann wird der String abgeschnitten und mit Leerzeichen versehen. Aus Platzgründen hier nur die Methode `alignRight()`. Die anderen Methoden können Sie in der Klasse `StringToolbox` auf der Buch-CD finden.

```
public static String alignRight(String str, int width) {
  str = str.trim();

  int len = str.length();

  // Text breiter als erlaubt -> hinten abschneiden
```

```
    if (len > width)
      return alignLeft(str, width);

    StringBuffer align = null;
    align = new StringBuffer(create(width, ' '));
    align.replace(width - str.length(), width, str);
    return align.toString();
  }
```

Der folgende Code soll die Benutzung der Methode verdeutlichen:

```
package javacodebook.core.stringtools;

import java.util.Random;
public class AlignTextStarter {

  /**
   * Auszug aus einer ToDo-Liste
   */
  public static void main(String []args) {
    String []toDo = {
      "Source-Code",
      "Beschreibung",
      "Satz",
      "Sonstiges"
    };

    String status[] = {
      "fertig",
      "In der Mache",
      "Kommt noch",
      "Eigentlich wollte ich mich an dieser Stelle " +
      " richtig auslassen. Klappt aber leider nicht "
    };

    String preis[] = {
      "100.00 EUR",
      "1000.00 EUR",
      "10000.00 EUR",
      "unbezahlbar"
    };

    for (int i=0; i<toDo.length; i++)
```

Listing 9: AlignTextStarter

```
      {
        StringBuffer z = new StringBuffer();
        z.append("| ");
        z.append(StringToolbox.alignLeft(toDo[i], 12));
        z.append(" | ");
        z.append(StringToolbox.alignLeft(status[i], 30));
        z.append(" | ");
        z.append(StringToolbox.alignRight(preis[i], 12));
        z.append(" | ");
        System.out.println(z);
      }
    }
  }
```

Listing 9: AlignTextStarter (Forts.)

Die Ausgabe sieht wie folgt aus:

```
| Source-Code  | fertig                         |   100.00 EUR |
| Beschreibung | In der Mache                   |  1000.00 EUR |
| Satz         | Kommt noch                     | 10000.00 EUR |
| Sonstiges    | Eigentlich wollte ich mich ... |  unbezahlbar |
```

15 Wie kann ich Zufallswörter erzeugen?

Während der Entwicklung einer Software werden häufig Teststrings zur Überprüfung der Anwendung benötigt. Auch beim Design von Webseiten nutzen Designer häufig Blindtexte zur Verdeutlichung der Gestaltung. Im Designbereich hat sich hier der Text »Lore ipsum ...« durchgesetzt. Die Funktion `randomWord()` dient dazu, ein zufällig erstelltes Wort mit einer vorgegebenen Länge zu erzeugen. Das Wort wird durch alternierendes Aneinanderreihen von Vokalen und Konsonanten erzeugt. Der Vorteil: Man kann das Wort auf jeden Fall lesen.

```
  // Zeichen, die für die Zufallswörter genutzt werden
  private static char[][] RANDOM_STR = {
    { 'a', 'e', 'i', 'o', 'u'},
    { 'b', 'd', 'f', 'g', 'k', 'l',
      'm', 'n', 'p', 'r', 's', 't', 'w' }
  };

  private static Random RAND =
          new Random(System.currentTimeMillis());
```

```
public static String randomWord(int length) {
  char[] res = new char[length];
  int toggle=1, max=0;

  for (int i=0; i<length; i++) {
    max = RANDOM_STR[toggle].length;
    res[i] = RANDOM_STR[toggle][RAND.nextInt(max)];
    toggle = 1-toggle;
  }

  return new String(res);
}
```

Zur Erstellung ganzer Texte geht man wie folgt vor:

```
public static void main(String []args) {

  Random rnd = new Random(System.currentTimeMillis());

  for (int i=1; i<30; i++) {
    StringBuffer buf = new StringBuffer();
    for (int j=0; j<11; j++) {
      int len = 2+rnd.nextInt(5);
      buf.append(StringToolbox.randomWord(len));
      buf.append(" ");
    }
    System.out.println(buf.toString());
  }
```

Das überaus lesenswerte Ergebnis sieht dann in etwa so aus, wobei wir vermutlich erst in der nächsten Auflage zeigen, wie man mit Hilfe einiger Tricks ganze Romane automatisch erstellen kann.

```
mesem sibano rinag bakip kudosi der fufe lanamo ti kulop solan
wef pumo bunidu pagefe we wapowu lopote pekoki kuti rune simodo
dedu gu fe diw sipu fuk bi le bi begol gipus
dunosu lu gabuko le nime kogom wu babu weta pafiko ras
kira wita dose gida miresa fo didid gofil tifab difere fup
wunuta du lo futos bisom reda buwumu botipi waduwa lusen purus
basit tulow kakiku rifeg tugu fa lag relol kor defodi piwafe
```

```
fis lepi dagapa tasobu fusug nawa luko li nif ro le
pu wagel fusa nidike fu kasam gu tego pobudu bek new
lilofe fo sel ponidi porati to gabew sase pulu lu bedi
kefodi dig tesaf ro nen nutogu fatu few baf buw deset
butama ke mug gipib remur lebawe nopa wegon tope reg bo
```

16 Wie ersetze ich Zeichen in einem String?

In der Klasse `String` gibt es leider erst ab dem JDK Version 1.4 die Möglichkeit, jedes Vorkommen eines Teilstrings durch einen anderen Teilstring zu ersetzen. Daher müssen wir uns für ältere Versionen des JDK eine eigene Methode implementieren.

```
public static String replace(String text,
    String oldStr, String newStr) {

  // Evtl. können wir uns die ganze Arbeit sparen.
  if (text == null || oldStr == null)
    return text;

  // Sicherstellen, dass nicht am Ende 'null' im String steht.
  if (newStr == null)
    newStr = "";

  int oldLen = oldStr.length();
  int start  = 0;
  int end   = text.indexOf(oldStr);
  StringBuffer tmp = new StringBuffer();

  // Ersetzen, solange etwas gefunden wird
  while (end >= 0) {
    tmp.append(text.substring(start, end));
    tmp.append(newStr);
    start = end + oldLen;
    end = text.indexOf(oldStr, end+oldLen);
  }

  // Zum Schluss den Rest des alten Strings anhängen
  tmp.append(text.substring(start));

  return tmp.toString();
}
```

Das folgende Anwendungsbeispiel ersetzt in einem Text die Zeichen < und > durch `<` und `>`. Das Beispiel eignet sich hervorragend dazu, HTML-Eingaben in Web-Formularen zu unterbinden.

```
package javacodebook.core.stringtools;
import java.util.Random;
public class ReplaceStarter {

  public static void main(String args[])
  {
    String text =
      "<html>\n" +
      "<title>HTML maskieren</title>\n" +
      "</html>\n";

    text = StringToolbox.replace(text, "<", "&lt;");
    text = StringToolbox.replace(text, ">", "&gt;");
    System.out.println(text);
  }
}
```

Listing 10: ReplaceStarter

17 Wie ersetze ich Zeichen in einem String mit dem JDK 1.4?

Um Teilstrings in einem String zu ersetzen bietet das JDK ab der Version 1.4 die beiden Funktionen `replaceAll()` und `replaceFirst()` an. Beide Methoden erwarten als Eingabe einen regulären Ausdruck als Suchstring und einen zweiten String als Ersetzungsstring.

```
String txt = "Wo ist der Deinhardt?";
// Zerlegung des Strings in einzelne Wörter
txt = txt.replaceFirst("Deinhardt", "Reinhart");
System.out.println(txt);
```

In dem Beispiel wird lediglich das Wort »Deinhardt« in »Reinhart« umgewandelt. Eine Einführung in die Verwendung von regulären Ausdrücken finden Sie in der Kategorie »Reguläre Ausdrücke«.

18 Wie wandle ich Strings für verschiedene Codepages um?

Strings werden innerhalb der JVM im Unicode-Format abgespeichert. Im Gegensatz zum ASCII-Zeichensatz, welcher nur 256 Zeichen enthält, beinhaltet der Unicode-Zeichensatz 65536 Zeichen. Er enthält neben den lateinischen Buchstaben z.B. auch die griechischen Buchstaben und andere (für uns) noch exotischere Zeichensätze wie z.B. Bengali und Tamil. Eine vollständige Liste der unterstützten Zeichen und Zeichensätze können Sie beim Unicode-Konsortium (*www.unicode.org*) erhalten. Wollen Sie jedoch einen Text z.B. in eine Datei schreiben oder in einer Datenbank abspeichern, dann müssen Sie den Text zunächst in eine andere Kodierung verwandeln, wenn das Dateisystem bzw. die Datenbank keine Unterstützung für Unicode bietet. Hierzu haben die String-Klasse zum einen die Methode `getBytes(String encoding)`, die einen String in eine von Ihnen vorgegebene Kodierung verwandelt und als Array vom Typ `byte` zurückliefert, und zum anderen den Konstruktor `String(byte[] bytes, String encoding)`, welcher aus dem Array vom Typ `byte` unter Beachtung der angegebenen Kodierung einen neuen String erzeugt. Eine Übersicht der verfügbaren Kodierungen für das JDK 1.4 findet Sie unter *http://java.sun.com/j2se/1.4/docs/guide/intl/encoding.doc.html.* Für die anderen JDK-Versionen stehen entsprechende Dokumentationen bereit. Wollen Sie z.B. im EBDIC-Format abgespeicherte Texte aus einer Datei lesen, würden Sie als Kodierung `Cp037` angeben. Für die Ausgabe von Text auf einer DOS-Konsole wird die Kodierung `Cp850` verwendet. Das folgende Beispiel gibt einen String mit deutschen Umlauten auf der Standardausgabe aus. In diesem Beispiel wird für die Umwandlung ein `OutputStreamWriter` statt der Methoden aus der Klasse `String` verwendet. Die Funktionsweise ist aber die gleiche. Das Programm sollten Sie auf einer DOS-Konsole starten. Testen Sie das Beispiel z.B. innerhalb einer IDE, erhalten Sie wahrscheinlich andere Ergebnisse, wenn Ihre IDE eine andere Zeichenkodierung nutzt.

```
package javacodebook.core.codepage;
import java.io.*;

public class Starter {

  public static void main( String args[] ) {
    String text =
      "Öfters nach Süden zu fliegen wäre schöner," +
      " als ständig zu Fuß ins Hallenbad zu gehen";
```

Listing 11: Starter

```
    try {
      System.out.println(text);

      PrintWriter out = new PrintWriter(
      new OutputStreamWriter(System.out, "Cp850") );

      out.println(text);
      out.flush();
    }
    catch ( UnsupportedEncodingException e ) {
      System.err.println(e); }
  }
}
```

Listing 11: Starter (Forts.)

Auf einem WinXP-Rechner erhalten Sie die Ausgabe:

```
>java javacodebook.core.codepage.Starter
Ïfters nach S³den zu fliegen wõre sch÷ner, als stõndig zu Fu? ins Hallenbad zu gehen
Öfters nach Süden zu fliegen wäre schöner, als ständig zu Fuß ins Hallenbad zu gehen
```

19 Wie erhalte ich die aktuelle Uhrzeit?

Das aktuelle Datum (mitsamt der aktuellen Zeit) erhalten Sie am einfachsten, wenn Sie ein Objekt der Klasse `Date` erzeugen und es über die Methode `toString()` ausgeben. Verwenden Sie den parameterlosen Konstruktor der Klasse `Date`, da das Objekt dann mit der aktuellen Systemzeit initialisiert wird.

```
Date date = new Date();
System.out.println(date);
```

Die Klassen `Calendar` bzw. `GregorianCalendar` eignet sich auch zum Ermitteln des aktuellen Datums. Erzeugen Sie einfach ein Objekt über `getInstance()` der Klasse `Calendar` oder über den parameterlosen Konstruktor der Klasse `GregorianCalendar`. Hüten Sie sich davor, die Methode `toString()` dieser Klassen zu verwenden. Sie liefert eine Reihe von Informationen, allerdings nicht die, welche Sie erwartet haben. Benutzen Sie stattdessen die Methode `getTime()` um aus dem `Calendar` bzw. `GregorianCalendar` ein Objekt der Klasse `Date` zu beziehen. Die Klasse können Sie dann – wie beschrieben – verwenden.

```
Calendar cal = Calendar.getInstance();
System.out.println(cal.getTime());
```

Wie Sie die Datumsangabe in ein bestimmtes Format (z.B. dd.mm.yyyy) umwandeln können, zeigen Ihnen entsprechende Rezepte aus dem Kapitel »Sonstiges«.

20 Welche Zeitzonen unterstützt Java?

Sowohl die Klasse `Date` als auch die Klassen `Calendar` und `GregorianCalendar` beachten Einstellungen zur Zeitzone auf Ihrem Rechner. Java stellt zunächst einmal die abstrakte Klasse `TimeZone` zur Verfügung. Mit Ihrer Hilfe können Sie sich z.B. alle auf dem System zur Verfügung stehenden Zeitzonen auflisten lassen.

```
// Auflisten aller zur Verfügung stehender Zeitzonen
String ids[] = TimeZone.getAvailableIDs();
for (int i=0; i<ids.length; i++) {
  TimeZone zone = TimeZone.getTimeZone(ids[i]);
  System.out.println(i + " - " + zone.getID());
  System.out.println(" - " + zone.getDisplayName());
}
```

Eine Zeitzone kann immer als Standardzeitzone definiert werden. Wenn man keine Zeitzone explizit angibt, verwendet Java die im Betriebssystem eingestellte Zeitzone. Gelesen und neu gesetzt werden kann die Standardeinstellung über die beiden Methoden `getDefault()` und `setDefault(TimeZone)`.

```
// Standardzeitzone auslesen, anzeigen und auf GMT setzen
TimeZone def = TimeZone.getDefault();
System.out.println(def.getID() + " - " + def.getDisplayName());
def = TimeZone.getTimeZone("GMT");
TimeZone.setDefault(def);
```

Jede Zeitzone besteht aus der Angabe der Zeitverschiebung relativ zur GMT (Greenwich Mean Time) sowie möglicher Sommer- und Winterzeiteinstellungen. In den Klassen `Date`, `Calendar` und `GregorianCalendar` werden diese Angaben dazu benutzt, eine Uhrzeit bzw. ein Datum korrekt darzustellen.

```
Date date = new Date(0);  // -> 1. Januar 1970 00:00 Uhr GMT
System.out.println(date);   // -> Thu Jan 01 01:00:00 CET 1970
```


Alle Zeitangaben innerhalb der `Date`-Klasse werden als Angaben bzgl. GMT (Greenwich Mean Time) angesehen. Bei der Ausgabe der Zeiten konvertiert die Klasse `Date` die interne Darstellung der Zeit bezogen auf GMT in eine Zeitangabe bezogen auf die Standardzeitzone (hier CET).

21 Wie finde ich ein Schaltjahr heraus?

Ein Jahr ist dann ein Schaltjahr, wenn es durch 4 teilbar ist. Wie üblich wird auch diese Regel durch Ausnahmen bestätigt: Ein Jahr, das durch 100, aber nicht durch 400 teilbar ist, ist kein Schaltjahr. Diese Ausnahme von der Regel wurde mit dem gregorianischen Kalender im Jahre 1582 eingeführt. Davor war der julianische Kalender gültig. Im julianischen Kalender waren ausnahmslos alle Jahre, die durch 4 geteilt werden konnten, Schaltjahre (also eine Regel ohne Ausnahme!) Die Klasse `GregorianCalendar` bietet eine Funktion an, die für ein Jahr angibt, ob es sich um ein Schaltjahr handelt oder nicht. Dabei wird der Wechsel vom julianischen zum gregorianischen Kalender beachtet. Das folgende Beispiel listet alle Jahre seit Christi Geburt bis zum Jahr 3000 auf und gibt an, ob es sich bei dem Jahr um ein Schaltjahr handelt oder nicht. Bis zum Jahre 1582 ist jedes 4. Jahr ein Schaltjahr. Danach greifen die Regeln des gregorianischen Kalenders.

```
GregorianCalendar cal = new GregorianCalendar();

for (int year=0; year<3000; year++) {
  if (cal.isLeapYear(year))
    System.out.println(year + " ist ein Schaltjahr");
  else
    System.out.println(year + " ist kein Schaltjahr");
}
```

22 Wie finde ich Wochentag, Monat, Jahr und Kalenderwoche eines Datums heraus?

Ein Datum besteht aus den Angaben Tag, Monat, Jahr, Stunde, Minute, Sekunde und Millisekunde. Es gibt aber noch eine Reihe weiterer Informationen, die in bestimmten Situationen wichtig sind, wie z.B. Kalenderwoche, Tag der Woche, Tag im Jahr. Über die Klasse `Calendar` können Sie all diese Informationen über die Methode `get()` auslesen. Wie das geht, zeigt das folgende Beispiel:

```
package javacodebook.core.datefields;
import java.util.Calendar;

public class Starter {

  public static void main(String[] args) {
    Calendar cal = Calendar.getInstance();

    System.out.println("-- Datum ");
    System.out.println("Datum: " + cal.getTime());
    System.out.println("Era: " + cal.get(Calendar.ERA));
    System.out.println("Jahr: " + cal.get(Calendar.YEAR));
    System.out.println("Monat: " + cal.get(Calendar.MONTH));
    System.out.println("Tag: " +
                cal.get(Calendar.DAY_OF_MONTH));

    System.out.println("-- Angaben zum Tag ");
    System.out.println("Tag im Monat: " +
                cal.get(Calendar.DAY_OF_MONTH));
    System.out.println("Tag der Woche: " +
                cal.get(Calendar.DAY_OF_WEEK));
    System.out.println("Tag der Woche des Monats: "
                   +
               cal.get(Calendar.DAY_OF_WEEK_IN_MONTH));
    System.out.println("Tag des Jahres: " +
               cal.get(Calendar.DAY_OF_YEAR));

    System.out.println("-- Angaben zur Woche");
    System.out.println("Kalenderwoche: " +
               cal.get(Calendar.WEEK_OF_YEAR));
    System.out.println("Woche des Monats: " +
               cal.get(Calendar.WEEK_OF_MONTH));

    System.out.println("-- Angaben zur Zeit");
    System.out.println("AM/PM: " + cal.get(Calendar.AM_PM));
    System.out.println("Stunde (0-12): " +
               cal.get(Calendar.HOUR));
    System.out.println("Stunde (0-24): " +
               cal.get(Calendar.HOUR_OF_DAY));
    System.out.println("Minute: " + cal.get(Calendar.MINUTE));
    System.out.println("Sekunde: " + cal.get(Calendar.SECOND));
```

Listing 12: Starter

```
    System.out.println("Millisekunde: " +
               cal.get(Calendar.MILLISECOND));
  }
}
```

Listing 12: Starter (Forts.)

Das Programm erzeugt zunächst ein neues Objekt der Klasse `Calendar` mit dem aktuellen Datum und der aktuellen Zeit. Anschließend werden eine Reihe von Informationen aus dem Objekt gelesen.

```
>java javacodebook.core.datefields.Starter
-- Datum
Datum: Tue Dec 31 14:25:32 CET 2002
Era: 1
Jahr: 2002
Monat: 11
Tag: 31
-- Angaben zum Tag
Tag im Monat: 31
Tag der Woche: 3
Tag der Woche des Monats: 5
Tag des Jahres: 365
-- Angaben zur Woche
Kalenderwoche: 1
Woche des Monats: 5
-- Angaben zur Zeit
AM/PM: 1
Stunde (0-12): 2
Stunde (0-24): 14
Minute: 25
Sekunde: 32
Millisekunde: 417
```

Core
I/O
GUI
Multimedia
Datenbank
Netzwerk
XML
RegEx
Daten
Threads
Web-Server
Applets
Sonstiges

23 Wie vergleiche ich Datumsangaben?

Sie können zwei Datumsangaben auf verschiedene Art und Weise miteinander vergleichen. Am einfachsten ist es, die Methoden `equals(Date)`, `before(Date)` und `after(Date)` bzw. die Methode `compareTo(Date)` der Klasse `Date` zu verwenden. Während die ersten drei Methoden ein `boolean` zurückliefern, erzeugt die Methode `compareTo(Date)` einen `int`. Der folgende Aufruf der Methode liefert die in der Tabelle aufgelisteten Ergebnisse: `date1.compareTo(date2);`

Zahl	Bedingung
< 0	date1 liegt vor date2
= 0	date1 und date2 sind gleich
> 0	date1 liegt hinter date2

Tabelle 4: Ergebnis des Datumsvergleichs

Das folgende Beispiel zeigt die Funktionsweise der vier Methoden anhand einiger Beispiele:

```
package javacodebook.core.comparedate;

import java.util.Date;
import java.util.Calendar;
public class Starter {

  public static void main(String[] args) {

    Date date1 = new Date(0); // 01.01.1970 00:00 Uhr
    Date date2 = new Date(0); // 01.01.1970 00:00 Uhr
    Date date3 = new Date();  // Heute

    System.out.println(date1);
    System.out.println(date2);

    System.out.println("--- Compare Dates ---");
    // Ausgabe einer Reihe von Vergleichen
    System.out.println(date1.equals(date2));
    System.out.println(date1.equals(date3));
    System.out.println(date1.before(date2));
    System.out.println(date1.before(date3));
    System.out.println(date1.after(date2));
    System.out.println(date1.after(date3));
    System.out.println(date1.compareTo(date2));
    System.out.println(date1.compareTo(date3));

    Calendar cal1 = Calendar.getInstance();
    Calendar cal2 = Calendar.getInstance();
    Calendar cal3 = Calendar.getInstance();

    cal1.setTime(new Date(0)); // 01.01.1970 00:00 Uhr
```

Listing 13: Verwendung der Vergleichsmethoden von Date und Calendar

```
    cal2.setTime(new Date(0)); // 01.01.1970 00:00 Uhr

    System.out.println("--- Compare Calender ---");

    // Ausgabe einer Reihe von Vergleichen
    System.out.println(cal1.equals(cal2));
    System.out.println(cal1.equals(cal3));
    System.out.println(cal1.before(cal2));
    System.out.println(cal1.before(cal3));
    System.out.println(cal1.after(cal2));
    System.out.println(cal1.after(cal3));


  }

}
```

Listing 13: Verwendung der Vergleichsmethoden von Date und Calendar (Forts.)

Die Klassen `Calendar` und `GregorianCalendar` bieten eigene Methoden zum Vergleich zweier Datumsangaben. Dies sind `before(Calendar)`, `after(Calendar)` und `equals(Object)`. Eine Methode `compareTo(Calendar)` wird nicht angeboten. Das Verhalten der genannten Methoden ist gleich dem Verhalten der entsprechenden Methoden der Klasse `Date`.

```
Calendar cal1 = Calendar.getInstance();
Calendar cal2 = Calendar.getInstance();
Calendar cal3 = Calendar.getInstance();

cal1.setTime(new Date(0)); // 01.01.1970 00:00 Uhr
cal2.setTime(new Date(0)); // 01.01.1970 00:00 Uhr

// Ausgabe einer Reihe von Vergleichen
System.out.println(cal1.equals(cal2));
System.out.println(cal1.equals(cal3));
System.out.println(cal1.before(cal2));
System.out.println(cal1.before(cal3));
System.out.println(cal1.after(cal2));
System.out.println(cal1.after(cal3));
```

Die Ausgabe sieht – erwartungsgemäß – folgendermaßen aus:

```
true
false
false
true
false
false
```

24 Wie rechne ich mit Datumsangaben?

Die Addition eines feststehenden Zeitraums zu einer gegebenen Datumsangabe können Sie entweder »zu Fuß« oder über die Methoden `add()` und `roll()` der Klasse `Calendar` bzw. `GregorianCalendar` durchführen. Zunächst einmal der Weg »zu Fuß«: Da die Klasse `Date` die Methoden `long getTime()` und `void setTime(long)` bereitstellt, mit deren Hilfe die aktuelle Zeit in Millisekunden gelesen bzw. neu gesetzt werden kann, können Sie hierüber auch Zeiträume in Millisekunden zu einer Datumsangabe hinzufügen:

```
Date tomorrow = new Date();
long delta = 1*24*60*60*1000;  // 1 Tag in Millisekunden
tomorrow.setTime(tomorrow.getTime()+delta);
System.out.println("Morgen ist " + tomorrow);
```

Bessere Möglichkeiten bietet dagegen die Klasse `Calendar`. Die Methoden `add()` und `roll()` dienen zur Addition von Zeiträumen zu einer gegebenen Datumsangabe. Genau wie die Methode `set()` können sowohl bei `add()` als auch bei `roll()` verschiedene Datumsfelder für die Addition herangezogen werden, wie das folgende Beispiel verdeutlicht:

```
// Addieren eines Tages, eines Monats und eines Jahres zum akt. Datum
Calendar cal = Calendar.getInstance();
System.out.println(cal.getTime());
cal.add(Calendar.DAY_OF_MONTH, 1);
System.out.println(cal.getTime());
cal.add(Calendar.MONTH, 1);
System.out.println(cal.getTime());
cal.add(Calendar.YEAR, 1);
System.out.println(cal.getTime());
```

Die Ausgabe des Beispiels sieht so aus:

```
Fri Jan 03 10:20:50 CET 2003
Sat Jan 04 10:20:50 CET 2003
Tue Feb 04 10:20:50 CET 2003
Wed Feb 04 10:20:50 CET 2004
```

Durch die Möglichkeit, auch Monate oder Jahre zu einem Datum zu addieren, wird Ihnen das Leben in bestimmten Situationen erheblich erleichtert. Was passiert z.B., wenn Sie zum 31. März 1970 einen Monat addieren möchten? Sie erhalten als neues Datum den 30. April 1970 und nicht den 01. Mai 1970. Die Methode `roll()` unterscheidet sich von `add()` dahingehend, dass bei einem evtl. Überlauf eines Feldes (z.B. der Monat) das nächsthöhere Feld (z.B. das Jahr) *nicht* inkrementiert wird. Ansonsten zeigt die Methode das gleiche Verhalten wie die Methode `add()`.

```
Calendar cal2 = Calendar.getInstance();
System.out.println(cal2.getTime());
cal2.add(Calendar.MONTH, 13);
System.out.println(cal2.getTime());
cal2.roll(Calendar.MONTH, 13);
System.out.println(cal2.getTime());
```

In der Ausgabe können Sie erkennen, dass bei der Addition über `add()` das Jahr inkrementiert wurde, dagegen bei der zweiten Addition über `roll()` nicht.

```
Fri Jan 03 10:27:33 CET 2003
Tue Feb 03 10:27:33 CET 2004
Wed Mar 03 10:27:33 CET 2004
```

25 Wie erstelle ich einen Monatskalender?

Ein Kalenderblatt für einen vorgegebenen Monat besteht aus dem Datum, der Angabe zu den Wochentagen sowie der jeweiligen Kalenderwoche. Die Klasse `CalPage` liefert für einen vorgegebenen Monat eines Jahres das entsprechende Kalenderblatt. Am wichtigsten ist es herauszufinden, auf welchen Wochentag der erste Tag des Monats fällt, in welcher Kalenderwoche er sich befindet und wie viele Tage der Monat besitzt. Aus diesen drei Informationen kann man das gesamte Kalenderblatt konstruieren. Glücklicherweise liefert die Klasse `GregorianCalender` alle drei Informationen frei Haus.

```
package javacodebook.core.calpage;
import java.util.Calendar;
public class CalPage {
  private int year, month;

  private String []mStr = {
    "Jan", "Feb", "Mar", "Apr", "Mai", "Jun",
    "Jul", "Aug", "Sep", "Okt", "Nov", "Dez"
  };

  public CalPage(int year, int month) {
    this.year = year;
    this.month = month;
  }

  public void print() {
    int firstDay;  // Der erste Wochentag des  Monats
    int week;    // Die Kalenderwoche
    int days;    // Die Anzahl der Tage des Monats

    // Objekt der Klasse Calendar erzeugen
    Calendar cal = Calendar.getInstance();
    cal.set(year, month, 1);

    // Den ersten Wochentag, die Kalenderwoche und die Anzahl der Tage
    // des Monats ermitteln
    firstDay = cal.get(Calendar.DAY_OF_WEEK);
    week = cal.get(Calendar.WEEK_OF_YEAR);
    days = cal.getActualMaximum(Calendar.DAY_OF_MONTH);

    System.out.println("   " + mStr[month] + " " + year);
    System.out.println(" KW Mo Di Mi Do Fr Sa So");

    // Kalenderwoche ausgeben. Das Ganze bitte rechtsbündig.
    if (week < 10)
      System.out.print(" ");
    System.out.print(" " + week);

    // Im Dezember kann es passieren, dass die letzte Monats-
    // woche schon die erste Kalenderwoche des neuen Jahres ist.
    week++;
```

Listing 14: CalPage

```
    if (week > 50 && month == 0)
      week = 1;

    // Die ersten Tage sind noch aus dem Vormonat. Diese werden
    // nicht dargestellt.
    for (int i=0; i<((firstDay+5)%7); i++)
      System.out.print("    ");

    // Und jetzt alle Tage des Monats darstellen.
    for (int i=1; i<=days; i++) {

      if (i<10)
        System.out.print(' ');
      System.out.print(" "+i);

      // Evtl. eine neue Zeile und damit eine neue Woche
      // einleiten.
      if ((firstDay+i+5)%7 == 0 && i<days) {
        System.out.println();

        if ((firstDay+i+5)%7 == 0) {
          if (week<10)
            System.out.print(' ');
          System.out.print(" "+week);
          week++;
        }
      }
    }
    System.out.println();
  }
}
```

Listing 14: CalPage (Forts.)

Core
I/O
GUI
Multi-media
Daten-bank
Netz-werk
XML
RegEx
Daten
Threads
Web-Server
Applets
Sonsti-ges

26 Wie kann ich einfach die Performance meiner Anwendung messen?

Oftmals muss man wissen, wie lange ein bestimmter Prozess dauert. So ist z.B. Performance auch in Zeiten, in denen Prozessoren in den Gigaherz-Bereich vorgestoßen sind, ein Thema. Am einfachsten misst man die Dauer eines Prozesses, indem man vor und nach dem Prozess die aktuelle Zeit liest. Die Differenz der gemessenen Zeiten ist annähernd die Zeit, die für die Abarbeitung von Befehlen zwischen den zwei Zeitmessungen gebraucht wurde. Annähernd deshalb, da auch die Zeitmessung selbst eine gewisse Zeit in Anspruch nimmt. Zur Vereinfachung des Prozederes können Sie die Klasse `StopWatch` verwenden. Zunächst erzeugen Sie sich ein Objekt der Klasse `StopWatch`. Über die Methoden `start()` und `stop()` können Sie die Zeitmessung starten bzw. stoppen. Die Methode `getDelta()` liefert die Zeitdifferenz zwischen `start()` und `stop()` in Millisekunden.

```
package javacodebook.core.stopwatch;
public final class StopWatch {
  long startTime = 0;
  long stopTime  = 0;

  public StopWatch() {
    startTime = stopTime = System.currentTimeMillis();
  }

  /**
   * startet die Zeitmessung
   */
  public void start() {
    startTime = System.currentTimeMillis();
  }

  /**
   * setzt eine Stop-Marke. Die Zeitrechnung läuft weiter.
   */
  public void stop() {
    stopTime = System.currentTimeMillis();
  }

  /**
   * berechnet die zeitliche Differenz zwischen der
   * Startzeit und der letzten gesetzten Stop-Marke
   */
  public long getDelta() {
    return stopTime-startTime;
  }
}
```

Listing 15: StopWatch

```
package javacodebook.core.stopwatch;
public class Starter {
```

Listing 16: Starter

```
  public static void main(String []args) {
    StopWatch sw = new StopWatch();
    sw.start();
    for (int i=0; i<300; i++) {
      System.out.println("Running...");
    }
    sw.stop();
    System.out.println("Zeit: " + sw.getDelta() + " ms");
  }
}
```

Listing 16: Starter (Forts.)

27 Wie formatiere ich eine Datumsangabe?

Es gibt sehr viele verschiedene Möglichkeiten, eine Datumsangabe als String darzustellen. Im deutschen Raum wird ein Datum nach dem Muster TT.MM.JJJJ angegeben. In England dagegen wird die Variante MM/DD/YYYY bevorzugt. Manchmal werden nur die beiden letzten Stellen der Jahreszahl angezeigt (wodurch wir uns das berühmte Y2K-Problem eingehandelt haben) ein anderes Mal müssen auch Angaben zur Zeit beachtet werden. Java unterstützt uns bei der Umwandlung von Datum und Zeit in einen String und umgekehrt die Umwandlung eines Strings in ein Datum durch die Klassen `DateFormat` und `SimpleDateFormat`. Um ein Objekt der Klasse `SimpleDateFormat` zu erzeugen, müssen wir uns zunächst überlegen, in welcher Form die Angaben zu Datum und Zeit benötigt werden. Diese Form wird dem Konstruktor von `SimpleDateFormat` in Gestalt eines Format-`Strings (Pattern)` angegeben. Das Pattern kann die folgenden Zeichen enthalten:

Buchstabe	Bedeutung	Typ	Beispiel
G	Ära	Text	n. Chr.
Y	Jahr 2-stellig	Zahl	96
Yyyy	Jahr 4-stellig	Zahl	1996
M	Monat ohne Null	Zahl	1
MM	Monat mit Null	Zahl	01
MMM	Monatsname kurz	Text	Jan
MMMM	Monatsname lang	Text	Januar
w	Woche im Jahr	Zahl	27

Tabelle 5: Zeitformatsteuerung

Buchstabe	Bedeutung	Typ	Beispiel
`w`	Woche im Monat	Zahl	2
`D`	Tag im Jahr	Zahl	189
`d`	Tag im Monat	Zahl	10
`F`	Tag der Woche im Monat	Zahl	2
`E`	Tag der Woche	Text	Do
`EEEE`	Tag der Woche	Text	Donnerstag
`a`	AM / PM	Text	PM
`H`	Stunde (0-23)	Zahl	0
`k`	Stunde (0-23)	Zahl	24
`K`	Stunde (0-11)	Zahl	0
`h`	Stunde (1-12)	Zahl	12
`m`	Minute	Zahl	30
`s`	Sekunde	Zahl	55
`S`	Millisekunde	Zahl	978
`z`	Zeitzone	Text	CET
`zzzz`	Zeitzone lang	Text	Zentraleuropäische Zeit
`Z`	Zeitzone nach RFC 822	Text	+0100
`'`	Maskierung von Text	Trennzeichen	'Text ohne Steuerzeichen'
`''`	Einzelnes Hochkomma	Literal	'

Tabelle 5: Zeitformatsteuerung (Forts.)

Durch mehrmalige Angabe eines Steuerzeichens vom Typ Zahl hintereinander bestimmen Sie die Anzahl an Stellen, die für die Angabe verwendet werden soll. Evtl. nicht benötigte Stellen werden über führende Nullen gefüllt. Hiervon ausgenommen sind die Angaben zum Jahr (`y`) und zum Monat (`M`). Wenn Sie z.B. ein Datum in der deutschen Form 27.03.2002 angezeigt haben möchten, würde das Pattern entsprechend so aussehen: `dd.MM.yyyy`

```
Date date = new Date();
SimpleDateFormat sdf1 = new SimpleDateFormat("dd.MM.yyyy");
System.out.println(sdf1.format(date));
```

Bei den Textangaben (z.B. Monatsnamen) müssen Landessprachen beachtet werden. Für ein Datum im englischen Format ist ein deutscher Wochentag nicht sinnvoll. In diesem Fall müssen Sie beim Erzeugen eines `SimpleDateFormat` angeben, in welcher Sprache die Ausgabe erfolgen soll. Dies geschieht durch Angabe einer *Locale*. Im folgenden Beispiel wird das aktuelle Datum in der englischen Schreibweise mit ausgeschriebenem Monat in englischer Sprache ausgegeben:

```
Date date2 = new Date();
Locale locale = Locale.ENGLISH;
SimpleDateFormat sdf2 = new SimpleDateFormat("MMMM dd, yyyy", locale);
System.out.println(sdf2.format(date2));
```

Geben Sie keine Locale in einem `SimpleDateFormat` an, nimmt die Klasse einen Default-Wert als Locale an. Bei einer deutschen Installation von Windows wäre dies im Normalfall Deutsch. Zur vereinfachten Umwandlung eines Datums oder einer Zeit in einen String und umgekehrt steht zusätzlich die Klasse `DateFormat` zur Verfügung. Sie erlaubt es, ohne Angabe eines Patterns Umwandlungen zwischen `Date` und `String` vorzunehmen. Die Klasse besitzt Methoden zur Erzeugung von Formattern mit einem von vier vordefinierten Mustern. Das Muster können Sie über in der Klasse `DateFormat` definierte Konstanten auswählen:

Konstante	Beispiel für Datum	Beispiel für Zeit
`SHORT`	28.12.02	14:35
`MEDIUM`	28.12.2002	14:35:31
`LONG`	28. Dezember 2002	14:35:31 CET
`FULL`	Samstag, 28. Dezember 2002	14.35:31 Uhr CET

Tabelle 6: Platzhalter für Zeitformate

Das folgende Beispiel zeigt, wie Sie ein Datum und eine Zeit als String erzeugen können:

```
Date date3 = new Date();
DateFormat df = DateFormat.getDateInstance(DateFormat.SHORT);
System.out.println(df.format(date3));
df = DateFormat.getTimeInstance(DateFormat.FULL);
System.out.println(df.format(date3));
```

Auch bei der Klasse DateFormat besteht die Möglichkeit, eine Locale zur Auswahl der Sprache anzugeben. Das obige Beispiel verzichtet auf diese Angabe, wodurch die Standardeinstellung verwendet wird. Sie können jedoch auch eine Locale angeben. Die Klasse verwendet die Angabe zur Locale nicht nur für die Namen von Monaten und Wochentagen, sondern verwendet die Locale auch um herauszufinden, in welchem Format das Datum bzw. die Zeit darzustellen ist.

```
Date date4 = new Date();
Locale locale2 = Locale.ENGLISH;
DateFormat df2 = DateFormat.getDateInstance(DateFormat.SHORT, locale2);
System.out.println(df2.format(date2));
```

Alle bisherigen Beispiele wandeln ein Objekt der Klasse Date in einen String um. Was machen Sie aber, wenn Sie ein Objekt der Klasse Calendar oder GregorianCalendar umwandeln möchten? Ganz einfach: Sie benutzen die Methode getTime() der Klasse Calendar um ein Objekt der Klasse Date zu erzeugen:

```
Calendar cal = Calendar.getInstance();
SimpleDateFormat sdf3 = new SimpleDateFormat("dd.MM.yyyy");
System.out.println(sdf3.format(cal.getTime()));
```

28 Wie wandle ich einen String in ein Datum um?

Datum und/oder Uhrzeit, die ein Benutzer z.B. in einem Eingabefeld eingegeben hat, müssen in ein entsprechendes Objekt der Klasse Date umgewandelt werden. Die Lösung für diese Problemstellung ist die Benutzung der Klasse DateFormat und SimpleDateFormat. Die prinzipielle Funktionsweise wurde im vorhergehenden Beispiel erläutert. Allerdings wurde dort lediglich auf die Methode format() eingegangen. Beide Klassen bietet jedoch auch die Methode parse() an, um einen String in ein Objekt der Klasse Date zu verwandeln. In der einfachsten Variante erwartet die Methode einen String, dessen Inhalt ein Datum nach dem im Konstruktor vorgegebenen Format (Pattern) enthält. Der String wird geparst und ein entsprechendes Objekt der Klasse Date erzeugt. Genügt der übergebene String nicht dem vorgegebenen Pattern, wird eine *ParseException* ausgelöst. Das folgende Beispiel verdeutlicht die Vorgehensweise:

```
String str1 = "22.12.2002";
SimpleDateFormat sdf1 = new SimpleDateFormat("dd.MM.yyyy");
try {
  Date date1 = sdf1.parse(str1);
  System.out.println(date1);
}
catch (ParseException e) {
  System.err.println(e);
}
```

Die anderen Varianten von `parse()` der Klasse `DateFormat` und `SimpleDateFormat` funktionieren im Prinzip genauso wie die entsprechende Methode `format()` der Klassen. Ihre genaue Funktionsweise sowie der Aufbau des Patterns können Sie dem vorhergehenden Beispiel entnehmen.

29 Wie berechne ich bewegliche Feiertage?

Das Datum einer Reihe von Feiertagen ändert sich von Jahr zu Jahr. Prominentestes Beispiel ist das Osterfest. Als allgemeine Regelung gilt, dass Ostern auf dem Sonntag nach dem ersten Vollmond nach dem Frühlingsanfang liegt. Dies wurde prinzipiell vom römischen Kaiser Konstantin I im Jahre 325 auf dem Konzil von Nicäa für die Tag-und-Nacht-Gleiche festgelegt, wobei es zusätzliche Regelungen gab, um ein Zusammenfallen von Ostern und dem Passahfest zu vermeiden. Quer durch die Jahrhunderte wandelte sich die genaue Berechnungsmethode mehrfach um, ließ verschiedene Fachbegriffe wie den Osterfeststreit entstehen und behielt hauptsächlich den Hasen als Symbol der Fruchtbarkeit bei. Ein wichtiges Datum stellt auch hier wieder die Einführung des gregorianischen Kalenders im Jahre 1582 dar. Die ersten überlieferten (per Dokument und nicht per Kühlschrank, natürlich) Ostereier stammen übrigens aus Ägypten und standen als Symbol für Unendlichkeit, Zahlungstermin für die Landpacht und als Notwendigkeit, die vielen Eier zu essen, die die Hühner in der Fastenzeit gelegt hatten.

Der Termin einer Reihe weiterer Feiertage liegt immer eine feste Anzahl Tage vor bzw. nach Ostern. Kennt man den Termin für Ostern in einem bestimmten Jahr, kennt man auch die entsprechend abhängigen Feiertage. Zu diesen Feiertagen zählen:

Tage relativ zu Ostern	Feiertag
- 48	Rosenmontag
+ 39	Christi Himmelfahrt
+49	Pfingstsonntag
+ 60	Fronleichnam

Tabelle 7: Feiertage in Abhängigkeit von Ostern

Es gibt eine Reihe von Algorithmen, mit deren Hilfe sich der Termin für Ostern berechnen lässt. In der Klasse `Holiday` wird der Algorithmus von Gauss verwendet. Er ist in der Lage, Termine für Ostern und die anderen Feiertage von 1901 bis 2078 zu berechnen.

```
package javacodebook.core.holiday;

import java.util.Calendar;
import java.util.GregorianCalendar;

/**
 * Berechnung beweglicher Feiertage für die Jahre
 * 1901 bis 2078.
 */
public class Holiday {
  /**
   * berechnet Osterdatum für ein bestimmtes Jahr
   */
  public static Calendar calculateEaster(int year) {
    return calculate(year, 0);
  }

  /**
   * Berechnung Christi Himmelfahrt in einem bestimmten
   * Jahr
   */
  public static Calendar calculateAscensionDay(int year) {
    return calculate(year, 39);
  }

  /**
   * Berechnung Pfingstsonntag in einem bestimmten Jahr
   */
```

Listing 17: Holiday

```
  public static Calendar calculatePentecost(int year) {
    return calculate(year, 49);
  }

  /**
   * Berechnung Rosenmontag in einem bestimmten Jahr
   */
  public static Calendar calculateCarnivalMonday(int year) {
    return calculate(year, -48);
  }

  /**
   * Berechnung Fronleichnam in einem bestimmten Jahr
   */
  public static Calendar calculateCorpusChristi(int year) {
    return calculate(year, 60);
  }

  /**
   * Die eigentliche Berechnung. Es kann ein Offset
   * übergeben werden. Dieses wird in das berechnete
   * Datum eingefügt.
   */
  private static Calendar calculate(int year, int off) {
    int a = year % 19;
    int b = year % 4;
    int c = year % 7;
    int m = (year/100);
    int d = (19 * a + 24) % 30;
    int e = (2 * b + 4 * c + 6 * d + 5) % 7;
    int day = 22 + d + e;
    int month = 2;
    if (day>31) {
      day = d + e - 9;
      month = 3;
    }
    if (day==26 && month==3){
      day = 19;
    }
    if (day==25 && month==3 && d==28 && e==6 && a>10 ) {
      day = 18;
    }

    return new GregorianCalendar(year, month, day+off);
  }
}
```

Listing 17: Holiday (Forts.)

```
package javacodebook.core.holiday;

import java.text.DateFormat;
import java.util.Calendar;
/**
 * listet alle Ostertage der Jahre 1901 bis 2078 auf.
*/
public class Starter {

  public static void main(String []args) {
    DateFormat sdf;
    sdf = DateFormat.getDateInstance(DateFormat.FULL);

    for (int i=1901; i<2078; i++) {
      Calendar easter = Holiday.calculateEaster(i);
      System.out.println(
        "" + i + ": " +
        sdf.format(easter.getTime())
      );
    }
  }
}
```

Listing 18: Starter

30 Wie erhalte ich Informationen über das System?

Java ist plattformunabhängig und es gilt der Spruch »write once, run everywhere «. Allerdings braucht auch ein Java-Programm mitunter Informationen über die Umgebung, in der das Programm läuft. Einige dieser Eigenschaften können über die statische Methode `getProperties()` der Klasse `System` erfragt werden. Das folgende Beispiel listet alle auf einem Rechner zu Verfügung stehenden System-Eigenschaften auf.

```
Properties props = System.getProperties();
Enumeration enum = props.keys();
while (enum.hasMoreElements()) {
  String key = (String)enum.nextElement();
  System.out.println(key + " = " + System.getProperty(key));
}
```

Auf meinem WinXP-Rechner liefert das Programm die folgende Liste von Eigenschaften als Ergebnis:

Schlüssel	Beispielhafter Inhalt
awt.toolkit	sun.awt.windows.Wtoolkit
file.encoding	Cp1252
file.encoding.pkg	sun.io
file.separator	\
java.awt.graphicsenv	sun.awt.Win32GraphicsEnvironment
java.awt.printerjob	sun.awt.windows.WprinterJob
java.class.path	c:\java\netbeans\system;c:\java\netbeans\system; C:\Programme\netbeans\system; C:\Programme\netbeans\modules\ext\AbsoluteLayout.jar; C:\Programme\netbeans\modules\ext\servlet-2.2.jar;
java.class.version	48.0
java.endorsed.dirs	C:\PROGRA~1\J2SDK1~1.0\jre\lib\endorsed
java.ext.dirs	C:\PROGRA~1\J2SDK1~1.0\jre\lib\ext
java.home	C:\PROGRA~1\J2SDK1~1.0\jre
java.io.tmpdir	C:\DOKUME~1\Besitzer\LOKALE~1\Temp\
java.library.path	C:\PROGRA~1\J2SDK1~1.0\jre\bin; C:\WINDOWS\System32;C:\WINDOWS; C:\WINDOWS\system32;C:\WINDOWS; C:\WINDOWS\System32\Wbem
java.runtime.name	Java(TM) 2 Runtime Environment, Standard Edition
java.runtime.version	1.4.0-b92
java.specification.name	Java Platform API Specification
java.specification.vendor	Sun Microsystems Inc.
java.vendor.url	http://java.sun.com/
java.vendor.url.bug	java.vendor.url.bug
java.version	1.4.0
java.vm.info	mixed mode

Tabelle 8: Eigenschaften

Schlüssel	Beispielhafter Inhalt
java.vm.name	Java HotSpot(TM) Client VM
java.specification.version	1.4
java.util.prefs.Preferences-Factory	java.util.prefs.WindowsPreferencesFactory
java.vendor	Sun Microsystems Inc.

Tabelle 8: Eigenschaften (Forts.)

Eine Reihe von Informationen werden in den meisten Programmen nie genutzt. Es gibt aber auch ein paar sehr hilfreiche Eigenschaften wie z.B. die Angabe des Verzeichnisses, in dem temporäre Dateien abgelegt werden können. Eine weitere wichtige Eigenschaft der System-Properties ist die Möglichkeit, Umgebungsvariablen zum Start eine Java-Anwendung in Form von Übergabeparametern an die Anwendung weiterzuleiten. Dafür steht die Option `-D` des Java-Interpreters zur Verfügung. Ein über diese Option angegebener Parameter kann entsprechend über die Klasse `System` ausgelesen werden.

```
// Ausgabe eines an die JVM übergebenen Properties
System.out.print("testparameter = ");
System.out.println(System.getProperty("testparameter"));
```

In der Ausgabe sehen Sie, dass Java den angegebenen Parameter als System-Property übernommen hat.

```
>java -Dtestparameter=here_we_go javacodebook.core.systemprops.Starter
testparameter = here_we_go
>java javacodebook.core.systemprops.Starter
testparameter = null
```

31 Wie speichere ich einfach Informationen dauerhaft ab?

Mit Hilfe der Klasse `Properties` können Sie Eigenschaften über den Lebenszyklus einer Anwendung hinaus speichern. Vorzugsweise werden Eigenschaften in einer Datei abgespeichert, aber auch andere Datenspeicher eignen sich für die Speicherung von Eigenschaften. Eine einzelne Eigenschaft ist ein Pärchen aus einem Namen und einem Wert. In einer Datei werden die Eigenschaften in der folgenden Form gespeichert:

```
# Sample ResourceBundle properties file
color=green
width=100
height=100
```

Ein Kommentar beginnt mit einem Hash-Zeichen (#). Jede Eigenschaft findet in einer eigenen Zeile Platz. Name und Wert werden durch Gleichheitszeichen voneinander getrennt. Das folgende Beispiel zeigt, wie Eigenschaften aus einem `InputStream` gelesen und genutzt – in diesem Falle angezeigt – werden können. Die Klasse `ResourceManager` dient dazu, einen `InputStream` auf einer Datei zu öffnen.

```
// die zu ladende Properties-Datei
String propsFile = "javacodebook/core/properties/demo.properties";
Properties prop = new Properties();
// Properties aus der Datei lesen
InputStream stream = ResourceManager.getResourceAsStream(prop, propsFile);
prop.load(stream);
// Ein paar Properties anzeigen
System.out.println("width=" + prop.getProperty("width"));
System.out.println("height=" + prop.getProperty("height"));
System.out.println("color=" + prop.getProperty("color"));
```

32 Wie erweitere ich Systeminformationen?

Properties müssen in vielen Fällen im gesamten Programm zur Verfügung stehen. Daher bietet es sich an, eine Klasse mit statischen Methoden zu definieren, die von allen anderen Klassen erreicht und mit deren Hilfe die Eigenschaften gelesen werden können. Die Klasse System bietet bereits die entsprechenden Methoden zum Lesen von Eigenschaften. Was liegt also näher, als sich dieser Methoden zu bedienen. Über einen kleinen Trick können wir die System-Eigenschaften so erweitern, dass auch eigene Eigenschaften systemweit zur Verfügung stehen, ohne dass die System-Eigenschaften überschrieben werden können. Das folgende Beispiel zeigt, wie es geht:

```
package javacodebook.core.extprops;
import java.util.Properties;
import java.io.InputStream;
public class Starter {

  public static void main(String[] args) throws Exception {
    // Eigene Properties
    Properties props = new Properties();
    props.put("appl.width", "100");
    props.put("appl.height", "80");
    props.put("appl.color", "blue");
    props.put("user.name", "Hänschen");

    // Neue Properties erzeugen.
    Properties newSystem = new Properties(props);
    // System-Properties hineinkopieren
    newSystem.putAll(System.getProperties());

    // Die neuen Properties als die System-Properties anmelden
    System.setProperties(newSystem);

    // Alle Properties auflisten
    System.getProperties().list(System.out);
  }

}
```

Listing 19: Starter

Im obigen Beispiel werden die System-Properties durch eigene Eigenschaften erweitert. Die Idee, eigene Eigenschaften als Default für die System-Eigenschaften zu nutzen, hat drei Vorteile:

1. Sie können die statische Methode `System.getProperty()` an jeder Stelle Ihres Programms benutzen, um eigene und System-Properties auszulesen.
2. Die eigenen Properties überschreiben die System-Properties bei evtl. Namenskonflikten nicht. Im obigen Beispiel wurde eine Eigenschaft mit dem Namen `user.name` auf den Wert `Hänschen`, gesetzt. Es existiert aber bereits eine System-Property mit gleichem Namen. Ein Aufruf von `System.getProperty(user.name)` liefert nun nicht `Hänschen` sondern den ursprünglichen Wert der entsprechenden System-Eigenschaft. Um Namenskonflikte gar nicht erst aufkommen zu lassen, verwende ich bei der Benennung von eigenen Eigenschaften immer das Präfix `appl`.

3. Sie können bei Ausführen einer Anwendung mittels des Befehls `java` über den Schalter `-D` Ihre eigenen Eigenschaften durch andere Werte neu belegen und so Ihr Programm auf einfache Weise mit verschiedenen Konfigurationen laufen lassen.

Im Folgenden zwei Beispiele zur Ausführung des obigen Programms:

```
>java javacodebook.core.extprops.Starter
...
appl.color=blue
appl.height=80
appl.width=100
...
user.name=Besitzer
...
>java -Dappl.width=200 javacodebook.core.extprops.Starter
...
appl.color=blue
appl.height=80
appl.width=200
...
user.name=Besitzer
...
```

I/O

Eine der Hauptbeschäftigungen von Programmen ist das Schreiben oder Lesen von Daten. Dabei wird sehr häufig auf Dateien zugegriffen, neben Datenbanken die wohl wichtigste Art, Daten zu sichern (wobei auch Datenbanken letztlich in irgendeiner Form in Dateien schreiben). Daher sollte eine moderne Programmiersprache dem Entwickler angemessene Möglichkeiten für die Bearbeitung von Dateien und für Lese- und Schreibzugriffe zur Verfügung stellen.

Java bietet mächtige, objektorientierte Möglichkeiten zur Behandlung von Dateien und Daten an. Die Klassenbibliothek enthält ein eigenes Paket, `java.io`, das sich ausschließlich diesem Zweck widmet. Es enthält eine Reihe von Klassen für Dateioperationen und Datenzugriffe. Letztere erfolgen in den allermeisten Fällen sequentiell über Datenströme (engl. *Streams*). Datenströme werden in zwei Varianten angeboten. Es gibt:

- Byte-orientierte Datenströme (die `Stream`-Klassen in `java.io`) und
- Zeichen-orientierte Datenströme (die `Reader`-Klassen).

Beide werden hier mit der Bezeichnung »Stream« benannt, weil die grundlegende Funktionsweise dieselbe ist. Da Java bereits in den fundamentalen Klassen wie `String` die Internationalisierung von Programmen unterstützt, ist diese Unterstützung auch in den Datenzugriffsklassen notwendig. Die `Reader`-Klassen bieten volle Unicode-Unterstützung, sodass die Verarbeitung von Zeichensätzen mit mehr als den 255 Zeichen aus dem ASCII-Zeichensatz (wie z.B. Chinesisch) ohne zusätzliche Vorkehrungen möglich ist.

Eines der mächtigsten Konzepte im `IO`-Paket von Java ist die Möglichkeit, Datenströme zu verketten. Dabei wird die Ausgabe eines Datenstroms direkt vom nächsten Datenstrom weiterverarbeitet. Wenn ein Stream nicht die gewünschte Funktionalität bietet, z.B. das zeilenweise Einlesen von Textdateien, ist der nächste Stream, der dies erlaubt, meist nicht weit und kann direkt mit dem ersten Stream »gefüttert« werden.

Mit so genannten `FilterStreams` können beliebige Verarbeitungsketten in einen Datenstrom eingesetzt werden, ähnlich dem *Pipe*-Konzept in Unix, wo die Ausgabe eines Programms direkt in die Eingabe des nächsten umgeleitet wird (z.B. `env | grep PATH`, dies filtert die Umgebungsvariable `PATH` aus allen Umgebungsvariablen heraus).

Für das Handling von Dateien haben die Java-Entwickler einen möglichst plattformunabhängigen Weg beschritten. Unter Berücksichtigung von einigen wenigen Besonderheiten ist es relativ einfach, Programme zu entwickeln, die ohne Umstellungen genauso auf Windows wie auf Unix lauffähig sind, obwohl sie mit Dateien umgehen und es ja bekanntermaßen einige Unterschiede in den Dateisystemen gibt (das sollte auch für Macs gelten). Zu beachten ist die Trennung zwischen dem Umgang mit einer Datei im Dateisystem, der in der Klasse `java.io.File` realisiert ist, und dem Inhalt einer Datei, der über die oben genannten Stream-Klassen verarbeitet wird.

Für die Formatierung von Ausgaben, die in früheren Programmiersprachen wie C direkt in den Befehlen zur Ausgabe eines Textes integriert ist, wird gemäß Javas objektorientiertem Aufbau nicht das `java.io`-Paket verwendet, sondern sie erfolgt in separaten Klassen. Insbesondere die Formatierung von Strings und Zahlen wird hervorragend durch das `java.text`-Paket unterstützt, das auch mit internationalen Unterschieden wie z.B. bei der Datums- und Zahlenformatierung umgehen kann. Beispiele hierzu finden Sie im Kapitel Core-API.

Mit dem JDK 1.4 sind viele zusätzliche APIs vorgestellt worden, darunter auch solche, die sich ausschließlich dem Thema IO widmen. Sie werden unter dem Begriff *New I/O* zusammengefasst, kurz *NIO*. Sie sollen die alten APIs in `java.io` nicht ersetzen, sondern ergänzen. Ein wesentlicher Aspekt bei der Entwicklung von NIO war Geschwindigkeit und Skalierbarkeit. Das wirkt sich insbesondere auf die Entwicklung im Netzwerkbereich aus, aber auch der Zugriff auf Dateien wurde erweitert.

33 Standardausgabe schreiben

In vielen Fällen ist es sehr nützlich, Ausgaben eines Programms in die Standardausgabe (Konsole) zu schreiben. Hierüber kann mit dem Benutzer kommuniziert werden, es können aber auch so nützliche Dinge wie Fehlerausgaben während des Programmlaufs erfolgen (im professionellen Bereich ist hierfür Logging vorzuziehen, dazu mehr im letzten Kapitel).

Die Standardausgabe wird über die Klasse `java.lang.System` verfügbar gemacht. Sie verfügt über eine statische Referenz auf die System-Standardausgabe in Form eines `PrintStream`-Objekts. Diese Referenz ist über die statische Variable `System.out` erreichbar. Ein `PrintStream` stellt verschiedene Methoden zur Verfügung, um Werte und Objekte auszugeben. Die wesentlichen Methoden sind die `print()`- und `println()`-Methoden. Die `println()`-Methode unterscheidet sich dadurch von der `print()`-Methode, dass sie am Ende einen Zeilenumbruch erzeugt. Diese Methode ist vorzuziehen vor eigenen eingefügten Zeilenumbrüchen im Stil von `\n`, da diese immer von der jeweiligen Plattform abhängig sind.

Die `print`-Methoden sind gute Beispiele für Polymorphismus, da sie für jeden Datentyp (`boolean`, `int`, `byte`, `double`, `String` ...) entsprechende Ausprägungen bereitstellen. Für Objekte wird jeweils deren `toString()`-Methode aufgerufen, wenn sie ausgegeben werden. Neben `System.out` gibt es noch Referenzen auf die Standard-Eingabe, `System.in` (s. nächstes Rezept), und die Fehlerausgabe, `System.err`. Alle diese Referenzen werden von der JVM beim Starten initialisiert, d.h. die JVM erzeugt entsprechende plattformabhängige Ausgabe- und Eingabeströme.

Alle Ausgaben auf die Standardausgabe werden in Java normalerweise auf die Konsole ausgegeben. Im folgenden Programm wird ein beim Aufruf angegebener Kommandozeilentext auf die Standardausgabe geschrieben. Wurde kein Text angegeben, so wird ein Default-Text ausgegeben.

```
package javacodebook.io.stdout;

public class StdOut {
  public static void main(String[] args) {
    String text = "Hallo Welt";

    //Wenn Text angegeben, dann diesen ausgeben
    if(args.length < 1)
      for(int i = 0; i < args.length; i++)
        System.out.println(args[i]);
    else
      System.out.println(text);
  }
}
```

Listing 20: StdOut

34 Standardeingabe lesen

Es gibt auch heutzutage noch Fälle, in denen es sinnvoll ist, Programme über die Konsole zu steuern und keine graphische Oberfläche zu verwenden. Für kleine Tools oder Programme, die nur minimale Eingaben benötigen oder z.B. über Netzwerke (Telnet-Zugang) aufgerufen werden sollen, kann es manchmal viel schneller sein, wenn die Bedienung über die Konsole erfolgen kann.

Neben der Standardausgabe wird dazu auch die Standardeingabe benötigt. Sie ist wie die Standardausgabe betriebssystemabhängig und wird über das statische Objekt `System.in` bereitgestellt. Hierbei handelt es sich um eine Referenz auf einen `InputStream`. Die `Stream`-Klassen aus dem Paket `java.io` sind Byte-orientiert, d.h. sie

Core
I/O
GUI
Multimedia
Datenbank
Netzwerk
XML
RegEx
Daten
Threads
Web-Server
Applets
Sonstiges

erkennen eingelesene Zeichen byteweise. Dies funktioniert gut, wenn einzelne Zeichen oder Binärdaten eingelesen werden sollen. Geht es darum, zusammenhängenden Text zu verarbeiten, so sind die `Reader/Writer`-Klassen geeigneter. Sie bieten einen deutlich einfacheren Umgang mit Texten und sind von vornherein auf die Benutzung von Unicode ausgelegt, so dass explizite Konvertierungen oder Angaben von Zeichensätzen nicht notwendig sind.

Um einen `Stream` zu einem `Reader/Writer` zu machen, können die Klassen `InputStreamReader` und `OutputStreamWriter` verwendet werden. Diese machen aus einem beliebigen `Input-` oder `OutputStream` einen weiterverwendbaren `Reader/Writer`. Im folgenden Rezept wird ein `InputStreamReader` verwendet, der als Hülle um den `InputStream System.in` gelegt wird. Um diesen `InputStreamReader` wird ein weiterer Stream gelegt, der das zeilenweise Einlesen von Zeichen erlaubt (`BufferedReader`). Dieses Konzept des Verschachtelns von Streams wird in Java immer wieder verwendet.

```
package javacodebook.io.stdin;

import java.io.*;

public class StdIn {
  public static void main(String[] args) {
    System.out.print("Ihre Eingabe: ");
    InputStreamReader reader = new InputStreamReader(System.in);
    BufferedReader in = new BufferedReader(reader);
    try {
      String line = in.readLine();
      System.out.println("Die Eingabe war: " + line);
    }
    catch (IOException e) {
      System.out.println(e.toString());
    }
  }
}
```

Listing 21: StdIn

35 Die Standard-Streams umleiten

Die Standard-Streams für Eingabe und Ausgabe, die normalerweise für Tastatureingaben und Bildschirmausgaben in die Konsole zuständig sind, können umgeleitet werden. Damit ist es möglich, alle Ausgaben über den Aufruf `System.out.println()` z.B. in eine Datei oder in einen beliebigen anderen Ausgabestrom (auch über Netzwerk) zu schreiben. Die Standardausgabe/-eingabe und Fehlerausgabe werden in der Klasse `java.lang.System` verwaltet. Dort können sie mit den entsprechenden Methoden `System.setOut(PrintStream out)` bzw. `System.setIn(InputStream in)` sowie `System.setErr(PrintStream out)` umgeleitet werden.

Das folgende Beispiel zeigt, wie die Standardausgabe in eine Datei geschrieben wird. Dazu wird zunächst ein `FileOutputStream` geöffnet, um den dann ein `PrintStream` gelegt wird. Der `PrintStream` wird anschließend als Parameter an `System.setOut()` übergeben.

```
package javacodebook.io.setstdstreams;

import java.io.*;

public class SetStdStreams {

  public static void main(String[] args) {
    try {
      String dateiName = "c:\\ausgabe.log";
      if(args.length > 0)
        dateiName = args[0];
      FileOutputStream f = new FileOutputStream(dateiName);
      PrintStream p = new PrintStream(f);
      System.setOut(p);
      System.out.println(
                "Diese Ausgabe wurde in eine Datei umgeleitet");
    }
    catch(FileNotFoundException e) {
      System.err.println("Datei konnte nicht geöffnet werden");
      e.printStackTrace(System.err);
    }
  }
}
```

Listing 22: SetStdStreams

36 Dateiinformationen auslesen

Für den Umgang mit Dateien stellt Java die Klasse `java.io.File` zur Verfügung. Sie dient als Abstraktion vom plattformabhängigen Dateisystem. Dadurch kann auf relativ einfache Weise Code geschrieben werden, der (zumindest, was den Umgang mit Dateien betrifft) ohne Änderungen auf vielen Betriebssystemen lauffähig ist. Die Klasse `File` stellt viele Methoden bereit, um Informationen über eine Datei zu erhalten und diese zu manipulieren. Sie enthält jedoch keine Methoden, um Dateiinhalte zu lesen oder zu schreiben. Dies erfolgt wiederum mittels der `Stream`-Klassen.

Mit Hilfe verschiedener Konstanten und Methoden in der `File`-Klasse ist es möglich, Pfadinformationen unabhängig vom Betriebssystem anzugeben. Dazu dienen die Konstanten `pathSeparator` (; unter Windows,: unter Unix) und `separator` (\ unter Windows, / unter Unix). Die Methode `listRoots()` liefert eine Liste der Wurzelverzeichnisse (`c:\`, `d:\` usw. unter Windows, / unter Unix). Neben den Methoden, mit denen Informationen über eine Datei ausgelesen werden können, gibt es auch noch solche, mit denen Verzeichnisse angelegt und aufgelistet werden können, sowie solche zum Erzeugen von Dateien (die dann zunächst leer sind) und zum Löschen.

Mit dem Erzeugen eines `File`-Objekts wird übrigens keine Datei angelegt! Dies passiert erst, wenn über einen `OutputStream` tatsächlich etwas geschrieben wird.

Das unten stehende Beispiel zeigt die vielen Methoden, mit denen Informationen über eine Datei gewonnen werden können.

```
package javacodebook.io.fileinfo;
import java.io.*;

public class FileInfo {

  public static void main(String[] args) {
    if(args.length < 1)
      printUsage();
    String fileName = args[0];
    //Ein Fileobjekt erzeugen
    File f = new File(fileName);
    //Überprüfen, ob die Datei existiert
    if(!f.exists()) {
      System.out.println("Datei existiert nicht");
      System.exit(0);
    }
    //Absoluten Pfad ausgeben
    System.out.println(f.getAbsolutePath());

    //Lese- und Schreibrechte prüfen
    if(f.canRead())
      System.out.println("Datei kann gelesen werden");
    else
      System.out.println("Keine Leserechte");
    if(f.canWrite())
```

Listing 23: FileInfo

```
      System.out.println("Datei kann geschrieben werden");
    else
      System.out.println("Keine Schreibrechte");

    //Dateilänge in MB, KB oder Bytes ausgeben
    if(f.length()/ (1024*1024) > 1)
      System.out.println("Datei ist " + f.length()/
                  (1024*1024) + "MB lang");
    else if(f.length()/ (1024) > 1)
      System.out.println("Datei ist " + f.length()/
                  (1024) + "KB lang");
    else
      System.out.println("Datei ist " + f.length() +
                        "Bytes lang");
    //Wann wurde die Datei zuletzt geändert?
    java.util.Date lastMod =
                  new java.util.Date(f.lastModified());
    System.out.println("Datei wurde zuletzt modifiziert am: " +
                        lastMod.toString());
    //Handelt es sich um eine Datei oder um ein Verzeichnis?
    if(f.isFile())
      System.out.println(f.getName() + " ist eine Datei");
    else if(f.isDirectory())
       System.out.println(f.getName() + " ist ein Verzeichnis");
    //Das übergeordnete Verzeichnis ausgeben
       System.out.println("Die Datei liegt im Verzeichnis " +
                           f.getParent());
    //Ist es eine versteckte Datei?
    if(f.isHidden())
      System.out.println("Datei ist versteckt");
  }

  private static void printUsage() {
    System.out.println("Aufruf: java
            javacodebook.io.fileinfo.FileInfo Dateiname");
    System.exit(0);
  }
}
```

Listing 23: FileInfo (Forts.)

37 Datei erzeugen und löschen

Die Klasse `File` bietet neben den Methoden zum Auslesen von Dateiinformationen auch Methoden zum Anlegen (seit Java 1.2) und Löschen von Dateien. Um eine Datei anzulegen, kann auch ein `FileOutputStream` erzeugt werden. Dieser muss anschließend auf jeden Fall wieder geschlossen werden, sonst ist die Datei nicht vorhanden. Alternativ gibt es die Methode `createNewFile()`. Um eine Datei zu löschen wird die Methode `delete()` aufgerufen. Mit der Methode `renameTo()` wird eine Datei umbenannt.

```
package javacodebook.io.createdelete;
import java.io.*;

public class CreateDeleteFile {

  public static void main(String[] args)
  throws IOException {
    //Erzeugen klassisch bis Java 1.1
    File f = new File("c:\\test.txt");
    FileOutputStream out = new FileOutputStream(f);
    out.close();//wichtig, sonst ist die Datei nicht da
    System.out.println("Datei "  + f.getCanonicalPath() + " wurde erzeugt");

    //Löschen der Datei
    if(f.delete())
      System.out.println("Datei wurde gelöscht");

    //Erzeugen einer leeren Datei seit Java 1.2
    if(f.createNewFile())
      System.out.println("Leere Datei erneut erzeugt");

    //Datei umbenennen
    File f2 = new File("c:\\test2.txt");
    if(f.renameTo(f2))
      System.out.println("Datei wurde umbenannt");

    //Datei löschen, wenn das Programm beendet wird
    f2.deleteOnExit();
  }
}
```

Listing 24: CreateDeleteFile

38 Verzeichnisse anlegen

Die Klasse `File` bietet eine Methode `mkdir()` und eine Methode `mkdirs()` zum Erstellen von Verzeichnissen an. Die Methode `mkdir()` erstellt genau ein Verzeichnis, wobei alle übergeordneten Verzeichnisse bereits existieren müssen. Die Methode `mkdirs()` legt auch fehlende übergeordnete Verzeichnisse mit an. Die folgende Klasse zeigt die Verwendung der Methoden:

```
package javacodebook.io.mkdir;
import java.io.*;

public class DirExamples {

  public static void main(String[] args) {
    String dirOne = "c:\\tempest";
    File f = new File(dirOne);
    String dirTwo = "c:\\tempest\\shakespeare\\england";
    f = new File(dirTwo);
  }
}
```

Listing 25: DirExamples

39 Ein Verzeichnis auflisten und filtern

Für die Auflistung von Dateien innerhalb eines Verzeichnisses bietet die Klasse `File` mehrere `list()`-Methoden an. Dabei können Sie wahlweise String-Arrays mit den relativen Dateinamen oder Arrays mit `File`-Objekten zurückerhalten. Um die Auflistungen einzuschränken, können Sie ein `FilenameFilter` verwenden. `FilenameFilter` ist ein Interface, das nur eine Methode enthält: `accept()`. Diese Methode weist Dateien zurück, die nicht den Filterkriterien entsprechen. Dazu muss eine eigene Klasse geschrieben werden, die das Interface implementiert.

Die Klasse `FileTypeFilter` überprüft, ob eine Datei mit einer bestimmten Endung versehen ist.

```
package javacodebook.io.listdir;
import java.io.*;

public class FileTypeFilter implements java.io.FilenameFilter {

  private String fileType;

  public FileTypeFilter(String fileType) {
    this.fileType = fileType;
  }

  public boolean accept(File dir, String name) {
    if(name.endsWith(fileType))
```

Listing 26: FileTypeFilter

```
      return true;
    return false;
  }
}
```

Listing 26: FileTypeFilter (Forts.)

Die Klasse `ListDir` demonstriert die Auflistung mit und ohne den Filter. Wird sie z.B. unter Windows mit den Parametern `c:\windows ini` aufgerufen, so listet sie einmal alle Dateien und einmal nur die (früher sehr beliebten) *INI*-Dateien auf.

```
package javacodebook.io.listdir;
import java.io.*;

public class ListDir {

  public static void listAll(String dir) throws IOException {
    File f = new File(dir);
    String[] filenames = f.list();
    for(int i = 0; i < filenames.length; i++)
      System.out.println(filenames[i]);
  }

  public static void listFiltered(String dir, String fileType) throws IOException {
    File f = new File(dir);
    FilenameFilter filter = new FileTypeFilter(fileType);
    String[] filenames = f.list(filter);
    for(int i = 0; i < filenames.length; i++)
      System.out.println(filenames[i]);
  }

  public static void main(String[] args)
  throws Exception {
    if(args.length < 2)
      printUsage();
    String dir = args[0];
    String fileType = args[1];
    System.out.println("Alle Dateien im Verzeichnis");
    listAll(dir);
    System.out.println("Nur Dateien vom Typ " + fileType);
    listFiltered(dir, fileType);
  }
```

Listing 27: ListDir

```
  private static void printUsage() {
    System.out.println("Aufruf: java javacodebook.io.listdir.ListDir Verzeichnis
Dateityp");
    System.exit(0);
  }
}
```

Listing 27: ListDir (Forts.)

40 Kopieren einer Datei

Eine Datei wird nicht am Stück, sondern in einzelnen Abschnitten kopiert. Dazu wird jeweils ein Teil aus einem `InputStream` gelesen und anschließend in einen `OutputStream` geschrieben, bis der `InputStream` keine Daten mehr enthält. Die dabei verwendete Schleife findet sich sehr häufig in Java-Programmen, in denen umfangreichere Daten von einer Quelle an ein Ziel befördert werden müssen.

Damit die Daten nicht Byte für Byte kopiert werden, wird ein Puffer benutzt, der die jeweils gelesenen Daten zwischenspeichert. Die Klasse `CopyFile` hält zwei statische Methoden bereit, mit denen Dateien anhand des Dateinamens oder anhand von `File`-Objekten kopiert werden. Die `main()`-Methode stellt ein Kommandozeileninterface für die Benutzung zur Verfügung. Die `copyFile()`-Methoden können aber auch genauso über ein GUI-Programm aufgerufen werden.

```
package javacodebook.io.copyfile;
import java.io.*;

public class CopyFile {

  public static void copyFile(String sourceFileName, String targetFileName)
  throws IOException {
    File sourceFile = new File(sourceFileName);
    File targetFile = new File(targetFileName);
    copyFile(sourceFile, targetFile);
  }

  public static void copyFile(File sourceFile, File targetFile)
  throws IOException {
    //Existiert die Quelldatei?
    if(!sourceFile.exists())
      throw new IOException("Quelldatei existiert nicht!");
```

Listing 28: CopyFile

```
    //Ist es auch kein Verzeichnis?
    else if(sourceFile.isDirectory())
      throw new IOException("Quelldatei ist ein Verzeichnis");

    //Existiert die Zieldatei?
    if(targetFile.exists()) {
      if(targetFile.isFile()) {
        if(!targetFile.canWrite())
          throw new IOException("Zieldatei ist
                        schreibgeschützt!");
      }
      // Zieldatei ist ein Verzeichnis
      else {
        //Dateiname von Quelldatei extrahieren
        String fileName = sourceFile.getName();
        //Zieldateiname zusammensetzen
        targetFile = new File(targetFile.getAbsolutePath() +
                    File.separator + fileName);
        if(targetFile.exists() && !targetFile.canWrite())
          throw new IOException("Im Zielverzeichnis
            existiert bereits eine schreibgeschützte Datei
            gleichen Namens");
      }
    }
    //Datei kann jetzt kopiert werden
    //Puffer definieren
    int bufferSize = 16384;
    byte[] buffer = new byte[bufferSize];
    InputStream in = new FileInputStream(sourceFile);
    OutputStream out = new FileOutputStream(targetFile);
    // Anzahl der jeweils gelesenen Bytes merken
    int bytes = 0;
    //Kopierschleife: In Puffer lesen, in Datei schreiben
    while((bytes = in.read(buffer)) > 0) {
      out.write(buffer,0, bytes);
    }
    in.close();
    out.close();
  }

  public static void main(String[] args) {
    try {
      System.out.print("Quelldatei: ");
      String sourceFile = new BufferedReader(
              new InputStreamReader(System.in)).readLine();
```

Listing 28: CopyFile (Forts.)

```
        System.out.print("Ziel: ");
        String targetFile = new BufferedReader(
                new InputStreamReader(System.in)).readLine();
        copyFile(sourceFile, targetFile);
        System.out.println("Datei wurde kopiert");
      }
      catch(IOException e) {
        e.printStackTrace(System.out);
      }
    }
  }
```

Listing 28: CopyFile (Forts.)

41 Auftrennen und wieder zusammenfügen von großen Dateien

Soll eine große Datei in mehrere kleinere Abschnitte unterteilt werden, so geht man ähnlich vor wie beim Kopieren einer Datei. Jedoch wird hier nach einer festgelegten Menge geschriebener Bytes (Länge der einzelnen Abschnitte) jeweils eine neue Datei begonnen. Die Dateien werden laufend durchnummeriert, wobei die Nummer an den bestehenden Dateinamen angehängt wird. Die einzelnen Abschnitte werden im gleichen Verzeichnis gespeichert wie das Original. Die Klasse `SplitFiles` enthält die Methode `split()`, die den Dateinamen und die Abschnittsgröße als Parameter übergeben bekommt.

```
package javacodebook.io.splitfiles;
import java.io.*;

public class SplitFiles {

  public static void split(String fileName, int partSize)
  throws IOException {
    File f = new File(fileName);
    if(!f.exists() || f.isDirectory() || !f.canRead())
      throw new IOException("Kann Datei nicht bearbeiten");
    String directory = f.getParent();
    String name = f.getName();
    //Puffer für Lesezugriffe
    int bufferSize = 4096;
    byte[] buffer = new byte[bufferSize];
```

Listing 29: SplitFiles

```
    InputStream in = new FileInputStream(f);
    OutputStream out = new FileOutputStream(directory + name +
                                ".0");
    //Anzahl der bei einem Lesevorgang gelesenen Bytes
    int bytes = 0;
    //Anzahl der erstellten Stücke einer Datei
    int fileNr = 0;
    //Im aktuellen Abschnitt bereits geschriebene Bytes
    int partBytes = 0;
    while((bytes = in.read(buffer)) > 0) {
      //Neuer Abschnitt notwendig?
      if(partBytes + bytes > partSize) {
        fileNr++;
        //Bisherigen OutputStream schließen
        out.close();
        partBytes = 0;
        //Neue Datei beginnen
        out = new FileOutputStream(directory +
              File.separator + name + "." + fileNr);
      }
      out.write(buffer,0, bytes);
      partBytes += bytes;
    }
    in.close();
    out.close();
  }

  public static void main(String[] args) {
    if(args.length != 2)
      printUsage();
    try {
      String file = args[0];
      int partLength = Integer.parseInt(args[1]);
      split(file, partLength);
    }
    catch(Exception e) {
      e.printStackTrace(System.out);
    }
  }

  private static void printUsage() {
    System.out.println("Benutzung: java SplitFiles Dateiname Stückgröße");
  }
}
```

Listing 29: SplitFiles (Forts.)

Um die Ursprungsdatei wiederherzustellen, müssen die nummerierten Abschnitte gelesen und wieder zu einer Datei zusammengefügt werden. Dies wird in Java durch die Klasse `SequenceInputStream` unterstützt. Sie kann mehrere Eingabeströme zu einem Eingabestrom zusammenfassen. Dabei wird einfach so lange aus einem Eingabestrom gelesen, bis alle Daten erfasst wurden, um dann automatisch auf den nächsten Eingabestrom umzuschwenken. Das Zusammensetzen der Dateiabschnitte erfolgt in der Klasse `MergeFiles`. Da niemand Lust hat, alle Abschnitte einzeln als Parameter zu übergeben, wird ausgehend vom Namen des ersten Abschnitts automatisch nach weiteren Dateien mit aufsteigenden Nummern gesucht. Dies geschieht über die `exists()`-Methode des `File`-Objekts. Die Klasse `SequenceInputStream` erwartet eine Enumeration als Parameter für den Konstruktor. Dabei muss jedes Objekt in der Enumeration ein `InputStream` sein. Aus diesem Grund wird anhand der gefundenen Dateinamen jeweils ein `FileInputStream`-Objekt erzeugt und einem Vektor hinzugefügt. Aus dem Vektor kann die Enumeration sehr einfach mit der Methode `elements()` extrahiert werden. Anschließend wird einfach der `SequenceInputStream` so lange ausgelesen, wie er Daten enthält. Die Daten werden in eine Datei mit dem Namen der Ursprungsdatei geschrieben, den man über den Namen des ersten Abschnitts erhält, indem die Nummer am Ende entfernt wird.

```
package javacodebook.io.splitfiles;
import java.io.*;
import java.util.Vector;

public class MergeFiles {

  public static void merge(String firstFileName)
  throws IOException {
    //Basisdatei suchen und Rechte prüfen
    File f = new File(firstFileName);
    if(!f.exists() || f.isDirectory() || !f.canRead())
      throw new IOException("Datei kann nicht zusammengefügt
                    werden");
    //Alle Dateinamen herausfinden
    Vector files = new Vector();
    files.addElement(new FileInputStream(f));
    int partNr = 1;
    String directory = f.getParent();
    //Basisdateiname ohne Nummern ermitteln
    String baseName = f.getName().substring(
              0, f.getName().lastIndexOf("."));
    //Alle nummerierten Dateiteile finden
```

Listing 30: MergeFiles

```
    String baseFile = directory + File.separator + baseName;
    String nextFileName = baseFile + "." + partNr;
    while((f = new File(nextFileName)).exists()) {
      files.addElement(new FileInputStream(f));
      partNr++;
      nextFileName = baseFile + "." + partNr;
    }
    //Dateistücke zusammenfügen
    SequenceInputStream in =
          new SequenceInputStream(files.elements());
    FileOutputStream out = new FileOutputStream(baseFile);
    int bytes = 0;
    byte[] buffer = new byte[4096];
    while((bytes = in.read(buffer)) > 0) {
      out.write(buffer,0, bytes);
    }
    in.close();
    out.close();
  }

  public static void main(String[] args) {
    if(args.length != 1)
      printUsage();
    try {
      String file = args[0];
      merge(file);
    }
    catch(Exception e) {
      e.printStackTrace(System.out);
    }
  }

  private static void printUsage() {
    System.out.println("Benutzung: java MergeFiles Dateiname_des_ersten_Abschnitts");
  }
}
```

Listing 30: MergeFiles (Forts.)

42 Texte innerhalb von Dateien suchen

Um ein Wort innerhalb einer Textdatei zu finden, wird die Datei zeilenweise durchlaufen. Mit Hilfe der Klasse `LineNumberReader` (einer Unterklasse der Klasse `BufferedReader`) ist es ein Leichtes, die Zeilennummer zu erhalten, wenn der Suchtext in einer Zeile der durchsuchten Datei enthalten ist. Sie führt genau Buch über die jeweils durchlaufenen Zeilen. Mit der Methode getLineNumber() kann die Nummer der aktuellen Zeile ausgelesen werden. Der eigentliche Stringvergleich erfolgt über die Methode indexOf(), die einen Wert > -1 zurückliefert, wenn der Suchtext im Text der aktuellen Zeile enthalten ist. Die Klasse FindInFile enthält die statische Methode findStringInFile in zwei Ausprägungen, einmal mit einem String als Dateinamen und einmal mit einem File-Objekt. Sie gibt die jeweils gefundene Zeile mit Zeilennummer aus. Als Rückgabewert wird die Anzahl der gefundenen Zeilen mit dem Suchtext zurückgegeben.

```
package javacodebook.io.findinfile;
import java.io.*;

public class FindInFile {

  public static int findStringInFile(String fileName,
                        String searchText)
  throws IOException {
    File f = new File(fileName);
    return findStringInFile(f, searchText);
  }

  public static int findStringInFile(File file, String searchText)
  throws IOException {
    int foundLines = 0;
    if(!file.exists()) {
      System.out.println("Datei existiert nicht: " +
           file.getAbsolutePath());
      return -1;
    }
    LineNumberReader in = new LineNumberReader(
                  new FileReader(file));
    String line = null;
    boolean foundInFile = false;
    while((line = in.readLine())!= null) {
      if(line.indexOf(searchText) > -1) {
        foundLines++;
        if(!foundInFile) {
          foundInFile = true;
          System.out.println("Ergebnis in Datei:" +
                file.getAbsolutePath());
        }
        System.out.println("Zeile " + in.getLineNumber() +
                    ": " + line);
```

Listing 31: FindInFile

```
      }
    }
    in.close();
    return foundLines;
  }

  public static void main(String[] args) {
    if(args.length < 2) {
      printUsage();
      return;
    }
    String searchText = args[0];
    int foundLines = 0;
    try {
      for(int i = 1; i < args.length; i++) {
        foundLines += findStringInFile(args[i], searchText);
      }
      System.out.println("Es wurden " + foundLines +
            " Stellen mit dem gesuchten Text gefunden");
    }
    catch(IOException e) {
      e.printStackTrace(System.out);
    }
  }

  private static void printUsage() {
    System.out.println("Benutzung: java javacodebook.io.
                  findinfile.FindInFile
             Suchtext Dateiname1 Dateiname2 ...");
  }
}
```

Listing 31: FindInFile (Forts.)

Für eine weitere Verfeinerung der Suchergebnisse könnte sowohl die aktuelle Zeile der Datei als auch der Suchtext mit der Methode `toLowerCase()` aus der Klasse `String` behandelt werden, so dass Groß- und Kleinschreibung nicht beachtet würde.

43 Den Inhalt einer Datei in einen String einlesen

Soll eine Datei in einen String eingelesen werden, z.B. um sie anschließend in einem Textfeld einer GUI-Anwendung anzuzeigen, so kann dies am einfachsten über einen `FileReader` erfolgen. Die Daten werden Stück für Stück gelesen und an einen `StringBuffer` angefügt. Die Methode `readFileToString()` zeigt den notwendigen Lesevorgang.

```
package javacodebook.io.filetostring;
import java.io.*;

public class FileToString {

  public static String readFileToString(String fileName) {
    StringBuffer buffer = new StringBuffer();
    try {
      File f = new File(fileName);
      FileReader in = new FileReader(f);
      int bytesRead = 0;
      char[] textRead = new char[512];
      while((bytesRead = in.read(textRead)) > 0) {
        buffer.append(textRead, 0, bytesRead);
      }
    }
    catch(IOException e) {
      e.printStackTrace(System.out);
    }
    return buffer.toString();
  }

  public static void main(String[] args) throws IOException {
    System.out.println("Dateiname: ");
    String fileName = new BufferedReader(
          new InputStreamReader(System.in)).readLine();
    String fileContent = readFileToString(fileName);
    System.out.println(fileContent);
  }
}
```

Listing 32: FileToString

44 CSV-Dateien einlesen

CSV steht für *comma separated values*. Der Begriff fasst alle Textdateien zusammen, in denen Tabellendaten durch ein festgelegtes Zeichen voneinander getrennt werden. Es ist ein sehr kompaktes Format, mit dem auf sehr einfache Weise Textdaten zwischen verschiedenen Systemen ausgetauscht werden können. Auch das Programm Excel von Microsoft beherrscht das Lesen und Schreiben von CSV-Dateien.

CSV-Dateien sind zeilenweise aufgebaut, wobei jede Zeile analog zu einer Tabellenzeile in einer relationalen Datenbank einen Datensatz enthält. Die einzelnen »Spalten« der CSV-Datei sind durch das Trennzeichen voneinander abgegrenzt. Die erste Zeile enthält den Kopf der Datei mit den Spaltennamen. Das Trennzeichen ist ein besonderes Zeichen, das aber auch im Text vorkommen kann. Wenn das Trennzeichen innerhalb einer Spalte im Text auftaucht, so wird es maskiert, d.h. der Text der Spalte wird in doppelte Anführungszeichen (`"`) gesetzt. Alle doppelten Anführungszeichen innerhalb des Textes werden ebenfalls maskiert, indem ein weiteres `"`-Zeichen davor gesetzt wird. So befindet sich immer eine gerade Anzahl `"`-Zeichen innerhalb des Textes und das Ende kann relativ leicht erkannt werden.

Das Ende einer Spalte ist dann erreicht, wenn ein `"`-Zeichen gefolgt vom Trennzeichen erkannt wurde und die Anzahl der erkannten `"`-Zeichen innerhalb der Spalte eine gerade Zahl ist. Die Klasse `CSVReader` enthält die Funktionalität, die zum Parsen von CSV-Dateien notwendig ist. Der Konstruktor erwartet als Parameter einen Reader und das Trennzeichen. Der `Reader` wird vom umgebenden Programm erzeugt und kann auf einen String, auf eine Textdatei, eine Netzwerkverbindung oder eine beliebige andere Quelle zugreifen. Im Konstruktor von `CSVReader` erfolgt auch gleich der erste Zugriff auf die Daten, indem die erste Zeile, der »Dateikopf« mit den Spaltennamen, gelesen wird. Die Klasse enthält verschiedene Methoden für den Zugriff auf die Daten. Den »Kopf« mit den Spaltenbezeichnungen in Form eines Vektors liefert die Methode `getHeader()`. Die öffentlichen Methoden `hasMoreLines()` und `getNextLine()` erlauben, ähnlich wie eine Enumeration, das kontinuierliche Auslesen der Daten. Die `getNextLine()`-Methode liefert einen `Hashtable` zurück, aus dem die Daten anhand der bekannten Spaltennamen gelesen werden können. Der eigentliche Algorithmus zum Parsen einer Zeile verbirgt sich in der Methode `parseLine()`, die als *private* gekennzeichnet ist. Jede Zeile wird hier zeichenweise durchlaufen. Die Position von Spaltenanfang und -ende wird jeweils in den Variablen `start` und `end` festgehalten. Ist das Ende einer Spalte erkannt, so wird der Text zu einem Vektor mit den aktuellen Zeilendaten hinzugefügt. In der Methode `getNextLine()` wird der Zeilen-Vektor mit dem Namen aus dem Spaltenkopf kombiniert, um so den `Hashtable` zu erzeugen.

```
package javacodebook.io.csv;
import java.io.*;
import java.util.*;

public class CSVReader {

  private char delimiter;
  private BufferedReader reader;
  private Vector header;
  private String nextLine;
```

Listing 33: CSVReader

```
  public CSVReader(Reader reader, char delimiter) {
    this.delimiter = delimiter;
    this.reader = new BufferedReader(reader);
    //Hier wird sofort die Kopfzeile ausgelesen
    this.header = readHeader();
    nextLine = null;
  }

  public Vector getHeader() {
    return header;
  }

  public boolean hasMoreLines() {
    try {
      if (nextLine == null || nextLine.trim().equals(""))
        nextLine = reader.readLine();
    }
    catch (Exception ignored) {
    }
    if (nextLine == null || nextLine.trim().equals("")) {
      close();
      return false;
    }
    else
      return true;
  }

  public Hashtable getNextLine() {
    // Liest auf jeden Fall die neue Zeile, wenn es eine gibt.
    if (!hasMoreLines())
      return null;
    Hashtable hash = new Hashtable();
    // Aus der Zeile wird ein Hashtable erzeugt.
    Vector dataFields = parseLine(nextLine.trim());
    for (int i=dataFields.size()-1; i>=0; i--)
      hash.put(header.elementAt(i), dataFields.elementAt(i));
    //Zeile löschen, bevor eine neue eingelesen wird
    nextLine = null;
    return hash;
  }

  public void close() {
    try {
      reader.close();
    }
```

Listing 33: CSVReader (Forts.)

```
    //wird ignoriert, da hasMoreLines den Reader schließt
    catch(IOException ignored) {
    }
  }

  private Vector readHeader() {
    Vector header = null;
    try {
      String line = reader.readLine();
      header = parseLine(line);
    }
    catch(Exception e) {
      e.printStackTrace(System.out);
    }
    return header;
  }

  private Vector parseLine(String line) {
    Vector fields = new Vector();
    boolean quote = false;
    int start = 0, end = 0, index = 0, max = line.length()-1;
    try {
      // Alle Spalten durchlaufen
      while (index <= max) {
        start = index;
        quote = false;

        //Inhalt einer Spalte extrahieren
        while (index <= max) {
          char check = line.charAt(index);
          //Nächsten Delimiter suchen, der NICHT
          //innerhalb von Anführungszeichen (") steht.
          if (check == '"')
            quote = !quote;
          else if (check == delimiter && quote == false)
            break;
          index++;
        }
        end = index;

        //Anführungszeichen am Anfang und am Ende weglassen
        if (line.charAt(start) == '"' &&
          line.charAt(end-1) == '"') {
          start++;
          end--;
```

Listing 33: CSVReader (Forts.)

```
        }
        //Text in Spaltenvektor speichern, "" wird zu "
        fields.addElement(Toolbox.replace
                (line.substring(start, end),
                "\"\"", "\""));
        index++;
      }
    }
    catch(Exception e) {
      e.printStackTrace(System.out);
    }
    return fields;
  }
}
```

Listing 33: CSVReader (Forts.)

Zur Demonstration wird eine Datendatei mit einfachen (natürlich nicht echten) Personendaten mitgeliefert (Sie finden sie auf der CD). Ein Objekt der Klasse `Person` repräsentiert jeweils einen Datensatz aus der Datei. Sie kann selbst aus dem `Hashtable`, den der `CSVReader` liefert, die Personendaten extrahieren (sie »kennt« also die Spalten).

```
package javacodebook.io.csv;
import java.util.Hashtable;

public class Person {

  String nr;
  String anrede;
  String vorname;
  String nachname;
  String strasse;
  String hausnr;
  String plz;
  String ort;
  String land;

  public void setData(Hashtable dataTable) {
    this.nr = (String)dataTable.get("PersNr");
    this.anrede = (String)dataTable.get("Anrede");
    this.vorname = (String)dataTable.get("Vorname");
```

Listing 34: Person

```
    this.nachname = (String)dataTable.get("Nachname");
    this.strasse = (String)dataTable.get("Strasse");
    this.hausnr = (String)dataTable.get("HausNr");
    this.plz = (String)dataTable.get("PLZ");
    this.ort = (String)dataTable.get("Ort");
    this.land = (String)dataTable.get("Land");
  }
}
```

Listing 34: Person (Forts.)

Die Datendatei hat eine entsprechende Struktur. Die erste Zeile wird vom Programm ignoriert, da sie die Beschreibung der einzelnen Felder enthält:

```
PersNr;Anrede;Vorname;Nachname;Strasse;HausNr;PLZ;Ort;Land
1;Frau;Heike;Musterfrau;Charlottenhofstr.;29;12345;Entenhausen;D
```

Mit der Klasse `Starter` wird das Beispiel gestartet.

```
package javacodebook.io.csv;
import java.io.*;
import java.util.*;

public class Starter {

  public static void main(String[] args)
  throws IOException {
    if(args.length < 1)
      printUsage();
    File f = new File(args[0]);
    CSVReader csvReader = new CSVReader(new FileReader(f), ';');
    Vector personen = new Vector();
    while(csvReader.hasMoreLines()) {
      Person p = new Person();
      p.setData(csvReader.getNextLine());
      personen.add(p);
    }
    for(Enumeration e = personen.elements();
            e.hasMoreElements(); ) {
      Person p = (Person)e.nextElement();
```

Listing 35: Starter

```
      System.out.println("PersNr: " + p.nr);
      System.out.println("Name: " + p.anrede + " " +
              p.vorname + " " + p.nachname);
      System.out.println("Adresse: " + p.strasse + " " +
              p.hausnr + " "
      + p.plz + " " + p.ort + " " + p.land);
    }
  }

  public static void printUsage() {
    System.out.println("Aufruf: java javacodebook.io.csv.
              Starter datendatei");
    System.exit(0);
  }
}
```

Listing 35: Starter (Forts.)

45 Binärdaten schreiben und lesen

Sollen Daten binär geschrieben und gelesen werden, so sind die Klassen `DataOutputStream` und `DataInputStream` zu verwenden. Sie implementieren die Interfaces `DataOutput` bzw. `DataInput`, die einen Satz von Methoden für die byteweise Speicherung aller primitiven Java-Datentypen sowie zur Speicherung von Strings im UTF-8-Format definieren. Mittels dieser Methoden können die Daten eines Programms in einem festgelegten Format binär gespeichert werden. Dabei muss das Programm selbst dafür sorgen, dass die Daten in einer Art und Weise gespeichert werden, die es wieder lesen kann. Das unten stehende Beispiel schreibt zwei Zahlenwerte und einen String mittels `DataOutputStream` in eine Datei, um sie anschließend mit einem `DataInputStream` wieder auszulesen. Dabei ist die Reihenfolge der Schreib- und Lesevorgänge für die einzelnen Datenfelder identisch.

```
package javacodebook.io.binary;
import java.io.*;

public class BinaryData {

  public static void main(String[] args) throws IOException {
    short s = 234;
    float f = 15.6f;
    String text = "Hallo Welt";
```

Listing 36: BinaryData

Core
I/O
GUI
Multimedia
Datenbank
Netzwerk
XML
RegEx
Daten
Threads
Web-Server
Applets
Sonstiges

```
    String filename = "datafile.dat";

    //Daten schreiben
    FileOutputStream outFile = new FileOutputStream(filename);
    DataOutputStream out = new DataOutputStream(outFile);
    out.writeShort(s);
    out.writeFloat(f);
    out.writeUTF(text);
    out.close();

    //Daten lesen
    FileInputStream inFile = new FileInputStream(filename);
    DataInputStream in = new DataInputStream(inFile);
    short s2 = in.readShort();
    float f2 = in.readFloat();
    String text2 = in.readUTF();
    in.close();
    System.out.println("Gelesen: s2=" + s2 + ", f2=" + f2 + ", text2=" + text2);
  }
}
```

Listing 36: BinaryData (Forts.)

46 Einen Stream filtern

Sollen Daten, die durch einen `Stream` gelesen oder geschrieben werden, noch auf irgendeine Weise gefiltert werden, so bietet es sich an, einen eigenen Filter zu schreiben, der dann an beliebiger Stelle eingesetzt werden kann. Java bietet mehrere Klassen an, die bereits Grundfunktionen implementieren und als `Streams` bzw. `Reader`/`Writer` in der Verkettung von `Streams` eingesetzt werden können. Sie dienen auch als Grundlage für weitere Klassen aus dem `java.io`-Paket. Die Klasse `FilterReader` dient z.B. als Grundlage für die Klasse `PushbackReader`, mit der Daten aus einem Strom entnommen und in diesen wieder zurückgegeben werden können. Es gibt im weiteren noch die Klassen `FilterWriter`, `FilterInputStream` und `FilterOutputStream`, wobei die `Stream`-Klassen byte-orientiert arbeiten, während die `Reader`/`Writer`-Klassen zeichenorientiert sind. Eine eigene Filter-Klasse sollte also dementsprechend von einer der oben genannten `Filter`-Klassen abgeleitet werden. Für unser Beispiel wird eine Klasse implementiert, die ausführliche Kommentare aus einem gelesenen Strom ausfiltert. Es werden alle Zeichen zwischen `/*` und `*/` entfernt.

Die Klasse erbt von `FilterReader`, da Text- bzw. Java-Dateien gelesen werden sollen (prinzipiell ist die Programmiersprache egal, solange Kommentare mit `/* */` begrenzt werden). Die `read()`-Methoden von `FilterReader` werden überschrieben, um den gewünschten Filtereffekt zu erzielen. Dem Konstruktor wird ein Reader übergeben, aus dem die Daten gelesen werden.

Das eigentliche Filtern erfolgt in der zweiten `read()`-Methode. Hier wird der Datenstrom aus dem zugrunde liegenden Reader-Objekt gelesen und nach Kommentar-Zeichen untersucht. Wird der Beginn eines Kommentars erkannt, so werden die folgenden Zeichen so lange ignoriert, bis das Kommentar-Ende erkannt wird. Genauso lange werden auch keine Daten an das die `read()`-Methode aufrufende Programm (bzw. den äußeren `Stream`) übergeben.

```
package javacodebook.io.commentfilter;
import java.io.*;

public class CommentFilterReader extends java.io.FilterReader {

  //Flag: Innerhalb oder außerhalb eines Kommentars
  private boolean insideComment = false;
  //das letzte gelesene Zeichen
  private char prevChar;
  //Kommentare über 2 Lesevorgänge brauchen noch ein Flag
  private boolean startComment = false;

  public CommentFilterReader(Reader in) {
    super(in);
  }

  public int read() throws java.io.IOException {
    char[] buf = new char[1];
    return read(buf, 0, 1) == -1 ? -1 : buf[0];
  }

  public int read(char[] buffer, int offset, int length)
  throws java.io.IOException {
    int charsRead = 0;

    while(charsRead == 0) {
      charsRead = in.read(buffer, offset, length);
      if(charsRead == -1)
        return -1;
      int lastNonComment = offset;

      for(int i = 0; i < offset + charsRead; i++) {
        if(insideComment) {
```

Listing 37: CommentFilterReader

```
        if(buffer[i] == '/' && prevChar == '*') {
          insideComment = false;
          startComment = false;
        }
      } else {
        if(buffer[i] == '/') {
          //nächstes Zeichen prüfen, evtl. Kommentar
          if(i < buffer.length -1) {
            if(buffer[i+1] == '*') {
              insideComment = true;
              continue;
            }
          }
          else //Ende des Buffers erreicht
            startComment = true;
        } else if(startComment && buffer[i] != '*') {
          //'/' aus letztem Vorgang kein Kommentarbeginn
          buffer[lastNonComment] = prevChar;
          lastNonComment++;
          startComment = false;
        }
        //Aktuelles Zeichen schreiben, wenn kein '/'
        if(!startComment) {
          buffer[lastNonComment] = buffer[i];
          lastNonComment++;
        }
      }
      prevChar = buffer[i];
    }
    charsRead = lastNonComment - offset;
  }
  return charsRead;
 }
}
```

Listing 37: CommentFilterReader (Forts.)

Der oben vorgestellte `CommentFilterReader` kann beliebig von anderen `Reader`-Klassen verwendet werden. Im folgenden Programm wird eine Datei mittels eines `FileReaders` gelesen, dessen Ausgabe vom `CommentFilterReader` gefiltert wird. Dieser wird wiederum mittels eines `BufferedReader` leicht zugänglich, so dass auf die Zeilen der Datei wie gewohnt mit der Methode `readLine()` zugegriffen werden kann.

```
package javacodebook.io.commentfilter;
import java.io.*;

public class Starter {

  public static void main(String[] args) throws IOException {
    if(args.length < 1)
      printUsage();
    String fileName = args[0];
    FileReader fr = new FileReader(new File(fileName));
    Reader filter = new CommentFilterReader(fr);
    BufferedReader in = new BufferedReader(filter);
    //Gefilterte Datei erhält "~" am Ende
    PrintWriter out = new PrintWriter(new FileWriter(fileName + "~"));
    String line = null;
    while((line = in.readLine()) != null) {
      out.println(line);
    }
    out.close();
  }

  private static void printUsage() {
    System.out.println("Aufruf: java javacodebook.io.
                commentfiler.Starter Dateiname");
    System.exit(0);
  }
}
```

Listing 38: Starter

47 Serialisierung von Objekten

Normale Java-Objekte sind »flüchtig«, das heißt, sie existieren nur so lange, wie das Programm bzw. die Java Virtual Machine läuft. Das ist natürlich unerwünscht, wenn die erzeugten Daten längerfristig benötigt werden. Es wäre demnach sehr nützlich, wenn die Objekte dauerhaft gespeichert und jederzeit wieder hergestellt werden könnten. Dieses Konzept wird *Persistenz* genannt. Die Serialisierung ermöglicht es, Java-Objekte als Byte-Streams zu schreiben und aus Byte-Streams Java-Objekte zu erstellen. So wird das Speichern von Java-Objekten in Dateien ermöglicht. Es ist aber ebenso gut möglich, mit Hilfe der Serialisierung Objekte über Netzwerkverbindungen zu versenden und beim Empfänger wiederherzustellen. Dies wird auch in Java RMI für die Kommunikation zwischen Client und Server benutzt. Im Paket `java.io` befinden sich die notwendigen Klassen und Interfaces, die die Serialisierung ermöglichen. Damit eine Klasse serialisierbar ist, muss sie das Interface `java.io.Serializable` implementieren. Mit Hilfe von `ObjectOutputStream` und `ObjectInputStream` können Objekte geschrieben und gelesen werden. Um ein Objekt in eine Datei zu schreiben, sind nur wenige Zeilen Code notwendig:

```
FileOutputStream fos = new FileOutputStream("objekt");
ObjectOutputStream out = new ObjectOutputStream(fos);
out.writeObject(dasObjekt);
```

Um das Objekt anschließend wieder zu lesen, sind folgende Schritte notwendig:

```
FileInputStream fis = new FileInputStream("objekt");
ObjectInputStream in = new ObjectInputStream(fis);
MeineKlasse dasObjekt = (MeineKlasse)in.readObject();
```

Zu beachten ist hier, dass das Objekt auch als `java.lang.Object` wieder eingelesen wird. Es muss anschließend noch zu einem Objekt der richtigen Klasse gecastet werden. Mittels der Serialisierung werden alle Attribute einer Klasse gespeichert, die nicht mit dem Schlüsselwort `transient` gekennzeichnet sind.

Am Beispiel eines `Buch`-Objekts und eines `Buch`-Arrays wird gezeigt, wie einzelne Objekte und gesamte Strukturen mittels der Serialisierung sehr einfach gespeichert werden können.

```
package javacodebook.io.serialize;
import java.io.*;

public class Buch implements java.io.Serializable {

  private String titel;
  private String autor;
  private String verlag;
  private int seitenzahl;

  public Buch(String titel, String autor, String verlag,
        int seitenzahl) {
    this.titel = titel;
    this.autor = autor;
    this.verlag = verlag;
```

Listing 39: Buch

```
    this.seitenzahl = seitenzahl;
  }

  public String getTitel() {
    return titel;
  }

  public String getAutor() {
    return autor;
  }

  public String getVerlag() {
    return verlag;
  }

  public int getSeitenzahl() {
    return seitenzahl;
  }
}
```

Listing 39: Buch (Forts.)

```
package javacodebook.io.serialize;
import java.io.*;

public class WriteData {
  public static void main(String[] args)
  throws Exception {
    //Ein Objekt der Klasse Buch erzeugen
    Buch buch1 = new Buch("Der Medicus", "Noah Gordon",
              "Knaur", 523);

    //Das Buch serialisieren
    ObjectOutputStream out = new ObjectOutputStream(
             new FileOutputStream("c:\\buch.ser"));
    out.writeObject(buch1);
    out.close();

    Buch[] buecher = new Buch[] {
      new Buch("Per Anhalter durch die Galaxis",
           "Douglas Adams", "Heyne", 42),
      new Buch("Das Restaurant am Ende des Universums",
           "Douglas Adams", "Heyne", 245),
      new Buch("Das Parfüm", "Patrick Süskind", "K.A.", 324)
```

Listing 40: WriteData

```
    };
    out = new ObjectOutputStream(new FileOutputStream("c:\\buecher.ser"));
    out.writeObject(buecher);
    out.close();
  }
}
```

Listing 40: WriteData (Forts.)

```
package javacodebook.io.serialize;

import java.io.*;
public class ReadData {

  public static void main(String[] args)
  throws Exception {
    //Serialisierte Datei in Buch-Objekt einlesen
    ObjectInputStream in = new ObjectInputStream(
                new FileInputStream("c:\\buch.ser"));
    Buch buch2 = (Buch)in.readObject();
    in.close();

    System.out.println("Buch2 hat jetzt die Daten von Buch1:");
    System.out.println("Titel: " + buch2.getTitel());
    System.out.println("Autor: " + buch2.getAutor());
    System.out.println("Verlag: " + buch2.getVerlag());
    System.out.println("Seitenzahl: " + buch2.getSeitenzahl());

    // Array mit Buch-Objekten wieder einlesen
    in = new ObjectInputStream(
             new FileInputStream("c:\\buecher.ser"));
    Buch[] buecher = (Buch[])in.readObject();
    System.out.println();
    System.out.println("Die eingelesene Bücherliste enthält die Bücher:");
    for(int i = 0; i < buecher.length; i++) {
      System.out.println("Titel: " + buecher[i].getTitel());
      System.out.println("Autor: " + buecher[i].getAutor());
      System.out.println("Verlag: " + buecher[i].getVerlag());
      System.out.println("Seitenzahl: " + buecher[i].getSeitenzahl());
      System.out.println();
    }
  }
}
```

Listing 41: ReadData

Einen Nachteil der Serialisierung sollte man nicht verschweigen: Es können nur Objekte eingelesen werden, die mit der gleichen Version der entsprechenden Klasse geschrieben wurden. Wird die Klasse später überarbeitet, so können früher geschriebene Daten nicht wieder eingelesen werden, außer, man trifft besondere Vorbereitungen und die Änderungen fallen nicht zu umfangreich aus. Es ist zwar möglich, mit Hilfe des zum JDK gehörenden Tools `serialver` eine Art Seriennummer für zu serialisierende Klassen zu erzeugen und somit auch später noch Objekte wieder einzulesen, die mit einer älteren Version geschrieben wurden, aber es ist nicht sehr praktikabel. Im Allgemeinen werden für die dauerhafte Speicherung von Objekten ohnehin Datenbanken verwendet, so dass nur für den Transport (z.B. bei RMI) von Objekten serialisiert wird.

48 Auf beliebige Stellen innerhalb einer Datei zugreifen

Die `Stream`- und `Reader`-Klassen von Java bieten immer nur einen sequentiellen Zugriff auf Dateien an. Es ist mit ihnen nicht möglich, beliebig in Dateien hin- und herzuspringen und Teile zu lesen oder zu schreiben. Für diesen Zweck steht die Klasse `RandomAccessFile` zur Verfügung. Sie erlaubt den lesenden und schreibenden Zugriff auf beliebige Bereiche einer Datei. Dazu wird ein Zeiger bereitgestellt, der jeweils auf die aktuelle Position in der Datei verweist. Dieser Zeiger kann mit der `getFilePointer()`-Methode ausgelesen und mit der `seek()`-Methode auf einen beliebigen Wert gesetzt werden.

Mit der Klasse `RandomAccessFile` ist es möglich, eine einfache Datenhaltung ohne relationale Datenbank zu implementieren. In einfachen Anwendungsfällen, in denen keine komplexen Suchvorgänge erforderlich sind, kann eine relationale Datenbank einen zu großen Overhead bedeuten. Hier kann es sehr sinnvoll sein, stattdessen die Daten einfach im Dateisystem abzulegen.

Über den beliebigen Zugriff mit `RandomAccessFile` ist es sehr einfach, einzelne Datensätze aus dem Dateisystem zu lesen, weitere Datensätze hinzuzufügen oder Datensätze aus der Datei zu löschen. Als Beispiel wird hier eine einfache Adressverwaltung vorgestellt, die entsprechende Methoden der Klasse `RandomAccessFile` verwendet. Das Beispiel stellt die folgenden Methoden zum Zugriff auf die Daten zur Verfügung:

1. Hinzufügen von Datensätzen

2. Suchen von Datensätzen

3. Auflisten aller Datensätze
4. Löschen von Datensätzen

Ein Datensatz hat hier der Einfachheit halber nur die Felder Name, Alter und Adresse. Die Länge eines Datensatzes wird auf eine maximale Länge begrenzt, da sonst zusätzliche Mechanismen notwendig wären, um Position und Länge von Datensätzen zu speichern. Hierdurch ist es möglich, die Position jedes Datensatzes anhand der Nummer (`Nummer*Max_Datensatzlänge`) zu bestimmen. Als Abstraktion für einen Datensatz dient das Interface `DataEntry`. Es definiert alle Methoden, die ein konkreter Datensatz anbieten soll. Die Methoden `readData()` und `writeData()` schreiben bzw. lesen jeweils den Datensatz an der aktuellen Position der Datei. Ein Datensatz, der das Interface `DataEntry` implementiert, muss selbst die Lese- und Schreibvorgänge für seine Daten bereitstellen. Die Methode `getSearchKey()` gibt den Schlüssel zurück, der mit einem Suchstring verglichen werden kann. Mit der Methode `getMaxSize()` wird angegeben, wie lang ein Datensatz maximal werden darf. Innerhalb einer Datei können nur Datensätze gleichen Typs gespeichert werden.

```
package javacodebook.io.randomaccess;
import java.io.*;

public interface DataEntry extends Cloneable{

  public void writeData(DataOutput out) throws IOException;

  public void readData(DataInput in) throws IOException;

  public String getSearchKey();

  public int getMaxSize();

  public Object clone();

  public void clear();
}
```

Listing 42: DataEntry

Da die Klasse `RandomAccessFile` die Interfaces `java.io.DataOutput` sowie `java.io.DataInput` implementiert, können diese in den `readData()`/`writeData()`-Methoden verwendet werden, ohne das konkrete `RandomAccessFile`-Objekt an das Datenobjekt zu übergeben. Somit wird die Kapselung des Dateizugriffs hier gewahrt. Als Nächstes wird die Klasse `FileManager` beschrieben, die eine Schnittstelle zur

Datendatei bereitstellt, über die beliebige DataEntry-Objekte gelesen und geschrieben werden können. Dies ermöglicht die Abstraktion von den Lowlevel-Schnittstellen der Klasse RandomAccessFile. Wie oben beschrieben ist es notwendig, eine maximale Größe für einen Datensatz festzulegen. Dies erfolgt bereits im Konstruktor der Klasse FileManager, der ein Beispiel-Objekt der zu speichernden DataEntry-Implementierung übergeben bekommt. Aus diesem wird mit der getMaxSize()-Methode die maximale Länge ermittelt. Weiterhin stellt FileManager die Methoden addEntry(), findEntry(), deleteEntry() und getAllEntries() zur Verfügung, mit denen Datensätze manipuliert werden können.

```
package javacodebook.io.randomaccess;
import java.io.*;

public class FileManager {

  private RandomAccessFile raf = null;
  private int entrySize;
  DataEntry entryType;

  public FileManager(String fileName, DataEntry entryType)
  throws IOException{
    raf = new RandomAccessFile(fileName, "rw");
    this.entrySize = entryType.getMaxSize();
    //lokale Kopie des DataEntry-Typs erzeugen
    this.entryType = (DataEntry)entryType.clone();
    this.entryType.clear();
  }

  public void addEntry(DataEntry entry) throws IOException {
    if(findEntry(entry.getSearchKey()) != null)
      throw new IOException("Eintrag ist bereits vorhanden!");
    else {
      raf.seek(raf.length());
      raf.setLength(raf.length() + entrySize);
      entry.writeData(raf);
    }
  }

  public DataEntry findEntry(String searchStr)
  throws IOException {
    //einen Dummy zum Lesen der Daten erzeugen
    DataEntry bufferEntry = (DataEntry)entryType.clone();
    //Suche am Anfang der Datei starten
    raf.seek(0);
```

Listing 43: FileManager

```
    int entryNr = 0;
    boolean found = false;
    while(entryNr * entrySize < raf.length() -1) {
      bufferEntry.clear();
      //Daten in Dummy-Objekt einlesen
      bufferEntry.readData(raf);
      String value = bufferEntry.getSearchKey();
      //Suchstring mit Objektwert vergleichen
      if(value.equals(searchStr)) {
        found = true;
        break;
      }
      entryNr++;
      //An die Anfangsposition des nächsten Eintrags springen
      raf.seek(entryNr * entrySize);
    }
    if(!found)
      return null;
    else
      return bufferEntry;
  }

  public void deleteEntry(DataEntry entry) throws IOException {
    if(!(findEntry(entry.getSearchKey()) != null))
      throw new IOException("Eintrag ist nicht vorhanden!");
    else {
      //Eintrag gefunden -> zurück zum Anfang des Eintrags
      int entryNr = (int)raf.getFilePointer()/entrySize;
      raf.seek(entryNr * entrySize);

      //Eintrag mit Nullbytes überschreiben
      byte[] emptyBytes = new byte[entrySize];
      raf.write(emptyBytes);

      //War es nicht der letzte Eintrag? Dann den letzten an
       //die freie Position verschieben und die Lücke füllen
      if(!(raf.getFilePointer() >= raf.length() - 1)) {
        int lastEntryNr = (int)raf.length()/entrySize - 1;
        moveEntry(lastEntryNr, entryNr);
      }
      //jetzt wird die Datei um einen Eintrag verkleinert
       raf.setLength(raf.length() - entrySize);
    }
  }

  public DataEntry[] getAllEntries() throws IOException {
```

Listing 43: FileManager (Forts.)

```
    //Ein Array mit der benötigten Länge erzeugen
    DataEntry[] allEntries = new DataEntry[(int)(raf.length()
                       + 1) / entrySize];

    //einen Dummy zum Lesen der Daten erzeugen
    DataEntry bufferEntry = (DataEntry)entryType.clone();
    //Suche am Anfang der Datei starten
    raf.seek(0);
    int entryNr = 0;
    while(entryNr * entrySize < raf.length() -1) {
      bufferEntry.clear();
      bufferEntry.readData(raf);
      //Einen Klon des bufferEntry-Objekts im Array ablegen
      allEntries[entryNr] = (DataEntry)bufferEntry.clone();
      entryNr++;
      //An die Anfangsposition des nächsten Eintrags springen
      raf.seek(entryNr * entrySize);
    }
    return allEntries;
  }
  //Liefert die Anzahl der Datensätze zurück
  public long getSize() throws IOException {
    return raf.length() / entrySize;
  }
  //Schließt die Datei beim Beenden des Programms
  protected void finalize() throws IOException {
    raf.close();
  }

  //Verschieben eines Eintrags an eine andere Position
  private void moveEntry(int sourceIndex, int targetIndex)
  throws IOException {
    //zu verschiebenden Eintrag lesen
    raf.seek(entrySize * sourceIndex);
    byte[] buffer = new byte[entrySize];
    raf.readFully(buffer);
    //an die Zielstelle schreiben
    raf.seek(entrySize * targetIndex);
    raf.write(buffer);
    //alte Stelle löschen
    raf.seek(entrySize * sourceIndex);
    byte[] emptyBytes = new byte[entrySize];
    raf.write(emptyBytes);
  }
}
```

Listing 43: FileManager (Forts.)

Damit sind die Grundlagen für die Datenhaltung gelegt. Jetzt wird eine konkrete Implementierung des Interfaces `DataEntry` implementiert, die als Beispiel dient. Die Klasse `Person` beinhaltet die Felder `Name`, `Alter` und `Adresse`. Sie implementiert alle Methoden aus `DataEntry` sowie das Interface `java.lang.Comparable`, damit die `Person`-Objekte sortiert werden können. Die maximale Größe für einen Datensatz wird in der Konstanten `SIZE` auf 200 Bytes festgelegt, sie kann mit der im Interface `DataEntry` definierten Methode `getMaxSize()` abgefragt werden, was im `FileManager` auch geschieht. Die Methoden `readData()` und `writeData()` lesen bzw. schreiben die drei Felder unter Benutzung der Methoden, die von den `DataInput`- und `DataOutput`-Schnittstellen zur Verfügung gestellt werden. Es gibt entsprechende `read`/`write`-Methoden für alle grundlegenden Datentypen, Unicode-Strings sowie für Byte-Arrays.

Die Methode `getSearchKey()` gibt den Namen als Schlüssel zurück. Die üblichen `get()`- und `set()`-Methoden für den Zugriff auf die Felder werden hier nicht aufgeführt, sind jedoch auf der beiliegenden Buch-CD enthalten.

```
package javacodebook.io.randomaccess;
import java.io.*;

public class Person implements DataEntry, Comparable {

  //Bestimmt die max. Anzahl Bytes, die ein Datensatz belegen kann
  public static final int SIZE = 200;

  private String name;
  private int alter;
  private String adresse;

  public Person() {}

  public Person(String name, int alter, String adresse) {
    this.name = name;
    this.alter = alter;
    this.adresse = adresse;
  }

  //Liest die Daten von der aktuellen Position in der Datei
  public void readData(DataInput in) throws IOException {
    //Reihenfolge muss beim Lesen und Schreiben identisch sein
    name = in.readUTF();
    alter = in.readInt();
```

Listing 44: Person

```
    adresse = in.readUTF();
  }

  //Schreibt die Daten an der aktuellen Position in der Datei
  public void writeData(DataOutput out) throws IOException {
    out.writeUTF(name);
    out.writeInt(alter);
    out.writeUTF(adresse);
  }

  public String toString() {
    return "Person: " + name + ", "
    + alter + " Jahre, " + adresse;
  }

  //Gibt den Namen einer Person als Suchstring zurück
  public String getSearchKey() {
    return name;
  }

  public int getMaxSize() {
    return SIZE;
  }

  public void clear() {
    name = "";
    alter = 0;
    adresse = "";
  }

  public String getName() {
    return name;
  }

  public int getAlter() {
    return alter;
  }

  public String getAdresse() {
    return adresse;
  }

  public void setName(String name) {
    this.name = name;
  }
```

Listing 44: Person (Forts.)

```
  public void setAlter(int alter) {
    this.alter = alter;
  }

  public void setAdresse(String adresse) {
    this.adresse = adresse;
  }

  public Object clone() {
    return new Person(name, alter, adresse);
  }

  //Vergleicht die Namen zweier Personen
  public int compareTo(Object obj) {
    if(!(obj instanceof Person))
      throw new ClassCastException("Vergleichsobjekt ist keine Person");
    return name.compareTo(((Person)obj).getName());
  }
}
```

Listing 44: Person (Forts.)

Um das Beispiel sinnvoll zu steuern, wird außerdem noch die Klasse `PersonDatabase` verwendet, die Eingaben auf der Konsole entgegennimmt und die Klasse `FileManager` ansteuert, um `Person`-Objekte zu speichern, zu finden und zu löschen sowie alle Personen als Liste auszugeben.

```
package javacodebook.io.randomaccess;
import java.io.*;

public class PersonDatabase {

  private FileManager fileManager;
  //Eingabestrom zum Einlesen der Werte von der Konsole
  BufferedReader in = null;

  public PersonDatabase(String dataFile) {
    try {
      fileManager = new FileManager(dataFile, new Person());
      InputStreamReader reader = new InputStreamReader(System.in);
      in = new BufferedReader(reader);
    } catch(IOException e) {
```

Listing 45: PersonDatabase

```
      System.out.println("Konnte Datei nicht öffnen");
      e.printStackTrace(System.out);
    }
  }

  //Fragt die Personendaten ab und speichert das Person-Objekt
  public void addPerson() {
    try {
      Person p = new Person();
      System.out.print("Name: ");
      p.setName(in.readLine());
      System.out.print("Alter: ");
      p.setAlter(Integer.parseInt(in.readLine()));
      System.out.print("Adresse: ");
      p.setAdresse(in.readLine());
      fileManager.addEntry(p);
    } catch(IOException e) {
      System.out.println("Konnte Datensatz nicht hinzufügen");
      e.printStackTrace(System.out);
    }
  }

  //Sucht eine Person anhand des Namens
  public Person findPerson() {
    Person p = null;
    try {
      System.out.print("Name: ");
      String name = in.readLine();
      p = (Person)fileManager.findEntry(name);
      if(p != null) {
        System.out.println(p.toString());
      }
      else {
        System.out.println(name + " nicht gefunden");
      }
    } catch(IOException e) {
      System.out.println("Konnte Datensatz nicht finden");
      e.printStackTrace(System.out);
    }
    return p;
  }

  //Löscht eine Person aus der Datei
  public void deletePerson() {
    try {
```

Listing 45: PersonDatabase (Forts.)

```
      Person p = findPerson();
      if(p != null) {
        fileManager.deleteEntry(p);
        System.out.println(p.getName() + " wurde gelöscht");
      }
    } catch(IOException e) {
      System.out.println("Konnte Datensatz nicht finden");
      e.printStackTrace(System.out);
    }
  }

  //Listet alle Personen in der Datei auf
  public void showAll() {
    try {
      DataEntry[] personen = fileManager.getAllEntries();
      java.util.Arrays.sort(personen);
      for(int i = 0; i < personen.length; i++)
        System.out.println(((DataEntry)personen[i]).toString());
    } catch(IOException e) {
      System.out.println("Konnte Datensatz nicht finden");
      e.printStackTrace(System.out);
    }
  }

  public static void main(String[] args) throws IOException {
    if(args.length < 1) {
      printUsage();
      System.exit(0);
    }
    String fileName = args[0];
    PersonDatabase database = new PersonDatabase(fileName);
    try {
      //Schleife über das Kommandozeilen-Menü
      boolean repeat = true;
      while(repeat) {
        System.out.println("Wählen Sie eine Funktion:");
        System.out.print("(h)inzufügen   ");
        System.out.print("(s)uchen   ");
        System.out.print("(l)öschen   ");
        System.out.print("(a)lle Datensätze anzeigen  ");
        System.out.println("b(e)enden");
        InputStreamReader reader = new InputStreamReader(System.in);
        BufferedReader in = new BufferedReader(reader);
        char c = (char)in.read();
        switch(c) {
```

Listing 45: PersonDatabase (Forts.)

```
        case 'h':
          System.out.println("Neuer Datensatz:");
          database.addPerson();
          break;
        case 's':
          System.out.println("Datensatz suchen:");
          database.findPerson();
          break;
        case 'l':
          System.out.println("Datensatz löschen: ");
          database.deletePerson();
          break;
        case 'a':
          System.out.println("Alle Datensätze: ");
          database.showAll();
          break;
        case 'e':
          System.out.println("Programm wird beendet: ");
          repeat = false;
          break;
        default:
          System.out.println("Unbekannter Befehl "
                  + c);
          break;
      }
    }
  } catch(Exception e) {
    e.printStackTrace(System.out);
  }
}

private static void printUsage() {
  System.out.println("Benutzung: java javacodebook.io." +
          "randomaccess.PersonDatabase dateiname");
}
}
```

Listing 45: PersonDatabase (Forts.)

49 Ein Verzeichnis durchlaufen und dabei Operationen auf Dateien ausführen

Soll ein Verzeichnis rekursiv durchlaufen und eine Aktion auf allen oder nur einem Teil der Dateien durchgeführt werden, so kann dies entweder jedes Mal für den speziellen Verwendungszweck neu implementiert werden. Oder es kann ein objektorientierter und wiederverwendbarer Ansatz gewählt werden, so dass nur noch die gewünschten Operationen auf den Dateien implementiert werden müssen. Dieser Ansatz wird hier vorgestellt.

Das Durchlaufen der Verzeichnisse ist in der Klasse `FileTreeWalker` implementiert. Eine Instanz erhält als Parameter das Startverzeichnis, ab dem der Verzeichnisbaum durchlaufen werden soll, einen `FileVisitor`, der die eigentlichen Operationen auf den Dateien ausführt (die Dateien quasi »besucht«), sowie einen `FilenameFilter`, der eine Auswahl der Dateien ermöglicht, die bearbeitet werden sollen.

Die erste `start()`-Methode ist nur für die aufrufende Klasse als Schnittstelle bereitgestellt. Das eigentliche Durchlaufen des Verzeichnisses erfolgt in der zweiten `start()`-Methode, die sich immer wieder selbst mit einem Verzeichnis als Parameter aufruft. Das Verzeichnis wird durch ein `File`-Objekt repräsentiert, dessen `listFiles()`-Methode wiederum alle `File`-Objekte innerhalb des Verzeichnisses auflistet. Ist ein `File`-Objekt wiederum ein Verzeichnis, wird dieses aufgelistet usw. Ist ein `File`-Objekt eine Datei, so wird geprüft, ob sie dem Filter entspricht. Wenn ja, wird die `visitFile()`-Methode des `FileVisitors` aufgerufen. Ist das `File`-Objekt ein Verzeichnis, so wird die `visitDirectory()`-Methode aufgerufen.

```
package javacodebook.io.dirtree;
import java.io.*;

public class FileTreeWalker {

  private File startDirectory;
  private FileVisitor visitor;
  private FilenameFilter filter;

  public FileTreeWalker(File startDirectory, FileVisitor visitor,
                        FilenameFilter filter)
  throws IOException {
    if(!startDirectory.isDirectory())
      throw new IOException("Kein Verzeichnis zum Start angegeben");
    this.startDirectory = startDirectory;
    this.visitor = visitor;
    this.filter = filter;
  }

  public void start()
  throws IOException {
    start(startDirectory);
  }
```

Listing 46: FileTreeWalker

```
  //Hier läuft die Rekursion durch alle Verzeichnisse ab
  private void start(File startDir)
  throws IOException {
    File[] fileList = startDir.listFiles();
    for(int i = 0; i < fileList.length; i++) {
      if(fileList[i].isDirectory()) {
        visitor.visitDirectory(fileList[i]);
        start(fileList[i]);
      }
      else {
        //Filter anwenden, wenn angegeben
        if(filter != null) {
          if(filter.accept(startDir,fileList[i].getName()))
            visitor.visitFile(fileList[i]);
        }
        //Kein Filter angegeben
        else
          visitor.visitFile(fileList[i]);
      }
    }
  }
}
```

Listing 46: FileTreeWalker (Forts.)

Das Interface `FileVisitor` stellt eine Schnittstelle für Klassen dar, die Operationen auf Dateien ausführen sollen. Es definiert die Methoden `visitFile()` und `visitDirectory()`, die vom `FileTreeWalker` aufgerufen werden.

```
package javacodebook.io.dirtree;
import java.io.*;

public interface FileVisitor {
  public void visitFile(File f) throws IOException;
  public void visitDirectory(File f) throws IOException;
}
```

Listing 47: FileVisitor

Als Beispiel für einen `FileVisitor` wird hier eine Klasse vorgestellt, die die Zeilen aller Dateien eines bestimmten Typs innerhalb eines Verzeichnisses zählen soll. Dies kann z.B. dazu dienen, alle Zeilen eines Programmierprojekts zu zählen. Dazu verwendet die Klasse CountLineNumbersVisitor einen LineNumberReader, der in der Methode visitFile() die übergebene Datei öffnet und alle Zeilen durchläuft, ohne etwas zu tun. Ist das Ende erreicht, so wird die Zeilenzahl der aktuellen Datei zur Gesamt-Zeilenzahl addiert.

```
package javacodebook.io.dirtree;
import java.io.*;

public class CountLineNumbersVisitor implements FileVisitor {

  private int noOfLines = 0;

  public void visitFile(File f)
  throws IOException {
    LineNumberReader in = new LineNumberReader(new FileReader(f));
    //Alle Zeilen der Datei durchlaufen, ohne etwas zu tun
    while(in.readLine() != null)
      ;
    //Die Gesamtzahl der Zeilen wird hochgezählt
    noOfLines += in.getLineNumber();
    //Datei wieder schließen
    in.close();

  }
  public int getNoOfLines() {
    return noOfLines;
  }
}
```

Listing 48: CountLineNumbersVisitor

Um die Operationen auf bestimmte Dateien zu beschränken, wird ein FilenameFilter verwendet. FilenameFilter ist ein Interface, das nur eine Methode definiert:

```
public boolean accept(File dir, String name)
```

wobei dir das Verzeichnis und name der Dateiname der zu prüfenden Datei ist. Unsere Klasse FileTypeFilter überprüft jeweils, ob eine Datei mit einer bestimmten Dateiendung versehen ist (also z.B. *.txt*).

```
package javacodebook.io.dirtree;
import java.io.*;

public class FileTypeFilter implements java.io.FilenameFilter {

  public static String FILETYPE_TXT = ".txt";
  public static String FILETYPE_JAVA = ".java";

  private String fileType;

  public FileTypeFilter(String fileType) {
    this.fileType = fileType;
  }

  public boolean accept(File dir, String name) {
    if(name.endsWith(fileType))
      return true;
    return false;
  }
}
```

Listing 49: FileTypeFilter

Die Klasse `Starter` zeigt die Verwendung des `FileTreeWalker`.

```
package javacodebook.io.dirtree;
import java.io.*;

public class Starter {

  public static void main(String[] args)
  throws Exception {
    if(args.length < 1)
      usage();
    String dir = args[0];
    File startDir = new File(dir);
    CountLineNumbersVisitor visitor = new CountLineNumbersVisitor();
    FileTreeWalker walker = new FileTreeWalker(startDir, visitor,
      new FileTypeFilter(FileTypeFilter.FILETYPE_JAVA));
    walker.start();
    int allLines = visitor.getNoOfLines();
    System.out.println("Alle Dateien zusammen haben " + allLines + " Zeilen");
  }
```

```
  public static void usage() {
    System.out.println("Benutzung: java javacodebook.io." +
            "dirtree.Starter Verzeichnis");
    System.exit(0);
  }
}
```

Das hier beschriebene Beispiel kann z.B. mit dem vorher beschriebenen Rezept zum Finden von Texten in Dateien kombiniert werden. Damit können Sie einen Verzeichnisbaum nach bestimmten Texten durchsuchen. Es bleibt Ihnen überlassen, dieses Beispiel selbst auszuprobieren und es auch auf verlegte Objekte in Programmiererwohnungen anzuwenden.

50 Einen Verzeichnisbaum kopieren

Um einen ganzen Verzeichnisbaum zu kopieren, müssen Sie alle Verzeichnisse innerhalb des Quellverzeichnisses auch im Zielverzeichnis anlegen und alle Dateien in die entsprechenden Zielverzeichnisse kopieren.

Dazu verwenden Sie aus dem vorherigen Rezept »Durchlaufen eines Verzeichnisbaums« die Klasse `FileTreeWalker` und das Interface `FileVisitor`. Eine geeignete Implementierung von `FileVisitor` legt jeweils die Unterverzeichnisse aus dem Quellverzeichnis im Zielverzeichnis an und kopiert die Quelldateien in diese Verzeichnisse. Dabei wird der relative Pfad eines Quellverzeichnisses zum Ausgangsverzeichnis ermittelt und im Zielverzeichnis wieder erstellt.

Das Kopieren einer Datei erfolgt mit Hilfe der Klasse aus dem entsprechenden Rezept.

```
package javacodebook.io.copydir;
import java.io.*;
import javacodebook.io.copyfile.CopyFile;

public class CopyDirVisitor implements javacodebook.io.dirtree.FileVisitor {

  //Das Quellverzeichnis
  private File sourceDir;
  //Das Zielverzeichnis, in das kopiert werden soll
```

Listing 50: CopyDirVisitor

```
  private File targetDir;

  //Instanz erzeugen und Zielverzeichnis anlegen, wenn nötig
  public CopyDirVisitor(File sourceDir, File targetDir) {
    if(!sourceDir.exists() || !sourceDir.isDirectory())
      throw new RuntimeException("Quellverzeichnis nicht gültig");
    if(targetDir.exists() && !targetDir.isDirectory())
      throw new RuntimeException("Ziel ist kein Verzeichnis");
    else if(!targetDir.exists())
      targetDir.mkdirs();
    this.targetDir = targetDir;
    this.sourceDir = sourceDir;
  }

  /** Legt ein Unterverzeichnis im Zielverzeichnis an */
  public void visitDirectory(File f) throws IOException {
    if(!f.isDirectory())
      throw new RuntimeException("Kein Verzeichnis: " + f.getAbsolutePath());
    String relativePath = f.getAbsolutePath().substring(
      sourceDir.getAbsolutePath().length(),
      f.getAbsolutePath().length());
    System.out.println(relativePath);
    File createDir = new File(targetDir, relativePath);
    createDir.mkdirs();
  }

  /** Legt eine Datei im Ziel-Unterverzeichnis an */
  public void visitFile(File f) throws IOException {
    String relativePath = f.getAbsolutePath().substring(
      sourceDir.getAbsolutePath().length(),
      f.getAbsolutePath().length());
    File targetFile = new File(targetDir, relativePath);
    copyFile(f, targetFile);
  }

  /** Kopiert eine Datei von source nach target */
  private void copyFile(File source, File target)
  throws IOException {
    //Zum Kopieren wird die copyFile-Methode aus dem
    //entsprechenden Rezept verwendet
    CopyFile.copyFile(source, target);
  }
}
```

Listing 50: CopyDirVisitor (Forts.)

Die Klasse `CopyDir` erzeugt den Aufruf, mit dem das Kopieren des Quellverzeichnisses gestartet wird. Sie ist ähnlich zur Klasse zum Kopieren von Dateien aufgebaut. Die Methode `copyDir()` kopiert ein Verzeichnis. Sie steht in zwei Ausprägungen zur Verfügung, so dass einmal Strings als Parameter angegeben werden können und einmal `File`-Objekte.

```
package javacodebook.io.copydir;
import java.io.*;
import javacodebook.io.dirtree.FileVisitor;
import javacodebook.io.dirtree.FileTreeWalker;

public class CopyDir {

  public static void main(String[] args)
  throws Exception {
    if(args.length != 2)
      usage();
    String source = args[0];
    String target = args[1];
    copyDir(source, target);
  }

  public static void copyDir(String source, String target)
  throws IOException {
    File sourceDir = new File(source);
    CopyDirVisitor visitor = new CopyDirVisitor(sourceDir, new File(target));
    FileTreeWalker walker = new FileTreeWalker(sourceDir, visitor, null);
    walker.start();
  }

  public static void usage() {
    System.out.println("Benutzung: java javacodebook.io.
         copydir.CopyDir Quellverzeichnis Zielverzeichnis");
    System.exit(0);
  }
}
```

Listing 51: CopyDir

51 Eine Datei aus einem Zip-Archiv lesen

Zip-Dateien sind sehr gebräuchlich und daher auch für Java-Programmierer interessant. Für den Umgang mit Zip-Dateien und genauso mit Jar-Archiven bringt Java eigene Pakete mit, die aber immer im Zusammenhang mit IO zu verwenden sind.

Das Paket `java.util.zip` enthält diverse Klassen, mit denen Zip-Archive gelesen und geschrieben werden können. Die Klasse `ZipFile` dient als Zugang zu einem Zip-Archiv, ein `ZipEntry` repräsentiert eine einzelne Datei oder ein Verzeichnis innerhalb des Archivs, und mit `ZipInputStream`/`ZipOutputStream` können Dateien extrahiert oder hinzugefügt werden. Bestehende Dateien in einem Archiv zu überschreiben ist nicht möglich.

Die `entries()`-Methode der Klasse `ZipFile` gibt eine Aufzählung aller vorhandenen Einträge des Archivs als `Enumeration`-Objekt zurück. Sie enthält entsprechende `ZipEntry`-Objekte. Mit der `getName()`-Methode eines `ZipEntry`-Objekts wird der Name eines im Archiv vorhandenen Eintrags ausgelesen.

Das folgende Beispiel zeigt, wie man in Java sein eigenes unzip-Programm schreiben kann. Es kann mit einem oder zwei Parametern aufgerufen werden. Der erste Parameter ist der Name des Zip-Archivs, der zweite gibt an, dass das Archiv entpackt werden soll. Soll das Archiv nicht entpackt werden, so wird nur sein Inhalt aufgelistet. Im anderen Fall fragt das Programm noch nach dem Zielverzeichnis.

```
package javacodebook.io.readzip;
import java.io.*;
import java.util.*;
import java.util.zip.*;
public class ZipReader {

  private ZipFile zipFile;
  private File targetDir;

  public ZipReader(File f, File targetDir) throws IOException {
    zipFile = new ZipFile(f);
    this.targetDir = targetDir;
  }

  public void showZipEntries(boolean unzip) throws IOException {
    Enumeration entries = zipFile.entries();
    while(entries.hasMoreElements()) {
      ZipEntry entry = (ZipEntry)entries.nextElement();
      if(unzip)
        extractFile(entry);
      else
        System.out.println(entry.getName());
    }
  }
```

Listing 52: ZipReader

```
//Eintrag extrahieren (inkl. Unterverzeichnis-Pfade)
private void extractFile(ZipEntry entry) throws IOException {
  //Neues File relativ zum Zielverzeichnis anlegen
  File newFile = new File(targetDir, entry.getName());
  if(entry.isDirectory()) {
    //Zielverzeichnis anlegen
    newFile.mkdirs();
  } else {
    //Eintrag im Zip-Archiv über Stream auslesen
    FileOutputStream out = new FileOutputStream(newFile);
    InputStream in = zipFile.getInputStream(entry);
    int bytesRead = 0;
    byte[] buffer = new byte[8192];
    while((bytesRead = in.read(buffer)) > 0)
      out.write(buffer, 0, bytesRead);
    in.close();
    out.close();
  }
}

public static void main(String[] args) throws Exception {
  if(args.length < 1)
    printUsage();
  File f = new File(args[0]);
  boolean unzip = false;
  File targetDir = null;
  if(args.length == 2 && "-x".equals(args[1])) {
    unzip = true;
    System.out.println("Zielverzeichnis: ");
    BufferedReader in = new BufferedReader(new InputStreamReader(System.in));
    targetDir = new File(in.readLine());
    if(!targetDir.isDirectory()) {
      System.out.println("Ziel ist kein Verzeichnis");
      System.exit(0);
    }
    System.out.println("Archiv wird nach " + targetDir.getAbsolutePath()
      + " entpackt");
  }
  ZipReader zipReader = new ZipReader(f, targetDir);
  zipReader.showZipEntries(unzip);

}

private static void printUsage() {
  System.out.println("Aufruf: java javacodebook.io." +
```

Listing 52: ZipReader (Forts.)

```
            "readzip.ZipReader Dateiname [-x]");
    System.exit(0);
  }
}
```

Listing 52: ZipReader (Forts.)

52 Eine Jar-Datei per Doppelklick ausführbar machen

Auch Java-Programme können unter Windows per Doppelklick gestartet werden. Dazu sind allerdings einige Voraussetzungen zu beachten:

1. Es muss eine Java Runtime installiert sein (JRE oder JDK mit Version >= 1.3).
2. Das Java-Programm muss als Jar-Datei vorliegen.
3. Das JRE/JDK muss mit Jar-Dateien verknüpft sein (ist normalerweise der Fall).
4. Die Jar-Datei enthält eine sog. Manifest-Datei. In dieser muss die zu startende Klasse mit der `main()`-Methode eingetragen sein.

Die ersten drei Voraussetzungen sind leicht zu erfüllen, durch Installation des JDK/JRE und durch Erzeugen oder Herunterladen einer Jar-Version eines Java-Programms, die ja sowieso meist Standard ist. Allerdings haben nicht alle Jar-Dateien den richtigen Eintrag in der Manifest- Datei, insbesondere bei selbst erstellten Jar-Dateien ist das oft nicht der Fall.

Das hier vorgestellte Tool ermöglicht das nachträgliche Erzeugen des nötigen Manifest-Eintrags bei einer Jar-Datei. Dabei muss allerdings eine neue Jar-Datei erzeugt werden, da es keine Möglichkeit gibt, von Java aus eine Datei in einem Jar-Archiv zu ändern. Stattdessen werden alle Klassen aus dem alten Archiv in ein neues kopiert, in welches auch die angepasste Manifest-Datei geschrieben wird. Dies geschieht in der Klasse `JarManager`. Im Konstruktor wird das Jar-File übergeben und dann das Manifest ausgelesen. Mit der Methode `getMainClass()` kann die bisherige Startklasse ermittelt werden, falls es eine gibt. Ist kein Eintrag für die Startklasse vorhanden, so kann eine an die Methode `setMainClass()` übergeben werden. Diese Methode kopiert dann die Jar-Datei in eine neue Datei und schreibt dort die erweiterte Manifest-Datei.

```
package javacodebook.io.enablejar;
import java.io.*;
import java.util.*;
```

Listing 53: JarManager

```
import java.util.jar.*;

public class JarManager {

  private File jarFileName;
  private int numOfEntries;
  private Manifest manifest;

  public JarManager(File f)
  throws IOException {
    jarFileName = f;
    //ermitteln, ob es bereits eine Manifest-Datei gibt
    FileInputStream in = new FileInputStream(jarFileName);
    JarInputStream jarIn = new JarInputStream(in);
    manifest = jarIn.getManifest();
    //keine Manifest-Datei vorhanden -> neue anlegen
    if (manifest == null)
      manifest = new Manifest();
    jarIn.close();
  }

  public String getMainClass() {
    Attributes a = manifest.getMainAttributes();
    return a.getValue("Main-Class");
  }

  public void setMainClass(String className)
  throws IOException {
    //die Jar-Datei öffnen
    FileInputStream in = new FileInputStream(jarFileName);
    JarInputStream jarIn = new JarInputStream(in);

    //den Namen der Main-Klasse im Manifest setzen
    Attributes a = manifest.getMainAttributes();
    a.putValue("Main-Class", className);

    //das neue Jar-Archiv erhält den Dateinamen + "_exe"
    String fileName = jarFileName.getAbsolutePath();
    fileName = fileName.substring(0, fileName.lastIndexOf("."))
                  + "_exe.jar";

    //Die Ausgabe erfolgt über einen JarOutputStream
    FileOutputStream out = new FileOutputStream(fileName);
    JarOutputStream jarOut = new JarOutputStream(out, manifest);
    //Dateien aus der alten Jar-Datei in die neue kopieren
```

Listing 53: JarManager (Forts.)

```
    JarEntry entry;//repräsentiert eine einzelne Datei im Archiv
    byte[] buf = new byte[4096];
    while ((entry = jarIn.getNextJarEntry()) != null) {
      //Die Manifest-Datei aus dem alten Jar wird ausgelassen
      if ("META-INF/MANIFEST.MF".equals(entry.getName()))
        continue;
      //Es wird ein Eintrag in das neue Jar-Archiv hinzugefügt
      jarOut.putNextEntry(entry);
      //Datei lesen und ins neue Archiv schreiben
      int bytes;
      while ((bytes = jarIn.read(buf)) != -1)
        jarOut.write(buf, 0, bytes);
      jarOut.closeEntry();
    }
    jarOut.flush();
    jarOut.close();
  }
}
```

Listing 53: JarManager (Forts.)

Als einfache Benutzerschnittstelle dient die Klasse `Starter`, die als Aufrufparameter den Namen der *jar*-Datei erwartet. Über die Konsole wird der Name der `main()`-Klasse abgefragt. Dabei muss die Klasse inklusive aller Packages angegeben werden, also in der Form `javacodebook.io.enablejar.Starter`.

```
package javacodebook.io.enablejar;
import java.io.*;

public class Starter {

  public static void main(String[] args)
  throws Exception {
    if(args.length < 1)
      printUsage();
    String fileName = args[0];
    File f = new File(fileName);
    JarManager jarMan = new JarManager(f);
    System.out.println("Datei: " + f.getName());
    String mainClass = jarMan.getMainClass();
    if(mainClass == null)
      mainClass = "keine";
    System.out.println("Bisherige Main-Klasse: " + mainClass);
    System.out.print("Bitte geben Sie die neue Main-Klasse an: ");
```

```
    InputStreamReader reader = new InputStreamReader(System.in);
    mainClass = new BufferedReader(reader).readLine();
    System.out.println("Die neue Main-Klasse " + mainClass
    + " wird jetzt voreingestellt");
    jarMan.setMainClass(mainClass);
    System.out.println("Ausführbares Archiv erstellt");
    System.out.println("Es ist als Kopie mit der Endung _exe.jar erstellt worden");
  }

  public static void printUsage() {
    System.out.println("Benutzung: java javacodebook.io." +
              "enablejar.Starter Dateiname");
    System.exit(0);
  }
}
```

Als Beispiel wird hier ein Jar-Archiv mit den Klassen in diesem Buch verwendet. Die Ausgabe des Programms ist unten zu sehen:

```
Datei: book.jar
Bisherige Main-Klasse: javacodebook.io.getresource.Starter
Bitte geben Sie die neue Main-Klasse an: javacodebook.io.enablejar.Starter
Die neue Main-Klasse javacodebook.io.enablejar.Starter wird jetzt voreingestellt
Ausführbares Archiv erstellt
Es ist als Kopie mit der Endung _exe.jar erstellt worden
```

53 Eine Ressource aus einer Jar-Datei holen

Viele Applikationen werden als *jar-* oder *war-*Dateien ausgeliefert und nicht ausgepackt. Damit ist es etwas schwieriger, an bestimmte Dateien wie z.B. Textdateien mit Konfigurationsinformationen zu gelangen. Sie können nicht einfach aus dem Dateisystem geladen werden, sondern müssen über den `Classloader` gelesen werden, der für das Archiv zuständig ist. Ihn erhält man über `getClass().getClassLoader()`. Die `getClass()`-Methode liefert das `Runtime`-Objekt `java.lang.Class` der aktuellen Klasse zurück. Die Klasse `java.lang.Class` wiederum enthält die Methode `getClassLoader()`, die eine Referenz auf den `ClassLoader`, der die aktuelle Klasse geladen hat, zurückgibt. Die Methode `getResourceAsStream()` der hier vorgestellten Klasse `ResourceManager` macht genau dies. Als Ergebnis wird ein `InputStream` zurückgegeben, mit dem das aufrufende Programm die Kontrolle über den Lesevorgang übernehmen kann. Falls der `ClassLoader` einer Klasse nicht ermittelbar ist, wird der Default-`ClassLoader` verwendet und mit der Methode `getSystemResourceAsStream()` werden alle Suchpfade für Klassen nach der Ressource durchsucht.

```
package javacodebook.io.getresource;
import java.io.*;

public class ResourceManager {

  public static InputStream getResourceAsStream(Object object,String resourceName) {
    ClassLoader cLoader = object.getClass().getClassLoader();
    InputStream in = null;
    if(cLoader != null) {
      in = cLoader.getResourceAsStream(resourceName);
    } else {
      in = ClassLoader.getSystemResourceAsStream(resourceName);
    }
    return in;
  }
}
```

Listing 54: ResourceManager

Die Klasse `Starter` mit der `main()`-Methode demonstriert das Ergebnis. Es wird eine einfache Textdatei gelesen. Dabei muss der vollständige Paketname mit angegeben werden.

```
package javacodebook.io.getresource;
import java.io.*;

public class Starter {

  public static void main(String args[]) throws Exception {
    String file = "javacodebook/io/getresource/Text.txt";
    InputStream stream = ResourceManager.getResourceAsStream(new Starter(), file);
    BufferedReader in = new BufferedReader(new InputStreamReader(stream));
    String line = null;
    while((line = in.readLine()) != null)
      System.out.println(line);
    in.close();
  }
}
```

Listing 55: Starter

Die gefundene Textdatei wird dann auf der Konsole ausgegeben:

```
Dateien aus Jar- oder Zip-Archiven müssen auf besondere Art und Weise geladen werden.
```

54 Ein externes Programm starten

Viele Dinge lassen sich in Java erledigen, doch es ist trotzdem manchmal notwendig und sinnvoll, externe Programme für besondere Aufgaben heranzuziehen. Solche Programme lassen sich von Java aus starten und teilweise auch überwachen. Dies gilt insbesondere für Kommandozeilenprogramme, die häufig für kleine, in sich abgeschlossene Aufgaben verwendet werden. Insbesondere unter Unix stehen sehr viele solcher Tools zur Verfügung, die das Leben des Entwicklers erleichtern können. Java bietet in der Klasse `java.lang.Runtime` verschiedene `exec()`-Methoden, mit denen externe Programme gestartet werden können. Als Rückgabewert wird immer ein `java.lang.Process`-Objekt zurückgegeben, das eine Referenz auf den gestarteten Prozess bereitstellt. Die Klasse `ProgramController` zeigt die möglichen Varianten, mit denen Programme gestartet werden können. Ein Programm kann gestartet werden, ohne Kontrolle darüber auszuüben. Weiterhin kann die Beendigung eines externen Programms abgewartet werden. Im dritten Schritt kann auch die Ausgabe des externen Programms abgefangen werden.

```
package javacodebook.io.startextern;
import java.io.*;

public class ProgramController {

  //Programm extern starten, ohne Kontrolle auszuüben
  public static void startProgram(String command)
  throws IOException {
    Runtime runtime = Runtime.getRuntime();
    runtime.exec(command);
  }

  //Programm extern starten und auf Ausführung warten
  public static int startAndWaitForProgram(String command)
  throws IOException {
    Runtime runtime = Runtime.getRuntime();
    Process p = runtime.exec(command);
    try {
      p.waitFor();
    } catch(InterruptedException e) {
      return -1;
    }
    return p.exitValue();
  }
```

Listing 56: ProgramController

```
  //Programm extern starten und Ausgabe abfangen
  public static int startProgramAndWriteOutput(String command)
  throws IOException {
    Runtime runtime = Runtime.getRuntime();
    Process p = runtime.exec(command);
    BufferedReader brstdout = new BufferedReader(
      new InputStreamReader(p.getInputStream()));
    StringBuffer buffer = new StringBuffer();
    String line = "";
    while((line = brstdout.readLine()) != null) {
      System.out.println(line);
    }
    try {
      p.waitFor();
    } catch(InterruptedException e) {
      return -1;
    }
    return p.exitValue();
  }
}
```

Listing 56: ProgramController (Forts.)

Im Folgenden wird die Benutzung der drei Methoden demonstriert. Das Programm kann mit dem Aufruf `java javacodebook.io.startextern.Starter` aufgerufen werden, als Parameter können drei Programmaufrufe angegeben werden. Die nur für Windows geeigneten Vorgaben müssen evtl. angepasst werden, wenn keine eigenen Parameter angegeben werden.

```
package javacodebook.io.startextern;
import java.io.*;

public class Starter {

  public static void main(String[] args)
      throws IOException{
    String command = "explorer";
    if(args.length > 0)
      command = args[0];
    //Programm einfach nur starten
    ProgramController.startProgram(command);

    command = "jar -cf c:\\book.jar c:\\java\\projekte\\book";
```

Listing 57: Starter

Core
I/O
GUI
Multi-media
Daten-bank
Netz-werk
XML
RegEx
Daten
Threads
Web-Server
Applets
Sonsti-ges

```
    if(args.length > 1)
      command = args[1];
    //Programm starten und Ausführung abwarten
    int retValue = ProgramController.startAndWaitForProgram(command);
    System.out.println("Rückgabewert: " + retValue);

    command = "jar -cfv c:\\book.jar c:\\java\\projekte\\book";
    if(args.length > 2)
      command = args[2];
    // Programm starten, Ausgaben abfangen
    // und Ausführung abwarten
    retValue = ProgramController.startProgramAndWriteOutput(command);
    System.out.println("Rückgabewert: " + retValue);
  }

}
```

Listing 57: Starter (Forts.)

55 Dateitransfer mit NIO (JDK 1.4)

Mit dem JDK 1.4 kam das `java.nio`-Paket hinzu, welches zusätzliche Klassen für Netzwerk- und Dateioperationen bereitstellt. Die neue Klasse `FileChannel` erlaubt das Kopieren von Dateien unter Verwendung von Betriebssystemfunktionen. Dabei ist es nicht mehr notwendig, für jeden Lese-Schreibvorgang die übliche

```
while((readBytes = in.read(buffer)) > 0)
  out.write(buffer, 0, readBytes);
```

Schleife auszuprogrammieren. Stattdessen kann die `transferTo()`-Methode der Klasse `FileChannel` verwendet werden, mit der die Datenübertragung ohne weiteren Programmieraufwand selbsttätig abläuft. Die Methode erhält als Parameter die Startposition, ab der Daten übertragen werden sollen, die Anzahl Bytes sowie den `FileChannel`, in den geschrieben werden soll. Dabei darf die Anzahl Bytes größer sein als die tatsächliche Datenmenge, die `transferTo()`-Methode hört mit der Übertragung selbsttätig auf, wenn keine Daten mehr vorliegen.

Das unten stehende Beispiel zeigt die Variation des vorher vorgestellten Rezepts zum Kopieren einer Datei unter Verwendung der Klasse `FileChannel`. Dabei erhält man seit dem JDK 1.4 aus den Klassen `FileInputStream` und `FileOutputStream` mit der Methode `getChannel()` die entsprechenden `FileChannel`-Objekte für die jeweilige Datei.

```
package javacodebook.io.transferfile;
import java.io.*;
import java.nio.*;
import java.nio.channels.*;
public class TransferFile {

  public static void transferFile(File source, File target)
                  throws IOException {
    FileInputStream in = new FileInputStream(source);
    FileOutputStream out = new FileOutputStream(target);
    FileChannel sourceChannel = in.getChannel();
    FileChannel targetChannel = out.getChannel();
    sourceChannel.transferTo(0, source.length(), targetChannel);
    sourceChannel.close();
    targetChannel.close();
  }

  public static void main(String[] args) {
    try {
      System.out.print("Quelldatei: ");
      String sourceFileName = new BufferedReader(
        new InputStreamReader(System.in)).readLine();
      File sourceFile = new File(sourceFileName);
      System.out.print("Ziel: ");
      String targetFileName = new BufferedReader(
         new InputStreamReader(System.in)).readLine();
      File targetFile = new File(targetFileName);
      transferFile(sourceFile, targetFile);
      System.out.println("Datei wurde übertragen");
    }
    catch(IOException e) {
      e.printStackTrace(System.out);
    }
  }
}
```

Listing 58: TransferFile

56 Eine Datei während des Schreib-/Lesevorgangs sperren (JDK 1.4)

Vor dem JDK 1.4 gab es keine Möglichkeit, eine Datei zu sperren. Diese Funktion wird jedoch häufig benötigt, wenn mit externen Programmen zusammengearbeitet werden muss und dabei gemeinsame Dateien verwendet werden, in die von beiden Seiten gelesen und/oder geschrieben werden muss. Im mit dem JDK 1.4 eingeführten Paket java.nio.channels findet sich die Klasse FileLock, die es erlaubt, Dateien für exklusiven oder geteilten Zugriff zu sperren. Je nach Betriebssystem wird der geteilte Zugriff allerdings nicht immer unterstützt, in dem Fall wird automatisch ein exklusiver Zugriff gewählt.

Die mit der Klasse FileLock erzielte Sperrung einer Datei bezieht sich auf die Datei, nicht auf den Thread oder Channel, in dem die Sperrung durchgeführt wurde. Das bedeutet, dass die Datei innerhalb einer JVM les- und schreibbar ist. Zwei Threads, die parallel versuchen, eine Sperrung zu erzielen, werden beide Erfolg haben, nicht jedoch zwei separate Java-Programme, die in zwei JVMs laufen.

Die Klasse FileChannel stellt vier Methoden zur Verfügung, mit denen ein FileLock erzielt werden kann:

```
public final FileLock lock()
  throws IOException;
public abstract FileLock lock(long position, long size, boolean shared)
  throws IOException;
public final FileLock tryLock()
  throws IOException;
public abstract FileLock tryLock(long position, long size, boolean shared)
  throws IOException;
```

Die lock()-Methoden warten jeweils so lange, bis der Zugriff auf die Datei erfolgen kann. Die tryLock()-Methoden warten nicht, sondern geben null zurück, wenn sie keinen Erfolg hatten.

Es gibt jeweils zwei Versionen der (try)lock()-Methoden. Die parameterlosen Varianten beziehen sich automatisch auf die gesamte Datei, währen die Varianten mit Parametern sich auf einzelne Bereiche einer Datei auswirken. Dabei geben die Parameter position, size und shared an, ab welcher Position wie viele Bytes gesperrt werden sollen und ob die Sperrung exklusiv sein oder der Bereich für Lesezugriffe auch anderen Prozessen bereitstehen soll (dann ist shared=false zu setzen). Eine Sperrung mit geteiltem Zugriff ist nur möglich, wenn eine Datei nur mit lesendem Zugriff geöffnet wurde. Nur dann können auch andere Prozesse mit lesendem Zugriff auf die Datei bzw. auf den Bereich der Datei zugreifen.

Die lock()-Methoden geben jeweils ein FileLock-Objekt zurück. Mit der Methode release() der Klasse FileLock wird die Sperrung wieder aufgehoben. Die Möglichkeiten, die sich aus dieser Art der Sperrung ergeben, werden hier am Beispiel einer Sequenz dargestellt. Mehrere Programme sollen gemeinsam eine Sequenz nutzen, aus der sie jeweils aktuelle Nummern beziehen. Die Sequenz wird in einer Datei verwaltet, die nichts weiter als eine Zahl enthält. Das Problem:

Alle Programme sollen zu beliebiger Zeit Zugriff auf die Datei erhalten können, um eine neue Sequenznummer auszulesen. Das folgende Java-Programm kann diesen konkurrierenden Zugriff simulieren, wenn es mehrfach gestartet wird. Es versucht, einen exklusiven Zugriff auf die Datei zu erhalten. Wenn dies gelingt, so wird die darin enthaltene Sequenznummer um 1 erhöht und wieder in die Datei geschrieben.

```
package javacodebook.io.filelock;
import java.io.*;
import java.nio.*;
import java.nio.channels.*;
public class LockFileTest {

  //Datei sperren und eine neue Sequenznummer erzeugen
  public static int newSequenceNum(FileChannel channel) {
    int seqNum = -1;
    ByteBuffer buffer = ByteBuffer.allocate(4);
    try {
      //Versuchen, die Datei exklusiv zu öffnen
      FileLock lock = channel.tryLock();
      if(lock != null) {
        channel.position(0);
        channel.read(buffer);
        buffer.rewind();
        seqNum = buffer.getInt() + 1;
        buffer.clear();
        buffer.putInt(seqNum).rewind();
        channel.position(0);
        channel.write(buffer);
        //Sperrung der Datei aufheben
        lock.release();
      }
    } catch(IOException e) {
      e.printStackTrace(System.out);
    }
    return seqNum;
  }

  public static void main(String[] args) throws Exception {
    if(args.length < 1)
      printUsage();
    File syncFile = new File(args[0]);
```

Listing 59: LockFileTest

```
    //Datei zum beliebigen Lesen und Schreiben öffnen
    RandomAccessFile file = new RandomAccessFile(syncFile, "rw");
    //Einen Channel öffnen
    FileChannel channel = file.getChannel();
    //Zufallszahl in Datei schreiben
    int myId = new java.util.Random().nextInt(100);
    //Ausgabe in Log-Datei schreiben zwecks Nachverfolgung
    File logFile = new File(syncFile.getParent() + File.separator
      + "channel" + myId + ".log");
    PrintWriter out = new PrintWriter(new BufferedWriter(
                     new FileWriter(logFile)));

    //Zugriffe auf die Sequenzdatei starten
    for(int i = 0; i < 1000; i++) {
      int seqNum = newSequenceNum(channel);
      if(seqNum == -1)
        out.println("Sequenz blockiert");
      else
        out.println("Aktuelle Sequenznummer für Kanal " + myId + ": " + seqNum);
      Thread.sleep(10);
    }

    //Channel und Dateien schließen
    channel.close();
    file.close();
    out.close();
  }

  private static void printUsage() {
    System.out.println("Aufruf: java javacodebook.io." +
            "filelock.LockFileTest Dateiname");
    System.exit(0);
  }
}
```

Listing 59: LockFileTest (Forts.)

In der `main()`-Methode der Klasse wird eine Datei zum Lesen und Schreiben geöffnet. Mit einer Zufallszahl werden die gestarteten Instanzen unterscheidbar gemacht. Um den Verlauf der Sequenz-Abfragen zu zeigen, wird die erhaltene Zahlenfolge jeweils in eine Log-Datei geschrieben. Das Auslesen und Hochzählen der Sequenz erfolgt in der Methode `newSequenceNum()`. Hier wird jeweils versucht, die Datei während des Lese-/Schreibvorgangs zu sperren. Schlägt die Sperrung fehl, so wird der Default-Wert -1 zurückgegeben. Ist die Sperrung erfolgreich, so wird der aktuelle

Wert aus der Sequence ausgelesen, um 1 erhöht und der neue Wert zurückgeschrieben. Werden nun zwei Java-Prozesse mit dem Programm gestartet, so versuchen beide gleichzeitig, Sequenznummern zu erzeugen. Dabei kommt es unweigerlich zu Konflikten beim Dateizugriff. Anhand der geschriebenen Log-Dateien lässt sich der Ablauf aufzeigen (natürlich waren die Zufallszahlen nicht 1 und 2, aber das sollte hier keine Rolle spielen):

```
Aktuelle Sequenznummer für Programm 1: 1036
Sequenz blockiert
Aktuelle Sequenznummer für Programm 1: 1038
Aktuelle Sequenznummer für Programm 1: 1040
Aktuelle Sequenznummer für Programm 1: 1042
Aktuelle Sequenznummer für Programm 2: 1035
Aktuelle Sequenznummer für Programm 2: 1037
Aktuelle Sequenznummer für Programm 2: 1039
Aktuelle Sequenznummer für Programm 2: 1041
```

Wie deutlich zu sehen ist, hat das erste gestartete Programm bei der Sequenznummer 1037 vergeblich versucht, auf die Datei zuzugreifen, und wurde blockiert. Durch den sleep(10)-Befehl sind auch nicht sehr viele Konflikte entstanden, diese sind jedoch durch das Sperren der Datei problemlos aufgelöst worden.

Graphical User Interface

57 Wie platziere ich ein Fenster in der Bildschirmmitte?

Ein Fenster kann natürlich sehr einfach über `setLocation()` pixelgenau an jede Stelle auf dem Desktop platziert werden. Will man es allerdings mittig erscheinen lassen, benötigt man Informationen der derzeitigen Bildschirmauflösung. Über die statische Methode `getDefaultToolkit()` der Klasse `Toolkit` bekommt man eine Referenz auf das `Toolkit`-Objekt. Über dieses `Toolkit`-Objekt, welches auch andere plattformabhängige Informationen kapselt, bekommt man die Auflösung des Desktops heraus.

Liest man nun noch die aktuellen Abmessungen des Fensters über `getWidth()` und `getHeight()`, ist es ein Leichtes, die linke obere Ecke des Fensters über `setLocation()` so zu platzieren, dass sein Fenstermittelpunkt im Zentrum des Bildschirms steht.

```
package javacodebook.gui.centerframe;

/**
 * CenteredFrame-Object wird erstellt und zentriert.
 */
import java.awt.*;
import java.awt.event.*;
public class CenteredFrame {

  public static void main(String[] args) {

    // Instanzierung des Frames
    Frame cf = new Frame("Zentriertes Fenster");

    // Schließen-Button des Frames beendet Programm
    cf.addWindowListener(new WindowAdapter() {
        public void windowClosing(WindowEvent we) {
        System.exit(0);
        }
    });

    cf.setSize(300,300);
```

Listing 60: CenteredFrame.java

```
        // Über DefaultToolkit kann die Bildschirmgröße bestimmt werden
        Dimension dim = Toolkit.getDefaultToolkit().getScreenSize();

        // Halbe Bildschirmabmessung ergibt Bildschirmmittelpunkt
        int xCenter = dim.width/2;
        int yCenter = dim.height/2;

        // Die Platzierung von Fenstern orientiert sich an der linken
        // oberen Ecke. Zur Korrektur muss somit die halbe
        // Komponentenabmessung mit eingerechnet werden.
        int xDiff = cf.getWidth()/2;
        int yDiff = cf.getHeight()/2;
        int xCalculated = xCenter-xDiff;
        int yCalculated = yCenter-yDiff;

        // setLocation() legt den Ort der Komponente fest
        cf.setLocation(xCalculated,yCalculated);

        // setVisible(true) macht sie sichtbar
        cf.setVisible(true);
    }
}
```

Listing 60: CenteredFrame.java (Forts.)

58 Wie platziere ich sprach- und systemunabhängig Komponenten im Container?

Komponenten können in jedem Container an jeder beliebigen Stelle und in jeder beliebigen Größe platziert werden. Hierzu muss der standardmäßig eingestellte Layoutmanager über den Aufruf `setLayoutManager(null)` entfernt werden. Die Position und die Größe kann dann über die Methoden `setSize()` und `setLocation()`pixelgenau gesetzt werden.

Java-Programme sollen auf vielen unterschiedlichen Plattformen mit unterschiedlichen Ausgabegeräten laufen sollen natürlich den Anforderungen an Mehrsprachigkeit in ganzer Linie gerecht werden. Die Verwendung von hart-codierten Größenangaben kann die Einhaltung dieser Anforderungen gefährden. Stellen Sie sich vor, eine englischsprachige Applikation besitzt einige Buttons mit der Beschriftung ADD die Buttons eine angemessene, aber festgelegte Größe. Diese Applikation soll nun ins Deutsche übersetzt werden. Der String `Add` muss durch den String `Hinzufügen` ersetzt werden, `Hinzufügen` ist aber ohne Zweifel viel länger als `Add`. Das Resultat: Die festgelegte Button-

Größe ist höchstwahrscheinlich zu klein, und der neue String kann nicht mehr komplett angezeigt werden.

Um dieses Problem zu lösen, gibt es in Java so genannte *LayoutManager*. Je nach Implementierung dieses Interfaces werden Position und Abmessung nach der bevorzugten Abmessung einer Komponente und derzeitiger Ausdehnung des Containers bestimmt. Die bevorzugte Abmessung einer Komponente hängt unmittelbar mit seinem Inhalt oder in unserem Beispiel mit seiner Beschriftung zusammen.

LayoutManager können bei jedem Container über die Methode `setLayout()` gesetzt werden. Im Folgenden werden vier übliche Implementierungen der *LayoutManager* vorgestellt. Die letzte, das BoxLayout, ist erst mit der Swing-API hinzugekommen, daher wurde in dem Beispiel auch die Swing-API verwendet. Prinzipiell lassen sich die *LayoutManager* jedoch in beiden APIs einsetzen. Hier gilt also nicht die strenge Regel der Komponenten, dass die Instanzen der beiden Technologien nicht gemischt werden dürfen.

Durch Verschachtelung mehrere Panels, die unterschiedliche Layouts besitzen, können beliebig komplexe Strukturen erreicht werden.

BorderLayout

Das `BorderLayout` besteht aus fünf Bereichen: NORTH, SOUTH, WEST, EAST, CENTER, die alle separat belegt werden können.

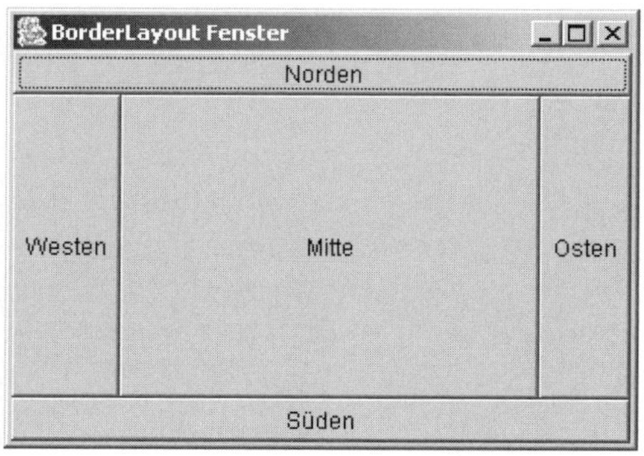

Abbildung 26: Komponenten im BorderLayout

Die Komponenten füllen immer den gesamten Bereich aus. Es ist daher nicht sinnvoll, mehrere Komponenten direkt in einen Bereich zu legen, da sie einander überdecken würden (verschachteln ist sehr wohl sinnvoll). Die Größe der Bereiche richtet sich zum einen nach der bevorzugten Größe der eingebetteten Komponenten, zum anderen nach der Ausdehnung des Containers. So wird im NORTH- und im SOUTH-Bereich die Standardhöhe der Komponente berücksichtigt, die Breite richtet sich allerdings nach der Containerausdehnung. Im WEST- und EAST-Bereich verhält es sich genau umgekehrt. Im CENTER spielt die Standardgröße gar keine Rolle mehr.

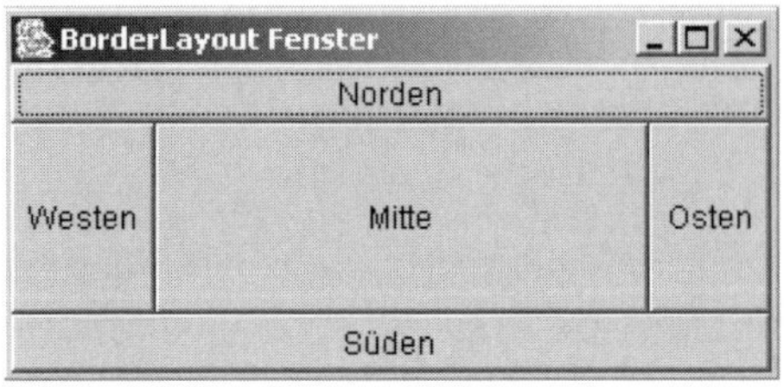

Abbildung 27: Veränderte Komponentengröße im BorderLayout

Folgendes Listing zeigt den Code für die oben dargestellte Komponente:

```
package javacodebook.gui.layouts;

import java.awt.*;
import java.awt.event.*;

/**
 * Frame im BorderLayout. Die 5 Bereiche sind mit Buttons belegt.
 */
public class BorderFrame extends Frame {

  private Button north   = new Button("Norden");
  private Button south   = new Button("Süden");
  private Button west   = new Button("Westen");
  private Button east   = new Button("Osten");
  private Button center   = new Button("Mitte");

  /**
   *  Konstruktor von BorderFrame
   */
  public BorderFrame(String title) {

    super(title);

    // Schließen-Button des Frames beendet Programm
    this.addWindowListener(new WindowAdapter() {
        public void windowClosing(WindowEvent we) {
        System.exit(0);
```

Listing 61: BorderFrame.java

```
        }
    });

    // Eine Instanz von dem Layout wird benötigt.
    BorderLayout borderLayout= new BorderLayout();

    // Die Instanz von BorderLayout wird dem Frame übergeben.
    this.setLayout(borderLayout);

    // Der zweite Parameter in add() bestimmt die Position der
    // Komponente. Verwendet werden vordefinierte Konstanten
    // aus der BorderLayout-Klasse.
    this.add(north,BorderLayout.NORTH);
    this.add(south,BorderLayout.SOUTH);
    this.add(west,BorderLayout.WEST);
    this.add(east,BorderLayout.EAST);

    // Die Angabe der Konstante BorderLayout.CENTER ist
    // redundant, da CENTER default
    this.add(center,BorderLayout.CENTER);
  }
}
```

Listing 61: BorderFrame.java (Forts.)

Das `BorderLayout` eignet sich zum Beispiel sehr gut für viele Standard-Applikationen. Im CENTER-Bereich liegt die Arbeitsfläche (z.B. ein Editor) im WEST-Bereich, zum Beispiel ein graphischer Verzeichnisbaum, und im NORTH-Bereich eine Button-Leiste. Nicht ohne Grund ist daher das Default-Layout vom AWT-Frame auf `BorderLayout` gesetzt.

FlowLayout

Beim `FlowLayout` werden keine Positionen angegeben. Die Komponenten werden in der Reihenfolge angezeigt, in der sie dem Container hinzugefügt worden sind. Die bevorzugte Größe der Komponenten wird in beiden Dimensionen berücksichtigt.

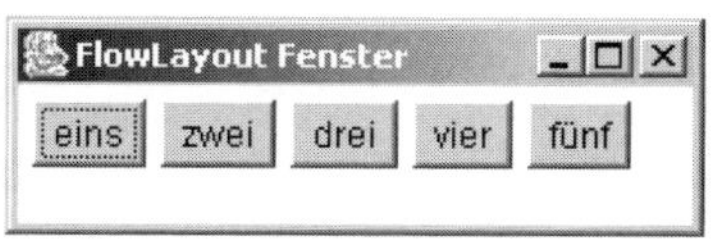

Abbildung 28: Komponenten im FlowLayout

Wird das Fenster in horizontaler Ausdehnung verkleinert, rutschen die Buttons teilweise in die nächste Zeile:

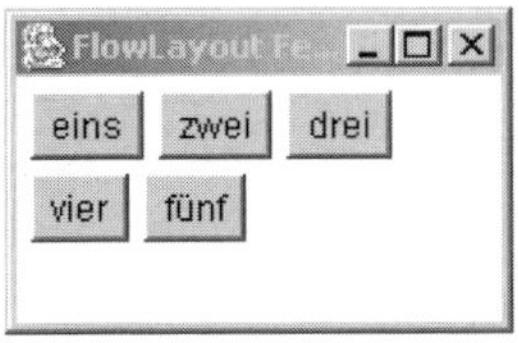

Abbildung 29: Veränderte Komponentengröße im FlowLayout

Über `setAlignment()`, `setHgap()` und `setVgap()` hat man noch ein paar Möglichkeiten die Lage der Anordnung zu beeinflussen. `setAlignment()` bestimmt die Ausrichtung mit Hilfe folgender vordefinierter Konstanten der Klasse `FlowLayout`:

```
FlowLayout.CENTER
FlowLayout.LEADING
FlowLayout.LEFT
FlowLayout.RIGHT
FlowLayout.TRAILING
```

Durch `setHgap()` und `setVgap()` kann ein Abstand zwischen den Komponenten in Pixel gesetzt werden.

```
package javacodebook.gui.layouts;

import javax.swing.*;
import java.awt.*;
import java.awt.event.*;

/**
 * Frame mit Buttons im FlowLayout
 */
public class FlowFrame  extends Frame {

  private Button one     = new Button("eins");
  private Button two     = new Button("zwei");
  private Button three   = new Button("drei");
  private Button four   = new Button("vier");
```

Listing 62: FlowFrame.java

```
  private Button five    = new Button("fünf");

  /**
   *  Konstruktor von FlowFrame
   */
  public FlowFrame(String title) {

    super(title);

    // Schließen-Button des Frames beendet Programm
    this.addWindowListener(new WindowAdapter() {
        public void windowClosing(WindowEvent we) {
        System.exit(0);
        }
    });

    // Eine Instanz von dem Layout wird benötigt.
    FlowLayout flowLayout = new FlowLayout();

    // Über setAlignment kann die Ausrichtung der Komponenten
    // gesetzt werden.
    flowLayout.setAlignment(FlowLayout.LEFT);

    // Hier wird das Layout der Contentpane auf FlowLayout gesetzt.
    this.setLayout(flowLayout);

    this.add(one);
    this.add(two);
    this.add(three);
    this.add(four);
    this.add(five);
  }
}
```

Listing 62: FlowFrame.java (Forts.)

GridLayout

Das `Gridlayout` gibt eine Tabellenform vor, in deren Felder die Komponenten eingebettet werden. Im Konstruktor von `GridLayout` können die Dimensionen für Zeilen und Spalten der Tabelle angegeben werden. Hierbei wird die erste Eingabe für Zeile oder Spalte, die nicht `null` ist, berücksichtigt, der andere Wert wird anhand der Anzahl hinzugefügter Komponenten berechnet. Die Komponenten werden in der Reihenfolge angezeigt, in der sie dem Container hinzugefügt worden sind. Durch `setHgap()` und `setVgap()` kann wie beim `FlowLayout` ein Abstand zwischen den Komponenten in Pixel gesetzt werden.

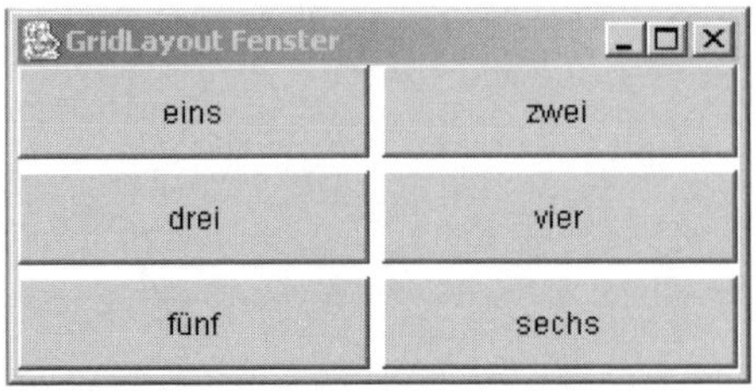

Abbildung 30: GridLayout-Fenster

```
package javacodebook.gui.layouts;
import javax.swing.*;
import java.awt.*;
import java.awt.event.*;

/**
 * Frame im GridLayout
 */

public class GridFrame  extends Frame {

  private Button one     = new Button("eins");
  private Button two     = new Button("zwei");
  private Button three     = new Button("drei");
  private Button four     = new Button("vier");
  private Button five     = new Button("fünf");
  private Button six     = new Button("sechs");

  /**
   * Konstruktor von GridFrame
   */
  public GridFrame(String title) {

    super(title);

    // Schließen-Button des Frames beendet Programm
    this.addWindowListener(new WindowAdapter() {
        public void windowClosing(WindowEvent we) {
        System.exit(0);
        }
    });

    // Parameter des Konstruktors bestimmen Abmessung
    GridLayout gridLayout=   new GridLayout(3,2);
```

Listing 63: GridFrame.java

```
    // setHgap & setVgap setzt Abstand zwischen den
    // Komponenten
    gridLayout.setHgap(5);
    gridLayout.setVgap(5);

    // Hier wird die Contentpane auf GridLayout gesetzt.
    this.setLayout(gridLayout);

    // Die Komponenten füllen der Reihe nach die Matrix.
    this.add(one);
    this.add(two);
    this.add(three);
    this.add(four);
    this.add(five);
    this.add(six);
  }
}
```

Listing 63: GridFrame.java (Forts.)

BoxLayout

Das `BoxLayout` ist derzeit sicherlich das am häufigsten verwendete Layout aus dem Swing-Paket. Es kann Komponenten wahlweise horizontal oder vertikal anordnen.

Im folgenden Beispiel sieht man eine horizontale Anordnung:

Abbildung 31: Fenster im BoxLayout

Die Ausrichtung muss im Konstruktor von `BoxLayout` mit Hilfe der zwei Konstanten `BoxLayout.X_AXIS` bzw. `BoxLayout.Y_AXIS` festgelegt werden.

```
package javacodebook.gui.layouts;
import javax.swing.*;
import java.awt.*;
```

Listing 64: BoxFrame.java

```
/**
 * Frame im BoxLayout
 */
public class BoxFrame  extends JFrame {

  private JButton one = new JButton("eins");
  private JButton two = new JButton("zwei");
  private JButton three = new JButton("drei");
  private JButton four = new JButton("vier");
  private JButton five = new JButton("fünf");
  private Container content = null;

  /**
   *  Konstruktor von BoxFrame
   */
  public BoxFrame(String title) {
    super(title);

    setDefaultCloseOperation(JFrame.EXIT_ON_CLOSE);
      content = this.getContentPane();

    // Im Konstruktor von BoxLayout muss eine Referenz auf
    // den Container mitgegeben werden, der gelayoutet
    // werden soll. Der zweite Parameter gibt die Ausrichtung an.
    BoxLayout boxLayout=   new BoxLayout(content, BoxLayout.X_AXIS);

    content.setLayout(boxLayout);

    content.add(one);
    content.add(two);
    content.add(three);
    content.add(four);
    content.add(five);
  }
}
```

Listing 64: BoxFrame.java (Forts.)

Verschachtelte BoxLayouts

Oft werden BoxLayouts verschachtelt eingesetzt. Durch die Verschachtelung lassen sich relativ einfach unterschiedlichste Layout-Variationen erstellen. Im Beispiel sieht man, wie einfach die Gestalt eines BorderLayouts mit Hilfe von zwei BoxLayouts simuliert werden kann.

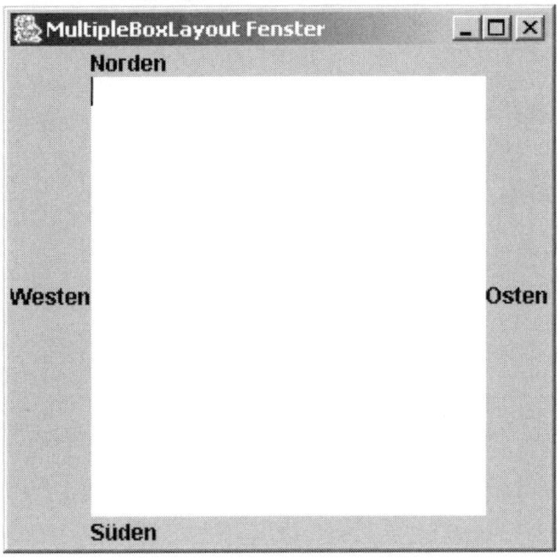

Abbildung 32: Fenster mit verschachtelten BoxLayouts

Der Quellcode für das oben gezeigte Fenster sieht wie folgt aus:

```
package javacodebook.gui.layouts;
import javax.swing.*;
import java.awt.*;

/**
 * Frame mit verschachtelten Layouts
 */

public class MultipleBoxFrame  extends JFrame {

  // Komponenten des Frames
  private JLabel north = new JLabel("Norden");
  private JLabel south = new JLabel("Süden");
  private JLabel west = new JLabel("Westen");
  private JLabel east = new JLabel("Osten");
  private JTextArea center = new JTextArea(5,20);
  private Container frameContent;
  private JPanel innerContent;

  /**
   *  Konstruktor von MultipleBoxFrame
   */
  public MultipleBoxFrame(String title) {
```

Listing 65: MultipleBoxFrame.java

```
    super(title);

       setDefaultCloseOperation(JFrame.EXIT_ON_CLOSE);

     // Basis-Container vom JFrame wird benötigt.
    frameContent = this.getContentPane();

    // innerContent wird später in frameContent eingebettet.
    innerContent = new JPanel();

    // Für jeden Container wird eine BoxLayout-Instanz benötigt.
    BoxLayout outer=   new BoxLayout(frameContent, BoxLayout.X_AXIS);
    BoxLayout inner=   new BoxLayout(innerContent, BoxLayout.Y_AXIS);

    frameContent.setLayout(outer);
    innerContent.setLayout(inner);

    // Der innere Panel wird bestückt.
    innerContent.add(north);
    innerContent.add(center);
    innerContent.add(south);

    // Der äußere (Content-) Panel wird bestückt.
    frameContent.add(west);
    // Der innere wird in den äußeren gelegt.
    frameContent.add(innerContent);
    frameContent.add(east);
  }
}
```

Listing 65: MultipleBoxFrame.java (Forts.)

In der `Starter`-Klasse werden die fünf Frames mit den unterschiedlichen Layouts aufgerufen.

```
package javacodebook.gui.layouts;

/**
 * Frames unterschiedlicher Layouts werden aufgerufen.
 */

public class Starter {
```

Listing 66: Starter.java

```
  public static void main(String[] args) {

    FlowFrame flowFrame =  new FlowFrame("FlowLayout Fenster");
    flowFrame.setSize(300,300);
    flowFrame.setLocation(25,25);
    flowFrame.setVisible(true);

    GridFrame gridFrame =  new GridFrame("GridLayout Fenster");
    gridFrame.setSize(300,300);
    gridFrame.setLocation(50,50);
    gridFrame.setVisible(true);

    BorderFrame borderFrame =  new BorderFrame("BorderLayout Fenster");
    borderFrame.setSize(300,300);
    borderFrame.setLocation(75,75);
    borderFrame.setVisible(true);

    BoxFrame boxFrame =  new BoxFrame("BoxLayout Fenster");
    boxFrame.setSize(300,300);
    boxFrame.setLocation(50,50);
    boxFrame.setVisible(true);

    MultipleBoxFrame mboxFrame =  new MultipleBoxFrame("Multiple"
        +"BoxLayout Fenster");
    mboxFrame.setSize(300,300);
    mboxFrame.setLocation(100,100);
    mboxFrame.setVisible(true);

  }
}
```

Listing 66: Starter.java (Forts.)

59 Wie lege ich eine Buttonleiste in einen Frame?

Allgemeiner Lösungsansatz

Der allgemeine Lösungsansatz für die Realisierung einer Buttonleiste, der sowohl für AWT als auch für Swing gilt, basiert auf dem Konzept der Verschachtelung von Layouts. Über eine Panel im `FlowLayout`, in dem die Komponenten linksbündig angeordnet werden und einen geringeren Abstand als der `Default` besitzen, kann sehr schön eine solche Buttonleiste erstellt werden.

Befindet sich das darunter liegende `Frame` im `BorderLayout`, so kann diese Buttonleiste dort in den `NORTH`-Bereich eingesetzt werden.

Die hier verwendete Verschachtelung von Layouts ist ein sehr mächtiges Konzept, mit dem sehr unterschiedliche Layouts geschaffen werden können. Stellen Sie sich nur vor, dass Panels wieder andere Panels besitzen können. Beide können beliebige Layouts besitzen. Der Verschachtelung sind also keine Grenzen gesetzt.

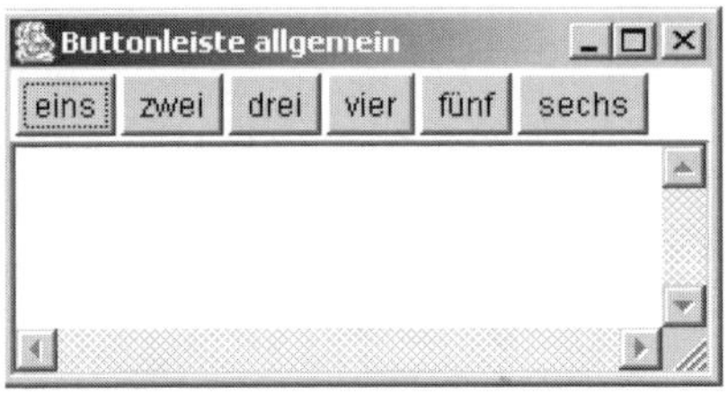

Abbildung 33: Frame mit Buttonleiste

Der Quellcode für das Fenster mit Buttonleiste sieht wie folgt aus:

```
package javacodebook.gui.toolbar;

import java.awt.*;
import java.awt.event.*;

/**
 * Frame mit Buttonleiste
 */

public class ToolBarFrame  extends Frame {

  // Komponenten für die Buttonleiste
  private Button one = new Button("eins");
  private Button two = new Button("zwei");
  private Button three = new Button("drei");
  private Button four = new Button("vier");
  private Button five = new Button("fünf");
  private Button six   = new Button("sechs");

  private TextArea center = new TextArea(5,20);

  // Container für die Buttonleiste
  private Panel northPanel = new Panel();

  /**
   *  Konstruktor von ToolbarFrame
```

Listing 67: ToolBarFrame.java

```
    */
   public ToolBarFrame(String title) {

     super(title);

     this.setLayout(new BorderLayout());

     // Schließen-Button des Frames beendet Programm
     this.addWindowListener(new WindowAdapter() {
         public void windowClosing(WindowEvent we) {
         System.exit(0);
         }
     });

     // Layout vom northPanel wird auf FlowLayout gesetzt,
     // die Buttons werden am linken Rand ausgerichtet, der
     // Abstand zwischen ihnen beträgt 2 Pixel.
     FlowLayout fl = new FlowLayout(FlowLayout.LEFT,2,2);
     northPanel.setLayout(fl);

     // Buttons werden auf das Panel platziert.
     northPanel.add(one);
     northPanel.add(two);
     northPanel.add(three);
     northPanel.add(four);
     northPanel.add(five);
     northPanel.add(six);

     // northPanel in den NORTH-Bereich des Frames
     this.add(northPanel,BorderLayout.NORTH);

     // TextArea in den CENTER, Größe passt sich so immer
     // der Fenstergröße an
     this.add(center,BorderLayout.CENTER);
   }
 }
```

Listing 67: ToolBarFrame.java (Forts.)

Lösungsansatz mit Swing

In der Swing-API gibt es eine extra Komponente für eine Buttonleiste, die `JToolBar`. Sie ist selber auch ein Container und kann über `add()` wie gewohnt mit Buttons oder auch anderen Komponenten bestückt werden. Wie im allgemeinen Fall möchten wir sie auch wieder in den `NORTH`-Bereich unseres Fensters legen.

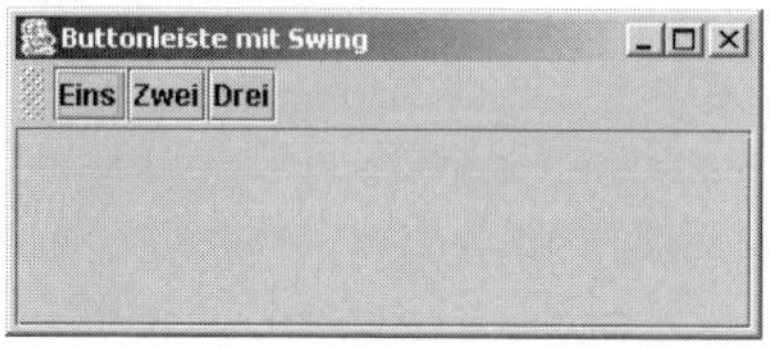

Abbildung 34: Buttonleiste mit Swing

Eine besondere Eigenschaft dieser `JToolBar` ist, dass sie vom eingebetteten Container durch Herausziehen zum Toplevel-Container werden kann (Diese Eigenschaft kennt man von vielen Windows-Applikationen). Standardmäßig lässt sich das Fenster nicht wieder über ZIEHEN ins Fenster einbetten. Hierzu muss der SCHLIEẞEN-Button der Button-Leiste gedrückt werden, dann erscheint das Fenster wieder an gewohnter Stelle.

Abbildung 35: Buttonleiste mit Swing

Der Quellcode für das Fenster mit der `JToolBar` sieht wie folgt aus:

```
package javacodebook.gui.toolbar;
import javax.swing.*;
import java.awt.*;

/**
 * Buttonleiste über JToolbar-Klasse
 */
public class ToolBarJFrame extends JFrame {

  /**
   * JToolBar ist der Container für die Buttonleiste.
   */
  private JToolBar toolBar = null;

  private JButton one = new JButton("Eins");
  private JButton two = new JButton("Zwei");
  private JButton three = new JButton("Drei");
```

Listing 68: ToolBarJFrame.java

```
  private JScrollPane scrollPane = new JScrollPane();

    private Container content = null;

    /**
     *  Konstruktor von ToolbarJFrame
     */
    public ToolBarJFrame(String title) {

    super(title);
       setDefaultCloseOperation(JFrame.EXIT_ON_CLOSE);

    content = this.getContentPane();
    content.setLayout(new BorderLayout());

      toolBar = new JToolBar();

    toolBar.add(one);
    toolBar.add(two);
    toolBar.add(three);

    content.add(toolBar, BorderLayout.NORTH);
    content.add(scrollPane, BorderLayout.CENTER);
  }
}
```

Listing 68: ToolBarJFrame.java (Forts.)

Die `Starter`-Klasse dient nur dazu, die beiden Frames zu erstellen.

```
package javacodebook.gui.toolbar;

/**
 * Frames mit Buttonleiste werden erzeugt.
 */

public class Starter {

  public static void main(String[] args) {

    ToolBarFrame toolbarFrame =  new ToolBarFrame("Buttonleiste"+
        " allgemein");
```

Listing 69: Starter.java

```
    toolbarFrame.setSize(300,300);
    toolbarFrame.setLocation(100,100);
    toolbarFrame.setVisible(true);

    ToolBarJFrame toolbarjFrame =  new ToolBarJFrame("Buttonleiste"+
        " mit Swing");
    toolbarjFrame.setSize(300,300);
    toolbarjFrame.setLocation(150,150);
    toolbarjFrame.setVisible(true);

  }
}
```

Listing 69: Starter.java (Forts.)

60 Wie kann man die Größe einer Komponente bei vorgegebenen Layouts ändern?

In Swing kann man im Gegensatz zu AWT in gewissen Fällen die Größe der Komponenten auch dann ändern, wenn sie in einem Layout eingebunden sind. Die verwendete Methode lautet: `setPreferredSize()`.

Die bevorzugte Größe, die man hiermit setzen kann, wird oft nur teilweise berücksichtigt, so wird im `NORTH`-Bereich vom `BorderLayout` nur die bevorzugte Höhe übernommen, die Breite richtet sich nach der Frame-Breite. Im Fall vom `GridLayout` wird sie sogar komplett ignoriert. `FlowLayout` ist bei den bekannten Layoutmanagern der einzige, welcher sowohl Höhe als auch Breite der `PreferredSize` berücksichtigt.

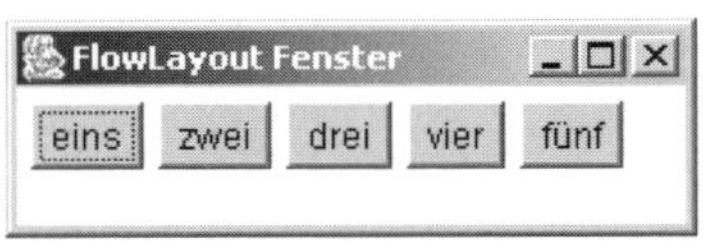

Abbildung 36: Komponenten mit veränderter Größe im FlowLayout-Fenster

Der Quellcode für das Fenster mit diesen fünf Buttons sieht wie folgt aus:

```
package javacodebook.gui.componentsinlayout;
import javax.swing.*;
import java.awt.*;
```

Listing 70: FlowFrame.java

```
/**
 * Größe der Komponenten wird über setPreferedSize() geändert.
 */

public class FlowFrame  extends JFrame {

  private JButton one = new JButton("eins");
  private JButton two = new JButton("zwei");
  private JButton three = new JButton("drei");
  private JButton four = new JButton("vier");
  private JButton five = new JButton("fünf");

  private Container content = null;

  /**
   *  Konstruktor von FlowFrame
   */
  public FlowFrame(String title) {

    super(title);

      setDefaultCloseOperation(JFrame.EXIT_ON_CLOSE);

      content=this.getContentPane();
    content.setLayout(new FlowLayout());

    // setPreferredSize() setzt bevorzugte Größe.
    one.setPreferredSize(new Dimension(50,10));
    two.setPreferredSize(new Dimension(60,20));
    three.setPreferredSize(new Dimension(70,30));
    four.setPreferredSize(new Dimension(80,40));
    five.setPreferredSize(new Dimension(90,50));

    content.add(one);
    content.add(two);
    content.add(three);
    content.add(four);
    content.add(five);
  }
}
```

Listing 70: FlowFrame.java (Forts.)

Will man diese Beschränkung bei den anderen aufheben, ist der einzige Ausweg, einen Container zwischenzuschalten, dessen Layout auf `FlowLayout` gesetzt oder sogar ganz ausgeschaltet ist. Dann kann über `setPreferredSize()` bzw. `setSize()` und `setLocation()` agiert werden.

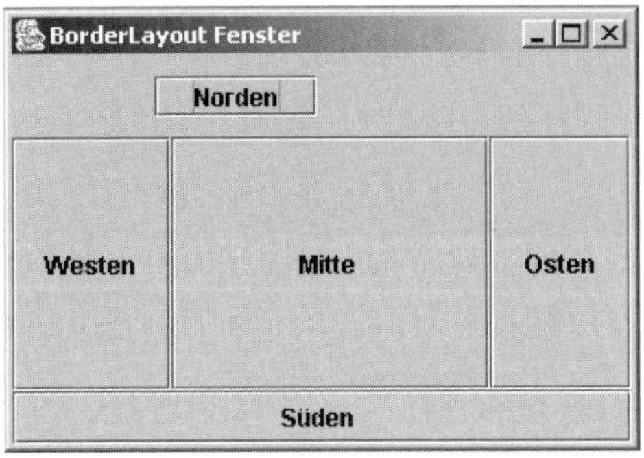

Abbildung 37: Komponente mit veränderter Größe im BorderLayout-Fenster

Der Quellcode für das Fenster mit dem veränderten NORDEN-Button sieht wie folgt aus:

```
package javacodebook.gui.componentsinlayout;

import javax.swing.*;
import java.awt.*;

/**
 * Frame im BorderLayout mit Komponente geänderter Größe
 */

public class BorderFrame  extends JFrame {

  private JButton north     = new JButton("Norden");
  private JButton south     = new JButton("Süden");
  private JButton west     = new JButton("Westen");
  private JButton east     = new JButton("Osten");
  private JButton center   = new JButton("Mitte");
  private Container content   = null;
  private JPanel interPanel   = new JPanel();

  /**
   *  Konstruktor von BorderFrame
   */
  public BorderFrame(String title) {
    super(title);
```

Listing 71: BorderFrame.java

```
        setDefaultCloseOperation(JFrame.EXIT_ON_CLOSE);

    content = this.getContentPane();
    content.setLayout(new BorderLayout());

    // Das interPanel besitzt kein Layout.
    interPanel.setLayout(null);

    // Bevorzugte Größe vom Panel muss gesetzt werden,
    // da sie standardmäßig auf 0 liegt. Panel wäre dann
    // nicht sichtbar.
    interPanel.setPreferredSize(new Dimension(50,40));

    // Größe und Lage der Komponente kann nun
    //bestimmt werden:
    north.setSize(80,20);
    north.setLocation(70,10);

    // "interPanel" bestücken und in den NORTH-Bereich
    // des contentPanels legen
    interPanel.add(north);
    content.add(interPanel,BorderLayout.NORTH);

    content.add(south,BorderLayout.SOUTH);
    content.add(west,BorderLayout.WEST);
    content.add(east,BorderLayout.EAST);
    content.add(center,BorderLayout.CENTER);
  }
}
```

Listing 71: BorderFrame.java (Forts.)

Die `Starter`-Klasse dient nur dazu, die Frames zu erstellen.

```
package javacodebook.gui.componentsinlayout;

/**
 * Erstellen zweier Frames mit Komponenten veränderter Größe
 */
public class Starter {

  public static void main(String[] args) {
```

Listing 72: Starter.java

```
        FlowFrame flowFrame =  new FlowFrame("FlowLayout Fenster");
        flowFrame.setSize(300,300);
        flowFrame.setVisible(true);

        BorderFrame borderFrame =  new BorderFrame("BorderLayout Fenster");
        borderFrame.setSize(300,300);
        borderFrame.setVisible(true);

    }
}
```

Listing 72: Starter.java (Forts.)

61 Wie gestalte ich eine Menüleiste?

Mit AWT

Eine Menüleiste ist essentieller Bestandteil der meisten Applikationen. Sie kann über den Befehl `setMenuBar()` in ein Frame gesetzt werden. Bestücken kann man sie mit `Menu`-Objekten. `Menu`-Objekte können wiederum auch mit `Menu`- oder `MenuItem`-Objekten bestückt werden. Im Gegensatz zu Menüs können `MenuItems` keine Unterpunkte besitzen. Über `addSeparator()` in der Klasse `Menu` hat man die Möglichkeit einen Trennstrich in das ausgeklappte Menü einzufügen. `setHelpmenu()` fügt das `HelpMenu` in die Menüleiste ein. Existiert bereits eines, wird dieses überschrieben.

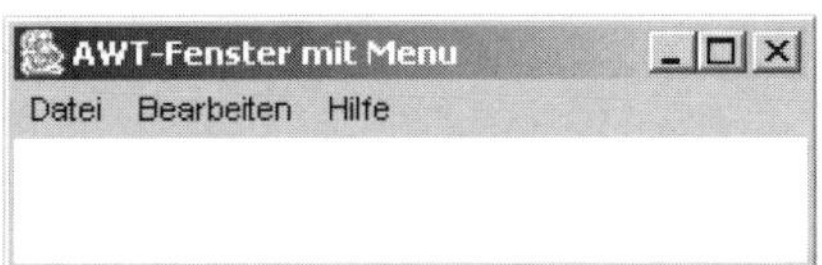

Abbildung 38: AWT-Fenster mit Menu

Im Folgenden finden Sie den Quellcode für ein AWT-Frame mit einem Beispiel-Menü:

```
package javacodebook.gui.menu;

import java.awt.*;
import java.awt.event.*;

/**
```

Listing 73: MenuFrame.java

```
 * Frame mit Menüleiste
 */

public class MenuFrame extends Frame {

  /**
   * Menüleiste des Frames
   */
  private MenuBar mb     = new MenuBar();

  // Hauptmenüpunte
  private Menu file = new Menu("Datei");
  private Menu edit = new Menu("Bearbeiten");
  private Menu help = new Menu("Hilfe");

  // Untermenüpunkte
  private Menu newGeneral  = new Menu("Neu");
  // MenuItems können keine Untermenüs besitzen.
  private MenuItem newProject= new MenuItem("Project");
  private MenuItem newFile = new MenuItem("File");
  private MenuItem save = new MenuItem("Speichern");
  private MenuItem print = new MenuItem("Drucken");
  private MenuItem exit = new MenuItem("Exit");

  private MenuItem undo = new MenuItem("Rückgängig");
  private MenuItem copy = new MenuItem("Kopieren");
  private MenuItem paste = new MenuItem("Einfügen");

  private MenuItem helpItem = new MenuItem("Hilfe");
  private MenuItem info = new MenuItem("Info");


  /**
   *  Konstruktor von MenuFrame
   */
  public MenuFrame(String title) {
    super(title);

    // Beim Klicken des Schließen-Buttons vom Haupt-Fenster
    // wird das Programm beendet.
    this.addWindowListener(new WindowAdapter() {
        public void windowClosing(WindowEvent we) {
        System.exit(0);
        }
    });
```

Listing 73: MenuFrame.java (Forts.)

```
        // Die (noch leere) Menüleiste wird eingebaut.
        this.setMenuBar(mb);

        // Menüleiste wird mit Hauptmenüpunkten bestückt
        mb.add(file);
        mb.add(edit);

        // setHelpmenu() fügt das HelpMenu in der Menüleiste ein.
        // Existiert bereits eines, wird dieses überschrieben.
        mb.setHelpMenu(help);

        // Hauptmenüpunkte werden mit Untermenüs belegt.
        file.add(newGeneral);
        newGeneral.add(newProject);
        newGeneral.add(newFile);

        file.add(save);
        file.add(print);
        // Ein Separator ist ein Trennstrich im ausgeklappten Menü.
        file.addSeparator();
        file.add(exit);

        edit.add(undo);
        edit.add(copy);
        edit.add(paste);

        help.add(helpItem);
        help.add(info);
    }
}
```

Listing 73: MenuFrame.java (Forts.)

Mit Swing

Die `Menubar` in Swing wird fast wie bei AWT erstellt. Wichtigster Unterschied ist, dass alles mit Swingkomponenten realisiert wird. `setMenuBar()` wird also zu `setJMenuBar()`, `MenuBar` wird zu `JMenuBar`, `Menu` zu `JMenu` und `MenuItem` zu `JMenuItem`.

Man sollte auch hier nicht auf die Idee kommen, Swing- mit AWT-Komponenten zu mischen. Das gilt generell für alle Komponenten. Grund hierfür sind unterschiedliche Implementierungen beim Platzieren der Komponenten. Swing-Komponenten, auch »leichtgewichtige« Komponenten genannt, werden immer in die Fläche des nächsthöheren AWT-Containers eingebaut. AWT-Komponenten, auch »schwergewichtige« Komponenten genannt, existieren unabhängig vom Container. Liegen

Swing- und AWT-Komponenten scheinbar auf derselben Ebene, wird die AWT-Komponente immer die Swing-Komponente überlappen, da die Swing-Komponente auf der Ebene des Containers liegt und die AWT-Komponenten eine Ebene drüber.

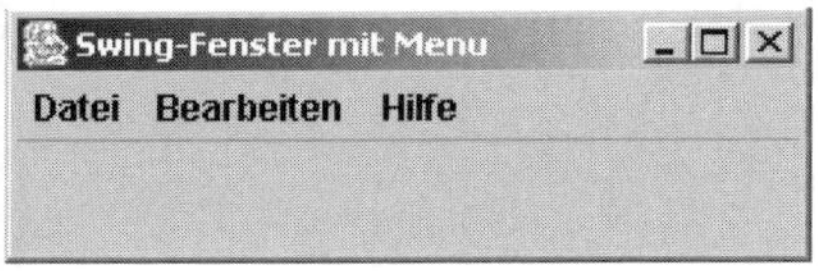

Abbildung 39: Fenster mit Menu

Im Folgenden finden Sie den Quellcode für einen Swing-Frame mit einem Beispiel-Menü:

```
package javacodebook.gui.menu;

import javax.swing.*;
import java.awt.*;

/**
 * JFrame mit MenuLeist
 */


public class MenuJFrame extends JFrame {

  private Container content = null;

  // Menuleiste
  private JMenuBar mb = new JMenuBar();

  /**
   * Hauptmenüpunkte aus der Menüleiste
   */
  private JMenu file          = new JMenu("Datei");
  private JMenu edit          = new JMenu("Bearbeiten");
  private JMenu help          = new JMenu("Hilfe");

  /**
   * Untermenüpunkte - Menüpunkte vom Typ "JMenu" können
   * weitere Untermenüpunkt beinhalten, welche vom Typ
```

Listing 74: MenuJFrame.java

Core
I/O
GUI
Multi-media
Daten-bank
Netz-werk
XML
RegEx
Daten
Threads
Web-Server
Applets
Sonsti-ges

```
     * "JMenuItem" nicht.
     */
    private JMenu newGeneral     = new JMenu("Neu");
    private JMenuItem newProject  = new JMenuItem("Project");
    private JMenuItem newFile     = new JMenuItem("File");
    private JMenuItem save      = new JMenuItem("Speichern");
    private JMenuItem print      = new JMenuItem("Drucken");
    private JMenuItem exit       = new JMenuItem("Exit");

    private JMenuItem undo      = new JMenuItem("Rückgängig");
    private JMenuItem copy      = new JMenuItem("Kopieren");
    private JMenuItem paste     = new JMenuItem("Einfügen");

    private JMenuItem helpItem     = new JMenuItem("Hilfe");
    private JMenuItem info       = new JMenuItem("Info");

    /**
     *  Konstruktor von MenuJFrame
     */
    public MenuJFrame(String title) {

      super(title);
      setDefaultCloseOperation(JFrame.EXIT_ON_CLOSE);

      content = this.getContentPane();

      // Die (noch leere) Menüleiste wird eingebaut.
      this.setJMenuBar(mb);

      // Menüleiste wird mit Hauptmenüpunkten bestückt.
      mb.add(file);
      mb.add(edit);
      mb.add(help);

      // Hauptmenüpunkte werden belegt.
      file.add(newGeneral);
      newGeneral.add(newProject);
      newGeneral.add(newFile);

      // Untermenü wird belegt.
      file.add(save);
      file.add(print);
      // Ein Separator ist ein Trennstrich im ausgeklappten Menü.
      file.addSeparator();
      file.add(exit);
```

Listing 74: MenuJFrame.java (Forts.)

```
    edit.add(undo);
    edit.add(copy);
    edit.add(paste);

    help.add(helpItem);
    help.add(info);
  }
}
```

Listing 74: MenuJFrame.java (Forts.)

Die `Starter`-Klasse dient nur dazu, die Frames zu erstellen.

```
package javacodebook.gui.menu;

/**
 * MenuFrame und das MenuJFrame werden erstellt.
 */

public class Starter {

  public static void main(String[] args) {
    MenuFrame mf = new MenuFrame("AWT-Fenster mit Menu");
    mf.setSize(300,300);
    mf.setVisible(true);

    MenuJFrame mjf =  new MenuJFrame("Swing-Fenster mit Menu");
    mjf.setSize(300,300);
    mjf.setVisible(true);
  }
}
```

Listing 75: Starter.java

62 Wie weise ich einer Komponente ein Tooltip zu?

Ein `Tooltip` ist ein kleines Fenster mit Text gefüllt, welches neben einer Komponente erscheint, nachdem man einige Zeit mit der Maus über dieser verweilte. In der Regel beschreibt der Inhalt die Funktion, oder Bedeutung dieser Komponente.

Mit AWT

Tooltips werden bei AWT nicht standardmäßig unterstützt, es ist allerdings möglich, sich dieses Feature selber dazuzuprogrammieren. Das Beispiel zeigt einen relativ allgemeinen Ansatz, der für jede beliebige Applikation verwendet werden kann, ohne noch viel zusätzlich programmieren zu müssen. Kernstück ist die Klasse `ToolTipManager`. An sie muss über die Methode `setToolTipText()` eine Komponente mit zugehörigem Text übergeben werden. Sobald nun die Maus eine gewisse Zeit über der Komponente liegt, erscheint ein kleines Fenster mit angegebenem Text.

Abbildung 40: Schaltfläche mit Tooltip

Die `ToolTipManager`-Klasse besitzt intern eine `Hashtable`, die sämtliche Komponenten-Text-Paare verwaltet. Es können also auch mehrere Komponenten über diese Klasse mit einem Tooltip versehen werden. Weitere Details über die Programmierung des `ToolTipManagers` finden Sie in den ausführlichen Kommentaren innerhalb des Programms:

```
package javacodebook.gui.tooltip;

import java.awt.*;
import java.awt.event.*;
import java.util.Hashtable;
/**
 * Diese Klasse einfach in den Klassenpfad übernehmen und über
 * ToolTipManager.setToolTipText() den Tooltiptext setzen
 */

public class ToolTipManager implements MouseListener, Runnable {

  /**
   * Hintergrundfarbe vom Tooltip
   */
  private static final Color TOOLTIP_COLOR =
                                          new Color(200, 250,200);

  /**
```

Listing 76: ToolTipManager.java

```
 * Die Anzahl der Millisekunden, die gewartet werden, soll bis der
 * Tooltip erscheint
 */
private static final int PAUSE_TIME = 1000;

/**
 * Es soll pro Application nur ein ToolTipManager-Objekt geben,
 * daher wird dieser hier als Singleton realisiert.
 */
private static ToolTipManager singleton = new ToolTipManager();

/**
 * Die Komponente, über der die Maus gerade positioniert ist
 */
private Component currentComponent;

/**
 * Zuordnung zwischen Tooltiptext und Komponente
 */
private Hashtable componentToTipMap = new Hashtable();

/**
 * Das Label zeigt den Tooltiptext an.
 */
private Label label = new Label();

/**
 * Dieser Thread stellt fest, ob die Maus lange genug über der
 * Komponente war. Erst dann wird der Tooltiptext angezeigt.
 */
private Thread timerThread = new Thread(this);

/**
 * Das Fenster, in dem der Tooltip angezeigt wird
 */
private Window window;

/**
 * Dieser Konstruktor wird bei der Initialisierung vom Attribut
 * singleton aufgerufen. Da er private ist, wird gewährleistet,
 * dass es bei diesem einen Aufruf pro Application bleibt.
 */
private ToolTipManager() {
  label.setBackground(TOOLTIP_COLOR);
  timerThread.start();
```

Listing 76: ToolTipManager.java (Forts.)

```
    }

    /**
    * ToolTipFenster wird gebaut.
    */
    private void createWindow() {
      // Der Frame, in dem die currentComponent eingebettet ist,
      // wird gefunden.
      Component top = currentComponent;
      while (true) {
        Container parent = top.getParent();
        if (parent == null) break;
          top = parent;
      }

      // Der gefundene Frame wird "owner" vom Tooltip-Window.
      window = new Window((Frame) top);
      window.add(label, BorderLayout.CENTER);
    }

    /**
     * Lässt Tooltip verschwinden. Wird aufgerufen, wenn Komponente
     * gedrückt oder Maus Komponente verlassen hat.
     */
    private void hideTip() {
      // wird Komponente verlassen oder gedrückt, bevor Tooltip
      // angezeigt wurde, verhindert dieser Interrupt die ungewünschte
      // Darstellung des Tooltips.
      timerThread.interrupt();

      // Falls Tooltip sichtbar, wird er hier unsichtbar gemacht.
      if (window != null) {
        window.setVisible(false);
      }
    }

    /**
     * Fügt Tooltip mit angegebenem "toolTipText" einer Komponente
     * "component" hinzu.
     */
     public static void setToolTipText(Component component,
                                       String toolTipText) {
       singleton.componentToTipMap.put(component, toolTipText);
       component.addMouseListener(singleton);
     }
```

Listing 76: ToolTipManager.java (Forts.)

```
/**
 * Komponente, über der die Maus gerade steht, wird ermittelt, und
 * Thread, der die Darstellung des tooltips einleitet, wird
 * aufgeweckt.
 */
public void mouseEntered(MouseEvent e) {
  currentComponent = (Component) e.getSource();

  // Den Monitor des zu weckenden Objekts bekommt man
  // über synchronized.
  synchronized (this) {
    notify();
  }
}

/**
 * Wird aufgerufen, wenn die Maus Komponente verlässt
 */
public void mouseExited(MouseEvent e) {
  if (e.getSource() == currentComponent) {
    hideTip();
  }
}

/**
 * Wird aufgerufen, wenn Komponente geklickt wird
 */
public void mousePressed(MouseEvent e) {
  if (e.getSource() == currentComponent) {
    hideTip();
  }
}

// Werden nicht benötigt, müssen aber überschrieben werden,
// da sie im MouseListener-Interface vorhanden sind.
public void mouseReleased(MouseEvent e) {}
public void mouseClicked(MouseEvent e) {}

/**
 * Tooltip wird von Komponente entfernt
 */
public static void removeToolTipText(Component component) {
  singleton.componentToTipMap.remove(component);
```

Listing 76: ToolTipManager.java (Forts.)

```
    component.removeMouseListener(singleton);
  }

  /**
   * Implementierung des Threads. Wartet die PAUSE_TIME ab,
   * und falls kein interrupt aufgerufen wurde, wird Tooltip
   * angezeigt.
   */
  public synchronized void run() {
    while (true) {
      try {
        synchronized (this) {
          wait();
        }

        Thread.sleep(PAUSE_TIME);

        // Tooltiptext wird ermittelt.
        String tip =
                   (String)componentToTipMap.get(currentComponent);
        label.setText(tip);

        // Fenster wird ggf. neu erstellt.
        if (window == null) {
          createWindow();
        }
        window.pack();

        // Tooltip wird unter die Komponente gesetzt.
        Rectangle bounds = currentComponent.getBounds();
        Point location = currentComponent.getLocationOnScreen();
        window.setLocation(location.x, location.y + bounds.height);

        window.setVisible(true);
      } catch (InterruptedException e) {
        // Thread wurde unterbrochen.
      }
    }
  }
}
```

Listing 76: ToolTipManager.java (Forts.)

Das `ToolTipFrame` besitzt nur einen Button, der beim Klicken etwas auf die Konsole schreibt. Über die statische Methode `setToolTipText()` wird ihm ein ToolTip hinzugefügt:

```
package javacodebook.gui.tooltip;

import java.awt.*;
import java.awt.event.*;

/**
 * Frame mit Button, der Tooltip besitzt
 */

public class ToolTipFrame  extends Frame {

  private Button ok = new Button("Konsole");

  /**
   *  Konstruktor von ToolTipFrame
   */
  public ToolTipFrame(String title) {

    super(title);
    this.setLayout(new FlowLayout());

    // Die Anwendung wird schließbar gemacht!
    this.addWindowListener(new WindowAdapter(){
      public void windowClosing(WindowEvent we){
        System.exit(0);
      }
    });

    // Der Button bekommt simple Funktionalität.
    ok.addActionListener(new ActionListener(){
      public void actionPerformed(ActionEvent ae){
        System.out.println("Button wurde gedrückt");
      }
    });

    // setToolTipText()-Methode meldet Tooltip am Button an.
    ToolTipManager.setToolTipText(ok,
                    "Dieser Button schreibt was auf die Konsole!");
    this.add(ok);
  }
}
```

Listing 77: ToolTipFrame.java

Mit Swing:

Die Klasse `JComponent` besitzt eine Methode: `setToolTipText()`, mit der ein Tooltip gesetzt werden kann. Nachdem diese Methode aufgerufen wurde, erscheint, sobald man mit der Maus etwas über der entsprechenden Komponente verweilt, dieses Tooltip-Fenster mit dem angegebenen Text. Da alle Swing-Komponenten von `JComponent` erben, ist dieses Feauture bei allen Komponenten automatisch mit eingebaut.

Im Beispiel sieht man einen Button und einen Label, jeweils mit einem Tooltip:

Abbildung 41: Swing Button mit Tooltip

Im Folgenden sehen Sie den Quellcode für die oben abgebildete Applikation:

```
package javacodebook.gui.tooltip;
import javax.swing.*;
import java.awt.event.*;
import java.awt.*;

/**
 * Tooltip-Beispiel
 */
public class ToolTipJFrame  extends JFrame {

  private JLabel label = new JLabel("Button:");
  private JButton ok = new JButton("Konsole");

  private Container content   = null;

  /**
   *  Konstruktor von ToolTipJFrame
   */
  public ToolTipJFrame(String title) {

    super(title);
      content = this.getContentPane();
```

Listing 78: ToolTipJFrame.java

```
      content.setLayout(new FlowLayout());

    setDefaultCloseOperation(JFrame.EXIT_ON_CLOSE);

    // Der Button bekommt simple Funktionalität.
    ok.addActionListener(new ActionListener(){
          public void actionPerformed(ActionEvent ae){
            System.out.println("Button wurde gedrückt");
          }
      });

    // mit setTooltipText() Tooltip gesetzt.
    label.setToolTipText(
      "Button nebenan schreibt was auf die Konsole!");
    ok.setToolTipText(
      "Dieser Button schreibt was auf die Konsole!");

    content.add(label);
    content.add(ok);

  }

}
```

Listing 78: ToolTipJFrame.java (Forts.)

Die `Starter`-Klasse startet beide Frames:

```
package javacodebook.gui.tooltip;

public class Starter {

  public static void main(String[] args) {

    ToolTipFrame ttf =  new ToolTipFrame("AWT Fenster mit Tooltip");
    ttf.setLocation(100,0);
    ttf.setSize(300,300);
    ttf.setVisible(true);

    ToolTipJFrame ttj = new ToolTipJFrame(
                                "Swing Fenster mit Tooltips");
    ttj.setSize(300,300);
    ttj.setLocation(500,0);
```

Listing 79: Starte.java

```
    ttj.setVisible(true);

  }
}
```

Listing 79: Starte.java (Forts.)

Bemerkung: Möchte man einen benutzerdefinierten Tooltip für Swing bauen, sollte man wie folgt vorgehen:

Man schreibt sich eine eigene Tooltip-Klasse, die von `JToolTip` erbt und die gewünschten Eigenschaften aufweist. Dann muss die `createToolTip()`-Methode der Komponente, die diesen neuen Tooltip bekommen soll, modifiziert werden. Man bildet also auch hier eine Unterklasse, überschreibt die `createToolTip()`-Methode und gibt nun eine Instanz der selbst geschriebenen Klasse zurück.

63 Wie tausche ich Inhalte zwischen Komponenten aus?

Oft will man, durch einen Buttonklick ausgelöst, irgendwelche Inhalte oder Teile der Inhalte, einer Komponente in andere Komponenten einfügen. Realisiert man die Ereignissteuerung durch einen externen `Listener`, wird die Referenzierung recht kompliziert: Wird der Button geklickt, springt das Programm in die `actionPerformed()`-Methode des `Listeners`. Aus dieser Methode muss eine Referenz auf das Frame oder eine Komponente des Frames gemacht werden um Inhalt auszulesen bzw. an anderer Stelle wieder einzutragen. Das Frame besitzt oft eine Referenz auf den `Listener`, aber der `Listener` nicht auf das Frame.

Für genau diesen Einsatz eignen sich sehr schön innere Klassen oder sogar anonyme innere Klassen, die automatischen Zugriff auf die Attribute der umhüllenden Klasse besitzen. An folgendem Beispiel wird der Sachverhalt deutlich:

Beim Klick auf den Button soll aus dem `Textfield` ein `String` ausgelesen und in eine `TextArea` geschrieben werden. Beide befinden sich auf demselben Frame.

Die Schwierigkeit mit einem externen `Listener` ist hierbei konkret, die Referenz aufs `Textfield` und auf die `TextArea` zu bekommen. Die Referenz aufs `Textfield` benötigt man zum Auslesen des Feldes, die Referenz auf die `TextArea` zum Schreiben in das Textfeld.

Abbildung 42: Anwendung, die Inhalte aus dem TextField in die TextArea schreibt

Core
I/O
GUI
Multi-media
Daten-bank
Netz-werk
XML
RegEx
Daten
Threads
Web-Server
Applets
Sonsti-ges

Ein Lösungsansatz wäre dem `Listener` im Konstruktor eine Referenz auf das umhüllende Frame mitzugeben:

```
add.addActionListener(new ButtonListener(this));
```

Dementsprechend muss der externe `Listener` über einen solchen Konstruktor verfügen:

```
public class ButtonListener implements ActionListener {
  private InnerListener frame;
  [...]
  public ButtonListener(InnerListener frame) {
    this.frame = frame;
  }
  [...]
```

Einfacher ist es, über den Weg einer inneren Klasse zu gehen. In unserem Beispiel wird sogar eine anonyme innere Klasse verwendet. Anonyme innere Klassen haben keinen Namen; sie bekommen einen Namen erst zur Kompilierzeit zugewiesen. Als Basis-Datentyp kann jede beliebige Klasse oder auch ein Interface dienen. Verwendet man ein Interface, müssen wie gehabt – sämtliche Interface-Methoden überschrieben werden. Man beginnt mit dem Konstruktor-Aufruf des Basistypen. Hinter diesem Konstruktor-Aufruf beginnt direkt der Klassenrumpf, innerhalb dieses Rumpfes können wie gehabt beliebig Methoden definiert (oder überschrieben werden). In der Klasse `InnerListener.java` sehen wir zwei Beispiele für anonyme innere Klassen: Zum einen dient der `WindowAdapter`, zum anderen der `ActionListener` als Basis:

```
package javacodebook.gui.innerlistener;

import java.awt.event.*;
import java.awt.*;

/**
 * Frame schreibt Inhalte aus dem TextFeld in die TextArea.
 */
public class InnerListener  extends Frame {

  private Button add  = new Button("Hinzufügen");
  TextField field = new TextField(15);
  private Panel north = new Panel();
  TextArea editor = new TextArea(9,20);
  private ScrollPane scrollbar = new ScrollPane();

  /**
   *  Konstruktor von InnerListener
   */
  public InnerListener(String title) {

    super(title);

    // Auch den WindowListener kann man über eine innere Klasse
    // realisieren.
    this.addWindowListener(new WindowAdapter() {
            public void windowClosing(WindowEvent we) {
            System.exit(0);
            }
        });

      this.setLayout(new BorderLayout());

    // Die TextArea wird in den CENTER-Bereich des Frames gelegt.
    this.add(editor);

    // Innere Listener-Klasse wird erstellt
    add.addActionListener(new ActionListener(){
          public void actionPerformed(ActionEvent ae){
```

Listing 80: InnerListener.java

```
            editor.append(field.getText());
          }
        });

    north.add(add);
    north.add(field);

    this.add(north, BorderLayout.NORTH);
  }
}
```

Listing 80: InnerListener.java (Forts.)

Wir sehen, wie die Implementierung der Anforderung »Textfeld auslesen und in `TextArea` schreiben« im Vergleich zum externen `Listener` viel kürzer und somit übersichtlicher programmiert ist. Die `Starter`-Klasse dient nur dazu, den Frame zu erstellen.

```
package javacodebook.gui.innerlistener;

public class Starter {

  public static void main(String[] args) {
    InnerListener sf =  new InnerListener("Eingabe Fenster");
    sf.setSize(300,300);
    sf.setVisible(true);
  }
}
```

Listing 81: Starter.java

Bemerkung: Die Verwendung anonymer innerer Klassen hat sich auch nicht zuletzt dadurch durchgesetzt, dass viele IDEs, wie z.B. der `JBuilder`, das Eventhandling bei automatisch generiertem Code immer über innere Klassen wie oben beschrieben realisieren.

64 Wie baue ich einen Rollbalken?

Mit AWT

Für einen Rollbalken gibt es in AWT eine Komponente mit dem Namen `Scrollbar`. Man kann sie separat erstellen und in eine Applikation einbetten. Viel einfacher, und in den meisten Fällen auch ausreichend, ist es, die `Scrollpane` zu verwenden – ein Container, der automatisch `Scrollbar`s erscheinen lässt, sobald die eingebettete Komponente zu groß ist.

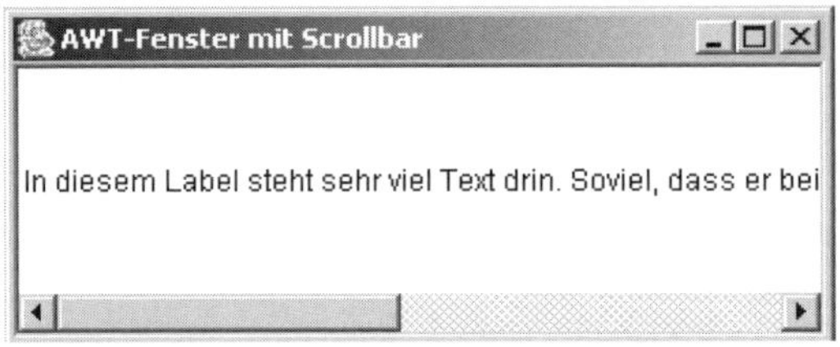

Abbildung 43: AWT-Fenster mit Rollbalken

Das Beispiel zeigt ein sehr großes Label, welches in einer solchen `ScrollPane` liegt, es können aber auch beliebige andere Komponenten in die `ScrollPane` eingebettet werden. Ein sehr gängiges Anwendungsbeispiel ist, dass in die `ScrollPane` eine `TextArea` gelegt wird. Sobald zu viel Text eingegeben wird, erscheinen automatisch die Rollbalken.

```
package javacodebook.gui.scrollbar;

import javax.swing.*;
import java.awt.event.*;
import java.awt.*;

/**
 * Frame mit Label in Scrollpane
 */

public class ScrollbarAwt  extends Frame {

  /**
    * Sehr große Komponente
    */
  private Label bigComponent = new Label("In diesem Label steht "
    + "sehr viel Text drin. So viel, dass er bei kleiner "
    + "Fenstergröße nicht vollständig angezeigt werden kann!");

  /**
   * ScrollPane für die Scrollbars
   */
  private ScrollPane scroller = new ScrollPane();
```

Listing 82: ScrollbarAwt.java

Core
I/O
GUI
Multimedia
Datenbank
Netzwerk
XML
RegEx
Daten
Threads
Web-Server
Applets
Sonstiges

```
  /**
    *  Konstruktor von ScrollbarAwt.
    */
  public ScrollbarAwt(String title) {

    super(title);

    // Die Anwendung wird schließbar gemacht!
    this.addWindowListener(new WindowAdapter() {
      public void windowClosing(WindowEvent we) {
        System.exit(0);
      }
    });

    // Da die Scrollpane selber ein Container ist, können ihm
    // Komponenten direkt über add hinzugefügt werden
    scroller.add(bigComponent);
    add(scroller);
  }
}
```

Listing 82: ScrollbarAwt.java (Forts.)

Mit Swing

In Swing kann der Rollbalken über eine Komponente mit dem Namen `JScrollbar` wie bei AWT auch separat erstellt werden. Viel einfacher ist es, wieder einen Container zu verwenden, der automatisch `Scrollbar`s erscheinen lässt, sobald die eingebettete Komponente größer als der Container ist. Der Container heißt in der Swing-API `JScrollPane`. Das Beispiel zeigt ein sehr großes Label, welches in einer solchen `Scrollpane` liegt, es können aber auch hier beliebige andere Komponenten in die `Scrollpane` eingebettet werden.

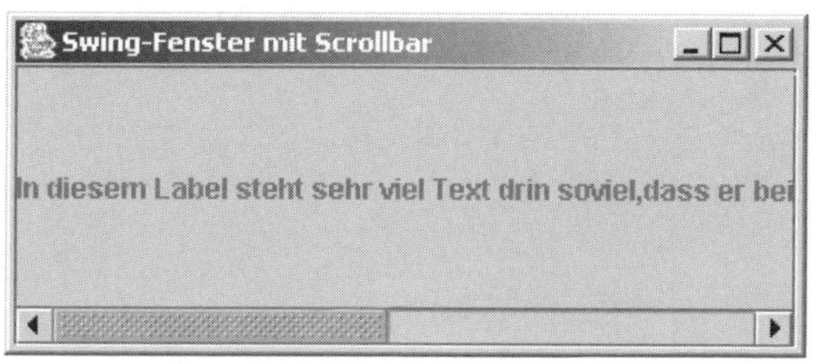

Abbildung 44: Swing-Fenster mit Rollbalken

Das Einbetten der Komponenten geschieht nicht wie bei AWT direkt über die `add()`-Methode. Im Fall der `JScrollPane` muss Ihr `Viewport` bestückt werden. Der `Viewport` stellt nur den zentralen Bereich dar, in dem die Komponente erscheinen soll. Man referenziert ihn über den Aufruf `getViewport()` der `JScrollPane` -Instanz:

```
package javacodebook.gui.scrollbar;

import javax.swing.*;
import java.awt.event.*;
import java.awt.*;

/**
* Frame mit Label in Scrollpane
*/

public class ScrollbarSwing  extends JFrame {

  /**
    * Sehr große Komponente
    */
  private JLabel bigComponent = new JLabel("In diesem Label steht "
    + "sehr viel Text drin. So viel, dass er bei kleiner "
    + "Fenstergröße nicht vollständig angezeigt werden kann!");

  /**
   * Die JScrollPane für Scrollbars
   */
  private JScrollPane scroller  = new JScrollPane();

  private Container content     = null;

  /**
    *  Konstruktor von ScrollbarSwing
    */
  public ScrollbarSwing(String title) {

    super(title);
      setDefaultCloseOperation(JFrame.EXIT_ON_CLOSE);

    content = this.getContentPane();
      content.setLayout(new BorderLayout());

    // Das JLabel wird in die Scrollpane gelegt, geschieht
```

Listing 83: ScrollbarSwing.java

```
    // nicht wie bei AWT direkt über "add", sondern über
    // den Viewport
    scroller.getViewport().add(bigComponent);
    content.add(scroller);
  }
}
```

Listing 83: ScrollbarSwing.java (Forts.)

Die `Starter`-Klasse dient nur dazu, die Frames zu erstellen:

```
package javacodebook.gui.scrollbar;

public class Starter {

  public static void main(String[] args) {

    ScrollbarAwt sb =  new ScrollbarAwt(
                                "AWT-Fenster mit Scrollbar");
    sb.setLocation(100,50);
    sb.setSize(300,300);
    sb.setVisible(true);

    ScrollbarSwing sbs =  new ScrollbarSwing(
                              "Swing-Fenster mit Scrollbar");
    sbs.setLocation(150,100);
    sbs.setSize(300,300);
    sbs.setVisible(true);
  }
}
```

Listing 84: Starter.java

65 Wie kann ich einer ausgewählten Komponente den initialen Fokus geben?

Sowohl in AWT als auch in Swing existiert die Methode `requestFocus()`, mit der jeder beliebigen Komponente der Fokus gegeben werden kann. Der Fokus kann jedoch erst sinnvoll gesetzt werden, wenn alle Komponenten schon sichtbar sind. Der übliche Programmcode wird aber zu einem Zeitpunkt ausgeführt, an dem das Fenster noch nicht erschienen ist.

Der Trick, den man verwenden kann, ist, einen `WindowListener` an das Haupt-Frame anzumelden. Sobald das Frame geöffnet wurde, also mit all seinen Komponenten sichtbar ist, wird der `Listener` informiert. In seiner `windowOpened`-Methode lässt sich nun über `requestFocus()` nachhaltig der Fokus auf eine Komponente setzen:

```
package javacodebook.gui.focus;

import javax.swing.*;
import java.awt.event.*;
import java.awt.*;

/**
 * Frame mit initialem Fokus auf einer Komponente!
 */

public class FocusFrame  extends Frame {
  private TextField field1 = new TextField(15);
  private TextField field2 = new TextField(15);
  private TextField field3 = new TextField(15);

  /**
   * Konstruktor von FocusFrame
   */
  public FocusFrame(String title) {
    super(title);
    this.setLayout(new FlowLayout());

    // Erst in der windowOpened()-Methode wird der Fokus gesetzt.
    addWindowListener(new WindowAdapter() {
          public void windowOpened(WindowEvent e) {
              field2.requestFocus(); // Focus wird gesetzt
          }
          public void windowClosing(WindowEvent e) {
              System.exit(0);
          }
      });

    // Platzieren der Komponenten
    this.add(field1);
    this.add(field2);
    this.add(field3);
  }
}
```

Listing 85: FocusFrame.java

Die Starter-Klasse dient nur dazu, das Frame zu erstellen.

```
package javacodebook.gui.focus;

public class Starter {

    public static void main(String[] args) {
        FocusFrame ks =  new FocusFrame("Initialer Focus");
        ks.pack();
        ks.setVisible(true);
    }
}
```

Listing 86: Starter.java

66 Wie kann ich die Fokus-Reihenfolge ändern?

Wenn man in einer Anwendung einen Eingabedialog oder Ähnliches hat, ist es sehr üblich, dass man durch die [⭾]-Taste automatisch immer ins nächste Feld springt. Nun ist es durchaus wichtig dass die [⭾]-Taste nicht wie zufällig immer in irgendein Feld springt, sondern dass die Reihenfolge wohl definiert ist.

In Swing bis JDK1.3

In Swing konnte man im Gegensatz zu AWT schon immer diese Fokusreihenfolge festlegen, hierzu dient(e) die Methode setNextFocusableComponent(). Sie ist in der Klasse JComponent definiert. Jeder Komponente wird bekannt gegeben, welche Komponente als Nächstes den Fokus bekommen soll. Seit dem JDK1.4 ist die Methode setNextFocusableComponent() »deprecated«, soll also nicht mehr benutzt werden. Grund hierfür ist die Gefahr, dass durch Kurzschlüsse in den Fokus-Zyklen gewisse Komponenten nicht mehr über die [Tab]-Taste erreichbar sind. Die Gefahr bei dem hier geschilderten Weg ist sehr groß, da an jeder beliebigen Stelle der nächste Nachbar definiert werden kann. Seit dem JDK1.4 soll daher die Festlegung der Reihenfolge in einer extra Klasse definiert werden (siehe unten). Der neue Weg kann auch in AWT verwendet werden.

Unser Beispiel zeigt eine kleine Applikation, bei der man über die [⭾]-Taste zwischen den Buttons und dem TextField hin- und herspringen kann. Die TextArea befindet sich nicht in dem Fokuszirkel, kann also nur über die Maus ausgewählt werden:

```
package javacodebook.gui.focustraversal;

import javax.swing.*;
import java.awt.event.*;
import java.awt.*;

/**
 * Fokus-Reihenfolge innerhalb des Frames wird festgelegt.
 */

public class FocusTraversalJFrame  extends JFrame {

  private JButton addButton     = new JButton("Hinzufügen");
  private JButton deleteButton  = new JButton("Löschen");
  private JTextField field      = new JTextField(15);
  private JPanel north       = new JPanel();
  private JTextArea editor     = new JTextArea(9,20);
  private Container content     = null;

  /**
   *  Konstruktor von FocusTraversalJFrame
   */
  public FocusTraversalJFrame(String title) {
    super(title);

    content = this.getContentPane();

    // initialen Fokus aufs TextFeld setzen
    addWindowListener(new WindowAdapter() {
          public void windowOpened(WindowEvent e) {
              field.requestFocus(); // Focus wird gesetzt
          }
          public void windowClosing(WindowEvent e) {
              System.exit(0);
          }
      });

    // Anmelden eines ActionListeners an den addButton
    addButton.addActionListener(new ActionListener(){
          public void actionPerformed(ActionEvent ae){
            editor.append(field.getText());
          }
        });
```

Listing 87: FocusTraversalJFrame.java

```
    // Anmelden eines ActionListeners an den deleteButton
    deleteButton.addActionListener(new ActionListener(){
          public void actionPerformed(ActionEvent ae){
            editor.setText("");
          }
        });

    // Der direkte Nachfolger wird bestimmt.
    addButton.setNextFocusableComponent(deleteButton);
    deleteButton.setNextFocusableComponent(field);
    // Der Kreis muss geschlossen werden!
    field.setNextFocusableComponent(addButton);

    /*
    // Umgekehrte Reihenfolge sähe wie folgt aus:
    addButton.setNextFocusableComponent(field);
    field.setNextFocusableComponent(deleteButton);
    deleteButton.setNextFocusableComponent(addButton);
    */

    // Platzieren der Komponenten
    north.add(addButton);
    north.add(deleteButton);
    north.add(field);

    content.add(north, BorderLayout.NORTH);
    content.add(editor);
  }
}
```

Listing 87: FocusTraversalJFrame.java (Forts.)

Mit JDK1.4 für Swing und AWT

Seit der JDK1.4.-Version existiert ein anderer Weg für die Definition der Fokusreihenfolge. Er ist für AWT und Swing verwendbar. Vorteil der neuen Vorgehensweise ist, dass man die Information der Reihenfolge zentral verwaltet, so also eine höhere Übersichtlichkeit und geringere Fehleranfälligkeit besteht.

Es muss eine Unterklasse von `ContainerOrderFocusTraversalPolicy` gebildet werden, dort kann die Reihenfolge durch das Überschreiben der Methoden `getFirstComponent()`, `getComponentAfter()`, `getComponentBefore()` eindeutig bestimmt werden. Anschließend muss eine Instanz dieser Klasse über `setFocusTraversalPolicy()` an das Haupt-Frame angemeldet werden.

In unserem Beispiel ist die Unterklasse von `ContainerOrderFocusTraversalPolicy` etwas generischer ausgelegt. Sie bekommt entweder im Konstruktor oder über `setOrder()` einen Array von `Components` übergeben. In diesem Array sollten sich sämtliche Komponenten befinden, die fokussierbar sind. Die Reihenfolge, in der die Komponenten dort abgelegt sind, entspricht später genau der Reihenfolge, in der die Komponenten den Fokus bekommen.

```
package javacodebook.gui.focustraversal;

import java.awt.*;
import java.util.*;

/**
 * Fokus-Reihenfolge wird in folgender Klasse festgelegt.
 */
public class FocusTraversalDefinition  extends ContainerOrderFocusTraversalPolicy
{
  /**
  * Array, der alle fokussierbaren Komponenten in der vorgesehenen
  * Reihenfolge beinhaltet
  */
  private Component[] componentsInOrder = null;

  /**
  * Positionsnummer der fokussierten Komponenten
  */
  private int position = 0;

  /**
  * Komponenten in vorgesehener Reihenfolge werden übergeben.
  */
  public FocusTraversalDefinition(Component[] componentsInOrder)
  {
    this.setOrder(componentsInOrder);
  }

  /**
  * Reihenfolge wird gesetzt.
  */
  public void setOrder(Component[] componentsInOrder)
  {
    this.componentsInOrder = componentsInOrder;
  }
```

Listing 88: FocusTraversalDefinition.java

Core
I/O
GUI
Multimedia
Datenbank
Netzwerk
XML
RegEx
Daten
Threads
Web-Server
Applets
Sonstiges

```
  /**
  * Nächste Komponente gemäß der Fokus-Reihenfolge wird geliefert.
  */
  public Component getComponentAfter(Container focusCycleRoot,
                                     Component aComponent) {
    if ((position+1)==componentsInOrder.length) {
          position=0;
        }
    else {
      position++;
    }
    return componentsInOrder[position];
  }

  /**
  * Vorherige Komponente gemäß der Fokus-Reihenfolge wird geliefert.
  */
  public Component getComponentBefore(Container focusCycleRoot,
                                      Component aComponent) {
        if (position==0) {
          position=(componentsInOrder.length)-1;
        }
    else {
      position--;
    }
    return componentsInOrder[position];
  }

  /**
  * Erste Komponente, die im Fokus stehen soll, wird geliefert.
  */
  public Component getFirstComponent(Container focusCycleRoot) {
        return componentsInOrder[0];
  }
}
```

Listing 88: FocusTraversalDefinition.java (Forts.)

Um die Funktionsweise zu veranschaulichen, kann über einen Button die Reihenfolge immer wieder umgekehrt werden. Intern wird hier zuerst der Array neu zusammengebaut und über die Methode `setOrder()` an unserer Policy angemeldet.

```
package javacodebook.gui.focustraversal;

import javax.swing.*;
import java.awt.event.*;
import java.awt.*;

/**
 * Frame mit drei Textfeldern und einem Button mit veränderbarer
 * Fokus-Reihenfolge
 */
public class FocusTraversalFrame  extends Frame {

  private TextField field1 = new TextField(15);
  private TextField field2 = new TextField(15);
  private TextField field3 = new TextField(15);
  private Button changeOrder = new Button("Richtung ändern");

  // wird in unserem Beispiel benötigt, um die Fokus-Reihenfolge zu definieren
  private Component[] order = new Component[4];
  // Status der Focusreihenfolge
  private boolean reverse = false;

  // kapselt Information über die Reihenfolge
  private FocusTraversalDefinition ftd = null;

  /**
   * Konstruktor von FocusTraversalFrame
   */
  public FocusTraversalFrame(String title) {
    super(title);
    this.setLayout(new FlowLayout());

    // Applikation wird schließbar gemacht.
    this.addWindowListener(new WindowAdapter() {
        public void windowClosing(WindowEvent we) {
        System.exit(0);
        }
    });

    // Platzieren der Komponenten
    this.add(field1);
    this.add(field2);
    this.add(field3);
    this.add(changeOrder);
```

Listing 89: FocusTraversalFrame.java

```
    // Der Komponenten-Array wird in entgegengesetzter
    // Reihenfolge bestückt und der FocusTraversalPolicy
    // übergeben.
    changeOrder.addActionListener(new ActionListener(){
          public void actionPerformed(ActionEvent ae){
            if(!reverse) {
              order[0] = changeOrder;
              order[1] = field3;
              order[2] = field2;
              order[3] = field1;
              ftd.setOrder(order);
              reverse=true;
            }
            else {
              ftd.setOrder(getInitialOrder());
              reverse=false;
            }

          }
        });


    // FocusTraversalPolicy wird mit anfänglicher
    // Reihenfolge erstellt und an den Frame angemeldet.
    ftd = new FocusTraversalDefinition(getInitialOrder());
    this.setFocusTraversalPolicy(ftd);
  }

  /**
   * liefert den Komponenten-Array in anfänglicher
   * Fokus-Reihenfolge
   */
  private Component[] getInitialOrder() {
    order[0] = field1;
    order[1] = field2;
    order[2] = field3;
    order[3] = changeOrder;
    return order;
  }

}
```

Listing 89: FocusTraversalFrame.java (Forts.)

Die `Starter`-Klasse dient nur dazu, die Frames zu erstellen:

```
package javacodebook.gui.focustraversal;

public class Starter {

  public static void main(String[] args) {

    FocusTraversalJFrame ff =  new FocusTraversalJFrame(
       "Fokus-Reihenfolge mit Swing bis JDK1.3");
    ff.pack();
    ff.setVisible(true);

    FocusTraversalFrame ffNew =  new FocusTraversalFrame(
        "Fokus-Reihenfolge ab JDK1.4");
    ffNew.pack();
    ffNew.setVisible(true);
  }
}
```

Listing 90: Starter.java

Bemerkung: Wenn Sie die Fokus-Reihenfolge in Ihrer Applikation ändern wollen, können Sie einfach die `FocusTraversalDefinition`-Klasse aus diesem Beispiel in Ihren Klassenpfad aufnehmen, eine Instanz bilden und ihr einen Array mit den Komponenten in richtiger Reihenfolge übergeben. Melden Sie nur noch diese Instanz über `setFocusTraversalPolicy()` an Ihrem Container an und die Fokusreihenfolge sollte der vom Array entsprechen.

67 Wie kann ich Tastaturkommandos abfangen?

Das Aufrufen gewisser Aktionen über Tastenkombinationen ist für jede Applikation ein wichtiger Bestandteil. Man beherrscht die Applikationen nach einiger Zeit deutlich schneller, als wenn man sie mit der Maus bedient. Die Betriebssysteme leiten die Tastenklicks an die Komponenten weiter, die sich zu dem Zeitpunkt im Fokus befinden. Daher ist es nicht verwunderlich, dass die Aktionen, die ausgeführt werden sollen, an den Komponenten angemeldet werden müssen. Das Prinzip ist bei beiden Technologien, AWT und Swing, identisch. Swing gestaltet die Verwaltung der Aktionen allerdings etwas übersichtlicher.

Mit AWT

Das Vorgehen bei AWT ist sehr verwandt zum Registrieren eines `ActionListeners` an einem Button. Verwendet wird nun allerdings der `KeyListener`. Zum Anmelden nutzt man die Methode `addKeyListener()`, übergeben wird ein `KeyListener-Objekt`. Der `KeyListener` besitzt drei Methoden: `keyPressed()`, `keyReleased()` und `keyTyped()`.

`keyPressed()` und `keyReleased()` werden aufgerufen bei den »lower-level Events« `KEY_PRESSED` und `KEY_RELEASED`. Sie ereignen sich, sobald eine Taste gedrückt oder losgelassen wird. `keyTyped()` wird aufgerufen, wenn ein Zeichen eingegeben wurde. Ein Zeichen besteht oft auch nur aus einem einfachen Tastenklick (z.B. [b]), kann aber auch aus mehreren zusammengesetzt werden (z.B. [⇧] + [B]). Innerhalb aller Methoden hat man Zugriff auf das `KeyEvent`, welches einem Informationen über die geklickten Tasten geben kann. Über `if-else`-Verzweigungen kann unterschieden und die gewünschte Aktion dann ausprogrammiert werden.

In unserem Beispiel erben wir von `KeyAdapter`, einer Klasse, die bereits das `KeyListener`-Interface implementiert hat, und überschreiben nur die `keyPressed()` Methode.

```
package javacodebook.chapter5.keystroke;

import javax.swing.*;
import java.awt.event.*;
import java.awt.*;

/**
 * Buttons im Frame sind über Tastatur ansprechbar.
 */

public class KeyStrokes  extends Frame {

  private Button addButton = new Button("Hinzufügen");
  private Button deleteButton = new Button("Löschen");
  private TextField field = new TextField(15);
  private Panel north = new Panel();
  private TextArea editor = new TextArea(9,20);

  /**
   * Konstruktor von KeyStrokes
   */
  public KeyStrokes(String title) {

    super(title);
```

Listing 91: KeyStrokes.java

```
// Windowlistener wird angemeldet.
addWindowListener(new WindowAdapter() {
        public void windowOpened(WindowEvent e) {
            // Initialer Fokus wird gesetzt.
            field.requestFocus();
        }
    // Programm wird schließbar gemacht.
        public void windowClosing(WindowEvent e) {
            System.exit(0);
        }
    });

// Anmelden eines ActionListeners an den addButton
addButton.addActionListener(new ActionListener(){
      public void actionPerformed(ActionEvent ae){
        copyText();
      }
    });

// Anmelden eines ActionListeners an den deleteButton
deleteButton.addActionListener(new ActionListener(){
      public void actionPerformed(ActionEvent ae){
        deleteText();
      }
    });

// Alle möglichen Tastaturereignisse werden abgefangen.
addButton.addKeyListener(new KeyAdapter(){
      public void keyPressed(KeyEvent e) {
        int code = e.getKeyCode();

        if(code==KeyEvent.VK_ENTER) {
          copyText();
        }
        else if ((code==KeyEvent.VK_A)&&(e.getModifiers()==2)) {
          copyText();
        }
        else if ((code==KeyEvent.VK_D)&&(e.getModifiers()==2))  {
          deleteText();
        }
      }

    });
```

Listing 91: KeyStrokes.java (Forts.)

```
// Alle möglichen Tastaturereignisse werden abgefangen.
deleteButton.addKeyListener(new KeyAdapter(){
      public void keyPressed(KeyEvent e) {
        int code = e.getKeyCode();
        if( code==KeyEvent.VK_ENTER){
          deleteText();
        }
        else if ((code==KeyEvent.VK_A)&& (e.getModifiers()==2))
        {
          copyText();
        }
        else if ((code==KeyEvent.VK_D)&& (e.getModifiers()==2))
        {
          deleteText();
        }
      }

    });

// Da auch das TextFeld im Fokus sein kann, müssen
// die Tastaturereignisse für Hinzufügen und
// Löschen, also CTRL+A bzw. CTRL+B auch hier
// abgefangen werden.
field.addKeyListener(new KeyAdapter(){
      public void keyPressed(KeyEvent e) {

        int code = e.getKeyCode();

        if ((code==KeyEvent.VK_A)&& (e.getModifiers()==2))
        {
          copyText();
        }
        else if ((code==KeyEvent.VK_D)&& (e.getModifiers()==2))
        {
          deleteText();
        }

      }

    });


// Editor soll nicht fokussierbar sein.
editor.setFocusable(false);
```

Listing 91: KeyStrokes.java (Forts.)

Core
I/O
GUI
Multi-media
Daten-bank
Netz-werk
XML
RegEx
Daten
Threads
Web-Server
Applets
Sonsti-ges

```
    // Platzieren der Komponenten
    north.add(addButton);
    north.add(deleteButton);
    north.add(field);

    add(north, BorderLayout.NORTH);
    add(editor);
  }

  /**
   * kopiert Text vom Textfeld in die TextArea
   */
  private void copyText() {
    editor.append(field.getText());
  }

  /**
   * löscht die TextArea
   */
  private void deleteText() {
    editor.setText("");
  }
}
```

Listing 91: KeyStrokes.java (Forts.)

Unsere Anwendung sieht wie folgt aus:

Abbildung 45: Diese Anwendung kann auch über die Tastatur bedient werden

Der HINZUFÜGEN-Button fügt Inhalte aus dem `TextField` in die `TextArea` ein, der LÖSCHEN-Button löscht die `TextArea` wieder. Durch die Ergänzung können nun auch über [CTRL] + [A] Inhalte aus dem Textfeld in die `Area` eingefügt und über [CTRL] +

[D] Inhalte der `TextArea` gelöscht werden. Falls ein Button im Fokus ist, wird bei [Enter] seine Action ausgeführt.

Die einzelnen Buttons können über [CTRL] + [A], [F2] und [⇧] + [F2] für »Hinzufügen« und über [CTRL] + [D], [F3] und [⇧] + [F3] für »Löschen« aufgerufen werden. Ist einer der Buttons im Fokus, funktioniert das Auslösen auch über [ENTER].

Mit Swing

Swing hat gegenüber AWT das Konzept etwas übersichtlicher gemacht. Man muss nicht mehr für jede mögliche Tastenkombination, die zum selben Ergebnis führen soll bei jeder Komponente denselben Code programmieren. Man definiert sich hier eigene Aktionen, die über einen Schlüssel bei den Komponenten angemeldet werden können:

```
getActionMap().put("add", new AddAction());
```

Die Aktionen wie im obigen Beispiel die `AddAction` sind Unterklassen der Klasse `AbstractAction`. Sie überschreiben die `actionPerformed()`-Methode und implementieren in ihr den Code, der bei diesen Aktionen ausgeführt werden soll.

Getrennt vom Quelltext der Aktion wird der Aktions-Schlüssel mit der Tastenkombination zusammengeführt, bei der die Aktion aufgerufen werden soll:

```
field.getInputMap().put(controlA,"add");
```

Die Tastenkombination, im obigen Fall `controlA`, wird über ein `KeyStroke`-Objekt gekapselt:

```
KeyStroke controlA = KeyStroke.getKeyStroke(KeyEvent.VK_A,2,false);
```

Dieses bekommt man über die `getKeyStroke()`-Methode. Der erste Parameter der `getKeyStroke()`-Methode entspricht der Taste. Konstanten der Klasse `KeyEvent` können verwendet werden. Der zweite beinhaltet einen Zusatz, der die Werte 0, 1 oder 2 annehmen kann. 0 entspricht einem normalen Tastenklick, 1 mit [⇧] und 2 mit [CTRL]-Taste. Der letzte Parameter bestimmt, ob das Ereignis erst beim Loslassen der Taste oder schon beim Drücken ausgelöst werden soll. `false` löst es bereits beim Drücken aus.

Das Programm gleicht dem AWT-Beispiel, es sind jedoch noch weitere Tastenkombinationen hinzugekommen, die zu den beiden Aktionen ADD und DELETE führen können: [F2], [⇧]+[F2], [Strg]+[A] für ADD und [F3], [⇧]+[F3], [Strg]+[D] für DELETE.

```
package javacodebook.gui.keystroke;

import javax.swing.*;
import java.awt.event.*;
import java.awt.*;

/**
 * Buttons im Frame sind über Tastatur ansprechbar.
 */

public class KeyStrokesSwing  extends JFrame {

  // Tastenkombinationen werden definiert.
  public static final KeyStroke enter =
    KeyStroke.getKeyStroke(KeyEvent.VK_ENTER,0,false);
  public static final KeyStroke f2 =
    KeyStroke.getKeyStroke(KeyEvent.VK_F2,0,false);
  public static final KeyStroke shiftF2 =
    KeyStroke.getKeyStroke(KeyEvent.VK_F2,1,false);
  public static final KeyStroke controlA =
    KeyStroke.getKeyStroke(KeyEvent.VK_A,2,false);

  public static final KeyStroke f3 =
    KeyStroke.getKeyStroke(KeyEvent.VK_F3,0,false);
  public static final KeyStroke shiftF3 =
    KeyStroke.getKeyStroke(KeyEvent.VK_F3,1,false);
  public static final KeyStroke controlD =
    KeyStroke.getKeyStroke(KeyEvent.VK_D,2,false);

  private JButton addButton    = new JButton("Hinzufügen");
  private JButton deleteButton  = new JButton("Löschen");
  private JTextField field     = new JTextField(15);
  private JPanel north      = new JPanel();
  private JTextArea editor     = new JTextArea(9,20);

  private Container content    = null;

  /**
```

Listing 92: KeyStrokesSwing.java

```
 *  Konstruktor von KeyStrokes
 */
public KeyStrokesSwing(String title) {

  super(title);

  content = this.getContentPane();
  // Fokus aufs Textfeld setzen und Beenden-Funktionalität
  // implementieren.
  addWindowListener(new WindowAdapter() {
          public void windowOpened(WindowEvent e) {
              field.requestFocus(); // Focus wird gesetzt
          }
          public void windowClosing(WindowEvent e) {
              System.exit(0);
          }
      });


  // Anmelden eines ActionListeners an den addButton,
  // die AbstractAction erfüllt auch das ActionListener Interface.
  addButton.addActionListener(new AddAction());

  // Anmelden eines ActionListeners an den deleteButton
  deleteButton.addActionListener(new DeleteAction());

   // KeyStrokes werden mit zugehörigem Action-Schlüssel an den
   // addButton angemeldet.
  addButton.getInputMap().put(f2,"add");
  addButton.getInputMap().put(shiftF2,"add");
  addButton.getInputMap().put(controlA,"add");
  addButton.getInputMap().put(f3,"delete");
  addButton.getInputMap().put(shiftF3,"delete");
  addButton.getInputMap().put(controlD,"delete");
  addButton.getInputMap().put(enter,"add");

  // Beide möglichen Aktionen, die ausgeführt werden sollen,
  // wenn die Komponente im Fokus ist, müssen über den
  // entsprechenden Schlüssel an seiner ActionMap angemeldet
  // werden.
  addButton.getActionMap().put("add", new AddAction());
  addButton.getActionMap().put("delete", new DeleteAction());

  // KeyStrokes und Actions werden an den deleteButton angemeldet.
  deleteButton.getInputMap().put(f2,"add");
```

Listing 92: KeyStrokesSwing.java (Forts.)

```
    deleteButton.getInputMap().put(shiftF2,"add");
    deleteButton.getInputMap().put(controlA,"add");
    deleteButton.getInputMap().put(f3,"delete");
    deleteButton.getInputMap().put(shiftF3,"delete");
    deleteButton.getInputMap().put(controlD,"delete");
    deleteButton.getInputMap().put(enter,"delete");

    deleteButton.getActionMap().put("add", new AddAction());
    deleteButton.getActionMap().put("delete", new DeleteAction());

    // KeyStrokes und Actions werden am Textfeld angemeldet.
    field.getInputMap().put(f2,"add");
    field.getInputMap().put(shiftF2,"add");
    field.getInputMap().put(controlA,"add");
    field.getInputMap().put(f3,"delete");
    field.getInputMap().put(shiftF3,"delete");
    field.getInputMap().put(controlD,"delete");

    field.getActionMap().put("add", new AddAction());
    field.getActionMap().put("delete", new DeleteAction());

    // Editor soll nicht fokussierbar sein.
    editor.setFocusable(false);

    // Platzieren der Komponenten
    north.add(addButton);
    north.add(deleteButton);
    north.add(field);

    content.add(north, BorderLayout.NORTH);
    content.add(editor);
  }

  private class AddAction extends AbstractAction {
     public void actionPerformed(ActionEvent evt) {
                editor.append(field.getText());
           }
  }
  private class DeleteAction extends AbstractAction {
     public void actionPerformed(ActionEvent evt) {
                editor.setText("");
           }
  }
}
```

Listing 92: KeyStrokesSwing.java (Forts.)

Die `Starter`-Klasse dient nur dazu, die beiden Frames zu erstellen.

```
package javacodebook.gui.keystroke;

public class Starter {

  public static void main(String[] args) {

    KeyStrokes ks =  new KeyStrokes(
      "Aktionen über Tastenkombinationen mit AWT");
    ks.pack();
    ks.setVisible(true);

    KeyStrokesSwing kss =  new KeyStrokesSwing(
      "Aktionen über Tastenkombinationen mit Swing");
    kss.pack();
    kss.setVisible(true);
  }
}
```

Listing 93: Starter.java

68 Wie baue ich Dialoge in meine Applikation ein?

Mit AWT

Dialoge in AWT lassen sich durch eine Klasse `Dialog` realisieren, die wie `Frame` auch Unterklasse von `Window` ist. Der Dialog muss genau wie das Frame über `setVisible(true)` explizit sichtbar gemacht werden. Und auch das Bestücken des Dialogs verhält sich analog zum `Frame`. Eine wichtige Erweiterung ist, dass der `Dialog` immer ein Frame als *Owner* besitzt. Er liegt immer automatisch im Vordergrund des `Frames`. Durch einen booleschen Parameter im Konstruktor kann der Dialog auch modal gebildet werden. Der *Owner* ist dann nicht nur immer im Hintergrund, sondern ist auch geblockt, bis der Dialog verschwunden ist.

In diesem Beispiel erscheint der Dialog, sobald versucht wird, das Frame zu schließen. Da der Dialog modal ist, ist der Frame gesperrt, solange der Dialog erscheint.

```
package javacodebook.gui.dialog;
import java.awt.*;
import java.awt.event.*;
```

Listing 94: DialogFrame.java

Core
I/O
GUI
Multi-media
Daten-bank
Netz-werk
XML
RegEx
Daten
Threads
Web-Server
Applets
Sonsti-ges

```
/**
 * Frame mit Dialog
 */
public class DialogFrame  extends Frame {

    private Dialog dialog  = null;
    private Label dLabel = new Label(
      "Wollen Sie wirklich die Anwendung beenden?");
    private Button yesButton = new Button("Ja");
    private Button noButton = new Button("Nein");
    private Button cancelButton = new Button("Abbrechen");

    /**
     * Konstruktor von DialogFrame
     */
    public DialogFrame(String title) {
    super(title);

    //Dialog wird gebaut
    this.buildDialog();

    // Frame wird schließbar gemacht.
    this.addWindowListener(new WindowAdapter() {
      public void windowClosing(WindowEvent we) {
        dialog.setVisible(true);
      }
    });
  }

  /**
   * Dialog wird erstellt und sämtliche ActionListener werden
   * an den Buttons registriert.
   */
  private void buildDialog() {
    dialog = new Dialog(this, "Dialog", false);
    dialog.setLayout(new FlowLayout());
    dialog.add(dLabel);
    dialog.add(yesButton);
    dialog.add(noButton);
    dialog.add(cancelButton);
    dialog.setSize(280,100);

    // Wird "Yes" geklickt, wird das Programm beendet.
```

Listing 94: DialogFrame.java (Forts.)

```
    yesButton.addActionListener(new ActionListener() {
      public void actionPerformed(ActionEvent ae) {
        System.exit(0);
      }
    });

    // Wird "No" geklickt, verschwindet der Dialog und der Frame ist
    // wieder fokussierbar.
    noButton.addActionListener(new ActionListener() {
      public void actionPerformed(ActionEvent ae) {
        dialog.dispose();
      }
    });

    // Wird "Abbrechen" geklickt, verschwindet der Dialog und der
    // Frame ist wieder fokussierbar.
    cancelButton.addActionListener(new ActionListener() {
      public void actionPerformed(ActionEvent ae) {
        dialog.dispose();
      }
    });
  }
}
```

Listing 94: DialogFrame.java (Forts.)

Als weiteren Unterschied besitzen Dialoge keinen ICONIFY- und VERKLEINERN- bzw. MAXIMIEREN-Button wie `Frame`.

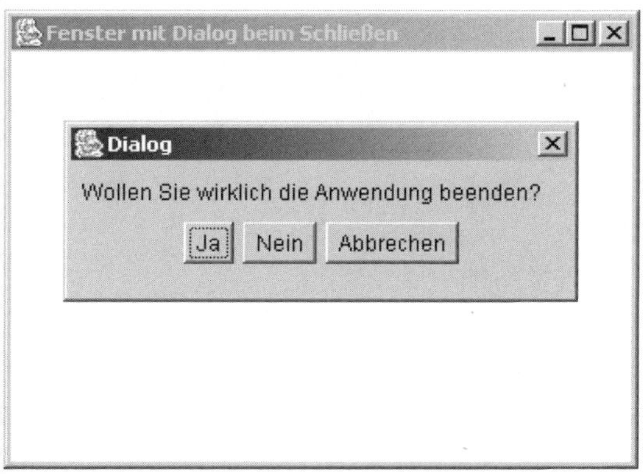

Abbildung 46: Dialog erscheint beim Versuch den Frame zu schließen

Mit Swing

Swing liefert einen sehr eleganten Weg, wie man schnell und einfach die meisten Dialoge erstellen kann. Hierzu benötigt man die `JOptionPane`-Klasse, die einige statische Methoden besitzt, die dem Programmierer die gesamte Arbeit abnehmen:

- `showConfirmDialog()` – erstellt einen Dialog mit angegebenem Text und drei Buttons YES, NO und CANCEL
- `showInputDialog()` – erstellt einen Dialog mit angegebenem Text, einem Eingabe-Fenster, einem YES- und einem CANCEL-Button
- `showInternalConfirmDialog()` – erstellt einen internen `ConfirmDialog`
- `showInternalInputDialog()` – erstellt einen internen `InputDialog`
- `showMessageDialog()` – erstellt einen Dialog mit angegebenem Text und einem OK-Button
- `showOptionDialog()` – erstellt einen konfigurierbaren Dialog

Die angegebenen Methoden außer `showMessageDialog()` haben alle Rückgabeparameter. Anhand dieser Rückgabeparameter kann festgestellt werden, welche Eingabe der Benutzer gemacht hat.

Das Beispiel zeigt einen Frame, beim Schließen des Frames wird ein `ConfirmDialog` geöffnet. Nur wenn der Benutzer YES wählt, wird die Anwendung auch geschlossen.

```
package javacodebook.gui.dialog;
import javax.swing.*;
import java.awt.event.*;
import java.awt.*;

/**
 * Frame mit Dialog
 */
public class DialogJFrame  extends JFrame {
    private String message = "Wollen Sie die Anwendung beenden?";
    private Container content = null;

    /**
     *  Konstruktor von DialogJFrame
     */
    public DialogJFrame(String title) {
```

Listing 95: DialogJFrame.java

```
    super(title);
    content = this.getContentPane();
    content.setLayout(new FlowLayout());

    // DefaultCloseOperation muss geändert werden
    this.setDefaultCloseOperation(JDialog.DO_NOTHING_ON_CLOSE);

    this.addWindowListener(new WindowAdapter() {
      public void windowClosing(WindowEvent we) {
        // Dialog wird geöffnet
        int answer = JOptionPane.showConfirmDialog(
                                      DialogJFrame.this, message);

        if (answer == JOptionPane.YES_OPTION) {
            System.exit(0);
        }
        else if ((answer == JOptionPane.NO_OPTION) ||
                  (answer == JOptionPane.CANCEL_OPTION )) {
          // Dialog schließt sich automatisch und den Fokus bekommt
          // wieder der Frame.
        }
      }
    });
  }
}
```

Listing 95: DialogJFrame.java (Forts.)

Der Dialog in Swing befindet sich im Gegensatz zu dem bei AWT automatisch über dem Owner:

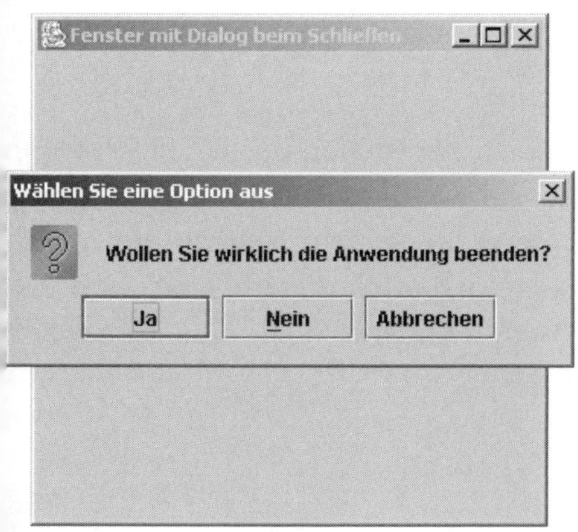

Abbildung 47: Swing Dialog

Reichen die Möglichkeiten, die die `JOptionPane`-Klasse liefern (insbesondere der `showOptionDialog()`-Methode) nicht aus, kann immer noch wie bei AWT üblich über eine selbst geschriebene `JDialog`-Komponente agiert werden.

Die `Starter`-Klasse dient nur dazu, die Frames zu erstellen.

```
package javacodebook.gui.dialog;

public class Starter {

  public static void main(String[] args) {

    DialogFrame df =  new DialogFrame(
                              "Fenster mit Dialog beim Schließen");
    df.setSize(300,300);
    df.setLocation(50,50);
    df.setVisible(true);

    DialogJFrame djf =  new DialogJFrame(
                              "Fenster mit Dialog beim Schließen");
    djf.setSize(300,300);
    djf.setLocation(100,100);
    djf.setVisible(true);
  }
}
```

Listing 96: Starter.java

69 Wie erstelle ich Kontrollkästchen und Optionsfelder?

Mit AWT

Unter AWT gibt es für das Optionsfeld und das Kontrollkästchen nur eine Klasse. Ein Kontrollkästchen wird automatisch zum Optionsfeld, wenn es in einer `Checkboxgroup` eingebunden ist. Die äußere Form ändert sich dann von einem Viereck mit möglichem Häkchen zu einem Kreis, der wahlweise gefüllt oder ungefüllt ist. Von den Optionsfeldern, die zu derselben Gruppe gehören, kann nur noch eins ausgewählt werden. Im Beispiel sind zwei Kontrollkästchen: MILK und SUGAR und ein Optionsfeld-Paar MALE und FEMALE zu sehen.

Abbildung 48: Optionsfelder und Kontrollkästchen

Den Status der Kontrollkästchen erfragt man über `getStatus()`; im Falle der Optionsfelder kann auch die Gruppe nach der selektierten Komponente befragt werden. Beim Klick auf die PRINT-Schaltfläche wird der Status aller Kontrollkästchen auf der Konsole ausgegeben:

```
package javacodebook.gui.radioawt;

import java.awt.*;
import java.awt.event.*;
import java.beans.PropertyChangeListener;

import javax.swing.*;

/**
 * Frame mit RadioButtons und Checkboxes
 */
public class RadioFrame  extends Frame {

    // Diese Checkboxes bleiben tatsächlich Checkboxes.
    private Checkbox milk = null;
    private Checkbox sugar = null;

    // Diese Checkboxes werden später zu RadioButtons.
    private CheckboxGroup group = new CheckboxGroup();
    private Checkbox male = null;
    private Checkbox female = null;
    private Button print = new Button("Print");

    /**
     * Konstruktor von RadioFrame
     */
    public RadioFrame(String title) {
    super(title);
    setLayout(new FlowLayout());

    // Programm wird schließbar gemacht.
    this.addWindowListener(new WindowAdapter() {
      public void windowClosing(WindowEvent we) {
```

Listing 97: RadioFrame.java

```
        System.exit(0);
      }
    });

    buildCheckbox();
    buildRadiobuttons();
    add(print);
    print.addActionListener(new ActionListener(){
          public void actionPerformed(ActionEvent ae){
            System.out.println("Auswahl: ");

            // Man kann den selektierten RadioButton
            // über die CheckboxGroup bestimmen.
            System.out.println("\t"
                + group.getSelectedCheckbox().getLabel());
            // Bei Checkboxes fragt man den Status direkt ab.
            if(milk.getState())
              System.out.println("\tMilch");

            if(sugar.getState())
              System.out.println("\tZucker");

            }

          });
    }

    /**
     * Zwei Checkboxen werden gebaut und auf den Frame gelegt.
     */
    private void buildCheckbox() {
    // Bei der einfachen Checkbox verhält sich alles sehr einfach!
    milk = new Checkbox("Milch");
    sugar = new Checkbox("Zucker");
    add(milk);
    add(sugar);
    }

    /**
     * Zwei RadioButtons werden gebaut und auf den Frame gelegt.
     */
    private void buildRadiobuttons() {
    // Eine Checkbox wird automatisch zum RadioButton, wenn eine
    // Checkboxgroup im Konstruktor mit übergeben wird.
    // Über den dritten Parameter wird die Vorbelegung festgelegt.
```

Listing 97: RadioFrame.java (Forts.)

```
        male = new Checkbox("männlich", group, true);
        female = new Checkbox("weiblich", group, false);
        add(male);
        add(female);
        }
}
```

Listing 97: RadioFrame.java (Forts.)

Mit Swing

Unter AWT Swing gibt es für die Optionsfelder und Kontrollkästchen jeweils eine eigene Klasse. Kontrollkästchen für Mehrfachauswahl werden über die Klasse `JCheckBox gebildet, Optionsfelder für` Alternativauswahl über die Klasse `JRadioButton`. Die Eigenschaft, dass nur ein Feld pro Gruppe angeklickt werden kann (typische Eigenschaft von Optionsfeldern), gilt nicht mehr nur für RadioButtons, wie im Fall von AWT. Die Funktionalität ist in einer separaten Klasse `ButtonGroup` ausgelagert. Jeder `AbstractButton` kann dieser Gruppe zugewiesen werden, also auch die `JCheckbox`. Seine Markierung verschwindet, sobald ein anderer `AbstractButton` aus der Gruppe markiert wird.

Möchte man die Events abfangen, die beim Statuswechsel einer `Checkbox` oder eines `RadioButtons` gefeuert werden, kann man den ganz normalen `ActionListener` anmelden. Prinzipiell funktioniert auch der `Item-` oder `ChangeListener`. Im Beispiel wird unter Verwendung des `ActionListeners` jedes Mal ein Status auf die Konsole geschrieben, wenn eine `Checkbox` gewählt oder abgewählt wird.

Anmerkung: Über `setSelected()` kann der Status einer `CheckBox` bzw. eines `RadioButtons` vom Programm aus geändert werden. Ein Event wird allerdings nicht gefeuert. Um das zu erreichen muss `doClick()` verwendet werden.

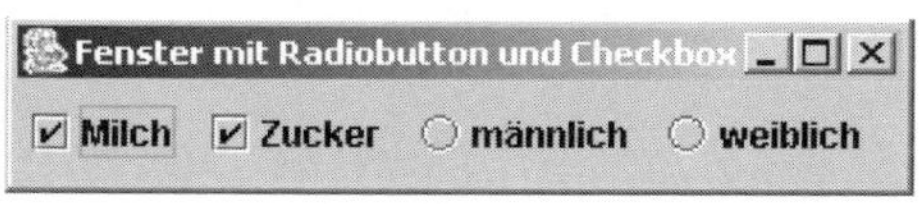

Abbildung 49: RadioButtons und Checkboxen

Im Folgenden finden Sie den Quellcode für den oben abgebildeten Frame:

```
package javacodebook.chapter6.radioswing;
import javax.swing.*;
import javax.swing.event.*;
```

Listing 98: RadioJFrame.java

```
import java.awt.event.*;
import java.awt.*;

/**
 * Fenster mit Checkboxen und RadioButtons
 */
public class RadioJFrame  extends JFrame {

  private JCheckBox milk = null;
    private JCheckBox sugar = null;

  private ButtonGroup group = new ButtonGroup();
    private JRadioButton male = null;
    private JRadioButton female = null;

    private Container content = null;

    /**
     *  Konstruktor von RadioJFrame
     */
    public RadioJFrame(String title) {

    super(title);

      setDefaultCloseOperation(JFrame.EXIT_ON_CLOSE);

    content = this.getContentPane();
    content.setLayout(new FlowLayout());

    buildCheckbox();
    buildRadiobuttons();

    }

    /**
     * Zwei Checkboxes werden gebaut und auf den Frame gelegt.
     */
    private void buildCheckbox() {
    // Beschriftung der Checkbox wird im Konstruktor übernommen.
    milk = new JCheckBox("Milch");
    sugar = new JCheckBox("Zucker");

    // Komponenten werden auf die ContentPane platziert.
```

Listing 98: RadioJFrame.java (Forts.)

```
    content.add(milk);
    content.add(sugar);

    /*
    // Optional könnte man auch die Checkboxen gruppieren,
    // so dass immer nur eine Checkbox markiert sein darf.
    ButtonGroup cgroup = new ButtonGroup();
    cgroup.add(milk);
    cgroup.add(sugar);
    */

    // Will man das Event beim Statuswechsel abfangen, kann man den
    // ActionListener verwenden.
    sugar.addActionListener(new ActionListener() {
        public void actionPerformed(ActionEvent e) {
          if(sugar.isSelected())
            System.out.println("Mit Zucker");
          else
            System.out.println("Doch kein Zucker");
        }

    });

    milk.addActionListener(new ActionListener() {
        public void actionPerformed(ActionEvent e) {
          if(milk.isSelected())
            System.out.println("Mit Milch");
          else
            System.out.println("Doch keine Milch");
        }

    });

    // ändert den Status ohne ein Event auszulösen
    sugar.setSelected(true);

    // ändert den Status und löst dabei ein Event aus
    milk.doClick();
    }

    /**
     * Zwei RadioButtons werden gebaut und auf den Frame gelegt.
     */
    private void buildRadioButtons() {
```

Listing 98: RadioJFrame.java (Forts.)

```
    // Beschriftung der RadioButtons wird im Konstruktor
    // vorgenommen.
    male = new JRadioButton("männlich");
    female = new JRadioButton("weiblich");

    // Komponenten werden auf die ContentPane platziert.
    content.add(male);
    content.add(female);

    // Komponenten werden einer Gruppe zugeordnet.
    // Entweder der male oder der female Button kann
    // angeklickt sein, nie beide zugleich.
    group.add(male);
    group.add(female);
  }
}
```

Listing 98: RadioJFrame.java (Forts.)

Die `Starter`-Klasse dient nur dazu, die beiden Frames zu erstellen.

```
package javacodebook.gui.radio;

public class Starter {
  public static void main(String[] args) {
    RadioFrame rf = new RadioFrame(
      "Fenster mit RadioButton und Checkbox");
    rf.setVisible(true);
    rf.pack();
    RadioJFrame sf =  new RadioJFrame(
      "Fenster mit RadioButton und Checkbox");
    sf.pack();
    sf.setVisible(true);
  }
}
```

Listing 99: Starter.java

70 Wie erstelle ich eine Auswahlliste?

Eine Auswahlliste ist ein Textfeld, dessen Inhalt durch definierte Strings gefüllt werden kann. Die zur Auswahl stehenden String erscheinen in einer Auswahlliste, sobald der entsprechende Button der Liste, meistens rechts neben dem Textfeld mit einem Pfeil nach unten gekennzeichnet, geklickt wird.

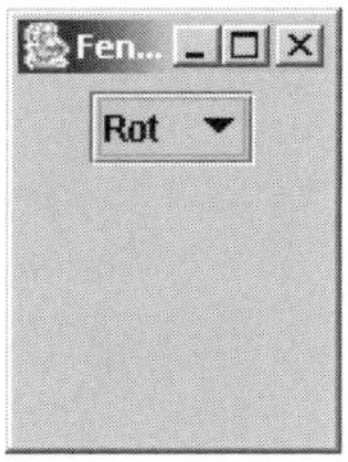

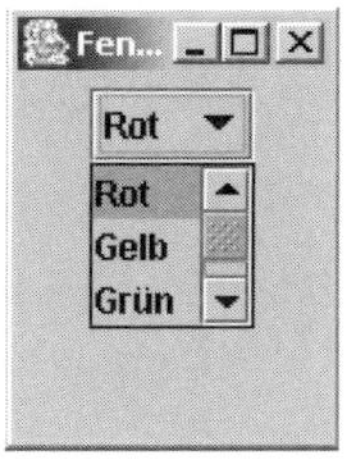

Abbildung 50: Auswahlliste und Einträge

Mit AWT

Die Auswahlliste in AWT wird mit der Klasse `Choice` erstellt. Man instanziert ein solches `Choice`-Objekt und fügt ihm über eine `add()`-Methode die Strings hinzu, die innerhalb der Auswahlliste auswählbar sein sollen:

```
package javacodebook.gui.choice;
import java.awt.*;
import java.awt.event.*;

/**
 *Frame mit Klappliste
 */

public class ChoiceFrame  extends Frame {

    // Die Choice wird mit einem leeren Konstruktor gebaut.
    private Choice colorChooser = new Choice();

    /**
     * Konstruktor von ChoiceFrame
     */
    public ChoiceFrame(String title) {
    super(title);
    setLayout(new FlowLayout());
```

Listing 100: ChoiceFrame.java

```
      // Programm wird schließbar gemacht.
      this.addWindowListener(new WindowAdapter() {
        public void windowClosing(WindowEvent we) {
          System.exit(0);
        }
      });

      // Über add werden die Einträge der Choice gesetzt.
      colorChooser.add("Rot");
      colorChooser.add("Gelb");
      colorChooser.add("Grün");
      colorChooser.add("Blau");

      // Listener für Auswahländerung wird angemeldet.
      colorChooser.addItemListener(new ItemListener() {
        public void itemStateChanged(ItemEvent e) {
          System.out.println("Ausgewähltes Item: "+e.getItem());
        }
      });

      // Wie jede Komponente wird sie über add() in einem Container
      // platziert.
      add(colorChooser);
    }
  }
```

Listing 100: ChoiceFrame.java (Forts.)

Über die Registrierung eines `ItemListeners` können Ereignisse, die bei einer Auswahländerung gefeuert werden, abgefangen und behandelt werden. Das `ItemEvent` beinhaltet den String, der ausgewählt wurde. Will man an einer anderen Stelle des Programms den aktuellen Status der `Choice` erfragen, kann die Methoden `getItem()` verwendet werden. Sie liefern wahlweise die Position oder gleich den selektierten String.

Mit Swing

In Swing wird die Auswahlliste über die Klasse `JComboBox` erstellt. Die `JComboBox` ist viel variabler und mächtiger als die `Choice` in AWT, man kann sehr viel einfacher Änderungen an ihr vornehmen, so kann z. B. über eine Methode `setMaximumRowCount()` die maximale Anzahl der Items, die in der Auswahlliste erscheinen soll, festgelegt werden. Die restlichen Strings sind dann über einen Rollbalken erreichbar. Voreingestellt ist zum Beispiel auch ein `KeyStroke`-Listener, der beim Tippen eines Buchstabens das Feld, dessen Inhalt mit diesem Buchstaben beginnt, automatisch selektiert.

Das Abfangen von Events beim Wechseln der Auswahl funktioniert wie bei AWT über den `ItemListener`:

```
package javacodebook.gui.choice;

import javax.swing.*;
import java.awt.event.*;
import java.awt.*;

/**

 * Frame mit einer JComboBox
 */

public class ComboJFrame  extends JFrame {

  /**
   * JComboBox ist die Klasse der ComboBox-Komponente
    */
  private JComboBox combobox = null;

  private String[] comboContent = {"Rot","Gelb","Grün","Blau"};

    private Container content = null;

    /**
     *  Konstruktor von ComboJFrame
     */
    public ComboJFrame(String title) {

    super(title);
       setDefaultCloseOperation(JFrame.EXIT_ON_CLOSE);

    content = this.getContentPane();
    content.setLayout(new FlowLayout());

    // Der ComboBox wird im Konstruktor der gesamte Inhalt
    // übergeben, dieser kann noch später modifiziert
    // werden.
    combobox = new JComboBox(comboContent);

    // Listener für Auswahländerung wird angemeldet.
    combobox.addItemListener(new ItemListener() {
```

Listing 101: ComboJFrame.java

```
      public void itemStateChanged(ItemEvent e) {
        Object item = e.getItem();
        // nur beim Selektieren wird reagiert.
        if (ItemEvent.SELECTED== e.getStateChange())
          System.out.println("Ausgewähltes Item: "+e.getItem());
      }
    });

    // Anzahl der sichtbaren Items in der Drop-Down-Liste setzen
    combobox.setMaximumRowCount(3);

    content.add(combobox);
  }
}
```

Listing 101: ComboJFrame.java (Forts.)

An den Konstruktoren der `JComboBox`, die in der Dokumentation ersichtlich sind, lässt sich die interne Struktur dieser Swing-Komponente erahnen. Es gibt mehrere Konstruktoren, die die Daten der `JComboBox` in einem Rutsch übergeben. Unter anderem existiert ein Konstruktor, der ein `ComboBoxModel` erwartet. In der `JComboBox` sind wie bei allen komplexeren Swing-Komponenten gemäß des Model-View-Control-Pattern Inhalt und Form voneinander getrennt. Besäße die ComboBox beispielsweise dynamische Inhalte, könnte diese architektonische Trennung ausgenutzt werden, um über eine Extra-Klasse vom Typ `ComboBoxModel` die Inhalte bereitzustellen.

Die `Starter`-Klasse dient nur dazu, die Frames zu erstellen.

```
package javacodebook.gui.choice;

public class Starter {

  public static void main(String[] args) {

    ChoiceFrame rf =  new ChoiceFrame("Fenster mit Choice");
    rf.setVisible(true);
    rf.setSize(100,150);

    ComboJFrame sf =  new ComboJFrame("Fenster mit Combobox");
    sf.setSize(100,150);
    sf.setLocation(150,50);
    sf.setVisible(true);
```

Listing 102: Starter.java

```
    }
}
```

Listing 102: Starter.java (Forts.)

71 Wie lade ich eine Datei in einen Frame?

Im folgenden Beispiel soll eine Datei über einen Dialog vom Dateisystem ausgewählt und in einem Frame angezeigt werden.

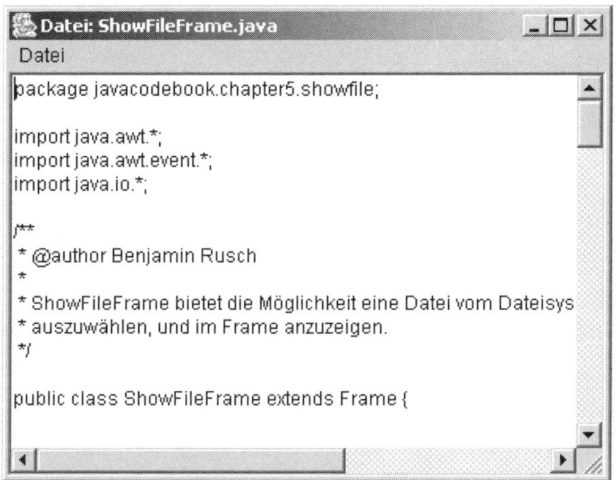

Abbildung 51: Dargestellte Datei wurde vom Dateisystem geladen

Für dieses kleine Programm müssen zwei Hürden genommen werden. Erstens: Wie wähle ich eine Datei aus, zweitens: Wie lese ich eine Datei und platziere ihren Inhalt in einen Frame? Der Lösungsweg für die erste Hürde unterscheidet sich leicht zwischen AWT und Swing – während die Lösung für das Lesen und Einfügen in einen Frame bei beiden Technologien prinzipiell identisch ist – und soll hier im Vorfeld kurz umrissen werden:

Basis für den zweiten Teil ist, dass man bereits eine `File`-Objekt, welches die ausgewählte Datei repräsentiert, besitzt. Anhand dieses `File`-Objekts (in unserem Fall trägt dieses Objekt den Namen `file`) wird ein `Reader` erstellt, der später über die Methode `read()` die einzelnen `chars liefert:`

```
FileReader reader = new FileReader(file);
```

Die chars werden vorerst in einem Array zwischengespeichert:

```
int size = (int) file.length();
char[] data = new char[size];
int cursor = 0;
while(cursor < size)
cursor += reader.read(data, cursor, size-cursor);
```

Am Ende wird aus dem char-Array ein String gebildet und in das TextArea-Objekt eingefügt. In unserem Fall heißt das TextArea-Objekt fileViewer.

```
fileViewer.setText(new String(data));
```

Der komplette Code ist unten zu sehen.

Mit AWT

Für die erste Hürde stellt AWT eine FileDialog-Klasse zur Verfügung, die einen komplett fertigen Dialog zum Speichern oder Öffnen von Dateien liefert. Im Konstruktor kann über einen Parameter festgelegt werden, ob es sich um einen SPEICHERN- oder einen ÖFFNEN-Dialog handeln soll. Über setDirectory() kann das Verzeichnis gesetzt werden, welches zu Beginn ausgewählt ist. Nachdem eine Auswahl gemacht wurde, können über getFile() und getDirectory() die gewählte Datei und das gewählte Verzeichnis bestimmt und anschließend weiterverwendet werden.

```
package javacodebook.gui.showfile;

import java.awt.*;
import java.awt.event.*;
import java.io.*;

/**
 * ShowFileFrame bietet die Möglichkeit eine Datei vom Dateisystem
 * auszuwählen und im Frame anzuzeigen.
 */

public class ShowFileFrame extends Frame {
```

Listing 103: ShowFileFrame.java

```
private MenuBar mb = new MenuBar();

private Menu file = new Menu("Datei");
private MenuItem newFile = new MenuItem("Datei auswählen");

private TextArea fileViewer=new TextArea();

/**
 *  Konstruktor von ShowFileFrame
 */
public ShowFileFrame() {
  super("Datei:");

  // Programm wird schließbar gemacht.
  this.addWindowListener(new WindowAdapter() {
    public void windowClosing(WindowEvent we) {
      System.exit(0);
    }
  });

  // Gui wird gebaut
  this.setMenuBar(mb);
  mb.add(file);
  file.add(newFile);
  add(fileViewer);

  // An das MenuItem newFile wird ein Listener angemeldet, der
  // bei Auswahl den FileDialog öffnet.
  newFile.addActionListener(new ActionListener() {
      public void actionPerformed(ActionEvent ae){
        // Der FileDialog wird erstellt.
        FileDialog fd = new FileDialog(ShowFileFrame.this,
          "Öffnen Dialog",FileDialog.LOAD);
        // zu Beginn ausgewähltes Verzeichnis wird gesetzt
        fd.setDirectory("c:\\tmp");
        // Dialog wird sichtbar gemacht.
        fd.setVisible(true);
        // Laden, wenn Öffnen-Button betätigt wurde
        if (fd.getFile()!=null) {
          File selectedFile = new File(
                                fd.getDirectory(),fd.getFile());
          setFile(selectedFile);
        }
      }
    });
```

Listing 103: ShowFileFrame.java (Forts.)

```
    }

  /**
  * Diese Methode liest das File aus, konvertiert es in einen String
  * und platziert diesen in der TextArea des Frames.
  */
  public void setFile(File file) {
    FileReader reader = null;
      try {
        // Ein FileReader wird die Daten der Datei liefern.
        reader = new FileReader(file);

        // Ein Char-Array speichert die Daten zwischen
        int size = (int) file.length();
        char[] data = new char[size];
        int cursor = 0;
        while(cursor < size)
          cursor += reader.read(data, cursor, size-cursor);

        // Der Char-Array wird in die TextArea geschrieben.
        fileViewer.setText(new String(data));
        this.setTitle("Datei: " + file.getName());
      } catch (IOException e) {
        e.printStackTrace();
      } finally {
        try {
         if (reader != null) reader.close();
      } catch (IOException e) {}
    }
  }
}
```

Listing 103: ShowFileFrame.java (Forts.)

Mit Swing

Ähnlich wie bei den anderen Dialogen in Swing, die über statische Methoden der Klasse `JOptionPane` gebaut werden, wird auch der `JFileChooser` über statische Methoden erstellt, in dem Fall der `JFileChooser`-Klasse selbst. Wahlweise kann `showOpenDialog()` oder `showSaveDialog()` für den SPEICHERN- bzw. den ÖFFNEN-Dialog verwendet werden. Ihr Rückgabewert liefert dem Programmierer die Information, welcher Button gedrückt wurde. Information über das selektierte File oder Verzeichnis erlangt man direkt über das `JfileChooser`-Objekt:

```
package javacodebook.gui.showfile;

import javax.swing.*;
import java.awt.*;
import java.awt.event.*;
import java.io.*;



/**
 * ShowFileJFrame bietet die Möglichkeit eine Datei vom Dateisystem
 * auszuwählen und im Frame anzuzeigen.
 */

public class ShowFileJFrame  extends JFrame {

  private Container content = null;
  private JMenuBar mb = new JMenuBar();
  private JMenu file = new JMenu("Datei");
  private JMenuItem newFile = new JMenuItem("Datei auswählen");
  private JTextArea fileViewer =new JTextArea();
  private JScrollPane scroller = new JScrollPane();

  /**
   *  Konstruktor von ShowFileJFrame
   */
  public ShowFileJFrame() {
    super("Datei:");
       setDefaultCloseOperation(JFrame.EXIT_ON_CLOSE);
    content = this.getContentPane();

    this.setJMenuBar(mb);
    mb.add(file);
    file.add(newFile);
    scroller.getViewport().add(fileViewer);
    content.add(scroller);

    // An das MenuItem newFile wird ein Listener angemeldet, der
    // bei Auswahl informiert wird.
    newFile.addActionListener(new ActionListener() {
      public void actionPerformed(ActionEvent ae){
        // Der FileDialog wird gebaut.
        JFileChooser fd = new JFileChooser();
        // Anfangsverzeichnis setzen
        fd.setCurrentDirectory(new File("c:\\tmp"));
```

Listing 104: ShowFileJFrame.java

```
        // Rückgabewert auswerten
        int pressedButton = fd.showOpenDialog(ShowFileJFrame.this);
        if(pressedButton == JFileChooser.APPROVE_OPTION) {
          setFile(fd.getSelectedFile());
        }
      }
    });
  }

  /**
  * Diese Methode liest das File aus, konvertiert es in einen String
  * und platziert diesen in der TextArea des Frames.
  */
  public void setFile(File file) {
    FileReader reader = null;
    try {
      // Ein FileReader wird die Daten der Datei liefern.
      reader = new FileReader(file);

      // Ein Char-Array speichert die Daten zwischen.
      int size = (int) file.length();
      char[] data = new char[size];
      int cursor = 0;
      while(cursor < size)
        cursor += reader.read(data, cursor, size-cursor);

      // Der Char-Array wird in die TextArea geschrieben.
      fileViewer.setText(new String(data));
      this.setTitle("Datei: " + file.getName());
    }
    catch (IOException e) {
      e.printStackTrace();
    }
    finally {
      try {
        if (reader != null) reader.close();
      } catch (IOException e) {}
    }
  }
}
```

Listing 104: ShowFileJFrame.java (Forts.)

Die JFileChooser-Klasse ist sehr mächtig und bietet viel mehr Möglichkeiten, als in diesem kurzen Beispiel angerissen wurde. Für mehr Details sei auf die Dokumentation der Klasse verwiesen. Die Starter-Klasse dient nur dazu, die beiden Frames zu erstellen:

```
package javacodebook.gui.showfile;
public class Starter {

  public static void main(String[] args) {

    ShowFileFrame mf =  new ShowFileFrame();
    mf.setSize(300,300);
    mf.setVisible(true);

    ShowFileJFrame mjf =  new ShowFileJFrame();
    mjf.setLocation(50,150);
    mjf.setSize(300,300);
    mjf.setVisible(true);
  }
}
```

Listing 105: Starter.java

72 Wie kann man über einen entsprechenden Dialog Farben in einer Applikation ändern?

Egal, ob für eine Grafik-verarbeitende Software oder ein beliebiges Office-Tool, oft wird die Möglichkeit gewünscht, Teile der Applikation (Texte, Objekte, Komponenten etc.) farbig zu gestalten. Die Festlegung der Farbe soll möglichst benutzerfreundlich und zur Laufzeit des Programms stattfinden. Swing stellt für das Auswählen einer Farbe eine eigene Komponente zur Verfügung. Diese Komponente kann entweder eingebettet in einem Container oder als Dialog erscheinen. Eingebettet werden kann sie wie jede JComponent über add().Um sie als Dialog anzeigen zu lassen, verwendet man vorzugsweise die statische Methode showDialog(). Diese Methode öffnet einen modalen Dialog und blockt den Thread, in dem sie aufgerufen wird, so lange, bis eine Eingabe im Dialog gemacht wurde. Als Rückgabe bekommt man die ausgewählte Farbe in Form eines Color-Objektes zurück.

Standardmäßig bietet das ColorChooser-Objekt drei ChooserPanel, also Auswahl-Paletten an, anhand derer die Farbe ausgewählt werden kann.

1. Muster – Farbe kann aus einer Aneinanderreihung kleiner Kästchen ausgewählt werden.

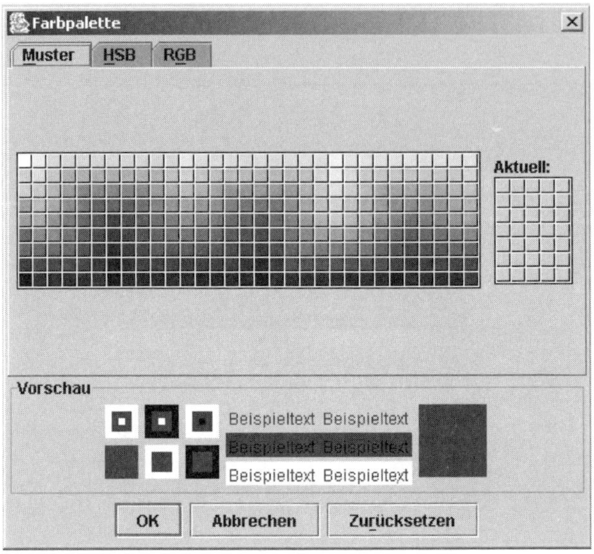

Abbildung 52: MusterPalette

2. HSB – Farbe kann unter Verwendung des Hue-Saturation-Brightness (Farbton-Sättigung-Helligkeit) Farbmodells ausgewählt werden.

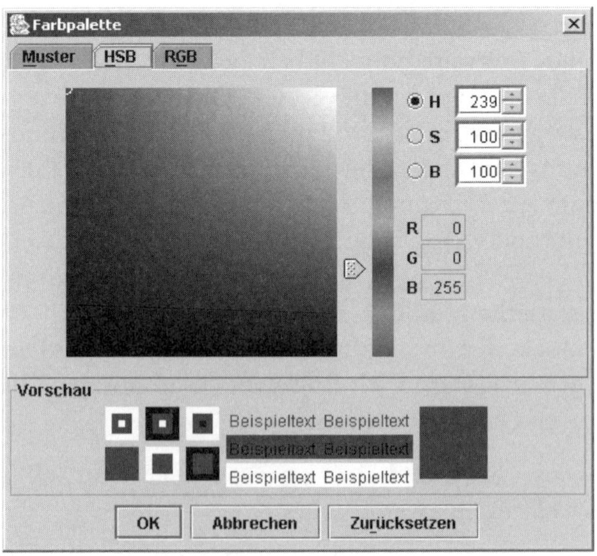

Abbildung 53: HSB – Farbmodell-Palette

3. RGB – Farbe kann unter Verwendung des Rot-Grün-Blau-Farbmodells ausgewählt werden.

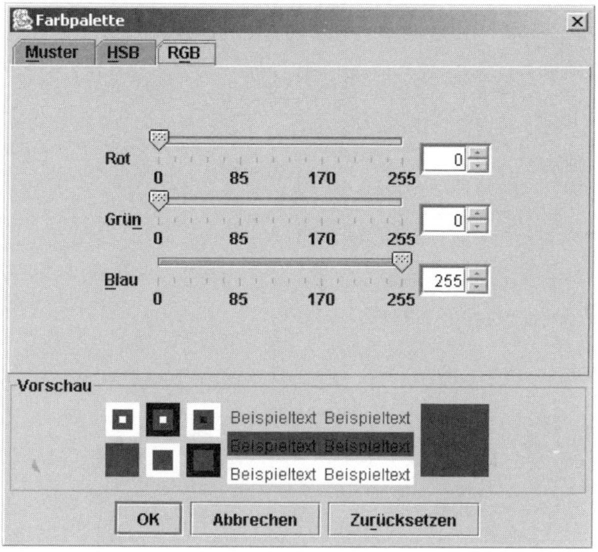

Abbildung 54: RGB- Farbmodell-Palette

Über `removeChooserPanel()` oder `addChooserPanel()` kann die Anzahl der Auswahlmöglichkeiten begrenzt oder erweitert werden. Um die Vorgehensweise zu verdeutlichen wird in diesem Beispiel über den Dialog die Hintergrundfarbe des Frames gesetzt. Je nach Bedarf muss die Funktionalität angepasst werden. Der Dialog lässt sich über das Menü öffnen.

```
package javacodebook.gui.colorchooser;

import javax.swing.*;
import java.awt.*;
import java.awt.event.*;
import java.io.*;

/**
 * Frame mit ColorChooser-Dialog
 */
```

Listing 106: ColorChooserJFrame.java

```
public class ColorChooserJFrame  extends JFrame {

  private Container content = null;
  private JMenuBar mb = new JMenuBar();
  private JMenu file = new JMenu("Datei");
  private JMenuItem newColor  = new JMenuItem("Farbe setzen");

  /**
   *  Konstruktor von ColorChooserJFrame
   */
  public ColorChooserJFrame(String title) {

    super(title);
       setDefaultCloseOperation(JFrame.EXIT_ON_CLOSE);
    content = this.getContentPane();

    this.setJMenuBar(mb);
    mb.add(file);
    file.add(newColor);

    // Listener wird angemeldet.
    newColor.addActionListener(new ActionListener() {
        public void actionPerformed(ActionEvent ae){
          // Der ColorChooser-Dialog wird erstellt.
          JColorChooser cc = new JColorChooser();

          // Wie bei den anderen Swing-Dialogen wird hier über
          // eine show-Methode der Dialog sichtbar gemacht.
          // Beim Klicken von "Ok" gibt sie die ausgewählte Farbe
          // als Rückgabewert aus.
          Color chosenColor= cc.showDialog(ColorChooserJFrame.this,
              "Farbpalette",Color.blue);

          // Hintergrundfarbe des Frames wird gesetzt.
          if(chosenColor!=null)
            content.setBackground(chosenColor);
        }
    });
  }
}
```

Listing 106: ColorChooserJFrame.java (Forts.)

Die Starter-Klasse dient nur dazu, den Frame zu erstellen:

```
package javacodebook.gui.colorchooser;

public class Starter {

  public static void main(String[] args) {
    ColorChooserJFrame mjf =  new ColorChooserJFrame(
       "Fenster mit Farbmenu");
    mjf.setSize(300,300);
    mjf.setVisible(true);
  }
}
```

Listing 107: Starter.java

73 Wie kann die Größe eines Bereichs im Frame zur Laufzeit verändert werden?

Die meisten Anwendungen, die über mehrere Bereiche verfügen, implementieren die Größe der Bereiche nicht starr, wie etwa das BorderLayout es machen würde, sondern erlauben dem Benutzer, die Größe je nach Bedarf zu ändern.

Hierzu stellt Swing dem Programmierer die Komponente JSplitPane zur Verfügung. Eine JSplitPane teilt einen Container in zwei Bereiche auf. Die Aufteilung kann wahlweise horizontal oder vertikal gemacht werden.

Im folgenden Beispiel werden zwei Splitpanes verwendet, eine teilt den Frame in einen oberen und unteren Bereich und eine den unteren nochmals in einen rechten und linken Bereich auf.

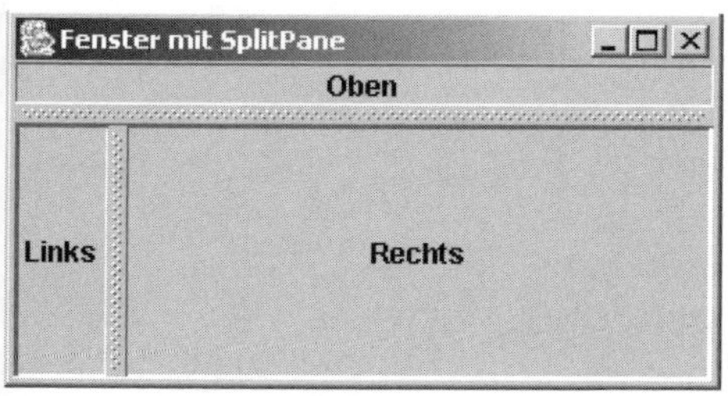

Abbildung 55: Geteiltes Fenster

An den Trennlinien zwischen den Bereichen kann die Größe der Bereiche geändert werden:

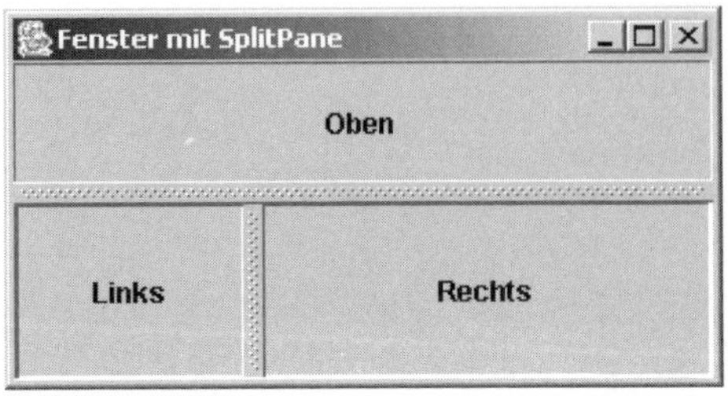

Abbildung 56: Größe der Bereiche wurden verändert

Um die Ausrichtung der `SplitPane` festzulegen, werden in `SplitPane` definierte Konstanten `VERTICAL_SPLIT` bzw. `HORIZONTAL_SPLIT` verwendet. Im Konstruktor von `SplitPane` müssen neben der Konstante auch beide Komponenten, die über die `SplitPane` getrennt werden sollen, übergeben werden.

Vorsicht! Wird die Konstante `VERTICAL_SPLIT` verwendet, werden die Komponenten vertikal getrennt, der Trennstrich verläuft also horizontal. Beim Setzen der Konstante `HORIZONTAL_SPLIT` verhält es sich genau umgekehrt, der Trennstrich verläuft also vertikal.

```
package javacodebook.gui.splitpane;

import javax.swing.*;
import java.awt.event.*;
import java.awt.*;

/**
 * Zwei ineinander verschachtelte JSplitPanes im Frame
 */
public class SplittedJFrame  extends JFrame {

  private JSplitPane horizontal = null;
  private JSplitPane vertical = null;

  // In die teilbaren Container werden Labels eingebettet um die
  // Position deutlich zu machen.
  private JLabel top = new JLabel("Oben", JLabel.CENTER);
  private JPanel bottom = new JPanel();
```

Listing 108: SplittedJFrame.java

```
  private JLabel left = new JLabel("Links", JLabel.CENTER);
  private JLabel right = new JLabel("Rechts", JLabel.CENTER);

  private Container content = null;

  /**
   *  Konstruktor von SplittedJFrame
   */
  public SplittedJFrame(String title) {

    super(title);
    setDefaultCloseOperation(JFrame.EXIT_ON_CLOSE);
    content = this.getContentPane();

    // Ausrichtung und Inhalte werden übergeben.
    horizontal = new JSplitPane(JSplitPane.HORIZONTAL_SPLIT,
                                left,right);
    vertical = new JSplitPane(JSplitPane.VERTICAL_SPLIT,
                                top, bottom);

    // Da bottom ein Container ist, kann er jede beliebige
    // Komponente aufnehmen, also auch wieder eine JSplitPane.
    bottom.setLayout(new BorderLayout());
    bottom.add(horizontal);
    content.add(vertical);
  }
}
```

Listing 108: SplittedJFrame.java (Forts.)

Die `Starter`-Klasse dient nur dazu, den Frame zu erstellen.

```
package javacodebook.gui.splitpane;

public class Starter {

  public static void main(String[] args) {

    SplittedJFrame sf = new SplittedJFrame("Fenster mit SplitPane");
    sf.setSize(300,300);
    sf.setVisible(true);
  }
}
```

Listing 109: Starter.java

74 Wie können Frames in andere Frames eingebettet werden?

In Swing gibt es die Möglichkeit, Frames in ein bestehendes Frame einzubetten. Das eingebettete Frame kann bewegt werden wie jedes Fenster, es bietet dem Benutzer auch die Möglichkeit, dass es maximiert, verkleinert, vergrößert, minimiert oder auch geschlossen wird. Der Aufenthaltsbereich ist selbstverständlich nur auf die Ausmaße des umhüllenden Frames begrenzt. Befinden sich in dem umhüllenden Frame mehrere eingebettete Frames, wird standardmäßig immer der selektierte im Vordergrund stehen.

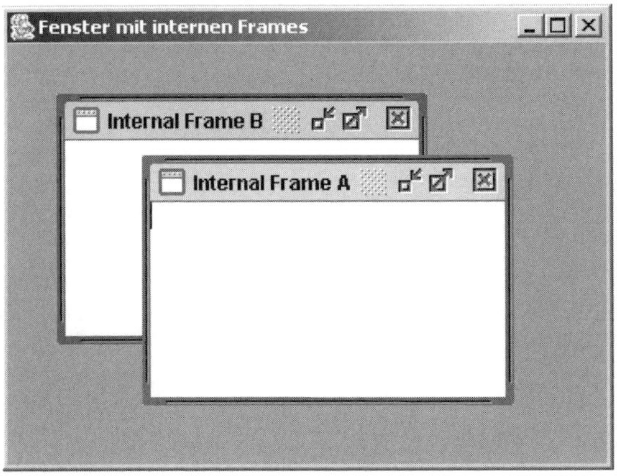

Abbildung 57: Eingebettete Frames

Diese eingebetteten Frames werden durch Instanzen der Klasse `JInternalFrame` realisiert. Üblicherweise werden diese Instanzen einer `JDesktopPane` zugewiesen, die wie gehabt über `add()` auf die `ContentPane` gelegt wird. `JinternalFrames` müssen wie die normalen Windows auch über `setVisible(true)` sichtbar gemacht werden:

```
package javacodebook.gui.internalframe;

import javax.swing.*;
import java.awt.event.*;
import java.awt.*;

/**
 * Innerhalb dieser JFrame sind zwei InternalFrames eingebettet
 */
```

Listing 110: InternalJFrame.java

```
public class InternalJFrame  extends JFrame {

  /**
   * Im Konstruktor von JIntenalFrame wird, neben dem Titel an
   * erster Stelle, angegeben, dass es resizable, closeable,
   * maximizable, iconifiable ist. Defaultmäßig sind diese
   * Einstellungen nicht gesetzt.
   */
   private JInternalFrame innerframe1 = new JInternalFrame(
     "Internal Frame A", true, true, true, true);

   private JInternalFrame innerframe2 = new JInternalFrame(
     "Internal Frame B", true, true, true, true);

  /**
   * Die JDesktopPane ist eine Unterklasse von JLayeredPane, sie
   * kann InternalFrames aufnehmen.
   */
   private JDesktopPane desktopPane = new JDesktopPane();
   private Container content = null;

    /**
     *  Konstruktor von InternalJFrame
     */
    public InternalJFrame(String title) {

    super(title);
    content = this.getContentPane();
    setDefaultCloseOperation(JFrame.EXIT_ON_CLOSE);

    // Die Größe von einem InternalFrame muss gesetzt werden, sonst
    // ist es nicht sichtbar!
    innerframe1.setSize(220,150);
    innerframe2.setSize(220,150);

    // Position des InternalFrames wird gesetzt.
    innerframe1.setLocation(10,10);
    innerframe2.setLocation(30,30);

    // InternalFrame wird sichtbar gemacht.
    innerframe1.setVisible(true);
    innerframe2.setVisible(true);

    // Komponenten werden über die ContentPane dem
    // InternalFrame hinzugefügt.
```

Listing 110: InternalJFrame.java (Forts.)

```
    innerframe1.getContentPane().add(new JTextArea());
    innerframe2.getContentPane().add(new JTextArea());

    // Das InternalFrame wird dem DesktopPane zugewiesen,
    // die Position des InternalFrames wird angegeben.
    desktopPane.add(innerframe1,1);
    desktopPane.add(innerframe2,2);

    content.add(desktopPane);
  }
}
```

Listing 110: InternalJFrame.java (Forts.)

Sehr wichtig ist, dass man den `JInternalFrames` eine Größe zuweist, da sie standardmäßig mit einer Ausdehnung von (0,0) versehen sind und somit unsichtbar wären. Über `setLocation()` kann verhindert werden, dass sie alle übereinander in der linken oberen Ecke liegen. Das Abfangen von `WindowEvents` funktioniert ähnlich wie bei den TopLevel-Windows, verwendet wird allerdings ein spezieller Listener mit dem Namen `InternalFrameListener`, auch die Methoden heißen etwas anders als beim `WindowListener`. Für mehr Informationen sei auf die Dokumentation verwiesen.

Die `Starter`-Klasse dient nur dazu, die Demo-Anwendung zu starten.

```
package javacodebook.gui.internalframe;

import javax.swing.*;
import java.awt.*;

public class Starter {

  public static void main(String[] args) {

    InternalJFrame sf =  new InternalJFrame("Fenster mit internen Frames");
    sf.setSize(400,400);
    sf.setVisible(true);
  }
}
```

Listing 111: Starter.java

75 Wie erstelle ich einen Baum?

Unter einem Baum in der GUI-Programmierung verstehen wir eine interaktive Komponente, die beim Klick auf einen Knoten den entsprechenden Unterbaum aus- bzw. einfährt. Wir kennen diese Bäume von den meisten Datei-Managern für die Darstellung des Verzeichnisbaums. Swing stellt mit der Klasse `JTree` genau so eine Komponente zur Verfügung.

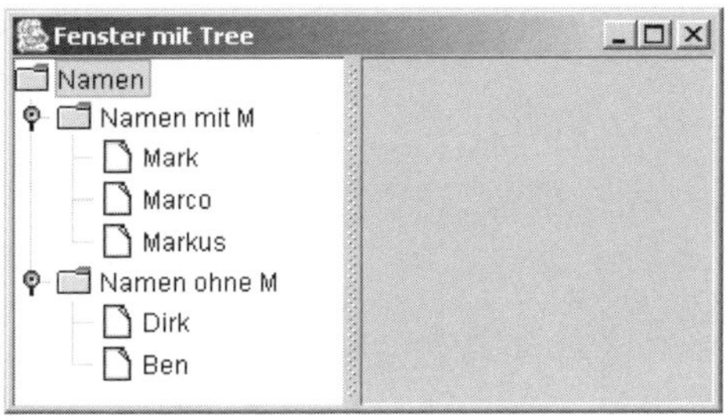

Abbildung 58: Baum realisiert durch die Klasse JTree

Wie bei allen komplexeren Swingkomponenten sind auch hier Darstellung und Inhalt getrennt. Einen relativ einfachen Weg, einen Baum zu bauen, geht man, wenn man dem `JTree`, also der Darstellung, eine Instanz vom Typ `TreeNode` übergibt. `TreeNode`-Objekte können Referenzen auf andere `TreeNode`-Objekte besitzen. Durch diese Referenzen werden eindeutige Eltern-Kind-Beziehungen definiert. Durch geschickte Verknüpfungen können beliebige Bäume auf Basis verketteter `TreeNode`-Objekte erstellt werden. Die `JTree`-Komponente kann auf diese Weise den gesamten Bauminhalt auf Basis des einen Wurzelknotens erschließen.

In folgendem Beispiel verwenden wir aus Gründen der Einfachheit eine Klasse `DefaultMutableTreeNode`, die bereits das `TreeNode`-Interface überschrieben hat:

```
package javacodebook.gui.tree;
import javax.swing.*;
import javax.swing.tree.*;
import java.awt.event.*;
import java.awt.*;

/**
 * Frame besteht aus zwei Bereichen, im linken befindet sich ein
 * Baum, im rechten nur ein leeres Panel.
 */
```

Listing 112: TreeJFrame.java

```
public class TreeJFrame  extends JFrame {

  private JPanel left = new JPanel();
  private JPanel right = new JPanel();

  // Knoten für den Baum werden erstellt
  private DefaultMutableTreeNode names = new
    DefaultMutableTreeNode("Namen");
  private DefaultMutableTreeNode m = new
    DefaultMutableTreeNode("Namen mit M");
  private DefaultMutableTreeNode mark = new
    DefaultMutableTreeNode("Mark");
  private DefaultMutableTreeNode marco = new
    DefaultMutableTreeNode("Marco");
  private DefaultMutableTreeNode markus = new
    DefaultMutableTreeNode("Markus");
  private DefaultMutableTreeNode oM = new
    DefaultMutableTreeNode("Namen ohne M");
  private DefaultMutableTreeNode dirk= new
    DefaultMutableTreeNode("Dirk");
  private DefaultMutableTreeNode ben = new
    DefaultMutableTreeNode("Ben");

  // Der Baum mit dem Wurzel-Knoten wird gebaut.
  private JTree tree = new JTree(names);

  private JSplitPane horizontal = null;

  private Container content = null;

  /**
   *  Konstruktor von TreeJFrame
   */
  public TreeJFrame(String title) {

    super(title);
    content = this.getContentPane();
    setDefaultCloseOperation(JFrame.EXIT_ON_CLOSE);

    left.setLayout(new FlowLayout());

    // Tree wird zusammengebaut
    this.addNodes();

    // Bei der Instanzierung der SplitPane wird die Ausrichtung
```

Listing 112: TreeJFrame.java (Forts.)

```
    // übergeben.
    horizontal = new JSplitPane(JSplitPane.HORIZONTAL_SPLIT);

    // tree wird in den linken Bereich der SplitPane gelegt
    horizontal.setLeftComponent(tree);
    // leeres Panel wird in den rechten Bereich gelegt
    horizontal.setRightComponent(right);
    content.add(horizontal);
  }

  /**
   * setzt die existierenden Konten zu einem Baum zusammen
   * Besitzt ein Knoten keine Kinder mehr, wird defaultmäßig ein
   * anderes Icon gewählt.
   */
  private void addNodes() {
    // Kinder werden ihren Eltern-Knoten hinzugefügt.
    names.add(m);
    names.add(oM);

    m.add(mark);
    m.add(marco);
    m.add(markus);
    oM.add(dirk);
    oM.add(ben);
  }
}
```

Listing 112: TreeJFrame.java (Forts.)

Die `Starter`-Klasse dient nur dazu, das Frame zu erstellen.

```
package javacodebook.gui.tree;

public class Starter {

  public static void main(String[] args) {

    TreeJFrame sf =  new TreeJFrame("Fenster mit Tree");
    sf.setSize(300,300);
    sf.setVisible(true);
  }
}
```

Listing 113: Starter.java

Anmerkung: Für die Erstellung dynamischer Bäume, also Bäume, deren Inhalt sich zur Laufzeit ändern kann, empfiehlt sich die Verwendung des `TreeModels`: Ein eigenes `TreeModel`, also eine Klasse, die das `TreeModel`-Interface implementiert, wird hierzu an Stelle des `TreeNodes` an dem `JTree`-Objekt angemeldet. In diesem Modell liefert man dem `JTree` über die definierten Methoden sämtliche Informationen, die es benötigt. Die Methoden `getChildCount(Object parent)` bzw. `getChild(Object parent, int index)`, die jedes Mal aufgerufen werden, wenn die Darstellung diese Information benötigt, können nun variabel definiert werden. Sie müssen also nicht immer starr dieselben Werte liefern, sondern können je nach Situation anders reagieren. Diese Logik muss »nur« noch programmiert werden, viel Spaß beim Ausprobieren.

76 Wie erstelle ich eine Tabelle?

Eine Tabelle ist eine der komplexesten Swing-Komponenten. Sie beinhaltet, wie auch der Baum, eine interne Aufteilung zwischen der Darstellung und dem Inhalt. Durch diese Trennung können sehr elegant dynamische Inhalte dargestellt werden. Der Umgang mit diesen beiden Komponenten wird im folgenden Kapitel besprochen und ist nicht ganz trivial. Zum Glück existiert aber auch eine intuitivere Vorgehensweise, wie eine Tabelle erstellt werden kann. Hierzu legt man die Inhalte in einem 2D-Array und die Tabellen-Überschriften in einem normalen Array an und übergibt die beiden Arrays dem Konstruktor der `JTable`-Klasse.

Legt man die Tabelle nun noch in den `ViewPort` einer `JScrollPane` werden sowohl Überschriften als auch Inhalte sichtbar. (Würde man die Tabelle direkt auf die `ContentPane` legen, sähe man nur den Inhalt.)

Abbildung 59: Tabelle in Swing

Anmerkung: Gehen Sie einmal mit der Maus auf eine Spaltenüberschrift, klicken Sie die linke Maustaste und halten Sie diese gedrückt. Ziehen Sie nun die Maus vertikal über eine andere Spalte. Sie sehen, dass Sie auf diese Weise Spalten miteinander vertauschen können.

```
package javacodebook.gui.table;
import javax.swing.*;
import java.awt.event.*;
import java.awt.*;

/**
 * JFrame mit Tabelle. Tabelle besitzt feste Werte
 */

public class TableJFrame  extends JFrame {

  /**
   * Überschriften für Spalten
   */
  private String columnNames[] = { "Name", "Stadt", "Strasse" };

  /**
   * Werte der Tabelle
   */
  private String dataValues[][] =
    {
      { "Andi Arbeit", "Soest", "Terlindenweg" },
      { "Manuel Einstellbar", "Karlsruhe", "Kaiserallee" },
      { "Sigrid Sörwis", "Berlin", "Winsstrasse" }
    };

  /**
   * Werte werden der Tabelle übergeben
   */
  private JTable table = new JTable( dataValues, columnNames );

  /**
   * JScrollPane wird benötigt, damit Tabellenüberschriften
   * erscheinen.
   */
  private JScrollPane scrollPane = new JScrollPane();

  private Container content   = null;

  /**
   *  Konstruktor von TableJFrame
   */
  public TableJFrame(String title) {

    super(title);
```

Listing 114: TableJFrame.java

```
      content = this.getContentPane();
    setDefaultCloseOperation(JFrame.EXIT_ON_CLOSE);

    // Eine ScrollPane darf nicht direkt, sondern muss immer
    // über ihren Viewport bestückt werden.
    scrollPane.getViewport().add(table);

    // ScrollPane wird auf die contentPane gelegt.
    content.add(scrollPane);
  }
}
```

Listing 114: TableJFrame.java (Forts.)

Die `Starter`-Klasse dient nur dazu, den Frame zu erstellen.

```
package javacodebook.gui.table;

public class Starter {

  public static void main(String[] args) {

    TableJFrame ttf =  new TableJFrame("Fenster mit Tabelle");
    ttf.setLocation(100,0);
    ttf.setSize(300,300);
    ttf.setVisible(true);
  }
}
```

Listing 115: Starter.java

77 Wie erstelle ich eine Tabelle mit dynamischem Inhalt?

Die Vorgehensweise, wie im vorigen Kapitel beschrieben, ist sehr einfach, aber die Möglichkeiten sind limitiert. Will man zum Beispiel zu einem späteren Zeitpunkt Werte innerhalb der Tabelle ändern, steht man vor einem gewissen Problem. Die `JTable` selber besitzt keine `set()`-Methode, die einem hier helfen könnte. Hintergrund ist das verwendete MVC-Pattern. Die Daten werden nicht direkt in der `JTable`-Instanz gehalten, sondern sind in einer extra `Model`-Klasse ausgelagert.

Muss man die Inhalte einer Tabelle häufiger ändern, oder werden sie sogar dynamisch durch externe Prozesse laufend geändert, ist es am elegantesten, sich ein eigenes Modell zu schreiben, welches die Inhalte verwaltet.

Bedingung für ein Modell einer Tabelle ist, dass es das Interface `TableModel` implementiert. Oft ist es komfortabler, von einer Klasse zu erben, die dieses Interface bereits implementiert hat, wie z.B. `AbstractTableModel` oder `DefaultTableModel`.

Die Darstellung, also in unserem Fall die `JTable`, benötigt eine Referenz auf das Modell. Wenn die `JTable` dargestellt wird, erfragt sie Daten vom Modell, wie Überschriften, Anzahl der Reihen, Anzahl der Spalten und natürlich auch den Inhalt.

Hierzu dienen die schon im Interface definierten Methoden: `getRowCount()`, `getColumnCount()`, `getColumnName(int column)`, `getValueAt(int rowIndex, int columnIndex)`.

Schreibt man sich ein eigenes Modell, müssen also diese Methoden überschrieben werden, so dass die Darstellung jederzeit die für sie notwendigen Daten erfragen kann.

Da in diesem Beispiel gezeigt werden soll, wie man anhand dieser Architektur externe Daten zur Laufzeit in die Tabelle einfügen kann, besitzt unser Modell zusätzlich eine `addTriple()`-Methode. Ihr kann man drei Strings übergeben, die in dem internen Datenspeicher des Modells abgelegt werden. Verlangt die `JTable` nach einem Update der Daten, liefert das Modell den neuen Datenbestand.

Will man, dass die geänderten Daten sofort sichtbar werden, kann die `JTable` über `fireTableDataChanged()` benachrichtigt werden. In unserem Beispiel wird diese Methode innerhalb von `addTriple()` aufgerufen, somit wird der sofortige Update der Daten in der Darstellung der Tabelle gewährleistet:

```
package javacodebook.gui.tablemodel;

import javax.swing.table.AbstractTableModel;
import java.util.*;

/**
 * Diese Model-Klasse liefert Inhalte für die JTable.
 */

public class NameTableModel extends AbstractTableModel {
```

Listing 116: NameTableMode.javal

```
/**
 * Werte der Tabelle, werden intern in einer ArrayList abgelegt.
 */
private ArrayList dataValues = new ArrayList();

/**
 * Überschriften der Tabelle, sind hier auch hart codiert.
 */
private String columnNames[] = { "Name", "Stadt", "Strasse" };

/**
* Der interne Datenspeicher wird mit einigen Einträgen gefüllt.
*/
public NameTableModel() {
  addTriple("Andi Arbeit", "Soest", "Terlindenweg");
  addTriple("Manuel Einstellbar", "Karlsruhe", "Kaiserallee");
  addTriple("Sigrid Sörwis", "Berlin", "Winsstrasse");
  addTriple("Miss Mutig", "Stockholm", "Kungshamra");
}

/**
 * Die JTable braucht zur Darstellung Informationen über die
 * Spalten- und die Zeilenanzahl
 */
public int getRowCount() {
  return dataValues.size();
}

public int getColumnCount() {
  return columnNames.length;
}

/**
 * Die Namen zur Darstellung der Überschriften
 */
public String getColumnName(int column){
  return (String)columnNames[column];
}

/**
 * Die eigentlichen
 */
public Object getValueAt(int rowIndex, int columnIndex) {
  return ((String[])dataValues.get(rowIndex))[columnIndex];
}
```

Listing 116: NameTableMode.javal (Forts.)

```
  /**
   * Neue Einträge in den internen Datenspeicher einfügen.
   */
  public void addTriple(String name, String city, String street){
    String[] triple={name,city,street};
    dataValues.add(triple);
    fireTableDataChanged();
  }
}
```

Listing 116: NameTableMode.javal (Forts.)

Die Möglichkeit, dynamische Daten für die Tabelle zu liefern, realisieren wir durch einen eigenen Frame mit Textfeldern, mit deren Hilfe die Daten eingegeben werden können:

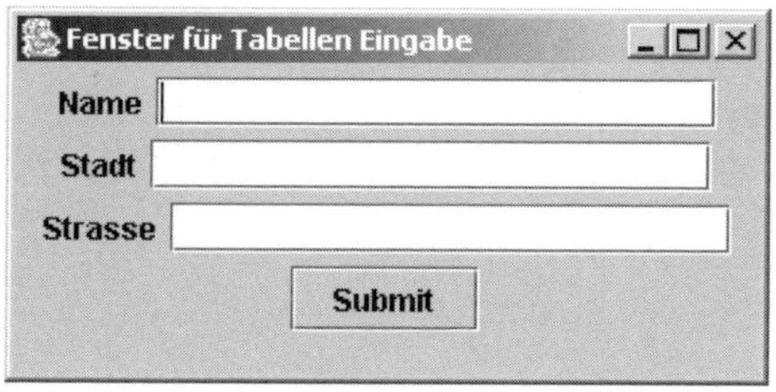

Abbildung 60: Eingabe Dialog für die Tabelle

Der Quellcode für das abgebildete Fenster sieht wie folgt aus:

```
package javacodebook.gui.tablemodel;
import javax.swing.*;
import java.awt.event.*;
import java.awt.*;
/**
 * Eingabefenster für zusätzliche Tabellen-Inhalte.
 */
public class EingabeJFrame  extends JFrame {
  private Container content   = null;
  JLabel nameLabel = new JLabel("Name");
  JLabel cityLabel = new JLabel("Stadt");
  JLabel streetLabel = new JLabel("Strasse");
```

Listing 117: EingabeJFrame.java

Core
I/O
GUI
Multi-media
Daten-bank
Netz-werk
XML
RegEx
Daten
Threads
Web-Server
Applets
Sonsti-ges

```
  JTextField nameTextField = new JTextField(20);
  JTextField cityTextField = new JTextField(20);
  JTextField streetTextField = new JTextField(20);

  JButton submit = new JButton("Submit");

  NameTableModel model = null;

  /**
   *  Konstruktor von TableModelJFrame
   */
  public EingabeJFrame(NameTableModel ntm, String title) {
    super(title);
    this.model= ntm;

    content = this.getContentPane();
    content.setLayout(new FlowLayout());
    setDefaultCloseOperation(JFrame.EXIT_ON_CLOSE);

    submit.addActionListener(new ActionListener() {
          public void actionPerformed(ActionEvent ae)
          {
            model.addTriple(nameTextField.getText(),
              cityTextField.getText(),
              streetTextField.getText());
          }

        });

    content.add(nameLabel);
    content.add(nameTextField);
    content.add(cityLabel);
    content.add(cityTextField);
    content.add(streetLabel);
    content.add(streetTextField);
    content.add(submit);
  }
}
```

Listing 117: EingabeJFrame.java (Forts.)

Die `TableModelJFrame`-Klasse beinhaltet die darstellende Komponente der Tabelle. In ihr wird die `NameTableModel`-Instanz gebildet und der Tabelle zugewiesen. Da das `EingabeJFrame` auch einer Referenz auf das `NameTableModel` benötigt, um ihm die Daten weitereichen zu können, erstellen wir die `EingabeJFrame`-Instanz auch innerhalb der `TableModelJFrame`-Klasse, und übergeben ihr direkt eine Referenz auf das `NameTableModel`-Objekt:

```
package javacodebook.gui.tablemodel;
import javax.swing.*;
import java.awt.event.*;
import java.awt.*;

/**
 * JFrame mit Tabelle. Die Werte der Tabelle werden
 * über eine Instanz der Klasse NameTableModel zur Verfügung
 * gestellt.
 */
public class TableModelJFrame  extends JFrame {

  /**
   * Das NameTableModel wird instanziert.
   */
  private NameTableModel ntm = new NameTableModel();

  /**
   * Der Tabelle wird eine Instanz des NameTableModels
   * übergeben.
   */
  private JTable table = new JTable(ntm);

  /**
   * JScrollpane wird für die Darstellung der
   * Tabellenüberschriften benötigt.
   */
  private JScrollPane scrollPane = new JScrollPane();

  private Container content   = null;

  /**
   *  Konstruktor von TableModelJFrame
   */
  public TableModelJFrame(String title) {

    super(title);
    content = this.getContentPane();
    setDefaultCloseOperation(JFrame.EXIT_ON_CLOSE);

    // Der Eingabe-Frame wird erstellt.
```

Listing 118: TableModelJFrame.java

```
    EingabeJFrame ef = new EingabeJFrame(ntm,"Fenster für Tabellen Eingabe");
    ef.setLocation(100,50);
    ef.setSize(300,150);
    ef.setVisible(true);

    // Eine ScrollPane darf nicht direkt, sondern muss immer
    // über ihren Viewport bestückt werden.
    scrollPane.getViewport().add(table);

    // ScrollPane wird auf die contentPane gelegt
    content.add(scrollPane);
  }
}
```

Listing 118: TableModelJFrame.java (Forts.)

Die `Starter`-Klasse dient nur dazu, das `TableModelJFrame` zu erstellen.

```
package javacodebook.gui.tablemodel;

public class Starter {

  public static void main(String[] args) {

    TableModelJFrame ttf =  new TableModelJFrame(
      "Fenster mit Tabelle");
    ttf.setLocation(450,50);
    ttf.setSize(300,300);
    ttf.setVisible(true);

  }
}
```

Listing 119: Starter.java

78 Wie ändere ich die Gestalt von Komponenten?

Die Änderungsmöglichkeiten sind bei Swing im Allgemeinen viel umfangreicher als bei AWT. Die Ursache liegt mal wieder in der Natur der beiden Technologien. Da AWT die Peer-Komponenten des Betriebssystems benutzt, ist man natürlich wieder mal sehr limitiert, da die Änderung, die man an den Komponenten vornehmen will, in jedem Window-Manager anwendbar sein müssen. In Swing wurde die gesamte Komponenten-Bibliothek eigens entwickelt. Es verwundert also nicht, dass die Entwickler von Swing viele Möglichkeiten der Anpassung dem Programmierer zur Verfügung gestellt haben, da sie schlicht und einfach die Chance dazu hatten. Im Folgenden werden Änderungsmöglichkeiten bei AWT am Beispiel des AWT-`Frames` und bei Swing am Beispiel der `JButton`- und `JLabel`-Klasse gezeigt. Reichen die Möglichkeiten nicht aus, hat man als Entwickler immer noch die Chance sich eine komplett eigene Komponente zu entwerfen, wie es im folgenden Rezept beschrieben ist.

Änderungsmöglichkeiten mit AWT am Beispiel des Frames

Es werden zwei `Frames` mit unterschiedlichen Änderungen vorgestellt. Im ersten Frame ist ein anderes Logo eingebettet. Hierzu verwendet man die Methode `setIconImage()`. Wichtig bei diesem Beispiel ist, dass der Pfad zum Bild korrekt eingegeben ist. Die Pfadangabe ist absolut im Dateisystem oder relativ zum Ort, von dem aus das Java-Programm gestartet wurde, möglich.

```
package javacodebook.gui.change;
import java.awt.*;
import java.awt.event.*;
import javax.swing.*;
/**
 * Frame mit anderem Logo
 */
public class LogoFrame  extends Frame {

  /**
   * Konstruktor von LogoFrame
   */
  public LogoFrame(String title) {
    super(title);

    // Programm wird schließbar gemacht.
    this.addWindowListener(new WindowAdapter() {
      public void windowClosing(WindowEvent we) {
        System.exit(0);
      }
    });

    // Image-Objekt, welches das jpg-File kapselt, wird erstellt.
    Image icon = Toolkit.getDefaultToolkit().getImage("sphere.jpg");

    // Image-Objekt wird dem Frame zugewiesen.
    this.setIconImage(icon);
  }
}
```

Listing 120: LogoFrame.java

Im zweiten Frame wird jegliche Dekoration ausgeblendet. Hierzu dient der Befehl `setUndecorated(true)`. Ist man erst mal so weit, dass keine alten AWT-Frame Eigenschaften mehr zu sehen sind, könnte man sich auf der Basis seinen neuen eigenen Frame zusammenbauen. In unserem Beispiel ist die Frame-Fläche nur farbig gemacht worden:

```
package javacodebook.gui.change;
import java.awt.*;
import java.awt.event.*;
import javax.swing.*;
/**
 * Frame ohne Umrandung und ohne Kopfleiste
 */

public class CleanFrame  extends Frame {

  /**
   * Konstruktor von CleanFrame
   */
  public CleanFrame() {
    super();

    // Programm wird schließbar gemacht.
    this.addWindowListener(new WindowAdapter() {
        public void windowClosing(WindowEvent we) {
        System.exit(0);
        }
    });

    this.setBackground(Color.green);

    // Sämtliche Dekorationen werden unsichtbar gemacht.
    this.setUndecorated(true);

  }
}
```

Listing 121: CleanFrame.java

Änderungsmöglichkeiten mit Swing am Beispiel des JButtons und des JLabels

Die Möglichkeiten, die Swing-Komponenten zur Änderung ihrer Darstellung von Haus aus mitbringen, sind sehr umfangreich. In diesem Beispiel kann nur das Prinzip erläutert werden, bei individuellen Wünschen muss wie so oft wieder auf die Dokumentation verwiesen werden.

Im folgenden Programm werden `JButton` und `JLabel` mit unterschiedlichen Rändern sowie mit Bildern versehen:

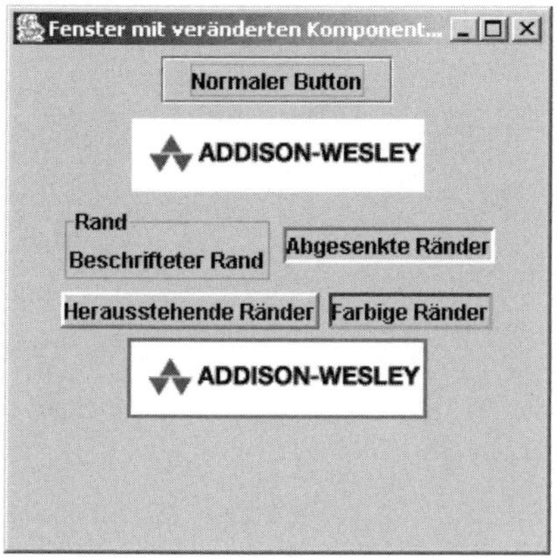

Abbildung 61: Fenster mit veränderten Buttons und Labels

Wie die Änderungen realisiert werden, ist in folgender Klasse zu sehen:

```
package javacodebook.gui.change;

import javax.swing.*;
import java.awt.event.*;
import javax.swing.border.*;
import java.awt.*;

/**
 * Frame mit veränderten Buttons und Labels
 */
public class ChangedComponentsJFrame  extends JFrame {

  private JButton normalButton = new JButton("Normaler Button");
  private JButton imageButton = new JButton();
  private JButton etchedBorderedButton = new JButton("Beschrifteter Rand");
  private JButton loweredBorderedButton = new JButton("Abgesenkte Ränder");
  private JButton raisedBorderedButton = new JButton("Herausstehende Ränder");
  private JButton coloredBorderedButton = new JButton("Farbige Ränder");
  private JLabel changedLabel = new JLabel();
```

Listing 122: ChangedComponentsJFrame.java

```
  private Container content = null;

  /**
   *  Konstruktor von ChangedComponentsJFrame
   */
  public ChangedComponentsJFrame(String title) {

    super(title);
    setDefaultCloseOperation(JFrame.EXIT_ON_CLOSE);

    content = this.getContentPane();
    content.setLayout(new FlowLayout());

    // Normaler Button
    content.add(normalButton);

    // setIcon(), platziert ein Bild auf einen Button
    imageButton.setIcon(new ImageIcon(
      getClass().getClassLoader().getSystemResource(
        "javacodebook/chapter5/change/logo.gif")));

    // Beim Button-Klick wird ein anderes Bild erscheinen
    imageButton.setPressedIcon(new ImageIcon(
      getClass().getClassLoader().getSystemResource(
        "javacodebook/chapter5/change/logo2.gif")));

    // Komponenten im Fokus benutzen eine Umrandung, diese
    // wird ausgeschaltet.
    imageButton.setFocusPainted(false);

    // Per Default ist auch ein Button mit Image umrandet.
    // kann wie folgt ausgeschaltet werden
    imageButton.setBorderPainted(false);

    // Hintergrund wird transparent gemacht.
    imageButton.setContentAreaFilled(false);

    // Klickbarer Bereich des Buttons soll sich auf das
    // Icon beschränken.
    imageButton.setMargin(new Insets(0,0,0,0));

    content.add(imageButton);

    // Unterschiedliche Ränder von Buttons werden gesetzt.
```

Listing 122: ChangedComponentsJFrame.java (Forts.)

```
    etchedBorderedButton.setBorder(BorderFactory.createTitledBorder("Rand"));
    content.add(etchedBorderedButton);

    loweredBorderedButton.setBorder(
      BorderFactory.createBevelBorder(BevelBorder.LOWERED));
    content.add(loweredBorderedButton);

    raisedBorderedButton.setBorder(
      BorderFactory.createBevelBorder(BevelBorder.RAISED));
    content.add( raisedBorderedButton );

    coloredBorderedButton.setBorder(
      BorderFactory.createBevelBorder(BevelBorder.RAISED,
        Color.blue,Color.cyan));
    content.add(coloredBorderedButton);

    // Label wird verändert.
    changedLabel.setIcon(new ImageIcon(
      getClass().getClassLoader().getSystemResource(
        "javacodebook/chapter5/change/logo.gif")));
    changedLabel.setBorder(
      BorderFactory.createMatteBorder(2,2,2,2,Color.green));
    content.add(changedLabel);
  }
}
```

Listing 122: ChangedComponentsJFrame.java (Forts.)

Die `Starter`-Klasse dient nur dazu, die Frames zu erstellen:

```
package javacodebook.gui.change;

public class Starter {

  public static void main(String[] args) {

    // AWT-Frame wird erstellt
    LogoFrame rf =  new LogoFrame("Fenster mit anderem Logo");
    rf.setSize(300,300);
    rf.setVisible(true);

    CleanFrame cf =  new CleanFrame();
    cf.setSize(300,300);
```

Listing 123: Starter.java

```
        cf.setLocation(30,30);
        cf.setVisible(true);

        // Swing Frame wird erstellt
        ChangedComponentsJFrame sf = new ChangedComponentsJFrame(
          "Fenster mit veränderten Komponenten");
        sf.setSize(300,300);
        sf.setLocation(60,60);
        sf.setVisible(true);
    }
}
```

Listing 123: Starter.java (Forts.)

Anmerkung: Wichtig ist, dass die beiden Logos korrekt im Pfad liegen. So wie sie derzeit aus dem Programm referenziert werden, müssen sie bei den *class*-Dateien liegen.

79 Wie erstelle ich neue Komponenten?

Falls die mitgelieferten Änderungsmöglichkeiten einer Komponente nicht ausreichen, kann man die gewünschte Form/Funktion auch selber bauen. Da man bei AWT sehr viel schneller an die Grenzen der Änderungsmöglichkeiten stößt, wird in folgendem Beispiel ein runder Button für AWT erstellt. Das Prinzip lässt sich allerdings auch auf das Erstellen von Swing-Komponenten anwenden.

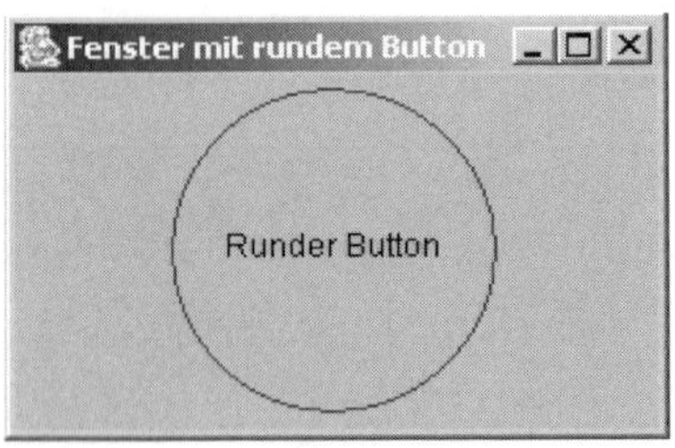

Abbildung 62: Runder Button ungeklickt

Der Clou liegt hier im Überschreiben der `paint()`-Methode. Über das `Graphics`-Objekt, welches der `paint()`-Methode übergeben wird, kann eine beliebige Gestalt auf Basis der `Component`-Klasse entworfen werden. Der Rest befasst sich mit dem Listener-Mechanismus, welcher natürlich eingearbeitet werden muss, damit die neue Schaltfläche auf Benutzereignisse reagieren kann.

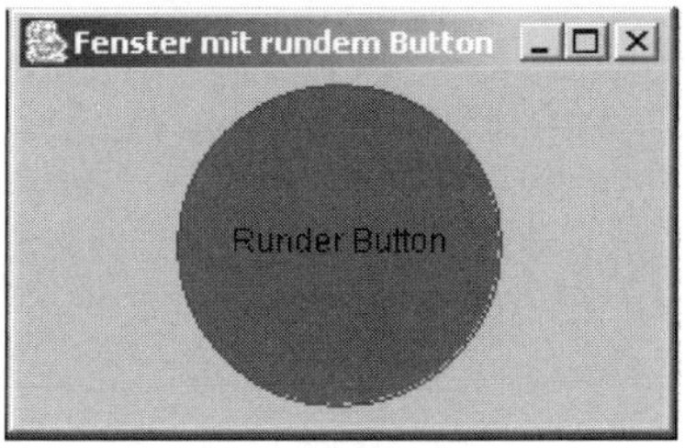

Abbildung 63: Runder Button geklickt

```
package javacodebook.gui.buildcomponent;
import java.awt.*;
import java.awt.event.*;

/**
 * Runder Button
 */
public class RoundButton extends Component {

  // ActionListener des runden Buttons
  private ActionListener actionListener;

  // Beschriftung vom Button
  private String buttonLabel;

  // Zustand vom Button
  protected boolean pressed = false;

  /**
   * Konstruktor vom RoundButton ohne Beschriftung
   */
  public RoundButton() {
    this("");
  }

  /**
   * Konstruktor vom RoundButton mit Beschriftung
   */
  public RoundButton(String buttonLabel) {
    this.buttonLabel = buttonLabel;
    // MouseEvents werden aktiviert. Wenn also eine Maus über dieser
    // Komponente geklickt wird, werden Events an diese Komponente
    // weitergegeben.
    enableEvents(AWTEvent.MOUSE_EVENT_MASK);
```

Listing 124: RoundButton.java

```
}

/**
 * Die Darstellung des runden Buttons wird hier programmiert.
 */
public void paint(Graphics g) {
  // Radius des Buttons wird anhand der Komponentengröße bestimmt.
  int s = Math.min(getSize().width - 1, getSize().height - 1);

  // Das Button-Innere wird gemalt.
  if(pressed) {
    g.setColor(getBackground().darker().darker());
  }
  else {
    g.setColor(getBackground());
  }
  g.fillArc(0, 0, s, s, 0, 360);

  // Die Umrandung des Buttons wird gemalt.
  g.setColor(getBackground().darker().darker().darker());
  g.drawArc(0, 0, s, s, 0, 360);

  // Das Label wird im Center des Buttons platziert.
  Font f = getFont();
  if(f != null) {
    FontMetrics fm = getFontMetrics(getFont());
    g.setColor(getForeground());
    g.drawString(buttonLabel, s/2 - fm.stringWidth(buttonLabel)/2,
                 s/2 + fm.getMaxDescent());
  }
}

/**
 * Viele Layoutmanager benötigen die "preferred size", daher wird
 * diese Methode hier überschrieben.
 */
public Dimension getPreferredSize() {
  Font f = getFont();
  if(f != null) {
    FontMetrics fm = getFontMetrics(getFont());
    int max = Math.max(fm.stringWidth(buttonLabel) + 40,
                       fm.getHeight() + 40);
    return new Dimension(max, max);
  }
  else {
```

Listing 124: RoundButton.java (Forts.)

```
      return new Dimension(100, 100);
    }
  }

  /**
   * Der ActionListener wird an diesem Button angemeldet.
   */
  public void addActionListener(ActionListener listener) {
    // Der AWTEventMulticaster führt mehrere ActionListener in einen
    // zusammen, so dass eine threadsichere Abarbeitung ermöglicht
    // wird.
    actionListener = AWTEventMulticaster.add(actionListener,
                                             listener);
   }

  /**
   *  Der ActionListener wird von diesem Button entfernt
   */
  public void removeActionListener(ActionListener listener) {
    actionListener = AWTEventMulticaster.remove(actionListener,
                                                listener);
  }

  /**
   * Ermittlung, ob die Maus sich innerhalb des Kreises befindet
   */
  public boolean contains(int x, int y) {
    int mx = getSize().width/2;
    int my = getSize().height/2;
    return (((mx-x)*(mx-x) + (my-y)*(my-y)) <= mx*mx);
  }

  /**
   * Wird aufgerufen, wenn die Komponente geklickt wurde
   */
  public void processMouseEvent(MouseEvent e) {
    Graphics g;
    switch(e.getID()) {
      case MouseEvent.MOUSE_PRESSED:
        pressed = true;
        repaint();
        break;
      case MouseEvent.MOUSE_RELEASED:
        if(actionListener != null) {
          actionListener.actionPerformed(new ActionEvent(
```

Listing 124: RoundButton.java (Forts.)

```
            this, ActionEvent.ACTION_PERFORMED, buttonLabel));
        }
        if(pressed == true) {
          pressed = false;
          repaint();
        }
        break;
      case MouseEvent.MOUSE_ENTERED:
        break;
      case MouseEvent.MOUSE_EXITED:
        if(pressed == true) {
          pressed = false;
          repaint();
        }
        break;
    }
    super.processMouseEvent(e);
  }
}
```

Listing 124: RoundButton.java (Forts.)

Das `RoundButtonFrame` beinhaltet einen dieser selbst entworfenen Buttons. Damit man sieht, dass der Listener-Mechanismus funktioniert, wurde ein `ActionListener` an dem Button angemeldet, der beim fünften Klick die Anwendung beendet.

```
package javacodebook.gui.buildcomponent;

import java.awt.*;
import java.awt.event.*;
import javax.swing.*;

/**
 * Frame mit selbst gebauter AWT-Komponente.
 */

public class RoundButtonFrame extends Frame {

    private RoundButton round = new RoundButton("Runder Button");
    /**
     * Konstruktor von RoundButtonFrame
     */
```

Listing 125: RoundButtonFrame.java

```
    public RoundButtonFrame(String title) {
    super(title);
    setLayout(new FlowLayout());
    setBackground(Color.lightGray);

    // Programm wird schließbar gemacht.
    this.addWindowListener(new WindowAdapter() {
      public void windowClosing(WindowEvent we) {
        System.exit(0);
      }
    });

    // ActionListener wird am Button angemeldet.
    round.addActionListener(new ActionListener(){
      int zaehler=0;
      public void actionPerformed(ActionEvent ae){
        zaehler++;
        if(zaehler>4)
          System.exit(0);
      }
    });
    add(round);
  }
}
```

Listing 125: RoundButtonFrame.java (Forts.)

Die `Starter`-Klasse dient nur dazu, den Frame mit dem runden Button zu erstellen:

```
package javacodebook.gui.buildcomponent;

public class Starter {

  public static void main(String[] args) {

  RoundButtonFrame rf =  new RoundButtonFrame(
    "Fenster mit rundem Button");
    rf.setVisible(true);
    rf.pack();
  }
}
```

Listing 126: Starter.java

Hinweis

Was hier programmiert wird, ist eigentlich nichts anderes als das, was auch bei den Swing-Komponenten gemacht wurde. Alle Swing-Komponenten sind selbst entworfene Klassen, die auf AWT-Komponenten basieren. Diese selbst definierten Komponenten nennt man auch light-weight-Komponenten.

80 Wie bringe ich Komponenten in eine Tabelle?

Für die Darstellung der Inhalte in einer Tabelle sind die `CellRenderer` verantwortlich. Standardmäßig ist der `DefaultTableCellRenderer` eingebaut. Bei ihm handelt es sich um einen Renderer der, falls das Modell bei `getValueAt()` einen `String` zurückliefert, ein mit diesem `String` beschriftetes `JLabel` anzeigt. Liefert das Modell hingegen ein `Boolean` zurück, wird in die Tabelle eine `Checkbox` eingebaut, die je nach Wert markiert oder leer ist.

Um das zu verdeutlichen liefert unser `NameTableModel` sowohl Strings als auch boolesche Werte zurück.

```
package javacodebook.gui.tablerenderer;

import javax.swing.table.AbstractTableModel;

/**
 * Diese Klasse NameTableModel liefert die Inhalte für die JTable.
 */

public class NameTableModel extends AbstractTableModel {

  /**
   * Werte der Tabelle sind hart codiert.
   */
  private Object dataValues[][] =
    {
      { "Andi Arbeit", "Soest", "Terlindenweg", Boolean.TRUE },
      { "Manuel Einstellbar", "Karlsruhe",
                                  "Kaiserallee",Boolean.FALSE },
      { "Sigrid Sörwis", "Berlin", "Winsstrasse", Boolean.FALSE },
      { "Miss Mutig", "Stockholm", "Kungshamra", Boolean.FALSE }
    };

  /**
```

Listing 127: NameTableModel.java

```
   * Überschriften der Tabelle, sind hier auch hart codiert
   */
  private String columnNames[] = { "Name", "Stadt", "Strasse", "Anwesend" };

  /**
   * Die Spaltenanzahl.
   */
  public int getRowCount() {
    return dataValues.length;
  }

  /**
   * Die Zeilenanzahl.
   */
  public int getColumnCount() {
    return columnNames.length;
  }

  /**
   * Die Überschriftennamen.
   */
  public String getColumnName(int column){
    return (String)columnNames[column];
  }

  public Class getColumnClass(int column){
    return dataValues[0][column].getClass();
  }

  /**
   * Die Spalte mit dem Index 3 ist editierbar (Checkboxen)
   */
  public boolean isCellEditable( int row, int column) {
    if(column == 3)
      return true;
    else
      return false;
  }

  /**
    * Die Tabellendaten
    */
  public Object getValueAt(int rowIndex, int columnIndex) {
    return dataValues[rowIndex][columnIndex];
  }
```

Listing 127: NameTableModel.java (Forts.)

```
  /**
   * Wird nur benötigt, wenn die JTable editierbar ist, und das ist
   * sie in der vierten Spalte.
   */
  public void setValueAt(Object value , int rowIndex,
                         int columnIndex) {
    dataValues[rowIndex][columnIndex]=value;
    fireTableCellUpdated(rowIndex,columnIndex);
  }
}
```

Listing 127: NameTableModel.java (Forts.)

Möchte man hingegen andere Komponenten in eine Tabelle einbetten, muss ein eigener Renderer geschrieben werden. Bedingung für einen Renderer ist, dass er das Interface `TableCellRenderer` erfüllt. Die Methode

```
public Component getTableCellRendererComponent()
```

muss also sinnvoll implementiert werden, in unserem Beispiel liefern wir in der Regel ein rotes `JLabel` zurück, falls die dritte Zeile aufgebaut wird, ist das Label mit einem Bild hinterlegt.

```
package javacodebook.gui.tablerenderer;
import java.awt.*;
import javax.swing.*;
import javax.swing.table.*;

/**
 * Dieser Renderer macht die Texte in der entsprechenden Spalte rot
 * und bettet in der dritten Zeile ein Image ein.
 */
public class ColoredCellRenderer implements TableCellRenderer {

  /**
   * Methode wird von JTable aufgerufen, um die Art der
   * Darstellung der Zelle zu erfragen.
   */
  public Component getTableCellRendererComponent(JTable table,
```

Listing 128: ColoredCellRenderer.java

```
      Object value, boolean isSelected, boolean hasFocus, int row,
      int column) {
    JLabel label = new JLabel();

    // Wenn selektiert, ändert sich die Hintergrundfarbe mit
    if(isSelected && row!=2) {
      label.setText(value.toString());
      label.setForeground(Color.RED);
      label.setOpaque(true);
      label.setBackground(Color.LIGHT_GRAY);
    }
    // In Reihe drei wird ein Icon eingesetzt.
    // (die Reihen fangen bei 0 zu zählen an)
    else if(row==2) {
      label.setIcon(new ImageIcon(
        getClass().getClassLoader().getSystemResource(
          "javacodebook/chapter5/tablerenderer/berlin.jpg")));
    }
    // sonst wird das Label einfach nur rot beschriftet
    else {
      label.setText(value.toString());
      label.setForeground(Color.RED);
    }
    return label;
  }
}
```

Listing 128: ColoredCellRenderer.java (Forts.)

Folgende Klasse stellt das Frame dar, welches die Tabelle beinhaltet. Um auch hier die Überschriften der Tabelle sehen zu können, wird die Tabelle wieder in eine `JScrollPane` eingebettet. Der Renderer der Tabelle kann direkt über das `JTable`-Objekt an der gesamten Tabelle angemeldet oder spaltenweise über das `TableColumn`-Objekt nur speziell für eine Spalte gesetzt werden. In unserem Beispiel wird der Renderer nur für die »Stadt«-Spalte gesetzt:

```
package javacodebook.gui.tablerenderer;

import javax.swing.*;
import javax.swing.table.*;
import java.awt.event.*;
import java.awt.*;
```

Listing 129: RendererTableJFrame.java

```
/**
 * In diesem JFrame wird eine Tabelle platziert.
 */
public class RendereTableJFrame  extends JFrame {

  /**
   * Im Konstruktor der Tabelle wird eine Instanz unseres
   * NameTableModels übergeben, sämtliche Inhalte werden von ihm
   * geliefert.
   */
  private JTable table = new JTable( new NameTableModel() );

  private JScrollPane scrollPane = new JScrollPane();

  private Container content   = null;

  /**
   *  Konstruktor von RendererTableJFrame
   */
  public RendereTableJFrame(String title) {

    super(title);
    setDefaultCloseOperation(JFrame.EXIT_ON_CLOSE);
    content = this.getContentPane();

    // Eine ScrollPane darf nicht direkt, sondern muss immer
    // über ihren Viewport bestückt werden.
    scrollPane.getViewport().add(table);

    // Spalte "Stadt" bekommt den ColoredRenderer
    // zugewiesen.
    TableColumn tc = table.getColumn("Stadt");
    tc.setCellRenderer(new ColoredCellRenderer());

    // ScrollPane wird auf die contentPane gelegt
    content.add(scrollPane);
  }
}
```

Listing 129: RendererTableJFrame.java (Forts.)

Die `Starter`-Klasse dient nur dazu, den Frame mit der Tabelle zu erstellen.

```
package javacodebook.gui.tablerenderer;

public class Starter {

  public static void main(String[] args) {

    RendereTableJFrame ttf =  new RendererTableJFrame("Fenster mit Tabelle");
    ttf.setLocation(100,0);
    ttf.pack();
    ttf.setVisible(true);
  }
}
```

Listing 130: Starter.java

81 Wie verschiebe ich die Maus?

Um die Maus automatisch und damit ohne Benutzer-Interaktion verschieben zu können, benötigt man eine Instanz der `Robot`-Klasse. Der Konstruktor-Aufruf muss innerhalb eines `try-catch`-Blocks stehen, da nicht jedes System diese Funktionalität zulässt. Über die Methode `mouseMove()` kann nun die Maus überall hinbewegt werden. Das Beispiel zeigt eine Anordnung von vier Buttons; bei jedem Klick wird die Maus automatisch auf den nächsten Button geschoben.

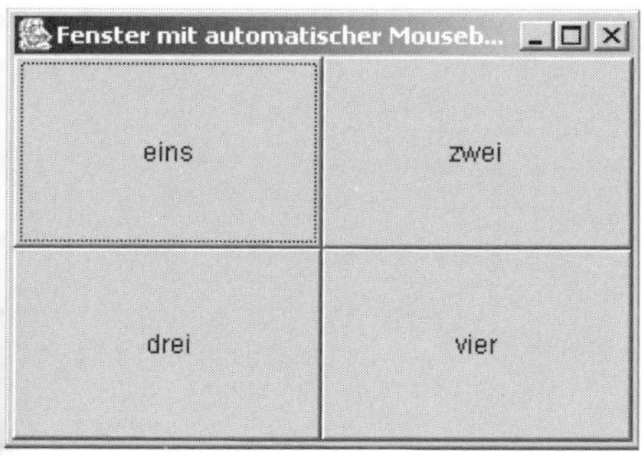

Abbildung 64: Vier Buttons im Frame, bei jedem Klick landet die Maus auf dem nächsten Button im Frame

Der Quellcode für das oben gezeigte Fenster mit der beschriebenen Maus-Funktion sieht wie folgt aus:

```
package javacodebook.gui.robotmouse;

import java.awt.*;
import java.awt.event.*;

/**
 * Frame mit 4 Buttons. Maus wird beim Klick auf nächsten Button
 * geschoben.
 */
public class RobotFrame  extends Frame {

    // Roboter
    private Robot robot = null;

    // Buttons
    private Button one    = new Button("eins");
    private Button two    = new Button("zwei");
    private Button three  = new Button("drei");
    private Button four   = new Button("vier");

    /**
     *  Konstruktor von RobotFrame
     */
    public RobotFrame(String title) {

        super(title);
        // Programm wird schließbar gemacht.
        this.addWindowListener(new WindowAdapter() {
                public void windowClosing(WindowEvent we) {
                    System.exit(0);
                }
        });

        // Buttons werden in einer 2*2 Matrix angeordnet
        this.setLayout(new GridLayout(2,2));

        // Wird einer der Buttons geklickt, wird mouseMove() mit dem
        // nächsten Button als Übergabeparameter aufgerufen.
        one.addActionListener(new ActionListener(){
            public void actionPerformed(ActionEvent ae){
                moveMouse(two);
            }
        });
        two.addActionListener(new ActionListener(){
            public void actionPerformed(ActionEvent ae){
```

Listing 131: RobotFrame.java

```
                moveMouse(three);
            }
        });
        three.addActionListener(new ActionListener(){
            public void actionPerformed(ActionEvent ae){
                moveMouse(four);
            }
        });
        four.addActionListener(new ActionListener(){
            public void actionPerformed(ActionEvent ae){
                moveMouse(one);
            }
        });

        this.add(one);
        this.add(two);
        this.add(three);
        this.add(four);
    }

    /**
     * mouseMove() bestimmt die absolute Position der übergebenen
     * Komponente und bewegt die Maus dort hin.
     */
    public void moveMouse(Component c) {
        try {
            // Zentrum der Komponente relativ zum Fenster
            int relativX = c.getX()+c.getWidth()/2;
            int relativY = c.getY()+c.getHeight()/2;

            // Linke obere Ecke des Frames
            Point frameOrigin = this.getLocation();

            // Absolute Komponenten-Position
            int absoluteX = frameOrigin.x+relativX;
            int absoluteY = frameOrigin.y+relativY;

            // Ein Robot-Objekt wird benötigt, muss im try-Block
            // instanziert werden.
            robot = new Robot();
            // der Cursor wird bewegt
            robot.mouseMove(absoluteX,absoluteY);
        }
        catch (Exception e) {
            e.printStackTrace();
```

Listing 131: RobotFrame.java (Forts.)

```
        }
    }
}
```

Listing 131: RobotFrame.java (Forts.)

Die Starter-Klasse dient nur dazu, den Frame zu erstellen.

```
package javacodebook.gui.robotmouse;

public class Starter {

  public static void main(String[] args) {

    RobotFrame mjf =  new RobotFrame(
      "Fenster mit automatischer Mausbewegung");
    mjf.setSize(300,300);
    mjf.setVisible(true);
  }
}
```

Listing 132: Starter.java

Neben dem Verschieben der Maus auf eine andere Komponente liefert die Robot-Klasse noch einige andere Hilfsmittel, die Benutzereingaben simulieren können. Sehen Sie hierzu bitte in der Dokumentation der Robot-Klasse nach.

82 Wie kann ich eine laufende Uhr anzeigen lassen?

Nicht selten möchte man die aktuelle Uhrzeit irgendwo im Fenster anzeigen lassen. Das Beispiel zeigt einen sehr eleganten objektorientierten Weg, wie diese Uhr-Funktion in einer speziellen Klasse ausgelagert werden kann. Für die Uhrzeitanzeige wird ein neuer Thread gestartet, damit nicht die Funktionsweise der bestehenden Applikation beeinträchtigt wird.

Da die ausgelagerte Klasse neben der Runnable-Funktionalität auch noch ein Label ist, also von der Klasse Label erbt, lässt sich diese Komponente sehr leicht über add() in eine bestehende GUI einbauen.

Abbildung 65: Frame mit aktueller Uhrzeit

```
package javacodebook.gui.timelabel;

import javax.swing.*;
import java.awt.*;
import java.awt.event.*;

/**
 * Frame mit TimeLabel SOUTH-Bereich
 */
public class TimeFrame  extends Frame {

  /**
   * TimeLabel wird instanziert
   */
  private TimeLabel time     = new TimeLabel();
  private TextArea center     = new TextArea(5,20);

  /**
   *  Konstruktor von TimeFrame
   */
  public TimeFrame(String title) {

    super(title);

    // Programm wird schließbar gemacht.
    this.addWindowListener(new WindowAdapter() {
      public void windowClosing(WindowEvent we) {
```

Listing 133: TimeFrame.java

```
        System.exit(0);
      }
    });

    this.setLayout(new BorderLayout());

    this.add(center,BorderLayout.CENTER);

    // Ein Thread mit dem TimeLabel wird gestartet.
    Thread t = new Thread(time);
    t.start();

    // Das TimeLabel wird auf dem Container platziert.
    this.add(time,BorderLayout.SOUTH);
  }
}
```

Listing 133: TimeFrame.java (Forts.)

Das Format der Uhrzeitanzeige ist durch Konfiguration einer Instanz der `SimpleDateFormat`-Klasse festgelegt worden. Anhand der Dokumentation dieser Klasse ist es recht leicht verständlich, wie die Konfiguration abläuft und wie man sie bei Bedarf ändern kann.

```
package javacodebook.gui.timelabel;

import java.util.Date;
import java.awt.Label;
import java.text.SimpleDateFormat;

/**
 * Das TimeLabel zeigt fortlaufend die Uhrzeit an.
**/
class TimeLabel extends Label implements Runnable {

  // Das Datumsformat wird festgelegt.
  private SimpleDateFormat sdf = new SimpleDateFormat(
    "'Es ist ' hh:mm:ss ' Uhr'");
  private String dateString;
  private Date d = new Date();

  public TimeLabel() {
```

Listing 134: TimeFrame.java

```
    setAlignment(Label.CENTER);
    setText(getDateString());
  }

  /**
   * liefert das formatierte Datum
  **/
  private String getDateString() {
    d.setTime(System.currentTimeMillis());
    dateString = sdf.format(d);
    return dateString;
  }

  /**
   * Die run()-Methode wird ausgeführt, wenn der Thread
   * gestartet wurde.
   */
  public void run() {

    // Endlos-Schleife
       while(true) {

      // Dem Label wird die Beschriftung mit der aktuellen Uhrzeit
      // zugewiesen.
      this.setText(getDateString());
      // Da nur Sekunden angezeigt werden, kann der Thread sich ohne
      // Auswirkungen für eine knappe Sekunde schlafen legen.
      try {
          Thread.currentThread().sleep(995);
      }
      catch (InterruptedException ie) {
        ie.printStackTrace();
      }
    }
  }
}
```

Listing 134: TimeFrame.java (Forts.)

Die `Starter`-Klasse dient nur dazu, das Frame zu erstellen, welches das `TimeLabel` beinhaltet.

```
package javacodebook.gui.timelabel;

public class Starter {

  public static void main(String[] args) {

    TimeFrame timeFrame =  new TimeFrame("Fenster mit laufender Uhr");
    timeFrame.setSize(300,300);
    timeFrame.setVisible(true);
  }
}
```

Listing 135: Starter.java

83 Wie speichere ich den Status meiner Applikation?

Oft möchte man, dass beim Neustart einer Applikation zuvor gesetzte Einstellungen wieder vorhanden sind, also derselbe Status wie zuvor wieder hergestellt wird. Hierzu müssen die Informationen persistent auf dem Dateisystem abgelegt werden, damit auch beim Herunterfahren des Rechners nichts verloren geht.

Bis JDK1.3

Bis zur Version JDK1.3 hat man sich der `Properties-Klasse` bedient. Die `Properties`-Klasse befindet sich im Package `java.util`, in ihren Instanzen können über set- und `getProperty()` Schlüssel (key)-Wert (value)-Paare abgelegt werden. Sowohl `key` als auch `value` sind vom Typ `String`. Die `Properties`-Objekte verfügen über einen vorgegebenen Weg, wie sie im Dateisystem abgelegt werden können.

Die Methode `store()` verschlüsselt die intern abgelegten Daten und leitet sie an einen `OutputStream` weiter. Die Methode `load()` liest einen `InputStream`, entschlüsselt die Daten und fügt sie in das bestehende `Properties`-Objekt ein.

In unserem Beispiel wird der Status zweier `Checkboxes` und einer `Choice` gespeichert:

Abbildung 66: Frame mit Zustandsspeicherung

Core
I/O
GUI
Multi-media
Daten-bank
Netz-werk
XML
RegEx
Daten
Threads
Web-Server
Applets
Sonsti-ges

Hierzu definieren wir uns Konstanten für die drei Komponenten, die als key für den jeweiligen Zustand dienen – `MILK_KEY`, `SUGAR_KEY` und `SIZE_KEY` – sowie Konstanten für den Zustand der `Checkboxes`, die den Keys `MILK_KEY` und `SUGAR_KEY` zugewiesen sein können. Beim Schließen der Anwendung werden die Key-Value-Paare auf Basis des aktuellen Zustands gesetzt und über die `Properties`-Klasse persistent gemacht. Das zugrunde liegende File trägt den Namen *gui.properties*. Beim Starten werden die Properties geladen und die Paare werden ausgelesen. Anhand der Informationen wird der Zustand der Komponenten wieder hergestellt:

```
package javacodebook.gui.state;

import java.awt.event.*;
import java.awt.*;
import java.util.*;
import java.io.*;

/**
 * Frame mit Auswahlelementen. Gesetzte Einstellungen werden beim
 * erneuten Programmstart wieder hergestellt.
 */
public class PropertyFrame extends Frame{

  // Default Status der Application
  public static final String DEFAULT_MILK = "no";
  public static final String DEFAULT_SUGAR = "no";
  public static final String DEFAULT_SIZE = "normal";

  // Keys für die persistenten Daten
  public static final String MILK_KEY = "milk";
  public static final String SUGAR_KEY = "sugar";
  public static final String SIZE_KEY = "size";

  // Konstanten für Checkbox-Status
  public static final String CHECKBOX_MARKED = "yes";
  public static final String CHECKBOX_UNMARKED = "no";

  // Komponenten des Frames
  private Checkbox milk = null;
  private Checkbox sugar = null;
  private Choice sizeChooser = new Choice();

  // Properties-Objekt
  private Properties properties = new Properties();
```

Listing 136: PropertyFrame.java

```
/**
 * Konstruktor von PropertyFrame
 */
public PropertyFrame(String title) {
  super(title);

  setLayout(new FlowLayout());

  // Beim Klicken des Schließen-Buttons vom Haupt-Fenster
  // wird die shutdown()-Methode aufgerufen.
  this.addWindowListener(new WindowAdapter() {
    public void windowClosing(WindowEvent we) {
      shutdown();
    }
  });

  // Komponenten werden gebaut und auf das Frame gelegt.
  milk = new Checkbox("Milch");
  sugar = new Checkbox("Zucker");
  sizeChooser.add("klein");
  sizeChooser.add("normal");
  sizeChooser.add("groß");
  add(milk);
  add(sugar);
  add(sizeChooser);

  // Alte bzw. Default-Einstellungen werden gesetzt.
  startup();
}

/**
 * Falls vorhanden werden die Properties geladen und alte
 * Einstellungen wieder hergestellt.
 */
private void startup() {
  try {
    // Property wird geladen
    properties.load(new FileInputStream("gui.properties"));
  }
  catch (IOException e) {
    System.out.println("gui.properties existiert noch nicht");
  }
  // Status der milk-property wird gelesen und checkbox
  // dementsprechend gesetzt.
  if (properties.getProperty(MILK_KEY,DEFAULT_MILK).equals(
```

Listing 136: PropertyFrame.java (Forts.)

```
        CHECKBOX_MARKED))
      milk.setState(true);
    else
      milk.setState(false);

     // Status der sugar-property wird gelesen und checkbox
     // dementsprechend gesetzt.
    if (properties.getProperty(SUGAR_KEY,DEFAULT_SUGAR).equals(
        CHECKBOX_MARKED))
      sugar.setState(true);
    else
      sugar.setState(false);

    // Choice-Auswahl wird gelesen und gesetzt.
    sizeChooser.select(
     properties.getProperty(SIZE_KEY,DEFAULT_SIZE));
  }

  private void shutdown() {
    try {
      // Status der milk-checkbox wird in Properties geschrieben.
      if(milk.getState())
        properties.setProperty(MILK_KEY,CHECKBOX_MARKED);
      else
        properties.setProperty(MILK_KEY,CHECKBOX_UNMARKED);

      // Status der sugar-checkbox wird in Properties geschrieben.
      if(sugar.getState())
        properties.setProperty(SUGAR_KEY,CHECKBOX_MARKED);
      else
        properties.setProperty(SUGAR_KEY,CHECKBOX_UNMARKED);

      // Status der choice wird in Properties geschrieben.
      properties.setProperty(
        SIZE_KEY,sizeChooser.getSelectedItem());

      // Properties werden in einem File gespeichert
      properties.store(new FileOutputStream(
        "gui.properties"), null);
      }
      catch (IOException e) {}

    System.exit(0);
  }
}
```

Listing 136: PropertyFrame.java (Forts.)

Wir sehen, dass durch die Limitierung, dass die Property nur Strings entgegennehmen kann, die Programmierung unnötig kompliziert wird. So kommen wir neben der überflüssig erscheinenden Definition der zwei Konstanten `CHECKBOX_MARKED` und `CHECKBOX_UNMARKED` auch nicht ohne die Verwendung einer `if-else`-Verzweigung beim Ein- und Auslesen aus:

```
if(properties.getProperty("milk").equals("yes"))
  milk.setState(true);
else
  milk.setState(false);
```

Die `Starter`-Klasse dient dazu, das `PropertyFrame` zu erzeugen:

```
package javacodebook.gui.state;

public class Starter {

  public static void main(String[] args) {
    PropertyFrame propframe =  new PropertyFrame(
      "Fenster mit Zustandsspeicherung über Properties");
    propframe.pack();
    propframe.setVisible(true);
  }
}
```

Etwas eleganter wird dies mit den `Preferences` geregelt, wie es im folgenden Beispiel geschildert wird.

Ab JDK1.4

Seit dem JDK1.4 gibt es mit den `Preferences` einen neuen Weg, wie der Status einer Applikation gespeichert werden kann. Die `Preferences` sind komplett anders organisiert. Als Programmierer muss man sich nicht mehr um den Ort und die Benennung der `property` -Files kümmern, sondern überlässt dies alles dem System. Dennoch geben die `Preferences` eine Struktur vor, die man beeinflussen kann. Sie besteht aus zwei Bäumen. Einer enthält systemspezifische Daten und einer userspezifische Informationen. Da die gesamte Benutzer-Verwaltung nun vom System übernommen wird, muss man sich als Programmierer nicht mehr um einheitliche Benutzer-Verzeichnisstrukturen Gedanken machen, die zudem noch der Plattformunabhängigkeit gerecht werden sollen. Die Struktur innerhalb eines Baums erinnert an die Paketstruktur der Klassen.

Um Daten in `Preferences` ablegen zu können muss erst ein »Fach« in der Struktur bestimmt werden, bevor man fortfahren kann. Hierzu dienen die Methoden: `userNodeForPackage()` und `userRoot()` für die userspezifischen Daten. Und die Methoden: `systemNodeForPackage()` und `systemRoot()` für die systemspezifischen Daten. Sie sind statische Methoden und liefern ein `Preferences`-Objekt zurück (sie sind also nichts anderes als eine *Factory*). Anhand dieses `Preferences`-Objekts können `key-value`-Paare über `put()`-Methoden abgelegt und auch nach einem Neustart der Applikation über `get()`-Methoden wieder ausgelesen werden.

Im Gegensatz zu den `Properties` stellen die `Preferences` auch Methoden zum Ablegen sämtlicher Basis-Datentypen zu Verfügung. Dieselbe Applikation, die wir im Fall des `Properties`-Beispiels schon kennen gelernt haben, wird also deutlich übersichtlicher, da wir einen booleschen Status nicht erst in einen String transformieren müssen, um ihn später wieder in einen booleschen Wert umzuwandeln.

```
package javacodebook.gui.statenew;
import java.awt.*;
import java.awt.event.*;
import java.util.prefs.*;

/**
* Frame mit Auswahlelementen. Gesetzte Einstellungen werden beim
 * erneuten Programmstart wieder hergestellt.
 */
public class PreferencesFrame  extends Frame {

  // Default Status der Applikation
  public static final boolean DEFAULT_MILK = false;
  public static final boolean DEFAULT_SUGAR = false;
  public static final String DEFAULT_SIZE = "normal";

  // Keys für die persistenten Daten
  public static final String MILK_KEY = "milk";
  public static final String SUGAR_KEY = "sugar";
  public static final String SIZE_KEY = "size";

  // Komponenten des Frames
  private Checkbox milk = null;
  private Checkbox sugar = null;
```

Listing 137: PreferencesFrame.java

Core
I/O
GUI
Multimedia
Datenbank
Netzwerk
XML
RegEx
Daten
Threads
Web-Server
Applets
Sonstiges

```
private Choice sizeChooser = new Choice();

// Preferences-Objekt
private Preferences myPreferences  = null;

/**
 *  Konstruktor von PreferencesFrame
 */
public PreferencesFrame(String title) {

  super(title);

  setLayout(new FlowLayout());

  // Beim Klicken des Schließen-Buttons vom Haupt-Fenster
  // wird die shutdown-Methode aufgerufen.
  this.addWindowListener(new WindowAdapter() {
    public void windowClosing(WindowEvent we) {
      shutdown();
    }
  });

  // Komponenten werden erstellt und auf das Frame gelegt.
  milk = new Checkbox("Milch");
  sugar = new Checkbox("Zucker");
  sizeChooser.add("klein");
  sizeChooser.add("normal");
  sizeChooser.add("groß");
  add(milk);
  add(sugar);
  add(sizeChooser);

  // Alte bzw. Default-Einstellungen werden gesetzt.
  startup();
}

private void startup() {

  // Preferences-Objekt im User-Baum wird erstellt.
  myPreferences  = Preferences.userRoot();

  // Anfangsstatus der Application wird hergestellt, falls die
  // Preferences noch nicht gesetzt waren, werden
  // Defaulteinstellungen verwendet.
    milk.setState(myPreferences.getBoolean(MILK_KEY,DEFAULT_MILK));
```

Listing 137: PreferencesFrame.java (Forts.)

```
    sugar.setState(myPreferences.getBoolean(SUGAR_KEY,DEFAULT_SUGAR));
    sizeChooser.select(myPreferences.get(SIZE_KEY,DEFAULT_SIZE));
  }

  private void shutdown() {
    // Aktueller Status wird in dem Preferences-Objekt abgelegt.
    myPreferences.putBoolean(MILK_KEY, milk.getState());
    myPreferences.putBoolean(SUGAR_KEY, sugar.getState());
    myPreferences.put(SIZE_KEY, sizeChooser.getSelectedItem());
    System.exit(0);
  }
}
```

Listing 137: PreferencesFrame.java (Forts.)

Versuchen Sie einmal, den Status der Anwendung so zu ändern, dass er nicht mit der Standard-Einstellung übereinstimmt. Melden Sie sich auf Ihrem System mit einer anderen Benutzer- Kennung an und starten Sie das Programm neu. `Status` müsste bei den `Preferences` separat gespeichert werden, also die Default-Einstellungen sollten nun gesetzt sein. Wenn Sie sich nun wieder mit der ersten Benutzer-Kennung anmelden, müsste allerdings noch der vorherige Status vorhanden sein.

Die `Starter`-Klasse dient nur dazu, das `PreferencesFrame` zu erzeugen:

```
package javacodebook.gui.statenew ;

public class Starter {

  public static void main(String[] args) {

    PreferencesFrame prefframe = new PreferencesFrame(
      "Preferences");
    prefframe.pack();
    prefframe.setVisible(true);

  }
}
```

Listing 138: Starter.java

Multimedia

84 Wie kann ich einfache Strukturen zeichnen?

Seit Java2 (JDK 1.2) steht das Java2D-API zur Verfügung. Mit dieser Einführung sind viele erweiterte Grafikmöglichkeiten zur Verfügung gestellt worden, obgleich die Kompatibilität zu den früheren Funktionen gewahrt wurde. Es stellt viele Funktionen zum Zeichnen von grundlegenden, geometrischen Figuren zur Verfügung. Dazu gehören Linien, Rechtecke, Kreise bzw. Ellipsen, Kreisbögen und Polygone. Die entsprechenden Klassen finden sich im Paket `java.awt.geom`. Sie sind alle Unterklassen der Klasse `java.awt.Shape`. Damit ist es möglich, sie alle auf die gleiche Art und Weise in den Zeichenmethoden der Klasse `Graphics2D` zu behandeln.

In der Klasse `SimpleDraw` werden einige grundlegende Figuren gezeichnet, die mit dem Java2D-API sehr einfach zu erstellen sind.

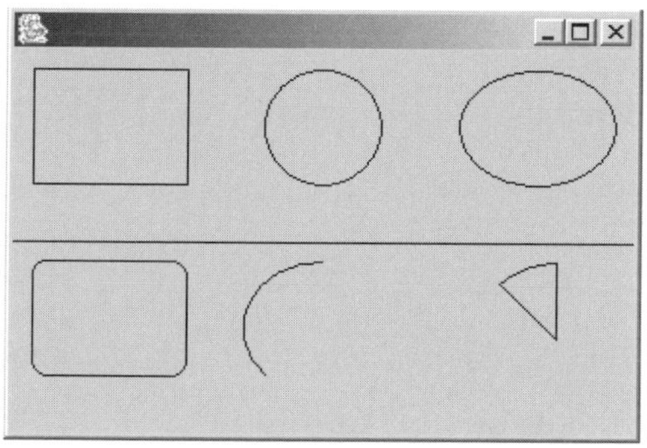

Abbildung 67: Grundlegende Zeichenfunktionen

```
package javacodebook.media.draw.simple;
import java.awt.*;
import java.awt.geom.*;
import javax.swing.*;

public class SimpleDraw extends JPanel{

  //In Swing immer die Methode paintComponent überschreiben
  public void paintComponent(Graphics graphics) {
```

Listing 139: SimpleDraw

```
        super.paintComponent(graphics);
        //Graphics-Objekt ist in Wahrheit ein Graphics2D-Objekt
        Graphics2D g = (Graphics2D) graphics;
        //Aktuelle Zeichenfarbe setzen
        g.setColor(Color.black);
        //Eine Linie zeichnen
        g.draw(new Line2D.Double(0,100,319,100));
        //Ein Rechteck zeichnen
        g.draw(new Rectangle2D.Double(10, 10, 80, 60));
        //Einen Kreis gefüllt zeichnen
        g.draw(new Ellipse2D.Double(130,10,60,60));
        //Eine Ellipse mit Farbverlauf gefüllt zeichnen
        g.draw(new Ellipse2D.Double(230, 10, 80, 60));
        //Ein Rechteck mit abgerundeten Ecken zeichnen
        g.draw(new RoundRectangle2D.Double(10, 110, 80, 60, 15, 15));
        //Einen Kreisbogen zeichnen
        g.draw(new Arc2D.Double(120, 110, 80, 70, 90, 135, Arc2D.OPEN));
        //Ein Tortenstück zeichnen
        g.draw(new Arc2D.Double(240, 110, 80, 80, 90, 45, Arc2D.PIE));
    }

    //Größe des Panels festlegen
    public Dimension getPreferredSize() {
        return new Dimension(320, 200);
    }

    //Frame erzeugen Panel anzeigen
    public static void main(String[] args) {
        JFrame f = new JFrame();
        f.setDefaultCloseOperation(WindowConstants.EXIT_ON_CLOSE);
        f.getContentPane().setLayout(new BorderLayout());
        f.getContentPane().add(new SimpleDraw(), BorderLayout.CENTER);
        f.pack();
        f.show();
    }
}
```

Listing 139: SimpleDraw (Forts.)

85 Wie zeichne ich verschiedene Rahmen?

Wenn Sie keinen Standard-Rahmen um eine geometrische Figur zeichnen wollen, sondern beispielsweise einen gestrichelten Rahmen, oder einen Rahmen in einer anderen Strichstärke verwenden wollen, so können Sie die Methode `setStroke()` der Klasse `Graphics2D` verwenden. In Verbindung mit der Klasse `java.awt.BasicStroke` lassen sich sehr viele Einstellungen für den zu zeichnenden Rahmen vornehmen. Mit ihrer Hilfe können Strichstärke, Linienenden, Linienverbindungen und unterbrochene Linien erzeugt werden. Sie stellt einige Konstanten bereit, über die das Ende und die Verbindung von Linien definiert werden können. Die Werte `CAP_BUTT`, `CAP_ROUND` und `CAP_SQUARE` bestimmen den Stil, in dem ein Linienende gezeichnet wird (gerade, abgerundet oder mit geradem Anhang).

Die Werte `JOIN_BEVEL`, `JOIN_MITER` und `JOIN_ROUND` legen fest, wie das Zusammentreffen von zwei Linienenden behandelt wird. Es kann ohne Effekt (`BEVEL`), mit spitzem Ende (`MITER`) oder abgerundet (`ROUND`) gezeichnet werden.

Die Klasse `BasicStroke` bietet verschiedene Konstruktoren an, um die gewünschten Effekte zu erzielen. Die meisten sind sehr einfach zu benutzen. Der Konstruktor für das Erzeugen von gestrichelten Linien ist etwas komplexer. Er hat die Form `public BasicStroke(float width, int cap, int join, float miterlimit, float[] dash, float dash_phase)`. Die Parameter `width`, `cap`, `join` sind leicht erkennbar (Strichstärke und die oben genannten Stile). `Miterlimit` beschreibt, wie lang zwei Linien am Ende verbunden werden. Das wird wichtig, wenn zwei Linien in sehr spitzem Winkel aufeinander treffen. Wird eine Spitze gezeichnet, so kann diese sehr lang werden. Dies wird durch das `miterlimit` begrenzt (würde die Spitze länger als der Wert `miterlimit`, wird stattdessen mit der `BEVEL`-Funktion gezeichnet). Die Parameter `dash` und `dash_phase` beschreiben gestrichelte Linien. Im Array `dash` werden die Längen der einzelnen Strichabschnitte angegeben. Dabei wird alternierend zwischen gezeichnetem und nicht gezeichnetem Strich gewechselt. Ein Array in der Form `{5,5}` macht dasselbe wie `{5}`, da abwechselnd 5 Punkte gezeichnet werden und die nächsten 5 nicht. Der Wert `dash_phase` dient als Offset für das Zeichnen der Strichelung, d.h. die ersten x Punkte werden übersprungen.

Die Klasse `StrokeExamples` zeigt, wie die verschiedenen Rahmenarten und Linienenden gezeichnet werden.

```
package javacodebook.media.draw.stroke;
import java.awt.*;
import java.awt.geom.*;
import javax.swing.*;

public class StrokeExamples extends JPanel{

  public void paintComponent(Graphics graphics) {
```

Listing 140: StrokeExamples

Core
I/O
GUI
Multi-media
Datenbank
Netzwerk
XML
RegEx
Daten
Threads
Web-Server
Applets
Sonstiges

```
super.paintComponent(graphics);
//Graphics-Objekt ist in Wahrheit ein Graphics2D-Objekt
Graphics2D g = (Graphics2D) graphics;
//aktuelle Zeichenfarbe setzen
g.setColor(Color.black);
//Ein Rechteck mit Rahmendicke 5 zeichnen
BasicStroke fatBorder = new BasicStroke(5.0f);
g.setStroke(fatBorder);
g.draw(new Rectangle2D.Double(10, 10, 80, 60));

//Ein Rechteck mit gestricheltem Rahmen zeichnen
BasicStroke stroke =
  new BasicStroke(1.0f,
  BasicStroke.CAP_BUTT,
  BasicStroke.JOIN_BEVEL,
  1.0f, new float[] {5.0f},
  0.0f);
g.setStroke(stroke);
g.draw(new RoundRectangle2D.Double(110, 10, 80, 60,
                   15, 15));
//Rahmen mit verschiedenen Strichlängen zeichnen
stroke = new BasicStroke(1.0f,
             BasicStroke.CAP_BUTT,
             BasicStroke.JOIN_BEVEL,
             1.0f, new float[] {5.0f, 5.0f,
                       2.0f, 5.0f},
             0.0f);
g.setStroke(stroke);
g.draw(new RoundRectangle2D.Double(210, 10, 80, 60, 15, 15));
//Linien überschneiden sich am Ende ohne Effekt
stroke = new BasicStroke(10.0f,
             BasicStroke.CAP_BUTT,
             BasicStroke.JOIN_BEVEL);
g.setStroke(stroke);
int x = 25;
g.draw(new Line2D.Double(x, 160, x+25, 135));
g.draw(new Line2D.Double(x+25, 135, x+50, 160));
//Linien überschneiden sich am Ende, Spitze wird gezeichnet
stroke = new BasicStroke(10.0f,
             BasicStroke.CAP_SQUARE,
             BasicStroke.JOIN_MITER);
g.setStroke(stroke);
x = 125;
g.draw(new Line2D.Double(x, 160, x+25, 135));
g.draw(new Line2D.Double(x+25, 135, x+50, 160));
//Linien überschneiden sich am Ende, Spitze wird abgerundet
```

Listing 140: StrokeExamples (Forts.)

```
    stroke = new BasicStroke(10.0f,
                 BasicStroke.CAP_ROUND,
                 BasicStroke.JOIN_ROUND);
    g.setStroke(stroke);
    x = 225;
    g.draw(new Line2D.Double(x, 160, x+25, 135));
    g.draw(new Line2D.Double(x+25, 135, x+50, 160));
  }

  /** Die gewünschte Größe des Panels festlegen */
  public Dimension getPreferredSize() {
    return new Dimension(300, 180);
  }

  /** Einen Frame erzeugen und das Panel anzeigen */
  public static void main(String[] args) {
    JFrame f = new JFrame();
    f.setDefaultCloseOperation(WindowConstants.EXIT_ON_CLOSE);
    f.getContentPane().setLayout(new BorderLayout());
    f.getContentPane().add(new StrokeExamples(),
                 BorderLayout.CENTER);
    f.pack();
    f.show();
  }
}
```

Listing 140: StrokeExamples (Forts.)

Und so sieht das Ergebnis aus.

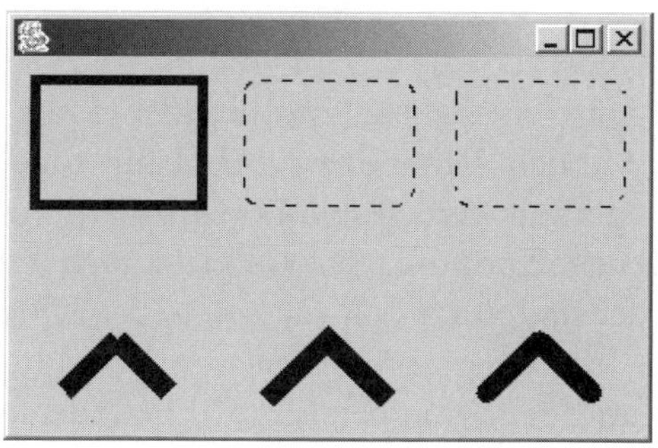

Abbildung 68: Verschiedene Möglichkeiten, Rahmen zu zeichnen

Für die Definition eigener Rahmen muss das Interface `java.awt.Stroke` implementiert werden, dann können selbst definierte Rahmen innerhalb der Zeichenfunktionen der `Graphics2D`-Klasse verwendet werden. Der mit Hilfe von `setStroke()` festgelegte Zeichenstrich kann auf alle Zeichenobjekte angewendet werden, die eine Unterklasse von `java.awt.Shape` sind.

86 Wie kann ich etwas mit Farbverläufen füllen?

Ein Farbverlauf wird mit Hilfe der Klasse `java.awt.GradientPaint` definiert. Er verläuft von einem Startpunkt hin zu einem Endpunkt, die beide in Koordinatenform angegeben werden. Eine Ausgangs- und eine Endfarbe müssen angegeben werden, dazwischen wird entlang einer Geraden zwischen Start- und Endpunkt ein linearer Farbverlauf berechnet. Mit der Methode `fill(Shape shape)` aus der Klasse `Graphics2D` wird der Farbverlauf gezeichnet. Auch zyklisches Füllen ist möglich.

Die Klasse `GradientPaint` hat zwei Konstruktoren, die es in zwei Variationen gibt, einmal mit einzelnen Koordinaten und einmal mit `Point2D`-Objekten als Parameter, um die Endpunkte der Farbverläufe festzulegen. Wir beschränken uns hier auf die Variante mit einzelnen Koordinaten:

```
public GradientPaint(float x1, float y1, Color color1,
          float x2, float y2, Color color2);

public GradientPaint(float x1, float y1, Color color1,
          float x2, float y2, Color color2,
          boolean cyclic);
```

Mit der ersten Variante wird ein einfacher, azyklischer Farbverlauf vom Punkt x1,y1 hin zu Punkt x2, y2 erzeugt. Die zweite Variante ermöglicht sowohl einen azyklischen als auch einen zyklischen Farbverlauf. Mit dem Parameter `cyclic` kann angegeben werden, ob der Farbverlauf zyklisch wiederholt werden soll. Er wird allerdings nur dann zyklisch verlaufen, wenn der angegebene Endpunkt {x2,y2} nicht auch der Endpunkt des zu füllenden Shapes ist. Wird der Endpunkt {x2, y2} z.B. in der Mitte des zu füllenden Shapes angegeben, so wird der Farbverlauf einmal vom Rand bis zur Mitte von Farbe 1 zu Farbe 2 verlaufen und dann von der Mitte zum anderen Rand von Farbe 2 zu Farbe 1.

Das vorherige Bild zeigt die Möglichkeiten, die sich mit `GradientPaint` ergeben.

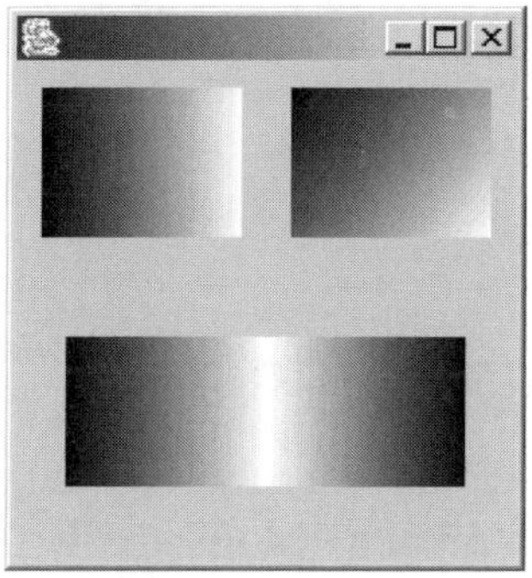

Abbildung 69: Füllen mit Farbverläufen

```
public void paintComponent(Graphics graphics) {
  super.paintComponent(graphics);
  Graphics2D g = (Graphics2D) graphics;

  float startx = 10, starty = 10;
  float width=80, height=60;
  //Farbverlauf definieren und ein gefülltes Rechteck zeichnen
  //Farbverlauf von links (schwarz) nach rechts (weiß) linear
  GradientPaint gradient =
    new GradientPaint(startx, starty, Color.black,
            startx + width, starty, Color.white);
  g.setPaint(gradient);
  g.fill(new Rectangle2D.Double(startx, starty, width,
                               height));

  startx = 110;
  //Farbverlauf diagonal von links oben nach rechts unten
  gradient =
    new GradientPaint(startx, starty, Color.black,
            startx + width, starty + height,
            Color.white);
  g.setPaint(gradient);
  g.fill(new Rectangle2D.Double(startx, starty, width,
                            height));

  startx = 20;
  starty = 110;
  //Zyklischer Farbverlauf mit Zentrum in der Mitte
  gradient =
    new GradientPaint(startx, starty, Color.black,
            startx + width, starty, Color.white, true);
```

```
    g.setPaint(gradient);
    g.fill(new Rectangle2D.Double(startx, starty, width*2,
                                  height));
  }
```

87 Wie kann ich eine Grafik laden und anzeigen?

Eine Grafik wird in Java von der Klasse `java.awt.Image` repräsentiert. Java unterstützt von sich aus die Formate GIF und JPEG. Sie haben mehrere Möglichkeiten, ein Bild zu laden. Innerhalb eines Applets kann die Methode `getImage()` verwendet werden, in einer Anwendung die Methode `getImage()` der Klasse `java.awt.Toolkit`. Dabei kann letztere nur über das `Default`-Toolkit, das von der Java Runtime bereitgestellt wird, verwendet werden. Das `Default`-Toolkit wird von der Klasse `Toolkit` über die Methode `getDefaultToolkit()` geliefert. Somit sieht ein entsprechender Aufruf in einer Anwendung so aus:

```
Image image = Toolkit.getDefaultToolkit().getImage(dateiname);
```

Die Methode `getImage()` kehrt sofort zurück und das Laden der Grafik erfolgt im Hintergrund. Dies hat zur Folge, dass ein Bild u.U. noch nicht vollständig geladen ist, wenn es verwendet werden soll. Die Kontrolle über den Ladevorgang können Sie durch den Einsatz eines `MediaTrackers` (`java.awt.MediaTracker`) behalten. Im Kapitel über Applets wird dies gezeigt.

Wenn Sie das Bild sofort verwenden wollen, nehmen Sie die Klasse `javax.swing.ImageIcon`. Sie verwendet intern einen `MediaTracker` und erspart so diverse Codezeilen. Der Konstruktor erhält als Parameter eine Datei oder URL, von der das Bild geladen wird. Mit der Methode `getImage()` kann das Bild anschließend genutzt werden.

Um das Bild anzuzeigen, kann eine entsprechende Swing-Komponente verwendet werden, die `ImageIcons` unterstützt (z.B. ein `JLabel`). Es ist jedoch auch sehr einfach, eine eigene Komponente zu schreiben, die Grafiken anzeigt. Eine eigene Komponente kann oft flexibler innerhalb von GUI-Anwendungen eingesetzt werden. Die Klasse `ImagePanel` ist als Komponente realisiert, die von `JPanel` erbt. Damit kann sie an beliebiger Stelle verwendet werden, z.B. innerhalb einer `JScrollPane`. Im Konstruktor wird die Grafik übergeben. Das `ImagePanel` nimmt danach die Größe der Grafik als seine optimale Größe an.

```
package javacodebook.media.graphic.load;
import java.awt.*;
import javax.swing.JPanel;

public class ImagePanel extends javax.swing.JPanel {
  //Die Grafik, die angezeigt werden soll
  private Image image;

  public ImagePanel(Image image) {
    this.image = image;
  }

  //Grafik auf das Panel zeichnen
  public void paintComponent(Graphics g) {
    super.paintComponent(g);
    g.drawImage(image, 0, 0,
          image.getWidth(this),
          image.getHeight(this), this);
  }

  //Größe der Grafik als PreferredSize zurückgegeben
  public Dimension getPreferredSize() {
    return new Dimension(image.getWidth(this),
              image.getHeight(this));
  }
}
```

Listing 141: ImagePanel

Damit lässt sich ein einfacher Bildbetrachter erstellen. Die Klasse `ImageViewer` stellt eine einfache Möglichkeit dar, Bilder zu laden und anzuzeigen. Dabei wird der Frame jeweils der Größe der anzuzeigenden Grafik angepasst.

```
package javacodebook.media.graphic.load;
import java.awt.*;
import java.awt.event.*;
import java.io.*;
import javax.swing.*;

public class ImageViewer extends JFrame {
  //das ImagePanel
  ImagePanel imagePanel = null;
```

Listing 142: ImageViewer

```
  public ImageViewer() {
    setDefaultCloseOperation(WindowConstants.EXIT_ON_CLOSE);
    getContentPane().setLayout(new BorderLayout());
    //Einen Button zum Öffnen von Dateien erstellen
    JPanel buttonPanel = new JPanel();
    getContentPane().add(buttonPanel, BorderLayout.NORTH);
    JButton openButton = new JButton("Datei öffnen");
    buttonPanel.add(openButton);
    //Einen ActionListener auf den Button legen, der einen
    //FileChooser öffnet
    openButton.addActionListener(new ActionListener() {
      public void actionPerformed(ActionEvent evt) {
        JFileChooser chooser = new JFileChooser();
        int status = chooser.showOpenDialog(ImageViewer.this);
        if (status == JFileChooser.APPROVE_OPTION) {
          //ausgewählte Datei ermitteln und abspielen
          File file = chooser.getSelectedFile();
          try {
            ImageIcon icon = new ImageIcon(file.getAbsolutePath());
            //vorher vorhandenes ImagePanel entfernen
            if(imagePanel != null)
              getContentPane().remove(imagePanel);
            //das ImagePanel anzeigen
            imagePanel = new ImagePanel(icon.getImage());
            getContentPane().add(imagePanel, BorderLayout.CENTER);
            //Frame auf die Bildgröße anpassen
            pack();
          } catch(Exception e) {
            e.printStackTrace(System.out);
          }
        }
      }
    });
  }

  public static void main(String[] args) {
    ImageViewer viewer = new ImageViewer();
    viewer.pack();
    viewer.show();
  }
}
```

Listing 142: ImageViewer (Forts.)

88 Wie kann ich eine Grafik verschieben, rotieren, skalieren oder verzerren?

Core
I/O
GUI
Multi-media
Daten-bank
Netz-werk
XML
RegEx
Daten
Threads
Web-Server
Applets
Sonsti-ges

Das Java2D-API stellt einfache Möglichkeiten bereit, um grafische Objekte zu manipulieren. Die oben genannten Funktionen werden dabei als Transformationen durchgeführt. In der Klasse `Graphics2D` stehen die Methoden `translate()`, `rotate()`, `scale()`und `shear()` zur Verfügung, die entsprechende Transformationen umsetzen.

Dabei wird jeweils das `Graphics2D`-Objekt beeinflusst. Die Ausführung einer der Methoden wirkt sich auf alle nachfolgenden Zeichenoperationen aus. Die Methoden werden im Folgenden einzeln erläutert. Die entsprechenden Klassen dazu finden Sie auf der CD zum Buch.

Mit der `translate()`-Methode wird das Koordinatensystem des `Graphics2D`-Objekts verschoben. Es beginnt normalerweise in der linken oberen Ecke der Grafikfläche. Durch die Verschiebung ist es möglich, relative Koordinaten wie absolute zu verwenden. Somit können z.B. auf sehr einfache Weise kartesische Koordinaten benutzt werden.

```
public void paintComponent(Graphics graphics) {
  super.paintComponent(graphics);
  //Das Graphics-Objekt in ein Graphics2D-Objekt casten, das es ja auch ist
  Graphics2D g = (Graphics2D)graphics;
  //Den Nullpunkt in die Mitte verschieben
  g.translate(getWidth()/2,getHeight()/2);
  //Ein Rechteck um den Mittelpunkt herum zeichnen
  g.draw(new Rectangle2D.Double(-25,-25, 50,50));
}
```

Die Methode `rotate()` dreht das gesamte Koordinatensystem eines `Graphics2D`-Objekts um den Nullpunkt. Der Winkel wird dabei im Bogenmaß angegeben. Dadurch können beliebige Zeichenrichtungen realisiert werden. Diese Methode kann auch mit der `translate()`-Methode kombiniert werden, um ausgehend vom Mittelpunkt einer Fläche eine gedrehte Figur zu zeichnen.

```
public void paintComponent(Graphics graphics) {
  super.paintComponent(graphics);
  Graphics2D g = (Graphics2D)graphics;
  //Nullpunkt in die Mitte verlegen
  g.translate(getWidth()/2, getHeight()/2);
```

```
    //Koordinatensystem um 45° im Uhrzeigersinn rotieren
    g.rotate(Math.toRadians(45));
    //Rechtech gedreht zeichnen
    g.draw(new Rectangle2D.Double(0, 0, 80,50));
  }
```

Vergrößerungs- oder Verkleinerungseffekte werden sehr einfach mit der `scale()`-Methode realisiert. Dabei muss die Skalierung in X- und in Y-Richtung angegeben werden, so dass auch nichtproportionale Skalierungen erreicht werden können.

```
  public void paintComponent(Graphics graphics) {
    super.paintComponent(graphics);
    Graphics2D g = (Graphics2D)graphics;
    //Nullpunkt in die Mitte verlegen
    g.translate(getWidth()/2, getHeight()/2);
    //x-Koordinaten mit 3, y-Koordinaten mit 2 multiplizieren
    g.scale(3, 2);
    g.draw(new Rectangle2D.Double(-25, -25, 50,50));
  }
```

Weiterhin kann über den gesamten Grafikbereich eine Scherung ausgeführt werden. Dabei dient der Nullpunkt als Fixpunkt.

```
  public void paintComponent(Graphics graphics) {
    super.paintComponent(graphics);
    Graphics2D g = (Graphics2D)graphics;
    g.shear(0.5, 0);
    g.draw(new Rectangle2D.Double(50, 30, 80,50));
  }
```

Alle diese Funktionen können auch auf die Darstellung von geladenen Grafiken angewendet werden. Anstelle der `draw(Shape)`-Methode von `Graphics2D` müssen Sie einfach nur die `drawImage()`-Methode verwenden.

```
  public void paintComponent(Graphics graphics) {
    super.paintComponent(graphics);
    Graphics2D g = (Graphics2D)graphics;
    //Nullpunkt in die Mitte verlegen
```

```
    g.translate(getWidth()/2, getHeight()/2);
    //Koordinatensystem um 45° im Uhrzeigersinn rotieren
    g.rotate(Math.toRadians(45));
    //Rechteck gedreht zeichnen
    g.drawImage(image, -image.getWidth(this)/2, -image.getHeight(this)/2, this);
  }
```


89 Wie kann ich Transparenzeffekte erzeugen?

Um Transparenzeffekte zu erzielen, müssen Sie transparente Farben zum Zeichnen verwenden. Die Klasse `java.awt.Color` hat seit dem JDK 1.2 einen zusätzlichen Konstruktor, der neben den RGB-Werten für die Farbe auch einen Wert für die Transparenz enthält. Dieser Wert wird allgemein *Alpha-Wert* genannt. Er wird als `float`-Wert zwischen 0.0 und 1.0 angegeben. Ein Wert von 0.0 bedeutet vollständige Transparenz, bei einem Wert von 1.0 wird eine vollständige Abdeckung erreicht. Der Konstruktor der Klasse `Color` hat die Form

```
public Color(float r, float g, float b, float a);
```

Dabei werden die RGB-Werte und der Alpha-Wert als `Float`-Werte angegeben. Damit lassen sich Effekte wie in der folgenden Grafik erzeugen.

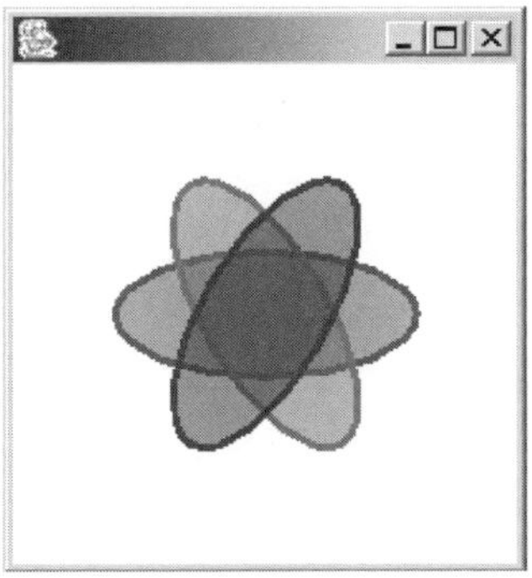

Abbildung 70: Transparenzeffekte durch Alpha-Wert-Angabe

Die Grafik wird in einer `paintComponent()`-Methode eines `JFrame` erzeugt. Dabei werden mit Hilfe der Klasse `BasicStroke` breite Rahmen um die Ellipsen gezeichnet, anschließend wird jeweils eine transparente Version der Grundfarbe erzeugt und die Ellipse gefüllt. Der Koordinatenursprung wird von der linken oberen Ecke in die Mitte verlegt, um die Rotation um das Zentrum der Ellipsen zu vereinfachen.

```
public void paintComponent(Graphics graphics) {
  super.paintComponent(graphics);
  //Das Graphics-Objekt in ein Graphics2D-Objekt casten,
  //das es ja auch ist
  Graphics2D g = (Graphics2D)graphics;
  //Den Nullpunkt in die Mitte verschieben
  g.translate(getWidth()/2,getHeight()/2);
  int x = -60, y = -25, w = 120, h = 50;
  //Den Rahmen deutlich absetzen
  BasicStroke stroke = new BasicStroke(3.0f);
  g.setStroke(stroke);
  //Rahmen ohne Transparenz zeichnen
  g.setPaint(Color.red);
  g.draw(new Ellipse2D.Double(x, y, w, h));
  //Transparente Farbe definieren (50% Transparenz)
  g.setPaint(new Color(1.0f, 0f, 0f, 0.5f));
  g.fill(new Ellipse2D.Double(x, y, w, h));

  //um 120° rotieren und mit der nächsten Farbe zeichnen
  g.rotate(Math.PI/3);
  g.setPaint(Color.green);
  g.draw(new Ellipse2D.Double(x, y, w, h));
  g.setPaint(new Color(0f, 1.0f, 0f, 0.5f));
  g.fill(new Ellipse2D.Double(x, y, w, h));
  //Koordinatensystem erneut rotieren
  g.rotate(Math.PI/3);
  g.setPaint(Color.blue);
  g.draw(new Ellipse2D.Double(x, y, w, h));
  g.setPaint(new Color(0f, 0f, 1.0f, 0.5f));
  g.fill(new Ellipse2D.Double(x, y, w, h));
}
```

90 Wie kann ich die Helligkeit einer Grafik verändern?

Um eine Grafik heller oder dunkler zu zeichnen, bedienen Sie sich der Funktionen zur Bildverarbeitung, die mit `Java2D` mitgeliefert werden. Statt Bildverarbeitung wird auch von Filterung gesprochen, weil Bilder ähnlich wie in der analogen Welt durch einen sog. Filter geschickt werden, der Effekte erzeugt.

Im `Java2D`-API werden alle Operationen zur Bildverarbeitung auf einem `BufferedImage` durchgeführt. Dies ist ein Offscreen-Image, das im Speicher erzeugt und bearbeitet wird. Das Ergebnis kann dann auf den Bildschirm gezeichnet oder weiterverarbeitet werden.

Das Interface `java.awt.image.BufferedImageOp` definiert die grundlegenden Methoden eines Filters. Die für den Programmierer wichtigste ist die `filter()`-Methode:

```
public BufferedImage filter(BufferedImage src,
                            BufferedImage dest)
```

Sie erhält ein `Quell-Image` und optional ein `Ziel-Image` als Parameter. Ist kein `Ziel-Image` angegeben worden, so wird eins erzeugt.

Java liefert bereits Implementierungen von `BufferedImageOp` für verschiedene Zwecke mit, u.a. die Klasse `RescaleOp`. `Rescale` bedeutet hier nicht Skalierung im Sinne von Bildgröße, sondern Skalierung der Farbwerte. Dabei werden alle Farbwerte mit einem Faktor multipliziert. Ein Faktor von 1 bedeutet, dass keine Änderung vorgenommen wird. Faktoren zwischen 0 und 1 bedeuten eine Verdunklung der Grafik, Faktoren größer als 1 eine Aufhellung. Die Klasse `RescaleOp` besitzt zwei Konstruktoren, die sich nur dadurch unterscheiden, dass ein Konstruktor Faktoren für jeden einzelnen Farbkanal (z.B. RGB) in Form eines Arrays akzeptiert, während der andere einen Faktor für alle Kanäle verwendet.

```
public RescaleOp(float[] scaleFactors,
                 float[] offsets,
                 RenderingHints hints)
public RescaleOp(float scaleFactor,
                 float offset,
                 RenderingHints hints)
```

Weiterhin kann jeweils ein Offset-Wert angegeben werden (bzw. einer für jeden Kanal). Der `Offset` wird jeweils zu den Farbwerten hinzuaddiert. Bei Bedarf können auch noch `RenderingHints` angegeben werden. Damit können verschiedene Einstellungen vorgenommen werden, s.a. das Beispiel zum Text mit Anti-Alias. Es kann aber auch 0 als Parameter angegeben werden.

Um nun eine Grafik heller oder dunkler zu zeichnen, muss sie zunächst auf ein `BufferedImage` gezeichnet werden. Auf dieses wird die `filter()`-Methode einer Instanz der Klasse `RescaleOp` angewendet. Im Folgenden wird eine einfache Swing-Anwendung vorgestellt, die die Justierung der Helligkeit eines Bildes mit einem Schieberegler ermöglicht.

Abbildung 71: Die Helligkeit eines Bildes verändern

Der Wert des Schiebereglers (zwischen 1 und 200) wird in einen Faktor zwischen 0 und 8 umgerechnet (höhere Werte als 8 lassen das Bild sehr bald nahezu vollkommen weiß werden).

Die Bildverarbeitung erfolgt in der Klasse `ImagePanel`. Es handelt sich um eine Weiterentwicklung der Klasse ImagePanel aus dem Rezept zum Anzeigen einer Grafik. Hier kann die Helligkeit des verwendeten Bildes über die Methode `setBrightness()` eingestellt werden. Über die Methode `setImage` kann die Grafik ausgetauscht werden. Die eigentliche Berechnung der Helligkeitswerte erfolgt in der Methode `drawImage()`. Hier wird zunächst die Grafik auf ein `BufferedImage` gezeichnet. Danach wird eine Instanz von `RescaleOp` mit dem gesetzten Helligkeitswert erzeugt und ihre `filter()`-Methode auf das `BufferedImage` angewendet. In der Methode `paintComponent()` wird das `BufferedImage` auf das Panel gezeichnet. Die Berechnung der Helligkeit erfolgt nicht in der `paintComponent()`-Methode, da sie sonst bei jedem Zeichenvorgang neu erfolgen würde, was insbes. Scrollvorgänge sehr starkt verlangsamen würde.

```
package javacodebook.media.graphic.brightness;
import java.awt.*;
import java.awt.image.*;
```

Listing 143: ImagePanel

```
import java.awt.geom.*;
import javax.swing.JPanel;

public class ImagePanel extends javax.swing.JPanel {
  //Die Grafik, die angezeigt werden soll
  private Image image;
  private BufferedImage buffer;
  private float brightness = 1.0f;
   /** Austauschen der Grafik */
  public void setImage(Image image) {
    if(image != null && image.getWidth(this) > 0) {
      this.image = image;
      buffer = new BufferedImage(image.getWidth(this),
                      image.getHeight(this),
                      BufferedImage.TYPE_INT_RGB);
      drawImage();
    }
  }

  /** Setzen des Faktors für die Helligkeitsberechnung */
  public void setBrightness(float value) {
    this.brightness = value;
    if(buffer != null)
      drawImage();
  }

  //Komponente zeichnen
  public void paintComponent(Graphics g) {
    super.paintComponent(g);
    if(buffer != null)
      g.drawImage(buffer, 0,0, this);
  }

  private void drawImage() {
    //Graphics-Objekt für das BufferedImage holen
    Graphics2D g2 = (Graphics2D) buffer.getGraphics();
    //Grafik zeichnen
    g2.drawImage(image, 0,0, this);
    //Grafik mit Hilfe eines Filters heller/dunkler zeichnen
    RescaleOp filterOp = new RescaleOp(brightness, 0, null);
    buffer = filterOp.filter(buffer, null);
  }

  public Dimension getPreferredSize() {
    if(image != null)
```

Listing 143: ImagePanel (Forts.)

```
        return new Dimension(image.getWidth(this),
                   image.getHeight(this));
      return super.getPreferredSize();
    }
  }
```

Listing 143: ImagePanel (Forts.)

Die Klasse `ImageFrame`, die das GUI aufbaut, finden Sie auf der CD zum Buch.

91 Wie kann ich eine Grafik in Graustufen darstellen?

Mit dem Java2D-API werden bereits viele nützliche Bilverarbeitungsfunktionen mitgeliefert, darunter auch Möglichkeiten zur Farbkonvertierung. Die Klasse `java.awt.image.ColorConvertOp` führt eine pixelweise Konvertierung einer Grafik durch. Dabei werden die Pixel aus dem Quellbild in den Farbraum des Zielbilds umgerechnet. Die `filter()`-Methode von `ColorConvertOp` führt die Konvertierung durch. Sie hat die folgende Signatur:

```
public final BufferedImage filter(BufferedImage src,
                                  BufferedImage dest);
```

Der Farbraum wird über vordefinierte Konstanten in der Klasse `java.awt.color.ColorSpace` bestimmt. Von ihr können keine Objekte über den `new`-Operator erzeugt werden, stattdessen rufen Sie die Methode `getInstance()` mit einem entsprechenden Parameter auf, die ein `ColorSpace`-Objekt zurückgibt. Als Parameter muss eine der vordefinierten Konstanten für die Farbräume übergeben werden, im Fall der Graustufen-Konvertierung ist dies die Konstante `ColorSpace.CS_GRAY`.

Der gesamte Aufruf zur Konvertierung einer Grafik sieht dann so aus:

```
BufferedImage bufImg = new ColorConvertOp(
    ColorSpace.getInstance(ColorSpace.CS_GRAY),
    null
  ).filter(sourceImg, destImg);
```

Dabei wird auf einem Quellbild, das als `BufferedImage` vorliegen muss, die `filter()`-Methode angewendet. Das Zielbild ist optional, wenn keins angegeben wird, wird eins erzeugt und zurückgegeben. Die Anwendung wird in der Klasse `GreyscalePanel` gezeigt. Sie realisiert ein `JPanel`, das jede Grafik in Graustufen darstellt.

```
package javacodebook.media.graphic.greyscale;
import java.awt.*;
import java.awt.color.ColorSpace;
import java.awt.image.*;
import java.awt.geom.*;
import javax.swing.JPanel;

public class GreyscalePanel extends javax.swing.JPanel {
  //Die Grafik, die angezeigt werden soll
  private Image image;
  private BufferedImage buffer;

  /** Austauschen der Grafik und umrechnen in Graustufen */
  public void setImage(Image image) {
    if(image != null && image.getWidth(this) > 0) {
      this.image = image;
      buffer = new BufferedImage(image.getWidth(this),
                      image.getHeight(this),
                      BufferedImage.TYPE_INT_RGB);
      //Graphics-Objekt für das BufferedImage holen
      Graphics2D g2 = (Graphics2D) buffer.getGraphics();
      //Grafik zeichnen
      g2.drawImage(image, 0,0, this);
      buffer = new ColorConvertOp(
            ColorSpace.getInstance(ColorSpace.CS_GRAY),
            null
           ).filter(buffer, null);
    }
  }

  public void paintComponent(Graphics g) {
    super.paintComponent(g);
    if(buffer != null)
      g.drawImage(buffer, 0,0, this);
  }

  public Dimension getPreferredSize() {
    if(image != null)
      return new Dimension(image.getWidth(this), image.getHeight(this));
```

```
    return super.getPreferredSize();
  }
}
```

Eine kleine Anwendung zum Starten und Darstellen des Panels finden Sie auf der CD zum Buch.

92 Wie kann ich Text schattieren?

Um einen Text zu schattieren, muss er zweimal gezeichnet werden, einmal in der Farbe des Schattens etwas versetzt und einmal in der eigentlichen Textfarbe. Dabei müssen Sie noch berücksichtigen, dass der Text je nach Schriftart und -größe eine unterschiedliche Laufweite hat und dementsprechend mehr oder weniger Platz benötigt.

Eine sofort verwendbare Komponente wird in der Klasse `ShadowedLabel` vorgestellt. Sie ist als Unterklasse von `javax.swing.JPanel` realisiert, so dass sie ohne weiteres in Swing-GUIs verwendbar ist. Die Größe wird entsprechend der Schriftart berechnet, die anhand der Methode `setFont()` aus der Oberklasse `JComponent` gesetzt werden kann. Schriftfarbe, Schattenfarbe und die Entfernung des Schattens von der Schrift können ebenfalls angegeben werden. Der Hintergrund des Panels ist über die `setBackground()`-Methode änderbar, die geerbt wird.

Der Konstruktor der Klasse erhält als Parameter den Text, der angezeigt werden soll, die Schrift- und Schattenfarbe sowie die Entfernung des Schattens von der Schrift.

Abbildung 72: Text mit einem Schatten hinterlegen

```
package javacodebook.media.text.shadow;
import java.awt.*;
import javax.swing.*;

public class ShadowedLabel extends javax.swing.JPanel {
  private String text;
  private Color fontColor, shadowColor;
```

Listing 144: ShadowedLabel

```
  private int xOffset, yOffset;

  public ShadowedLabel(String text, Color fontColor,
              Color shadowColor,
              int xOffset, int yOffset) {
    this.text = text;
    this.fontColor= fontColor;
    this.shadowColor = shadowColor;
    if(xOffset < 0 || yOffset < 0)
      throw new IllegalArgumentException("Offset muss positiv sein");
    this.xOffset = xOffset;
    this.yOffset = yOffset;
  }

  public void paintComponent(Graphics g) {
    //Das Panel korrekt darstellen
    super.paintComponent(g);
    Graphics2D g2 = (Graphics2D) g;
    //Den Ursprung so verschieben, dass der Offset des Schattens
    //berücksichtigt wird
    g2.translate(xOffset, yOffset);
    //Den Schatten zeichnen
    g2.setColor(shadowColor);
    g2.drawString(text, 0, 0 + getFont().getSize());
    //Ursprung wieder zurückverschieben
    g2.translate(-xOffset, -yOffset);
    //Den Text zeichnen
    g2.setColor(fontColor);
    g2.drawString(text, 0, 0 + getFont().getSize());
  }

  //Optimale Größe des Panels anhand der Schrift berechnen
  public Dimension getPreferredSize() {
    //Zur Laufweitenberechnung wird ein FontMetrics-Objekt
    //benötigt
    FontMetrics fm = getFontMetrics(getFont());
    //Länge des Textes in Pixel berechnen
    int width = fm.stringWidth(text) + xOffset;
    //Schriftgröße als Höhe
    int height = fm.getHeight();
    return new Dimension(width, height);
  }

  public static void main(String[] args) {
    JFrame f = new JFrame();
```

Listing 144: ShadowedLabel (Forts.)

```
    f.setDefaultCloseOperation(WindowConstants.EXIT_ON_CLOSE);
    f.getContentPane().setLayout(new BorderLayout());
    ShadowedLabel l = new ShadowedLabel("Schattenwurf",
                          Color.white,
                          Color.black,
                          3, 3);
    Font font = new Font("Helvetica", Font.BOLD, 36);
    l.setFont(font);
    f.getContentPane().add(l, BorderLayout.CENTER);
    f.pack();
    f.show();
  }
}
```

Listing 144: ShadowedLabel (Forts.)

93 Wie kann ich einen Text mit Anti-Alias zeichnen?

Im `Java2D`-API sind Funktionen für das *Antialiasing* bereits vorhanden. Sie können nicht nur für Schriften, sondern für alle geometrischen Zeichenobjekte verwendet werden. Um das Antialiasing zu verwenden, müssen Sie dem `Graphics2D`-Objekt Hinweise zum Zeichenvorgang mitgeben. Dies geschieht mithilfe der Klasse `java.awt.RenderingHints`. In ihr sind verschiedene Werte vordefiniert, die direkt eingesetzt werden können.

Der Unterschied in der Ausgabequalität zwischen Text mit und Text ohne Antialiasing ist deutlich zu sehen:

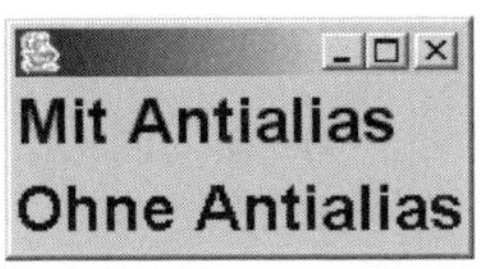

Abbildung 73: Text mit und ohne Antialias-Funktion gezeichnet

Die Angabe der `RenderingHints` erfolgt in der `paintComponent()`-Methode, die verwendete Komponente ist eine Variation des `ShadowedLabel` aus dem Rezept zum schattierten Text.

```
  public void paintComponent(Graphics g) {
    super.paintComponent(g);
    Graphics2D g2 = (Graphics2D) g;
    g2.setRenderingHint(RenderingHints.KEY_ANTIALIASING,
```

```
                    RenderingHints.VALUE_ANTIALIAS_ON);
    g2.drawString(text, 0, 0 + getFont().getSize());
  }
```

Die Klasse RenderingHints enthält noch weitere Anweisungen für Zeichenoperationen, die in der Tabelle aufgelistet werden. Diese werden immer in der Form graphics2d.setRenderingHint(Key, Value) angegeben. Alle Schlüssel und Werte sind bereits als statische Objekte in der Klasse RenderingHints enthalten.

Schlüssel	Mögliche Werte
KEY_ANTIALIASING	▶ VALUE_ANTIALIAS_ON ▶ VALUE_ANTIALIAS_OFF ▶ VALUE_ANTIALIAS_DEFAULT ▶ VALUE_ANTIALIAS_ON ▶ VALUE_ANTIALIAS_OFF ▶ VALUE_ANTIALIAS_DEFAULT
KEY_ALPHA_INTERPOLATION	▶ VALUE_ALPHA_INTERPOLATION_QUALITY ▶ VALUE_ALPHA_INTERPOLATION_SPEED ▶ VALUE_ALPHA_INTERPOLATION_DEFAULT
KEY_COLOR_RENDERING	▶ VALUE_COLOR_RENDER_QUALITY ▶ VALUE_COLOR_RENDER_SPEED ▶ VALUE_COLOR_RENDER_DEFAULT
KEY_DITHERING	▶ VALUE_DITHER_ENABLE ▶ VALUE_DITHER_DISABLE ▶ VALUE_DITHER_DEFAULT
KEY_FRACTIONALMETRICS	▶ VALUE_FRACTIONALMETRICS_ON ▶ VALUE_FRACTIONALMETRICS_OFF ▶ VALUE_FRACTIONALMETRICS_DEFAULT
KEY_INTERPOLATION	▶ VALUE_INTERPOLATION_BICUBIC ▶ VALUE_INTERPOLATION_BILINEAR ▶ VALUE_INTERPOLATION_NEAREST_NEIGHBOR

Tabelle 9: Anweisungen für Zeichenoperationen

Schlüssel	Mögliche Werte
KEY_RENDERING	▶ VALUE_RENDER_QUALITY ▶ VALUE_RENDER_SPEED ▶ VALUE_RENDER_DEFAULT
KEY_TEXT_ANTIALIASING	▶ VALUE_TEXT_ANTIALIAS_ON ▶ VALUE_TEXT_ANTIALIAS_OFF ▶ VALUE_TEXT_ANTIALIAS_DEFAULT

Tabelle 9: Anweisungen für Zeichenoperationen (Forts.)

Die Bedeutung der einzelnen Schlüssel wird im Folgenden erläutert.

- `KEY_ANTIALIASING`: Mit Hilfe dieses Schlüssels kann das Antialiasing für Grafiken, Shapes und Text eingeschaltet werden.
- `KEY_ALPHA_INTERPOLATION`: Dieser Schlüssel ermöglicht eine Umschaltung zwischen schneller und möglichst exakter Berechnung der Alpha-Werte.
- `KEY_COLOR_RENDERING`: Anhand dieses Schlüssels kann angegeben werden, ob Farben für einen bestimmten Ausgabekanal (z.B. Druck) optimiert werden sollen.
- `KEY_DITHERING`: Nicht alle Ausgabekanäle haben gleich viele Farben. Sind weniger Farben verfügbar, als die auszugebende Grafik erfordert, so kann mit diesem Schlüssel eingestellt werden, ob die nächstmögliche vorhandene Farbe gesucht werden soll.
- `KEY_FRACTIONALMETRICS`: Hierüber wird bestimmt, ob die Schriften-Metriken mit Integer-Präzision oder mit Double-Präzision berechnet werden sollen. Java2D unterstützt beides, während vor Java2D nur Integer-Werte möglich waren.
- `KEY_TEXT_ANTIALIASING`: Hierüber kann, separat von anderen Grafikobjekten, das Antialiasing für Text ein- und ausgeschaltet werden.

94 Wie kann ich eine Textur auf einen Schriftzug legen?

Um eine Textur auf einen Schriftzug zu legen, müssen Sie eine Texturfüllung erzeugen. Dafür stellt Java die Klasse `java.awt.TexturePaint` zur Verfügung, mit der beliebige Shapes (auch Texte werden hierbei als Shapes behandelt) gefüllt werden können. Ist die verwendete Grafik kleiner als die Texturgrafik, so wird diese gekachelt, d.h. nahtlos an den Rändern wiederholt angefügt.

Mit einer entsprechenden Grafik kann der Text z.B. so »verschönert« werden.

Abbildung 74: Textur über einen Text gelegt

Dabei muss die Texturgrafik jedoch als `BufferedImage` übergeben werden, nicht als `Image`. Da eine Grafik nach dem Laden normalerweise als Image und nicht als `BufferedImage` vorliegt, muss zunächst ein `BufferedImage` erzeugt werden. Dieses wird mit derselben Größe erzeugt, die die Texturgrafik aufweist. In das `BufferedImage` hinein wird nun die Grafik gezeichnet. Danach kann die Texturfüllung erzeugt werden.

```
package javacodebook.media.text.texture;
import java.awt.*;
import java.awt.image.*;
import javax.swing.*;

public class TextureLabel extends javax.swing.JPanel {
  private String text;
  private TexturePaint paint;

  public TextureLabel(String text, Image image) {
    this.text = text;
    //Die Größe der Grafik ermitteln
    int width = image.getWidth(this);
    int height = image.getHeight(this);
    //Ein entsprechend großes BufferedImage erzeugen
    BufferedImage buf = new BufferedImage(width, height,
                        Transparency.OPAQUE);
    // Graphics2D-Objekt erzeugen, mit dem in das BufferedImage
    //gezeichnet werden kann
    Graphics2D g = buf.createGraphics();
    //Die Grafik in das BufferedImage zeichnen
    g.drawImage(image, 0,0, this);
    //Eine Texturfüllung erzeugen, die auf der Grafik basiert
    paint = new TexturePaint(buf, new Rectangle(0,0,width,
                          height));
```

isting 145: TextureLabel

```
  }

  public void paintComponent(Graphics g) {
    //Das Panel korrekt darstellen
    super.paintComponent(g);
    Graphics2D g2 = (Graphics2D) g;
    //Antialiasing einschalten, damit keine unschönen Ränder
    //auftreten
    g2.setRenderingHint(RenderingHints.KEY_ANTIALIASING,
               RenderingHints.VALUE_ANTIALIAS_ON);
    //Die Texturfüllung als Füllmuster verwenden
    g2.setPaint(paint);
    //Den Text zeichnen
    g2.drawString(text, 0, 0 + getFont().getSize());
  }

  /** Die bevorzugte Größe für den Text berechnen */
  public Dimension getPreferredSize() {
    //FontMetrics-Objekt zur Laufweitenberechnung
    FontMetrics fm = getFontMetrics(getFont());
    //Länge des Textes in Pixel berechnen
    int width = fm.stringWidth(text);
    //Schriftgröße als Höhe
    int height = fm.getHeight();
    return new Dimension(width, height);
  }

  public static void main(String[] args) {
    JFrame f = new JFrame();
    f.setDefaultCloseOperation(WindowConstants.EXIT_ON_CLOSE);
    f.getContentPane().setLayout(new BorderLayout());
    ImageIcon icon = new ImageIcon(f.getClass().getClassLoader().
      getSystemResource("javacodebook/media/text/texture/Textur.jpg"));
    TextureLabel l = new TextureLabel("Texturiert", icon.getImage());
    Font font = new Font("Helvetica", Font.BOLD, 64);
    l.setFont(font);
    f.getContentPane().add(l, BorderLayout.NORTH);
    f.pack();
    f.show();
  }
}
```

Listing 145: TextureLabel (Forts.)

95 Wie kann ich die verfügbaren Schriftarten ermitteln?

Sollen in einer Java-Anwendung alle verfügbaren Schriftarten, die der Benutzer auf seinem System installiert hat, angezeigt werden, so ist dies relativ einfach mit der Klasse `java.awt.GraphicsEnvironment` zu erreichen. Diese Klasse enthält die Methode `getAvailableFontFamilyNames()`, die ein Array mit allen Namen der (TrueType)-Schriftarten zurückgibt. Die Klasse `GraphicsEnvironment` kann nicht direkt instanziert werden, sondern es muss über die statische Methode `getLocalGraphicsEnvironment()` eine Instanz angefordert werden.

Soll die Auswahl der Schriftarten auf eine bestimmte Sprache beschränkt werden, so bietet die Klasse `GraphicsEnvironment` noch eine weitere Version der Methode `getAvailableFontFamilyNames()` an, die eine `Locale` als Parameter erhält. Hiermit werden nur die Schriftarten zurückgegeben, die diese `Locale` unterstützen.

Die Klasse `FontChooser` zeigt, wie eine Auswahlliste mit den Schriftarten erzeugt wird.

```
package javacodebook.media.findfonts;
import java.awt.*;
import javax.swing.*;

public class FontChooser extends javax.swing.JFrame {

  private javax.swing.JPanel jPanel1;

  public FontChooser() {
    initComponents();
    //Schriftarten über die Klasse GraphicsEnvironment ermitteln
    GraphicsEnvironment env =
      GraphicsEnvironment.getLocalGraphicsEnvironment();
    String[] fontNames = env.getAvailableFontFamilyNames();
    JComboBox fontBox = new JComboBox(fontNames);
    jPanel1.add(fontBox);
    pack();
  }

  private void initComponents() {
    jPanel1 = new javax.swing.JPanel();
    setTitle("Schriftarten");
    addWindowListener(new java.awt.event.WindowAdapter() {
```

Listing 146: FontChooser

```
      public void windowClosing(java.awt.event.WindowEvent evt) {
        exitForm(evt);
      }
    });
    jPanel1.setLayout(new java.awt.FlowLayout(java.awt.FlowLayout.LEFT));
    jPanel1.setPreferredSize(new java.awt.Dimension(300, 35));
    getContentPane().add(jPanel1, java.awt.BorderLayout.NORTH);
    pack();
  }

  private void exitForm(java.awt.event.WindowEvent evt) {
    System.exit(0);
  }

  public static void main(String args[]) {
    new FontChooser().show();
  }
}
```

Listing 146: FontChooser (Forts.)

Das Ergebnis sieht dann so aus:

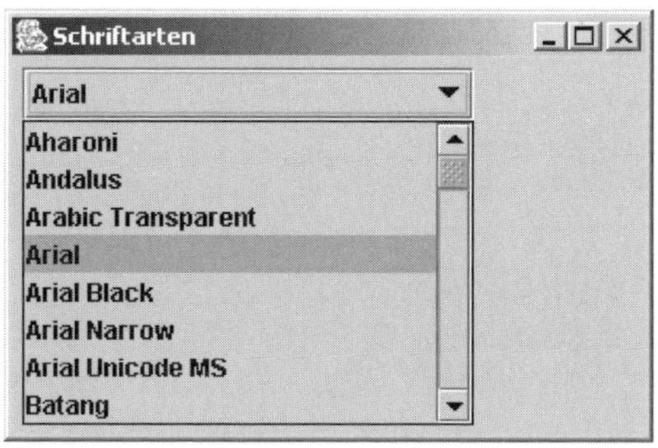

Abbildung 75: Auswahlbox für System-Schriftarten

96 Wie kann ich ein Video oder eine Musikdatei abspielen?

Zum Abspielen eines Videos oder einer Musikdatei verwenden Sie das *Java Media Framework* (JMF). Es gehört nicht zum Standardumfang von Java, sondern kann als optionales Paket separat von der SUN-Website heruntergeladen werden. Das JMF besteht aus einer Spezifikation und einer Referenzimplementierung von SUN. Diese Referenzimplementierung gibt es in einer Java-Version, die für alle Plattformen (mit

Soundfähigkeiten) geeignet ist, und in plattformspezifischen Versionen für Windows, Linux und Solaris. Die plattformspezifischen Versionen unterstützen mehr Formate als die reine Java-Version. Darunter sind z. B. die gängigen Formate MPG-1, WAV, MP3 und verschiedene andere Audio- und Video-Formate. Ein Übersicht über alle unterstützten Formate der verschiedenen Versionen erhalten Sie unter der URL (Stand JMF 2.1.1) *http://java.sun.com/products/java-media/jmf/2.1.1/formats.html.* Wenn Sie die plattformspezifische Version installieren, werden die notwendigen Ergänzungen zum `CLASSPATH` normalerweise automatisch durchgeführt. Bei der plattformunabhängigen Version müssen Sie die Datei *jmf.jar* in den Klassenpfad einbinden.

Mit dem JMF lässt sich mit wenigen Zeilen Code ein einfacher Video- und Audio-Player realisieren. Dafür werden nur wenige Klassen aus dem JMF benötigt. Das Interface `javax.media.Player` definiert die Methoden eines `Player`-Objekts. Ein `Player`-Objekt kann nicht selbst instanziert werden, sondern es wird anhand des Medientyps von der Methode `createPlayer()` der Klasse `javax.media.Manager` erzeugt.

Der `Player` kennt selbst seinen Objekttyp und stellt grafische Komponenten zur Anzeige und Kontrolle zur Verfügung. Diese Komponenten können innerhalb einer Anwendung beliebig positioniert werden. Bei einem Video sind dies eine Anzeige-Komponente und eine Abspielsteuerung, bei einer Audio-Datei entfällt die Anzeige-Komponente.

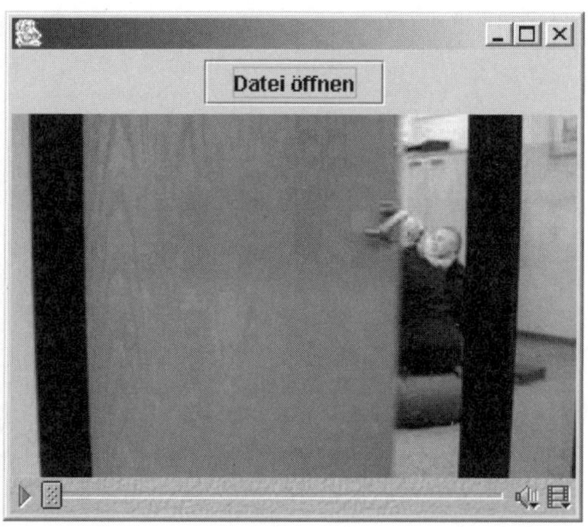

Abbildung 76: Wiedergabe eines MPG-Videos

In der Klasse `MediaPlayer` wird die Ansteuerung des `Players` gezeigt. Erst wenn eine Datei geladen ist, stehen die `Player`-Komponenten zur Verfügung. Um die Steuerung des `Players` zu ermöglichen, wird das Interface `javax.media.ControllerUpdate` implementiert. Die Methode `controllerUpdate()` informiert die Anwendung darüber, wenn im `Player` Ereignisse ausgelöst werden. Die Anwendung kann die Art des Ereignisses ermitteln und entsprechend reagieren. In unserem Fall wird das Ereignis `RealizeCompleteEvent` abgefangen und die `Player`-Komponente angezeigt.

```
package javacodebook.media.player;
import java.awt.*;
import java.awt.event.*;
import java.io.*;
import javax.swing.*;
import javax.media.*;

public class MediaPlayer extends JFrame implements ControllerListener {
  //Der Player
  javax.media.Player player;
  //Die Kontrollleiste für den Player
  Component playerControls = null;
  //Die Anzeige des Players (nur bei Videos)
  Component playerView = null;

  public MediaPlayer() {
    setDefaultCloseOperation(WindowConstants.EXIT_ON_CLOSE);
    getContentPane().setLayout(new BorderLayout());
    //Einen Button zum Öffnen von Dateien erstellen
    JPanel buttonPanel = new JPanel();
    getContentPane().add(buttonPanel, BorderLayout.NORTH);
    JButton openButton = new JButton("Datei öffnen");
    buttonPanel.add(openButton);
    openButton.addActionListener(new ActionListener() {
      public void actionPerformed(ActionEvent evt) {
        JFileChooser chooser = new JFileChooser();
        int status = chooser.showOpenDialog(MediaPlayer.this);
        if (status == JFileChooser.APPROVE_OPTION) {
          //ausgewählte Datei ermitteln und abspielen
          File file = chooser.getSelectedFile();
          playFile(file);
        }
      }
    });
  }

  /** Eine Datei abspielen. */
  public void playFile(File file) {
    if(player != null)
```

Listing 147: MediaPlayer

```
      player.stop();
    try {
      //den Player erzeugen
      player = Manager.createPlayer(file.toURL());
      //Einen Listener für den Player erzeugen
      player.addControllerListener(this);
    } catch(Exception e) {
      e.printStackTrace(System.out);
    }
    player.start(); //Das Abspielen beginnen
  }

  //Wenn Datei geladen ist, Typ ermitteln und Controls anzeigen
  public void controllerUpdate(javax.media.ControllerEvent evt) {
    if (evt instanceof RealizeCompleteEvent) {
      //Der Player selbst liefert die visuelle Komponente
      Component vc = player.getVisualComponent();
      //Komponente anzeigen, wenn nötig
      if (vc != null) {
        //evtl. vorhandene alte Komponente entfernen
        if(playerView != null)
          getContentPane().remove(playerView);
        //Neue Komponente ins Zentrum des Frames legen
        getContentPane().add(vc, BorderLayout.CENTER);
        playerView = vc;
      } else {
        //evtl. vorhandene visuelle Komponente entfernen
        if(playerView != null)
          getContentPane().remove(playerView);
      }
      Component cpc = player.getControlPanelComponent();
      if (cpc != null) {
        //Altes Control-Panel entfernen
        if(playerControls != null)
          getContentPane().remove(playerControls);
        //Control-Panel unten anordnen
        getContentPane().add(cpc, BorderLayout.SOUTH);
        playerControls = cpc;
      } else {
        if(playerControls != null)
          getContentPane().remove(playerControls);
      }
      pack();//Steuerelemente auch anzeigen
    }
  }
```

Listing 147: MediaPlayer (Forts.)

```
  public static void main(String[] args) {
    //Erzeuge einen neuen MediaPlayer und zeige ihn an
    MediaPlayer mediaPlayer = new MediaPlayer();
    mediaPlayer.setSize(320, 200);
    mediaPlayer.pack();
    mediaPlayer.show();
  }


}
```

Listing 147: MediaPlayer (Forts.)

Das Java Media Framework ist auf Erweiterbarkeit ausgelegt. So ist es z.B. möglich, weitere Video- oder Audio-Kodierungen hinzuzufügen. Die plattformspezifische Version für Windows enthält das JMF Studio, in dem Codecs leicht verwaltet werden können. Auch können mit dem JMF Audio- und Videodaten aufgenommen und verarbeitet werden. Eine Betrachtung dieser Funktionalität sprengt jedoch den Rahmen dieses Buchs. Mehr Informationen dazu finden Sie bei SUN unter der URL *http://java.sun.com/products/java-media/jmf.*

97 Wie kann ich einfache Sounddateien in Anwendungen einbinden?

Da das im Beispiel zum Abspielen von Video- oder Musikdateien beschriebene Java Media Framework nicht zum Standardumfang von Java gehört, kann es nicht vorausgesetzt werden. Soll eine Anwendung nur bestimmte, unter Umständen sogar mitgelieferte Sounddateien abspielen, so kann dies seit Java 2 (JDK1.2) über die Klasse `Applet` erfolgen. Sie enthält die statische Methode `newAudioClip()`, mit der Dateien in den Formaten

- AIFF
- AU
- WAV
- MIDI (Typ 0 and Typ 1)
- RMF

abgespielt werden können. Dabei bestehen jedoch im Gegensatz zum Media Framework wenig Kontrollmöglichkeiten über das Abspielen einer Datei. Ein `AudioClip`, der mit der Methode `newAudioClip()` erzeugt wurde, implementiert das Interface `java.applet.AudioClip`. Es stellt drei Methoden zur Verfügung, die eine rudimentäre Kontrolle über das Abspielen ermöglichen.

- `publid void play()` – spielt den Audioclip ab.
- `public void loop()` – spielt den Audioclip immer wieder ab, wenn er zu Ende ist.
- `public void stop()` – stoppt das Abspielen.

Damit lässt sich eine einfache Abspielmöglichkeit für Klänge oder Musik innerhalb einer Anwendung realisieren. Es muss jedoch kein Applet erzeugt werden. Da die Methode `newAudioClip()` statisch ist, lässt sie sich von jeder Java-Anwendung aus aufrufen. Hier wird sie in einer GUI-Anwendung verwendet.

```
package javacodebook.media.sound;
import java.applet.*;
import java.awt.*;
import java.awt.event.*;
import java.io.*;
import javax.swing.*;

public class SoundPlayer extends JFrame {
  AudioClip clip = null;

  public SoundPlayer() {
    setDefaultCloseOperation(WindowConstants.EXIT_ON_CLOSE);
    getContentPane().setLayout(new BorderLayout());
    JPanel buttonPanel = new JPanel();
    getContentPane().add(buttonPanel, BorderLayout.NORTH);
    JButton openButton = new JButton("Datei öffnen");
    JButton stopButton = new JButton("Stop");
    buttonPanel.add(openButton);
    buttonPanel.add(stopButton);
    openButton.addActionListener(new ActionListener() {
      public void actionPerformed(ActionEvent evt) {
        JFileChooser chooser = new JFileChooser();
        int status =
          chooser.showOpenDialog(SoundPlayer.this);
        if (status == JFileChooser.APPROVE_OPTION) {
          //ausgewählte Datei ermitteln und abspielen
          File file = chooser.getSelectedFile();
```

Listing 148: SoundPlayer

```
            try {
              //Einen Audio-Clip erzeugen
              clip = Applet.newAudioClip(file.toURL());
              //Audio-Clip abspielen
              clip.play();
            } catch(Exception e) {
              e.printStackTrace(System.out);
            }
          }
        }
      });
      stopButton.addActionListener(new ActionListener() {
        public void actionPerformed(ActionEvent evt) {
          if(clip != null) {
            clip.stop();
          }
        }
      });
    }

    public static void main(String[] args) {
      //Erzeuge einen neuen SoundPlayer und zeige ihn an
      SoundPlayer SoundPlayer = new SoundPlayer();
      SoundPlayer.setSize(320, 200);
      SoundPlayer.pack();
      SoundPlayer.show();
    }


  }
```

Listing 148: SoundPlayer (Forts.)

98 Wie kann ich Text drucken?

Text aus einer Java-GUI-Anwendung heraus zu drucken erfordert einiges an Berechnungen. Es wird immer ein `Graphics`-Objekt gedruckt, das vom Programm für den Druck bereitgestellt und aufbereitet werden muss. Diese Aufbereitung ist der wesentliche Aspekt beim Ausdruck.

Java stellt für den Ausdruck verschiedene Klassen im Paket `java.awt.print` zur Verfügung. Ein `PrinterJob` wird benötigt, um den Drucker auszuwählen und anzusteuern. Die Druckaufbereitung wird in der `print()`-Methode vorgenommen, die im Interface `Printable` definiert wird. Diese Methode muss von einer Klasse in der Anwendung überschrieben werden. Sie hat folgende Signatur:

```
public int print(Graphics graphics,
                 PageFormat pageFormat,
                 int pageIndex)
                 throws PrinterException
```


Das Graphics-Objekt stellt den Grafik-Kontext zur Verfügung, der später an den Drucker übergeben wird. Dorthinein werden die Druckausgaben gezeichnet. Es handelt sich hierbei übrigens um ein Graphics2D-Objekt, wie bei den paint()-Methoden seit Java 2 auch. Dies ist für die weitere Bearbeitung sehr nützlich, da hierüber die handlichen Funktionen aus dem Java2D-API zur Verfügung stehen.

Das Papierformat wird in einem Objekt der Klasse PageFormat an die print()-Methode übergeben und die jeweils zu druckende Seite (also die Seitenzahl) ist der int-Wert pageIndex, der bei 0 beginnt.

Die Klasse TextPrinter liest eine Textdatei in eine JEditorPane ein. Dabei ist zu beachten, dass die JEditorPane unbedingt in einer JScrollPane stecken muss, da sonst der Text abgeschnitten wird, insbesondere auch beim Ausdruck. Es wird ein Menü mit einem Menüpunkt DATEI aufgebaut, das über die Einträge ÖFFNEN und DRUCKEN eine einfache Interaktion ermöglicht.

Die JEditorPane wird über den Menüpunkt Drucken ausgedruckt. Da die Größe der Pane nicht unbedingt mit der Papiergröße übereinstimmt, muss vor dem Ausdruck eine Skalierung vorgenommen werden. Dies kann dank Java2D-API auf relativ einfache Weise erfolgen, da bereits die Methoden scale() und translate() zur Verfügung stehen.

Die Implementierung des Printable-Interface wird hier zu Demonstrationszwecken in einer anonymen inneren Klasse innerhalb der Methode printDocument() vorgenommen. Es wäre auch möglich, z.B. eine Unterklasse von JEditorPane zu bilden, die das Interface implementiert, und diese Unterklasse anstelle von JEditorPane zu verwenden.

In der printDocument()-Methode wird ein sog. PrinterJob erzeugt, der die Druckeransteuerung übernimmt. In einer anonymen inneren Klasse wird das Interface Printable implementiert. Es enthält die Methode print() mit der folgenden Signatur:

```
public int print(Graphics g, PageFormat pf, int pageIndex) ;
```

Sie wird vom erzeugten `PrinterJob` aus aufgerufen. Er stellt einen `Graphics`-Kontext zur Verfügung (der eigentlich ein `Graphics2D`-Objekt ist), übergibt das per Druckdialog ausgewählte Papierformat und die aktuell zu druckende Seite. Es ist nun Aufgabe der `print()`-Methode, den entsprechenden zu druckenden Bereich in den `Graphics`-Kontext zu drucken, der dann an den Drucker weitergeleitet wird.

Für den Ausdruck sind einige Berechnungen notwendig, damit der Grafikbereich der `JEditorPane` auf das Papierformat ausgegeben werden kann, da die Größen nicht übereinstimmen. Der Grafikbereich wird so skaliert, dass er auf das Papier ausgedruckt werden kann. Da die Breite des Papiers festgelegt ist, wird ein Skalierungsfaktor Papierbreite/ Grafikbereichbreite gewählt, der dann auch auf die Höhe des Grafikbereichs angewendet wird.

Über die Schriftgröße wird die Zeilenhöhe ermittelt. Damit keine Zeilen am unteren Rand abgeschnitten werden, muss eine max. Anzahl Zeilen pro Blatt berechnet werden. Daraus ergibt sich ein Skalierungsfaktor in der Y-Achse, der etwa zwischen 1.0 und 1.05 liegt. Dieser wird mit dem bereits berechneten Skalierungsfaktor multipliziert. Das Ergebnis wird für die Skalierung des Grafikbereichs in Y-Richtung verwendet, um einen sauberen Zeilenumbruch zu ermöglichen.

Um die Anzahl der zu druckenden Seiten zu berechnen, werden die Skalierungsfaktoren mit dem Verhältnis aus Höhe des Grafikbereichs / Papierhöhe multipliziert. Der Grafikbereich wird vor dem Ausdruck jeweils in die linke obere Ecke des Druckbereichs des Papierformats verschoben.

```
package javacodebook.media.print.text;
import java.awt.*;
import java.awt.geom.*;
import java.awt.print.*;
import java.io.*;
import javax.swing.*;

public class TextPrinter extends javax.swing.JFrame {

  private javax.swing.JScrollPane jScrollPane1;
  private javax.swing.JMenuItem jMenuItem2;
  private javax.swing.JEditorPane textEditorPane;
  private javax.swing.JFileChooser fileChooser;
  private javax.swing.JMenuItem jMenuItem1;
  private javax.swing.JMenu jMenu1;
  private javax.swing.JMenuBar jMenuBar1;
  private String fileName;
```

Listing 149: TextPrinter

```
  public TextPrinter() {
    initComponents();
  }

  private void initComponents() {
    fileChooser = new javax.swing.JFileChooser();
    jScrollPane1 = new javax.swing.JScrollPane();
    textEditorPane = new javax.swing.JEditorPane();
    jMenuBar1 = new javax.swing.JMenuBar();
    jMenu1 = new javax.swing.JMenu();
    jMenuItem1 = new javax.swing.JMenuItem();
    jMenuItem2 = new javax.swing.JMenuItem();

    setDefaultCloseOperation(javax.swing.WindowConstants.EXIT_ON_CLOSE);
    addWindowListener(new java.awt.event.WindowAdapter() {
      public void windowClosing(java.awt.event.WindowEvent evt) {
        exitForm(evt);
      }
    });

    textEditorPane.setPreferredSize(new java.awt.Dimension(640,
                                                          480));
    jScrollPane1.setViewportView(textEditorPane);

    getContentPane().add(jScrollPane1, java.awt.BorderLayout.CENTER);

    jMenu1.setText("Datei");
    jMenuItem1.setText("Öffnen");
    jMenuItem1.addActionListener(new
java.awt.event.ActionListener() {
      public void actionPerformed(java.awt.event.ActionEvent evt) {
        showOpenFileDialog(evt);
      }
    });
    jMenu1.add(jMenuItem1);
    jMenuItem2.setText("Drucken");
    jMenuItem2.addActionListener(
           new java.awt.event.ActionListener() {
      public void actionPerformed(java.awt.event.ActionEvent evt) {
        printDocument(evt);
      }
    });
    jMenu1.add(jMenuItem2);
```

Listing 149: TextPrinter (Forts.)

```
    jMenuBar1.add(jMenu1);
    setJMenuBar(jMenuBar1);
    pack();
  }

  //Hier erfolgt die Druckaufbereitung
  private void printDocument(java.awt.event.ActionEvent evt) {
    try {
      PrinterJob job = PrinterJob.getPrinterJob();
      job.setJobName("Textausdruck - " + fileName);
      job.setCopies(1);
      job.setPrintable(new Printable() {
        //Implementierung von Printable() in anonymer Klasse
        public int print(Graphics g, PageFormat pf, int pageIndex) {
          //Ein Graphics2D-Objekt hat geeignetere Methoden
          Graphics2D g2 = (Graphics2D)g;
          //Schriftfarbe schwarz
          g2.setColor(Color.black);
          //DoubleBuffering in der EditorPane ausschalten
          textEditorPane.setDoubleBuffered(false);
          //Jetzt die Größe des Druckbereichs berechnen
          Dimension d = textEditorPane.getSize();
          double editorWidth  = d.width;
          double editorHeight = d.height;
          //Papiermaße des Papierformats ermitteln
          double pageWidth  = pf.getImageableWidth();
          double pageHeight = pf.getImageableHeight();
          //x-Skalierungsfaktor berechnen
          double xScale = pageWidth/editorWidth;
          //y-Skalierungsfaktor berechnen
          double fontSize =
            (double)textEditorPane.getFont().getSize();
          int linesPerPage =
            1+(int)Math.ceil(pageHeight/fontSize);
          //Die Zahl 4 ist experimentell ermittelt
          double yScale = (4 + linesPerPage * fontSize) /
                  pageHeight;
          //Anzahl Seiten für Druck berechnen
          int totalNumPages =
            (int)Math.ceil(xScale*yScale*editorHeight /
                    pageHeight);
          // Leerseiten weglassen.
          if(pageIndex >= totalNumPages)
            return NO_SUCH_PAGE;
```

Listing 149: TextPrinter (Forts.)

```
        //Verschiebung nach links oben
        g2.translate(pf.getImageableX(),
               pf.getImageableY());
        //aktuelle Seite -> nach oben verschieben
        //Verschiebung also nur in Y-Richtung nach unten
        g2.translate(0d, -pageIndex*pageHeight);
        //Auf Papierformat skalieren
        g2.scale(xScale, xScale*yScale);
        //Grafikbereich für den Druck neu zeichnen
        textEditorPane.paint(g2);
        //DoubleBuffering wieder einschalten
        textEditorPane.setDoubleBuffered(true);
        //Seite für Ausdruck an PrinterJob anmelden
        return Printable.PAGE_EXISTS;
      }
    });
    if(job.printDialog() == false)
      return; //kein Druck, da abgebrochen
    job.print(); //sonst ausdrucken
  } catch(PrinterException e) {
    //Fehler in einem Nachrichtenfenster anzeigen
    JOptionPane.showMessageDialog(this,
                "Fehler beim Druck" + e,
      "Druckerfehler", JOptionPane.ERROR_MESSAGE);
  }
}

private void showOpenFileDialog(java.awt.event.ActionEvent evt) {
  int pressedButton = fileChooser.showOpenDialog(this);
  if(pressedButton == JFileChooser.APPROVE_OPTION) {
    try {
      File f = fileChooser.getSelectedFile();
      this.fileName = f.getName();
      BufferedInputStream in = new BufferedInputStream(
        new FileInputStream(f));
      textEditorPane.read(in, null);
      in.close();
    } catch(IOException e) {
      e.printStackTrace(System.out);
    }
  }
}

private void exitForm(java.awt.event.WindowEvent evt) {
  System.exit(0);
```

Listing 149: TextPrinter (Forts.)

```
  }

  public static void main(String args[]) {
    new TextPrinter().show();
  }
}
```

Listing 149: TextPrinter (Forts.)

99 Wie kann ich im Textmodus drucken?

Im Gegensatz zum Rezept, in dem Text gedruckt wurde, wird hier gezeigt, wie ein Text direkt an den Drucker gesendet werden kann, ohne den Umweg über die graphische Ausgabe zu gehen. Dabei wird die Standard-Schriftart des Druckers verwendet, nicht die Schriftart, die von Java z.B. in einer `JEditorPane` angezeigt wird. Dieser Druckmodus kann z.B. für den Ausdruck von Listen oder Formularen genutzt werden.

Die Ausgabe an einen Drucker erfolgt direkt über einen `FileOutputStream`, der als Parameter das `Device` erhält, unter Windows ist dies meist `LPT1`. Dabei wird der Datenstrom ungefiltert an den Drucker weitergegeben, so dass dieser selbst die Unterstützung für den verwendeten Zeichensatz mitbringen muss. Enthält der Standard-Zeichensatz des Druckers z.B. keine Umlaute, so muss ein entsprechender Zeichensatz manuell ausgewählt werden. Sie können dies bei Druckern über die so genannten *Escape-Sequenzen* tun. Jeder Drucker hat einen Befehlssatz, mit dem über ein Programm Aktionen ausgeführt werden können. Jeder Befehl beginnt mit dem Escape-Zeichen (`1B Hex` bzw. `27 Dez`) und besteht aus einer bestimmten Sequenz von Zeichen, die danach an den Drucker gesendet werden. Damit lassen sich nicht nur Zeichensätze wählen, es können auch Steuerbefehle an den Drucker gesendet werden, mit denen z.B. Zeilenvorschübe ausgeführt werden können.

Dies soll im Beispiel anhand der Klasse `TextSpooler` gezeigt werden. Die Klasse `TextSpooler` erhält als Parameter eine Textdatei und ein `Druck`-Device, auf dem die Datei ausgegeben werden soll. Unter Windows wäre das `Device` bei einem Anschluss an den parallelen Port `LPT1`. Vor dem eigentlichen Ausdruck wird mit Hilfe einer Escape-Sequenz ein Zeichensatz ausgewählt, der Umlaute bereitstellt.

Im hier gezeigten Beispiel wird über eine sog. *Escape*-Sequenz ein geeigneter Zeichensatz ausgewählt, um deutsche Umlaute drucken zu können. Diese Einstellung ist vom jeweiligen Drucker abhängig.

```
package javacodebook.media.print.puretext;
import java.io.*;

public class TextSpooler {

  public static void main(String[] args) throws IOException {
    if(args.length < 2)
      printUsage();
    String filename = args[0];
    File f = new File(filename);
    if(!f.exists())
      printUsage();
    String target = args[1];
    //Datei-Eingabestrom öffnen
    BufferedReader in = new BufferedReader(new FileReader(f));
    //Ausgabestrom für den Drucker öffnen
    FileOutputStream lpt = new FileOutputStream(target);
    //Escape-Sequenz über einen Binär-Datenstrom übermitteln
    lpt.write(27);
    PrintWriter out = new PrintWriter(new OutputStreamWriter(lpt));
    //Für Umlaute Zeichensatz ISO8859-1 wählen
    out.print("(ON");
    //Zeilenweise ausdrucken
    String line = null;
    while(((line = in.readLine()) != null)) {
      out.println(line);
    }
    in.close();
    out.close();
  }

  private static void printUsage() {
    System.out.println("Aufruf: javacodebook.media." +
       "print.puretext.TextSpooler datei drucker");
    System.exit(0);
  }
}
```

Listing 150: TextSpooler

100 Wie kann ich eine Grafik drucken?

Eine Grafik auszudrucken ist nicht unbedingt schwieriger als einen Text auszudrucken. Allerdings gibt es für die Anzeige von Grafiken keine spezielle Komponente à la `JEditorPane`, sodass entweder eine eigene Komponente geschrieben werden muss oder Komponenten verwendet werden müssen, die auch Grafiken anzeigen können (z.B. ein `JLabel` mit einem `ImageIcon`).

Hier wird eine eigene Komponente vorgestellt, die das Interface `java.awt.print.Printable` implementiert. Sie wird als Unterklasse von `javax.swing.JPanel` realisiert, so dass sie direkt in beliebigen Swing-GUIs verwendbar ist. Dabei werden die Methoden `paintComponent()` und `getPreferredSize()` überschrieben, um die Grafik zu zeichnen und die Maße der Grafik als bevorzugte Größe des Panels anzugeben. Es kann trotzdem dazu kommen, dass das Panel größer ist als die Grafik, wenn es z.B. in einem `BorderLayout` mit `CENTER` eingefügt wurde. Aber die Grafik wird stets in ihrer Originalgröße gezeigt.

Die Druckausgabe wird in der `print()`-Methode vorbereitet und berechnet. Die Grafik in der Komponente wird auf einer Druckseite ausgegeben. Ist sie größer (also höher oder breiter als das Papier), so wird sie entsprechend skaliert, je nach dem Größenverhältnis zwischen Breite und Höhe.

```
package javacodebook.media.print.graphic;
import java.awt.*;
import java.awt.print.*;
import javax.swing.JPanel;

public class PrintableImagePanel extends javax.swing.JPanel implements Printable{
  //Die Grafik, die angezeigt werden soll
  private Image image;

  public PrintableImagePanel(Image image) {
    this.image = image;
    this.setBackground(Color.white);
  }

  public void paintComponent(Graphics g) {
    super.paintComponent(g);
    g.drawImage(image, 0, 0, image.getWidth(this), image.getHeight(this), this);
  }

  public Dimension getPreferredSize() {
    return new Dimension(image.getWidth(this), image.getHeight(this));
  }

  /* Die print-Methode aus dem Interface Printable */
  public int print(Graphics graphics, PageFormat pageFormat, int pageIndex)
  throws PrinterException {
```

Listing 151: PrintableImagePanel

```
    //Das Graphics-Objekt wird in ein Graphics2D-Objekt gecastet
    //um besser verarbeitet werden zu können
    Graphics2D g2 = (Graphics2D)graphics;
    //DoubleBuffering im Panel für den Druck ausschalten
    this.setDoubleBuffered(false);
    //Größe des Druckbereichs berechnen
    //Zunächst werden die Maße der Grafik ermittelt (in Pixel)
    double imageWidth  = image.getWidth(this);
    double imageHeight = image.getHeight(this);
    //Maße des Papierformats ermitteln
    double pageWidth  = pageFormat.getImageableWidth();
    double pageHeight = pageFormat.getImageableHeight();
    double scale = 1; //Grafik kleiner als Papier: Maßstab = 1
    //Grafik breiter oder höher als Papier? -> skalieren
    if(imageWidth > pageWidth || imageHeight > pageHeight) {
      if(imageWidth/imageHeight > pageWidth/pageHeight)
        //Grafik anhand Papierbreite skalieren
        scale = pageWidth/imageWidth;
      else
        //Grafik anhand Papierhöhe skalieren
        scale = pageHeight/imageHeight;
    }

    //Da die Voreinstellung beim Druck gerne "Seite 1 - 9999"
    //lautet, werden die vielen Leerseiten hier weggelassen.
    if(pageIndex > 0)
      return Printable.NO_SUCH_PAGE;
    //Seitenränder des Papierformats berücksichtigen
    g2.translate(pageFormat.getImageableX(),
           pageFormat.getImageableY());
    //Evtl. nötige Skalierung durchführen
    g2.scale(scale, scale);
    //Grafikbereich für den Druck neu zeichnen
    paint(g2);
    //DoubleBuffering in der EditorPane wieder einschalten
    this.setDoubleBuffered(true);
    //Dem Druckjob mitteilen, dass eine Seite für den Druck
    //existiert
    return Printable.PAGE_EXISTS;
  }

}
```

Listing 151: PrintableImagePanel (Forts.)

Gerade bei Grafiken ist es sehr wichtig, das `DoubleBuffering` der Komponente für den Druck auszuschalten. Beim `DoubleBuffering` werden die Komponenten zunächst in einem Offscreen-Image gezeichnet, bevor sie auf dem Bildschirm angezeigt werden, um Flackern zu vermeiden. Dieses Offscreen-Image hat aber nur eine Auflösung von 72 dpi, eben die Auflösung, die auch ein Bildschirm hat. Ein Drucker kann jedoch mit höherer Auflösung drucken.

Die Komponente, die in der Klasse `PrintableImagePanel` vorgestellt wurde, kann in einem ähnlichen Rahmen eingesetzt werden wie beim Textausdruck. Statt einer `JEditorPane` wird in einer `JScrollPane` ein `PrintableImagePanel` verwendet und statt einer Textdatei wird eine Grafik geladen. Die entsprechende Klasse `GraphicPrinter` finden Sie auf der CD zum Buch.

101 Wie kann ich eine Animation erzeugen?

Animationen werden grundsätzlich mithilfe von Threads erzeugt, die das regelmäßige Aufrufen der Zeichenoperationen übernehmen. Innerhalb der Aufrufe werden dann die Berechnungen für die Bewegung der Objekte ausgeführt.

Um Bildschirmflackern zu vermeiden, werden die Objekte zunächst auf einem so genannten Offscreen-Image gezeichnet. Anschließend wird das Offscreen-Image vollständig auf den Bildschirm gezeichnet. Damit werden die einzelnen Zeichenoperationen für den Betrachter unsichtbar ausgeführt und erst das fertige Ergebnis sichtbar gemacht. Ein Offscreen-Image wird mit Hilfe der Klasse `java.awt.image.BufferedImage` realisiert.

Zeichenoperationen werden üblicherweise in der Methode `paint` (AWT) oder `paintComponent` (Swing) ausgeführt. Diese Methode wird aber normalerweise nicht selbst aufgerufen, sondern über die Komponenten-Hierarchie, wenn z.B. das Fenster der Anwendung verkleinert oder vergrößert wurde. Mit der Methode `repaint()` kann ein Neuzeichnen erreicht werden. Diese Methode ist aber für Animationen nur bedingt geeignet, da sie nicht sofort ausgeführt wird, sondern ein Neuzeichnen »bei der nächsten Gelegenheit« anstößt. Dies kann zu langsam sein, um eine flüssige Animation zu erreichen.

Es muss also ein anderer Weg gewählt werden. Die `paint()`-Methode erwartet als Parameter ein `Graphics`-Objekt, das beim Aufruf von `repaint()` automatisch erzeugt wird. Sie können es aber auch selbst erzeugen. Jede grafische Komponente in Java erbt von der Klasse `java.awt.Component`. Sie hat die Methode `getGraphics()`, mit der der Grafik-Kontext einer Komponente ausgelesen wird. Das so erhaltene `Graphics`-Objekt kann anschließend zum Zeichnen verwendet werden.

Die Klasse `Animator` zeigt dies anhand einer einfachen Animation, bei der die Bewegung der Erde um die Sonne und des Mondes um die Erde nachgebildet wird. Es wird kein Anspruch auf physikalische Korrektheit erhoben.

```
package javacodebook.media.animation;
import java.awt.*;
import java.awt.geom.*;
import java.awt.image.*;
import javax.swing.*;

public class Animator extends JComponent implements Runnable{
  double earthArc = 0;
  double moonArc = 0;
  private BufferedImage bufImage;

  /* Ausführung der Animation innerhalb eines Threads. */
  public void run() {
    while(true) {
      //neu Zeichnen
      animate();
      //kurze Pause einlegen
      try {
        Thread.sleep(10);
      } catch(InterruptedException e) {
        e.printStackTrace(System.out);
      }
    }
  }

  //Berechnungen durchführen und Objekte zeichnen
  public void animate() {
    //Die Erde im Gegenuhrzeigersinn um die Sonne drehen
    earthArc -= Math.PI / 360;
    if(earthArc >= Math.PI*2)
      earthArc = 0;
    //den Mond im Uhrzeigersinn um die Erde drehen
    moonArc += Math.PI / 60;
    if(moonArc >= Math.PI*2)
      moonArc = 0;
    //Eine Referenz auf den Grafik-Kontext der Komponente holen
    Graphics g = getGraphics();
    if(g != null) {
      paintComponent(g);
    }
```

Listing 152: Animator

```
    g.dispose();
  }

  public void paintComponent(Graphics g) {
    if(createBuffer()) {
      //Zuerst in das Offscreen-Image zeichnen
      Graphics2D g2 = (Graphics2D) bufImage.getGraphics();
      //Mit Hintergrundfarbe füllen
      g2.setColor(getBackground());
      g2.fillRect(0, 0, getWidth(), getHeight());
      //Mittelpunkt des Panels als Koordinatenursprung
      g2.translate(getWidth()/2, getHeight()/2);
      g2.setColor(Color.ORANGE);
      //Sonne zeichnen
      g2.fill(new Ellipse2D.Double(-25, -25, 50, 50));
      //Koordinatensystem drehen
      g2.rotate(earthArc);
      //Zum Mittelpunkt der Erde verschieben
      g2.translate(120, 0);
      g2.setColor(Color.blue);
      //Erde zeichnen
      g2.fill(new Ellipse2D.Double(-10, -10, 20, 20));
      //Koordinatensystem drehen
      g2.rotate(moonArc);
      //Zum Mittelpunkt des Mondes verschieben
      g2.translate(20, 0);
      g2.setColor(Color.white);
      //Mond zeichnen
      g2.fill(new Ellipse2D.Double(-5, -5, 10, 10));
      //BufferedImage auf den Grafik-Kontext der Komponente,
      //also auf den Bildschirm zeichnen
      g.drawImage(bufImage, 0, 0, this);
      g2.dispose();
    }
  }

  //BufferedImage erst erzeugen, wenn Größe bekannt ist
  private boolean createBuffer() {
    if(bufImage != null)
      return true;//BufferedImage wurde bereits erzeugt
    else {
      if(getWidth() == 0 || getHeight() == 0)
        return false;//Komponente noch nicht angezeigt
      bufImage = new BufferedImage(getWidth(), getHeight(), Transparency.OPAQUE);
    }
```

Listing 152: Animator (Forts.)

```
    return true;
  }

  public Dimension getPreferredSize() {
    return new Dimension(320,320);
  }

  public static void main(String[] args) {
    JFrame f = new JFrame();
    f.setResizable(false);
    f.setDefaultCloseOperation(WindowConstants.EXIT_ON_CLOSE);
    f.getContentPane().setLayout(new BorderLayout());
    Animator animator = new Animator();
    f.getContentPane().add(animator, BorderLayout.CENTER);
    f.pack();
    f.show();
    Thread thread = new Thread(animator);
    thread.start();
  }


}
```

Listing 152: Animator (Forts.)

Datenbankanbindung

102 Wie installiere ich JDBC-Treiber?

Die *Java Database Connectivity*, kurz JDBC, ist ein Set von Interfaces, die dem Programmierer einen standardisierten Zugriff auf Datenbanken bietet. Die JDBC-API wird inzwischen von allen namhaften Datenbankherstellern unterstützt. Dabei implementiert der Hersteller von `java.sql.Driver` ausgehend alle Interfaces des Pakets `java.sql` gemäß der JDBC-Spezifikation. Diese legt darüber hinaus weitere Aspekte des Datenbankzugriffs fest, wie Transaktionen oder die Verwendung von SQL als Abfragesprache. Alle für Programmierer wesentlichen Informationen zu JDBC stehen in der Dokumentation des Pakets `java.sql` in SUNs legendärer *Java 2 Platform, API Specification.*

Da die Verantwortung für die Implementierung der JDBC-Spezifikation dem Hersteller obliegt, kann es große qualitative Unterschiede zwischen den JDBC-Treibern geben. Während manche JDBC-Treiber zu Gunsten höherer Schnelligkeit auf wenig benutzte Eigenschaften verzichten, verwenden andere die JDBC-API in einem ganz anderen Kontext, beispielsweise für ein Dokumentenmanagementsystem, um potentiellen Entwicklern eine bekannte API zur Verfügung zu stellen. Für die größeren Datenbanken findet man meistens mehrere Treiber mit ganz unterschiedlichen Profilen in den Dimensionen Nutzungskomfort und Leistung.

Die Idee hinter JDBC ist nicht ganz neu; so ist Microsofts *Open Database Connectivity*, kurz ODBC, nicht nur vom Namen her ähnlich. ODBC ist jedoch den Nutzern der Redmonder Betriebssystemfamilie vorbehalten, dafür gibt es ODBC für eine Reihe von Programmiersprachen. Interessanterweise bietet die aktuelle Version des Java Runtime Environments für Windows eine so genannte *JDBC-ODBC-Bridge*, über die man über JDBC auf ODBC zugreifen kann.

Vorbereitung

Für die Rezepte in diesem Kapitel haben wir die aktuelle Version von PostgreSQL verwendet. PostgreSQL ist eine Open-Source Datenbank und kann frei von der Webseite des Projekts unter *http://www.postgresql.com* heruntergeladen werden. PostgreSQL bietet eine Reihe von professionellen Fähigkeiten und wird von Open-Source-Enthusiasten gerne als Alternative zu Oracle gehandelt. Grundsätzlich funktionieren die Beispiele auch mit allen anderen Datenbanken mit passendem JDBC- bzw. ODBC-Treiber. Sinnvolle Alternativen für das Programmieren der Beispiele sind eine Microsoft Access Datenbank über ODBC oder das gute alte MySQL.

Möchten Sie eine eigene Datenbank verwenden, so bedürfen die Beispielprogramme nur minimaler Anpassung an ihre jeweilige Entwicklungsumgebung – dafür ist JDBC ja schließlich gedacht. Anleitung finden Sie speziell in den Rezepten zum Herstellen einer Verbindung und für die Installation eines JDBC-Treibers.

Bevor Sie die im Folgenden beschriebenen Beispielprogramme ohne eigene Modifikationen ausführen können, installieren Sie bitte eine PostgreSQL-Datenbank:

1. Beschaffen Sie sich die Datenbank. Laden Sie die für Ihr Betriebssystem passende Distribution von der Webseite *www.postgresql.com* und entpacken Sie diese in ein entsprechendes Verzeichnis

2. Erstellen Sie eine Datenbank mit dem Namen `test`.

Legen Sie dazu ein Verzeichnis für die Datenbank an, das wir der Einfachheit halber im weiteren `c:/data` nennen. Wechseln Sie dann mit einer Konsole in das Verzeichnis *bin* der Distribution und erstellen Sie mit dem Befehl

```
createdb -D c:/data test
```

eine Datenbank mit dem Namen `test`. Die Datenbank starten Sie nun mit dem Befehl

```
pg_ctl -D c:/data start
```

bzw. fahren sie mit dem Befehl

```
pg_ctl -D c:/data stop
```

wieder herunter.

3. Legen Sie einen Nutzer mit dem Namen `postgres` an.

Dieser Schritt ist nur notwendig, wenn nicht automatisch schon der Nutzer `postgres` in der Datenbank angelegt worden ist. Wechseln Sie in einer Konsole wieder in das Verzeichnis *bin* und führen Sie den Befehl

```
psql test
```

aus. Den neuen Nutzer legen Sie dann in der Datenbankkonsole mit dem Befehl

```
create user postgres with password 'postgres'
```

an. Übrigens können Sie mit der Konsole beliebige andere SQL-Anweisungen absetzen.

4. Führen Sie das SQL-Skript von der Buch-CD aus.

Wechseln Sie wieder mit der Konsole in das Verzeichnis *bin* und übergeben Sie das SQL-Skript – angenommen, es liegt wieder in *c:/data* – dem Programm *psql* als Standardeingabe mit dem Befehl

```
psql test < c:/data/javacodebook.sql
```

Danach existieren in der Datenbank vier neue Tabellen, die von den Beispielen verwendet werden.

Die Datenbank ist nun frisch installiert und die Tabellen angelegt. Mit ein wenig Glück sind auch schon Daten enthalten. Da Sun nur für die Windows-Distribution des JRE einen JDBC-Treiber mitliefert, nämlich die vorher angesprochene ODBC-Brücke, bleibt für die restlichen Datenbanken das Problem der letzten Meile.

Die letzte Meile ist meist eine *Jar*- oder *Zip*-Datei im Downloadbereich der Webseite des Herstellers. Es liegt in der Verantwortung des Herstellers, einen Treiber für die JDBC-API zu liefern. Sollte man auf der Seite eines Herstellers keinen JDBC-Treiber finden, so kann man auf entsprechenden Suchseiten nach einen JDBC-Treiber für die gewünschte Datenbank fahnden. Da die Schnittmenge von professionellen Datenbankprogrammierern und professionellen Javaprogrammierern recht klein ist, werden nicht wenige JDBC-Treiber getrennt von der eigentlichen Datenbank programmiert.

Haben Sie die Datei mit dem JDBC-Treiber, müssen die darin verfügbaren Klassen der Java Virtual Machine nutzbar gemacht werden. Das heißt, die Datei muss im `Classpath` Ihres Programms liegen. Den `Classpath` kann man über Kommandozeilenparameter setzen. Es empfiehlt sich, den `Classpath` zu einem benötigten Archiv immer explizit in der Kommandozeile vorzugeben. Alternativ können Sie die benötigten Archive auch global zur Umgebungsvariable `Classpath` hinzufügen.

Wenn die Datei Ihres JDBC-Treibers also im Pfad */user/jars/jdbc.jar* liegt und die Klasse `MeinProgramm` den JDBC-Treiber benötigt, können Sie den Treiber mit der Anweisung

```
java -classpath /user/jars/jdbc.jar MeinProgramm
```

einbinden. Um herauszufinden, ob der Treiber nun funktioniert bzw. die Klassen tatsächlich im `Classpath` Ihrer Anwendung liegen, muss man wohl eine Testverbindung herstellen. In verteilten Anwendungen, beim Programmieren von *Servlets, Java Server Pages* oder *Enterprise Java Beans* ist das mit dem `Classpath` nicht so einfach per Kommandozeile zu erledigen. Da muss der Treiber in bestimmten Verzeichnissen liegen, die der Server dem Programm dann als `Classpath` zur Verfügung stellt. In diesen Fällen hilft nur der Blick in die Dokumentation der jeweiligen Serverumgebung.

Andere Technologien

JDBC bietet zweifellos komfortablen Zugriff auf Datenbanken. Wenn man aber viel mit JDBC arbeitet, sieht man sich oft mit folgenden typischen Problemen konfrontiert:

- Man schreibt immer wieder Klassen, die genau einer Datenbanktabelle entsprechen.
- Man schreibt einen Server, der im Wesentlichen eine Datenbank plus einige nützliche Methoden im Netzwerk zur Verfügung stellt.
- Die unternehmensweit genutzte Anwendung wächst über die Performance des Servers hinaus. Begriffe wie »Load Balancing« und »Cluster« fallen wiederholt in wichtigen, krisenschwangeren Meetings.
- Man hat für die Datenbank, für das Netzwerk und für die Intranet-Applikationen drei verschiedene Nutzertabellen.

Diese oben beschriebenen Problemklassen werden durch die beiden Java-Standards *Enterprise JavaBeans* (EJB) und *Java Data Objects* (JDO) adressiert.

JDO setzt meist auf JDBC auf und beschreibt einen Mechanismus, wie Objekte leicht gespeichert werden können. Dabei kümmert sich der Provider der JDO-Funktionalität darum, dass entsprechende Tabellen etc. in der Datenbank angelegt werden und die Objekte möglichst performant gespeichert und geladen werden. Auch wenn JDO meist im Zusammenhang mit Datenbanken genutzt wird, ist die API abstrakt genug, um alternative Speicherstrategien (Einfache Serialisierung in das Dateisystem) zu erlauben. JDO ermöglicht Programmierern, die nicht mit JDBC oder SQL vertraut sind, Datenbanken als Persistenzschicht zu nutzen. JDO bietet eine hohe Abstraktionsebene für die schnelle und komfortable Implementierung von Persistenzmechanismen. Da JDO alles andere als eine leichtgewichtige API ist, wird der performance-bewusste Programmierer langfristig JDO zugunsten von JDBC in seiner Applikation ersetzen.

Die EJB-Spezifikation beschreibt eine Umgebung für verteilte und skalierbare Anwendungen. Dabei gibt es zwei unterschiedliche Typen von Komponenten. Das eine sind Datenobjekte, sie entsprechen im Wesentlichen einer Datenbanktabelle: die so genannten *Entity Beans*. Das andere sind Funktionen oder Anwendungen, die im Rahmen der Serverapplikation angeboten werden, die *Session Beans*. Im Zusammenhang mit den Entity Beans gibt es die Möglichkeit, dem Server komplett das Persistenzmanagement zu überlassen, die so genannte *Container Managed Persistence* (CMP). Hier nutzt der Server dann JDBC, um die Entity Beans zu speichern und zu laden. Da die Entity Beans vom Kontext der Anwendung klarer umrissen sind (»Eine Datenbanktabelle«), ist die CMP von der Leistung her besser als bei JDO, das klaglos beliebige Objekte verarbeiten können muss.

Implementiert man Methoden in Form einer Session Bean, überlässt man der Serverkonfiguration Aspekte der Applikationsservertechnologie wie Nutzerverwaltung, Clusterbildung, Load Balancing und Caching. Beispielsweise kann man dann per LDAP eine bestehende Nutzerverwaltung in die Serverarchitektur einbinden. Oder bestehende EJBs kurzerhand auf zwei Server verteilen.

103 Wie stelle ich eine Verbindung zur Datenbank her?

Jede Interaktion mit einer Datenbank beginnt mit dem Herstellen einer Verbindung. Der Vorgang des Verbindens ist immer notwendig, unabhängig davon, ob die Datenbank auf dem gleichen Rechner, im lokalen Netz oder im Internet liegt.

Die erfolgreiche Verbindung soll dabei Folgendes sicherstellen:

- Der Programmteil, mit dem Sie auf die Datenbank zugreifen wollen, ist richtig initialisiert.
- Die Datenbank befindet sich tatsächlich dort, wo Sie sie vermutet haben.
- Sie verfügen über die notwendigen Privilegien, auf die Datenbank zuzugreifen.

Core
I/O
GUI
Multimedia
Datenbank
Netzwerk
XML
RegEx
Daten
Threads
Web-Server
Applets
Sonstiges

- Einmal verbunden, können Sie mit der Datenbank so lange arbeiten, bis die Verbindung entweder nach einer bestimmten Zeit der Inaktivität (*Timeout*) seitens der Datenbank oder von Ihnen getrennt wird.

Das Herstellen einer Verbindung zu einer Datenbank über JDBC besteht aus zwei Schritten:

1. Initialisieren des herstellerspezifischen Treibers
2. Öffnen einer Verbindung über einen sog. URL (Uniform Resource Locator) und die zur Verbindung notwendige Kombination aus Nutzername und Passwort

JDBC benutzt dabei die Interfaces `Connection`, `Driver` und `DriverManager`. Eine Instanz von `Connection` entspricht einer Verbindung zu einer Datenbank, über die man SQL-Anweisungen an die Datenbank richten kann. `Driver` ist das wichtigste Interface, das von den Herstellern von JDBC-Treibern implementiert werden muss. Über dieses Interface können Sie sukzessive auf die Referenzen der Implementierungen der Interfaces der JDBC-API zugreifen. Für Programmierer liegt hier klar der Vorteil von JDBC: Auch wenn man eine andere Implementierung von `Driver` nutzt, ist der eigene Code nur von den Interfaces aus `java.sql` abhängig. Man braucht am weiteren Quelltext der Applikation also nichts zu ändern.

`DriverManager` ist eine Klasse des JRE, an die die Hersteller ihre JDBC-Implementierung binden. Um eine Instanz von `Driver` bei dem `DriverManager` anzumelden, reicht es im Allgemeinen, über die statische Methode `Class.forName()` die vom Hersteller benannte Klasse in das eigene Programm einzubinden. Wenn der `ClassLoader` die Klasse findet, wird der statische Code der Klasse ausgeführt. Dieser registriert den Treiber bei der Klasse `DriverManager`.

Anschließend kann man über die Methode `getConnection()` von `DriverManager` die Verbindung herstellen. Parameter des Aufrufs ist eine URL in folgender Form:

```
jdbc:subprotokoll:subname
```

Die bei `subprotokoll` und `subname` notwendigen Angaben unterscheiden sich je nach Datenbank und sind in der Dokumentation des Herstellers zu finden.

Seit JDBC 3.0 wird der Weg über die `DataSource` seitens Sun als der »preferred way to connect« bezeichnet. Sollte Ihr Treiber eine Implementierung von `DataSource` liefern, konsultieren Sie bitte das Rezept zum Verwenden von `DataSources`.

Vorzugsweise tritt im Zusammenhang mit den ersten Verbindungsversuchen eine `ClassNotFoundException` auf. Häufigste Ursache ist hier der falsch gesetzte `Classpath`.

Überprüfen Sie, ob das `Classpath`-Argument bzw. die Eigenschaft `jdbc.drivers` richtig übergeben werden und die Implementierung der Klasse `Driver` der JVM bekannt ist. Ansonsten kann nur der falsch geschriebene Treibername Grund für die Ausnahme sein.

Wenn Sie ganz sicher sind, dass alles richtig ist, und es trotzdem nicht funktioniert: Überprüfen Sie, ob die gewünschte Klasse tatsächlich so benannt in der *Jar*-Datei vorhanden ist! So kann es einerseits sein, dass sich beispielsweise ein Wechsel der Packagebezeichner in der Implementierung noch nicht in der Dokumentation niedergeschlagen hat. Öffnen Sie die *Jar*-Datei mit einem geeigneten Tool (*Winzip*) und überprüfen Sie, ob die in der Dokumentation angegebene Datei tatsächlich da ist (oder evtl. eine ähnliche Bezeichnung passt).

Ist der Treiber erfolgreich geladen, so können beim Aufruf der Methode `getConnection()` von `DriverManager` Fehlermeldungen wie »No suitable Driver« auftreten. Hier hilft es, die URL mit den Angaben in der Dokumentation des Treibers zu vergleichen: Der `DriverManager` findet keine Treiber zu dem angegebenen Protokoll bzw. die Angaben in der URL reichen nicht, eine gültige Verbindung zu einer Datenbank herzustellen. Ebenfalls bei `getConnection()` können Fehlermeldungen wie »User 'XY' does not exist« oder »Authentification Error« geworfen werden. Diese betreffen dann die angegebene Kombination aus Nutzername und Passwort. Auch hier hilft nur der Blick in die Dokumentation des Herstellers, wie Nutzer in der Datenbank angelegt und geändert werden können.

Hier ein komplettes Beispiel dazu:

```
package connection;
import java.sql.Connection;
import java.sql.DriverManager;
public class ConnectToDB {

  public static void main(String[] args) {
    try {
      Connection con;
      // Die Methode forName nimmt den Namen der Klasse auf,
      // der java.sql.Driver implementiert. Bei PostgreSQL
      // ist das org.postgresql.Driver. Wenn Sie eine
      // andere Datenbank verwenden: Der Klassenname
      // steht in den allerersten Zeilen der Dokumentation
      // Ihres Treibers.
      Class.forName("org.postgresql.Driver");
```

Listing 153: ConnectToDB

```
      // Das richtige Format des ersten Parameters von
      // getConnection kann von jedem Hersteller frei
      // vorgegeben werden.
      con =
        DriverManager.getConnection(
          "jdbc:postgresql://localhost/test",
          "postgres",
          "postgres");

      // Die Verbindung steht...
      System.out.println("Verbindung zur Datenbank '"
      // Manche Treiber sind bei getCatalog etwas
      // spartanisch in der Ausgabe und liefern nicht
      // den Tabellennamen zurück (sondern null).
      +con.getCatalog() + "' hergestellt");
    } catch (Exception e) {
      e.printStackTrace();
    }
  }
}
```

Listing 153: ConnectToDB (Forts.)

104 Wie lese ich Daten aus einer Tabelle?

Das A und O der Arbeit mit Datenbanken ist das Lesen von gespeicherten Daten. Die meisten Zugriffe auf eine Datenbank sind einfache Zugriffe im Sinne von »Zeige mir alle Mitarbeiter« oder »Zeige mir alle Mitarbeiter mit mehr als drei Krankheitstagen«. Um eine Abfrage zu beschreiben und auszuführen verwendet JDBC die Sprache SQL. Eine umfassende Beschreibung dieser Sprache würde den Rahmen dieses Buches sprengen. Eine Kurzreferenz zu SQL finden Sie in der Regel in der Dokumentation Ihrer Datenbank.

Ein typischer Zugriff auf Daten in einer Datenbank erfolgt in drei Schritten:

1. Eine Verbindung herstellen
2. Ein SQL-Statement formulieren und ausführen
3. Die Ergebnismenge auswerten

Um eine SQL-Anweisung ausführen zu können, braucht man bei JDBC eine Instanz des Interfaces `Statement`. Eine entsprechende Referenz erhält man durch Aufruf der Methode `createStatement()` einer initialisierten `Connection`. Ein `Statement` entspricht dabei symbolisch einer Kommandozeile, über die man SQL-Anweisungen absetzt und welche dann die Ergebnisse darstellt. Haben Sie eine solche Referenz, schicken Sie per `executeQuery()` einen Befehl an die Datenbank und erhalten ein `ResultSet`, in dem die Ergebnisse Ihrer Abfrage gespeichert sind.

Das `ResultSet` entspricht dabei einer Ergebnistabelle, bei der jeweils eine Zeile ausgewählt ist. Das `ResultSet` umfasst daher Methoden zur Navigation durch eine Reihe von Datensätzen und weitere, um die Werte der einzelnen Spalten auszulesen. Da Java eine streng typisierte Sprache ist, gibt es für jeden für die weitere Verarbeitung gewünschten Datentyp eine entsprechende Gettermethode.

Der erste Datensatz in einem `ResultSet` wird erst durch den Aufruf der Methode `next()` ausgewählt. Versucht man also vor Aufruf der Methode `next()` über eine der Gettermethoden auf Werte im `ResultSet` zuzugreifen, wirft das `ResultSet` eine Exception im Sinne von »Result set not positioned properly« oder »Before first row«. Das passiert ebenfalls, wenn man sich im `ResultSet` durch Aufruf der Methode `next()` über das Ende der Datensätze hinaus bewegt hat.

Manche JDBC-Treiber sind recht sparsam mit Ausnahmen und liefern die Werte des letzten Datensatzes oder Nullwerte auch dann zurück, wenn sich das Programm eigentlich an einer ungültigen Position im `ResultSet` befindet. Werten Sie daher in Schleifen immer den booleschen Rückgabewert der Methode `next()` aus, um `NullPointerExceptions` und/oder Endlosschleifen nach dem Wechsel des JDBC-Treibers vorzubeugen.

Sind die von der jeweiligen Gettermethode zurückgelieferten Typen nicht kompatibel mit dem in der Datenbank verwendeten Datentyp, treten Ausnahmen auf.

Im Folgenden sehen Sie das genaue Beispiel:

```
package select;
import java.sql.Connection;
import java.sql.DriverManager;
import java.sql.ResultSet;
import java.sql.Statement;
public class SelectFromDB {
  public static void main(String[] args) {
    try {
      Class.forName("org.postgresql.Driver");
      Connection con =
        DriverManager.getConnection(
          "jdbc:postgresql:test",
          "postgres",
          "postgres");
```

Listing 154: SelectFromDB

```
        // Vorbereiten eines Statements,
        // das zum Absetzen von SQL-Anweisungen benötigt
        // wird
        Statement statement = con.createStatement();

        // Absetzen des Statements und Speichern des
        // Ergebnisses
        ResultSet result =
          statement.executeQuery(
            "SELECT firstname, lastname FROM employees");

        // Auswerten des Ergebnisses
        while (result.next()) {
          System.out.println("Name: "
          // Alternativ zum Feldnamen kann auch die
          // Spaltennummer angegeben werden.
          +result.getString("lastname")
            + ", "
            + result.getString(1));
        }
      } catch (Exception e) {
        e.printStackTrace();
      }
    }
  }
```

Listing 154: SelectFromDB (Forts.)

105 Wie speichere ich Daten in einer Tabelle?

Bevor man mit Daten arbeiten kann, muss man diese natürlich erst einmal in die Datenbank einfügen.

Es gibt zwei Wege, neue Datensätze in einer Tabelle anzulegen. Der erste Weg geht über eine eigene SQL-Anweisung für das Einfügen eines Datensatzes, der zweite nutzt ein veränderbares `ResultSet`.

1. Einfügen über einen SQL-Befehl

Mit dem Schlüsselwort `INSERT` beginnt in SQL eine Anweisung, die neue Daten in eine Tabelle einfügt:

```
INSERT INTO tabelle [ ( spalte [, ...] ) ]
  { DEFAULT VALUES | VALUES ( { ausdruck | DEFAULT } [, ...] )
   | SELECT abfrage }
```

Core
I/O
GUI
Multi-media
Datenbank
Netzwerk
XML
RegEx
Daten
Threads
Web-Server
Applets
Sonstiges

Die `INSERT`-Anweisung kann über die Methode `executeUpdate()` des Interfaces `Statement` ausgeführt werden.

2. Einfügen über ein `ResultSet`

Über die Parameter der Methode `createStatement()` des Interfaces `Connection` kann man den Treiber dazu auffordern, neue Instanzen von `ResultSet` als veränderbares `ResultSet` anzulegen. Intern entspricht das dem Typ `ResultSet.CONCUR_UPDATABLE`. Haben Sie also mit einem solchen `Statement` eine SQL-Abfrage ausgeführt, können Sie nun über das zurückgelieferte `ResultSet` neue Werte einfügen. Dazu rufen Sie die Methode `moveToInsertRow()` des Interfaces `ResultSet` auf und setzen die gewünschten Werte über die Methoden `update<Typ>()`. Um den neuen Datensatz anzulegen, reicht ein Aufruf der Methode `insertRow()`.

Wenn man eine `INSERT`- oder `UPDATE`-Anweisung über die Methode `executeQuery()` des Interfaces `ResultSet` absetzt, wirft der JDBC-Treiber eine Ausnahme. Aus dem einfachen Grund, weil diese Anweisungstypen keine Ergebnismenge kennen und daher auch kein `ResultSet` zurückliefern können. Gleiches gilt umgekehrt, wenn man eine `SELECT`-Anweisung per `executeUpdate()` ausführen möchte.

Wenn man neue Datensätze über ein `ResultSet` einfügt, gibt es einige kleine Fallen und Hindernisse. Je nachdem, wie man die vorhergegangene `SELECT`-Anweisung formuliert hat, kann es dem `ResultSet` unmöglich sein, eine gültige `INSERT`-Anweisung zu finden. Das kann beispielsweise passieren, wenn Spalten, die nicht `NULL` sein dürfen, nicht im `ResultSet` verfügbar sind. Oder wenn man Daten tabellenübergreifend selektiert hat. Grundsätzlich sollte man die Abfrage, die einem Einfügevorgang als Vorlage dienen soll, möglichst einfach formulieren.

Das `ResultSet`, mit dem man neue Datensätze anlegen will, kann man etwas rustikal, aber sehr komfortabel über eine SQL-Anweisung wie `SELECT * FROM <tabelle> WHERE false` anlegen. Über `ResultSetMetaData` kann man dann auch gleich erfahren, welche Felder gesetzt werden müssen etc.

Im Folgenden finden Sie ein Beispiel:

```
package insert;
import java.sql.*;
public class InsertIntoDB {
  public static void main(String[] args) {
    try {
      Class.forName("org.postgresql.Driver");
      Connection con =
        DriverManager.getConnection(
```

Listing 155: InsertIntoDB

```
    "jdbc:postgresql:test",
    "postgres",
    "postgres");

Statement statement = con.createStatement();

// Datenbank erst mal sauber machen
statement.executeUpdate(
  "DELETE FROM employees WHERE id in(12,13)");

// Einen Datensatz per executeUpdate einfügen
statement.executeUpdate(
  "INSERT INTO employees(id,firstname,lastname)"
    + " VALUES (12,'Miriam','Bauman')");

// Den Beispieldatensatz ausgeben
ResultSet result = statement.executeQuery(
    "SELECT * FROM employees WHERE id=12");
while (result.next()) {
  System.out.println(
    "Inserted "
      + result.getString("firstname")
      + " "
      + result.getString("lastname"));
}

// Insert über ein veränderbares ResultSet
// ... erst mal ein veränderbares ResultSet
// beim JDBC-Treiber bestellen
try {
  statement = con.createStatement(
      ResultSet.TYPE_SCROLL_INSENSITIVE,
      ResultSet.CONCUR_UPDATABLE);
} catch (Exception e) {
  System.out.println(
    "The used JDBC driver does not support updatable ResultSets");
  System.exit(0);
}

// Dann (k)einen Datensatz von employees auswählen
// Natürlich kann man das SELECT hier beliebig
// formulieren, die Variante unten ist die sparsamste.
statement.executeQuery(
  "SELECT * FROM employees WHERE false");
result.moveToInsertRow();
```

Listing 155: InsertIntoDB (Forts.)

```
      result.updateString("firstname", "Hezekiel");
      result.updateString("lastname", "Walters");
      result.updateInt("id", 13);
      result.insertRow();

      result =
        statement.executeQuery(
          "SELECT * FROM employees WHERE id=13");
      while (result.next()) {
        System.out.println(
          "Inserted "
            + result.getString("firstname")
            + " "
            + result.getString("lastname"));
      }
    } catch (Exception e) {
      e.printStackTrace();
    }

  }
}
```

Listing 155: InsertIntoDB (Forts.)

106 Wie ändere ich Daten?

Die Sprache SQL bietet zum Ändern von Daten die Anweisungen aus dem Bereich der Data Manipulation Language (DML). Im Wesentlichen handelt es sich um Anweisungen mit den Schlüsselwörtern `INSERT` zum Anlegen neuer Datensätze und `UPDATE` zum Verändern bestehender Daten.

Es gibt im Wesentlichen zwei Wege, um bestehende Daten zu ändern. Entweder man formuliert eine `UPDATE`-Anweisung und führt diese aus, oder man nutzt ein veränderbares `ResultSet`.

1. Aktualisierung per SQL-Statement

Nachdem man sich von einem initialisierten `Connection`-Objekt per `createStatement()` eine Referenz auf ein Statement geholt hat, kann man über die Methode `executeUpdate()` eine `UPDATE`-Anweisung ausführen.

Die Syntax einer `UPDATE`-Anweisung entspricht folgender Darstellung:

```
UPDATE tabelle SET spalte = ausdruck [, ...]
  [ WHERE bedingung ]
```

Konsultieren Sie zur genauen Syntax die SQL-Referenz Ihrer Datenbank, da fast jeder Hersteller eigene Erweiterungen der SQL-Syntax anbietet.

2. Aktualisierung per veränderbarem ResultSet

Ein veränderbares `ResultSet` ist ein `ResultSet` vom Typ `ResultSet.CONCUR_UPDATABLE`. Den Typ eines `ResultSet` können Sie über die Methode `getType()` erfragen. Sie können den Typ der von einem `Statement` zurückgelieferten `ResultSet`-Objekte über die Parameter der Methode `createStatement()` des Interfaces `Connection` beeinflussen.

Hat man als Ergebnis einer Abfrage also ein veränderbares `ResultSet` zurückgeliefert bekommen, so kann man über die Methoden `update<Typ>()` die Werte intern neu setzen und per `updateRow()` in die Datenbank speichern.

Häufigste Fehlerursache sind bei einer Aktualisierung Verletzungen der in der Datenbank definierten Konsistenzkriterien (Integritätsregeln).

Bei der Arbeit mit einem veränderbaren `ResultSet` kommt es auf die SQL-Anweisung an, mit der das `ResultSet` erstellt wurde. Enthält die Anweisung Formeln oder geht über mehrere Tabellen, kann es dem JDBC-Treiber manchmal nicht möglich sein, die aus dem Aufruf von `update<Typ>()` entstehende implizite `UPDATE`-Anweisung zu interpretieren. Der Treiber reagiert dann entsprechend mit einer `SQLException`.

In unserem Beispiel sieht das wie folgt aus:

```
package update;

import java.sql.Connection;
import java.sql.DriverManager;
import java.sql.ResultSet;
import java.sql.Statement;
public class UpdateDB {
  public static void main(String[] args) {
    try {
      Class.forName("org.postgresql.Driver");
      Connection con =
        DriverManager.getConnection(
          "jdbc:postgresql:test",
          "postgres",
          "postgres");
      Statement statement = con.createStatement();

      // Updates werden, nomen est omen, über executeUpdate
```

Listing 156: UpdateDB

```
      // an die Datenbank geschickt.
      statement.executeUpdate(
        "UPDATE employees SET firstname='Larry'"
          + " WHERE id=1");

      // Um sicherzugehen, dass der Datensatz gespeichert
      // wurde, geben wir den veränderten Wert wieder aus ...
      ResultSet result = statement.executeQuery(
          "SELECT firstname FROM employees WHERE id=1");
      result.next();
      System.out.println("Firstname updated to " + result.getString(1));
    } catch (Exception e) {
      e.printStackTrace();
    }

  }
}
```

Listing 156: UpdateDB (Forts.)

107 Wie kann ich automatisch generierte Primärschlüssel auslesen?

Viele Datenbanken bieten Felder vom Typ `autoincrement` oder `serial`. Das bedeutet, dass die Datenbank für neue Datensätze automatisch einen eindeutigen Integerwert als Primärschlüssel vergibt. Das hat den Vorteil, dass man nicht selbst prüfen muss, ob der Wert, den man dem neuen Datensatz als Primärschlüssel mitgeben will, nicht schon vergeben ist. Das hat allerdings wiederum den Nachteil, dass man sich die neu generierten Schlüssel nach dem Einfügen bei der Datenbank abholen muss.

Das Interface `Statement` gibt über die Funktion `getGeneratedKeys()` Auskunft über die durch die letzte Anweisung, beziehungsweise bei Nutzung der Methoden `addBatch()` und `executeBatch()` die durch die letzten Anweisungen generierten Primärschlüssel. Diese werden dann als `ResultSet` zurückgeliefert. Das `ResultSet` ist dabei einspaltig und enthält mehrere Zeilen, wenn über `executeBatch()` mehrere neue Primärschlüssel entstanden sind.

Diese sehr komfortable Art, die generierten Primärschlüssel zu erfahren, gibt es erst seit der Version 1.4 des JDK. Arbeitet man mit einem älteren JDBC-Treiber oder JDK, so bleibt nur der Weg über den datenbankspezifischen Ansatz, um generierte Primärschlüssel zu erfahren. Meist muss man dabei mit einem normalen `Statement` eine SQL-Anweisung wie `SELECT last_insert_id()` ausführen. Wie das genau geht, finden Sie in der Dokumentation Ihres Datenbankherstellers.

```
package primarykeys;
import java.sql.Connection;
import java.sql.DriverManager;
import java.sql.ResultSet;
import java.sql.Statement;
public class ReadGeneratedKeys {
  public static void main(String[] args) {
    try {
      Class.forName("org.postgresql.Driver");
      Connection con =
        DriverManager.getConnection(
          "jdbc:postgresql:test",
          "postgres",
          "postgres");
      Statement statement = con.createStatement();
      statement.executeUpdate(
        "INSERT INTO employees"
          + "(firstname,lastname,since,starttime,"
          + "lastaccess) VALUES ('Miriam','Bauman',"
          + "'2001-02-01','10:00:00','2001-02-01 "
          + "10:00:00.000')");

      // Hier werten wir den generierten Schlüssel aus:
      try {
        ResultSet resultids = statement.getGeneratedKeys();
        while (resultids.next()) {
          System.out.println(resultids.getInt(1));
        }
      } catch (Throwable t) {
        System.out.println(
          "ResultSet.getGeneratedKeys() ist not supported by"
            + " this implementation of JDBC ");
      }

    } catch (Exception e) {
      e.printStackTrace();
    }
  }
}
```

Listing 157: ReadGeneratedKeys

108 Wie erfahre ich die Anzahl der betroffenen Datensätze?

Nach einem `UPDATE`- oder `DELETE`-Statement möchte man oft wissen, wie viele Datensätze von der Operation eigentlich geändert oder gelöscht wurden. Datenbanken loggen grundsätzlich die Anzahl der Änderungen und stellen diesen Wert zur Verfügung.

`Statement` liefert bei Aufruf der Methode `executeUpdate()` direkt die Anzahl der geänderten Datensätze als Integerwert zurück. Den Wert kann man auch nachträglich noch über die Methode `getUpdateCount()` auslesen. Führt man mehrere Statements über `addBatch()` und `executeBatch()` gebündelt aus, so fallen für jedes Statement natürlich getrennt Werte an. Diese werden in einem Array von Integern gespeichert und von der Methode `getUpdateCount()` zurückgeliefert.

Führt man eine einfache Abfrage über die Methode `executeUpdate()` aus, wird eine Ausnahme ausgeworfen. Gleiches gilt für die Methoden `addBatch()` und `executeBatch()`.

```
package accounter;

import java.sql.Connection;
import java.sql.DriverManager;
import java.sql.Statement;
public class AffectedRows {
  public static void main(String[] args) {
    try {
      Class.forName("org.postgresql.Driver");
      Connection con =
        DriverManager.getConnection(
          "jdbc:postgresql:test",
          "postgres",
          "postgres");

      Statement statement = con.createStatement();

      // Zuerst einmal ein einfaches Update
      int count =
        statement.executeUpdate(
          "UPDATE employees SET salary=salary+1000");

      System.out.println(
        "Successfully updated " + count + " employees");
```

Listing 158: AffectedRows

```
        System.out.println(
          "getUpdateCount() == "
            + statement.getUpdateCount());

        // Dann per addBatch eine Reihe von Updates
        statement.addBatch(
          "UPDATE employees SET salary=salary-1000");
        statement.addBatch(
          "UPDATE employees SET salary=salary+500 "
            + "WHERE firstname='Rangar'");
        statement.addBatch(
          "UPDATE employees SET salary=salary+200 "
            + "WHERE firstname!='Rangar'");

        // Hier gibt es dann einen Array von int zurück.
        int[] counts = statement.executeBatch();

        for (int i = 0; i < counts.length; i++) {
          System.out.println(
            "Command no. "
              + i
              + " in batch affected "
              + counts[i]
              + " rows");
        }

        // getUpdateCount ist dann etwas irreführend.
        System.out.println(
          "getUpdateCount() == "
            + statement.getUpdateCount());

      } catch (Exception e) {
        e.printStackTrace();
      }
    }
  }
```

Listing 158: AffectedRows (Forts.)

109 Wie kann ich ständig wiederkehrende SQL-Anweisungen vorbereiten?

Fast jede Operation, die auf eine Datenbank zugreift, stellt gemäß der gewünschten Daten oder Änderungen eine SQL-Anweisung zusammen. Klar, dass es in diesem Zusammenhang komfortablere und sicherere Funktionen gibt als den +-Operator der Klasse `String`. Eine weitere Überlegung betrifft die Performance – wenn man eine von der Syntax her gleiche SQL-Anweisung nur mit unterschiedlichen Parameterwerten wiederholt ausführt, besteht ja theoretisch die Möglichkeit, das Parsen der SQL-Anweisung durch die Datenbank einzusparen. Das heißt, man könnte die Anweisung vorkompilieren.

Solche vorkompilierten SQL-Anweisungen können die Ausführungsgeschwindigkeit unter bestimmten Rahmenbedingungen erheblich steigern. Grundsätzlich kostet das Vorkompilieren aber erst einmal Rechenzeit. Führt man die Anweisung danach nur einmal oder wenige Male aus, kann das sogar zu Einbußen führen. Dann gibt es aber die komplexen SQL-Anweisungen, die über mehrere Tabellen gehen oder aufwändige Formeln beinhalten. Da kann es sein, dass das Ermitteln des Ergebnisses weniger Rechenzeit benötigt als das Parsen der Anweisung. Hier entfaltet das Vorkompilieren seinen vollen Nutzen. Bei einfachen Anweisungen, die schnell geparst sind, aber für das Ermitteln des Ergebnisses viel Rechenzeit benötigen, wird man durch das Vorkompilieren keinen positiven Effekt erzielen.

`PreparedStatement` stellt im Prinzip ein solches vorkompiliertes Statement dar (wobei einige JDBC-Treiber die serverseitige Funktionalität des Vorkompilierens nicht implementieren). Eine Instanz erhält man, wenn man die Methode `prepareStatement()` einer initialisierten `Connection` aufruft. Diese Methode nimmt einen String auf, der die noch offenen Parameter durch Fragezeichen ersetzt. Anschließend können die Parameter per `set<Typ>()` gemäß ihrer Position im übergebenen String gesetzt werden.

```
PreparedStatement pstmt = con.prepareStatement(
     "UPDATE employees SET salary = ? WHERE id = ?");
pstmt.setBigDecimal(1, 153833.00);
pstmt.setInt(2, 110592);
```

Der JDBC-Treiber kümmert sich dabei um das syntaktisch korrekte Setzen von Entwerterzeichen und Hochkommata.

Unter bestimmten Umständen kann es notwendig sein, Informationen über eine bestehende Instanz von `PreparedStatement` zu erhalten. Über die Methode `getParameterMetaData()` erhält man Zugriff auf ein `ParameterMetaData`-Objekt. Über dieses Interface kann man sich über Typen und Anzahl der Parameter informieren.

Je nachdem, wie flexibel der JDBC-Treiber ist, werden falsch gewählte Aufrufe von `set<Typ>()` mit Ausnahmen quittiert. Da der Treiber aber (hoffentlich) weiß, um welchen Typ es sich bei dem jeweiligen Parameter handelt, versucht dieser eine entsprechende Umwandlung des übergebenen Wertes vorzunehmen. Nur wenige

JDBC-Treiber bieten eine Implementierung von `ParameterMetaData`. Konsultieren Sie die Dokumentation des Herstellers, inwieweit hier die JDBC 2.0 Spezifikation eingehalten wird.

```
package prepared;
import java.sql.Connection;
import java.sql.DriverManager;
import java.sql.ParameterMetaData;
import java.sql.PreparedStatement;
import java.sql.ResultSet;
public class PreparedStatements {
  public static void main(String[] args) {
    try {
      Class.forName("org.postgresql.Driver");
      Connection con =
        DriverManager.getConnection(
          "jdbc:postgresql:test",
          "postgres",
          "postgres");

      // Initialisieren eines PreparedStatements -
      // man beachte das Fragezeichen hinter LIKE
      PreparedStatement statement =
        con.prepareStatement(
          "SELECT firstname, lastname, salary "
            + "FROM employees WHERE "
            + "firstname LIKE ?");

      // Der JDBC-Treiber kümmert sich um Details wie
      // Hochkommata etc.
      statement.setString(1, "%a%");
      ResultSet result = statement.executeQuery();
      while (result.next()) {
        System.out.println(result.getString(1));
      }

      // Noch mal ein PreparedStatement mit mehreren
      // Parametern
      statement =
        con.prepareStatement(
          "SELECT firstname, lastname "
            + "FROM employees WHERE "
            + "salary > ? AND firstname LIKE ?");
      statement.setString(2, "%r%");
```

Listing 159: PreparedStatements

```
      statement.setInt(1, 1000);
      result = statement.executeQuery();
      while (result.next()) {
        System.out.println(result.getString(1));
      }

      // Das Auswerten der Parameter eines PreparedStatement
      // ist eine gerne vernachlässigte Funktionalität -
      // bspw. bei Postgres bis dato noch nicht implementiert.
      try {

        ParameterMetaData data =
          statement.getParameterMetaData();
        for (int i = 0;
          i < data.getParameterCount();
          i++) {
          System.out.println("Parameter No. " + i + ":");
          System.out.println("Class:" + data.getParameterClassName(i));
          System.out.println("Nullable (0-no,1-yes,2-maybe):"
              + data.isNullable(i));
          System.out.println("Type:" + data.getParameterTypeName(i));
        }

      } catch (Throwable e) {
        System.out.println(
          "PreparedStatement.getParameterMetaData() "
            + "not supported by"
            + " this JDBC implementation");
      }

    } catch (Exception e) {
      e.printStackTrace();
    }
  }
}
```

Listing 159: PreparedStatements (Forts.)

110 Wie erfahre ich, wie viele Spalten ein Datensatz hat?

In manchen Fällen erlaubt man dem Nutzer einer Applikation ein SQL-Statement in einem Textfeld oder über eine Kommandozeile einzugeben. In diesem Fall weiß man natürlich nicht, wie viele Spalten in der Ergebnistabelle zurückgegeben werden. Und soll das Ergebnis tabellarisch dargestellt werden, so möchte man auch Informationen über Spaltennamen und Spaltenbreite auslesen können, bevor man die Ergebnisse darstellt.

Das Auswerten eines Ergebnisses:

1. Eine SQL-Anweisung ausführen
2. Die Metadaten zu dem Ergebnis ermitteln
3. Die Metadaten verarbeiten

Hat man ein gültiges `ResultSet`, kann man über die Methode `getMetaData()` eine passende Instanz des Interfaces `ResultSetMetaData` erhalten. `ResultSetMetaData` bietet eine Reihe von `get()`-Methoden, die die verschiedenen Eigenschaften des `ResultSet` für die automatische Verarbeitung zur Verfügung stellen. Das folgende Beispiel nutzt die Methode `getColumnCount()`, um zu erfahren, wie viele Spalten das `ResultSet` hat. Mit der Methode `getColumnName()` liest man den Namen der jeweiligen Spalte. Die Spaltenbreite erhält man per `getColumnDisplaySize()`.

Die Methode `getColumnDisplaySize()` ist je nach Hersteller unterschiedlich implementiert. So liefern manche JDBC-Treiber bei Spalten vom Typ `VARCHAR` negative Werte zurück, da diese ja per se keine feste Spaltenbreite besitzen. Gleiches gilt erst recht für Felder vom Typ `BLOB` und `CLOB`. Andere Treiber wiederum bemühen sich, für diese Felder dynamisch passende Werte zu ermitteln.

Vorsicht sollte man bei den Parametern für die Methoden `getColumnDisplaySize()` und `getColumnName()` walten lassen. Im Gegensatz zu Arrays oder Collectionklassen ist die erste Spalte eines `ResultSet` auch tatsächlich die Spalte 1. Eine Wert 0 an dieser Stelle wird mit einer Ausnahme quittiert. Gleiches gilt, wenn man den Parameter größer wählt als den Rückgabewert von `getColumnCount()`, also mehr Spalten abfragen möchte, als im Ergebnis verfügbar sind.

```
package columns;
import java.sql.Connection;
import java.sql.DriverManager;
import java.sql.ResultSet;
import java.sql.ResultSetMetaData;
import java.sql.Statement;
public class ColumnCount {
  public static void main(String[] args) {
    try {
      Class.forName("org.postgresql.Driver");
      Connection con = DriverManager.getConnection(
```

Listing 160: ColumnCount

```
        "jdbc:postgresql:test",
        "postgres",
        "postgres");
    Statement statement = con.createStatement();
    ResultSet result = statement.executeQuery("SELECT * FROM employees");

    // Über das ResultSetMetaData kann man jetzt auf
    // Informationen zu dem ResultSet zugreifen: Bspw. auf
    // die Anzahl der Spalten ...
    ResultSetMetaData resData = result.getMetaData();
    int columnCount = resData.getColumnCount();
    String temp;
    for (int i = 1; i <= columnCount; i++) {
      // ... oder auf den Spaltennamen
      temp = resData.getColumnName(i);

      // Um die Ausgabe tabellarisch zu formatieren,
      // nutzt das Programm die Information über die
      // Spaltenbreite.
      while (temp.length() < 12
        || temp.length()< resData.getColumnDisplaySize(i)) {
        temp += " ";
      }
      System.out.print(temp);
    }

    System.out.println();

    // Nachdem nun die Kopfzeile ausgegeben ist,
    // geht es nun Zeile für Zeile an die Daten.
    while (result.next()) {
      for (int i = 1; i <= columnCount; i++) {
        temp = result.getString(i);
        if (temp == null)
          continue;
        while (temp.length() < 12
          || temp.length()< resData.getColumnDisplaySize(i)) {
          temp += " ";
        }
        System.out.print(temp);
      }
      System.out.println();
    }
  } catch (Exception e) {
    e.printStackTrace();
```

Listing 160: ColumnCount (Forts.)

```
        }
      }
    }
```

Listing 160: ColumnCount (Forts.)

111 Wie kann ich den Typ einer Tabellenspalte herausfinden?

Ermöglicht man dem Benutzer eine beliebige SQL-Anweisung abzusetzen oder selektiert man über den Asterisk (*) in einer `SELECT`-Anweisung potenziell unbekannte Spalten und Spaltentypen, ist es für die Darstellung des Ergebnisses wichtig, herauszufinden, welchem Datentyp die Spalte entspricht, um die Ausgabe entsprechend formatieren zu können.

Über die Methode `getMetaData()` des Interfaces `ResultSet` kann man Informationen über die Art des zurückgelieferten Ergebnisses erhalten. Diese Informationen sind in einer Klasse vom Typ `ResultSetMetaData` gekapselt. Die Methode `getColumnClassName()` beschreibt dabei die Javaklasse, die Methode `getColumnTypeName()` den in der Datenbank intern benutzten Datentyp.

Eine alternative Möglichkeit, den Typ einer Spalte zu ermitteln, ist, den Wert einer Spalte erst einmal als `java.lang.Object` auszulesen und mit dem Vergleichsoperator `instanceof` mit möglichen Javaklassen zu vergleichen.

Wenn man Daten aus einer Datenbank umwandelt (*Casting*), sollte man seinen Code vor den entsprechenden Konversionsausnahmen schützen.

```
package types;

import java.sql.Connection;
import java.sql.Date;
import java.sql.DriverManager;
import java.sql.ResultSet;
import java.sql.ResultSetMetaData;
import java.sql.Statement;
import java.text.DateFormat;
import java.text.SimpleDateFormat;

public class TypedResults {
  public static void main(String[] args) {
```

Listing 161: TypedResults

```
try {
  Class.forName("org.postgresql.Driver");
  Connection con = DriverManager.getConnection(
      "jdbc:postgresql:test",
      "postgres",
      "postgres");

  Statement statement = con.createStatement();
  ResultSet result = statement.executeQuery("SELECT * FROM employees");
  ResultSetMetaData data = result.getMetaData();
  result.next();

  int columns = data.getColumnCount();

  System.out.println("ResulSet consists of 4 columns:");
  for (int i = 1; i <= columns; i++) {
    System.out.println("Column no. " + i + ":");
    System.out.println("Name  :" + data.getColumnName(i));
    System.out.println("Class :" + data.getColumnClassName(i));
    System.out.println(
      "Type  :" + data.getColumnTypeName(i));

    // Typspezifische Auswertung der Ergebnisse über
    // getColumnClassName
    if (data.getColumnClassName(i).equals(String.class.getName())) {
      System.out.println("This is a String");
      StringBuffer buffer = new StringBuffer(result.getString(i));
      System.out.println("example output: "+ buffer.reverse().toString());
    }
    if (data
      .getColumnClassName(i)
      .equals(java.sql.Date.class.getName())) {
      System.out.println("This is a java.sql.Date");
      Date date = result.getDate(i);
      DateFormat format = SimpleDateFormat.getDateInstance();
      System.out.println("example ouput: " + format.format(date));
    }

  }

  // Alternativ kann man mit getObject dem JDBC-Treiber
  // die Wahl des entsprechenden Objekttyps überlassen
  // und danach per instanceof die Ergebnisse je nach
  // Typ behandeln.
```

Listing 161: TypedResults (Forts.)

```
        if (result.next()) {
          for (int i = 1; i <= columns; i++) {
            Object o = result.getObject(i);
            if (o == null)
              continue;
            System.out.println("Column no. " + i + ":");
            System.out.println("Class :" + o.getClass());
            if (o instanceof String) {
              System.out.println("This is a String");
              StringBuffer buffer =
                new StringBuffer((String) o);
              System.out.println("example output: "+ buffer.reverse().toString());
            }
            if (o instanceof java.sql.Date) {
              System.out.println("This is a java.sql.Date");
              Date date = (java.sql.Date) o;
              DateFormat format = SimpleDateFormat.getDateInstance();
              System.out.println("example output: "+ format.format(date));
            }
          }
        }

      } catch (Exception e) {
        e.printStackTrace();
      }
    }
  }
```

Listing 161: TypedResults (Forts.)

112 Wie erfahre ich, wie viele Datensätze im ResultSet sind?

Das Ergebnis einer Abfrage ist selten Selbstzweck, es wird immer weiter verarbeitet, aufbereitet und dargestellt. Gerade die Anzahl der zurückgelieferten Datensätze ist für die weitere Bearbeitung wichtig. Leider kann auch die beste Datenbank erst nach Abschluss der Abfrage auch tatsächlich ausgeben, wie viele Datensätze gefunden wurden. Wenn man in einer Konsole eine Abfrage ausführt und sich das Ergebnis darstellen lässt, so läuft parallel zur Ausgabe der Ergebniszeilen im Hintergrund die Abfrage weiter. Ist die Abfrage beendet, wird dann erst die Summe der gefundenen Datensätze ausgegeben. Die wenig sinnvolle Alternative wäre, dass die Datenbank die Ergebnisse zunächst für sich behielte, bis die Anzahl der Datensätze im Ergebnis ermittelt ist.

Gleiches gilt auch für das `ResultSet`. Der Aufruf von `next()` kann theoretisch so lange blockieren, bis tatsächlich der nächste Datensatz von der Datenbank geliefert wird. Erst wenn man am Ende der Ergebnistabelle angelangt ist, kann man die Summe der zurückgelieferten Zeilen mit Sicherheit ermitteln. Eine Methode wie »`getRowCount()`« gibt es nicht! Will man also vor der weiteren Arbeit mit einem Ergebnis die Anzahl der Datensätze erfahren, muss man die Aufrufe der Methode `next()` in einer Schleife zählen, bis diese `false` zurückliefert. Alternativ kann man auch die Methoden `afterLast()` und `getRow()` nutzen. Wobei `afterLast()` das `ResultSet` bis zum Ende vorspult und `getRow()` dann die Anzahl der Datensätze zurückliefert. Wie auch immer man hier vorgeht, danach kann man das `ResultSet` per `beforeFirst()` wieder an die Ausgangsposition zurücksetzen und, in Kenntnis der Anzahl der Ergebnisse, auch nutzen.

Vorsicht ist bei einem `ResultSet` vom Typ `ResultSet.TYPE_SCROLL_SENSITIVE` geboten. Da dieses `ResultSet` bei jedem `next()` direkt aktualisiert wird, können zwischenzeitlich gelöschte oder hinzugefügte Datensätze die Summe verändern. Ebenfalls ungünstig ist ein `ResultSet` vom Typ `ResultSet.TYPE_FORWARD_ONLY`, da dieses nur einmal durch `next()` durchlaufen werden kann. Was für ein Typ `ResultSet` Ihr Treiber Ihnen zur Verfügung stellt, können Sie über die Methode `getResultSetType()` des Interfaces `Statement` ermitteln. Beeinflussen können Sie den Typ über die Parameter der Methode `createStatement()` des Interfaces `Connection`. Die beiden genannten Typen sind jedoch sehr selten. Die Parameter der Methode `createStatement()` sind leider oft nur Dummies, die auf das letztendlich erstellte `ResultSet` keinen Einfluss haben, da fast alle JDBC-Treiber eine uniforme Implementierung von `ResultSet` für sämtliche Fälle bieten.

```
package rowcounter;
import java.sql.Connection;
import java.sql.DriverManager;
import java.sql.ResultSet;
import java.sql.SQLException;
import java.sql.Statement;
public class RowCounter {
  public static void main(String[] args) {
    try {
      Class.forName("org.postgresql.Driver");
      Connection con = DriverManager.getConnection(
          "jdbc:postgresql:test",
          "postgres",
          "postgres");
```

Listing 162: RowCounter

```
    Statement statement = con.createStatement();
    System.out.println("Default ResulSet features:");
    checkStatement(statement);
    // Die Anzahl der Datensätze lassen sich leider nur
    // mit einem extra Counter durchzählen.
    ResultSet result = statement.executeQuery("SELECT * FROM employees");
    int rows = 0;
    while (result.next()) {
      rows++;
    }
    System.out.println("ResulSet contains " + rows + " rows");
    // Man kann die Anzahl der Datensätze nur dann vorher
    // ermitteln, wenn man das ResultSet wieder
    // zurückspulen kann.
    if (statement.getResultSetType()
      == ResultSet.TYPE_FORWARD_ONLY) {
      System.out.println("You may have a Exception soon /"
          + " ResultSets are of Type 'forward only'");
    }
    result.beforeFirst();

    // Das ResultSet ist jetzt im gleichen Zustand wie
    // direkt nach executeQuery.
    while (result.next()) {
      System.out.println(result.getString("firstname")
          + " "
          + result.getString("lastname"));
    }
  } catch (Exception e) {
    e.printStackTrace();
  }
}

/**
 * analysiert bei einem Statement, welche Typen von ResultSet
 * es liefern kann
 */
public static void checkStatement(Statement statement)
  throws SQLException {
  int type = statement.getResultSetType();
  switch (type) {
    case ResultSet.TYPE_FORWARD_ONLY :
      System.out.println("ResultSets of type 'forward only'");
      break;
```

Listing 162: RowCounter (Forts.)

```
      case ResultSet.TYPE_SCROLL_SENSITIVE :
        System.out.println("ResultSets of type 'scroll sensitive'");
        break;
      case ResultSet.TYPE_SCROLL_INSENSITIVE :
        System.out.println("ResultSets of type 'scroll insensitive'");
        break;
    }

    int concurtype = statement.getResultSetConcurrency();
    switch (concurtype) {
      case ResultSet.CONCUR_READ_ONLY :
        System.out.println("ResultSets are read-only");
        break;
      case ResultSet.CONCUR_UPDATABLE :
        System.out.println("ResultSets are updatable");
        break;
    }

    try {
      int holdtype = statement.getResultSetHoldability();
      switch (holdtype) {
        case ResultSet.HOLD_CURSORS_OVER_COMMIT :
          System.out.println("ResultSets hold cursors over a commit");
          break;
        case ResultSet.CLOSE_CURSORS_AT_COMMIT :
          System.out.println("ResultSets should be closed after a commit");
          break;
      }
    } catch (Throwable e) {
      System.out.println(
        "Statement.getResultSetHoldability() not supported");
    }

  }
}
```

Listing 162: RowCounter (Forts.)

113 Wie kann ich durch ein ResultSet navigieren?

Die Ergebnisse der SQL-Abfragen sind tabellarisch organisiert. In der relationalen Theorie ist das Ergebnis insgesamt eine Relation. Die einzelnen Zeilen sind dabei Tupel, die Tabellenspalten so genannte Attribute. Um das Ergebnis auswerten zu können, muss man also durch die Ergebnismenge navigieren können.

Ein `ResultSet` entspricht dieser Ergebnistabelle. Intern merkt sich ein `ResultSet`, an welcher Stelle es sich in der Tabelle befindet. Wenn man ein `ResultSet` frisch von einem `Statement` zurückgeliefert bekommt, steht der Cursor (hier im Sinne der Variable, die sich die Zeilenposition merkt) vor dem ersten Datensatz. In welcher Zeile man sich gerade befindet, kann man per `getRow()` erfragen.

Sobald man die Methode `next()` aufruft, geht man also in die nächste Zeile. Der Rückgabewert der Methode `next()`, ein `boolean`, bleibt `true`, solange man sich mit dem Cursor in einer gültigen Zeile aufhält.

Eine andere Methode eine Zeile anzuspringen ist die Methode `absolute()`. Das `ResultSet` versucht dann die entsprechende Zeilennummer anzuspringen.

Ein `ResultSet` vorspulen kann man mit der Methode `afterLast()`. Wieder in die Ausgangslage kommt man mit `beforeFirst()`. In den Bereich der Denksportaufgaben fallen die Methoden `setFetchDirection()`, mit der man die Richtung, in die die Methode `next()` iteriert, ändern kann, sowie die Methode `setFetchSize()`, nach deren Aufruf man nur noch jeden n-ten Datensatz anspringt.

Gerät man durch eine der genannten Methoden außerhalb des gültigen Bereichs eines `ResultSet`, so wird ein darauf folgender Zugriff auf Werte über eine der `get<Typ>()`-Methoden oder ein weiterer Aufruf von `next()` eine Exception provozieren.

```
package moving;
import java.sql.Connection;
import java.sql.DriverManager;
import java.sql.ResultSet;
import java.sql.Statement;
public class MoveThroughResultSet {

  public static void main(String[] args) {
    try {
      Class.forName("org.postgresql.Driver");
      Connection con = DriverManager.getConnection(
          "jdbc:postgresql:test",
          "postgres",
          "postgres");

      Statement statement = con.createStatement();

      ResultSet result = statement.executeQuery("SELECT * FROM employees");
```

Listing 163: MoveThroughResultSet

```
// Einfaches Durchzählen der Datensätze mit einem
// Counter
int counter = 0;

System.out.println("Iterating by ResultSet.next()");
while (result.next()) {
  counter++;
  System.out.println("browsing through row " + result.getRow());
}
System.out.println("ResulSet contains "
    + counter + " rows / cursor now at row "
    + result.getRow()
    + "(getRow())/");

// Ist das ResultSet vom Typ "forward_only", kann man
// jeden Datensatz nur einmal auswählen.
if (statement.getResultSetType()== ResultSet.TYPE_FORWARD_ONLY) {
  System.out.println("You may have a Exception soon /"

      + " Type of ResultSet is 'forward_only'");
}

// Mit absolute kann man eine bestimmte Reihe im
// ResultSet auswählen.
System.out.println("Iterating by ResultSet.absolute()");
for (int i = 1; i <= counter; i++) {
  result.absolute(i);
  System.out.println("browsing through row " + result.getRow());
}

// Versuchen wir mal rückwärts durch das ResultSet
// zu iterieren ... nicht alle JDBC-Treiber
// unterstützen dieses selten genutzte Feature.
try {
  System.out.println("Reversing fetch direction");
  result.setFetchDirection(ResultSet.FETCH_REVERSE);
  // afterLast spult ans Ende des ResultSet
  result.afterLast();
  while (result.next()) {
    System.out.println("Row " + result.getRow());
  }

} catch (Exception e) {
  System.out.println(
    "ResultSet.setFetchDirection() not supported by JDBC driver");
```

Listing 163: MoveThroughResultSet (Forts.)

```
      }

      // Jetzt wollen wir nur durch jeden zweiten Datensatz
      // iterieren.
      System.out.println(
        "Setting fetch size = 2, Iterating by next");
      try {
        result.setFetchSize(2);
        // beforeFirst spult das ResultSet an den Anfang
        result.beforeFirst();
        while (result.next()) {
          System.out.println("browsing through row " + result.getRow());
        }
      } catch (Exception e) {
        System.out.println(
          "ResultSet.setFetchSize() not supported by JDBC driver");
      }
    } catch (Exception e) {
      e.printStackTrace();
    }
  }
}
```

Listing 163: MoveThroughResultSet (Forts.)

114 Wie lese bzw. schreibe ich Datums- und Zeitwerte?

Im Bereich der Datums- und Zeitformate gibt es eine Fülle von unterschiedlichen Formaten. So pflegt jedes Land andere Gewohnheiten bei deren Darstellung. Es gibt Kurz- und Langformen. Manchmal reichen Zahlen, manchmal werden die Monatsnamen oder Wochentage ausgeschrieben oder abgekürzt. Auch Datenbanksysteme bieten hier ganz unterschiedlichen Komfort in Form von Konversions- und Kalenderfunktionen. Wenn man jedoch den Gebrauch von Zeitwerten betrachtet, so kann man drei Zeitatome feststellen: den Kalendertag, eine reine Uhrzeit und deren Kombination, den Zeitpunkt. Diese drei Typen findet man in allen Datenbanksystemen wieder, meistens als `date`, `time` und `datetime` bzw. `timestamp`.

Die Klassen `Date`, `Time` und `Timestamp` bieten für diese Zeitatome eine einheitliche Schnittstelle für den Programmierer. `Date` entspricht dabei einem Kalendertag, `Time` einer Uhrzeit und `Timestamp` einem millisekundengenauen Zeitpunkt. Da alle von `java.util.Date` abgeleitet sind, können die aus der Datenbank gelesenen Werte direkt mit den Hilfsklassen zur Datumsformatierung aus den `Packages java.util` und `java.text` verarbeitet werden. Wenn man Instanzen eines `Date`, `Time` oder `Timestamp` anlegen möchte, braucht man für deren Konstruktoren bzw. deren Methode `setTime()` einen Millisekunden-Zeitstempel.

`PreparedStatement` und `ResultSet` bieten die Methoden `get/setDate()`, `get/setTime()` und `get/setTimestamp()`, um Zeitwerte zu lesen oder in `Statements` einzubauen.

Benutzen Sie nach Möglichkeit immer die Klassen `Date`, `Time` und `Timestamp`, um mit Datums- und Zeitwerten zu arbeiten. Diese können von einem JDBC-Treiber immer richtig verarbeitet werden. Eigene Formatierungen in Form von Stringparametern können bei der einen Datenbank zwar funktionieren, bei einer anderen aber Parsingfehler provozieren.

Die Klassennamen von `java.sql.Date` und `java.util.Date` überschneiden sich in unschöner Weise. Wenn man beide Klassen parallel nutzen möchte, muss man den voll qualifizierten Klassennamen, also inklusive Paketnamen, im Quellcode angeben.

```
package datesntimes;
import java.sql.Connection;
import java.sql.Date;
import java.sql.DriverManager;
import java.sql.ResultSet;
import java.sql.Statement;
import java.sql.Time;
import java.sql.Timestamp;
public class SQLDateAndTimeExample {
  public static void main(String[] args) {
    try {
      Class.forName("org.postgresql.Driver");
      Connection con = DriverManager.getConnection(
          "jdbc:postgresql:test",
          "postgres",
          "postgres");

      Statement statement = con.createStatement();

      // Erst einmal die Datenbank sauber machen
      statement.executeUpdate("DELETE FROM employees WHERE id = 12");

      // Dann den Beispieldatensatz einfügen
      statement.executeUpdate("INSERT INTO employees"
          + "(id,firstname,lastname,since,starttime,"
          + "lastaccess) VALUES (12,'Miriam','Bauman',"
          + "'2001-02-01','10:00:00','2001-02-01 "
          + "10:00:00.000')");
```

Listing 164: SQLDateAndTimeExample

```
// Im Folgenden nutzen wir ein änderbares ResultSet.
// Die hier verwendeten Methoden von ResultSet sind
// analog zu denen von PreparedStatement.
statement = con.createStatement(
    ResultSet.TYPE_SCROLL_INSENSITIVE,
    ResultSet.CONCUR_UPDATABLE);
// ... und selektieren den Beispieldatensatz
ResultSet result = statement.executeQuery(
    "SELECT * FROM employees WHERE id=12");
result.first();

// Dann testen wir mal alle möglichen Alternativen ...
System.out.println("value of 'since' before: " + result.getDate("since"));

// java.sql.Date ist von java.util.Date abgeleitet,
// kann also durch die Methoden von Calendar
// verändert werden (siehe entsprechende Rezepte).
// Gleiches gilt fuer Time und Timestamp.

// Date entspricht einem Kalendertag.
Date date = new Date(System.currentTimeMillis());
result.updateDate("since", date);
result.updateRow();
System.out.println("value of 'since' now: " + result.getDate("since"));

//Time ist eine Uhrzeit, aber ohne Tag.
System.out.printIn(
  "value of 'starttime' before: "
    + result.getTime("starttime"));

Time time = new Time(System.currentTimeMillis());
result.updateTime("starttime", time);
result.updateRow();
System.out.println("value of 'starttime' now: "+ result.getTime("starttime"));

// Timestamp ist eine millisekundengenaue Zeitangabe.
System.out.println("value of 'lastaccess' before: "
    + result.getTimestamp("lastaccess"));

Timestamp timestamp = new Timestamp(System.currentTimeMillis());

result.updateTimestamp("lastaccess", timestamp);
result.updateRow();
System.out.println("value of 'lastaccess' now: "
```

Listing 164: SQLDateAndTimeExample (Forts.)

```
            + result.getTimestamp("lastaccess"));
    } catch (Exception e) {
      e.printStackTrace();
    }
  }
}
```

Listing 164: SQLDateAndTimeExample (Forts.)

115 Wie speichere ich große Textmengen in einer Datenbank?

Ein häufiges Übel bei der Arbeit mit längeren Texten ist die Begrenzung des Typs `VARCHAR`, kurz für `varying character`, auf meist 256 Zeichen. Wenn man also mehr als eine kurze Bemerkung speichern will, stößt man recht schnell an diese Grenze. Die Folge davon sind abgeschnittene Texte. Fast alle Datenbanksysteme bieten daher für längere Texte eigene Datentypen. Oft sind dabei die damit möglichen Operationen eingeschränkt, die Aufnahmekapazität ist jedoch erheblich größer.

Der Typ `Clob` (*Character Large Objects*) ist durch seine Nähe zu `String`sehr gut bearbeitbar. Setzen lässt sich der Wert eines solchen Attributs alternativ per `setBytes()`, `setCharacterStream()`. Aber auch einfach über `setString()`. Ähnlich unkompliziert kann man die Werte `per getCharacterStream()`, `getString()` bzw. `getBytes()` wieder lesen. Kopiert man Daten von Datensatz zu Datensatz, kann man das Interface `Clob` nutzen. Für dieses bieten `PreparedStatement` sowie `ResultSet` die Methoden `getClob()` und `setClob()` an.

Ähnlich wie bei dem Interface `Blob` sind die Implementierungen des Interfaces `Clob` gelegentlich suboptimal. Es empfiehlt sich, die bereits seit der JDBC 1.0 Spezifikation eingeführten Methoden `get/setBytes()`, `get/setCharacterStream()` und `get/setString()` zu verwenden.

```
package clobs;
import java.io.StringReader;
import java.sql.Connection;
import java.sql.DriverManager;
import java.sql.PreparedStatement;
import java.sql.ResultSet;
public class CLOBExample {
```

Listing 165: CLOBExample

```
// Hier der lange String, der in der Datenbank gespeichert
// werden soll.
public static final String poem =
  "Gallia est divisa in partes tres. Omnia est sub rhena,"
    + " altera nominatur lutetia. Hominem ex Gallia semper"
    + " per illis vocantur verba grava, nihil tenebrae nisi"
    + " romae respectant. Miles romanem de ordinarii multum"
    + " vino bebendi quam in Gallia sunt et gallicas"
    + " molesterent. Altera factum horribilis est pluvium"
    + " quasi semper ad aqua permeat per multitudinis"
    + " aquaeductiis in domi nos.";

public static void main(String[] args) {
  try {
    Class.forName("org.postgresql.Driver");
    Connection con = DriverManager.getConnection(
        "jdbc:postgresql:test",
        "postgres",
        "postgres");
    // Zuerst einmal die Datenbank sauber machen
    con.createStatement().executeUpdate("DELETE FROM poems");
    // das PreparedStatement, mit dem gleich der String
    // poem auf dreierlei Art in die Datenbank geschrieben wird
    PreparedStatement statement =
      con.prepareStatement("INSERT INTO poems(name,author,poem) "
          + "VALUES(?,?,?)");

    // StringReader erlaubt einen einfachen java.io.Reader auf
    // eines Strings
    StringReader in = new StringReader(poem);

    // Erster Versuch über die Methode setCharacterStream
    statement.setString(1, "De bello Gallico via CharacterStream");
    statement.setString(2, "Caesar");
    statement.setCharacterStream(3, in, poem.length());
    statement.execute();

    // Zweiter Versuch über die nahe liegende Methode
    // setString
    statement.setString(1, "De bello Gallico via setString");
    statement.setString(2, "Caesar");
    statement.setString(3, poem);
    statement.execute();

    // Dritter und letzter Versuch über ein Array
```

Listing 165: CLOBExample (Forts.)

```
        // von Bytes
        statement.setString(1, "De bello Gallico via setBytes");
        statement.setString(2, "Caesar");
        statement.setBytes(3, poem.getBytes());
        statement.execute();

        // Hier prüfen wir dann, was in der Datenbank
        // angekommen ist:
        ResultSet result = con.createStatement().executeQuery(
            "SELECT name,author,poem FROM poems");
        while (result.next()) {
          System.out.println("Name:   " + result.getString(1));
          System.out.println("Author: " + result.getString(2));
          System.out.println("Poem:   " + result.getString(3));
        }

        // Die Datenbank wieder säubern
        con.createStatement().executeUpdate("DELETE FROM poems");

      } catch (Exception e) {
        e.printStackTrace();
      }

    }
  }
```

Listing 165: CLOBExample (Forts.)

116 Wie serialisiere ich Objekte in eine Datenbank?

Eines von Javas feinen Features ist die komfortable Möglichkeit, Objekte in einen `OutputStream` zu schreiben. Man spricht dabei von der Objektserialisierung. Besonders ist dieser Mechanismus, weil dabei nicht nur das Objekt selbst, sonder auch alle abhängigen Objekte gespeichert werden. Also wird ein ganzer Graph von Objekten gespeichert. Deren Zustände bleiben bis zur Wiederherstellung erhalten, die Objekte sind dann für den Programmierer genau so wieder verfügbar, wie sie es vor der Serialisierung waren. Die Objektserialisierung bietet sich im Zusammenhang mit einer Datenbank bei internetnahen Anwendungen an. Denn welcher Provider lässt einen schon gerne ans Dateisystem? Im Folgenden werden wir also ein Objekt nehmen, es in die Datenbank speichern und im Anschluss wieder herauslesen und verwenden.

Um ein Objekt zu speichern, braucht man eine Tabelle mit einer Spalte vom Typ `Blob`. Da man aber nicht über einen `OutputStream` in eine Datenbank schreiben kann, muss man das serialisierte Objekt in einen `InputStream` umwandeln. Der Standardweg dabei wäre natürlich, das Objekt in eine Datei zu schreiben und dann von der Datei als `FileInputStream` einzulesen und über die Methode `setBinaryStream()` des Interfaces `PreparedStatement` in die Datenbank zu speichern. Alternativ bietet sich die gerne übersehene Klasse `ByteArrayOutputStream` aus dem `Package java.io` an. Man packt also einen `ObjectOutputStream` über eine Instanz von `ByteArrayOutputStream` und erhält so ein Feld von `byte`-Elementen mit dem serialisierten Objekt. Dieses fügt man per `setBytes()` in das `PreparedStatement` (oder per `updateBytes()` in das veränderbare `ResultSet`) und speichert so das Objekt in der Datenbank.

Aus der Datenbank kann man sich das Objekt über die Methode `getBinaryStream()` des Interfaces `ResultSet` wieder rausziehen und anschließend über die Methode `readObject()` eines `ObjectInputStream` wieder aktivieren.

```
package serializer;

import java.io.ByteArrayOutputStream;
import java.io.ObjectInputStream;
import java.io.ObjectOutputStream;
import java.sql.Connection;
import java.sql.DriverManager;
import java.sql.PreparedStatement;
import java.sql.ResultSet;
import java.util.Vector;
public class SerializeObjectsToDB {
  public static void main(String[] args) {
    try {
      Class.forName("org.postgresql.Driver");
      Connection con = DriverManager.getConnection(
          "jdbc:postgresql:test",
          "postgres",
          "postgres");

      // Datenbank von alten Einträgen reinigen
      con.createStatement().executeUpdate("DELETE FROM serialized");

      // Ein PreparedStatement für das Einfügen der
      // serialisierten Objekte vorbereiten
      PreparedStatement statement = con.prepareStatement(
          "INSERT INTO serialized(id,object) "
            + "VALUES(?,?)");

      // Ein paar Objekte zum Speichern vorbereiten
```

Listing 166: SerializeObjectsToDB

```
      Vector toSave = new Vector();
      toSave.add("There's one");
      toSave.add(new Integer(2));
      toSave.add(new StringBuffer("..."));

      // Die Objekte erst in den Speicher serialisieren ...
      ByteArrayOutputStream mem = new ByteArrayOutputStream();
      ObjectOutputStream out = new ObjectOutputStream(mem);
      out.writeObject(toSave);
      out.close();

      statement.setInt(1, toSave.hashCode());
      // ... dann als Byte-Array in das PreparedStatement
      // packen
      statement.setBytes(2, mem.toByteArray());
      statement.execute();

      // Danach werfen wir die Objekte weg ...
      toSave = null;

      ResultSet result = con.createStatement().executeQuery(
          "SELECT id,object FROM serialized");
      while (result.next()) {
        System.out.println("ID:    " + result.getInt(1));

        // ... und holen sie aus der Datenbank wieder raus
        ObjectInputStream in = new ObjectInputStream(
            result.getBinaryStream(2));
        System.out.println("Object: " + in.readObject());
      }

      // Die Tabelle machen wir wieder sauber
      con.createStatement().executeUpdate("DELETE FROM serialized");

    } catch (Exception e) {
      e.printStackTrace();
    }

  }
}
```

Listing 166: SerializeObjectsToDB (Forts.)

117 Wie nutze ich Transaktionen?

Die Auswirkungen bestimmter Eingaben, Auswertungen oder Geschäftsprozesse lassen sich manchmal nur durch mehrere SQL-Anweisungen an die Daten der Datenbank abbilden. Beispielsweise kann ein Bestellvorgang drei Aktionen zur Folge haben:

1. Eine Bestellung in den Bestand der aktiven Aufträge aufnehmen
2. Die bestellten Produkte aus dem Lager in den Versand buchen
3. Dem Bearbeiter eine Provision vormerken

Wird einer dieser Schritte wegen eines Fehlers ausgelassen oder unterbrochen, die Aktion »Bestellvorgang« also nur teilweise durchgeführt, ist eine Beschwerde des Kunden, des Lageristen oder des Bearbeiters sicher. Gute Datenbanksysteme bieten daher die Möglichkeit, eine Folge von SQL-Anweisungen als eine so genannten Transaktion durchzuführen. Wird die Transaktion unterbrochen oder tritt ein Fehler während einer der SQL-Anweisungen auf, bleibt die Datenbank im Zustand vor Beginn der Transaktion.

Standardmäßig sind alle Objekte vom Typ `Statement` darauf eingestellt, jede SQL-Anweisung als eigene Transaktion zu betrachten. Dieses Verhalten wird im Datenbankjargon *autocommit* genannt. Um eigene Transaktionen durchführen zu können, muss man also zunächst die Eigenschaft `autoCommit` der instanzierten `Connection` über die Methode `setAutoCommit()` auf `false` setzen. Ab diesem Moment werden alle folgenden SQL-Anweisungen als Bestandteil einer Transaktion geführt. Durch Aufruf der Methode `commit()` kann man die Transaktion beenden und eine neue anfangen. Per `rollback()` kann man die Transaktion als Ganzes rückgängig machen. Über die Methode `setSavePoint()` kann man eine Transaktion in weitere Segmente aufteilen. Das von der Methode zurückgelieferte Objekt vom Typ `SavePoint` kann dann der Methode `rollback()` übergeben werden, um zu einem bestimmten Punkt innerhalb der Transaktion zurückzuspulen.

Das Transaktionsmanagement ist an eine bestimmte Verbindung, sprich: eine Instanz von `Connection`, gebunden. Wenn Sie mit mehreren verschiedenen `Statement`-Objekten derselben `Connection` arbeiten oder noch schlimmer: wenn Sie die gleiche `Connection` in mehreren Threads verwenden, können im Zusammenhang mit Transaktionen ungewollte Effekte auftreten. Hier gilt: Auch innerhalb von Java muss man die Transaktion verwalten: beispielsweise über das Schlüsselwort `synchronized` oder eigene Sicherungsmechanismen.

```
package transaction;
import java.sql.Connection;
import java.sql.DriverManager;
import java.sql.ResultSet;
import java.sql.Statement;
public class TransactionExample {
  public static void main(String[] args) {
    try {
      Class.forName("org.postgresql.Driver");
      Connection con = DriverManager.getConnection(
          "jdbc:postgresql:test",
          "postgres",
          "postgres");
      con.createStatement().executeUpdate(
        "DELETE FROM employees WHERE id = 12");
      // Erst mal prüfen, was die Datenbank so in Sachen
      // Transaktionen bietet
      int transtype = con.getTransactionIsolation();
      switch (transtype) {
        case Connection.TRANSACTION_NONE :
          System.out.println("This connection supports no transactions."
              + " exiting...");
          System.exit(0);
        case Connection.TRANSACTION_READ_COMMITTED :
          System.out.println("Transactions of type 'read commited'");
          break;
        case Connection.TRANSACTION_READ_UNCOMMITTED :
          System.out.println("Transactions of type 'read uncommited'");
          break;
        case Connection.TRANSACTION_REPEATABLE_READ :
          System.out.println("Transactions of type 'repeatable read'");
          break;
        case Connection.TRANSACTION_SERIALIZABLE :
          System.out.println("Transactions of type 'serializable'");
          break;
      }

      // Ab hier geht es mit Transaktionen los ...
      con.setAutoCommit(false);

      Statement statement = con.createStatement();
      ResultSet result = statement.executeQuery(
          "SELECT firstname FROM employees");
      System.out.println("before:");
      while (result.next()) {
```

Listing 167: TransactionExample

```
          System.out.println(result.getString(1));
        }

        statement.executeUpdate("DELETE FROM employees");
        statement = con.createStatement();
        result = statement.executeQuery(
            "SELECT firstname FROM employees");
        System.out.println("in between:");
        while (result.next()) {
          System.out.println(result.getString(1));
        }
        // Die bisherige Transaktion wird abgebrochen.
        // Alle Statements seit setAutoCommit(false)
        // werden rückgängig gemacht
        con.rollback();

        statement = con.createStatement();
        result = statement.executeQuery(
            "SELECT firstname FROM employees");
        System.out.println("after rollback:");
        while (result.next()) {
          System.out.println(result.getString(1));
        }
        statement.executeUpdate(
          "INSERT INTO employees(id,firstname,lastname)"
            + " values (12,'Miriam','Bauman')");
        // Diese Transaktion wird hingegen ausgeführt
        con.commit();

        result = statement.executeQuery(
            "SELECT firstname FROM employees");
        System.out.println("after commit:");
        while (result.next()) {
          System.out.println(result.getString(1));
        }
        con.close();
      } catch (Exception e) {
        e.printStackTrace();
      }
    }
  }
```

Listing 167: TransactionExample (Forts.)

118 Wie nutze ich Connection-Pooling?

Gerade bei Webapplikationen finden je nach Last sehr viele kurze Zugriffe auf eine Datenbank statt. Bei jedem Aufruf einer datenbankbasierten Webseite wird eine Verbindung zur Datenbank hergestellt – und nur wenig später, wenn die Seite fertig generiert ist, wieder getrennt. Wertvolle Rechenzeit wird für das Verbinden und Trennen jedes Mal aufs Neue verbraucht. Ein Ansatz, diese Rechenzeit einzusparen, sind so genannte *Connection-Pools*. Ein Connection-Pool stellt vorab eine Anzahl von Verbindungen zur Datenbank her und gibt dann eine jeweils freie Verbindung an die Applikation weiter. Wenn diese die Verbindung nicht mehr braucht, wird die Verbindung nicht abgebaut, sondern wieder in den Connection-Pool abgelegt. Man spart effektiv die Rechenzeit für das Herstellen und Trennen der Datenbankverbindung und kann so die Leistung einer Webapplikation steigern. Je nach Architektur kann Connection-Pooling transparent für den Programmierer eingeführt werden.

Das Package `javax.sql` bietet Interfaces rund um das Connection-Pooling. Meistens wird dabei vom Hersteller eine Implementierung von `DataSource` geliefert, die transparent für den Programmierer einen Connection-Pool benutzt. Seit Version 2.0 bietet JDBC einen eigenen Mechanismus, um Connection-Pooling explizit in die eigenen Programme einzubauen. Aktiven Einfluss auf das Connection-Pooling geben dabei Implementierungen von `ConnectionPoolDataSource`. Hier kann man über die Methode `getPooledConnection()` eine Referenz vom Typ `PooledConnection` auf eine Verbindung aus dem Connection-Pool erhalten. Besonders bei einer `PooledConnection` ist der Event-Mechanismus, bei dem man einen `ConnectionEventListener` registrieren kann. Mit der Methode `getConnection()` erhält man dann eine `Connection`, die man wie gewohnt verwenden kann.

```
package pooling;

import java.sql.Connection;
import java.sql.DatabaseMetaData;
import javax.sql.DataSource;
import org.postgresql.jdbc2.optional.PoolingDataSource;

public class ConnectionPoolingExample {

  public static void main(String[] args) {
    try {
      // Zuerst initialisieren wir die herstellerspezifische
      // Klasse.
      PoolingDataSource source = new PoolingDataSource();
```

Listing 168: ConnectionPoolingExample

```
        // Die Datenbankverbindung wird hier über die
        // folgenden Getter- und Settermethoden definiert.
        source.setDatabaseName("test");
        source.setServerName("localhost");
        source.setUser("postgres");
        source.setPassword("postgres");
        System.out.println("Using ConnectionPooling...");

        // Da der PoolingDataSource das Interface
        // javax.sql.DataSource implementiert, kann diese
        // entsprechend verwendet werden.
        DataSource pool = source;

        // Ab hier ist alles wie gehabt - das
        // Connection-Pooling wird für den Programmierer
        // vollkommen transparent angewendet.
        Connection con = source.getConnection();
        DatabaseMetaData data = con.getMetaData();

        System.out.println(
          "Connected to "
            + data.getDatabaseProductName()
            + " via "
            + pool.getClass());
        con.close();
      } catch (Exception e) {
        e.printStackTrace();
      }
    }
  }
```

Listing 168: ConnectionPoolingExample (Forts.)

119 Wie nutze ich eine DataSource?

In verteilten Architekturen wie bei Java Server Pages und Enterprise Java Beans werden systemweit genutzte Ressourcen sinnvollerweise meist von einem Server über einen JNDI-Context oder über entsprechende Methoden gestellt. Denn wenn man in jeder JavaServer-Page aufs Neue eine Verbindung zur Datenbank über Host, Datenbankname, Passwort und Benutzer herstellt, so bedeutet ein Wechsel der Datenbank, dass alle Seiten kurzerhand geändert werden müssen. Da `DriverManager` in der Methode `getConnection()` intime Kenntnisse der verwendeten Datenquelle voraussetzt und eine `Connection` nicht mehreren Nutzern oder Threads gleichzeitig zur Verfügung gestellt werden kann, ergab sich der Bedarf nach einer Instanz, von der man sich bei Bedarf eine `Connection` holen kann: eine `DataSource`.

Der Weg über eine Implementierung des Interfaces `DataSource` bietet die Möglichkeit eine Datenbankressource über einen JNDI-Context oder eine Methode zur Verfügung zu stellen. Im Wesentlichen entspricht die Funktionalität einer `DataSource` der der Klasse `DriverManager`. Allerdings geht man bei einer `DataSource` davon aus, dass die Parameter wie Datenbankname, Benutzer und Passwort bereits korrekt gesetzt sind. Über `getConnection()` erhält man dann wie bei `DriverManager` eine Verbindung zur Datenbank. Wenn ein Server also eine `DataSource` instanziert, kann diese von allen Objekten innerhalb dieses Servers benutzt werden, ohne dass bestimmte Kenntnisse über die eigentliche Art der Verbindung notwendig sind. So kann man später mit ein paar Zeilen Code serverweit die Datenbank umstellen.

```
package datasources;

import java.sql.Connection;
import java.sql.DatabaseMetaData;
import java.sql.SQLException;
import javax.sql.DataSource;
import org.postgresql.jdbc2.optional.SimpleDataSource;

public class DataSourceExample {

  public static void main(String[] args) {
    try {
      // Die DataSource wird hier durch eine lokale Methode
      // übergeben.
      DataSource datasource = getDataSource();

      // Analog zu DriverManager holt man sich eine
      // Connection aus der DataSource - allerdings kann
      // man davon ausgehen, dass alle Verbindungsdaten
      // der DataSource bereits bekannt sind.
      Connection con = datasource.getConnection();
      DatabaseMetaData data = con.getMetaData();

      System.out.println("Connected to " + data.getDatabaseProductName());

      con.close();

    } catch (Exception e) {
```

Listing 169: DataSourceExample

```
      e.printStackTrace();
    }
  }

  /**
   * Diese Methode liefert eine verbundene DataSource.
   */
  public static DataSource getDataSource() throws SQLException {
    // Der JDBC-Treiber von PostgreSQL liefert eine einfache
    // Implementierung von DataSource. Hier die entsprechende
    // Klasse des eigenen JDBC-Treibers einsetzen
    SimpleDataSource source = new SimpleDataSource();
    source.setDatabaseName("test");
    source.setServerName("localhost");
    source.setUser("postgres");
    source.setPassword("postgres");
    return source;
  }
}
```

Listing 169: DataSourceExample (Forts.)

120 Wie kann ich JDBC-Zugriffe loggen?

Der Teufel steckt oft im Detail – der Zugriff auf eine Datenbank per JDBC durchläuft mehrere Schichten von der Benutzeroberfläche zur Netzwerkschnittstelle und von dort zur Datenbank und wieder zurück. Debugging in Multi-Tier-Architekturen kann erfahrenen Programmierern alles abverlangen. Da wünscht man sich so viele Informationen über die internen Abläufe wie möglich.

Der `DriverManager` bietet dem JDBC-Treiber die Möglichkeit, Meldungen an einen vom Programmierer definierten `PrintWriter` zu schicken. Diesen kann man über die Methode `setLogWriter()` setzen.

In der Spezifikation von JDBC 1.0 gab es noch die Methode `setLogStream()`, die einen `PrintStream` aufnahm. Die Methode `setLogWriter()` gibt es erst seit JDBC 2.0. Je nachdem welche Version Ihr Treiber implementiert, kann es sein, dass eine der beiden Methoden »ins Leere läuft«.

Es gibt keine Verpflichtung für den JDBC-Treiber, bestimmte Meldungen an das Logbuch der Klasse `DriverManager` zu senden. Manche Treiber legen gar eigene Logbücher an oder nutzen das der Datenbank. Konsultieren Sie die Dokumentation des Herstellers, wenn das Log sich auffällig ruhig verhält.

```
package logging;

import java.io.PrintWriter;
import java.sql.Connection;
import java.sql.DriverManager;

public class LoggerExample {

  public static void main(String[] args) {
    try {
      // Zuerst hüllen wir die Standardausgabe in einen
      // PrintWriter.
      PrintWriter writer = new PrintWriter(System.out);
      // Diesen registrieren wir dann bei DriverManager.
      DriverManager.setLogWriter(writer);
      // Ab jetzt werden alle Logausgaben über
      // DriverManager auf die Standardausgabe
      // geleitet.
      Class.forName("org.postgresql.Driver");
      Connection con = DriverManager.getConnection(
          "jdbc:postgresql:test",
          "postgres",
          "postgres");
      con.close();
    } catch (Exception e) {
      e.printStackTrace();
    }
  }
}
```

Listing 170: LoggerExample

121 Wie rufe ich eine Stored Procedure auf?

Datenbanksysteme bieten oft die Möglichkeit SQL-Anweisungen oder auch Funktionen anderer Programmiersprachen serverseitig als so genannte *Stored Procedures* zu speichern. Das hat zwei Vorteile. Erstens können diese Anweisungen vorkompiliert werden und werden dann schneller ausgeführt. Zweitens können bestimmte Änderungen am datenbankseitigen Ablauf geändert werden, ohne dass man das nutzende Programm anfassen muss. Gespeicherte Prozeduren können Parameter und Rückgabewerte analog zu Funktionen oder Methoden definieren.

Das Interface `Connection` bietet über die Methode `prepareCall()` die Möglichkeit einen solchen Aufruf vorzubereiten. JDBC kennt dabei Aufrufe, die ein `ResultSet` zurückliefern, und andere, die ähnlich einer call-by-reference-Parameterübergabe so genannte OUT-Parameter zurückgeben. Dabei werden diese bei der Ausführung wie normale Parameter berücksichtigt, deren Wert kann sich aber nach Abschluss der Prozedur ändern.

Die Syntax des an die Methode prepareCall() zu übergebenden Strings ist

```
{?= call <procedure-name>[<arg1>,<arg2>, ...]}
```

wenn ein Parameter als Ergebnis registriert werden muss bzw.

```
{call <procedure-name>[<arg1>,<arg2>, ...]}
```

wenn ein ResultSet als Ergebnis zurückgeliefert wird.

Ist ein Parameter ein Out-Parameter, so muss dieser vor dem Aufruf der gespeicherten Prozedur als solcher registriert werden. Das Interface CallableStatement bietet dafür die Methode registerOutParameter(). Gewöhnliche Parameter können mit den set<Typ>()-Methoden des PreparededStatements gesetzt werden. Nachdem das CallableStatement per executeQuery() ausgeführt wurde, können die Out-Parameter per get<Typ>() wieder ausgelesen werden.

Natürlich treten beim Setzen und Auslesen der Parameter die üblichen Ausnahmen bei unpassenden Konvertierungsversuchen auf. Die Syntax des an die Methode prepareCall() übergebenen Strings kann je nach JDBC-Treiber variieren. So besteht beispielsweise der Postgresql-JDBC-Treiber auf die Klammer bei der Parameterliste – andere Treiber wollen keine oder eckige Klammern. Hier hilft der Blick in die Dokumentation des JDBC-Treibers.

```
package callable;

import java.sql.CallableStatement;
import java.sql.Connection;
import java.sql.DriverManager;
import java.sql.ResultSet;

public class CallableStatementExample {

  public static void main(String[] args) {
```

Listing 171: CallableStatementExample

```
    try {
      Class.forName("org.postgresql.Driver");
      Connection con =
        DriverManager.getConnection(
          "jdbc:postgresql:test",
          "postgres",
          "postgres");

      System.out.println(
        "Procedure call without parameters");
      System.out.println("getfullnames():");

      // Das CallableStatement wird hier initialisiert ...
      CallableStatement statement =
        con.prepareCall("{call getfullnames()}");
      // ... und gleich ausgeführt
      ResultSet result = statement.executeQuery();
      while (result.next()) {
        System.out.println(result.getString(1));
      }

      System.out.println();
      System.out.println("Procedure call with parameter");
      System.out.println("getfullname(1):");

      // Und weil das gerade zu einfach war, bereiten wir
      // eine gleich lautende Procedure mit Parameter vor ...
      statement = con.prepareCall("{call getfullname(?)}");
      // ... setzen den Parameter ...
      statement.setInt(1, 1);
      // ... und führen die Procedure aus.
      result = statement.executeQuery();
      while (result.next()) {
        System.out.println(result.getString(1));
      }

    } catch (Exception e) {
      e.printStackTrace();
    }
  }
}
```

Listing 171: CallableStatementExample (Forts.)

122 Wie erfahre ich mehr über (m)eine Datenbank?

Wenn man sich weniger für die Daten in einer Datenbank als für deren Tabellen und Eigenschaften interessiert, so findet man dafür keine passenden SQL-Anweisungen. Ergebnis ist ein Sammelsurium herstellerspezifischer SQL-Erweiterungen um beispielsweise Tabellen nicht nur erstellen zu können, sondern überhaupt zu finden.

Das Interface `DatabaseMetadata` bietet Zugriff auf alle ersehnten Informationen. Eine entsprechende Instanz kann man sich über die Methode `getMetaData()` einer initialisierten `Connection` holen. Eine Myriade von Gettermethoden bietet Zugriff auf die Eigenschaften und Strukturelemente der Datenbank. So genannte *Tablespaces* bzw. *Catalogs* oder Domänen findet man über die Methode `getCatalogs()`. Um Tabellen zu finden und Spalteninfos zu ermitteln gibt es die Methoden `getTables()` und `getColumns()`. Vergleichen Sie die Angaben in der Dokumentation des Herstellers mit denen in der API-Dokumentation, um die Suchparameter der Methoden richtig zu setzen.

Da dieses Interface viele unangenehme Fragen an eine Datenbank stellt – Fragen, die sich die Programmierer der Datenbank vor Implementierung der JDBC-API vielleicht noch nicht gestellt hatten – und seit der Spezifikation von JDBC 2.0 noch einmal ordentlich erweitert wurde, wird der eine oder andere Methodenaufruf gerne mit einer `NoSuchMethodException` quittiert.

```
package dbinfo;

import java.sql.Connection;
import java.sql.DatabaseMetaData;
import java.sql.DriverManager;
import java.sql.ResultSet;

public class DatabaseInfos {

  public static void main(String[] args) {
    try {
      Class.forName("org.postgresql.Driver");
      Connection con =
        DriverManager.getConnection(
          "jdbc:postgresql:test",
          "postgres",
          "postgres");

      // Zuerst brauchen wir die Referenz auf die Metadaten
```

Listing 172: DatabaseInfo

```
// der Datenbank.
DatabaseMetaData data = con.getMetaData();

// Dann können mit den Methoden von DatabaseMetaData
// alle möglichen Informationen abgefragt werden.
System.out.println(
  "Database product name    : "
    + data.getDatabaseProductName());
System.out.println(
  "Database product version: "
    + data.getDatabaseProductVersion());
System.out.println(
  "JDBC driver         : "
    + data.getDriverName());
System.out.println(
  "JDBC driver version    : "
    + data.getDriverVersion());

// Über getCatalogs kann man dann die verfügbaren
// Datenbanken und Tabellen erfragen.

// Zuerst mal alle Datenbanken
System.out.println("Available Catalogs:");
ResultSet result = data.getCatalogs();
while (result.next()) {
  System.out.println("-" + result.getString(1));
}

result.beforeFirst();

while (result.next()) {
  // Dann alle Tabellen in der jeweiligen Datenbank
  System.out.println("Tables in Catalog '"
      + result.getString(1)
      + "'");
  ResultSet resultTables = data.getTables(
      result.getString(1),
      null,
      null,
      null);
  while (resultTables.next()) {
    // Letztendlich alle Felder in der jeweiligen
    // Tabelle
    System.out.println(
      "  Table '"
```

Listing 172: DatabaseInfo (Forts.)

```
            + resultTables.getString("TABLE_NAME")
            + "'");
        ResultSet resultCols = data.getColumns(
            result.getString(1),
            null,
            resultTables.getString("TABLE_NAME"),
            null);
        while (resultCols.next()) {
          System.out.println("    "
              + resultCols.getString(
                "COLUMN_NAME")
              + ", "
              + resultCols.getString("TYPE_NAME"));
        }
      }
    }
  } catch (Exception e) {
    e.printStackTrace();
  }
 }
}
```

Listing 172: DatabaseInfo (Forts.)

Netzwerk

123 Wie lese ich die einzelnen Fragmente einer URL aus?

Objekte der Klasse `URL` kapseln einen *Uniform Resource Locator*, einen Zeiger auf eine Ressource im WWW. Eine derartige Ressource kann eine Datei oder ein Verzeichnis sein, es kann sich aber auch um ein komplexes Gebilde wie eine Abfrage zu einer Datenbank handeln. Durch die Erstellung einer Instanz der `URL`-Klasse wird die Verbindung zu der Ressource noch nicht aufgebaut. Stattdessen überprüft man die Syntax der URL. Eine Verbindung kann man dann durch die Methodenaufrufe `openConnection()` oder `openStream()` realisieren. Methoden, die im Folgenden vorgestellt werden, arbeiten ausschließlich mit dem offline verfügbaren `URL`-Objekt und stellen während ihrer Abarbeitung auch keine Verbindung zum Host her. Sie dienen dazu, einzelne Fragmente der `URL` auszulesen:

- `getProtocol()` liefert das verwendete Protokoll, in der Regel `http`.
- `getHost()` liefert den Host, z.B. *www.addison-wesley.de.*
- `getPort()` liefert den Port, auf dem die Ressource zu finden ist, in der Regel '80'.
- `getDefaultPort()` liefert den Standard-Port, den das Protokoll in der Regel verwendet. Bei `http` liefert diese Methode den Wert `80`, bei `ftp` dagegen `21` zurück.
- `getPath()` liefert vom Wurzel-Verzeichnis aus den kompletten Pfad zur Ressource.
- `getQuery()` liefert die Parameterwerte-Paare, die in der URL eingebunden sein können.
- `getRef()` liefert die Referenz; sie wird verwendet um innerhalb einer Ressource auf eine Stelle zu verweisen.

Folgendes Programm liest die angegebenen Fragmente einer URL aus.

```
package javacodebook.net.url.info;

import java.net.*;

/**
```

Listing 173: URLParser

```
 * Fragmente einer URL werden auf die Konsole geschrieben.
 */
public class URLParser {

  public static void main(String[] args) throws Exception {

    URL url = new URL("http://www.muss-es-nicht-geben.de:80" +
                      "/pfad0/pfad1/File.html?age=30#DOWNLOAD");

    System.out.println("Protokol: " + url.getProtocol());
    System.out.println("Host: " + url.getHost());
    System.out.println("Port: " + url.getPort());
    System.out.println("Default-Port: " + url.getDefaultPort());
    System.out.println("Pfad: " + url.getPath());
    System.out.println("Query: " +url.getQuery());
    System.out.println("Referenz: " + url.getRef());
  }
}
```

Listing 173: URLParser (Forts.)

```
Protokol: http
Host: www.muss-es-nicht-geben.de
Port: 80
Default-Port: 80
Pfad: /pfad0/pfad1/File.html
Query: age=30
Referenz: DOWNLOAD
```

Es gibt noch weitere `getter()`-Methoden, die nur das offline `URL`-Objekt auslesen. Sie ergeben sich alle durch Kombinationen der zuvor vorgestellten Methoden und werden aus diesem Grund hier nicht vorgestellt.

124 Wie lese ich den Inhalt einer URL?

Möchte man den Inhalt einer URL auslesen, muss zuerst ein `URL`-Objekt instanziert werden. Dem Konstruktor übergibt man hierbei eine Zeichenketten-Repräsentation der zu bearbeitenden URL. Ist der Aufbau der Zeichenkette nicht konform zur URL-Syntax, wird eine `MalformedURL`-Ausnahme geworfen. Ist die URL dagegen konform, muss die Verbindung für weitere Arbeiten hergestellt werden.

Möchte man eine URL nur auslesen, empfiehlt sich die Methode `openStream()`. Diese Methode liefert einen `InputStream` zurück, der den gesamten Inhalt der Ressource referenziert. In unserem Beispiel wird der `Stream` an einen `BufferedReader` weitergeleitet, zeilenweise ausgelesen und auf die Konsole geschrieben.

```
package javacodebook.net.url.read;

import java.net.*;
import java.io.*;

/**
 * Inhalt der url "http://www.addison-wesley.de" wird ausgelesen
 * und auf die Konsole geschrieben.
 */
public class URLReader {

  public static void main(String[] args) throws Exception {
    URL addison = new URL("http://www.addison-wesley.de");
    BufferedReader in = new BufferedReader(
        new InputStreamReader( addison.openStream()));

    String inputLine;
    while ((inputLine = in.readLine()) != null)
    System.out.println(inputLine);

    in.close();
  }
}
```

Listing 174: URLReader

Die Ausgabe hat nun folgendes Aussehen:

```
<html>
    <head>
     ...
    </head>
    <body>
    ...
    </body>
</html>
```

125 Wie lese ich ein Bild von einer URL?

Mit Java ein Bild von einer URL zu lesen, ist relativ einfach. Zuerst benötigt man ein URL-Objekt, welches auf das zu lesende Bild verweist:

```
URL url = new URL("http://hostname:80/image.gif");
```

Beim Generieren des URL-Objekts muss die gesamte URL, die das Bild referenziert, als Zeichenkette übergeben werden. Hierzu gehören im Einzelnen: Protokoll, IP-Addresse bzw. URL des Rechners, durch Doppelpunkt getrennt die Port-Nummer, falls sie nicht dem Standardwert des angegebenen Protokolls entspricht, Pfad zum Bild und Quellname des Bildes. Dieses URL-Objekt muss der createImage()-Methode des Toolkits übergeben werden, um ein Image-Objekt zu bekommen. Das Toolkit erhält man über die statische Methode getDefaultToolkit() der Toolkit-Klasse.

Um zu zeigen, dass das Image-Objekt auch in nachfolgenden Programmabläufen zum Einsatz kommen kann, stellen wir es in unserem Beispiel auf einem JFrame dar.

```
package javacodebook.net.url.image;

import java.net.*;
import javax.swing.*;

/**
 * Diese Programm liest ein Image von einer URL und platziert
 * es auf einem JLabel.
 */
public class GetImage {

  public static void main(String[] args) {
    try {
      // URL-Objekt verweist auf image
      URL url = new URL("http://hostname:80/image.gif");

      // Das Image-Objekt wird über Toolkit erstellt.
      java.awt.Image image =
        java.awt.Toolkit.getDefaultToolkit().createImage(url);

      // Das Image wird auf einem Frame dargestellt.
      JFrame f = new JFrame();
      f.setDefaultCloseOperation(JFrame.EXIT_ON_CLOSE);
```

Listing 175: GetImage.java

```
      f.getContentPane().add(new JLabel(new ImageIcon(image)));
      f.setVisible(true);
      f.pack();
    } catch (MalformedURLException e) {
      e.printStackTrace();
    }

  }
}
```

Listing 175: GetImage.java (Forts.)

126 Wie lese ich eine passwortgeschützte URL aus?

Um eine passwortgeschützte URL auszulesen muss zunächst ein eigener `Authenticator` geschrieben werden. Man bildet hierzu eine Unterklasse von `Authenticator`, überschreibt die Methode `getPasswordAuthentication()` und gibt dort eine `PasswordAuthentication`-Instanz zurück. Diese Instanz beinhaltet wiederum Login und Passwort, beide können im Konstruktor von `PasswordAuthentication` übergeben werden. Bevor die URL z.B. über `openStream()` geöffnet wird, muss der selbst geschriebene `Authenticator` für diese Anwendung angemeldet werden. Das geschieht über die statische Methode `setDefault(...)` der `Authenticator`-Klasse. Auf alle geschützten Bereiche im Netz wird ab nun dieses Login-Passwort-Paar angewandt. Sobald Login oder Passwort unkorrekt vorgegeben werden, löst dies eine Ausnahme aus.

Folgendes Programm stellt das Gerüst für den Aufruf einer Seite im geschützten Bereich dar. Ändern Sie die Strings login, password und urlString und führen Sie das Programm aus.

```
package javacodebook.net.url.pwd;

import java.net.*;
import java.io.*;

/**
 * Aufruf einer Seite im geschützten Bereich
 */
  class OwnAuthenticator extends Authenticator {

  // Login und Passwort des geschützten Bereichs, muss angepasst
```

Listing 176: OwnAuthenticator

```
  // werden
  protected String login = "login";
  protected String password = "pwd";

  // URL zum geschützten Bereich, muss angepasst werden
  protected static String urlString="http://hostname:80/index.html";

  // getPasswordAuthentication() muss überschrieben werden
  protected PasswordAuthentication getPasswordAuthentication() {
    return new PasswordAuthentication(login,
                                      password.toCharArray());
  }

  public static void main(String[] args) throws Exception{

    // Der Authenticator des Benutzers wird gesetzt.
    Authenticator.setDefault(new OwnAuthenticator());

    // URL wird instanziert
    URL url = new URL(urlString);

    // Stream der URL wird geöffnet und an einen BufferedReader
    // weitergereicht
    BufferedReader in = new BufferedReader(
        new InputStreamReader(url.openStream()));

    // Ressource wird ausgelesen und zeilenweise auf die Konsole
    // geschrieben
    String inputLine;
    while ((inputLine = in.readLine()) != null) {
      System.out.println(inputLine);
    }
    in.close();
  }
}
```

Listing 176: OwnAuthenticator (Forts.)

127 Wie sende ich einer URL Daten?

Viele HTML-Seiten beinhalten Formulare für die Eingabe und Versendung von Daten. Die Übermittlung dieser Daten geschieht in der Regel über eine `HTTP-POST`-Anfrage an eine URL auf dem Server. Sobald sie dort eintreffen, werden sie durch ein geeignetes Programm verarbeitet, wobei dem Client als Antwort eine neue HTML-Seite zurückgeschickt wird. Die Frage, die sich in diesem Rezept stellt, ist, wie eine solche Anfrage, die in der Regel von Formularen gestellt wird, aus einem Java-Programm heraus gestellt werden kann.

Zuerst benötigt man hierzu ein `URL`-Objekt. Anhand dieses `URL`-Objekts kann eine `URLConnection` geöffnet werden. Der `URLConnection` gibt man über `setDoOutput(true)` bekannt, dass auch Daten zu einer URL gesendet werden sollen. Über die Methode `getOutputStream()` kann dann der Input des Servers referenziert werden. Somit können dem Server Daten übermittelt werden. Über die Methode `getInputStream()` kann anschließend die Server-Antwort ausgelesen werden.

In diesem Beispiel wird ein CGI-Script auf der SUN-Webseite angesprochen, welches die Werte des Parameters `String` umkehrt und zurückschickt.

Die gerade skizzierte `URLConnection`-Klasse eignet sich speziell für `http`-Anfragen, obwohl sie grundsätzlich auch für andere Protokolle nützlich sein kann. Allerdings eignet sich für andere Protokolle oft besser der Einsatz der `Socket`-Klasse, welche in den Rezepten zur `Socket`-Klassenverwendung beschrieben wird.

In diesem Beispiel wird ein Dienst angesprochen, der einen als Parameter übergebenen String umkehrt. Ziel des Programms ist zu zeigen, wie an eine URL etwas geschickt werden kann, was der Server intern weiterverarbeiten kann.

```
package javacodebook.net.url.write;

import java.io.*;
import java.net.*;

/**
 * String wird an eine URL gesendet und umgekehrt zurückgeschickt
 */
public class URLWriter {

  public static void main(String[] args) throws Exception {

    String stringToReverse = "Wert";

    // Eine URL-Instanz wird erstellt.
    URL url = new URL("http://java.sun.com/cgi-bin/backwards");

    // Eine URLConnection wird über openConnection() geöffnet.
    URLConnection connection = url.openConnection();

    // Mit setDoOutput(true) können der URL auch Daten
```

Listing 177: URLWriter

```
    // geschickt werden.
    connection.setDoOutput(true);

    // Ein Name/Wert-Paar wird an die URL geschickt.
    PrintWriter out = new PrintWriter(connection.getOutputStream());
    out.println("string=" + stringToReverse);
    out.close();

    // Die Antwort der URL wird ausgelesen.
    BufferedReader in = new BufferedReader( new InputStreamReader(
          connection.getInputStream()));
    String inputLine;
    while ((inputLine = in.readLine()) != null)
      System.out.println(inputLine);

    in.close();
  }
}
```

Listing 177: URLWriter (Forts.)

128 Wie ermittle ich zu einer URL die zugehörige IP-Adresse?

Um die IP-Adresse einer bekannten URL herauszufinden, muss zuerst ein `InetAddress`-Objekt über die Methode `getByName()` generiert werden. Der Methode wird die bekannte URL als Zeichenkette übergeben. Für dieses Beispiel lassen sich Unterschiede in den JDK-Versionen folgendermaßen aufteilen:

- Bis JDK1.3.: Die Klasse `InetAddress` besitzt eine Methode `getAddress()`. Sie liefert einen `byteArray` mit vier Feldern zurück. In der Standard-IP-Darstellung werden die vier Bytes mit einem Punkt getrennt. Hierzu muss der Array durchlaufen werden, die `bytes` zum `char` transformiert und durch Punkte an den richtigen Stellen ergänzt werden.
- Ab JDK1.4.: Für diese Umwandlung besitzt die Klasse `InetAddress` eine Methode `getCanonicalHostName()`, die automatisch die gewünschte Zeichenkette ausgibt.

Folgendes Programm liefert die IP-Addresse zu einer URL und gibt sie in Punkt-Notation auf der Konsole aus:

```
package javacodebook.net.url.urltoip;

import java.net.*;

/**
 * IP-Addresse zu einer URL wird auf die Konsole geschrieben.
 */
public class URLtoIP {

  public static void main(String[] args) throws Exception {

    InetAddress addr = InetAddress.getByName("www.addison-wesley.de");

    // Bis jdk1.3. einschließlich
    // Adresse wird im Byte-Array zurückgegeben.
    byte[] ipAddr = addr.getAddress();
    StringBuffer ipAddrStr = new StringBuffer();
    for (int i=0; i<ipAddr.length; i++) {
      if (i > 0) {
        ipAddrStr.append(".");
      }
      ipAddrStr.append(ipAddr[i]&0xFF);
    }
      System.out.println("Bis jdk1.3.\n\t"+addr.getHostName()
          +" -> "+ipAddrStr.toString());

      // Seit jdk1.4.
      System.out.println("Mit jdk1.4.\n\t"+addr.getHostName()
          +" -> "+addr.getCanonicalHostName());
  }
}
```

Listing 178: URLtoIP

Im Beispiel-Code beschreitet man beide Wege, sodass die IP-Adresse der URL: *www.addison-wesley.de* zweimal in der Standard-Darstellung ausgegeben wird. Die Ausgabe sieht daher folgendermaßen aus:

```
Bis jdk1.3.
    www.addison-wesley.de -> 62.245.190.22
Mit jdk1.4.
    www.addison-wesley.de -> 62.245.190.22
```

129 Wie empfange ich über UDP gesendete Daten?

`UDP` ist ein asynchrones Protokoll. Es verschickt Daten in Form von Paketen. Im Gegensatz zu `TCP` wird vom Protokoll nicht garantiert, dass die Pakete auch ihre Empfänger erreichen. In Java bildet man die benötigten Pakete über die Klasse `DatagramPacket`, wobei `DatagramPacket`-Objekte sowohl beim Senden (siehe `UDPSender`) als auch beim Empfangen benötigt werden.

- Beim Empfangen werden leere `Datagram`-Pakete mit fester Größe gebildet,
- beim Eintreffen eines `UDP`-Pakets werden sie mit Inhalt gefüllt und können ausgelesen werden.

An dieser Stelle sei zusätzlich darauf hingewiesen, dass überhängende Daten abgeschnitten werden, falls das eintreffende Paket größer als das angelegte leere `DatagramPacket` ist.

Den gesamten Empfangsmechanismus realisiert man über eine `DatagramSocket`-Instanz. Dieses `Socket` meldet sich am Port des lokalen Rechners an, an welchem die Daten erwartet werden. Über die Methode `receive()` füllt man ein übergebenes `DatagramPacket`, sobald die gesendeten Daten eintreffen. Durch den geschickten Einbau einer Endlos-Schleife kann aus einem einfachen Empfänger sehr leicht ein Server entstehen, der ununterbrochen Pakete empfangen kann.

Folgendes Programm empfängt über UDP gesendete Nachrichten und gibt diese auf der Konsole aus.

```
package javacodebook.net.datagram.receive;

import java.net.*;

/**
 * UDP Empfänger
 */
public class UDPReceiver {

  // Auf diesem Port erwartet der Receiver Daten.
  private static final int PORT =5000;
  // Daten kommen als Byte-Array an. Die Größe eines Arrays
  // muss zuvor festgelegt werden.
  private static final int BUF_SIZE = 1024;

  // main-Methode
```

Listing 179: UDPReceiver

```
  public static void main(String [] args) throws Exception {

    // Das byte-Array mit angegebener Länge wird gebaut.
    byte[] buffer = new byte[BUF_SIZE];

    // Leerer String wird gebaut.
    String message = null;

    // Ein DatagramSocket für die angegebene Portnummer wird
    // erstellt.
    DatagramSocket listenerSocket = new DatagramSocket(PORT);

    System.out.println("Bereit zum Empfang von Daten:\n");

    // Damit der UDPReceiver nicht nur einmal Daten empfangen
    // kann, wird der Empfangen-Mechanismus in einer Endlos-
    // Schleife eingebaut.
    while(true) {
      // Aus dem Byte-Array wird ein DatagramPacket
      // mit fester Größe erstellt.
      DatagramPacket packet = new DatagramPacket(buffer,buffer.length);

      // Bei eintreffenden Daten wird Paket gefüllt.
      listenerSocket.receive(packet);

      // Aus gefülltem Paket wird Inhalt ausgelesen.
      message = new String(packet.getData(),0,packet.getLength());

      // weitere Informationen werden ermittelt
      System.out.println("Daten empfangen von " +
        packet.getAddress().getHostName() + ": \""+message+"\"");
    }
  }
}
```

Listing 179: UDPReceiver (Forts.)

130 Wie sende ich Daten über UDP?

Wie man im vorherigen Rezept in der Klasse `UDPReceiver` erkennen konnte, werden die UDP-Pakete über die Klasse `DatagramPacket` gebildet. Ein Paket, welches verschickt werden soll, muss neben der Größe natürlich auch einen Inhalt besitzen und wissen, an welche Adresse seine Sendung gehen soll. Es existiert aus diesem Grund ein Konstruktor, der Größe, Inhalt, Host und Port erwartet. Der Host wird in Form eines `InetAddress`-Objekts gekapselt. Dieses kann unter Angabe der URL oder der IP-Adresse generiert werden.

Ein `DatagramSocket` kann das Paket über die Methode `send()` verschicken. Anschließend sollte das `Socket` wieder geschlossen werden.

```
package javacodebook.net.datagram.send;

/**
 * Dieses Programm sendet ein Nachricht über UDP an eine URL.
 */
import java.io.*;
import java.net.*;

public class UDPSender {

  private static final int PORT = 5000;

  // main-Methode
  public static void main(String [] args) throws Exception {

    // URL, an die eine Message geschickt werden soll
    String host = "localhost";
    // Nachricht die verschickt werden soll
    String message = "Hallo!";

    // Aus der IP-Adresse bzw. URL wird ein InetAddress-Objekt
    // erstellt.
    InetAddress address = InetAddress.getByName(host);

    // Die Nachricht muss in Form von Bytes übertragen werden.
    byte[] messageByte = message.getBytes();

    // Ein Datagrampaket wird samt Inhalt, Information über Größe
    // sowie Zieladresse erstellt.
    DatagramPacket packet = new DatagramPacket(messageByte,
        messageByte.length,address,PORT);

    // Ein DatagramSocket wird benötigt.
    DatagramSocket senderSocket = new DatagramSocket();

    // Über send verschickt das Socket das übergebene Paket.
    senderSocket.send(packet);

    System.out.println("Die Nachricht wurde gesendet!");

    // Das Socket muss wieder geschlossen werden.
```

Listing 180: UDPSender.java

```
    senderSocket.close();
  }
}
```

Listing 180: UDPSender.java (Forts.)

Starten Sie zuerst einen Server, z.B. den `UDPreceiver`, aus dem vorherigen Rezept, und anschließend den `UDPSender`. Als Ausgabe erhält man nach dem erfolgreichen Versand die folgende Meldung:

```
Die Nachricht wurde gesendet!
```

131 Wie sende ich ein Datagramm an mehrere Empfänger?

`UDP`-Pakete können sehr elegant gleichzeitig an mehrere Empfänger geschickt werden. Hierzu wird eine *Multicast-Adresse* benötigt. Multicast-Adressen liegen im IP-Bereich: 224.0.0.0 und 239.255.255.255. Der Sender schickt dabei seine Daten zu einer solcher Adresse, und alle Empfänger, die sich an dieser Adresse registriert haben, können die Daten empfangen. Der Sender übermittelt die Daten genau wie im Beispiel zur Klasse `UDPSend` beschrieben. Als einzigen Unterschied muss man die neue Ziel-Adresse berücksichtigen.

Folgender Sender schickt eine Nachricht an eine Multicast-Adresse. Alle Empfänger, die sich dort registrieren, können diese Nachricht empfangen.

```
package javacodebook.net.datagram.multicast;

import java.net.*;

/**
 * UDP-Sender sendet eine Nachricht an eine Multicast-Adresse.
 */
public class MulticastSender {

  private static final int PORT = 5000;

  public static void main(String[] args) throws Exception{
```

Listing 181: MulticastSender

```
    // Ein DatagramSocket wird gebildet (es könnte auch ein
    // MulticastSocket verwendet werden, ist aber nicht notwendig).
    DatagramSocket socket = new DatagramSocket();

    // Multicast-Adresse, an der sich die Empfänger registrieren
    // wird verwendet.
    InetAddress groupAddr = InetAddress.getByName("234.0.0.1");

    // Message, die verschickt werden soll, wird festgelegt.
    String lMessage = "Nachricht";
    // Message wird in einen Byte Array umgewandelt.
    byte[] lMessageByte = lMessage.getBytes();

    // Ein Datagrampacket wird samt Inhalt, Information
    // über Größe sowie Zieladresse erstellt.
    DatagramPacket lPacket = new DatagramPacket(lMessageByte,
        lMessageByte.length,groupAddr,PORT);

    // Paket wird verschickt.
    socket.send(lPacket);
  }
}
```

Listing 181: MulticastSender (Forts.)

Der Empfänger muss ein `MulticastSocket` für das Empfangen der Daten einrichten. Dieses `MulticastSocket` erfüllt dieselben Aufgaben wie das `DatagramSocket`, verfügt aber zusätzlich über eine Methode `joinGroup()`, welche die beim Sender verwendete Multicast-Adresse erwartet. Alle Daten, die an diese Multicast-Adresse gesendet werden, können über die `receive()`-Methode des `MulticastSocket` ausgelesen werden.

Folgender Empfänger meldet sich an einer Gruppe an, alle Pakete, die dieser Gruppe geschickt werden, werden somit auch diesem Empfänger zugesandt.

```
package javacodebook.net.datagram.multicast;

import java.nio.*;
import java.nio.channels.DatagramChannel;
import java.net.*;
/**
 * Multicast-Empfänger
 */
```

Listing 182: MulticastReceiver

```
public class MulticastReceiver {
    private static final int PORT = 5000;
    private static final int BUF_SIZE = 1024;

  public static void main(String[] args) throws Exception{

    // MulticastSocket wird generiert und am vordefinierten
    // Port angemeldet.
    MulticastSocket msocket = new MulticastSocket(PORT);

    // MulticastSocket wird an einer Multicast-Adresse
    // registriert.
    InetAddress group = InetAddress.getByName("234.0.0.1");
    msocket.joinGroup(group);

    // Der byte-Array und String fürs Empfangen der Daten
    // wird benötigt.
    byte[] lBuffer = new byte[BUF_SIZE];
    String lMessage = null;

    System.out.println("Bereit zum Empfang von Daten :\n");

    // Damit der Receiver nicht nur einmal Daten empfangen kann,
    // wird der Empfangen-Mechanismus in einer Endlos-Schleife
    // eingebaut.
    while(true) {
      // Daten werden empfangen (wie beim DatagramSocket)
      DatagramPacket lPacket =
        new DatagramPacket(lBuffer,lBuffer.length);
      msocket.receive(lPacket);

      // Aus dem gefüllten Paket wird der Inhalt ausgelesen und
      // mit Sender Daten auf der Konsole ausgegeben.
      lMessage = new String(
              lPacket.getData(),0,lPacket.getLength());
      System.out.println("Daten empfangen von "+
        lPacket.getAddress().getHostName()+": \""+lMessage+"\"");
    }
  }
}
```

Listing 182: MulticastReceiver (Forts.)

Starten Sie zwei `MulticastReceiver` und anschließend den `MulticastSender`. Das doppelte Starten ist im Gegensatz zur `UDPReceive`-Klasse (Klasse aus einem vorherigen Rezept) durchaus möglich, da mehrere `MulticastSockets` am selben Port angemeldet werden dürfen, mehrere `DatagramSockets` aber nicht. Die gesendete Nachricht sollte von beiden Receivern angezeigt werden.

132 Wie empfange und sende ich Daten über TCP/IP?

Bei `TCP` (*Transmission Control Protocol*) handelt es sich, im Gegensatz zu `UDP`, um eine verbindungsorientierte und zuverlässige Kommunikation. Sicherung der Übertragung wird vom Protokoll übernommen, verlorene Daten (Pakete) werden erneut versendet. Die gesamte Kommunikation verhält sich wie bei einer Standleitung. `TCP/IP` bedient sich wie `UDP` der IP-Adressen. Die IP-Adressen bestehen aus einer eindeutigen 32 Bit großen Zahl, die sich in 4 Bytes die durch einen Punkt voneinander getrennt sind aufteilt. Damit `TCP/IP` (bzw. ein Client) in der Lage ist, einen bestimmten Dienst auf einem Rechner anzusprechen, gibt es die Portnummern. Eine Portnummer dient dazu, einen Dienst auf einem Host zu identifizieren und auch anzusprechen. Wenn man nun mit Java über `TCP/IP` kommunizieren möchte, muss man sich erst einmal Gedanken darüber machen, ob man einen Dienst anbietet oder ob man einen Dienst ansprechen möchte. In diesem Beispiel wird ein Dienst angeboten, im folgenden Beispiel wird ein Dienst aufgerufen. Das Senden und Empfangen implementiert man in beiden Fällen auf identische Weise. Einen Dienst bietet man an, indem man ein `ServerSocket`-Objekt unter Angabe der Port-Nummer, auf der der Dienst laufen soll, erstellt.

```
ServerSocket servSock = new ServerSocket(5000);
```

Anschließend muss dieser Dienst noch über die `accept()`-Methode des `ServerSockets` gestartet werden.

```
Socket socket = servSock.accept();
```

Die `accept()`-Methode blockt so lange, bis ein Client eine Verbindung zu diesem Dienst aufbaut. Ist das der Fall, wird sie verlassen und liefert ein `Socket`-Objekt zurück. Dieses `Socket`-Objekt kapselt sämtliche Daten des verbundenen Clients, die über das Protokoll verfügbar sind. Wenn ein Client implementiert wird, gibt es auch ein `Socket`-Objekt, dieses wird dann direkt instanziert und kapselt entsprechend die Server-Daten, also die Daten vom Dienst.

Über `socket.getInputStream()` kann alles, was der Client sendet, ausgelesen werden, über `socket.getOutputStream()` dagegen, kann man ihm Daten übertragen. Um die

Verarbeitung etwas komfortabler zu machen, ist es sinnvoll, den `InputStream` an einen `BufferedReader` und den `OutputStream` an einen `PrintWriter` weiterzuleiten. Unser Dienst empfängt von einem Client eine Zeile und schickt ihm wieder eine zurück. Dann wird der Dienst beendet. Von einem echten Server ist er also noch ein ganz klein wenig entfernt. Hierzu sei auf andere Rezepte dieses Buches verwiesen.

Im Folgenden finden Sie den Quelltext für einen sehr einfachen Server: Er empfängt eine über TCP gesendete Nachricht, falls diese dem String »datum« entspricht, wird dem Sender das Datum übermittelt, sonst bekommt er eine Fehlermeldung:

```
package javacodebook.net.socket.simpleserver;

import java.io.*;
import java.net.*;

/**
 * TCP Server sendet Datum.
 */
public class TCPServer
{
  public static void main(String args[])
  {

    try {
      // Ein ServerSocket wird auf Port 5000 angemeldet.
      ServerSocket servSock = new ServerSocket(5000);

      System.out.println("Warte auf Verbindung...");

      // Server wird in Warteposition gebracht
      Socket client = servSock.accept();

      // getInetAddress() liefert die IP-Adresse des Clients.
      System.out.println("Client verbunden von " + client.getInetAddress());

      // InputStream vom Socket wird an einen BufferedReader
      // geleitet.
      BufferedReader clientIn = new BufferedReader(
        new InputStreamReader(client.getInputStream()));

      // Ein PrintWriter wird an den Outputstream des
      // Clients gekoppelt.
      PrintWriter clientOut = new PrintWriter(client.getOutputStream(),true);
```

Listing 183: TCPServer

```
        // Zeile vom Client wird ausgelesen.
        String input = clientIn.readLine();

        // Falls die Zeile dem String "datum" entspricht,
        // wird dem Client das Datum übermittelt, sonst
        // bekommt er eine Fehlermeldung.
        if(input.equals("date")) {
          clientOut.print("Hallo "+client.getInetAddress());
          clientOut.println(". Das Datum im Java- Format: " + new java.util.Date());
        }
        else {
          clientOut.println("Sorry, "+input+" ist falscher Befehl!");
        }
      }
      catch(Exception e) {
        System.out.println("Netzfehler!");
      }
    }

}
```

Listing 183: TCPServer (Forts.)

133 Wie baue ich einen einfachen Telnet-Client?

Ein einfacher Telnet-Client, wie er hier vorgestellt wird, sollte die Möglichkeit haben, sich mit jedem beliebigen Rechner im verfügbaren Netzwerk an jedem beliebigen Port zu verbinden. Hierzu muss der Benutzer natürlich die IP-Adresse bzw. URL und den Port des Dienstes kennen. Ist dieser Client mit dem Server verbunden, sollte er Meldungen verschicken und Antworten empfangen können. Die Verbindung zu einem Rechner wird über die Instanzierung eines `Socket`-Objekts aufgebaut. Diesem übergeben wird ein `InetAddress`-Objekt, welches IP-Adresse bzw. URL des Host kapselt sowie die Port-Nummer enthält.

```
Socket(InetAddress address, int port)
```

Über dieses `Socket`-Objekt können über die Methoden `getInputStream()` und `getOutputStream()` Daten an den Host gesendet bzw. von ihm empfangen werden. Um die Verarbeitung etwas komfortabler zu machen, ist es sinnvoll, den `InputStream` an einen `BufferedReader` und den `OutputStream` an einen `PrintWriter` weiterzuleiten. Verlinkt man nun noch die Benutzereingaben geschickt mit dem `OutputStream` (bzw. `PrintWriter`) des Hosts, ist der Telnet-Client implementiert.

Der folgende Telnet Client baut unter Angabe der IP-Adresse und Port-Nummer eine Verbindung zum jeweiligen Host auf. Über die Konsole können Strings zum Server geschickt werden. Die Server-Antwort wird entgegengenommen und auf die Konsole geschrieben.

Achtung: Damit dieser Client reibungslos funktioniert, muss der Host immer genau eine Zeile zurückschicken. Werden mehr Zeilen zurückgeschickt, werden alle außer der ersten ignoriert, wird keine zurückgeschickt, ist der Client bis auf weiteres geblockt.

Starten Sie einen Server z.B. aus dem folgenden Rezept. Starten Sie anschließend diesen Client, geben Sie erst die IP-Adresse oder URL und dann die Port-Nummer, auf der der Server läuft, an. Über Eingaben auf der Konsole können Sie mit dem Server kommunizieren.


```
package javacodebook.net.socket.telnetclient;
/**
 * einfacher Telnet Client.
 */
import java.io.*;
import java.net.*;

public class TCPClient {

  /**
   * Variablen der Anwendung
   */
  public static int port = 0;
  public static String  host = null;
  public static Socket server = null;

  public static void main(String [] args) throws Exception {

    try{
      // Benutzer-Eingaben werden an einen
      // BufferedReader weitergeleitet.
      BufferedReader userIn=new BufferedReader(
                             new InputStreamReader(System.in));

      // Abfrage der Server-Daten
      System.out.println("Mit welchem Rechner wollen Sie verbunden werden:");
      host = userIn.readLine();
      System.out.println("Auf welchem Port wollen Sie sich anmelden?");
```

Listing 184: TCPClient

```
      port = Integer.parseInt(userIn.readLine());

      // Verbindung zum Server wird aufgebaut.
      server = new Socket(InetAddress.getByName(host),port);

      System.out.println("Verbindung zu "+host+" auf Port: " + port
                         + " aufgebaut!");

      // InputStream vom Socket wird an einen BufferedReader
      // gekoppelt.
      BufferedReader serverIn = new BufferedReader(
        new InputStreamReader(server.getInputStream()));

      // Printwriter wird am Outputstream des Servers
      // gekoppelt.
      PrintWriter serverOut = new PrintWriter(server.getOutputStream(),true);

      // Benutzereingabe
      String command=null;

      // Antwort vom Host
      String response=null;

      // Schleife läuft so lange, bis der Server die Verbindung
      // unterbricht.
      do {
        // Benutzereingabe wird ausgelesen und zum Server geschickt.
        System.out.print("Eingabe: ");
        command=userIn.readLine();
        serverOut.println(command);
        serverOut.flush();
        // Antwort vom Server wird entgegengenommen und auf die
        // Konsole geschrieben.
        response=serverIn.readLine();
        System.out.println(response);
      } while(response!=null);
    }
    catch(IOException e) {
      System.out.println("Verbindung zum Server verloren!");
    }
    finally {
      try {
        // Socket wird geschlossen.
        server.close();
      }
```

Listing 184: TCPClient (Forts.)

```
      catch(IOException e) {
        System.err.println(e);
      }
    }
  }
}
```

Listing 184: TCPClient (Forts.)

134 Wie baue ich einen TCP/IP Server (JDK1.3)?

Betrachtet man das Rezept 10 dieses Kapitels, wird man feststellen, dass der dort programmierte Empfänger/Sender nicht den Ansprüchen eines Servers gerecht wird. Auch wenn durch den Einbau einer while-Schleife das Programm immer wieder in den Empfangsmodus kommen könnte, wird er niemals zwei Anfragen zur gleichen Zeit bearbeiten können.

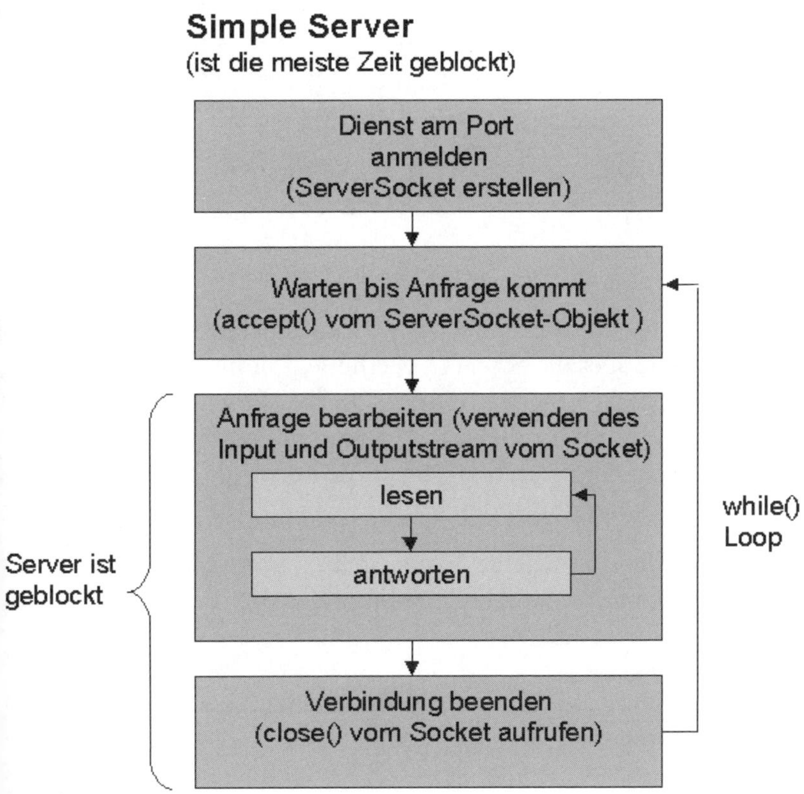

Abbildung 77: Simple Server

Diesem Problem wollen wir uns in diesem »Rezept« stellen. Wie kann ich auf der einen Seite einen Client bedienen und auf der anderen Seite wieder bereit für neue Anfragen sein?

Die Lösung bis zum JDK1.3 lautet: »Threads verwenden«. Für jeden verbundenen Client wird sofort ein neuer `Thread` gestartet, der sich um alles weitere kümmert. Der Haupt-`Thread` entledigt sich dieser Aufgabe also sofort und kann sich wieder dem Empfangen neuer Anfragen widmen.

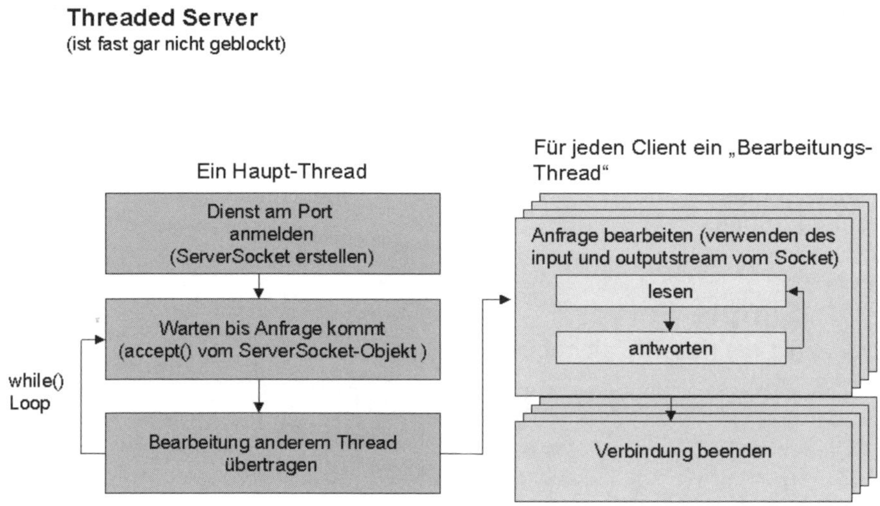

Abbildung 78: Threaded Server

In unserem Beispiel wird unser Server auf Port 5000 angemeldet. Das Warten auf neue Verbindungen geschieht über die `accept()`-Methode. Kommt eine Verbindung zustande wird ein `Socket`-Objekt generiert. Dieses Objekt kapselt den `Input`- und `OutputStream` vom Client und kann für die weitere Kommunikation verwendet werden. Dem neuen `Thread` wird dieses `Socket`-Objekt im Konstruktor übergeben, so dass sämtliche Client-Bearbeitung stattfinden kann.

Unser »Server« unterstützt die drei Befehle »date« »help« und »end«. »date« liefert das Datum zurück, »help« gibt eine Kurzbeschreibung der drei Befehle und »end« bricht die Verbindung zum Client ab.

```
package javacodebook.net.socket.threadserver;

import java.io.*;
```

Listing 185: TCPThreadServer

```
import java.net.*;

/**
 * Einfacher Server, parallele Anfragen werden über Threads
 * koordiniert.
 */
public class TCPThreadServer extends Thread {
  private Socket client;
  private BufferedReader clientIn;
  private PrintWriter clientOut;
  private String cRemoteClient;

  /**
   * Konstruktor von TCPThreadServer. Ihm wird eine Referenz
   * vom Socket des verbundenen Clients übergeben.
   */
  public TCPThreadServer(Socket client) {
    try {
      this.client= client;

      // getInetAddress() liefert die IP-Adresse des Clients
      System.out.println("Client verbunden von "
          + client.getInetAddress());

      // InputStream vom Socket wird an einen
      // BufferedReader gekoppelt.
      clientIn = new BufferedReader(
          new InputStreamReader(client.getInputStream()));

      // Ein PrintWriter wird an den OutputStream
      // des Clients gekoppelt.
      clientOut = new PrintWriter(client.getOutputStream(),true);

    }
    catch(Exception err) {
      err.printStackTrace();
    }
   }

   /**
    * "run" wird aufgerufen, wenn der Thread gestartet wird.
    * Hier findet die gesamte Abhandlung des Clients statt.
    */
  public void run() {
     try {
```

Listing 185: TCPThreadServer (Forts.)

```
      // Befehl vom Client
      String command;

      // Befehl vom Client wird ausgelesen und dem
      // String "command" zugewiesen. Die while()-
      // Schleife wird so lange ausgeführt, bis command
      // "end" ist.
      while(!(command=clientIn.readLine()).equalsIgnoreCase("end")){
        // wird beim Befehl "date" ausgeführt
        if(command.equals("date")) {
          clientOut.println("Das Datum im Java Format: " + new java.util.Date());
        }
        // wird beim Befehl "help" ausgeführt
        else if(command.equals("help")) {
          clientOut.println("Befehle: \"date\" liefert Datum,"
              +" \"help\" fuer Hilfe, "
              +"\"end\" fuer Verbindungsende");
        }
        // wird bei allen anderen Fällen ausgeführt.
        else {
          clientOut.println("Sorry, \""+command +"\" ist falscher Befehl!");
        }
      }
    }
    catch (Exception err) {
      err.printStackTrace();
    }
    finally {
      try {
         System.out.println("Verbindung zu "+  client.getInetAddress()
           + " wird beendet.");
         client.close();
      }
      catch (IOException err2) {
        err2.printStackTrace();
      }
    }
  }

  /**
   * main-Methode
   */
  public static void main(String [] args) {
    try {
      // Ein ServerSocket wird am Port 5000 angemeldet.
```

Listing 185: TCPThreadServer (Forts.)

```
      ServerSocket servSock = new ServerSocket(5000);

      System.out.println("Warte auf Verbindung...");

      // Der Server wartet endlos auf Anfragen. Sobald eine
      // eintrifft, wird ein neuer Thread gestartet, der sich um
      // alles weitere kümmert.
      while(true) {
        // Server wird in Warteposition gebracht.
        Socket client = servSock.accept();

        // Thread wird gestartet, sobald ein
        // Client sich verbindet.
        new TCPThreadServer(client).start();
      }
    }
    catch(IOException err) {
      err.printStackTrace();
    }
  }
}
```

Listing 185: TCPThreadServer (Forts.)

Starten Sie den Server und testen Sie die Befehle über einen telnet Client. Sie können auch unseren Client aus Beispiel 6.11 verwenden. Starten Sie den Client, geben Sie im ersten Dialog die IP- und Port-Nummer ein und tippen Sie die Befehle auf die Konsole.

135 Wie baue ich einen TCP/IP Server (JDK1.4)?

Erst einmal stellt sich die Frage, wieso SUN einen neuen Weg vorschlägt, wie man einen `TCP/IP`-Server konstruieren kann. Was war falsch, an dem alten Weg, wie wir ihn im vorigen Beispiel beschrieben haben? Zunächst einmal war nichts im eigentlichen Sinne falsch, doch besteht die Möglichkeit zur Verbesserung. Drei Punkte, wie diese Verbesserung umgesetzt werden kann:

1. Die alten `Streams` in `java.io`.* sind richtige »Garbage-Produzenten«. Zum Beispiel speichert der `BufferedReader`, der auch im vorigen Beispiel verwendet wird, intern die Daten sowohl als `StringBuffer` als auch als `String`. Die Verwendung von Buffern, wie sie im Paket `java.nio` eingeführt werden, wäre also schon mal eine deutliche Verbesserung, was die Speicherlast und somit auch die gesamte Leistung des Systems betrifft.

2. Die Flaschenhälse in einer solchen Anwendung sind oftmals nicht die langsame CPU, sondern viel eher die limitierten Übertragungsraten im Netz. Verwendet man Streams, blockiert unser Programm intern sehr oft, weil es auf weitere Dateneingaben oder die Beendigung einer Datenausgabe wartet. Durch Einführung von *non-blocking-Channels* kann diese Wartezeit abgegeben werden. Schreiben wir einen großen Buffer auf eine langsame `Socket`-Verbindung, werden die Daten einfach an den Betriebssystem-Buffer oder noch besser sogar gleich an den Buffer der Netzwerkkarte weitergereicht und unser Programm kann sofort im Anschluss weiter arbeiten, ohne von der Übertragungsrate im Netz abhängig zu sein. Die verwendeten Kanäle sind zum einen der `ServerSocketChannel` – er ersetzt gewissermaßen den `ServerSocket` – und der `SocketChannel`, er ersetzt quasi den `Socket`.

3. Die Einführung der Threads hat die Problematik mit der Blockierung unseres Servers zwar aufgehoben, hat aber auch einen hohen Preis gekostet. Jeder Thread kostet viel CPU-Zeit und benötigt viel Arbeitsspeicher. Da für jeden Client ein Thread erstellt wird, leidet die Leistung enorm, wenn viele Anfragen parallel hereinkommen. Die Arbeit der Threads besteht aber im Wesentlichen nur aus dem Warten auf langsame Daten, die über das Netzwerk hereingetröpfelt kommen oder nicht herauswollen. Es handelt sich daher eher um einen Kanonenschuss auf harmlose Spatzen. Die seit dem JDK1.4 verwendeten *non-blocking Channels* erledigen dieselbe Arbeit mit viel weniger Aufwand. Für jeden Client wird ein eigener Channel erstellt. Damit man im Programm nicht diese Channel der Reihe nach abfragen muss, ob Nachrichten vorhanden sind, hat SUN eine `Selector`-Klasse eingeführt, die die Abwicklung erleichtert: Jeder Channel kann sich an diesem `Selector` unter Angabe eines *Operation-bit*, welches mögliche Ereignisse des Channels definiert, registrieren. Der `Selector` verfügt über eine Methode `select()`; wird diese Methode im Programm aufgerufen, ist es vorerst blockiert. Erst wenn ein zuvor definiertes Ereignis bei dem entsprechenden registrierten Channel auftritt, wird der `Selector` informiert und die `select()`-Methode verlassen. Anhand des `Selector`-Objekts kann nun eine Referenz auf den jeweiligen Channel (bzw. auf die jeweiligen Channels, falls sich auf mehreren Kanälen etwas ereignet hat) erfragt werden.

Folgendes Programmgerüst verdeutlicht die Vorgehensweise für eine solche Art von Anwendung:

```
# ServerSocketChannel wird erstellt
# Selector wird erstellt
# der Selector wird an den ServerSocketChannel registriert
```

Listing 186: Grundkonstruktion in Pseudo-Code

```
04 endlos-Schleife{
05   # Warten, bis der Selector über ein Ereignis informiert wird
06   # Für jedes Ereignis wird ein Key generiert.
07   # Für jeden Key, der generiert wurde, Folgendes ausführen {
08     # Drei mögliche Ereignistypen werden unterschieden:
09     # isAcceptable:
10       # SocketChannel vom Client holen
11       # Selector am SocketChannel registrieren
12     # isReadable:
13       # SocketChannel über den Selector-key holen
14       # Über den Channel vom Socket lesen
15       # ggf. auch antworten
16     # isWriteable:
17       # SocketChannel über den Selector-key holen
18       # über den Channel aufs Socket schreiben
19   }
20 }
```

Listing 186: Grundkonstruktion in Pseudo-Code (Forts.)

Unser Programm wartet also immer bei der `select()`-Methode des `Selectors` (Zeile 5 im Pseudo-Code). Wir sehen, dass sowohl der `ServerSocketChannel` als auch der `SocketChannel` den `Selector` registrieren. Dieses Programm weckt man aus seinem Schlaf durch ein entsprechendes Ereignis vom `ServerSocketChannel` oder vom `SocketChannel`. Über den `key`, bzw. seine Methoden `isAcceptable()`, `isReadable()` und `isWriteable()`, kann nun im Nachhinein wieder sondiert werden um welches Ereignis es sich gehandelt hat, und dementsprechend agiert werden.

Dieser kleine »Datums-Server« empfängt auf Port 5000 über TCP/IP gesendete Nachrichten. Wird »date« gesendet, übermittelt der Server dem Sender das Datum, bei »help« wird eine Kurzbeschreibung der verfügbaren Befehle übertragen und bei »end« die Verbindung unterbrochen. Bei allen anderen Eingaben wird eine Fehlermeldung zurückgeschickt.

Dadurch, dass die verwendeten Channel »non-blocking« sind, können mehrere Anfragen parallel beantwortet werden:

```
package javacodebook.net.socket.channelserver;

import java.nio.*;
import java.io.*;
```

Listing 187: ChannelServer

```
import java.nio.channels.*;
import java.nio.charset.*;
import java.net.*;
import java.util.*;

/**
 * Einfacher Server, parallele Anfragen werden über "non-blocking"-
 * Channels koordiniert.
 */
public class ChannelServer {
  private static Charset charset = Charset.forName("ISO-8859-1");
  private static CharsetEncoder encoder = charset.newEncoder();
  private static CharsetDecoder decoder = charset.newDecoder();

  private static String command=null;
  private static String response =null;

  public static void main(String[] args) throws Exception {
    // ByteBuffer zum Lesen der Clientanfragen
    ByteBuffer buffer = ByteBuffer.allocateDirect(1024);

    // Selector, wird von den Channels bei Vorkommnissen '
    // benachrichtigt
    Selector selector = Selector.open();

    // Ein "non-blocking" ServerSocket wird am Port: 5000 angemeldet
    ServerSocketChannel ssChannel = ServerSocketChannel.open();
    ssChannel.configureBlocking(false);
    ssChannel.socket().bind(new InetSocketAddress(5000));

    // Der Selector wird am ersten Channel registriert. Über das
    // angegebene Operation bit wird definiert, dass der Selector
    // nur bei einer Neu-Anmeldung eines Clients informiert wird.
    SelectionKey acceptKey=ssChannel.register(selector,
      SelectionKey.OP_ACCEPT);

    // Der Server soll immer seinen Dienst zur Verfügung stellen,
    // daher befindet sich der Code in einer Endlos-Schleife.
    while(true) {
      // Diese Methode blockt so lange, bis sich in den Channels,
      // die diesen Selector registriert haben, etwas ereignet hat.
      selector.select();

      // Für den Fall, dass sich gleich in mehreren angemeldeten
      // Channels etwas ereignet hat oder auf einem mehrere Anfragen
```

Listing 187: ChannelServer (Forts.)

```
// reinkommen, liefert die Methode selectedKeys() gleich einen
// SET von keys zurück. Jeder key kapselt das Ereignis und
// kann später nach diesem befragt werden.
Set keys = selector.selectedKeys();

// Jeder key aus dem Set wird abgearbeitet.
Iterator i = keys.iterator();
while(i.hasNext()) {
  SelectionKey key = (SelectionKey) i.next();

  // Damit der key beim nächsten Select nicht wieder
  // auftaucht, muss er aus dem Set herausgenommen werden.
  i.remove();

  // Liefert der Key bei der Methode isAcceptable() true
  // zurück, wissen wir, dass es sich um ein Ereignis vom
  // ServerSocketChannel handelt und ein neuer Client sich
  // angemeldet hat. Folgender Block wird dann abgearbeitet.
  if (key.isAcceptable()) {
      // Der SocketChannel vom Client wird erfragt.
      SocketChannel client = ssChannel.accept();

      // Dieser Channel soll auch "non-Blocking" sein, damit
      // mehrere Client-Anfragen bearbeitet werden können.
      client.configureBlocking(false);

      // Der Selector wird auch am SocketChannel registriert.
      // Über das angegebene Operation bit, OP_READ, wird
      // definiert, dass der Selector nur dann vom Channel
      // informiert wird, wenn es was zu lesen gibt.
      client.register(selector, SelectionKey.OP_READ);

  }
  // Liefert der Key bei der Methode isReadable() true zurück,
  // wissen wir, dass es sich um ein Ereignis von einem
  // SocketChannel handelt und ein bereits angemeldeter Client
  // Daten geschickt hat, die nun zum Lesen bereitstehen.
  // Folgender Block wird abgearbeitet.
  else if (key.isReadable()) {
    // Eine Referenz auf den SocketChannel wird erfragt.
    SocketChannel client = (SocketChannel) key.channel();

    // Die Client-Daten werden in einen Buffer geschrieben.
    // Falls der Client die Verbindung zwischenzeitlich
    // unterbrochen hat, würde das Ende vom Stream durch einen
```

Listing 187: ChannelServer (Forts.)

```
// Rückgabewert von -1 identifiziert werden. In diesem
// Fall wird der Channel geschlossen.
try {
  int bytesread = client.read(buffer);
  if (bytesread == -1) {
    key.cancel();
    client.close();
  }
}
catch(Exception err) {
  err.printStackTrace();
}

// Client-Eingabe befindet sich derzeit im Buffer, muss
// für die weitere Verarbeitung zum String umgewandelt
// werden. Der Buffer wird anschließend für spätere
// Verwendung wieder geleert.
buffer.flip();
CharBuffer charBuffer = decoder.decode(buffer);
command= charBuffer.toString();
command = command.trim();
buffer.clear();

// wird beim Befehl "date" ausgeführt
if(command.equals("date")) {
  // Antwort wird als String zusammengesetzt zum
  // ByteBuffer umgewandelt und zum Client geschickt.
  response ="Das Datum im Java-Format: "
      + new java.util.Date()+"\n";
  client.write(encoder.encode(
      CharBuffer.wrap(response)));
}
// wird beim Befehl "help" ausgeführt
else if(command.equals("help")) {
  response = "Befehle: \"date\" liefert Datum, "
      +"\"help\" fuer Hilfe,"
      +" \"end\" fuer Verbindungsende.\n";
  client.write(encoder.encode(
      CharBuffer.wrap(response)));
}
// wird beim Befehl "end" ausgeführt
else if(command.equals("end")) {
  System.out.println("Verbindung zu einem Client wird "
      +"abgebrochen!");
  client.close();
```

Listing 187: ChannelServer (Forts.)

```
            }
            // wird bei allen anderen Fällen ausgeführt.
            else {
              response = "Sorry, \""+command
                  +"\" ist falscher Befehl!\n";
              client.write(encoder.encode(
                  CharBuffer.wrap(response)));
            }
          }
        }
      }
    }
  }
```

Listing 187: ChannelServer (Forts.)

136 Wie müssen Methoden implementiert werden, damit sie entfernt (über RMI) aufgerufen werden können?

RMI ist die Standard-Lösung in Java, mit der verteilte Anwendungen realisiert werden. Mit RMI können Methoden entfernter Objekte aufgerufen werden. Entfernte Objekte sind Objekte, die sich in einer anderen virtuellen Maschine befinden, in der Regel also auf einem anderen Rechner liegen. Die Methoden liefern ihre Antworten nicht in Form eines `Streams` oder eines Paketes, wie wir es von der Programmierung über `TCP/IP` bzw. `UDP` kennen, sondern geben direkt den Datentypen, den man bei diesen Methoden erwarten, zurück. Es kann sich wie gewohnt sowohl um primitive Datentypen als auch um Objekte handeln. Letzteres wird im Rezept `16 dieses Kapitels` genauer behandelt. Die Applikation, die das »öffentliche Objekt« besitzt, dessen Methoden entfernt aufgerufen werden können, wird im folgenden Server genannt. Der entfernte Aufrufer dieser Methoden ist unser Client.

Um ein solches System aufzusetzen, muss zu Beginn ein Interface definiert werden, welches das öffentliche Objekt beschreibt. Diese Schnittstelle besitzt also alle Methoden des öffentlichen Objektes, die für den Client verfügbar sein sollen. All diese Methoden müssen eine `RemoteException` werfen. Zusätzlich muss das Interface von `java.rmi.Remote` erben.

Folgendes Interface beschreibt die Grundfunktion eines Adressbuches. Alle Methoden, die dem Client zugänglich sein sollen, werden definiert.

```
package javacodebook.net.rmi.simpleserver;

import java.rmi.*;

/**
 * Interface für ein Adressbuch
 */
public interface AddressBook extends Remote{
  // Unter diesem String soll das Object gefunden werden.
  public final static String NAMING = "addressbook";

  // gibt Anzahl gespeicherter Adressen an
  public int getSize() throws RemoteException;

  // liefert Adressen in String-Repräsentation zurück
  public String getAddressByName(String name)
    throws RemoteException;
}
```

Unser öffentliches Objekt implementiert dieses Interface. Da der Client nicht direkt mit unserem öffentlichen Objekt reden wird, sondern in der Realität *Stub* und *Skeleton* dazwischengeschaltet sind, muss unser Objekt erst an diesem Mechanismus angemeldet werden, damit die interne Verlinkung aufgebaut werden kann. Hierzu dient die `exportObject()`-Methode der `UnicastRemoteObject`-Klasse. Anschließend wird unser Objekt noch an dem Namensdienst angemeldet, damit es von jedem beliebigen Client auch gefunden werden kann. Die Methoden `bind()` oder `rebind()` der Klasse `Naming` können verwendet werden. Übergeben wird neben dem Objekt (an zweiter Stelle) ein Pfad, der den Ort des Namensdienstes sowie den Schlüssel des Objekts, unter dem es gefunden werden soll, beinhaltet: *//host:port/name*. `host` ist hier die URL des Rechners, auf dem der Namensdienst läuft, `port` die entsprechende Portnummer (Standardwert für RMI ist 1099). Und `name` ist der `key` für genau dieses Objekt.

Folgende Implementierung des Interfaces beinhaltet ein paar Addressdaten. Kennt der Client den Nachnamen, kann er auch weitere Informationen über diese Person erlangen. Zusätzlich hat er noch Zugriff auf die Anzahl gespeicherter Adressen.

```
package javacodebook.net.rmi.simpleserver;

import java.rmi.*;
import java.rmi.registry.*;
```

Listing 188: AddressBookServer

```
import java.rmi.server.UnicastRemoteObject;
import java.net.MalformedURLException;
import java.util.*;

/**
 * Server verwaltet Addressdaten
 */
public class AddressBookServer implements AddressBook {

  // Adressen werden in eine HashTable abgelegt.
  private Hashtable content = new Hashtable();

  public int getSize() throws RemoteException {
    return content.size();
  }

  public String getAddressByName(String name)
    throws RemoteException {
    return (String)content.get(name);
  }

  public AddressBookServer(int port)throws Exception {
    // AdressBuch wird mit Daten gefüllt.
    fillHashTable();
    // Der Namensdienst wird vom Programm aus gestartet.
    LocateRegistry.createRegistry(port);
    // Dieses Server-Objekt wird exportiert
    UnicastRemoteObject.exportObject(this,port);

    // Das exportierte Objekt wird an der registry mit
    // definierter URL angemeldet.
    Naming.rebind("//localhost:"+port+"/"+AddressBook.NAMING, this);
  }

  /**
   * füllt Adressbuch mit Daten
   */
  private void fillHashTable() {
    content.put("Arbeit",
          "Andi Arbeit, Terlindenweg 50, 59594 Soest");
    content.put("Einstellbar",
          "Manuel Einstellbar, Kaiserallee 4711, 76133 Karlsruhe" );
    content.put("Sörwis","Sigrid Sörwis, Winsstrasse 00, 10405 Berlin");
    content.put("Mutig","Miss Mutig, Kungshamra 2000, 1234 Stockholm");
  }
```

Listing 188: AddressBookServer (Forts.)

```
    // Server wird gestartet.
    public static void main(String[] args) throws Exception{
      new AddressBookServer(1099);
    }
  }
```

Listing 188: AddressBookServer (Forts.)

Wenn dieser Server gestartet werden soll, müssen drei Dinge sichergestellt sein:

1. Das erwähnte Skeleton, welches die letztendliche Kommunikation zum Client übernimmt, sowie für den Client ein entsprechender Stub, der die Anfragen abschickt und die Serverantwort entgegennimmt, müssen zuerst generiert worden sein. Hierzu dient der Precompiler `rmic`. Übergeben wird ihm die Java-Quelldatei des öffentlichen Objekts ohne Dateierweiterung mit komplettem Package-Pfad. In unserem Beispiel also:

```
>rmic javacodebook.net.rmi.simpleserver.AddressBookServer
```

   Es entstehen die beiden Files: `AddressBookServer_Skel.class` und `AddressBookServer_Stub.class`. Das entstandene Skeleton muss im Klassenpfad des Servers, der Stub im Klassenpfad des Clients eingebunden werden.

2. Das `Address`-Interface muss sowohl Client als auch Server zur Verfügung stehen.
3. Ein entsprechender Namensdienst muss an richtiger Stelle auf dem richtigen Port laufen.

In unserer Lösung wird der Namensdienst direkt vom Programm aus gestartet; er kann wahlweise aber auch über die Konsole separat gestartet werden. Hierzu dient der Aufruf `rmiregistry`. Alternativ kann man auch eine mit Leerzeichen getrennte Portnummer mitgeben.

Die Programme `rmic` und `rmiregistry` findet man im Verzeichnis`"jdk/bin/`.

137 Wie findet man ein entferntes Objekt und ruft seine Methoden auf?

Beim Auffinden entfernter Objekte sind Namensdienste behilflich. Sie stellen Anwendungen dar, welche an jeder beliebigen Stelle im Netz laufen können. IP-Adresse oder URL sowie der Port, auf dem sie laufen, müssen für Server und Client

Core
I/O
GUI
Multi-media
Daten-bank
Netz-werk
XML
RegEx
Daten
Threads
Web-Server
Applets
Sonsti-ges

erreichbar und bekannt sein. Das JDK stellt mit der `rmiregistry` einen Namensdienst zur Verfügung, der den Basisansprüchen gerecht wird. Es können prinzipiell aber auch andere Namensdienste verwendet werden. Der Server meldet die Objekte, die er anderen Anwendungen zur Verfügung stellen möchte, unter Angabe eines Schlüssels an diesem Namensdienst an. Der Client benötigt diesen Schlüssel, um das entsprechende Objekt zu finden. Über die Methode `lookup()` der Klasse `Naming` stellt er eine Verbindung zum Namensdienst her und erhält ein Objekt zurück. Der Methode `lookup()` übergibt man einen String mit folgendem Aufbau:

```
//"+host+":"+port+"/"+name
```

`host` ist hier die URL des Rechners, auf dem der Namensdienst läuft, `port` die entsprechende Portnummer (Standard für RMI ist 1099). `name` ist der Schlüssel für genau dieses Objekt. Dieser String muss sich mit dem String, der auf Server-Seite für die Anmeldung des Objektes benötigt wurde, decken. Das zurückgelieferte Objekt ist vom Typ *Remote*; es muss daher noch zu dem entsprechenden Interface *gecastet* werden, welches die `Remote`-Methoden definiert und zuvor auch vom Server-Objekt implementiert wurde. Alle Methoden des Interfaces sind nun von Client-Seite ansprechbar.

Für folgendes Beispiel muss das Addressbook Interface aus dem vorherigen Beispiel bekannt sein. Für den Ort dieser Interfaces bietet sich oft ein öffentliches Repository im Netz an, damit der Pfad unabhängig vom Serverpfad ist.

Der Client sucht ein entferntes Objekt im Netz und ruft zwei seiner Methoden auf. Es können der Applikation beim Start zwei Strings übergeben werden, der erste gibt den »Host«, der zweite den »Port« des Namensdienstes an.

```
package javacodebook.net.rmi.simpleclient;

import java.rmi.*;
import java.rmi.registry.*;

// Addressbook interface aus vorherigem Beispiel wird eingebunden
import javacodebook.net.rmi.simpleserver.AddressBook;

/**
 * RMI Client
 */
```

Listing 189: AddressBookClient

```
public class AddressBookClient {

  public static String host = "localhost";
  public static int port = 1099;

  public static void main(String[] args) throws Exception {

    // Werden zwei Strings beim Programm-Start übergeben, wird der
    // erste als URL und der zweite als Port des Namensdienstes
    // interpretiert. Sonst werden Default-Einstellungen verwendet.
    if(args.length==2) {
      host=args[0];
      port=Integer.parseInt(args[1]);
    }

    // Lookup-String wird aus URL und Port zusammengebaut.
    String mLookup = "//"+host+":"+port+"/"+AddressBook.NAMING;

    // Remote-Objekt wird referenziert und zum AddressBook Object
    // gecastet
    AddressBook book = (AddressBook)Naming.lookup(mLookup);

    // Methoden des Remote-Objekts werden aufgerufen.
    System.out.println("Das Adressbuch hat "+book.getSize()+" Einträge.");
    System.out.println("Arbeit hat folgende Adresse: "
                       + book.getAddressByName("Arbeit"));
  }
}
```

Listing 189: AddressBookClient (Forts.)

Starten kann man diesen Client wahlweise mit oder ohne Angabe von URL und Port des Namensdienstes:

```
>java javacodebook.net.rmi.simplecall.AddressBookClient host port
```

Werden keine Angaben gemacht, wird auf dem *localhost* und dem Port 1099 der Namensdienst gesucht. Damit dieser Client lauffähig ist, müssen folgende Dinge sichergestellt sein.

1. Der Namensdienst sowie der Server müssen laufen. (Server aus dem vorherigen Rezept kann verwendet werden)

2. Der generierte Stub sowie das Interface, welches das entfernte Objekt beschreibt, müssen im Klassenpfad des Client sein. Das für dieses Beispiel notwendige Interface sowie ein möglicher Server finden Sie im vorherigen Rezept. Dort wird auch beschrieben, wie der Stub generiert wird.

138 Wie verschickt man Objekte mit RMI?

Liefert eine entfernte Methode ein Objekt zurück oder wird ihr ein Objekt übergeben, werden von diesen Objekten standardmäßig Kopien angelegt und zum Server geschickt bzw. vom Server verschickt. Damit dieser Prozess reibungslos abläuft, müssen diese Objekte auch verschickbar sein. Genauer gesagt muss man in der Lage sein, diese Objekte in einen Bytestrom zu zerstückeln und wieder korrekt zusammenzusetzen. Um das sicherzustellen, werden diese Klassen mit dem Marker Interface `Serializable` versehen. In dem Rezept verwaltet ein `AddressBookServer` mehrere `Address`-Objekte. Er stellt zwei Methoden zur Verfügung, die entfernt aufgerufen werden können: `getSize()` und `getAddressByName(String name)`. Das zugehörige Interface sieht wie folgt aus:

```
package javacodebook.net.rmi.objectcopy;

import java.rmi.*;

/**
 * Interface definiert alle Methoden, die dem Client zugänglich
 * sein sollen.
 */
public interface AddressBook extends Remote{
  // Unter diesem String soll der Dienst gefunden werden.
  public final static String NAMING = "addressbook";

  // Anzahl gespeicherter Adressen
  public int getSize() throws RemoteException;

  // liefert Adress-Objekt zurück
  public Address getAddressByName(String name)
    throws RemoteException;
}
```

Listing 190: AddressBook.java

Der Server beinhaltet Adressdaten. Die Methode `getAddressByName()` liefert unter Angabe des Namens ein `Address`-Objekt zurück.

```
package javacodebook.net.rmi.objectcopy;

import java.rmi.*;
import java.rmi.registry.*;
import java.rmi.server.UnicastRemoteObject;
import java.net.MalformedURLException;
import java.util.*;

/**
 * Adressbuch Server
 */
public class AddressBookServer implements AddressBook {

  // Adressen werden in eine HashTable abgelegt.
  private Hashtable content = new Hashtable();

  public int getSize() throws RemoteException {
    return content.size();
  }

  public Address getAddressByName(String name)
    throws RemoteException {
    return (Address)content.get(name);
  }

  public AddressBookServer(int port)throws Exception
  {
    // Adressbuch wird mit Daten gefüllt.
    fillHashTable();
    // Die Registry wird vom Programm aus gestartet.
    LocateRegistry.createRegistry(port);
    // Dieses Server-Objekt wird exportiert.
    UnicastRemoteObject.exportObject(this,port);

    // Das exportierte Objekt wird an der registry mit definierter
    // URL angemeldet.
    Naming.rebind("//localhost:"+port+"/"+AddressBook.NAMING, this);
  }

  /**
   * füllt Adressbuch mit Daten
   */
  private void fillHashTable() {
    content.put("Arbeit",
        new Address("Arbeit", "Andi", "Terlindenweg","Soest"));
```

Listing 191: AddressBookServer

```
    content.put("Einstellbar",
        new Address("Einstellbar","Manuel",
                    "Kaiserallee","Karlsruhe"));
    content.put("Sörwis",
        new Address("Sörwis","Sigrid","Winsstrasse","Berlin"));
    content.put("Mutig",
        new Address("Mutig","Miss","Kungshamra","Stockholm"));
  }

  // Server wird gestartet.
  public static void main(String[] args) throws Exception{
    new AddressBookServer(1099);
  }
}
```

Listing 191: AddressBookServer (Forts.)

`Address` ist eine Klasse, die sämtliche Adressdaten kapselt. Veränderbar sollen nur Straße und Wohnort sein. Da sie unter anderem übers Netz verschickt werden muss, muss sie das Marker-Interface `Serializable` implementieren:

```
package javacodebook.net.rmi.objectcopy;

/**
 * Address-Klasse
 */
public class Address implements java.io.Serializable {

  // Attribute der Klasse Address
  private String firstName;
  private String lastName;
  private String street;
  private String city;

  // Konstruktor der Klasse Address, sämtliche Attribute müssen
  // hier gesetzt werden.
  public Address( String lastName, String firstName,
                  String street, String city) {
    this.lastName=lastName;
    this.firstName=firstName;
    this.street=street;
    this.city=city;
```

Listing 192: Address.java

```
  }

  public String toString() {
    return firstName+" "+lastName+"\n"+street+"\n"+city;
  }

  public void setStreet(String street) {
    this.street=street;
  }

  public void setCity(String city) {
    this.city=city;
  }

}
```

Listing 192: Address.java (Forts.)

Um zu zeigen, dass von dem Objekt wirklich eine Kopie angelegt und diese verschickt wird, fragt der Client ein und dieselbe Adresse gleich zweimal ab. Nach der ersten Abfrage wird das Objekt geändert. Nach der zweiten Abfrage sind die Änderungen nicht mehr vorhanden.

```
package javacodebook.net.rmi.objectcopy;

import java.rmi.*;
import java.rmi.registry.*;

/**
 * Adressbuch Client
 */
public class AddressBookClient {

  public static String host = "localhost";
  public static int port = 1099;

  public static void main(String[] args) throws Exception {

    // Werden zwei Strings beim Programm-Start übergeben, wird der
    // erste als URL und der zweite als Port des Namensdienstes
    // interpretiert. Wird nichts übergeben, werden Default-
    // Einstellungen verwendet.
    if(args.length==2) {
```

Listing 193: AddressBookClient

```
      host=args[0];
      port=Integer.parseInt(args[1]);
    }

    // Anhand der Namensdienst-URL und des Ports wird der
    // LookupString zusammengebaut.
    String mLookup = "//"+host+":"+port+"/"+AddressBook.NAMING;

    // Remote-Objekt wird referenziert und zum AddressBook-Objekt
    // gecastet
    AddressBook book = (AddressBook)Naming.lookup(mLookup);

    // Aufruf der Methode getAddressByName("Arbeit") liefert ein
    // Objekt einer selbst geschrieben Klasse
    Address a1=  book.getAddressByName("Arbeit");

    // Methoden des Remote-Objekts sowie des übertragenen
    // Objekts werden aufgerufen.
    System.out.println("Das Adressbuch hat "+book.getSize()+ " Eintraege.");
    System.out.println("Arbeit hat folgende Anschrift:\n"
                       + a1.toString()+"\n");

    // Werte des Objektes werden geändert und ausgegeben
    a1.setCity("Muenchen");
    a1.setStreet("Landshuter Allee");
    System.out.println("Arbeit hat geaenderte Anschrift:\n"
      +a1.toString()+"\n");

    // Objekt wird neu abgefragt und ausgegeben. Da eine Kopie
    // angelegt wurde, sind Änderungen nicht mehr vorhanden.
    System.out.println("Adresse von Arbeit wird neu abgefragt...");
    Address a2=  book.getAddressByName("Arbeit");
    System.out.println("Arbeit hat folgende Anschrift:\n"
                       + a2.toString()+"\n");
  }
}
```

Listing 193: AddressBookClient (Forts.)

Es werden also keine Referenzen übergeben, wie wir es von der Objekt-Übergabe auf derselben virtuellen Maschine her kennen.

Um das Beispiel zu starten, muss Folgendes beachtet werden:

1. Anhand der `AddressBookServer`-Klasse müssen Stub und Skeleton generiert werden.
2. Skeleton muss sich im Klassenpfad des Servers, Stub im Klassenpfad des Clients befinden.

3. Das Interface `AddressBook` muss in beiden Klassenpfaden vorhanden sein.
4. Der Server muss zuerst gestartet werden.
5. Der Client benötigt die korrekte URL und Portnummer des Namensdienstes.

139 Wie verschickt man Referenzen auf Objekte mit RMI?

Im vorherigen Rezept ist der Standardfall beschrieben. Oft möchte man aber ein Objekt nur als Referenz übergeben bekommen. Änderungen, die man lokal vornimmt, sollen für andere Applikationen auch sichtbar sein. Um den Unterschied zum Standardfall zu verdeutlichen, wird ein Beispiel wie im vorherigen Rezeptverwendet.

Kurz zusammengefasst, verwaltet dort ein `AddressBookServer` mehrere `Address`-Objekte. Über eine entfernte Methode können Clients von ihm ein `Address`-Objekt anhand des Nachnamens erfragen. Dieses `Address`-Objekt soll nun nicht verschickt werden wie im vorherigen Rezept, sondern es soll dem Client nur eine Referenz mitgegeben werden. Um das zu realisieren, müssen `Address` sowie zuvor `AddressBook` ein `Remote`-Objekt werden. Hierzu erstellen wir ein Interface `Address`, welches von `Remote` erbt, befolgen hier dieselben Regeln, wie im Rezept 14 dieses Kaptitels beschrieben. Wir ändern den Klassennamen von der alten `Address`-Klasse z.B. in `AddressImpl`. Sodann instanzieren wir nun im `AddressBookServer` mehrere dieser `AddressImpl`-Objekte, legen sie in die serverseitige `HashTable` und exportieren jedes einzelne über die `exportObject()`-Methode, damit sie für die Außenwelt zur Verfügung stehen.

```
package javacodebook.net.rmi.objectreference;

import java.rmi.*;
import java.rmi.registry.*;
import java.rmi.server.UnicastRemoteObject;
import java.net.MalformedURLException;
import java.util.*;

/**
 * Server beinhaltet AddressDaten
 */
public class AddressBookServer implements AddressBook {

  // Adressen werden in eine HashTable abgelegt.
```

Listing 194: AddressBookServer.java

```
  private Hashtable content = new Hashtable();

  public int getSize() throws RemoteException {
    return content.size();
  }

  public Address getAddressByName(String name)
    throws RemoteException {
    return (Address)content.get(name);
  }

  public AddressBookServer(int port)throws Exception
  {
    // Adressbuch wird mit Daten gefüllt.
    fillHashTable(port);
    // Die Registry wird vom Programm aus gestartet.
    LocateRegistry.createRegistry(port);
    // Dieses Server-Objekt wird exportiert.
    UnicastRemoteObject.exportObject(this,port);

    // Das exportierte Objekt wird an der registry mit defnierter
    // URL angemeldet.
    Naming.rebind("//localhost:"+port+"/"+AddressBook.NAMING, this);
  }

  /**
   * Füllt Adressbuch mit Daten
   */
  private void fillHashTable(int port) throws RemoteException{
    Address a1= new AddressImpl("Arbeit", "Andi", "Terlindenweg","Soest");
    Address a2= new AddressImpl("Einstellbar","Manuel", "Kaiserallee", "Karlsruhe");
    Address a3= new AddressImpl("Sörwis","Sigrid", "Winsstrasse","Berlin");
    Address a4= new AddressImpl("Mutig","Miss", "Kungshamra","Stockholm");

    // Die AddressImpl-Objekte müssen exportiert, aber nicht am
    // Namensdienst angemeldet werden.
    // (Der Namensdienst wird nur für den ersten Kontakt zwischen
    // Client und Server benötigt. Anschließend können die
    // Referenzen wie gehabt hin- und hergeschickt werden).
    UnicastRemoteObject.exportObject(a1,port);
    UnicastRemoteObject.exportObject(a2,port);
    UnicastRemoteObject.exportObject(a3,port);
    UnicastRemoteObject.exportObject(a4,port);

    content.put("Arbeit",a1);
```

Listing 194: AddressBookServer.java (Forts.)

```
    content.put("Einstellbar",a2);
    content.put("Sörwis",a3);
    content.put("Mutig",a4);
  }

  // Server wird gestartet.
  public static void main(String[] args) throws Exception{
      new AddressBookServer(1099);
  }
}
```

Listing 194: AddressBookServer.java (Forts.)

Die `AddressImpl`-Klasse implementiert das Remote-Interface `Address`. Adressdaten werden in ihr gekapselt. Veränderbar sollen nur Straße und Wohnort sein:

```
package javacodebook.net.rmi.objectreference;

import java.rmi.*;

/**
 * AddressImpl Klasse
 */
public class AddressImpl implements Address {

  // Attribute der Klasse Address
  private String firstName;
  private String lastName;
  private String street;
  private String city;

  // Konstruktor der Klasse Address, sämtliche Attribute müssen
  // hier gesetzt werden.
  public AddressImpl( String lastName, String firstName,
                      String street, String city) {
    this.lastName=lastName;
    this.firstName=firstName;
    this.street=street;
    this.city=city;
  }

  public String getStringRepresentation() throws RemoteException{
    return firstName+" "+lastName+"\n"+street+"\n"+city;
```

Listing 195: AddressImpl.java

```
  }

  public void setStreet(String street) throws RemoteException {
    this.street=street;
  }

  public void setCity(String city) throws RemoteException{
    this.city=city;
  }

}
```

Listing 195: AddressImpl.java (Forts.)

Dieses Interface muss sowohl auf Client- als auch auf Serverseite bekannt sein. Klassen, die es implementieren, kapseln sämtliche Addressdaten:

```
package javacodebook.net.rmi.objectreference;

import java.rmi.*;

/**
 * Address-Interface
 */
public interface Address extends Remote {

  public String getStringRepresentation() throws RemoteException;
  public void setStreet(String street) throws RemoteException;
  public void setCity(String city) throws RemoteException;
}
```

Listing 196: Address.java

Stubs und Skeleton müssen nun sowohl für den `AddressBookServer` als auch für die `AddressImpl`-Klasse generiert werden:

```
>rmic javacodebook.net.rmi.objectreference.AddressBookServer
>rmic javacodebook.net.rmi.objectreference.AddressImpl
```

Am Client finden keine Änderungen statt, sodass die Klasse `AddressbookClient.java` aus dem vorherigen Rezept weiterhin Gültigkeit behält. Der Client fragt ein und dieselbe Adresse gleich zweimal ab. Nach der ersten Abfrage wird das Objekt geändert. Wie man im Ergebnis sieht, sind nun die Änderungen auch bei der zweiten Abfrage vorhanden.

```
Das Adressbuch hat 4 Einträge.
Arbeit hat folgende Anschrift:
Andi Arbeit
Terlindenweg
Soest

Arbeit hat geänderte Anschrift:
Andi Arbeit
Landshuter Allee
Muenchen

Adresse von Arbeit wird neu abgefragt ...
Arbeit hat folgende Anschrift:
Andi Arbeit
Landshuter Allee
Muenchen
```

Beachten Sie Folgendes für den Start des Beispiels:

1. Beide Skeletons müssen sich im Klassenpfad des Servers, beide Stubs im Klassenpfad des Clients befinden.
2. Die Interfaces `AddressBook` und `Address` müssen in beiden Klassenpfaden vorhanden sein.
3. Der Server muss zuerst gestartet werden.
4. Der Client benötigt die korrekte URL und Port-Nummer des Namensdienstes.

XML

140 Wie übertrage ich ein XML-Dokument per http-get?

`Http-get` wird eingesetzt, um Pull-Architekturen zu realisieren. Bei Pull-Architekturen ist der Empfänger der Aktive und stößt den Sendeprozess an. Der Sender stellt also das Dokument auf Anfrage des Empfängers zur Verfügung. Unser Beispiel besteht aus zwei Teilen: dem Sender (*XMLGetSender.java*) und dem Empfänger (*XMLGetter.java*). Der Sender ist ein Servlet, welches die `doGet()`-Methode implementiert und als Reaktion auf den `get-Request` ein dem `http`-Parameter entsprechendes XML-Dokument zur Verfügung stellt. Für jeden empfangenen Get-Request wird ein http-Parameter namens `fileName` ausgelesen, der den absoluten Pfad zu einer XML-Datei beschreibt. Im weiteren Verlauf der `doGet`-Methode wird diese Datei gelesen und zum Client geschrieben. Der Empfänger ist eine eigenständige Anwendung, welche entsprechende *http-Requests* absetzen kann. Sie liest das empfangene Dokument und schreibt es als Pseudoverarbeitung in die Standardausgabe der Anwendung. Ein URL-Objekt wird benutzt, um XML-Dokumente von beliebigen URLs, die z.B. über die Kommandozeile übergebenen werden, abzurufen. Dabei wird die http-get-Methode verwendet.

Schauen wir uns zunächst den Sender an, der XML-Dokumente entsprechend eines an seine `httpGet()`-Methode übergebenen http-Parameters zur Verfügung stellt.

```
package javacodebook.xml.transport.http.get;

import javax.servlet.*;
import javax.servlet.http.*;
import java.io.*;
import java.util.*;

/**
 * Der XMLGetSender erweitert das HttpServlet und implementiert
 * die doGet-Methode.
 */
public class XMLGetSender
    extends HttpServlet {
```

Listing 197: XMLGetSender.java

```
  // Überschreiben der http-get-Methode
  public void doGet(HttpServletRequest request,
                    HttpServletResponse response) throws
                    ServletException, IOException {

    // Auslesen des Parameters 'fileName'
    String fileName = request.getParameter("fileName");

    // PrintWriter zum Schreiben der Antwort
    PrintWriter pw = new PrintWriter(response.getWriter());

    // Die Antwort ist vom Content-Type "text/xml"
    response.setContentType("text/xml");

    try {
      // BufferedReader-Objekt zum Lesen der Datei
      FileInputStream fis = new FileInputStream(fileName);
      BufferedReader br = new BufferedReader(new InputStreamReader(fis));

      System.out.println("Folgendes Dokument wird zum Client geschickt:\n");

      String line = null;
      while ( (line = br.readLine()) != null) {
        // Inhalt der Datei zum Client schreiben
        pw.println(line);
        // und zur Kontrolle in die Standardausgabe
        System.out.println(line);
      }
    }

    // Fehlerbehandlung
    catch (Exception e) {
      pw.println("<message code=\"-1\">" + e.toString() + "</message>");
    }
    System.out.println("\nhttp-get-Request bearbeitet\n\n");
  }
}
```

Listing 197: XMLGetSender.java (Forts.)

Der Empfänger kann als Anwendung für sich alleine gestartet werden. Entsprechend der Kommandozeilenparameter werden von einer URL eine Reihe von XML-Dokumenten abgerufen.

```
package javacodebook.xml.transport.http.get;

import java.net.*;
import java.io.*;

/**
* XMLGetter-Klasse
 */
public class XMLGetter {
  private static final String USAGE =
      "\nBenutzerhinweis: javacodebook.chapter12.transport.http.get.XMLGetter " +
      "<url> <dateiName> [<dateiName> ...]\n\nwobei \n\n<url>\n" +
      "die URL ist, von der die XML-Dokumente geholt werden sollen und\n\n
      <dateiName> [<dateiName> ...]\n" +
      "ein oder mehrere durch Leerzeichen getrennte Namen von XML-Dateien sind,"
      "die \n" + "per get von der URL geholt werden sollen";

  /**
   * main-Methode
   */
  public static void main(String args[]) {
    if (args.length < 2) {
      System.out.println(getUsage());
      System.exit(1);
    }
    else {
      String urlString = args[0];
      XMLGetter xMLGetter = new XMLGetter();
      for (int i = 1; i < args.length; i++) {
        String fileName = args[i];
        try {
          String xml = xMLGetter.getXMLFromURL(fileName, urlString);
        }
        catch (Exception e) {
          System.out.println("Probleme bei der Ausführung: " + e);
        }
      }
    }
  }

  private String getXMLFromURL(String fileName, String urlString)
      throws Exception {
    String documentReceived = "";
    try {
      // Instanzierung eines URL-Objektes nach RFC 2396:
```

isting 198: XMLGetter.java

```
        URL url = new URL(urlString + "?fileName=" + fileName);

        // openStream-Methode setzt den HTTP-Request ab.
        InputStream is = url.openStream();

        // Nun wird die Antwort ausgelesen.
        InputStreamReader isr = new InputStreamReader(is);
        BufferedReader br = new BufferedReader(isr);
        String line = null;
        while ( (line = br.readLine()) != null) {
          documentReceived = documentReceived + line;
        }
        // Schließen des InputStreamReader
        isr.close();

        // Nun kann das empfangene Dokument verarbeitet werden.
        System.out.println(
            "\n\nFolgendes Dokument wurde vom Server empfangen:\n " +
            documentReceived);
      }
      catch (Exception e) {
        throw new Exception("Probleme beim Aufrufen der URL '" +
                            urlString +
                            "' mit: " + e);
      }
      return documentReceived;
    }

  public static String getUsage() {
    return USAGE;
  }
}
```

Listing 198: XMLGetter.java (Forts.)

Um das Programm auszuführen, müssen Sie folgende Schritte durchlaufen. Hierbei müssen die Kommandozeilen im Beispielverzeichnis ausgeführt werden.

Voraussetzung für das Funktionieren des Programms ist die Installation des Tomcat. Eine entsprechende Anweisung für diese Installation finden Sie im Anhang dieses Kapitels.

1. `XMLGetter` kompilieren (*01_kompilieren_XMLGetter.bat*)

```
javac -d . XMLGetter.java
```

2. Die Verzeichnis- und Dateistruktur für eine Web-Applikation erstellen (*02_erzeugung_webapp_verzeichnisse.bat*)

In unserem Beispielverzeichnis legen wir uns ein neues Unterverzeichnis namens *XMLGetSenderWebApp* an. In diesem Verzeichnis benötigen wir ein Unterverzeichnis namens *WEB-INF*. Hierin wird dann wiederum ein Unterverzeichnis namens *classes* erstellt. Auf diese Weise haben wir eine Standard-Verzeichnisstruktur geschaffen, die in jedem standardkonformen Servlet-Container verwendet werden kann. In dem Verzeichnis *WEB-INF* müssen Sie nun eine XML-Datei namens *web.xml* mit folgendem Inhalt anlegen.:

```
<?xml version="1.0" encoding="UTF-8"?>
<!DOCTYPE web-app PUBLIC "-//Sun Microsystems, Inc.//DTD Web Application 2.3//EN"
"http://java.sun.com/dtd/web-app_2_3.dtd">
<web-app>
  <servlet>
    <servlet-name>XMLGetSender</servlet-name>
    <servlet-class>
      javacodebook.xml.transport.http.get.XMLGetSender
    </servlet-class>
  </servlet>
  <servlet-mapping>
    <servlet-name>XMLGetSender</servlet-name>
    <url-pattern>/XMLGetSender</url-pattern>
  </servlet-mapping>
</web-app>
```

Das ist der Deployment-Descriptor für unsere Web-Applikation und beschreibt das Mapping von unserer Servlet-Klasse auf die URL, unter der es später einmal erreichbar sein soll. Auf der Kommandozeile muss dazu Folgendes ausgeführt werden:

```
mkdir XMLGetSenderWebApp\WEB-INF\classes
copy web.xml XMLGetSenderWebApp\WEB-INF
```

In das Unterverzeichnis *classes* muss in Unterverzeichnissen entsprechend der Package-Struktur die Servlet-Class-Datei platziert werden. Das übernimmt allerdings im nächsten Schritt der Compiler automatisch für uns.

3. `XMLGetSender` kompilieren (*03_compilieren_XMLGetSender.bat*)

```
javac -d ./XMLGetSenderWebApp/WEB-INF/classes XMLGetSender.java
```

Core
I/O
GUI
Multimedia
Datenbank
Netzwerk
XML
RegEx
Daten
Threads
Web-Server
Applets
Sonstiges

Die Zeilenumbrüche stellen auf Kommandozeilenebene nur Leerzeichen dar. Die *Class*-Datei zu unserer `XMLGetSender`-Klasse wird nun in ein der Package-Struktur entsprechendes Unterverzeichnis des *classes*-Verzeichnisses geschrieben.

4. Das Web-Applikations-Verzeichnis in eine *war*-Datei platzieren (*04_erzeugung_ war_datei.bat*)

Nun müssen die Inhalte des *XMLGetSenderWebApp*-Verzeichnisses in einer *war*-Datei platziert werden. Dies geschieht mit einer *jsdk*-Anwendung namens *jar* durch folgenden Kommandozeilenaufruf:

```
jar cvf XMLGetSenderWebApp.war -C XMLGetSenderWebApp
```

5. Die *war*-Datei an die Stelle unserer Servlet-Engine kopieren, von der aus sie automatisch verwendet wird (*05_kopieren_WAR_nach_webapps.bat*).

Die frisch erzeugte *war*-Datei muss nun an die Stelle in der Servlet-Engine kopiert werden, von der aus sie automatisch entpackt und verwendet wird. Bei der Tomact-Standardinstallation ist dafür das *webapps*-Verzeichnis vorgesehen. Der Kommandozeilenbefehl für den Kopiervorgang sieht wie folgt aus. Achten Sie hierbei darauf, dass die `CATALINA_HOME`-Umgebungsvariable gesetzt ist.

```
copy XMLGetSenderWebApp.war %CATALINA_HOME%\webapps\
```

6. Unseren Web-Server samt Servlet-Engine starten (*06_start_tomcat.bat*)

```
%CATALINA_HOME%/bin/startup
```

7. `XMLGetter` starten (*07_XMLGetter_starten.bat*) mit:

```
java javacodebook.xml.transport.http.get.XMLGetter http://localhost:8080/
XMLGetSenderWebApp/XMLGetSender %CHAPTER12_HOME%/transport.http.get/beispiel1.xml
%CHAPTER12_HOME%/transport.http.get/beispiel2.xml %CHAPTER12_HOME%/
transport.http.get/beispiel3.xml
```

Achten Sie auch hierbei darauf, dass Zeilenumbrüche auf Kommandozeilenebene nur einfache Leerzeichen sind. Damit dieses Beispiel funktioniert, muss die `CHAPTER12_HOME`-Umgebungsvariable gesetzt sein oder jeweils der absolute Pfad zu der entsprechenden *xml*-Datei angegeben werden. Übrigens können Sie das Beispiel auch über den Browser testen. Dazu muss bei der Standardkonfiguration von Tomcat folgende URL in den Browser eingegeben werden:

http://localhost:8080/XMLGetSenderWebApp/XMLGetSender?fileName=<absoluter-PfadUndDateiName>

141 Wie übertrage ich ein XML-Dokument per http-post?

Die einfachste Möglichkeit, zwischen einem XML-Dokument und den Anwendungen Daten auszutauschen, ist *http*. Dazu bedarf es einer Implementierung einer http-Schnittstelle bei allen partizipierenden Anwendungen. Zu diesem Zweck gehören *http-APIs* zu den Standardpaketen der meisten Programmiersprachen. Dies macht die Implementierung solcher *http-Interfaces* unabhängig von der Programmiersprache sehr einfach. Die Kommunikation über http ist relativ schnell, allerdings weder transaktional noch asynchron möglich. Auch ein Multicast wird nicht unterstützt.

Http-post wird hauptsächlich eingesetzt um *Push-Architekturen* zu realisieren, bei denen der Sender aktiv den Sendeprozess anstößt.

Ein Dokument über *http-post* zu verschicken scheint zunächst eine einfache Angelegenheit zu sein. Die Schwierigkeiten tauchen aber gewiss gerade dann auf, wenn Sie es selbst ausprobieren. Leider ist die Benutzung der API nicht intuitiv verständlich, was sicherlich für Sie wünschenswert wäre. Dafür besitzt sie ein Objekt namens URLConnection, hinter dem sich ein enorm großer Funktionsumfang verbirgt. Leider gibt es dabei einen Nachteil, es kann nämlich durch den hohen Funktionsumfang häufig zu nicht auf Anhieb erkennbaren Fehlern führen.

Unser Rezept besteht aus zwei Teilen, nämlich einem Sender (*XMLPoster.java*) und einem Empfänger (*XMLPostReceiver.java*). Der Sender ist eine Anwendung, die eine Reihe von XML-Dokumenten an den Empfänger verschickt. Auf der anderen Seite wird der Empfänger durch ein Servlet realisiert, welches die Dokumente liest und als Pseudoverarbeitung in die Standardausgabe des Servers schreibt. Das Servlet kann dabei in jedem beliebigen Servlet-Container wie z. B. Tomcat laufen.

Schauen wir uns zunächst den Sender an:

```
package javacodebook.xml.transport.http.post;

import java.net.*;
import java.io.*;

/**
 * Die XMLPoster-Klasse verschickt XML per http-post.
 */
public class XMLPoster {
  private static final String USAGE = "\nBenutzerhinweis: " +
      "javacodebook.xml.transport.http.post.XMLPoster " +
      "<url> <dateiName> [<dateiName> ...]\n\nwobei\n\n<url>\n" +
      "die URL ist, an die die XML-Dokumente gepostet werden " +
      "sollen und\n\n<dateiName> [<dateiName> ...]\n" +
      "ein oder mehrere durch Leerzeichen getrennte Dateinamen " +
      "von XML-Dateien sind, die \nper post verschickt werden " +
      "sollen";

  // main-Methode
  public static void main(String args[]) {
    if (args.length < 2) {
      System.out.println(getUsage());
      System.exit(1);
    }
    else {
      String urlString = args[0];
      XMLPoster xMLPoster = new XMLPoster();
      for (int i = 1; i < args.length; i++) {
        String fileName = args[i];
        try {
          String xml = xMLPoster.loadXML(fileName);
          xMLPoster.postXML2URL(xml, urlString);
        }
        catch (Exception e) {
          System.out.println("Probleme bei der Ausführung: " + e);
        }
      }
    }
  }

  private String postXML2URL(String xml, String urlString)
    throws Exception {
```

Listing 199: XMLPoster.java

```
    String answerFromServer = "";
    try {
      // Instanzierung eines URL-Objektes
      URL url = new URL(urlString);

      // URLConnection-Object wird erzeugt
      URLConnection con = url.openConnection();

      // Eigenschaften der Verbindung werden gesetzt.
      con.setDoInput(true);
      con.setDoOutput(true);
      con.setUseCaches(false);

      // Setzen der Request-Property 'CONTENT_LENGTH'
      con.setRequestProperty("CONTENT_LENGTH", "" + xml.length());

      // Referenz auf den OutputStream zum Schreiben
      OutputStream os = con.getOutputStream();

      OutputStreamWriter osw = new OutputStreamWriter(os);
      osw.write(xml);
      osw.flush();
      osw.close();

      // getInputStream-Methode setzt den HTTP-Request ab.
      InputStream is = con.getInputStream();

      // Nun wird die Antwort ausgelesen.
      InputStreamReader isr = new InputStreamReader(is);
      BufferedReader br = new BufferedReader(isr);
      String line = null;
      while ( (line = br.readLine()) != null) {
        answerFromServer = answerFromServer + line;
      }
      // Schließen des Readers
      System.out.println("Answer from Server: " + answerFromServer);
      isr.close();
    }
    catch (Exception e) {
      throw new Exception("Probleme beim Aufrufen der URL '" +
                          urlString + "' mit: " + e);
    }
    return answerFromServer;
  }
```

Listing 199: XMLPoster.java (Forts.)

```
  /**
 * Die Methode loadXML liest eine XML-Datei ein.
 */
  private String loadXML(String fileName) throws Exception {
    try {
      String xml = "";
      BufferedReader br = new BufferedReader(
        new InputStreamReader(new FileInputStream(fileName)));
      String line = br.readLine();
      while (line != null) {
        xml = xml + line + "\n";
        line = br.readLine();
      }
      return xml;
    }
    catch (Exception e) {
      throw new Exception("Die Datei '" + fileName +
                          "' konnte nicht geladen werden: " + e);
    }
  }

  public static String getUsage() {
    return USAGE;
  }
}
```

Listing 199: XMLPoster.java (Forts.)

Das Servlet, welches die vom `XMLPoster` geschickten Dokumente empfangen kann, sieht wie folgt aus:

```
package javacodebook.xml.transport.http.post;

import javax.servlet.*;
import javax.servlet.http.*;
import java.io.*;
import java.util.*;

/**
 * Der XMLPostReceiver empfängt XML-Dokumente via http-Post.
 */
public class XMLPostReceiver
```

Listing 200: XMLPostReceiver.java

```
    extends HttpServlet {

  public void doPost(HttpServletRequest request,
                     HttpServletResponse response)
                     throws ServletException, IOException {

    // PrintWriter zum Schreiben der Antwort wird instanziert.
    PrintWriter pw = new PrintWriter(response.getWriter());

    try {
      // BufferedReader wird erzeugt, um den Stream auszulesen.
      InputStreamReader isr = new InputStreamReader(
        request.getInputStream());
      BufferedReader br = new BufferedReader(isr);

      // Schreiben des Streams in den String xmlDocument
      String xmlDocument = "";
      String line = br.readLine();
      while (line != null) {
        xmlDocument = xmlDocument + line;
        line = br.readLine();
      }

      // Weiterverarbeitung des empfangenen XML
      System.out.println(xmlDocument);

      // Bei erfolgreicher Verarbeitung schicke eine Bestätigung.
      pw.println("<message code=\"0\">processed document" +
                 "</message>");
    }

    // bei Verarbeitungsfehlern
    catch (Exception e) {
      pw.println("<message code=\"-1\">" + e.toString() +
                 "</message>");
    }

    // flush und close des PrintWriters
    pw.flush();
    pw.close();
  }
}
```

Listing 200: XMLPostReceiver.java (Forts.)

Während der Sender eine eigenständige Anwendung ist, die alleine gestartet werden kann, empfiehlt es sich, den Empfänger in eine Web-Applikation einzubinden, um ein einfaches Deployment sicherzustellen. Um das Beispiel zu starten beachten Sie bitte folgende Schritte. Die Kommandozeilen müssen dabei im Beispielverzeichnis ausgeführt werden. Vorab ist eine Tomcat-Installation unerlässlich, welche wir im Anhang dieser Kategorie beschrieben haben.

1. XMLPoster kompilieren (*01_kompilieren_XMLPoster.bat*)

```
javac -d . XMLPoster.java
```

2. Die Verzeichnis- und Dateistruktur für eine Web-Applikation erstellen (*02_erzeugung_webapp_verzeichnisse.bat*)

In unserem Beispielverzeichnis legen wir uns ein neues Unterverzeichnis namens *XMLGetSenderWebApp* an. In diesem Verzeichnis benötigen wir noch ein Unterverzeichnis namens *WEB-INF*, worin ein Unterverzeichnis namens *classes* erstellt werden muss. Somit haben wir eine Standard-Verzeichnisstruktur geschaffen, die in jedem standardkonformen Servlet-Container verwendet werden kann. In dem Verzeichnis *WEB-INF* müssen wir eine XML-Datei namens *web.xml* mit folgendem Inhalt anlegen.

```
<?xml version="1.0" encoding="UTF-8"?>
<!DOCTYPE web-app PUBLIC "-//Sun Microsystems, Inc.//DTD Web Application 2.3//EN"
"http://java.sun.com/dtd/web-app_2_3.dtd">
<web-app>
  <servlet>
    <servlet-name>XMLPostReceiver</servlet-name>
    <servlet-class>
      javacodebook.xml.transport.http.post.XMLPostReceiver
    </servlet-class>
  </servlet>
  <servlet-mapping>
    <servlet-name>XMLPostReceiver</servlet-name>
    <url-pattern>/XMLPostReceiver</url-pattern>
  </servlet-mapping>
</web-app>
```

Das ist der *Deployment-Descriptor* für unsere Web-Applikation und beschreibt das Mapping von unserer Servlet-Klasse auf die URL, unter der es einmal erreichbar sein soll.

Auf der Kommandozeile muss dazu Folgendes ausgeführt werden:

```
mkdir XMLPostReceiverWebApp\WEB-INF\classes
copy web.xml XMLPostReceiverWebApp\WEB-INF
```

In das Unterverzeichnis *classes* muss in Unterverzeichnissen entsprechend der Package-Struktur die Servlet-Class-Datei platziert werden. Das übernimmt allerdings im nächsten Schritt der Compiler automatisch für uns.

3. `XMLPostReceiver` kompilieren (*03_kompilieren_XMLPostReceiver.bat*)

```
javac -d ./XMLPostReceiverWebApp/WEB-INF/classes XMLPostReceiver.java
```

Die Zeilenumbrüche stellen auf Kommandozeilenebene nur Leerzeichen dar. Die *Class*-Datei zu unserer `XMLPostReceiver`-Klasse wird nun in ein der Package-Struktur entsprechendes Unterverzeichnis des *classes*-Verzeichnisses geschrieben.

4. Das Web-Applikations-Verzeichnis in eine war-Datei packen (*04_erzeugung_ war_datei.*bat)

Nun müssen die Inhalte des *XMLPostReceiverWebApp*-Verzeichnisses in eine *war*-Datei gepackt werden. Das geschieht mit einer jsdk-Anwendung namens *jar* durch folgenden Kommandozeilenaufruf.

```
jar cvf XMLPostReceiverWebApp.war -C XMLPostReceiverWebApp
```

5. Die *war*-Datei an die Stelle unserer Servlet-Engine packen, von der aus sie automatisch deployed wird (*05_kopieren_WAR_nach_webapps.bat*)
6. Die frisch erzeugte *war*-Datei muss nun an die Stelle in der *Servlet-Engine* kopiert werden, von der aus sie automatisch entpackt und deployed wird. Bei der Tomact Standardinstallation ist dafür das *webapps*-Verzeichnis vorgesehen. Der Kommandozeilenbefehl für den Kopiervorgang sieht wie folgt aus, wobei die `CATALINA_HOME`-Umgebungsvariable gesetzt sein muss:

```
copy XMLPostReceiverWebApp.war %CATALINA_HOME%\webapps\
```

7. Unseren Web-Server samt Servlet-Engine starten *(06_start_tomcat.bat)*

```
%CATALINA_HOME%/bin/startup
```

8. XMLPoster starten (*07_XMLPoster_starten.bat*), wobei Zeilenumbrüche auf Kommandozeilenebene nur einfache Leerzeichen sind

```
java javacodebook.xml.transport.http.post.XMLPoster http://localhost:8080/
XMLPostReceiverWebApp/XMLPostReceiver beispiel1.xml beispiel2.xml beispiel3.xml
```

Der *XMLPoster* wird daraufhin die drei Beispieldokumente an die URL verschicken, die als erster Parameter übergeben wurde. Hinter der URL steckt das `XMLPostReceiver`-Servlet, welches die Dokumente empfängt und in die Standardausgabe von dem Webserver bzw. der Servlet-Engine schreibt.

Sowohl der Sender als auch der Empfänger können problemlos mit Sendern und Empfängern auf anderen Plattformen kommunizieren, auch wenn diese in anderen Programmiersprachen implementiert sind. Die einzige Verbindung zwischen Sender und Empfänger ist *http* als programmiersprachen- und plattformunabhängiges Protokoll. Diese lose Koppelung gilt im Allgemeinen als sehr flexibel, erweiterbar, schnell und effizient. Der Nachteil ist, dass die Kommunikation weder transaktional noch persistent ist und nur synchron stattfindet. Das hat zur Folge, dass es bei Systemabstürzen zum Verlust oder zur doppelten Versendung von Nachrichten kommen kann, weswegen es für manche Systeme schlichtweg nicht in Frage kommt.

142 Wie kann man XML-Dokumente über JMS Point-To-Point übertragen?

XML ist ein Datenaustauschformat. Typischerweise sind bei einem Datenaustausch mehrere Anwendungen auf unterschiedlichen Rechnern beteiligt. Wie das XML von einem Rechner zum anderen kommt, ist Angelegenheit der Transportschicht. Die XML-Spezifikation lässt diesen Punkt völlig offen. Es gibt zwei sehr gängige Möglichkeiten XML zu transportieren:

- HTTP
- JMS (Java Messaging Service)

Bei der Entscheidung zwischen den beiden Möglichkeiten spielen oft die folgenden Kriterien eine Rolle:

Kriterium	HTTP	JMS
Geschwindigkeit	+	-
Zuverlässigkeit	-	+
Transaktionalität	Nein	Ja
Synchrone Kommunikation	Ja	Ja
Asynchrone Kommunikation	Nein	Ja
Publish / Subscribe Kommunikation	Nein	Ja
Programmiersprachenunabhängigkeit	Ja	Nein

Tabelle 10: Kriterien

JMS unterstützt grundsätzlich zwei Verbindungsarten.

- Point-to-Point
- Publish / Subscribe

Im Rahmen des *Java-Messaging-Services* werden *Sender* auch als *Produce*r und *Empfänger* als *Consumer* bezeichnet. Bei der Point-To-Point-Übertragung werden von dem Producer Nachrichten an den JMS-Provider übermittelt, der diese in einer Queue, einer Art Warteschlange, aufbewahrt. Sobald Nachrichten in der Queue sind, schnappt sich jeder der registrierten Consumer jeweils die nächste Nachricht aus der Queue. Eine Nachricht gelangt so jeweils nur zu einem Consumer.

In dem Beispiel liest der `XMLQueueSender` XML-Dateien von dem Datei-System, die dann in eine zuvor registrierte Queue des *JMS-Providers* geschrieben werden. Der `XMLQueueSender` ist somit der *Producer.* Die Verbindung *zum JMS-Provider* ist dabei transaktional. Ein `QueueSession`-Objekt wird benutzt, um XML-Dokumente in Form von `TextMessages` in eine Queue zu schreiben. Die XML-Dokumente werden dabei von dem Dateisystem gelesen und als einfache Strings behandelt. Das Parsen und eventuelle Validieren muss getrennt geschehen.

An die `main`-Methode müssen die Parameter `<warteschlangennamen>` und eine durch Leerzeichen getrennte Folge von Dateinamen `<dateiName> [<dateiName> ...]` übergeben werden. Es wird ein Objekt vom Typ `XMLQueueSender` instanziert und die Kommandozeilenparameter ausgelesen.

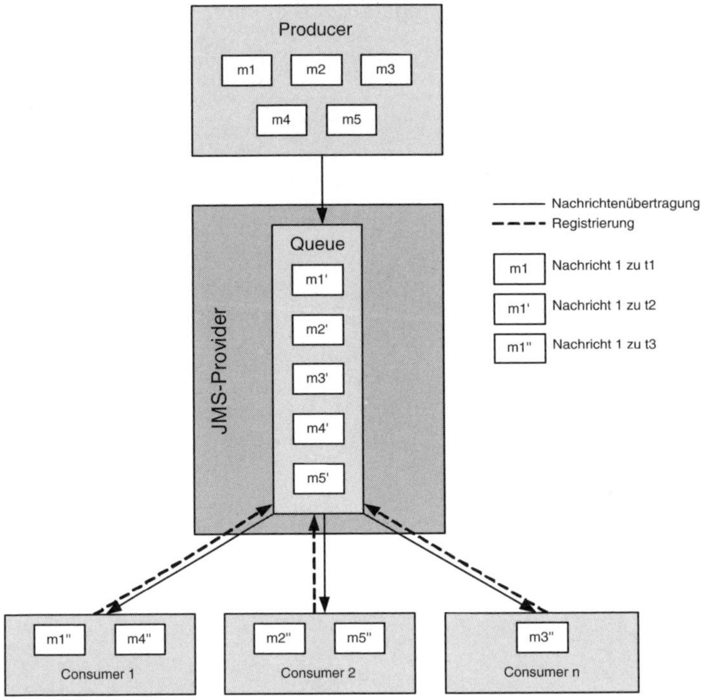

Abbildung 79: JMS Point-to-Point

Dann wird auf das `XMLQueueSender`-Objekt die Methode `sendDocuments()` aufgerufen, wobei der erste Parameter als Warteschlangenname übergeben wird und die restlichen Parameter in Form eines String-Arrays von XML-Dateinamen übergeben werden.

Die `XMLQueueReceiver`-Klasse benutzt eine Session, um XML-Dokumente in Form von `TextMessages` von einer Queue zu lesen. Dabei werden XML-Dokumente als reine Text-Dokumente behandelt.

```
package javacodebook.xml.transport.jms.p2p;

import javax.jms.*;
import javax.naming.*;
import java.io.*;

/**
 * Die XMLQueueSender-Klasse verschickt XML-Dokumente.
 */
```

Listing 201: XMLQueueSender.java

```
public class XMLQueueSender {

  private static final String USAGE="\nBenutzerhinweis: " +
    "javacodebook.xml.transport.jms.p2p.XMLQueueSender "+
    "<warteSchlangenNamen> <dateiName> [<dateiName> ...]\n\n" +
    "wobei\n\n<warteSchlangenNamen>\nder Name der Warteschlange " +
    "ist und\n\n<dateiName> [<dateiName> ...]\n"+
    "ein oder mehrere durch Leerzeichen getrennte Dateinamen von " +
    "XML-Dateien sind, die über die Warteschlange verschickt " +
    "werden sollen";
  /**
   */
  public static void main(String args[])
  {
    XMLQueueSender xMLQueueSender=new XMLQueueSender();

    if(args.length<2)
    {
      System.out.println(getUsage());
      System.exit(1);
    }
    else
    {
      String queueName=args[0];

      // Ein neues String-Array für die XML-Dateinamen
      // wird angelegt.
      String[] fileNames=new String[args.length-1];
      for(int i=1; i<args.length; i++)
      {
        fileNames[i-1]=args[i];
      }

      // queueName und die XML-Dateinamen werden an die
      // sendDocuments-Methode übergeben.
      xMLQueueSender.sendDocuments(queueName,fileNames);
    }
  }

  public void sendDocuments(String queueName, String[] fileNames) {

    Context                jndiContext = null;
    QueueConnectionFactory queueConnectionFactory = null;
    QueueConnection        queueConnection = null;
```

Listing 201: XMLQueueSender.java (Forts.)

```
QueueSession            queueSession = null;
Queue                   queue = null;
QueueSender             queueSender = null;

System.out.println("Der Warteschlangenname ist " + queueName);

// Erzeugung eines neuen JNDI API InitialContext Objektes
try {
  jndiContext = new InitialContext();
} catch (NamingException e) {
  System.out.println("Es konnte kein JNDI API Kontext " +
                     "erstellt werden: "+e.toString());
  System.exit(1);
}

// Look-up der Connection-Factory und der Queue.
try {
  queueConnectionFactory =
       (QueueConnectionFactory)jndiContext.lookup(
          "QueueConnectionFactory");
  queue = (Queue)jndiContext.lookup(queueName);
} catch (NamingException e) {
  System.out.println("JNDI API lookup verfehlt: " +
    e.toString()+"\n\nentweder die QueueConnectionFactory " +
    "oder die Warteschlange namens " + queueName +
    " ist nicht beim Namensdienst registriert");
  System.exit(1);
}

try {
  // Eine neue Connection wird erzeugt.
  queueConnection =
    queueConnectionFactory.createQueueConnection();

  // Über die QueueConnection wird ein QueueSession-Objekt
  // erzeugt. Dadurch dass true übergeben wird,
  // ist die Verbindung transaktional - bei false wäre sie das
  // nicht. Als 2. Parameter wird 0 übergeben um
  // anzudeuten, dass er bei transaktionalen QueueSessions keine
  // Rolle spielt. Falls keine transaktionale
  // QueueSession erzeugt wird, muss der 2. Parameter einer der
  // Werte:
  //  * Session.AUTO_ACKNOWLEDGE;
  //  * Session.CLIENT_ACKNOWLEDGE;
  //  * Session.DUPS_OK_ACKNOWLEDGE;
```

Listing 201: XMLQueueSender.java (Forts.)

```
      // sein.
      queueSession = queueConnection.createQueueSession(true,0);

      // Erzeugung eines QueueSender-Objektes über das
      // QueueSession-Objekt
      queueSender = queueSession.createSender(queue);

      // Erzeugung einer TextMessage über das QueueSession-Objekt
      TextMessage message = queueSession.createTextMessage();

      for (int i = 0; i < fileNames.length; i++) {
        String document=loadDocument(fileNames[i]);
        if(document!=null)
        {
          message.setText(document);
          System.out.println("SendeNachricht:\n"+message.getText());
          // verschicken.
          queueSender.send(message);
        }

        // Da das QueueSession-Objekt transaktional ist, können die
        // Nachrichten, die über dieses QueueSession-Objekt
        // verschickt wurden, von keinem Empfänger gelesen
        // werden, bevor nicht die commit()-Methode auf das
        // QueueSession-Objekt aufgerufen wurde.
        queueSession.commit();
      }
    } catch (JMSException e) {
      System.out.println("Ausnahmezustand aufgetreten: " +
                         e.toString());
    } finally {
      if (queueConnection != null) {
        try {
          // Schließen der QueueConnection
          queueConnection.close();
          } catch (JMSException e) {}
      }
    }
  }

  /**
   * liest die Datei <fileName> ein
   */
  private String loadDocument(String fileName)
  {
```

Listing 201: XMLQueueSender.java (Forts.)

```
    InputStream is=null;
    String document="";
    try
    {
      is=new FileInputStream(fileName);
      BufferedReader br=new BufferedReader(
        new InputStreamReader(is));
      String line="";

      while (line!=null)
      {
        document=document+line;
        line=br.readLine();
      }
    }
    catch(Exception e)
    {
      System.out.println("Probleme beim Lesen des Dokuments " +
                         fileName+": "+e);
      return null;
    }
    return document;
  }

  public static String getUsage()
  {
    return USAGE;
  }
}
```

Listing 201: XMLQueueSender.java (Forts.)

Analog dazu liest der `XMLQueueReceiver` Nachrichten von der Queue, ist also Consumer. Es können auch mehrere Instanzen gestartet werden. Mehrere Consumer würden dann parallel Nachrichten von einer Queue konsumieren. Sobald eine Nachricht von einem Consumer konsumiert wurde, kann diese Nachricht von keinem anderen Consumer mehr empfangen werden.

```
package javacodebook.xml.transport.jms.p2p;

import javax.jms.*;
import javax.naming.*;
```

Listing 202: XMLQueueReceiver.java

```
/**
 * XMLQueueReceiver-Klasse empfängt XML-Dokumente.
*/
public class XMLQueueReceiver {

  private static final String USAGE = "\nBenutzerhinweis: " +
    "javacodebook.xml.transport.jms.p2p.XMLQueueReceiver "+
    "<laufzeitSekunden> <warteSchlangenNamen>\n\nwobei\n\n" +
    "<laufzeitSekunden>\ndie Anzahl der Sekunden ist, die " +
    "Nachrichten empfangen werden sollen, und \n\n" +
    "<warteSchlangenNamen>\n der Warteschlangenname ist, " +
    "von der die Nachrichten empfangen werden sollen";
  private long end;

  /**
   * main-Methode
   */
  public static void main(String args[])
  {
    XMLQueueReceiver xMLQueueReceiver=new XMLQueueReceiver();
    long timeToReceiveMessages=0;
    String queueName="not set";

    if(args.length!=2)
    {
      System.out.println(getUsage());
      System.exit(1);
    }
    else
    {
      try
      {
        timeToReceiveMessages=new Long(args[0]).longValue();
      }
      catch(NumberFormatException e)
      {
        System.out.println("\nBenutzerhinweis: Bitte als " +
                          "erstes Argument eine Zahl eingeben");
        System.exit(1);
      }
      queueName=args[1];
    }
    xMLQueueReceiver.receiveMessages(queueName,
                                     timeToReceiveMessages);
  }
```

Listing 202: XMLQueueReceiver.java (Forts.)

Core
I/O
GUI
Multi-media
Daten-bank
Netz-werk
XML
RegEx
Daten
Threads
Web-Server
Applets
Sonsti-ges

```
public void  receiveMessages(String queueName,
                             long timeToReceiveMessages) {

  Context                  jndiContext = null;
  QueueConnectionFactory  queueConnectionFactory = null;
  QueueConnection          queueConnection = null;
  QueueSession             queueSession = null;
  Queue                    queue = null;
  QueueReceiver            queueReceiver = null;

  setRuntime(timeToReceiveMessages);

  System.out.println("Queue name is " + queueName);

  // Erzeugung eines neuen JNDI API InitialContext Objektes
  try {
    jndiContext = new InitialContext();
  } catch (NamingException e) {
    System.out.println("Es konnte kein JNDI API Kontext " +
                       "erstellt werden: "+e.toString());
    System.exit(1);
  }

  // Look-up der Connection-Factory und der Queue. Falls eines der
  // Objekte nicht gefunden wird, soll die Anwendung verlassen
  // werden.
  try {
    queueConnectionFactory = (QueueConnectionFactory)jndiContext.lookup(
        "QueueConnectionFactory");
    queue = (Queue) jndiContext.lookup(queueName);
  } catch (NamingException e) {
    System.out.println("JNDI API lookup verfehlt: " +
     e.toString()+"\n\nentweder die QueueconnectionFactory " +
     "oder die Warteschlange namens " + queueName +
     " ist nicht beim Namensdienst registriert");
    System.exit(1);
  }

  try {

    // Eine neue Connection wird erzeugt.
    queueConnection =
      queueConnectionFactory.createQueueConnection();
```

Listing 202: XMLQueueReceiver.java (Forts.)

```
    // Über die Connection wird ein QueueSession-Objekt erzeugt.
    // Dadurch dass true übergeben wird, ist die Verbindung
    // transaktional - bei false wäre sie das nicht. Als 2.
    // Parameter wird 0 übergeben um anzudeuten, dass er bei
    // transaktionalen QueueSessions keine Rolle spielt. Falls
    // keine transaktionale QueueSession erzeugt wird, muss der 2.
    // Parameter einer der Werte:
    //  * Session.AUTO_ACKNOWLEDGE;
    //  * Session.CLIENT_ACKNOWLEDGE;
    //  * Session.DUPS_OK_ACKNOWLEDGE;
    // sein.
    queueSession = queueConnection.createQueueSession(true, 0);

    // Erzeugung eines QueueReceiver-Objektes
    queueReceiver = queueSession.createReceiver(queue);

    // Starten der Connection
    queueConnection.start();

    // Beginn der Nachrichtenübertragung
    String xmlDocument=null;
    while (System.currentTimeMillis()<end) {

      // Der Receiver empfängt während seiner Laufzeit Nachrichten
      // von der Warteschlage. Falls schon eine Nachricht in der
      // Warteschlange ist, wird diese genommen. Ansonsten wird in
      // der receive()-Methode genau 1 Millisekunde gewartet, bis
      // eine Nachricht in die Schlange gestellt wird. Danach wird
      // in die nächste Iteration gegangen.
      Message message = queueReceiver.receive(1);
      if (message != null) {
        if (message instanceof TextMessage) {
          TextMessage textMessage = (TextMessage) message;

          // Zwischenspeicherung des empfangenen XML-Dokumentes
          xmlDocument=textMessage.getText();
        }
      }
      else
      {
        xmlDocument=null;
      }
```

Listing 202: XMLQueueReceiver.java (Forts.)

```
        // Da die QueueSession transaktional ist, muss unbedingt
        // die commit()-Methode aufgerufen werden. Falls das nicht
        // geschieht, geht der JMS-Provider davon aus, dass die
        // Nachricht noch nicht richtig ausgeliefert wurde, und wird
        // sie so lange in seiner Warteschlange aufbewahren, selbst
        // wenn er neu gestartet würde, bis ein Empfänger die
        // Nachricht abholt und über die commit()-Methode
        // den ordnungsgemäßen Empfang quittiert.
        try
        {
          queueSession.commit();

          // Verarbeitung der Nachricht:
          if(xmlDocument!=null) System.out.println(xmlDocument);
        }

        // Falls die Transaktion von Seiten des JMS-Providers nicht
        //'commited' werden konnte, wird eine JMSException geworfen,
        // die auch vom Typ der Unterklassen
        // TransactionRolledBackException oder IllegalStateException
        // sein kann. Es empfiehlt sich, in solchen Fällen die
        // empfangene Nachricht nicht weiter zu verarbeiten, da sie
        // von dem Provider nochmals ausgeliefert und somit eine
        // doppelte Verarbeitung stattfinden würde.
        catch(JMSException e)
        {
          System.out.println("Ausnahmefall eingetreten:  "+e);
        }
      }
    } catch (JMSException e) {
      System.out.println("Ausnahmefall eingetreten: "+e.toString());
    } finally {
      if (queueConnection != null) {
        try {

          // Die Connection wird geschlossen.
          queueConnection.close();
          } catch (JMSException e) {}
      }
    }
  }

  public static String getUsage()
  {
    return USAGE;
```

Listing 202: XMLQueueReceiver.java (Forts.)

```
  }

  /**
   * Mit dieser Methode wird das end-Attribut gesetzt.
   */
  private void setRuntime(long timeToReceiveMessages)
  {
    end=System.currentTimeMillis()+timeToReceiveMessages*1000;
  }
}
```

Listing 202: XMLQueueReceiver.java (Forts.)

Um das Rezept zu starten, gehen Sie bitte die im Folgenden genannten Schritte einzeln durch. Die Kommandozeilenbefehle müssen dabei im Beispielverzeichnis ausgeführt werden. Wir benutzen die *J2EE-Referenzimplementierung* von Sun. Sie kann in der Version 1.3 unter dem Link *http://java.sun.com/j2ee/download.html* heruntergeladen werden. Nach der Defaultinstallation und dem Setzen der Umgebungsvariablen `J2EE_HOME` auf das Installationsverzeichnis und nachdem das *%J2EE_HOME%\bin*-Verzeichnis zur `PATH`-Variablen hinzugefügt wurde, steht die J2EE-Referenzimplementierung zur Verfügung. Um die Rezepte erfolgreich kompilieren zu können, muss außerdem die *%J2EE_HOME%\lib\j2ee.jar*-Datei in die *CLASSPATH-Variable* aufgenommen werden.

1. Kompilieren des Sourcecodes (*01_kompilieren.bat*))

Der Code muss in das Beispielverzeichnis kompiliert werden.

```
javac -d . *.java
```

2. Starten des JMS-Providers (*02_starte_j2ee.bat*)

Als Nächstes muss der JMS-Provider gestartet werden.

```
j2ee -verbose
```

3. Registrieren der Queue (*03_registriere_queue.bat*)

Nun muss zunächst eine Queue bei dem JMS-Provider registriert werden. Das geschieht über den folgenden Kommandozeilenaufruf.

```
j2eeadmin -addJmsDestination xml_document_queue queue
```

Somit ist eine Queue namens `xml_document_queue` beim JMS-Provider registriert und kann über den Namensdienst gefunden werden. Über den folgenden Kommandozeilenbefehl kann man sich alle Queues anzeigen lassen, die beim JMS-Provider registriert sind.

(03a_zeige_registrierten_queues.bat)

```
j2eeadmin -listJmsDestination
```

4. Starte XMLQueueReceiver (*04_starte_XMLQueueReceiver.bat*)

Es ist an der Zeit den `XMLQueueReceiver` zu starten. Er liest XML-Dokumente, die von der Queue namens `xml_document_queue` stammen, und schreibt diese in den Standardausgabestrom.

```
java
-Djms.properties=%J2EE_HOME%\config\jms_client.properties
javacodebook.xml.transport.jms.p2p.XMLQueueReceiver
100
xml_document_queue
```

Die Zeilenumbrüche sind auf Kommandozeilenebene lediglich durch Leerzeichen zu ersetzen. Die System-Property – `Djms.properties` zeigt auf die Konfigurationsdatei des JMS-Providers. Der zweite Parameter beinhaltet wie gewohnt den Klassennamen. Über den dritten Parameter, in diesem Fall 100, wird die Laufzeit des `XMLQueueListener` in Sekunden angegeben. Als letzter Parameter wird die Queue genannt, von der XML-Dokumente empfangen werden sollen.

5. Starte XMLQueueSender (*05_starte_XMLQueueSender.bat*)

Nun kann der `XMLQueueSender` gestartet werden:

```
java
-Djms.properties=%J2EE_HOME%\config\jms_client.properties
javacodebook.xml.transport.jms.p2p.XMLQueueSender
xml_document_queue
```

```
beispiel1.xml
beispiel2.xml
beispiel3.xml
```

Die ersten beiden Parameter sind analog zu Schritt 4. Über den 3. Parameter, in diesem Fall `xml_document_queue`, wird die Queue genannt, in die XML-Dokumente geschrieben werden sollen. Die letzten drei Parameter sind jeweils Dateinamen von XML-Dateien, die zum XMLQueueListener übertragen werden sollen.

Falls der `XMLQueueListener` auf einem anderen Rechner laufen soll, so muss vorher in der Datei *%J2EE_HOME%/config/orb.properties* die Eigenschaft `host` von `localhost` auf die entsprechende entfernte IP-Adresse gesetzt werden.

Wenn der Startzeitpunkt des `XMLQueueSenders` innerhalb der Laufzeit des `XMLQueueReceivers` liegt, wird der `XMLQueueReceiver` die vom `XMLQueueSender` gesendeten Dokumente in die Standardausgabe schreiben. Falls mehrere `XMLQueueReceiver` von ein und derselben Queue Nachrichten empfangen, empfängt jeder `XMLQueueReceiver` jeweils nur eine Nachricht. Dabei wird im Besonderen dafür garantiert, dass jede Nachricht nur einmal ausgeliefert wird.

143 Wie kann man XML-Dokumente über JMS Publish/Subscribe übertragen?

Bei der Publish/Subscribe-Übertragung werden Nachrichten im ersten Schritt an den JMS-Provider übermittelt. Im zweiten Schritt empfangen dann alle registrierten Consumer diese Nachrichten. Dabei gelangt anders als bei der Point-to-Point-Verbindung, wo jede Nachricht nur zu einem Consumer gelangt, jede Nachricht zu jedem Consumer.

Das Rezept besteht aus zwei eigenständigen Anwendungen. Die eine Anwendung publiziert Nachrichten *(XMLTopicPublisher.java)*, während die andere Anwendung (*XMLTopicSubscriber.java*) sich für den Empfang dieser Nachrichten registrieren kann.

Die `XMLTopicPublisher`-Klasse benutzt ein `TopicSession`-Objekt, um XML-Dokumente in Form von `TextMessages` zu veröffentlichen. Die XML-Dokumente werden dabei von dem Dateisystem gelesen und als einfache Strings behandelt. Das Parsen und eventuelle Validieren muss getrennt geschehen. An die `main`-Methode müssen die Parameter `<topicName>` und eine durch Leerzeichen getrennte Folge von Dateinamen `<dateiName> [<dateiName> ...]` übergeben werden. Es wird ein Objekt vom Typ `XMLTopicPublisher` instanziert und die Kommandozeilenparameter ausgelesen.

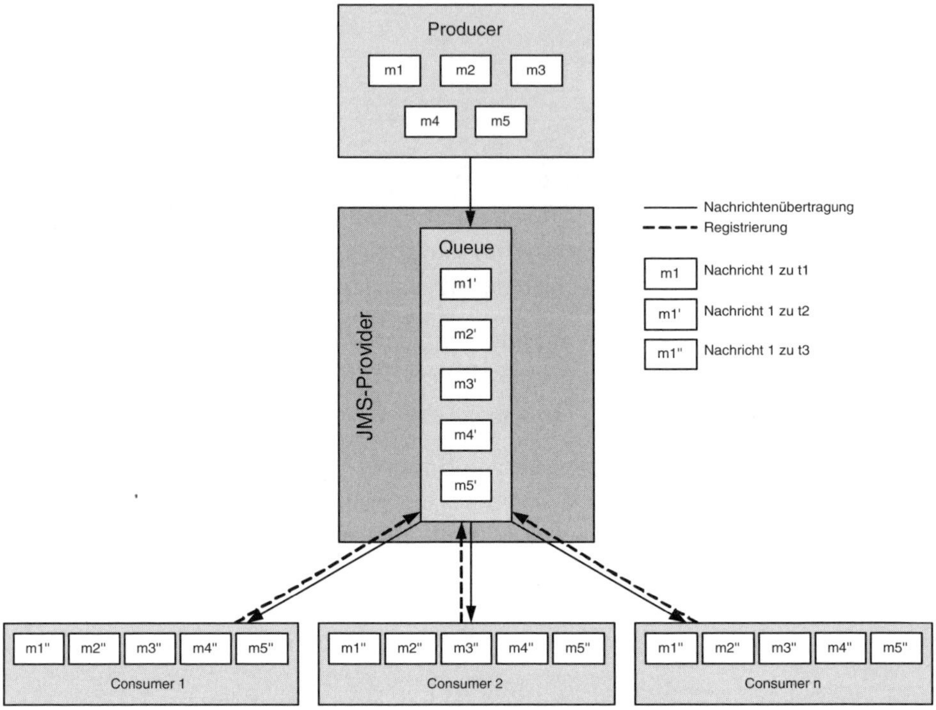

Abbildung 80: JMS Public Subscribe

Dann wird auf das `XMLTopicPublisher`-Objekt die Methode `sendDocuments()` aufgerufen, wobei das Thema als erster Parameter und die restlichen Parameter in Form eines String-Arrays von XML-Dateinamen übergeben werden.

Die `XMLTopicSubscriber`-Klasse benutzt eine Session, um sich für den Empfang von XML-Dokumenten in Form von `TextMessages` zu subskribieren. Dabei werden XML-Dokumente als reine Text-Dokumente behandelt. An die `main`-Methode muss der Parameter `<topic>` übergeben werden. In der `Main`-Methode wird ein `XMLTopicSubscriber`-Objekt instanziert, es wird der Kommandozeilen-Parameter ausgelesen und die `receiveMessages()`-Methode mit dem Parameter `<topic>` aufgerufen. Diese Methode empfängt so lange Nachrichten, bis entweder 'a' oder 'A' in die Standardeingabe eingegeben und mit `<return>` bestätigt wird.

Schauen wir uns den `XMLTopicPublisher` an.

```
package javacodebook.xml.transport.jms.pubSub;

import javax.jms.*;
```

Listing 203: XMLTopicPublisher.java

```
import javax.naming.*;
import java.io.*;

/**
 * Die XMLTopicPublisher-Klasse veröffentlicht XML-Dokumente.
 */
public class XMLTopicPublisher {

  private static final String USAGE = "\nBenutzerhinweis: " +
    "javacodebook.xml.transport.jms.pubSub.XMLTopicPublisher " +
    "<topicName> <dateiName> [<dateiName> ...]\n\n"wobei\n\n" +
    "<topicName>\nder Name der Themas, unter dem die Nachrichten " +
    "zu abonnieren sind\n\n<dateiName> [<dateiName> ...]\n" +
    "ein oder mehrere durch Leerzeichen getrennte Dateinamen von " +
    "XML-Dateien sind, die\nveröffentlicht werden sollen";

    // main-Methode
  public static void main(String args[]) {
    XMLTopicPublisher xMLTopicPublisher = new XMLTopicPublisher();

    if (args.length < 2) {
      System.out.println(getUsage());
      System.exit(1);
    }
    else {
      String topic = args[0];

      //Ein neuer String-Array für die XML-Dateinamen wird angelegt.
      String[] fileNames = new String[args.length - 1];
      for (int i = 1; i < args.length; i++) {
        fileNames[i - 1] = args[i];
      }

      // Übergabe von XML-Dateinamen und Thema
      xMLTopicPublisher.sendDocuments(topic, fileNames);
    }
  }

  public void sendDocuments(String topicString, String[] fileNames)
  {
    Context jndiContext = null;
    TopicConnectionFactory topicConnectionFactory = null;
    TopicConnection topicConnection = null;
    TopicSession topicSession = null;
    Topic topic = null;
```

Listing 203: XMLTopicPublisher.java (Forts.)

```
TopicPublisher topicPublisher = null;

System.out.println("Das Thema heisst: " + topicString);

// Erzeugung eines neuen JNDI API InitialContext-Objektes
try {
  jndiContext = new InitialContext();
}
catch (NamingException e) {
  System.out.println("Es konnte kein JNDI API-Kontext " +
                     "erstellt werden: " + e.toString());
  System.exit(1);
}

// Look-up der Connection-Factory und des Themas
try {
  topicConnectionFactory =
    (TopicConnectionFactory)jndiContext.lookup("TopicConnectionFactory");
  topic = (Topic)jndiContext.lookup(topicString);
}
catch (NamingException e) {
  System.out.println("JNDI API lookup verfehlt: " +
    e.toString() + "\n\nentweder die TopicConnectionFactory " +
    "oder die Warteschlange namens " + topicString +
    " ist nicht beim Namensdienst registriert");
  System.exit(1);
}

try {
  // Eine neue Connection wird erzeugt.
  topicConnection = topicConnectionFactory.createTopicConnection();

  // Über die TopicConnection wird ein TopicSession-Objekt
  // erzeugt. Dadurch dass true übergeben wird, ist die
  // Verbindung transaktional - bei false wäre sie das nicht.
  // Als 2. Parameter wird 0 übergeben um anzudeuten, dass er
  // bei transaktionalen TopicSessions keine Rolle spielt. Falls
  // keine transaktionale TopicSession erzeugt wird, muss der
  // 2. Parameter einer der Werte:
  //  * Session.AUTO_ACKNOWLEDGE;
  //  * Session.CLIENT_ACKNOWLEDGE;
  //  * Session.DUPS_OK_ACKNOWLEDGE;
  // sein.
  topicSession = topicConnection.createTopicSession(true, 0);
```

Listing 203: XMLTopicPublisher.java (Forts.)

```
    // Erzeugung eines TopicSender-Objektes
    topicPublisher = topicSession.createPublisher(topic);

    // Erzeugung einer TextMessage über das TopicSession-Objekt
    TextMessage message = topicSession.createTextMessage();


    for (int i = 0; i < fileNames.length; i++) {
      String document = loadDocument(fileNames[i]);
      if (document != null) {
        message.setText(document);
        System.out.println("Publiziere Nachricht:\n" + message.getText());
        // publizieren des XML-Dokuments
        topicPublisher.publish(message);
      }

      // Da das TopicSession-Objekt transaktional ist, können die
      // Nachrichten, die über dieses TopicSession-Objekt
      // publiziert wurden, von keinem Empfänger gelesen
      // werden, bevor nicht die commit()-Methode auf das
      // TopicSession-Objekt aufgerufen wurde.
      topicSession.commit();
    }
  }
  catch (JMSException e) {
    System.out.println("Ausnahmezustand aufgetreten: " + e.toString());
  }
  finally {
    if (topicConnection != null) {
      try {
        // Schließen der TopicConnection
        topicConnection.close();
      }
      catch (JMSException e) {}
    }
  }
}

/**
 * liest die Datei <fileName> ein
 */
private String loadDocument(String fileName) {
  InputStream is = null;
  String document = "";
```

Listing 203: XMLTopicPublisher.java (Forts.)

```
    try {
      is = new FileInputStream(fileName);
      BufferedReader br = new BufferedReader(new InputStreamReader(is));
      String line = "";

      while (line != null) {
        document = document + line;
        line = br.readLine();
      }
    }
    catch (Exception e) {
      System.out.println("Probleme beim Lesen des Dokuments " +
                         fileName + ": " + e);
      return null;
    }
    return document;
  }

  public static String getUsage() {
    return USAGE;
  }
}
```

Listing 203: XMLTopicPublisher.java (Forts.)

Für den Empfang der durch den `XMLTopicPublisher` publizierten Dokumente ist der `XMLTopicSubscriber` zuständig. Das Objekt, welches für den Empfang der Nachrichten registriert wird, ist vom Typ `XMLListener`. Die `XMLListener`-Klasse implementiert das `MessageListener`-Interface und kann somit bei `TopicSubscriber`-Objekten als `MessageListener` registriert werden. Nach einer Registrierung wird jedes Mal, wenn eine Nachricht zu dem entsprechenden Thema veröffentlicht wird, bei dem `MessageListener`-Objekt die `onMessage()`-Methode aufgerufen. Das empfangene XML-Dokument wird in der `onMessage()`-Methode des `XMLListener`-Objektes ausgelesen und in die Standardausgabe geschrieben. An dieser Stelle würde bei einer echten Anwendung noch eine weitere Verarbeitung anstehen.

Schauen wir uns den Code des `XMLTopicSubscribers` im Detail an.

```
package javacodebook.xml.transport.jms.pubSub;

import java.io.*;
import javax.jms.*;
```

Listing 204: XMLTopicSubscriber.java

```
import javax.naming.*;

/**
 * Die XMLTopicSubscriber-Klasse benutzt eine Session, um sich für
 * den Empfang von XML-Dokumenten in Form von TextMessages
 * anzumelden. Dabei werden XML-Dokumente als reine Text-Dokumente
 * behandelt. Das Parsen und eventuelle Validieren muss getrennt
 * geschehen.
 */
public class XMLTopicSubscriber {

  private static final String USAGE = "\nBenutzerhinweis: " +
    "javacodebook.xml.transport.jms.pubSub.XMLTopicSubscriber " +
    "<topic>\n\nwobei\n\n<topic>\ndas Thema ist, das abonniert " +
    "werden soll";

  /**
   * main-Methode
   */
  public static void main(String args[]) {
    XMLTopicSubscriber xMLTopicSubscriber =
      new XMLTopicSubscriber();
    String topic = "not set";

    if (args.length != 1) {
      System.out.println(getUsage());
      System.exit(1);
    }
    else {
      topic = args[0];
    }
    xMLTopicSubscriber.receiveMessages(topic);
  }

  public void receiveMessages(String topicString) {
    Context jndiContext = null;
    TopicConnectionFactory topicConnectionFactory = null;
    TopicConnection topicConnection = null;
    TopicSession topicSession = null;
    Topic topic = null;
    TopicSubscriber topicSubscriber = null;
    XMLListener xmlListener = null;

    System.out.println("Das abonnierte Thema lautet: " + topicString);
```

isting 204: XMLTopicSubscriber.java (Forts.)

```
// Erzeugung eines neuen JNDI API InitialContext Objektes
try {
  jndiContext = new InitialContext();
}
catch (NamingException e) {
  System.out.println("Es konnte kein JNDI API Kontext " +
                     "erstellt werden: " + e.toString());
  System.exit(1);
}

// Look-up der Connection-Factory und des Topics
try {
  topicConnectionFactory =
    (TopicConnectionFactory)jndiContext.lookup(
      "TopicConnectionFactory");
  topic = (Topic) jndiContext.lookup(topicString);
}
catch (NamingException e) {
  System.out.println("JNDI API lookup verfehlt: " +
    e.toString() + "\n\nentweder die TopicConnectionFactory " +
    "oder die Warteschlange namens " + topicString +
    " ist nicht beim Namensdienst registriert");
  System.exit(1);
}

try {

  // Eine neue Connection wird erzeugt.
  topicConnection =
    topicConnectionFactory.createTopicConnection();

  // Über die Connection wird ein TopicSession-Objekt erzeugt.
  // Dadurch dass true übergeben wird, ist die Verbindung
  // transaktional - bei false wäre sie das nicht. Als 2.
  // Parameter wird 0 übergeben um anzudeuten, dass er bei
  // transaktionalen TopicSessions keine Rolle spielt. Falls
  // keine transaktionale TopicSession erzeugt wird, muss der 2.
  // Parameter einer der Werte:
  //  * Session.AUTO_ACKNOWLEDGE;
  //  * Session.CLIENT_ACKNOWLEDGE;
  //  * Session.DUPS_OK_ACKNOWLEDGE;
  // sein.
  topicSession = topicConnection.createTopicSession(true, 0);

  // Erzeugung eines TopicSubscriber-Objektes
```

Listing 204: XMLTopicSubscriber.java (Forts.)

```
topicSubscriber = topicSession.createSubscriber(topic);

// ein neues XMLListener-Objekt wird erzeugt
// implementiert
xmlListener = new XMLListener();

// XMLListener-Object wird beim TopicSubscriber-Object
// registriert.
topicSubscriber.setMessageListener(xmlListener);

// Starten der Connection
topicConnection.start();

System.out.println("Zum Beenden der Anwendung bitte 'a' " +
  "oder 'A' für Abbrechen eingeben, dann bitte mit " +
  "<return> bestätigen");
InputStreamReader inputStreamReader = new InputStreamReader(System.in);
char answer = 0;
while (! ( (answer == 'a') || (answer == 'A'))) {
  try {
    answer = (char) inputStreamReader.read();
  }
  catch (IOException e) {
    System.out.println("Ausnahmezustand beim Lesen " +
      "der Standardeingabe: " + e.toString());
  }
}

// Da die TopicSession transaktional ist, muss die
// commit()-Methode aufgerufen werden um Locks von den
// Nachrichten zu entfernen, die über diese TopicSession
// veröffentlicht wurden.
try {
  topicSession.commit();
}

// Falls die Transaktion von Seiten des JMS-Providers nicht
// 'commited' werden konnte, wird eine JMSException geworfen,
// die auch vom Typ der Unterklassen
// TransactionRolledBackException oder IllegalStateException
// sein kann. Es empfiehlt sich, in solchen Fällen die
// empfangene Nachricht nicht weiter zu verarbeiten, da sie
// von dem Provider nochmals ausgeliefert werden würde und
// somit eine doppelte Verarbeitung stattfinden würde.
catch (JMSException e) {
```

isting 204: XMLTopicSubscriber.java (Forts.)

```
        System.out.println("Ausnahmefall eingetreten:  " + e);
      }
    }
    catch (JMSException e) {
      System.out.println("Ausnahmefall eingetreten: "+e.toString());
    }
    finally {
      if (topicConnection != null) {
        try {

          // Die Connection wird geschlossen.
          topicConnection.close();
        }
        catch (JMSException e) {}
      }
    }
  }

  public static String getUsage() {
    return USAGE;
  }
}
```

Listing 204: XMLTopicSubscriber.java (Forts.)

Der `XMLListener` ist für die Verarbeitung des empfangenen XML-Dokuments zuständig. Die `XMLListener`-Klasse implementiert das `MessageListener`-Interface, indem sie die `onMessage`-Methode überschreibt. An dieser Stelle findet die Verarbeitung des übertragenen XMLs statt. Hier müsste geparst und entsprechend weitere Anwendungslogik angestoßen werden. Allerdings ist hier nur eine Pseudoverarbeitung implementiert, die das empfangene XML schlichtweg in die Standardausgabe schreibt.

Die Methode `onMessage` ist von dem `MessageListener`-Interface gefordert. Ihr wird ein Parameter vom Typ Message übergeben. Zunächst wird versucht das `Message`-Objekt in eine `TextMessage` zu casten. Falls das gelingt, wird schlichtweg der Inhalt der Textnachricht, also das XML, in den Standardausgabestrom geschrieben.

```
package javacodebook.xml.transport.jms.pubSub;

import javax.jms.*;
```

Listing 205: XMLListener.java

```
public class XMLListener
    implements MessageListener {

  public void onMessage(Message message) {
    TextMessage msg = null;
    try {
      if (message instanceof TextMessage) {
        // Das Message-Objekt wird in eine TextMessage gecastet.
        msg = (TextMessage) message;
        System.out.println("Nachricht empfangen: \n\n" +
                           msg.getText() + "\n\n");
      }
      else {
        System.out.println("Message of wrong type: " +
                           message.getClass().getName());
      }
    }
    catch (Exception e) {
      System.out.println("Ausnahmezustand in onMessage() " +
                         "aufgetreten: " + e.toString());
    }
  }
}
```

Listing 205: XMLListener.java (Forts.)

Um das Rezept zu testen müssen Sie folgende Schritte durchlaufen. Zuvor muss die J2EE-Referenzimplementierung wie im Point-to-Point-Beispiel beschrieben installiert werden. Kommandozeilen müssen dabei in dem Beispielverzeichnis ausgeführt werden.

1. Kompilierung aller Java-Dateien im Beispielverzeichnis (*01_kompilieren.bat*)

```
javac -d . *.java
```

2. Starten des JMS-Providers (*02_starte_j2ee.bat*)

```
j2ee -verbose
```

Im Beispiel benutzen wir die Referenzimplementierung von SUN.

3. Das Topic muss bei dem JMS-Service registriert werden.

```
(03_registriere_topic.bat)
j2eeadmin -addJmsDestination xml_document_topic topic
```

Somit ist ein Topic namens *xml_document_topic* beim JMS-Provider registriert und kann über den Namensdienst gefunden werden. Über die folgende Kommandozeile *(03a_zeige_registrierte_topics.bat)*

```
j2eeadmin -listJmsDestination
```

können Sie die registrierten Queues und Topics anschauen.

4. Starten des XMLTopicSubscribers (*04_starte_XMLTopicSubscriber.bat*)

Über die folgende Kommandozeile kann der `XMLTopicSubscriber` gestartet werden.

```
java-Djms.properties=%J2EE_HOME%\config\jms_client.properties
javacodebook.xml.transport.jms.pubSub.XMLTopicSubscriber xml_document_topic
```

Die Zeilenumbrüche sind auf Kommandozeilenebene lediglich durch Leerzeichen zu ersetzen. Die *System-Property –Djms.properties* zeigt auf die Konfigurationsdatei des *JMS-Providers*. Der zweite Parameter beinhaltet wie gewohnt den Klassennamen. Über den dritten Parameter, in diesem Fall `xml_document_topic`, wird das Thema angegeben, das registriert werden soll.

5. Starten des XMLTopicPublishers (*05_starte_XMLTopicPublisher.bat*)

```
java-Djms.properties=%J2EE_HOME%\config\jms_client.properties
javacodebook.xml.transport.jms.pubSub.XMLTopicPublisher xml_document_topic
beispiel1.xml beispiel2.xml beispiel3.xml
```

Die ersten beiden Parameter sind die gleichen wie in Schritt 4 beschrieben. Über den 3. Parameter, in diesem Fall `xml_document_topic`, wird das Thema angegeben, unter dem die XML-Dokumente veröffentlicht werden sollen. Die letzten drei Parameter sind jeweils Dateinamen von XML-Dateien, die publiziert werden sollen. Falls der `XMLTopicSubscriber` auf einem anderen Rechner laufen soll, so muss vorher in der Datei *%J2EE_HOME%/config/orb.properties* die Eigenschaft `host` von `localhost` au die entsprechende entfernte IP-Adresse des `XMLTopicPublishers` gesetzt werden. Diese Konfiguration unterscheidet sich in der Abhängigkeit des `JMS-Providers`.

Jeder `XMLTopicSubscriber` wird nun jedes XML-Dokument empfangen, das der `XMLTopicPublisher` publiziert.

144 Wie generiere ich ein XML-Dokument aus einer Datenbank und stelle es über http zur Verfügung?

Die meisten Daten werden zurzeit in relationalen Datenbanken verwaltet. Einige dieser Datenbanken unterstützen XML in unterschiedlicher Form: zum einen bei der tatsächlichen Speicherung in nativer Form, zum anderen nur in Form von Abfrage-Schnittstellen. In den meisten Fällen muss man sich diese Abfrageschnittstellen jedoch selber programmieren. Die Herausforderung besteht darin, dass Daten in einer oder mehreren relationalen Datenbanken vorhanden sind und man diese in XML zur Verfügung stellen will.

Unser Beispiel stellt eine einheitliche und generische *http-Schnittstelle* unabhängig von Ort und Struktur der relationalen Datenbanken zur Verfügung. Die Schnittstelle kann auf beliebige Datenbanken zugreifen, solange diese JDBC unterstützen und ein entsprechender Treiber im Klassenpfad zu finden ist.

Damit man nicht für unterschiedliche Sichten auf die Daten am Programmcode etwas ändern muss, verfolgen wir einen generischen Ansatz. XML, das man empfängt, kann man in einem zusätzlichen Verarbeitungsschritt dann immer noch von der generischen in die evtl. gewünschte Form transformieren. Eine generische XML-Lösung ist möglich, da bei noch so komplizierten SQL-Abfragen das Ergebnis immer zweidimensional ist. Wir haben also Spalten und Zeilen.

In dem folgenden Beispiel wird dieses zweidimensionale Ergebnis über generische Regeln in einen XML-Datenstrom verwandelt. Diese Regeln schauen wir uns am besten anhand eines Beispiels an:

Folgende Tabelle sei in unserer Datenbank:

Shipper ID	Company Name	Phone
1	Speedy Express	(503) 555-9831
2	United Package	(503) 555-3199
3	Federal Shipping	(503) 555-9931

Tabelle 11: Shippers

Nun interessiert uns folgendes SQL:

```
select * from shippers
```

Diese Abfrage würde folgenden XML-Datenstrom ergeben. Die Kommentare wären in dem Datenstrom allerdings nicht enthalten und sind nur als Erklärung der Transformationsregeln gedacht.

```
<?xml version="1.0" encoding="ISO-8859-1"?>
<!--
  als Root-Element wird ein Element namens 'ResultSet' instanziert.
  Es hat das Attribut ,onSql', welches das SQL enthält, das
  angefragt wurde.
-->

<ResultSet onSql="select * from Shippers">

  <!--
    für jede Zeile im ResultSet wird ein Element namens 'RowSet' an
    das Root-Element gehängt.
  -->
  <RowSet>
    <!—-
      innerhalb des RowSet-Elements wird für jede Spalte der
      Ergebnismenge ein Element instanziert, das den Namen der
      Spalte bekommt. Als Attribute werden diverse Metainformationen
      wie Java-Typ, SQL-Typ, Länge und Tabellennamen vergeben.
      Innerhalb des Elements taucht dann der Wert aus der Datenbank
      auf.
    -->
    <ShipperID java-type="java.lang.Integer" length="10"
               table="Shippers" type="COUNTER">
      1
    </ShipperID>
    <CompanyName java-type="java.lang.String" length="40"
                 table="Shippers" type="VARCHAR">
      Speedy Express
    </CompanyName>
  </RowSet>
  <RowSet>
    <ShipperID java-type="java.lang.Integer" length="10"
               table="Shippers" type="COUNTER">
      2
```

```
    </ShipperID>
    <CompanyName java-type="java.lang.String" length="40"
                 table="Shippers" type="VARCHAR">
      United Package
    </CompanyName>
  </RowSet>
  <RowSet>
    <ShipperID java-type="java.lang.Integer" length="10"
               table="Shippers" type="COUNTER">
      3
    </ShipperID>
    <CompanyName java-type="java.lang.String" length="40"
                 table="Shippers" type="VARCHAR">
      Federal Shipping
    </CompanyName>
  </RowSet>
</ResultSet>
```

Zur Erstellung dieses XML-Datenstroms benutzen wir hauptsächlich das *W3C-Document-Object-Model* (DOM), das uns Interfaces zur Erzeugung von Elementen und Attributen und zum Zusammenfügen erstellter Knoten zur Verfügung stellt. Es gibt jedoch zwei Bereiche, deren Spezifikation das W3C noch außen vor gelassen hat. Und das ist zum einen die Erstellung des Objektes, welches das Document-Interface implementiert und zum anderen das Schreiben eines Dokuments in einen Ausgabestrom oder auf das Dateisystem. An diesen Stellen benutzen wir Parser-spezifische Implementierungen von *Apache-Xerces.*

Schauen wir uns den Programmcode an. Es handelt sich um ein Servlet, in dem die `doGet-Methode` implementiert ist. Es kann in generischer Weise SQL-Datenbankanfragen in XML-Datenströme verwandeln. Dabei werden Metainformationen wie Feld- und Tabellennamen und Typen mitgeliefert. Es benötigt einen http-Parameter namens `sql` mit der gewünschten SQL-Anfrage. Die Parameter `driver`, `url`, `user` und `pwd` sind optional und können die Datenbankverbindung beschreiben, auf die das SQL abgesetzt werden soll. Zu beachten ist, dass dabei die entsprechende Treiberklasse im Klassenpfad der Servlet-Engine zu finden sein muss.

Dieses Servlet funktioniert nur, solange Spaltennamen nach well-formed XML benannt sind. Dies kann bei Bedarf sehr leicht geändert werden, indem der Spaltenname nicht über den Elementnamen, sondern über ein zusätzliches Attribut modelliert wird. Der Elementname könnte dann generisch, z. B. `column` genannt werden.

```
package javacodebook.xml.processing.dom.create;

import java.io.*;
import java.util.*;
import java.sql.*;
import javax.servlet.*;
import javax.servlet.http.*;
import org.w3c.dom.*;

// das sind Xerces-spezifische Klassen, die benötig werden, da
// deren Funktionsumfang vom W3C noch nicht spezifiziert ist.
import org.apache.xerces.dom.DocumentImpl;
import org.apache.xml.serialize.OutputFormat;
import org.apache.xml.serialize.XMLSerializer;

public class RDB2XMLConverter
    extends HttpServlet {

  private static final String CONTENT_TYPE = "text/xml";

  private Connection connection = null;

  private String defaultDriver;
  private String defaultUrl;
  private String defaultUser;
  private String defaultPwd;

  public void init(ServletConfig config) {
    defaultDriver = config.getInitParameter("defaultDriver");
    defaultUrl = config.getInitParameter("defaultUrl");
    defaultUser = config.getInitParameter("defaultUser");
    defaultPwd = config.getInitParameter("defaultPwd");
  }

  /**
  * die doGet() Methode
   */
  public void doGet(HttpServletRequest request, HttpServletResponse response) throws
      ServletException, IOException {
    response.setContentType(CONTENT_TYPE);
    PrintWriter out = response.getWriter();
    String sql = request.getParameter("sql");
    // falls kein http-Parameter namens 'sql' übergeben
    if (sql == null || sql.length() == 0) {
```

Listing 206: RDB2XMLConverter.java

```
      out.println("<message code=\"-1\">please provide " +
                  "http-get-parameter named \'sql\'</message>");
      return;
    }

    try {
      // eine Datenbankverbindung wird aufgebaut
      Connection con = getConnection(request);
      Document doc = null;

      // da kein Connectionpool implementiert ist, sollte
      // sichergestellt sein, dass nicht mehr als ein Thread die
      // Connection verwendet.
      synchronized (con) {
        doc = createDocument(con, sql);
      }
      // Auf Basis des Document-Objektes wird ein OutputFormat-
      // Objekt erzeugt. Hierbei muss das richtige Encoding gewählt
      // werden. Der letzte boolesche Wert im Konstruktor gibt an,
      // ob das XML eingerückt ausgegeben werden soll oder nicht.
      OutputFormat format = new OutputFormat(doc, "ISO-8859-1", true);

      // Es wird ein XMLSerializer auf Basis des Ausgabestroms
      // zum Client und des OutputFormat-Objekts instanziert.
      XMLSerializer serial = new XMLSerializer(out, format);

      // Nun kann das Dokument zum Client geschrieben werden.
      serial.serialize(doc);
      out.flush();
      out.close();

    }
    catch (Exception e) {
      //Im Ausnahmefall wird eine Fehlermeldung zurückgegeben.
      out.println("<message code=\"-1\">" + e + "</message>");
    }
  }

  /**
   * Diese Methode liefert auf Basis der Parameter, die in dem
   * HttpServletRequest-Objekt gekapselt sind, eine neue oder die
   * schon bestehende Datenbankverbindung.
   */
  private Connection getConnection(HttpServletRequest request)
```

Listing 206: RDB2XMLConverter.java (Forts.)

```
    throws Exception {
    String driver = null, url = null, user = null, pwd = null;
    Connection con = null;

    // wenn der Parameter 'url' übergeben wurde, soll das SQL auf
    // einer anderen als der Default-Datenbank ausgeführt werden,
    // also werden die anderen Parameter auch noch ausgelesen.
    if ( (url = request.getParameter("url")) != null &&
          url.length() != 0) {
      driver = request.getParameter("driver");
      user = request.getParameter("user");
      pwd = request.getParameter("pwd");

      // Eine neue Verbindung wird mit den entsprechenden Parametern
      // geholt.
      return getConnection(driver, url, user, pwd);
    }
    else {

      // Ansonsten wird eine Datenbankverbindung mit den default-
      // Werten erzeugt oder die schon vorhandene Verbindung
      // zurückgegeben.
      if (connection == null) {
        connection = getConnection(defaultDriver, defaultUrl,
                                   defaultUser, defaultPwd);
      }
      return connection;
    }
  }

  /**
    * Erzeugung einer neuen Datenbankverbindung
   */
  private Connection getConnection(String driver, String url,
    String user, String pwd) throws Exception {
    Class.forName(driver);
    Connection con = DriverManager.getConnection(url, user, pwd);
    return con;
  }

  /**
   * Ausführen der Datenbankabfrage und Erstellen des XML
   * Dies geschieht immer nach dem gleichen Schema.
   */
  private Document createDocument(Connection con, String sql)
```

Listing 206: RDB2XMLConverter.java (Forts.)

```
throws Exception {

// Statement-Objekt zum Absetzen der Anfrage
Statement stmt = con.createStatement();

// Ausführen der Anfrage
ResultSet rs = stmt.executeQuery(sql);

// Erzeugung eines ResultSetMetaData-Objekts
ResultSetMetaData rsmd = rs.getMetaData();

// Als Rückgabewert wird ein neues DocumentImpl-Objekt benötigt,
// welches das W3C-Document-Interface implementiert. Der W3C-
// Standard definiert nicht, wie man Objekte erzeugen soll, die
// das Document-Interface implementieren. Deswegen benutzen wir
// hier die Xerces-spezifischen Objekte. Die folgende Zeile
// müsste also ersetzt werden, sollte man sich in Zukunft für
// einen anderen Parser entscheiden.
Document doc = new DocumentImpl();

// Als Root-Element wird ein Element namens ResultSet erzeugt.
Element root = doc.createElement("ResultSet");

// Ein Kommentar soll eingefügt werden.
Comment comment=doc.createComment("Das ResultSet Element " +
  "kapselt das Resultat der SQL-Abfrage.");
// Der Kommentar und das Root-Element müssen an das Document-
// Objekt angehängt werden.
doc.appendChild(comment);
doc.appendChild(root);

// Es wird ein Attr-Objekt erzeugt, welches ein Attribut namens
// 'onSql' repräsentiert.
Attr sqlAttr = doc.createAttribute("onSql");

// Der Wert dieses Attributes wird mit dem SQL belegt, das durch
// das XML-Dokument beantwortet werden soll.
sqlAttr.setNodeValue(sql);

// Nun muss das Attr-Objekt noch an das Root-Element angehängt
// werden.
root.setAttributeNode(sqlAttr);

// In den folgenden Schleifen wird die Anzahl der Spalten
```

Listing 206: RDB2XMLConverter.java (Forts.)

```
    // benötigt, die das Ergebnis der Anfrage hat.
    int columnCount = rsmd.getColumnCount();

    while (rs.next()) {

      // Für jeden Datensatz des Ergebnisses wird ein Element namens
      // 'RowSet' erzeugt.
      Element row = doc.createElement("RowSet");

      for (int i = 1; i < columnCount; i++) {
        // Für jeden Wert in jedem der Datensätze der Ergebnismenge
        // soll ein Element mit dem Namen der betreffenden Spalte
        // erzeugt werden.
        Element column = doc.createElement(rsmd.getColumnName(i));

        Object object = rs.getObject(i);
        Text textNode = null;

        // Falls der Wert null war, wird an das Element der Text
        // 'null' gehängt.
        if (object == null) {
          textNode = doc.createTextNode("null");
        }

        // Ansonsten werden verschiedene Metainformationen als
        // Attribut gesetzt. Die hier angewandte Methode zum Setzen
        // von Attributen ist wesentlich komfortabler als die oben
        // angewandte.
        else {

          column.setAttribute("type", rsmd.getColumnTypeName(i));
          column.setAttribute("length",
                     new Integer(rsmd.getPrecision(i)).toString());
          column.setAttribute("table", rsmd.getTableName(i));
          column.setAttribute("java-type",
                              object.getClass().getName());

          // Für den eigentlichen Wert muss nun ein Text-Knoten
          // erstellt werden.
          textNode = doc.createTextNode(object.toString());
        }
        // Der Text-Knoten muss als Unterknoten an das Column-
        // Element angehängt werden.
        column.appendChild(textNode);
```

Listing 206: RDB2XMLConverter.java (Forts.)

```
            // Das Column-Element muss wiederum an das RowSet-Element
            // angehängt werden.
            row.appendChild(column);
          }
          // Jedes entstandene RowSet-Element muss an das Root-Element
          // angehängt werden.
          root.appendChild(row);
        }

        // Das zusammengesetzte Dokument wird zurückgegeben.
        return doc;

      }
    }
```

Listing 206: RDB2XMLConverter.java (Forts.)

Damit Sie das Beispiel testen können, brauchen wir eine Datenbank. Für dieses Beispiel verwenden wir InstantDB, eine in Java implementierte relationale Datenbank, die von folgender Website bezogen werden kann: *http://instantdb.tripod.com/ old-site/ index-9.html*. Bitte beachten Sie, dass dieser Pfad in der *web.xml*-Datei auch noch entsprechend des Kommentars eingetragen werden muss. Nach dem Entpacken muss die Umgebungsvariable `%IDB_HOME%` auf das Installationsverzeichnis gesetzt werden. Wenn man nun das mitgelieferte IDB-Beispiel laufen lässt, erhält man folgende Ansicht:

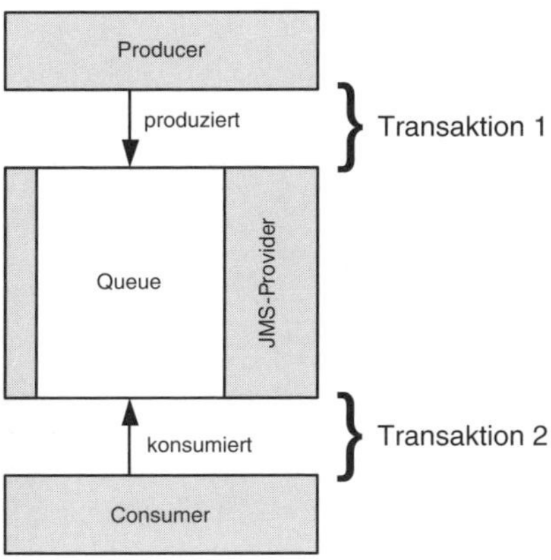

Abbildung 81: InstantDB-Beispiel

Nun kann man sich z.B. den Inhalt der Tabelle *tester* anzeigen lassen. Später wollen wir über unser *http-Interface* Daten dieser Tabelle in XML umwandeln.

Dafür müssen wir folgende Schritte durchlaufen. Hier ist wiederum eine Tomcat-Installation Vorausetzung. Diese finden Sie als Beschreibung im Anhang.

1. Erzeugung einer WebApp-Verzeichnisstruktur (*01_erzeugung_webapp_verzeichnisse.bat*)In unserem Beispielverzeichnis legen wir uns ein neues Unterverzeichnis namens *RDB2XMLConverterWebApp* an. In diesem Verzeichnis brauchen wir noch ein Unterverzeichnis namens *WEB-INF*, worin ein Unterverzeichnis namens *classes* erstellt werden muss. Somit haben wir eine Standard-Verzeichnisstruktur geschaffen, die in jedem standardkonformen Servlet-Container deployed werden kann. In dem Verzeichnis *WEB-INF* müssen wir eine XML-Datei namens *web.xml* mit folgendem Inhalt anlegen:

```
<?xml version="1.0" encoding="ISO-8859-1"?>
<!DOCTYPE web-app PUBLIC "-//Sun Microsystems, Inc.//DTD Web Application 2.3//EN"
"http://java.sun.com/dtd/web-app_2_3.dtd">
<web-app>
  <servlet>
    <servlet-name>RDB2XMLConverter</servlet-name>
    <servlet-class>
      javacodebook.xml.processing.dom.create.RDB2XMLConverter
    </servlet-class>
    <init-param>
      <param-name>defaultDriver</param-name>
      <param-value>
        org.enhydra.instantdb.jdbc.idbDriver
      </param-value>
    </init-param>
    <init-param>
      <param-name>defaultUrl</param-name>
      <!--
        Hier muss eine gültige Datenbank URL stehen. Im Falle der
        Verwendung von Instant DB muss %IDB_HOME% hier durch den
        entsprechenden Pfad auf Ihrem Dateisystem ersetzt werden.
      -->
      <param-value>
         jdbc:idb:%IDB_HOME%\Examples\sample.prp
      </param-value>
    </init-param>
    <init-param>
      <param-name>defaultUser</param-name>
      <param-value/>
    </init-param>
    <init-param>
      <param-name>defaultPwd</param-name>
      <param-value/>
```

```
    </init-param>
  </servlet>
  <servlet-mapping>
    <servlet-name>RDB2XMLConverter</servlet-name>
    <url-pattern>/RDB2XMLConverter</url-pattern>
  </servlet-mapping>
</web-app>
```

Anhand der *web.xml*-Datei findet beim Deployment-Prozess ein Mapping von angefragten URLs auf die entsprechende Servletklasse statt. Außerdem werden hier Defaultparameter für die Datenbankverbindung übergeben. Zunächst müssen folgende Verzeichnisse angelegt werden.

```
mkdir RDB2XMLConverterWebApp\WEB-INF\classes
mkdir RDB2XMLConverterWebApp\WEB-INF\lib
```

Nun müssen alle *jar*-Files, Parser und Treiber-Bibliotheken in das *lib*-Verzeichnis kopiert werden.

```
copy *.jar RDB2XMLConverterWebApp\WEB-INF\lib
```

Die *web.xml* muss in das *WEB-INF*-Verzeichnis kopiert werden.

```
copy web.xml RDB2XMLConverterWebApp\WEB-INF
```

Ein Beispiel-Client kann in das *Root*-Verzeichnis der Web-Applikation kopiert werden. Mit ihm können Beispielabfragen abgesetzt werden.

```
copy Client.html RDB2XMLConverterWebApp\Client.html
```

2. Kompilieren des Servlets (*02_kompilieren_XMLPostReceiver.bat*)Nun kann das Servlet in das *classes*-Verzeichnis der Web-Applikation in ein der Packagestruktur entsprechendes Unterverzeichnis kompiliert werden.

Core
I/O
GUI
Multimedia
Datenbank
Netzwerk
XML
RegEx
Daten
Threads
Web-Server
Sonstiges

```
javac -d ./RDB2XMLConverterWebApp/WEB-INF/classes RDB2XMLConverter.java
```

3. Erzeugung einer *war*-Datei (*03_erzeugung_war_datei.bat*)

Das komplette Webapplikationsverzeichnis wird nun in eine *war*-Datei gepackt.

```
jar cvf RDB2XMLConverterWebApp.war -C RDB2XMLConverterWebApp
```

4. Kopieren der WAR-Datei in den Servlet-Container (*04_kopieren_WAR_nach_webapps.bat*)

Die *war*-Datei muss in das Verzeichnis des Containers kopiert werden, von dem aus ein Autodeployment stattfindet. Im Falle von Tomcat ist es das *webapps*-Verzeichnis.

```
copy RDB2XMLConverterWebApp.war %CATALINA_HOME%\webapps\
```

5. Tomcat starten (*05_starte_tomcat.bat*)

```
%CATALINA_HOME%/bin/startup
```

6. Den Client testen (*06_oeffne_client.url*)

Falls Tomcat als Servlet-Engine benutzt und in der Defaultkonfiguration gestartet wurde, kann nun der Beispielclient unter der folgenden URL betrachtet werden.

http://localhost:8080/RDB2XMLConverterWebApp/Client.html

Er sieht folgendermaßen aus (Abbildung 82).

In dem Bild ist nun schon SQL eingetragen, welches alle Datensätze, bei denen die Spalte `id` den Wert 1 hat, in einen XML-Datenstrom umwandelt.

Das Ergebnis sieht folgendermaßen aus (Abbildung 83).

Testen Sie dies selber mit anderen SQL-Abfragen, anderen Tabellen oder sogar anderen Datenbanken aus. Achten Sie stets darauf, dass die jeweiligen Treiber auch im Klassenpfad sind.

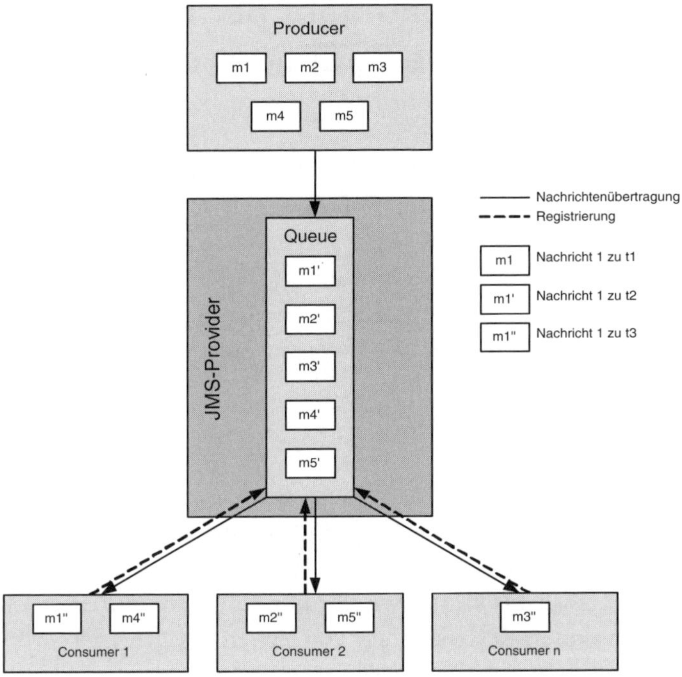

Abbildung 82: Der Client

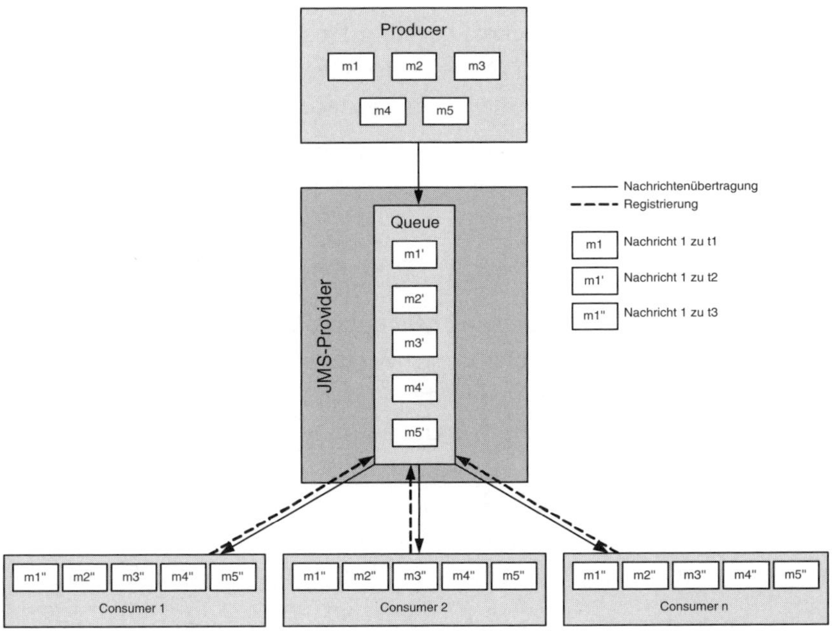

Abbildung 83: XML-Datenstrom als Ergebnis

145 Wie parse ich ein XML-Dokument per DOM und validiere dabei gegen eine DTD oder ein XML-Schema?

Ein entscheidender Teil bei der Verarbeitung von XML ist die Validierung, also die Prüfung, ob ein XML-Datenstrom konform zu der DTD oder dem Schema ist, dass er in seiner Doctype-Deklaration referenziert. Das *Document-Object-Model* des W3C bietet hierfür keine Spezifikation. In unserem Beispiel schauen wir uns an, wie eine Validierung mit dem Apache-Xerces-Parser realisiert werden kann. Ähnlich wie bei dem SAX Parser kann auch bei dem Xerces DOM-Parser ein so genanntes Feature mit der folgenden Bezeichnung gesetzt werden:

http://xml.org/sax/features/validation

Ist dieses Feature auf `true` gesetzt, wird jedes XML beim Parsen gegen seine DTD oder sein Schema geprüft, sofern eine entsprechende gültige Referenz vorhanden ist. Während die Prüfung gegen DTDs zu 100% implementiert ist, hinkt die Implementierung der Schema-Sprache noch etwas hinterher. Es können also immer noch wenige Spezialfälle auftreten, in denen Restriktionen von Schemata gefordert werden, die der Parser nicht überprüfen kann. Für den aktuellen Stand der Dinge empfiehlt sich der Blick auf die Apache-Xerces Website.

Bei eingeschalteter Validierung besteht die Möglichkeit, Objekte, die das `org.xml.sax.ErrorHandler`-Interface implementieren, bei dem Parser zu registrieren. Registrieren lassen sich `ErrorHandler` auch bei abgeschalteter Validierung, nur empfangen sie dann keine Fehlermeldung. Das `ErrorHandler`-Interface fordert die Methoden

- `public void warning(SAXParseException exception)` wirft `SAXException`
- `public void error(SAXParseException exception)` wirft `SAXException`
- `public void fatalError(SAXParseException exception)` wirft `SAXException`

Falls bei dem Parsen während der Validierung gegen das Schema oder die DTD eine Warnung auftritt, so wird von dem Parser die `warning`-Methode auf das *ErrorHandler-Objekt* aufgerufen. Analog geschieht das mit `errors` und `fatalErrors`. An die Methoden werden `Exceptions` übergeben, von denen man über deren `getMessage()`-Methode genauere Fehlermeldungen auslesen kann. Es ist der Implementierung des `ErrorHandler`-Interfaces überlassen, was mit den `Exceptions` geschehen soll. In unserem Beispiel werden Fehlermeldungen in Vektoren abgelegt, um sie zu einem späteren Zeitpunkt in unterschiedlicher Form zur Verfügung stellen zu können.

Schauen wir uns zunächst die Parserklasse an. Die `ValidatingDOMParseUtil`-Klasse parst ein XML-Dokument und kann dabei sowohl gegen DTDs als auch gegen XML-

Schemata validieren. Um Fehler, die beim Parsen von nicht validem XML aufgetreten sind, zu analysieren, bedient sie sich eines Objekts der Klasse `ErrorCollector`, dass das SAX-ErrorHandler-Interface implementiert. Im Wesentlichen erfolgen drei Schritte in der `main`-Methode. Zunächst wird ein Dokument geparst und validiert. Dann werden die Fehler, die beim Parsen aufgetreten sind, analysiert und zum Schluss, falls keine fatalen Fehler aufgetreten sind, das Dokument verarbeitet.

```
package javacodebook.xml.processing.dom.parse;
import org.w3c.dom.*;
import org.xml.sax.*;
/**
* ValidatingDOMParseUtil
 */

public class ValidatingDOMParseUtil {

  private static final String USAGE = "\nBenutzerhinweis: " +
    "javacodebook.xml.processing.dom.parse.ValidatingDOMParseUtil "+
    "<uri>\n\nwobei\n\n<uri>\ndie URI ist, unter der ein XML-" +
    "Dokument zu finden ist, das geparst und validiert werden " +
    "soll.\n";

  /**
   * main methode
   */
  public static void main(String[] args) {

    if (args.length != 1) {
      System.out.println(getUsage());
      System.exit(1);
    }

    String documentLocation = args[0];

    ValidatingDOMParseUtil validatingDOMParseUtil =
      new ValidatingDOMParseUtil();

    // Es wird ein Objekt unserer ErrorHandler-Implementierung
    // instanziert.
    ErrorCollector errorCollector = new ErrorCollector();

    // das Dokument wird geparst
    Document document =
```

Listing 207: ValidatingDOMParseUtil.java

```
      validatingDOMParseUtil.parseDocument(documentLocation,errorCollector);

    // Eventuell aufgetretene Fehler werden verarbeitet
    boolean isValid = validatingDOMParseUtil.processErrors(errorCollector);

    // Falls das Dokument valide ist, wird es verarbeitet.
    if(isValid)
    {
      validatingDOMParseUtil.processDocument(document);
    }
    else
    {
      System.out.println("Dokument wurde nicht verarbeitet, " +
                         "da es nicht valide ist");
    }

  }

  public Document parseDocument(String documentLocation,
                                ErrorCollector errorCollector) {

    // Ein DOMParser-Objekt wird instanziert.
    org.apache.xerces.parsers.DOMParser parser =
        new org.apache.xerces.parsers.DOMParser();
    try {
      // Validierung wird eingeschaltet.
      parser.setFeature("http://xml.org/sax/features/validation", true);

      // ErrorHandler-Objekt wird als ErrorHandler registriert.
      parser.setErrorHandler(errorCollector);

      // Das Dokument wird geparst.
      parser.parse(documentLocation);
    }
    catch (Exception e) {
      System.out.println("Dokument konnte nicht verarbeitet " +
        "werden: " + e + "\n" +
        errorCollector.getFatalErrorMessagesAsText());
    }

    // Das geparste Dokument kann von dem Parser geholt werden.
    return parser.getDocument();
  }
```

Listing 207: ValidatingDOMParseUtil.java (Forts.)

```
  /**
   * Die Methode verarbeitet Fehlermeldungen.
   */
  public boolean processErrors(ErrorCollector errorCollector) {

    // Falls Probleme aufgetreten sind, werden die entsprechenden
    // Meldungen in die Standardausgabe geschrieben.
    if (errorCollector.anyProblems()) {
      System.out.println(errorCollector.getWarningsMessagesAsText());
      System.out.println(errorCollector.getErrorMessagesAsText());
      System.out.println(errorCollector.getFatalErrorMessagesAsText());
      return false;
    }
    else {
      System.out.println("Das Dokument entspricht Schema bzw. DTD");
      return true;
    }
  }

  /**
   * Die Methode liefert die Pseudoverarbeitung eines Dokuments.
   */
  public void processDocument(Document document) {

    Element root = document.getDocumentElement();
    NodeList nl = root.getChildNodes();
    for (int i = 0; i < nl.getLength(); i++) {
      Node node = nl.item(i);
      if (node.getNodeType() == Node.ELEMENT_NODE) {
        System.out.println(node.getNodeName());
      }
    }

  }

  public static String getUsage() {
    return USAGE;
  }

}
```

Listing 207: ValidatingDOMParseUtil.java (Forts.)

Die Klasse, deren Objekte als `ErrorHandler` bei dem Parser registriert werden, sieht folgendermaßen aus. Sie implementiert das `ErrorHandler`-Interface und lässt sich somit sowohl bei SAX-Parsern als auch bei DOM-Parsern als `ErrorHandler` registrieren. Im Wesentlichen sammeln Objekte dieser Klasse Fehlermeldungen, die beim Parsen aufgetreten sind, und stellen diese in aufbereiteter Form zur Verfügung.

```
package javacodebook.xml.processing.dom.parse;
import java.util.*;
import org.xml.sax.ErrorHandler;
import org.xml.sax.SAXParseException;
import org.xml.sax.SAXException;

import org.w3c.dom.*;

/**
 * Die ErrorCollector-Klasse implementiert den org.xml.sax.ErrorHandler.
  */

public class ErrorCollector implements ErrorHandler {

  private Vector warnings = new Vector();
  private Vector errors = new Vector();
  private Vector fatalErrors = new Vector();

  // Dieses Objekt wird ausschließlich als Factory benutzt.
  private Document domFactory = new org.apache.xerces.dom.DocumentImpl();

  // Eine Methode, die von dem org.xml.sax.ErrorHandler Interface
  // gefordert wird. Falls ein ErrorCollector-Objekt bei einem '
  // Parser registriert ist, wird sie jedes Mal aufgerufen, falls
  // eine Warnung auftritt.
  public void warning(SAXParseException exception)
    throws SAXException {
    // Die Meldungen der Warnung werden in dem Vector namens
    // 'warnings' aufbewahrt.
    warnings.add(exception.getMessage());
  }

  // analog zur warning-Methode
  public void error(SAXParseException exception)
    throws SAXException {

    // Die Meldungen der Fehler werden in dem Vector namens 'errors'
    // aufbewahrt.
    errors.add(exception.getMessage());
  }
```

Listing 208: ErrorCollector.java

```
// analog zur warning-Methode
public void fatalError(SAXParseException exception)
  throws SAXException {

  // Die Meldungen der fatalen Fehler werden in dem Vector namens
  // 'fatalErrors' aufbewahrt.
  fatalErrors.add(exception.getMessage());
}
/**
 * Die Methode dient zum Zurücksetzen aller Fehlermeldungen und
 * Warnings.
 */
public void reset() {
  warnings.removeAllElements();
  errors.removeAllElements();
  fatalErrors.removeAllElements();
}

/**
 * Die Methode liefert ein Element, welches die Fehler-
 * meldungen wiederum in seinen Unterelementen
 * kapselt. Auf diese Weise können Fehlermeldungen
 * sehr flexibel weiterverarbeitet werden.
 */
public Element getErrorMessagesAsXML() {
  return formatAsXML(errors, "errors");
}

// siehe getErrorMessagesAsXML()
public Element getWarningsMessagesAsXML() {
  return formatAsXML(warnings, "warnings");
}

// siehe getErrorMessagesAsXML()
public Element getFatalErrorMessagesAsXML() {
  return formatAsXML(fatalErrors, "fatalErrors");
}

/**
 * Diese Methode liefert die Fehlermeldungen als einfachen leicht
 * formatierten Text.
 */
public String getErrorMessagesAsText() {
```

Listing 208: ErrorCollector.java (Forts.)

```
    return formatAsText(errors, "errors");
  }

  // siehe getErrorMessagesAsText()
  public String getWarningsMessagesAsText() {
    return formatAsText(warnings, "warnings");
  }

  // siehe getErrorMessagesAsText()
  public String getFatalErrorMessagesAsText() {
    return formatAsText(fatalErrors, "fatalErrors");
  }

  /**
   * Diese Methode liefert die Fehlermeldungen in Form eines
   * Vectors von Strings.
   */
  public Vector getErrorMessages() {
    return errors;
  }
  // siehe Methode getErrorMessages()
  public Vector getWarningsMessages() {
    return warnings;
  }

  // siehe Methode getErrorMessages()
  public Vector getFatalErrorMessages() {
    return fatalErrors;
  }

  /**
   * Diese Methode verpackt Fehlermeldungen eines Typs in
   * einem w3c-DOM-Element.
   */
  private Element formatAsXML(Vector vectorWithStringElements,
                              String type) {
    Element messages = domFactory.createElement("messages");
    messages.setAttribute("type", type);
    Enumeration enum = vectorWithStringElements.elements();
    while (enum.hasMoreElements()) {
      Element message = domFactory.createElement("message");
      Text text = domFactory.createTextNode(
        (String)enum.nextElement());
      message.appendChild(text);
      messages.appendChild(message);
```

Listing 208: ErrorCollector.java (Forts.)

```
    }
    return messages;
  }

  /**
   * Diese Methode formatiert Fehlermeldungen eines Typs als
   * einfachen String
   */
  private String formatAsText(Vector vectorWithStringElements,
                              String type) {
    if(vectorWithStringElements.size()==0)
      return "no "+type+" occured";
    String returnString = "The following " + type + " have occured";
    Enumeration enum = vectorWithStringElements.elements();
    while (enum.hasMoreElements()) {
      String message = (String) enum.nextElement();
      returnString = returnString + "\n\t* " + message + "\n";
    }
    return returnString;
  }

  // einige Methoden, um den Verlauf des Parsing-Prozesses
  // beurteilen zu können, ohne die Fehlermeldungen zu erfragen
  public boolean hasWarnings()
  {
    if(warnings.size()>0) return true;
    else return false;
  }
  public boolean hasErrors()
  {
    if(errors.size()>0) return true;
    else return false;
  }
  public boolean hasFatalErrors()
  {
    if(fatalErrors.size()>0) return true;
    else return false;
  }
  public boolean anyProblems()
  {
    if (hasWarnings() || hasErrors() || hasFatalErrors())
      return true;
    else return false;
  }
}
```

Listing 208: ErrorCollector.java (Forts.)

Das Beispiel kann ausprobiert werden, indem die folgenden drei Schritte ausgeführt werden. Die *xerces.jar*-Datei muss dabei in den Klassenpfad aufgenommen werden. *Xerces* kann von der Apache-Seite bezogen werden (*http://xml.apache.org/dist/xerces-j/*)

1. Kompilieren der Klassen (*01_kompilieren_ValidatingDOMParseUtil.bat*)

Dazu müssen die entsprechenden Apache-Xerces-Klassen im Klassenpfad sein.

```
javac -classpath xerces.jar -d . *.java
```

2. Parsen von XML, das eine DTD referenziert (*02_ausfuehren_ValidatingDOM ParseUtil_DTD.bat*)

```
java -cp .;xerces.jar javacodebook.xml.processing.dom.parse.ValidatingDOMParseUtil
%CHAPTER12_HOME%\processing.dom.parse\personal.xml
```

3. Parsen von XML das ein Schema referenziert (*03_ausfuehren_ValidatingDOM ParseUtil_Schema.bat*)

```
java -cp .;xerces.jar javacodebook.xml.processing.dom.parse.ValidatingDOMParseUtil
%CHAPTER12_HOME%\processing.dom.parse\personal-schema.xml
```

146 Wie parse ich ein XML-Dokument per DOM, extrahiere Daten und manipuliere Inhalt und Struktur?

In diesem Beispiel soll ein XML-Dokument von einer *URI* per DOM gelesen werden. Daraufhin soll ein bestimmtes Element gefunden, der Wert eines Subelements ausgelesen, ein Attribut ausgelesen, ein Element kopiert, leicht verändert und wieder in das Dokument eingefügt werden. Zum Schluss soll das Dokument auf das Dateisystem geschrieben werden.

Fast alle Operationen können über das vom W3C spezifizierte *Document-Object-Model* durchgeführt werden. Allerdings bleibt das eigentliche Parsen sowie das Serialisieren außen vor und wird vom W3C noch nicht spezifiziert. Hier kommen Parser-spezifische Klassen zum Einsatz – in unserem Fall von Apache Xerces.

Im Beispiel fällt auf, dass die Navigation innerhalb der Knoten relativ aufwändig ist. Deswegen sollte man für regelbasierte Manipulation einen Ansatz auf Basis von *XSLT* und *XPath* wählen. Einzelne Knoten und Knotenmengen sind damit wesentlich einfacher zu adressieren. Die Verwendung der DOM API sollte man auf die Manipulation von XML-Dokumenten beschränken, deren Struktur man genau kennt und in denen man keine regelbasierten, sondern eher individuelle Operationen ausführen möchte. Insgesamt lässt sich sagen, dass Veränderungen an einem Dokument, Suche und Extraktion von Werten mit XSLT und XPath schneller zu realisieren sind.

Unser Beispielprogramm soll zunächst das folgende XML parsen:

```
<?xml version="1.0" encoding="UTF-8"?>
<!DOCTYPE personnel SYSTEM "personal.dtd">
<personnel>
  <person id="Big.Boss">
    <name>
      <family>Boss</family>
      <given>Big</given>
    </name>
    <email>chief@foo.com</email>
    <link subordinates="one.worker two.worker three.worker
                        four.worker five.worker"/>
  </person>
  <person id="one.worker">
     <name>
        <family>Worker</family>
        <given>One</given>
     </name>
     <email>one@foo.com</email>
     <link manager="Big.Boss"/>
  </person>
  <person id="two.worker">
    <name>
      <family>Worker</family>
        <given>Two</given>
    </name>
    <email>two@foo.com</email>
    <link manager="Big.Boss"/>
  </person>
  <person id="three.worker">
    <name>
      <family>Worker</family>
      <given>Three</given>
    </name>
```

```
    <email>three@foo.com</email>
    <link manager="Big.Boss"/>
  </person>
</personnel>
```

Das geparste XML soll über ein *Document-Object-Model* repräsentiert werden, worauf dann folgende Operationen ausgeführt werden sollen:

- Finde das erste Element namens `person` mit einem Attribut namens `id`, das den Wert `three.worker` hat.
- Lies den Wert des Subelementes namens `email` aus und schreibe ihn in die Standardausgabe.
- Kopiere das `person`-Element mit der `id three.worker`, setze das Attribut auf `clone.three.worker` und füge es wieder in das Dokument ein.
- Schreibe das Dokument unter dem Namen *manipulated.xml* auf das Dateisystem in das Verzeichnis, das als zweites Argument übergeben wurde.

Schauen wir uns das Beispielprogramm an.

```
package javacodebook.xml.processing.dom.manipulate;
import java.io.*;
import org.w3c.dom.*;

// Das sind Xerces-spezifische Klassen, die benötig werden, da
// deren Funktionsumfang vom W3C noch nicht spezifiziert ist.
import org.apache.xml.serialize.OutputFormat;
import org.apache.xml.serialize.XMLSerializer;

/**
 * DOMManipulator
 */

public class DOMManipulator {

  private static final String USAGE = "\nBenutzerhinweis: " +
    "javacodebook.xml.processing.dom.parse.DOMManipulator " +
    "<uri> <zielVerzeichnis>\n\nwobei\n\n<uri>\n die URI, unter " +
    "der das XML-Dokument 'personal.xml' zu finden ist \n" +
    "und\n\n<zielVerzeichnis>\ndas Verzeichnis ist, in das das " +
    "manipulierte Dokument geschrieben werden \nsoll";
```

Listing 209: DOMManipulator.java

```
/**
 * main-Methode
 */
public static void main(String[] args) {

  if (args.length != 2) {
    System.out.println(getUsage());
    System.exit(1);
  }

  Document doc = null;
  String uri = args[0];
  String target = args[1];

  DOMManipulator dOMManipulator = new DOMManipulator();

  // Das Dokument wird von der URI geparst.
  try {
    doc = dOMManipulator.parse(uri);
  }
  catch (Exception e) {
    System.out.println("Probleme beim Parsen der URI '" + uri + "' mit: " + e);
  }

  // Alle Elemente des Typs 'person' werden gesucht.
  NodeList personNodeList = doc.getElementsByTagName("person");

  // Ein zusätzliches Element muss deklariert werden, über das das kopierte
  // Elemente später referenziert werden kann.
  Element personClone = null;

  // Für jedes der Elemente mit dem Namen person, über die über
  // die personNodeList iteriert werden kann, wird geprüft, ob ein
  // Attribut namens id mit dem Wert 'three.worker' existiert.
  for (int i = 0; i < personNodeList.getLength(); i++) {

    // Obwohl die item-Method nur ein Node-Objekt zurückliefert,
    // können wir sicher sein, dass es sich um ein Element
    // handelt, da die Methode getElementsByTagName nur Elemente
    // zurückliefert. Also kann hier auch bedenkenlos gecastet
    // werden.
    Element personElement = (Element) personNodeList.item(i);
```

Listing 209: DOMManipulator.java (Forts.)

```
      // Der Wert des Attributs 'id' wird abgefragt.
      String id = personElement.getAttribute("id");
      if (id.equals("three.worker")) {

        // Falls der Attributwert 'three.worker' entspricht,
        // wird das Element geklont. Der boolesche Parameter
        // bestimmt, ob das Element mit oder ohne Unterelemente
        // geklont werden soll. Wir wollen das Element mitsamt allen
        // Unterknoten klonen.
        personClone = (Element) personElement.cloneNode(true);

        // Das Unterelement 'email' wird ausgelesen. Hier muss man
        // wieder über eine NodeList gehen.
        NodeList emailNodeList = personElement.getElementsByTagName("email");
        Element emailElement = null;

        // Wir wissen, dass es nur ein email-Element geben kann.
        // Also holen wir uns das erste Element der NodeList.
        if (emailNodeList.getLength() > 0) {
          emailElement = (Element) emailNodeList.item(0);
        }

        // Da man nicht direkt auf den Text innerhalb eines Elements
        // zugreifen kann, müssen zunächst die Text-Knoten unterhalb
        // des email-Elements geholt werden. Man kann sich nicht
        // grundsätzlich darauf verlassen, dass Text innerhalb eines
        // Elements immer in einem einzigen Text-Knoten abgelegt
        // ist. Es kann durchaus vorkommen, dass der Text über
        // mehrere Text-Knoten verteilt ist. Deswegen an dieser
        // Stelle eine Iteration über alle Text-Knoten unterhalb des
        // email-Elements.
        NodeList subNodesFromEmail = emailElement.getChildNodes();
        for (int j = 0; j < subNodesFromEmail.getLength(); j++) {
          Node node = subNodesFromEmail.item(j);

          if (node.getNodeType() == Node.TEXT_NODE) {
            System.out.println(node.getNodeValue());
          }
        }
      }
    }

    // Wir erstellen noch einen Kommentar.
    Comment comment = doc.createComment("Es folgt das geklonte " +
```

Listing 209: DOMManipulator.java (Forts.)

```
      "und leicht manipuliert wieder eingefügte Element");

    // Zunächst wird das Attribut an dem Klon verändert.
    // An dieser Stelle könnten beliebige andere strukturelle und
    // inhaltliche Änderungen durchgeführt werden.
    personClone.setAttribute("id", "clone.three.worker");

    // dann werden Kommentar und Klon an das Root-Element des
    // Dokuments gehängt.
    doc.getDocumentElement().appendChild(comment);
    doc.getDocumentElement().appendChild(personClone);

    // Für die Serialisierung wird ein OutputFormat-Objekt benötigt.
    OutputFormat format = new OutputFormat(doc, "ISO-8859-1", true);

    // Es wird ein XMLSerializer auf Basis des FileWriter-Objektes
    // und des OutputFormat-Objekts instanziert.
    try {
      XMLSerializer serial = new XMLSerializer(new FileWriter(target +
          "/manipulated.xml"), format);
      serial.serialize(doc);
    }
    catch (Exception e) {
      System.out.println("Fehler beim Schreiben des Dokumentes: " + e);
    }
  }

  /**
   * Diese Methode parst auf apache-xerces-proprietäre Weise eine
   * URI und liefert eine W3C-Document-Implementierung zurück.
   */
  public Document parse(String uri) throws Exception {
    org.apache.xerces.parsers.DOMParser parser =
      new org.apache.xerces.parsers.DOMParser();
    parser.parse(uri);
    return parser.getDocument();
  }

  public static String getUsage() {
    return USAGE;
  }
}
```

Listing 209: DOMManipulator.java (Forts.)

Um das Beispiel auszuprobieren müssen wir zwei Schritte ausführen. Die *xerces.jar*-Datei muss dabei in den Klassenpfad aufgenommen werden. Xerces kann von der Apache-Seite bezogen werden (*http://xml.apache.org/dist/xerces-j/*).

1. Kompilieren unserer Klasse (*01_ 01_kompilieren_DOMManipulator.bat*)

```
javac -classpath xerces.jar -d . DOMManipulator.java
```

2. Ausführen der Klasse (*02_ausfuehren_DOMManipulator.bat*)

```
java -cp .;xerces.jar javacodebook.xml.processing.dom.manipulate.DOMManipulator
%CHAPTER12_HOME%\processing.dom.manipulate\personal.xml
%CHAPTER12_HOME%\processing.dom.manipulate
```

147 Wie durchsuche ich ein DOM mit XPath?

Das *Document-Object-Model* ist relativ ungeeignet, um Dokumente nach bestimmten Kriterien zu durchsuchen z.B. um nur Elemente mit bestimmten Attributwerten zu extrahieren. Die Suche nach Elementen, die bestimmte Kriterien erfüllen, muss aufwändig implementiert werden. Für die Adressierung, also die Auswahl bestimmter Knoten innerhalb eines Dokuments wurde die *XPath-Syntax* im Rahmen der *XSL-Spezifikation* ins Leben gerufen. Sie bietet einen sehr mächtigen Sprachumfang um sehr komplexe Zusammenhänge in Dokumenten abzufragen. Apache Xalan liefert uns eine Implementierung von XPath, die im folgenden Rezept verwendet wird, um auf sehr kompakte Weise bestimmte Knoten aus einem XML-Dokument zu extrahieren. Die *xerces.jar*- und die *xalan.jar*-Datei müssen dabei in den Klassenpfad aufgenommen werden. Sie können von der Apache-Seite bezogen werden (http://xml.apache.org/dist/xerces-j/ bzw. *http://xml.apache.org/dist/xalan-j/*)

Schauen wir uns das Beispiel an. Die Klasse bietet Unterstützung bei der Suche innerhalb eines XML-Dokuments. Sie enthält die Möglichkeit ein Dokument zu parsen und anschließend Knoten anhand der XPath-Syntax zu extrahieren. In der `Main`-Methode wird die Verwendung der `DOMSender`-Klasse demonstriert. Als erster Parameter muss der Ort eines XML-Dokuments übergeben werden, als zweiter Parameter ein XPath-Ausdruck. Es werden dann alle Knoten in dem XML-Dokument gesucht, die durch den XPath-Ausdruck adressiert sind und deren Knotenname und Knotenwert in die Standardausgabe geschrieben.

```
package javacodebook.xml.processing.dom.search;

import org.w3c.dom.*;

public class DOMSearcher {

  private Document document = null;

  // Dieses Objekt der Xalan-API implementiert die Xpath-Syntax.
  private org.apache.xpath.XPathAPI xPathAPI =
    new org.apache.xpath.XPathAPI();

  private static final String USAGE = "\nBenutzerhinweis: " +
    "javacodebook.xml.processing.dom.search.DOMSearcher " +
    "<uri> <xPath> \n\nwobei \n\n<uri>\ndie URI ist, von der " +
    "das zu durchsuchende XML-Dokument geholt werden soll " +
    "und\n\n<xPath> \nder Xpath-Ausdruck ist, der adressiert " +
    "werden soll";

  public DOMSearcher(){}

  /**
   * Konstruktor parst XML-Dokument
   *
   */
  public DOMSearcher(String docLocation) throws Exception {
    this.document = parse(docLocation);
  }
  /**
   * main-methode
   */
  public static void main(String[] args) {
    if (args.length != 2) {
      System.out.println(getUsage());
      System.exit(1);
    }

    try {
      // Ein neues DOMSearcher-Objekt wird instanziert.
      DOMSearcher dOMSearcher = new DOMSearcher(args[0]);

      // Die Suche wird ausgeführt.
      NodeList nl = dOMSearcher.selectNodeList(args[1]);

      // Mit der Ergebnismenge findet eine Dummyverarbeitung statt.
```

isting 210: DOMSearcher.java

```
    System.out.println("Es wurde(n) " + nl.getLength() +
                      " Knoten gefunden:");
    for (int i = 0; i < nl.getLength(); i++) {
      System.out.println("NodeName: " + nl.item(i).getNodeName() +
                        "\tNodeValue:  " +
                        nl.item(i).getNodeValue());
    }
  }
  catch (Exception e) {
    System.out.println("Suche fehlgeschlagen: " + e);
  }

}

/**
 * Diese Methode parst ein XML-Dokument mit Hilfe des
 * Xerces Parsers.
 */
public Document parse(String documentLocation) throws Exception {

  // Ein DOMParser-Objekt wird instanziert.
  org.apache.xerces.parsers.DOMParser parser =
      new org.apache.xerces.parsers.DOMParser();

  // Das Dokument, das als Parameter übergeben
  // wurde, wird geparst.
  parser.parse(documentLocation);
  return parser.getDocument();
}

/**
 * liefert den ersten Knoten zurück, der den Xpath-
 * Ausdruck erfüllt
 */
public Node selectSingleNode(String xPath) throws Exception {
  if(document==null)throw new Exception("Bitte zunächst über " +
    "die parse-Methode ein Dokument parsen");
  // das Xalan-XPathAPI-Objekt kapselt die XPath-Implementierung.
  // Als erster Parameter wird der Such-Kontext übergeben. In
  // unserem Fall ist das das komplette Dokument, also das Root-
  // Element. Der 2. Parameter ist der XPath-Ausdruck als String.
  return xPathAPI.selectSingleNode(document.getDocumentElement(),xPath);
}

/**
```

Listing 210: DOMSearcher.java (Forts.)

```
   * liefert eine Liste von Knoten, die den XPath-Ausdruck erfüllen
   */
  public NodeList selectNodeList(String xPath)
    throws Exception {
    if(document==null)throw new Exception("Bitte zunächst über " +
      "die parse-Methode ein Dokument parsen");
    // siehe selectSingleNode-Methode.
    return xPathAPI.selectNodeList(document.getDocumentElement(), xPath);
  }

  public static String getUsage() {
    return USAGE;
  }
}
```

Listing 210: DOMSearcher.java (Forts.)

Um das Beispiel zu testen muss es kompiliert und ausgeführt werden:

1. Kompilieren (*01_kompilieren_DOMSearcher.bat*)

Dabei müssen sowohl Xerces als auch Xalan im Klassenpfad sein.

```
javac -classpath xalan.jar;xerces.jar -d . DOMSearcher.java
```

2. Ausführen (*02_ausfuehren_DOMSearcher.bat*)

Ebenfalls müssen *Xerces* und *Xalan* im Klassenpfad sein. Als Beispiel verwenden wir die XML-Datei *person.xml* und suchen alle `person`-Elemente mit einem Attribut namens `id`, dessen Wert `two.worker` ist. (`//person[@id='two.worker']`)

```
java -cp .;xalan.jar;xerces.jar javacodebook.xml.processing.dom.search.DOMSearcher
%CHAPTER12_HOME%\processing.dom.search\personal.xml //person[@id='two.worker']
```

148 Wie parse ich ein XML-Dokument per SAX und validiere dabei gegen eine DTD oder ein XML-Schema?

SAX ist eine XML-Parsing-Schnittstellendefinition, die von der XML-Community entwickelt und spezifiziert wurde. SAX bietet eine sehr einfache und schnelle Möglichkeit XML zu parsen und Daten aus einem Dokument zu extrahieren. Es gibt zahlreiche Implementierungen von SAX, unter anderem die Apache-Xerces-API, die wir in unserem Beispiel verwenden. SAX verfolgt ein Ereignis-basiertes Konzept. Der Parser geht dabei das XML-Dokument sequentiell von Anfang bis Ende durch und sendet Nachrichten bei Ereignissen wie

- dem Anfang eines Elements,
- dem Ende eines Elements,
- dem Auftreten von Text,
- dem Dokument-Anfang,
- dem Dokument-Ende und
- dem Auftreten von Kommentaren und Processing Instructions.

Ein Listener, der das `org.xml.sax.ContentHandler`-Interface implementiert, kann sich beim Parser registrieren lassen und kann dann die entsprechenden Nachrichten empfangen. Für jedes der möglichen Ereignisse stellt die `ContentHandler`-Implementierung eine dedizierte Methode zur Verfügung, die immer genau dann vom Parser aufgerufen wird, wenn das Ereignis eintritt.

Im Vergleich zum Document-Object-Model arbeitet *SAX* deutlich effizienter und schneller. Bei der Arbeit mit SAX muss keine Repräsentation des Dokuments in den Arbeitsspeicher geladen werden. Dokumentengrößen von mehreren Gigabyte machen den Einsatz von DOM unmöglich. Beim Einsatz von SAX spielt die Dokumentengröße keine Rolle und es ergibt sich ein Performancevorteil gegenüber der Verwendung von DOM. Der Nachteil von SAX ist jedoch, dass man ausschließlich lesenden Zugriff auf das Dokument hat, also weder Werte noch die Struktur des Dokuments verändern kann.

Ebenso wie bei dem *DOM-Parser* kann man auch bei dem *SAX-Parser* die Validierung einschalten und einen `ErrorHandler` registrieren. In unserem Beispiel nutzen wir die `ErrorHandler`-Implementierung aus unserem Beispiel *processing.dom.parse*.

In unserer Beispielanwendung soll das Dokument zunächst gegen ein Schema oder eine DTD validiert werden. Dann sollen gezielte Informationen aus dem Dokument extrahiert werden. Dazu wird eine Klasse namens `StatefullContentHandler` verwendet, über die Elemente gezählt und Inhalte bestimmter Elemente extrahiert werden können. Die Klasse verwaltet einen Kontext, so dass beim Aufruf der `characters`-Methode prüfbar ist, in welchem Element-Kontext sich der Parser gerade befindet. Das Zählen von Elementen eines bestimmten Typs und das Auslesen bestimmter Elemente zählen zu den typischen Anwendungen von SAX.

In unserem Beispiel wird gezählt, wie viele `person`-Elemente in dem XML-Dokument auftauchen, und es werden alle E-Mail-Adressen ausgelesen und in einem `Vector` abgelegt.

Schauen wir uns die `ValidatingSAXParseUtil`-Klasse an. Sie benutzt einen SAX-Parser, die `ErrorHandler`-Implementierung `OurErrorHandler` und die `ContentHandler`-Implementierung `StatefullContentHandler`, um ein XML-Dokument zu validieren, bestimmte Elemente zu zählen und einige Elemente zu extrahieren. In der `main`-Methode wird der Kommandozeilen-Parameter ausgelesen, der beschreibt, welches Dokument geparst werden soll. Dann wird ein SAX-Parser instanziert, bei dem ein `ErrorHandler` und ein `ContentHandler` registriert werden. Es wird das Dokument geparst und anschließend werden die Fehler vom `ErrorHandler` und einige Daten vom `ContentHandler` abgefragt.

```
package javacodebook.xml.processing.sax.parse;

import org.w3c.dom.*;
import org.xml.sax.*;
import javacodebook.xml.processing.dom.parse.*;

public class ValidatingSAXParseUtil {

  private static final String USAGE = "\nBenutzerhinweis: " +
    "javacodebook.xml.processing.sax.parse.ValidatingSAXParseUtil" +
    " <uri>\n\nwobei\n\n<uri>\ndie URI ist, unter der ein XML-" +
    "Dokument zu finden ist, das geparst und validiert werden " +
    "soll.\n";

  /**
   * main-Methode
   */
  public static void main(String[] args) {

    if (args.length != 1) {
      System.out.println(getUsage());
      System.exit(1);
    }

    String documentLocation = args[0];

    org.apache.xerces.parsers.SAXParser parser =
            new org.apache.xerces.parsers.SAXParser();
```

isting 211: ValidatingSAXParseUtil.java

Core
I/O
GUI
Multi-media
Daten-bank
Netz-werk
XML
RegEx
Daten
Threads
Web-Server
Sonsti-ges

```
    // Es wird ein Objekt unserer ErrorHandler-Implementierung
    // aus dem Beispiel 'processing.dom.parse' instanziert.
   javacodebook.xml.processing.dom.parse.ErrorCollector errorCollector =
  new javacodebook.xml.processing.dom.parse.ErrorCollector();

    // Instanzierung des StatefulContentHandlers
    StatefullContentHandler statefullContentHandler =
      new StatefullContentHandler();

    // Das StatefullContentHandler-Objekt wird so konfiguriert,
    // dass es die Anzahl der Person-Elemente zählt.
    statefullContentHandler.countElements("person");

    // Außerdem sollen alle E-Mail-Adressen extrahiert werden.
    statefullContentHandler.extractValuesOfElements("email");

    try {
      // Validierung wird eingeschaltet.
      parser.setFeature("http://xml.org/sax/features/validation", true);

      // Registrierung des ErrorHandlers.
      parser.setErrorHandler(errorCollector);

      // Das ContentHandler-Objekt wird beim Parser registriert.
      parser.setContentHandler(statefullContentHandler);

      // Das Dokument, das als Kommandozeilenparameter übergeben
      // wurde, wird geparst.
      parser.parse(documentLocation);

      // Falls Probleme aufgetreten sind, werden die
      // Meldungen ausgegeben.
      if (errorCollector.anyProblems()) {
        System.out.println(errorCollector.getWarningsMessagesAsText());
        System.out.println(errorCollector.getErrorMessagesAsText());
        System.out.println(errorCollector.getFatalErrorMessagesAsText());
      }
      else {
        System.out.println("Das Dokument entspricht Schema bzw. DTD");
      }

      // Ergebnisse vom StatefullContentHandler werden erfragt.
      System.out.println("Anzahl der person-Elemente : " +
        statefullContentHandler.getCountOfElement("person"));
      System.out.println("emails: " +
```

Listing 211: ValidatingSAXParseUtil.java (Forts.)

```
        statefullContentHandler.getValuesOfElement("email"));
    }
    catch (Exception e) {
      System.out.println("Dokument konnte nicht verarbeitet " +
        "werden: " + e + "\n" +
        errorCollector.getFatalErrorMessagesAsText());
    }
  }

  public static String getUsage() {
    return USAGE;
  }
}
```

Listing 211: ValidatingSAXParseUtil.java (Forts.)

Die `StatefullContentHandler`-Klasse sieht folgendermaßen aus: Der `StatefullContentHandler` implementiert das `ContentHandler`-Interface und hat zwei wesentliche generische Funktionen.

1. Er kann bestimmte Elemente zählen.
2. Er kann alle Werte eines gewünschten Elements in Form eines Vectors zur Verfügung stellen.

Für jedes Ereignis, das beim Parsen des XML-Dokuments auftreten kann, fordert das `ContentHandler` Interface entsprechende Methoden, die zur Verarbeitung des Ereignisses implementiert werden müssen. Die meisten der folgenden Implementierungen sind Dummy-Implementierungen. Im Normalfall würde man in so einem Fall von der `org.xml.sax.helpers.DefaultHandler`-Klasse erben und nur die Methoden überschreiben, die man wirklich braucht. Die `DefaultHandler`-Klasse liefert leere Implementierungen für alle vom Interface geforderten Methoden.

```
package javacodebook.xml.processing.sax.parse;

import java.util.*;

import org.xml.sax.*;


public class StatefullContentHandler
```

Listing 212: StatefullContentHandler.java

```
    implements ContentHandler {

  private Vector contextVector = new Vector();

  private Hashtable elementCounter = new Hashtable();
  private Hashtable elementDataContainer = new Hashtable();

  // Vom ContentHandler-Interface geforderte Methoden
  public void setDocumentLocator(Locator locator) {
    System.out.println("setDocumentLocator" + locator);
  }

  public void startDocument() throws SAXException {
    // Das Dokument wird als oberster Kontext angemeldet.
    this.startContext("DocumentElement");
    System.out.println("startDocument");
  }

  public void endDocument() throws SAXException {
    // Abmeldung des obersten Kontextes
    this.endContext();
    System.out.println("endDocument");
  }

  public void startPrefixMapping(String prefix, String uri)
    throws SAXException {
    System.out.println("startPrefixMapping " + prefix + " " + uri);
  }

  public void endPrefixMapping(String prefix) throws SAXException {
    System.out.println("startPrefixMapping " + prefix);
  }

  public void startElement(String namespaceURI, String localName,
                         String qName, Attributes atts)
                         throws SAXException {
    System.out.println("startElement " + localName);

    // für jedes neue Element wird ein neuer Kontext angemeldet.
    this.startContext(localName);

    // falls das Element für eine Zählung registriert ist, zähle
    // den entsprechenden Zähler in der Hashtable eins hoch.
    if (this.elementCounter.containsKey(localName)) {
      ((Counter)this.elementCounter.get(localName)).increase();
```

Listing 212: StatefullContentHandler.java (Forts.)

```
    }
  }

  public void endElement(String namespaceURI, String localName,
                         String qName) throws SAXException {
    System.out.println("endElement " + localName);

    // Abmeldung des Kontextes
    this.endContext();
  }

  public void characters(char[] ch, int start, int length)
    throws SAXException {
    System.out.println("characters " + new String(ch,start,length));

    // Falls der Kontext über die extractValuesOfElements-Methode
    //registriert wurde, wird der Inhalt des Elements in einem
    // Vector abgelegt, der in einer Hashtable diesem Elementtyp
    // zugeordnet ist.
    if (this.elementDataContainer.containsKey(this.getContext())) {
      ((Vector)this.elementDataContainer.get(
         this.getContext())).add(new String(ch,start,length));
    }
  }

  public void ignorableWhitespace(char[] ch, int start, int length)
    throws SAXException {
    System.out.println("ignorableWhitespace " + ch);
  }

  public void processingInstruction(String target, String data)
    throws SAXException {
    System.out.println("processingInstruction " + target + " " +
                       data);
  }

  public void skippedEntity(String name) throws SAXException {
    System.out.println("skippedEntity " + name);
  }

  // Ende der Methoden, die vom ContentHandler-Interface gefordert
  // werden

  /**
   * Methode zur Registrierung der zu zählenden Elemente
```

Listing 212: StatefullContentHandler.java (Forts.)

```
  */
public void countElements(String elementName) {
  this.elementCounter.put(elementName, new Counter());
}

/**
 * Falls ein Elementtyp über diese Methode registriert wird, ist
 * nach dem Parsing-Prozess der Inhalt aller Elemente, die im
 * Dokument aufgetreten sind, über die getValuesOfElement-Methode
 * verfügbar.
 */
public void extractValuesOfElements(String elementName) {
  this.elementDataContainer.put(elementName, new Vector());
}

/**
 * Falls ein Elementtyp zuvor über die extractValuesOfElements-
 * Methode registriert wurde, liefert die Methode einen Vector mit
 * Strings von Inhalten aller zugehörigen Elemente des gesamten
 * Dokuments.
 */
public Vector getValuesOfElement(String name) {
  return (Vector)this.elementDataContainer.get(name);
}

/**
 * liefert die im Dokument aufgetretene Anzahl von Elementen
 * des als Parameter übergebenen Typs oder -1,
 * falls der Elementtyp nicht zur Zählung registriert war
 */
public int getCountOfElement(String type) {
  if (this.elementCounter.containsKey(type)) {
    return ((Counter)this.elementCounter.get(type)).getInt();
  }
  else {
    // -1 um zu zeigen, dass der Wert keine Aussage macht, da
    // das Element unter Umständen gar nicht registriert war
    return -1;
  }
}

/**
 * Die Methode dient zur Anmeldung eines neuen Kontextes.
 */
private void startContext(String name) {
```

Listing 212: StatefullContentHandler.java (Forts.)

```
    contextVector.add(name);
  }

  /**
   * Die Methode dient zur Abmeldung eines Kontextes.
   */
  private void endContext() {
    contextVector.removeElement(contextVector.lastElement());
  }

  /**
   * Die Methode liefert den aktuellen Kontext zurück.
   * Jeweils das zuletzt eingefügte Element im contextVector ist der
   * aktuelle Kontext.
   */
  private String getContext() {
    return (String) contextVector.lastElement();
  }
}

// Hilfsklasse zum Zählen
class Counter
{
  private int counter=0;
  protected void increase()
  {
    counter++;
  }
  protected int getInt()
  {
    return counter;
  }
}
```

Listing 212: StatefullContentHandler.java (Forts.)

Um das Beispiel wiederum zu testen müssen folgende Schritte ausgeführt werden. Die *xerces.jar*-Datei muss dabei in den Klassenpfad aufgenommen werden. *Xerces* kann von der Apache-Seite bezogen werden (*http://xml.apache.org/dist/xerces-j/*).

1. Kompilieren der Klassen (*01_kompilieren_ValidatingSAXParseUtil.bat*)

```
javac -classpath xerces.jar -d . *.java
```

2. Validierung gegen eine DTD (*02_ausfuehren_ValidatingSAXParseUtil_DTD.bat*)

Als Parameter wird eine XML-Datei übergeben, die eine DTD referenziert.

```
java -cp .;xerces.jar javacodebook.xml.processing.sax.parse.ValidatingSAXParseUtil
%CHAPTER12_HOME%\processing.sax.parse\personal.xml
```

3. Validierung gegen ein Schema (*03_ausfuehren_ValidatingSAXParseUtil_Schema.bat*)

Als Parameter wird eine XML-Datei übergeben, die ein Schema referenziert.

```
java -cp .;xerces.jar javacodebook.xml.processing.sax.parse.ValidatingSAXParseUtil
%CHAPTER12_HOME%\processing.sax.parse\personal-schema.xml
```

149 Wie parse ich ein XML-Dokument per JDOM und validiere dabei gegen eine DTD oder ein Schema?

JDOM ist eine Java-proprietäre API zum Lesen, Erstellen und Schreiben von XML. Im Vergleich mit dem DOM deckt es auch das Lesen und Schreiben von XML ab und ist deutlich leichter zu benutzen. JDOM wurde im Jahr 2000 von zwei Privatpersonen ins Leben gerufen und wird seither als Open-Source-Projekt weiter entwickelt. Es tritt Umständen entgegen, die das Document-Objekt-Model auf Grund seiner Entwicklung und Programmiersprachenunabhängigkeit mit sich bringt. Dabei hat es nicht den Anspruch, eigene Parser-Implementierungen zu liefern, sondern stellt lediglich *Wrapper* für bestehende Parser wie Xerces, Crimson u.a. zur Verfügung. Erstellung, Modifikation und Serialisierung wird dadurch stark vereinfacht, ohne dass man dafür auf Performance und Stabilität von renommierten Parsern verzichten muss.

Beim Parsing-Prozess versucht der *JDOM-SAXBuilder* zunächst einen geeigneten SAX-Parser über die *javax.xml*-Packages zu finden.

Danach werden eine Reihe von Standard-Treibern probiert. Bei den Defaulteinstellungen wird der Sun-eigene Crimson Parser verwendet. Wenn man also will, dass *JDOM Xerces* verwendet, so muss die System-Property `javax.xml.parsers.SAXParserFactory` auf `org.apache.xerces.jaxp.SAXParserFactoryImpl` gesetzt werden.

Schauen wir uns das Beispiel an:

```
package javacodebook.xml.processing.jdom.parse;
import java.io.*;
import org.jdom.*;
import org.jdom.input.SAXBuilder;
import javacodebook.xml.processing.dom.parse.ErrorCollector;
public class ValidatingJDOMParseUtil {
  private static final String USAGE = "\nBenutzerhinweis: " +
   "javacodebook.xml.processing.jdom.parse." +
   "ValidatingJDOMParseUtil <uri>\n\nwobei\n\n<uri>\n" +
   "die URI ist, unter der ein XML-Dokument zu finden ist, das " +
   "geparst und validiert werden soll.\n";

  public static void main(String[] args) {
    if (args.length != 1) {
      System.out.println(getUsage());
      return;
    }
    String documentLocation = args[0];

    // Da JDOM JAXP benutzt, was wiederum als Default-Parser den
    // Crimson Parser benutzt, wir aber Xerces verwenden wollen,
    // muss folgende System-Property gesetzt werden, damit
    // JAXP und somit JDOM den Xerces-Parser verwendet.
    // Im Gegensatz zu Crimson validiert Xerces sowohl gegen DTDs
    // als auch gegen Schemata
    System.setProperty("javax.xml.parsers.SAXParserFactory",
      "org.apache.xerces.jaxp.SAXParserFactoryImpl");

    ValidatingJDOMParseUtil validatingJDOMParseUtil =
      new ValidatingJDOMParseUtil();

    // Es wird ein ErrorCollector aus dem processing.dom.parse-
    // Beispiel instanziert.
    ErrorCollector errorCollector = new ErrorCollector();

    // Parsen des Dokuments
    Document document =
      validatingJDOMParseUtil.parseDocument(documentLocation,
                                             errorCollector);

    // Eventuell aufgetretene Fehler werden verarbeitet.
    boolean isValid = validatingJDOMParseUtil.processErrors(
```

Listing 213: ValidatingJDOMParseUtil.java

```
      errorCollector);

    // Falls das Dokument gültig ist, wird es verarbeitet.
    if (isValid) {
      validatingJDOMParseUtil.processDocument(document);
    }
    else {
      System.out.println("Das Dokument wurde nicht verarbeitet, " +
                         "da es nicht gültig ist");
    }

  }

  /**
   * parst eine URI in ein JDOM-Document und validiert es dabei
   */
  public Document parseDocument(String documentLocation,
                                ErrorCollector errorCollector) {

    // Ein validierendes SAXBuilder-Objekt wird erzeugt.
    SAXBuilder builder = new SAXBuilder(true);

    // Beim SAXBuilder wird der ErrorCollector registriert.
    builder.setErrorHandler(errorCollector);

    try {
      // Der SAXBuilder erstellt von der URI ein Document-Object
      Document document = builder.build(documentLocation);

      if (document != null) {
        // Falls keine Exceptions aufgetreten sind, ist das Dokument
        // gültig.
        System.out.println(documentLocation + " ist valide");
      }
      return document;
    }
    // Hier werden well-formedness or Validitätsfehler abgefangen.
    catch (JDOMException e) {
      System.out.println(documentLocation + " ist nicht gültig.");
      System.out.println(e.getMessage());
    }
    catch (Exception e) {
      System.out.println("Fehler bei der Verarbeitung des " +
                         "Dokuments: " + e);
```

Listing 213: ValidatingJDOMParseUtil.java (Forts.)

```
    }
    return null;
  }

  /**
   * Die Methode liefert die Pseudoverarbeitung eines Dokuments.
   */
  public void processDocument(Document document) {
    // Das Dokument kann nun verarbeitet werden
    if(document==null)return;
    if(document.getDocType()!=null)
    {
      System.out.println("Der Dokumententyp (SystemID) ist: " +
                         document.getDocType().getSystemID());
    }
  }

  /**
   * Die Methode verarbeitet Fehlermeldungen, die vom
   * ErrorCollector-Objekt gesammelt wurden. Sie liefert einen
   * booleschen Wert zurück, der besagt, ob das Dokument gültig war
   * oder nicht.
   */
  public boolean processErrors(ErrorCollector errorCollector) {

    // Falls Probleme aufgetreten sind, werden die entsprechenden
    // Meldungen in die Standardausgabe geschrieben.
    if (errorCollector.anyProblems()) {
      System.out.println(errorCollector.getWarningsMessagesAsText());
      System.out.println(errorCollector.getErrorMessagesAsText());
      System.out.println(errorCollector.getFatalErrorMessagesAsText());
      return false;
    }
    else {
      System.out.println("Das Dokument entspricht Schema bzw. DTD");
      return true;
    }
  }

  public static String getUsage() {
    return USAGE;
  }
}
```

Listing 213: ValidatingJDOMParseUtil.java (Forts.)

Zur Ausführung müssen folgende Schritte durchlaufen werden. Die *xerces.jar*- und *jdom.jar*-Datei müssen dabei in den Klassenpfad aufgenommen werden. Sie können von der Apache- und *JDOM-Seite* bezogen werden (*http://xml.apache.org/dist/xerces-j/* bzw. *http://www.jdom.org/downloads/*)

1. Kompilieren der Klassen *(01_kompilieren_ValidatingJDOMParseUtil.bat)*

```
javac -classpath xerces.jar;jdom.jar -d . *.java
```

2. Validierung gegen eine DTD *(02_ausfuehren_ValidatingJDOMParseUtil_DTD.bat)*

Als Parameter wird eine XML-Datei übergeben, die eine DTD referenziert.

```
java -cp .;xerces.jar;jdom.jar
javacodebook.xml.processing.jdom.parse.ValidatingJDOMParseUtil
%CHAPTER12_HOME%\processing.sax.parse\personal.xml
```

3. Validierung gegen ein Schema (*03_ausfuehren_ValidatingJDOMParseUtil_Schema.bat*)

Als Parameter wird eine XML-Datei übergeben, die ein Schema referenziert.

```
java -cp .;xerces.jar;jdom.jar
javacodebook.xml.processing.jdom.parse.ValidatingJDOMParseUtil
%CHAPTER12_HOME%\processing.jdom.parse\personal-schema.xml
```

150 Wie transformiere ich mit JAXP XML anhand eines XSLT-Style-Sheets und stelle das Resultat über http zur Verfügung?

JAXP ist eine Java-Extensions–Schnittstellendefinition, über die XML gelesen, geschrieben und auch transformiert werden kann. Sie liefert dabei keine eigene Implementierung eines Parsers oder eines Stylesheet-Prozessors, sondern bietet die Möglichkeit Standardkomponenten wie zum Beispiel Xerces als Parser und Xalan als Sylesheet-Prozessor einzustöpseln. In unserem Beispiel benutzen wir JAXP um eine Transformation durchzuführen. Da wir Ergebnisse der Transformation über http zur Verfügung stellen wollen, empfiehlt sich die Implementierung eines Servlets. Es ist eine gängige Architektur, Transformationsergebnisse über ein Servlet zur Verfügung zu stellen. Man lässt das Servlet gewünschte Daten in Form von einem XML-Stream mit gewünschtem Layout in Form von einem XSL-Stream in Abhängigkeit von http-Parametern zusammenbringen und ist somit in seiner Datenverwaltung sehr flexibel. Ein und derselbe Datenstrom kann so in Abhängigkeit von http-Parametern zum Beispiel gefiltert und unterschiedlich formatiert werden oder einmal als SVG-Chart und ein andermal als HTML-Tabelle zum Browser zurückgegeben werden. Die Änderungen an den Daten werden bei allen Sichten auf die Daten sofort transparent.

Schauen wir uns das Servlet an. Es unterstützt die http-Get-Methode und erwartet die zwei obligatorischen Parameter `xml` und `xsl`. Sie müssen mit Dateinamen auf Pfaden relativ zu dem Home-Verzeichnis der Webapplikation belegt sein. Es bedient sich der JAXP-API, um das XML und das XSL zusammenzuführen und zum Client zurückzuschreiben. Des Weiteren kann ein optionaler Parameter namens `param` übergeben werden, der an das Stylesheet weitergereicht wird. Dies ermöglicht, dass im Style-Sheet z.B. nach bestimmten Kriterien gefiltert wird. Wie so ein Parameter im XSL wieder ausgelesen wird, zeigt das Beispiel

```
package javacodebook.xml.transformation.xslt.servlet;

import java.io.*;

// JAXP Interfaces importieren
import javax.xml.transform.*;
import javax.xml.transform.stream.*;

import javax.servlet.*;
import javax.servlet.http.*;

public class XSLTServlet
    extends HttpServlet {

  public void doGet(HttpServletRequest req, HttpServletResponse res)
    throws ServletException, IOException {

      PrintWriter out = res.getWriter();
      String xslFile, xmlFile, xslParam;

      // die Parameter werden ausgelesen
```

Listing 214: XSLTServlet.java

```
      xslParam = req.getParameter("param");
      xmlFile = req.getParameter("xml");
      xslFile = req.getParameter("xsl");

      if (xmlFile == null || xslFile == null) {
        out.println("<h1>Bitte die http-Parameter 'xml' und 'xsl' "+
                    "übergeben</h1>");
        return;
      }

      // Auslesen des Pfads zur Webapplikation
      String path = getServletContext().getRealPath("") + "/";
      try {

      // Es wird ein TransformerFactory-Objekt erzeugt.
      TransformerFactory tFactory = TransformerFactory.newInstance();

      // Über das Transformer-Factory-Objekt wird ein Transformer-
      // Objekt auf Basis des StyleSheets bezogen.
      Transformer transformer = tFactory.newTransformer(
                                  new StreamSource(path+xslFile));

      // Setzen des Sylesheet-Parameters namens
      // 'param'.showEmployee.xsl.
      if (xslParam != null) {
        transformer.setParameter("param", xslParam);
      }

      // Die Transformation wird durchgeführt und dabei das Resultat
      // in das StreamResult-Objekt geschrieben.
      transformer.transform(new StreamSource(path+xmlFile),
        new StreamResult(out));
    }
    catch (Exception e) {
      // Eine eventuelle Fehlermeldung wird zum Client geschrieben.
      out.println("<html><body><h2>Die Transformation konnte " +
                  "nicht " durchgeführt werden: " + e + "</h2>" +
                  "</body></html>");
    }
  }
}
```

Listing 214: XSLTServlet.java (Forts.)

Der folgende einfache HTML-Client verdeutlicht einen möglichen Einsatz.

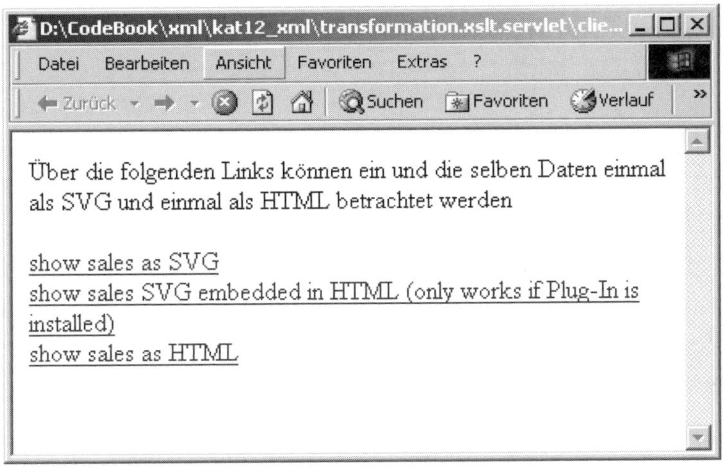

Abbildung 84: HTML-Client

Um das Beispiel auszuprobieren, muss eine JAXP-Implementierung im Klassenpfad zu finden sein, z.B. die *j2ee.jar*-Datei, die von Sun unter der URL: *http://java.sun.com/j2ee/download.html* bezogen werden kann.

1. Die Verzeichnis- und Dateistruktur für eine Web-Applikation erstellen (*01_ erzeugung_webapp_verzeichnisse.bat*)

In unserem Beispielverzeichnis legen wir uns ein neues Unterverzeichnis namens *XSLTServletWebApp* an. In diesem Verzeichnis brauchen wir noch ein Unterverzeichnis namens WEB-INF, worin ein Unterverzeichnis namens *classes* erstellt werden muss. Somit haben wir eine Standard-Verzeichnisstruktur geschaffen, die in jedem standardkonformen Servlet-Container deployed werden kann. In dem Verzeichnis *WEB-INF* müssen wir eine XML-Datei namens *web.xml* mit folgendem Inhalt anlegen.

```
<?xml version="1.0" encoding="UTF-8"?>
<!DOCTYPE web-app PUBLIC "-//Sun Microsystems, Inc.//DTD Web Application 2.3//EN"
"http://java.sun.com/dtd/web-app_2_3.dtd">
<web-app>
  <servlet>
    <servlet-name>XSLTServlet</servlet-name>
    <servlet-class>
      javacodebook.xml.transformation.xslt.servlet.XSLTServlet
    </servlet-class>
  </servlet>
  <servlet-mapping>
    <servlet-name>XSLTServlet</servlet-name>
```

```
    <url-pattern>/XSLTServlet</url-pattern>
  </servlet-mapping>
</web-app>
```

Das ist der Deployment-Descriptor für unsere Web-Applikation und beschreibt das Mapping von unserer Servlet-Klasse auf die URL, unter der es mal erreichbar sein soll.

Außerdem sollen unsere HTML-Clients auch in unserer Web-Applikation vorhanden sein, wozu wir sie in das *Root*-Verzeichnis der Web-Applikation kopieren. Die Beispiel-XML- und -XSL-Dateien werden auch in das *Root*-Verzeichnis kopiert, um für unser Servlet verfügbar zu sein.

Auf der Kommandozeile muss dazu Folgendes ausgeführt werden:

```
mkdir XSLTServletWebApp\WEB-INF\classes
mkdir XSLTServletWebApp\WEB-INF\lib
copy web.xml XSLTServletWebApp\WEB-INF
copy *.html XSLTServletWebApp
copy data XSLTServletWebApp
```

In das Unterverzeichnis *classes* muss, in Unterverzeichnissen entsprechend der Package-Struktur, die Servlet-Class-Datei platziert werden. Das übernimmt allerdings im nächsten Schritt der Compiler für uns.

2. XSLTServlet kompilieren (*02_kompilieren_XSLTServletr.bat*)

Dabei ist *j2ee.jar* wegen der Servlet-API und der JAXP-Interfaces samt deren Implementierungen im Klassenpfad aufgenommen.

```
javac -classpath %J2EE_HOME%\lib\j2ee.jar -d ./XSLTServletWebApp/WEB-INF/classes
XSLTServlet.java
```

Die Zeilenumbrüche sind auf Kommandozeilenebene nur Leerzeichen. Die *Class*-Datei zu unserer `XSLTServlet`-Klasse wird nun in ein der Package-Struktur entsprechendes Unterverzeichnis des *classes*-Verzeichnisses geschrieben.

3. Das Web-Applikations-Verzeichnis in eine *war*-Datei packen (*01_erzeugung_war_datei.bat*)

Nun müssen die Inhalte des XSLTServlet WebApp-Verzeichnisses in eine *war*-Datei gepackt werden. Das geschieht mit einer jsdk-Anwendung namens *jar* durch folgenden Kommandozeilenaufruf.

```
jar cvf XMLGetSenderWebApp.war -C XMLGetSenderWebApp
```

4. Die war-Datei an die Stelle unserer Servlet-Engine packen, von der aus sie automatisch deployed wird (*05_kopieren_WAR_nach_webapps.bat*)

Die frisch erzeugte *war*-Datei muss nun an die Stelle in der Servlet-Engine kopiert werden, von der aus sie automatisch entpackt und deployed wird. Bei der Tomcat Standardinstallation ist dafür das *webapps*-Verzeichnis vorgesehen. Der Kommandozeilenbefehl für den Kopiervorgang sieht wie folgt aus, wobei die `CATALINA_HOME`-Umgebungsvariable gesetzt sein muss:

```
copy XMLGetSenderWebApp.war %CATALINA_HOME%\webapps\
```

5. Unseren Web-Server samt Servlet-Engine starten (*06_start_tomcat.bat*)

```
%CATALINA_HOME%/bin/startup
```

6. Den ersten Client öffnen (*06_oeffne_client_01*)

Über den Browser kann nun folgende Adresse geöffnet werden:

http://localhost:8080/XSLTServletWebApp/client_01.html

Beliebige XML- und XSL-Dateien können, sofern sie im Web-Applikationsverzeichnis vorhanden sind, über dieses Formular zusammengeführt werden.

7. Den zweiten Client öffnen (*07_oeffne_client_02*)

Über den Browser kann nun folgende Adresse geöffnet werden:

http://localhost:8080/XSLTServletWebApp/client_02.html

Dieser Client ist eine spezielle Anwendung des *XSLTServlets*. Es sind drei Links zu sehen. Der erste öffnet das XML-Dokument mit einem Stylesheet, das seine Inhalte in SVG transformiert, der zweite Link eine HTML-Seite, die das SVG als Grafik einbettet, falls ein entsprechender Plug-In für den Browser installiert ist (z.B.: *http://www.adobe.com/svg/viewer/install/main.html*). Der dritte Link öffnet dasselbe XML-Dokument mit einem Stylesheet, das seine Inhalte als HTML formatiert.

Core
I/O
GUI
Multimedia
Datenbank
Netzwerk
XML
RegEx
Daten
Threads
Web-Server
Sonstiges

Reguläre Ausdrücke

151 Wie sieht ein regulärer Ausdruck aus?

Reguläre Ausdrücke sind ein mächtiges Werkzeug zum schnellen Suchen und Ersetzen von Mustern in Texten. Nicht zuletzt den regulären Ausdrücken hat die Programmiersprache PERL ihre Popularität in der UNIX-Welt zu verdanken. Mit der Version 1.4 des Java-SDK haben die regulären Ausdrücke in Form des Paketes `java.util.regex` nun auch Einzug in die Java-API gehalten.

Zunächst einmal dient ein regulärer Ausdruck dazu, ein zu suchendes Muster in einem Text mittels einer definierten Grammatik präzise zu beschreiben. Beispielsweise können Sie den regulären Ausdruck "`M(ai|ey|ei|ay)er`" dazu verwenden, alle Vorkommnisse des Namens `Meyer` in seinen verschiedenen Ausprägungen (`'Maier'`, `'Meyer'`, `'Meier'`, `'Mayer'`) in einem Text zu finden. Im obigen Beispiel definiert der Ausdruck in Klammern die möglichen Varianten des Wortes Mayer, wobei die einzelnen Varianten durch einen senkrechten Strich voneinander getrennt sind.

Im Anhang dieses Buchs finden Sie eine vollständige Aufstellung der Grammatik für reguläre Ausdrücke. Beachten Sie hierbei, dass dem Backslash in Java eine besondere Bedeutung zukommt und in ihrem regulären Ausdruck maskiert werden muss. So hat z.B. der Ausdruck zum Finden von Zahlen in einem String die Form `\d*`, muss innerhalb eine Strings in Java aber in der Form `\\d*` angegeben werden!

152 Wie suche ich nach einem Text?

Um ein Suchmuster in einem Text finden zu können, müssen Sie zuerst das richtige Suchmuster (engl. *Pattern*) erstellen. Dies geschieht über die Erzeugung eines Objektes der Klasse `java.util.regex.Pattern`. Objekte werden jedoch nicht über einen Konstruktor der Klasse, sondern über die statische Methode `compile(String)` erzeugt. Der anzugebende String stellt den für eine Suche zu verwendenden regulären Ausdruck dar und wird beim Aufruf der Methode in ein Pattern kompiliert.

Nach seiner Erzeugung können Sie das Pattern nun dazu verwenden, in Texten nach dem Suchmuster zu fahnden. Dazu erzeugen Sie sich ein Objekt der Klasse `Matcher` über die Methode `matcher(CharSequence)`. Das Interface `CharSequence` wird u.a. von den Klassen `String` und `StringBuffer` implementiert. Mittels des so erzeugten Objektes können Sie nun z.B. alle gefundenen Muster im Text ausgeben.

Das folgende Beispiel sucht alle Vorkommnisse des Namens Meyer mit seinen verschiedenen Ausprägungen (Mayer, Maier, Meyer, Meier) in einem Text, der als Parameter an das Programm übergeben wird.

```
package javacodebook.regex.find;

import java.util.regex.*;

/**
 * listet alle Vorkommnisse des Namens Meyer (bzw. Mayer,
 * Maier, Meier oder Meyer) in einem Text auf
 */
public class RegexFind {

  public static void main(String[] args) {

    Pattern pattern = Pattern.compile("M(ai|ei|ay|ey)er");
    Matcher matcher = pattern.matcher(args[0]);

    // Welche Namen sind im Text enthalten?
    while (matcher.find())
    {
      // den gesamten gefundenen String ausgeben
      String tmp = matcher.group();
      System.out.println("Gefunden: " + tmp);
    }
  }
}
```

Listing 215: RegexFind

Oftmals möchten Sie jedoch nicht herausfinden, ob sich innerhalb eines Textes ein bestimmtes Suchmuster befindet, sondern ob ein Text einem Muster entspricht. Für diesen häufigen Anwendungsfall bietet die Klasse `Pattern` eine statische Methode `matches(String pattern, CharSequence text)` an.

Im folgenden Beispiel wird getestet, ob ein gegebener String der Name `Mayer` in einer seiner verschiedenen Ausprägungen (s. o.) ist:

```
boolean isMeyer = Pattern.matches(string, "M(ai|ei|ay|ey)er");
```

Eine komplette Übersicht über die Syntax von regulären Ausdrücken finden Sie im Anhang dieses Buches.

153 Wie ersetze ich Text?

Wenn Sie über einen regulären Ausdruck ein Suchmuster in einem Text gefunden haben und Sie dann das Muster im Text komplett durch einen anderen String ersetzen möchten, können Sie einfach die Methoden `replaceFirst()` und `replaceAll()` der Klasse `java.util.Matcher` oder noch einfacher die Methode `replace()` der Klasse `String` verwenden.

```
// 1. Variante:
Pattern pattern = Pattern.compile("M(ai|ei|ay|ey)er");
Matcher matcher = pattern.matcher(text);
matcher.replaceAll(replacement);

// 2. Variante:
text.replaceAll("(M(ai|ei|ay|ey)er)", replacement);
```

Schwieriger wird es, wenn Sie nur Teile des gefundenen Musters ersetzen möchten, andere Teile aber erhalten bleiben sollen. In diesem Falle verwenden Sie die Gruppierungsmöglichkeiten von regulären Ausdrücken. Innerhalb eines regulären Ausdruckes können Sie Teilausdrücke durch runde Klammern zusammenfassen bzw. gruppieren. Über die Methode `group(int)` der Klasse `Matcher` können Sie dann herausfinden, wie das Ergebnis der Suche nach diesem Teilausdruck ist. Außerdem können Sie über `start(int)` und `end(int)` die Position des gefundenen Musters innerhalb des durchsuchten Textes herausfinden. Stimmt die Länge des neuen Teilstrings nicht mit der Länge des alten Teilstrings überein, dann erzeugen Sie am besten einen neuen String und füllen diesen sukzessive mit dem Inhalt des alten Strings auf, wobei Sie die zu ersetzenden Textstellen entsprechend durch den neuen Text ersetzen. Das folgende Beispiel verdeutlich dies:

```
package javacodebook.regex.replace;

import java.util.regex.*;

/**
 * wandelt alle Vorkommnisse von "Frau Meyer" (bzw. Mayer,
 * Maier, Meier oder Meyer) in "Frau Schultze-Meyer"
 */
public class RegexReplace {

  public static void main(String[] args) {
```

Listing 216: RegexReplace

```
    String content = args[0];
    StringBuffer newContent = new StringBuffer();

    Pattern pattern = Pattern.compile("(Frau|Fräulein) " +
                                    "(M(ai|ei|ay|ey)er)");
    Matcher matcher = pattern.matcher(content);

    // Namen durch neuen Namen ersetzen
    int start = 0;
    while (matcher.find())
    {
      // Die 2te Gruppe ist der Nachname. Es wird der
      // Text sowie seine Position im String gelesen.
      int matchStart  = matcher.start(2);
      int matchEnd   = matcher.end(2);
      String nachname = matcher.group(2);

      // Den Text vor dem gefundenen Namen in den neuen
      // String übernehmen und dann den Namen selbst.
      newContent.append(content.substring(start, matchStart));
      newContent.append("Schultze-");
      newContent.append(nachname);

      // Zum nächsten Match gehen
      start = matchEnd;
    }
    // Das letzte Ende des alten Strings anhängen.
    newContent.append(content.substring(start));

    System.out.println(newContent);
  }
}
```

Listing 216: RegexReplace (Forts.)

Der zu bearbeitende Text wird der Klasse als Übergabeparameter übergeben. Bitte achten Sie darauf, den Text in Anführungszeichen zu setzen, da er ansonsten auf mehrere Parameter verteilt wird!

154 Wie prüfe ich eine E-Mail?

Der Aufbau einer Mail-Adresse wird durch die *RFC 822* definiert (siehe auch *http://www.ietf.org/rfc/rfc822.txt*). Demnach besteht eine Mail immer aus drei Teilen: dem Namen des Benutzers, dem @-Zeichen und einer IP-Adresse bzw. einem Rechnernamen oder einer Domain, bei der das Postfach des Benutzers liegt. Für den Namensteil dürfen die 26 Buchstaben des Alphabetes, Zahlen sowie Punkte(.) und Unter- bzw. Trennstriche (_ bzw. -) verwendet werden. Außerdem muss der Namensteil mindestens zwei Buchstaben enthalten.

Möchte man eine Mail-Adresse auf Korrektheit überprüfen, muss entsprechend geprüft werden, ob die einzelnen Teile einer Mailadresse korrekt sind. Mithilfe des folgenden Programms können Sie eine Mail-Adresse, die Sie dem Programm als Parameter übergeben, überprüfen.

Um den regulären Ausdruck nicht zu komplex werden zu lassen, wurde auf die – in der Praxis sehr selten genutzte – Möglichkeit, eine IP-Adresse anstatt eines Rechnernamens bzw. einer Domain anzugeben, verzichtet.

```
public static void main(String[] args) {
  if (args.length == 0)
    printUsage();

  String pattern =
    "([a-zA-Z0-9_\\-\\.]+)" +   // Benutzer
    "@" +                       // @-Zeichen
    "([a-zA-Z0-9_\\-\\.]{2,})" + // Domain (Subdomain)
    "\\." +                     // Punkt
    "([a-zA-Z]{2,5})";          // TLD

  System.out.print("'" + args[0] + "' ist ");
  if (Pattern.matches(pattern, args[0]))
    System.out.println("gültig");
  else
    System.out.println("nicht gültig");
}
```

In der folgenden Aufstellung sehen Sie die Ergebnisse bei der Prüfung verschiedener Mail-Adressen.

```
'benjamin.blümchen@test.de' ist nicht gültig
'benjamin.bluemchen@test.de' ist gültig
'benjamin.bluemchen@test.d' ist nicht gültig
'test@*.de' ist nicht gültig
'test@test.de' ist gültig
```

Auf der Site *http://www.regxlib.com/* können Sie noch weitere reguläre Ausdrücke zum Überprüfen von Mail-Adressen finden. Diese testen teilweise auch Adressen mit IP-Nummern auf Gültigkeit.

155 Wie prüfe ich eine IP-Adresse?

Eine IP-Adresse besteht aus vier Zahlenblöcken, die jeweils durch Punkte (.) voneinander getrennt sind. Jeder der vier Zahlenblöcke kann einen Wert zwischen 0 und 255 annehmen. Mit dem im folgenden Beispiel verwendeten regulären Ausdruck können Sie die Korrektheit einer IP-Adresse überprüfen. Die IP-Adresse übergeben Sie dem Programm als Parameter.

```
package javacodebook.regex.ip;

import java.util.regex.Pattern;

/**
 * Testen, ob eine IP-Adresse ein gültiges Format hat
 */
public class IPChecker {

  public static void main(String[] args) {

    String pattern =
      "([0-1]?[0-9]{0,2}|2[0-4][0-9]|25[0-5])" +
      "\\." +
      "([0-1]?[0-9]{0,2}|2[0-4][0-9]|25[0-5])" +
      "\\." +
      "([0-1]?[0-9]{0,2}|2[0-4][0-9]|25[0-5])" +
      "\\." +
      "([0-1]?[0-9]{0,2}|2[0-4][0-9]|25[0-5])";

    System.out.print("'" + args[0] + "' ist ");
    if (Pattern.matches(pattern, args[0]))
      System.out.println("gültig");
    else
      System.out.println("nicht gültig");
  }
}
```

Listing 217: IPChecker

Einige IP-Adressen sind für private Netzwerke reserviert und können daher im Internet nicht verwendet werden. Möchten Sie diese Adressen bei Ihrem Ausdruck ausschließen, würde der Ausdruck entsprechend so aussehen:

```
(((25[0-5]|2[0-4][0-9]|19[0-1]|19[3-9]|18[0-9]|17[0-1]|17[3-9]|1[0-6][0-9]|1[1-9]|[2-9][0-9]|[0-9])\.(25[0-5]|2[0-4][0-9]|1[0-9][0-9]|[1-9][0-9]|[0-9]))|(192\.(25[0-5]|2[0-4][0-9]|16[0-7]|169|1[0-5][0-9]|1[7-9][0-9]|[1-9][0-9]|[0-9]))|(172\.(25[0-5]|2[0-4][0-9]|1[0-9][0-9]|1[0-5]|3[2-9]|[4-9][0-9]|[0-9])))\.(25[0-5]|2[0-4][0-9]|1[0-9][0-9]|[1-9][0-9]|[0-9])\.(25[0-5]|2[0-4][0-9]|1[0-9][0-9]|[1-9][0-9]|[0-9])
```

Weitere Ausdrücke zur Überprüfung von IP-Adressen finden Sie auf der Site *http://www.regxlib.com/*.

156 Wie prüfe ich eine Kreditkartennummer?

Kreditkartennummern bestehen zumeist aus 13-16 Ziffern, die zu je 4 Ziffern in einem Block zusammengefasst sind. Die ersten Ziffern dienen dazu, eine Kartennummer einem Herausgeber zuordnen zu können. Für die großen vier Hersteller ergibt sich folgendes Bild:

Hersteller	Anfang	Gesamtlänge
Visa	4	13
Master	51,52,53,54,55	16
Diner's Club	30,36,38	14
American Express	34, 37	15

Tabelle 12: Kreditkartennummern und ihre Formate einzelner Hersteller

Die letzte Ziffer der Kartennummer ist oftmals eine Prüfsumme, die sich aus den anderen Ziffern nach einem Algorithmus bestimmen lässt. Das folgende Beispiel überprüft die Korrektheit einer Kreditkartennummer. Hierbei wird allerdings die Überprüfung einer möglichen Prüfsumme außer Acht gelassen, da sich solche Zahlen nicht innerhalb eines regulären Ausdruckes berechnen lassen.

```
package javacodebook.regex.credit;

import java.util.regex.Pattern;

/**
 * Testen, ob eine Kreditkartennummer ein gültiges Format hat
 */
```

isting 218: CreditCardChecker

```
public class CreditCardChecker {

  public static void main(String[] args) {
    if (args.length == 0)
      printUsage();

    String pattern =
      "(4\\d{3}[- ?]\\d{4}[- ]?\\d{4}-?\\d)" +     // Visa
      "|" +                                       // oder
      "(5[1-5]\\d{2}[- ]?\\d{4}[- ]?\\d{4}[- ]?\\d{4})" +
                                                  // Master
      "|" +                                       // oder
      "(3[068]\\d{2}[- ]?\\d{4}[- ]?\\d{4}[- ]?\\d{2})" +
                                                  // Diners
      "|" +                                       // oder
      "(3[47]\\d{2}[- ]?\\d{4}[- ]?\\d{4}[- ]?\\d{3})";
                                                  // Amex
    System.out.print("'" + args[0] + "' ist ");
    if (Pattern.matches(pattern, args[0]))
      System.out.println("gültig");
    else
      System.out.println("nicht gültig");
  }

  private static void printUsage() {
    System.out.println("Aufruf: java " +
      "javacodebook.regex.credit.CreditCardChecker <id>");
    System.exit(0);
  }
}
```

Listing 218: CreditCardChecker (Forts.)

Anhand einiger Beispiele können wir nun feststellen, dass der Ausdruck Kreditkartennummern korrekt erkennt.

Die Ausgabe sieht folgendermaßen aus:

```
'5543-2334-2456-7643' ist gültig
'4543-2334-2456-7643' ist nicht gültig
'3043-2334-2456-76' ist gültig
```

Auf der Site *http://www.regxlib.com/* können Sie weitere reguläre Ausdrücke zum Überprüfen von Kreditkarten-Nummern finden.

157 Wie passe ich Links einer HTML-Seite an?

Core
I/O
GUI
Multimedia
Datenbank
Netzwerk
XML
RegEx
Daten
Threads
Web-Server
Applets
Sonstiges

Wenn Sie eine HTML-Seite herunterladen, ergibt sich das Problem, dass Links auf externe Ressourcen – wie z. B. Bilder, andere Seiten, externe JavaScript-Ressourcen – ins Leere führen. Das Gleiche gilt auch, wenn HTML-Seiten eines Web-Auftrittes in andere Verzeichnisse verschoben werden. Um Probleme dieser Art zu lösen, müssen Sie alle Links einer HTML-Seite herausfinden und für die neuen Gegebenheiten anpassen.

Helfen kann Ihnen dabei die Klasse `LinkProcessor`, welche Ihnen im Folgenden vorgestellt wird. Die Klasse versucht zunächst, über einen regulären Ausdruck in einer HTML-Seite alle Links auf externe Ressourcen herauszufinden. Die gefundenen Links übergibt der `LinkProcessor` an eine Klasse, die das Interface `LinkVisitor` implementiert und die für die Modifikation des gefundenen Links zuständig ist.

```
package javacodebook.regex.html;

import java.util.regex.*;
import java.net.*;
import java.io.*;

/**
 * Alle Links (Bilder, externe Scripts, Stylesheets etc.)
 * einer HTML-Seite herausfinden und durch einen Visitor
 * bearbeiten lassen.
 */
public class LinkProcessor {

  public String execute(String content, LinkVisitor visitor)
      throws IOException {

    String resource = "(<[^>]*?(href|src) *?= *?['\"](.*?)['\"].*?>)";

    // Inhalt der URL in einen String einlesen
    StringBuffer newContent = new StringBuffer();

    // Links finden und vom Visitor bearbeiten lassen
    Pattern pattern = Pattern.compile(resource,
                                      Pattern.CASE_INSENSITIVE);
    Matcher matcher = pattern.matcher(content);

    int start = 0;
```

Listing 219: LinkProcessor

```
    while (matcher.find()) {
      String tag = matcher.group(1);
      String link = matcher.group(3);
      boolean href = matcher.group(2).equalsIgnoreCase("href");

      // Der Visitor bearbeitet nun den Link.
      String newLink = visitor.processLink(tag,link,href);

      // Wenn null zurückgegeben wird, dann nichts tun.
      if (link == null)
        continue;

      // Den neuen Link anhängen. Dazu erst einmal die
      // Position des Links in der alten HTML-Seite finden
      int matchStart = matcher.start(3);
      int matchEnd   = matcher.end(3);
      // Text bis zum Link an die neue HTML-Seite anfügen
      newContent.append(content.substring(start, matchStart));
      // Neuen Link an die neue HTML-Seite anfügen
      newContent.append(newLink);
      // Ende des Links als Anfang des neuen Textes deklarieren
      start = matchEnd;
    }
    // Letzten Teil des Textes aus der alten HTML-Seite
    // in die neue kopieren
    newContent.append(content.substring(start));

    return newContent.toString();
  }
}
```

Listing 219: LinkProcessor (Forts.)

Eine Klasse, die dafür zuständig ist, gefundene Links in einer HTML-Seite abzuwandeln, muss das Interface `LinkVisitor` implementieren.

```
package javacodebook.regex.html;

import java.net.URL;

/**
 * Dieses Interface dient dazu, gefundene Links in HTML-Seiten
 * zu verändern.
 */
```

Listing 220: LinkVisitor

```
public interface LinkVisitor {

  /**
   * Einen Link bearbeiten bzw. verändern
   */
  public String processLink(String tag, String link, boolean href);
}
```

Listing 220: LinkVisitor (Forts.)

Als Beispiel zur Verwendung von `LinkProcessor` und `LinkVisitor` dienen die Klassen `AbsoluteLinkVisitor` und `Starter`. Die Klasse `AbsoluteLinkVisitor` implementiert das Interface `LinkVisitor` und verändert einen gegebenen Link so, dass immer der absolute Pfad auf eine Ressource einschließlich Protokoll und Hostname in dem Link enthalten ist. Die Klasse `Starter` lädt eine HTML-Seite von einem entfernten Rechner, bearbeitet sie über die Klasse `LinkProcessor` und speichert sie als Datei auf der lokalen Festplatte ab.

```
package javacodebook.regex.html;

import java.net.URL;

public class AbsoluteLinkVisitor implements LinkVisitor {

  private URL absUrl = null;

  public AbsoluteLinkVisitor(URL absUrl) {
    this.absUrl = absUrl;
  }

  public String processLink(String tag, String link, boolean href) {
    try {
      URL newLink = new URL(absUrl, link);
      System.out.println(link + " -> " + newLink);
      link = newLink.toString();
    }
    catch (Exception e) {
      System.out.println("Konnte nicht bearbeitet werden: " + link);
    }
    return link;
  }
}
```

Listing 221: AbsoluteLinkVisitor

Nun fehlt uns noch die Klasse `Starter`. In unserem Beispiel lädt die Klasse eine HTML-Seite von einer entfernten URL herunter, lässt sie durch den `LinkProcessor` und `LinkVisitor` bearbeiten und speichert die Datei auf der lokalen Festplatte ab.

```
public static void main(String []args) throws Exception {
  URL  url  = null;
  File file = null;
  try {
    url  = new URL(args[0]);
    file = new File(args[1]);
  }
  catch (Exception e) {
    printUsage();
    return;
  }

  // Inhalt der URL lesen und Links anpassen
  String content = readContent(url);
  LinkVisitor visitor = new AbsoluteLinkVisitor(url);
  LinkProcessor proc = new LinkProcessor();
  String newContent = proc.execute(content, visitor);

  // Den neuen Inhalt in die angegebene Datei schreiben
  FileWriter fw = new FileWriter(file);
  fw.write(newContent);
  fw.close();

}

/**
 * liest den gesamten Inhalt der URL in einen String ein.
 */
public static String readContent(URL url) throws IOException {
  StringBuffer buf = new StringBuffer();
  BufferedReader in = new BufferedReader(
  new InputStreamReader( url.openStream()));

  // Ressource wird ausgelesen und in einen StringBuffer.
  // geschrieben
  String inputLine;
  while ((inputLine = in.readLine()) != null) {
    buf.append(inputLine);
    buf.append("\n");
  }
```

Listing 222: Starter

```
    in.close();
    return buf.toString();
  }
```

Listing 222: Starter (Forts.)

Sie können das Beispiel z.B. mit der Homepage von Addison-Wesley ausprobieren. Den Aufruf und das resultierende Ergebnis sehen Sie in der folgenden Ausgabe. Aus Platzgründen wurden nur die ersten vier gefundenen Links abgedruckt.

```
>java javacodebook.regex.html.Starter http://www.addison-wesley.de c:\temp\test.html
/css/main_aw.css -> http://www.addison-wesley.de/css/main_aw.css
/css/aw.css -> http://www.addison-wesley.de/css/aw.css
../images/aw-logo.gif -> http://www.addison-wesley.de/../images/aw-logo.gif
../images/clear.gif -> http://www.addison-wesley.de/../images/clear.gif
```

Über das Interface `LinkVisitor` können natürlich auch andere Aufgaben erledigt werden. Z.B. könnte man alle ungültigen/toten Links einer Seite herausfinden oder alle Bilder einer Seite herunterladen, als lokale Kopie speichern und die Links auf die Bilder entsprechend auf die lokalen Kopien umbiegen. Ein Beispiel zum Herunterladen aller Bilder einer HTML-Seite finden Sie in der Kategorie Threads.

158 Wie finde ich Dateien mit bestimmten Inhalten (GREP)?

Das Unix-Programm *GREP* ist wohl jedem Unix-Benutzer, der schon einmal nach bestimmten Textmustern in Dateien gesucht hat, bekannt. *GREP* durchsucht eine Datei zeilenweise nach einem vorgegebenen Suchmuster. Die gefundenen Zeilen der Datei werden ausgegeben. *GREP* kann alternativ auch auf die Standardeingabe statt einer Datei angewendet werden.

Eine (allerdings nicht ganz vollständige) Simulation von *GREP* bietet die folgende Java-Klasse `Grep`. Der Konstruktor erwartet als Eingabe einen regulären Ausdruck sowie die Angabe, ob bei der Suche nach dem Muster zwischen Kleinbuchstaben und Großbuchstaben unterschieden werden soll. Die beiden letzten Parameter beeinflussen die Art der Ausgabe gefundener Zeilen.

```
package javacodebook.regex.grep;

import java.util.regex.*;
import java.io.*;
import javacodebook.io.dirtree.FileVisitor;

/**
 * Abgewandeltes Grep. Die Klasse implementiert das Interface
 * FileVisitor aus der Kategorie IO und kann daher auf einen
 * Verzeichnisbaum angewendet werden.
 */
public class Grep implements FileVisitor {

  Pattern pattern;
  boolean lineNumbers = false;
  boolean fileOnly = false;

  /**
   * Erzeugt ein neues Grep-Objekt zum zeilenweisen Suchen
   * von Mustern in Texten
   */
  public Grep(String search, boolean ignoreCase, boolean
        lineNumbers, boolean fileOnly) {
    if (ignoreCase == true)
      pattern = Pattern.compile(search,
            Pattern.CASE_INSENSITIVE);
    else
      pattern = Pattern.compile(search);

    this.lineNumbers = lineNumbers;
    this.fileOnly = fileOnly;
  }

  /**
   * Die eigentliche Suche. Sie kann auch mehrfach mit
   * verschiedenen Dateien erfolgen.
   */
  public void visitFile(File f) throws IOException {
    boolean found = false;

    // Reader zum zeilenweisen Lesen der Datei erzeugen
    BufferedReader in = new BufferedReader(
    new FileReader(f));

    String inputLine;
```

Listing 223: Grep

```
    Matcher matcher;
    int lineNumber = 0;
    // Datei zeilenweise auslesen
    while ((inputLine = in.readLine()) != null) {
      // Zeilennummer tracken
      lineNumber++;
      // Enthält die Zeile das Suchmuster?
      if (pattern.matcher(inputLine).find()) {
        // Je nach Konfiguration das Ergebnis ausgeben.
        if (!found)
          System.out.println(f.toString());
        found = true;
        if (lineNumbers && !fileOnly)
          System.out.print(lineNumber + " ");
        if (!fileOnly)
          System.out.println(inputLine);
      }
    }
    in.close();
  }
}
```

Listing 223: Grep (Forts.)

Core
I/O
GUI
Multimedia
Datenbank
Netzwerk
XML
RegEx
Daten
Threads
Web-Server
Applets
Sonstiges

Die Klasse `Grep` implementiert das Interface `FileVisitor` aus der Kategorie IO. Damit können Sie die Klasse dafür benutzen, einen kompletten Verzeichnisbaum rekursiv zu durchlaufen, und in den einzelnen Dateien nach einem bestimmten Suchmuster suchen.

In diesem Rezept wird das `Grep` über die Klasse `Starter` gestartet. Die `main()`-Methode erwartet als Übergabeparameter den zu verwendenden regulären Ausdruck sowie eine Datei, in der gesucht werden soll.

```
package javacodebook.regex.grep;

import java.io.*;
import javacodebook.io.dirtree.*;

/**
 * Sucht in einer Datei nach einem Suchmuster. Suchmuster
 * auch Datei werden als Übergabeparameter definiert
 */
```

Listing 224: Starter

```
public class Starter {

  public static void main(String[] args) throws IOException {
    if (args.length < 2)
      printUsage();

    // Suchmuster und Datei aus den Parametern lesen
    String pattern  = args[0];
    String filename = args[1];

    Grep grep = new Grep(pattern, false, true, false);
    File file = new File(filename);

    // Datei jetzt untersuchen
    grep.visitFile(file);
  }

  private static void printUsage() {
    System.out.println("Aufruf: java javacodebook.regex.grep."
                       "Starter <pattern> <file>");
    System.exit(0);
  }
}
```

Listing 224: Starter (Forts.)

Das Ergebnis sieht dann wie folgt aus:

```
>java javacodebook.regex.grep.Starter "Java" c:\temp\fragen_oo.txt
c:\temp\fragen_oo.txt
5 Wie schreibe ich eine Klasse in Java?
6 Wie definiere ich Methoden in Java?
8 Wie definiere ich Attribute in Java?
17 Wie baue ich einen Dekonstruktor mit Java?
37 Wie behandle ich Ausnahmen/Fehler mit Java?
44 Wie kann ich Verbung mit Java realisieren?
```

159 Wie kann ich Dateinamen mit einem regulären Ausdruck suchen?

Sollen in einem Verzeichnisbaum Dateien mit einem bestimmten Namensschema gesucht werden, das nicht mit einfachen Joker-Zeichen (`"*"` und `"?"`) abgebildet werden kann, so sollten reguläre Ausdrücke zur Durchführung der Suche verwendet werden.

Dazu kann in Java eine entsprechende Implementierung von `FilenameFilter` benutzt werden. `FilenameFilter` ist ein Interface, das die Methode `accept(File dir, String filename)` definiert. In einer entsprechenden Implementierung muss nun die Gültigkeit des Dateinamens gegen einen gegebenen regulären Ausdruck geprüft werden.

Die Klasse `RegexFilenameFilter` implementiert einen solchen Filter. Im Konstruktor wird ein regulärer Ausdruck übergeben, der in der `accept()`-Methode verwendet wird.

```
package javacodebook.regex.filenamefilter;

import java.io.File;
import java.util.regex.*;

/**
 * ein FilenameFilter, der anhand eines regulären Ausdrucks
 * überprüft, ob ein Dateiname dem gesuchten Namensschema
 * entspricht
*/
public class RegexFilenameFilter implements java.io.FilenameFilter {

  //Der reguläre Ausdruck in kompilierter Form
  Pattern pattern = null;

  /**
   * erzeugt einen neuen RegexFilenameFilter mit dem
   * angegebenen regulären Ausdruck
   */
  public RegexFilenameFilter(String regexStr) {
    pattern = Pattern.compile(regexStr);
  }

  /**
   * testet, ob ein angegebener Dateiname dem regulären Ausdruck
   * genügt
   */
  public boolean accept(File dir, String name) {
    Matcher matcher = pattern.matcher(name);
    boolean accepted = matcher.matches();
    return accepted;
  }
}
```

Listing 225: RegexFilenameFilter

Unter Verwendung der Klasse `FileTreeWalker` aus der Kategorie I/O und mit einem einfachen `FileVisitor` lässt sich mit wenig Aufwand ein Verzeichnis durchsuchen.

```
package javacodebook.regex.filenamefilter;

import java.io.*;

/**
 * ein FileVisitor, der den Namen von allen Dateien ausgibt, für
 * die er aufgerufen wird
*/
public class PrintFilenameVisitor implements javacodebook.io.dirtree.FileVisitor {

  /** Verarbeitet ein Verzeichnis  */
  public void visitDirectory(File f) throws IOException {
  }

  /** Verarbeitet eine Datei  */
  public void visitFile(File f) throws IOException {
    System.out.println(f.getAbsolutePath());
  }
}
```

Listing 226: PrintFilenameVisitor

Der Aufruf lässt sich dann mit wenigen Codezeilen durchführen.

```
package javacodebook.regex.filenamefilter;

import java.io.*;
import javacodebook.io.dirtree.FileTreeWalker;

/**
 * eine einfache Klasse zur Demonstration des RegexFilenameFilters
*/
public class Starter {

  public static void main(String[] args) throws IOException {
    if(args.length < 2)
      printUsage();
    File f = new File(args[0]);
    if(!f.exists() || ! f.isDirectory())
      printUsage();
    RegexFilenameFilter filter =
      new RegexFilenameFilter(args[1]);
    PrintFilenameVisitor visitor = new PrintFilenameVisitor();
```

Listing 227: Starter

```
    FileTreeWalker walker = new FileTreeWalker(f, visitor,
                            filter);
    walker.start();
  }

  private static void printUsage() {
    System.out.print("Benutzung: java javacodebook.");
    System.out.print("regex.regex.filenamefilter.Starter ");
    System.out.print("Ausgangsverzeichnis RegEx");
    return;
  }
}
```

Listing 227: Starter (Forts.)

160 Wie nutze ich reguläre Ausdrücke ohne das JDK 1.4?

Auch wenn Sie das JDK 1.4 nicht verwenden, müssen Sie nicht auf die Verwendung von regulären Ausdrücken verzichten. Es gibt eine Reihe von frei verfügbaren Implementierungen für reguläre Ausdrücke. Sehr gut geeignet ist z.B. das `Regexp`-Paket von Jonathan Locke, welches mittlerweile von der *Apache Software Foundation* gepflegt und weiterentwickelt wird. Sie können eine aktuelle Version des Paketes unter der URL *http://jakarta.apache.org/regexp/index.html* herunterladen, oder Sie kopieren die Version 1.2 von der Buch-CD.

Im Folgenden sehen Sie die Verwendung des genannten `Regexp`-Paketes für das Beispiel aus dem zweiten Rezept dieser Kategorie.

```
package javacodebook.regex.apache;

import org.apache.regexp.*;

/**
 * listet alle Vorkommnisse des Namens Meyer (bzw. Mayer,
 * Maier, Meier oder Meyer) in einem Text auf
 */
public class RegexFind {

  public static void main(String[] args) throws RESyntaxException {
```

Listing 228: RegexFind

```
    System.out.println(args[0]);
    RE pattern = new RE("M(ai|ei|ay|ey)er");

    // Welche Namen sind im Text enthalten?
    boolean flag = pattern.match(args[0]);
    while (flag == true)
    {
      // den gesamten gefundenen String ausgeben
      System.out.println("Gefunden: " + pattern.getParen(0));
      int offset = pattern.getParenEnd(0);
      flag = pattern.match(args[0], offset);
    }
  }
```

Listing 228: RegexFind (Forts.)

161 Wie kann ich einen regulären Ausdruck einfach überprüfen?

Einen regulären Ausdruck zur Lösung eines Problems zu finden, kann ein mitunter schwieriges und langwieriges Unterfangen sein. Oftmals sind eine Reihe von Anläufen notwendig, bevor man den richtigen Ausdruck gefunden hat.

Zur Erleichterung der Suche können Sie am besten die GUI-Anwendung *RegexChecker* verwenden. Sie finden die Quellen für das Programm auf der CD zu diesem Buch. Auf der linken Seite der Anwendung geben Sie einen zu durchsuchenden Text ein, auf der rechten Seite einen regulären Ausdruck. Im Ergebnisfeld werden die mit Hilfe des regulären Ausdrucks gefundenen Textstellen angezeigt. Enthält der reguläre Ausdruck sog. *Capturing Groups*, werden auch diese aufgelistet.

Bitte beachten Sie, dass Sie bei der Eingabe des regulären Ausdruckes im *RegexChecker* nicht auf die Maskierung bestimmter Zeichen – wie z.B. Backslash oder Anführungszeichen – achten müssen. Wenn Sie den gefundenen regulären Ausdruck in Ihrem Java-Programm verwenden wollen, müssen Sonderzeichen natürlich beachtet und entsprechend maskiert werden.

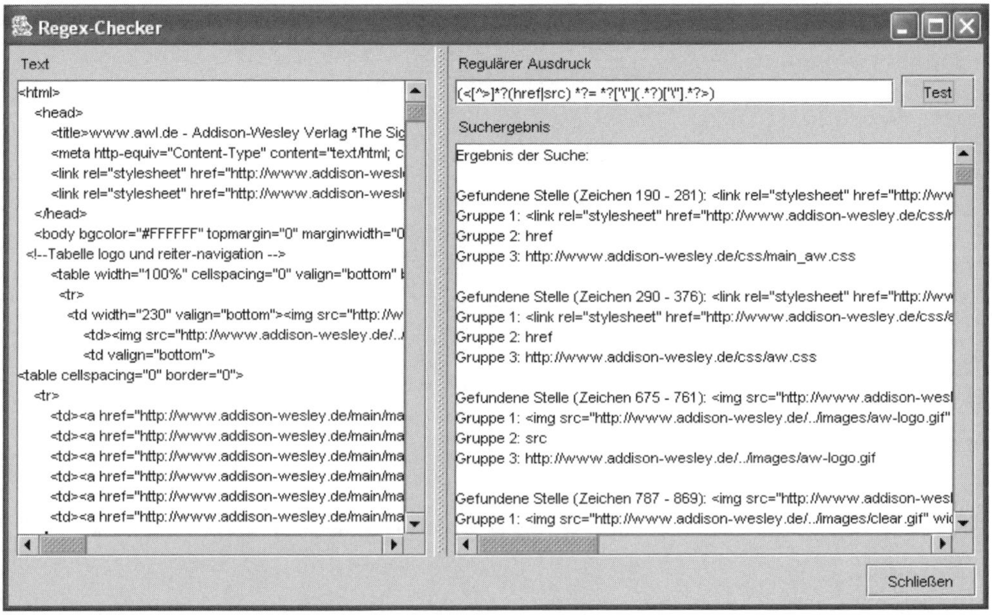

Abbildung 85: Anwendung RegexChecker

Datenstrukturen

162 Einführung

Datenstrukturen sind seit jeher ein elementares Thema in der Informatik. Viele Generationen von Informatikern haben sich damit beschäftigt, wie Daten strukturiert werden können, um damit effizient zu arbeiten. Damit eng verbunden sind Algorithmen, die häufig auf bestimmte Datenstrukturen zugeschnitten sind.

Java hat die Entwickler von Anfang an mit einigen mitgelieferten Datenstrukturen unterstützt, so dass nicht jeder das Rad neu erfinden mussten. Mit der Version 1.2 sind dann noch weitere, wesentlich umfangreichere Klassen hinzugekommen, die einen großen Umfang an möglichen Einsatzgebieten abdecken (das sog. Collections-Framework). Mit dieser Sammlung kann auf einen großen Fundus an Datenstrukturen zurückgegriffen werden, und es ist nur selten notwendig, eigene Klassen zu entwickeln. Dadurch ist natürlich auch die Fehlerquote gegenüber Eigenentwicklungen geringer, da die Collections-Klassen von tausenden von Programmierern benutzt und dadurch getestet wurden. In der Programmiersprache C++ gibt es eine Klassenbibliothek mit der gleichen Zielsetzung, die Standard Template Library (STL).

163 Wie kann ich ein dynamisches Array verwenden?

Arrays werden in Java immer mit einer festen Länge erzeugt, z.B. in der Form `int[] zahlen = new int[10];` womit ein Array mit Speicherplatz für 10 `int`-Werte erzeugt wird. Sehr oft ist jedoch zum Zeitpunkt, zu dem man das Array benötigt, nicht bekannt, wie viele Werte abgelegt werden sollen.

Soll das Array Objekte speichern, so empfiehlt sich die Verwendung einer Klasse aus dem *java.util*-Paket. Hier bieten sich die Klasse `Vector` und die Klasse `ArrayList` an, die beide dynamisch ihren Speicherplatz nach Bedarf erweitern können. Der Unterschied besteht im Wesentlichen darin, dass die Klasse `ArrayList` unsynchronisiert arbeitet. Damit ist sie nicht von sich aus Thread-sicher, aber schneller als die Klasse `Vector`.

Es handelt sich bei beiden Klassen zwar nicht um Arrays im klassischen Sinn, aber dennoch lassen sich die Daten sehr leicht in eine Array-Struktur umwandeln. Dazu bieten sowohl die Klasse Vector als auch die Klasse `ArrayList` die Methode `toArray()` an. Es gibt zwei Varianten von `toArray()`:

1. `public Object[] toArray()`

Diese Variante gibt ein Objekt-Array zurück, so dass für jeden Wert noch ein explizites Casting ausgeführt werden müsste. Sie ist für unsere Zwecke ungeeignet.

2. `public Object[] toArray(Object[] o)`

Hier wird das Ziel-Array gleich als Parameter mitgeliefert. Da dann die Länge des dynamischen Arrays über die Methode `size()` (identisch in `Vector` und `ArrayList`) abgefragt werden kann, ist es kein Problem, das gewünschte Array in der benötigten Länge zu erzeugen und weiterzuverarbeiten.

Die Klasse `ObjectArray` zeigt die Vorgehensweise:

```
package javacodebook.collections.array.dynamic;
import java.util.*;

public class ObjectArray {

  public static void main(String[] args) {
    // Eine Array-artige Datenstruktur erzeugen
    ArrayList arrayList = new ArrayList();

    // bel. viele String-Elemente hinzufügen
    arrayList.add(new String(new java.util.Date().toString()));
    arrayList.add(new String(new java.util.Date().toString()));
    arrayList.add(new String(new java.util.Date().toString()));
    arrayList.add(new String(new java.util.Date().toString()));

    // leeres Array der nötigen Größe erzeugen
    String[] stringArray = new String[arrayList.size()];
    arrayList.toArray(stringArray);
    for(int i = 0; i < stringArray.length; i++)
      System.out.println(stringArray[i]);

  }

}
```

Listing 229: ObjectArray

Leider funktioniert das mit elementaren Datentypen wie `int`, `byte` etc. in Java nicht so, da Vector und `ArrayList` nur Objekte aufnehmen können. Hier müssen die elementaren Datentypen in Wrapper-Klassen gekapselt und in einer `ArrayList` abgelegt werden, also z.B. für `int` die Klasse `Integer`. Beim Auslesen müssen dann die

Werte der ArrayList einzeln als elementare Datentypen extrahiert werden. Die Klasse BasicArray zeigt, wie es geht.

```
package javacodebook.collections.array.dynamic;
import java.util.*;

public class BasicArray {

  public static void main(String[] args) {
    // Eine Array-artige Datenstruktur erzeugen
    ArrayList arrayList = new ArrayList();

    // bel. viele Integer-Elemente hinzufügen
    arrayList.add(new Integer(1));
    arrayList.add(new Integer(2));
    arrayList.add(new Integer(3));
    arrayList.add(new Integer(4));

    int[] intArray = new int[arrayList.size()];
    for(int i = 0; i < arrayList.size(); i++)
      intArray[i] = ((Integer)arrayList.get(i)).intValue();
    for(int i = 0; i < intArray.length; i++)
      System.out.println(intArray[i]);
  }

}
```

164 Wie kann ich Daten von einem Array in ein anderes kopieren?

Es ist in Java nicht erforderlich, Daten von einem Array in ein anderes »per Hand« zu kopieren. Die Klasse java.lang.System bietet die Methode arraycopy() an, mit der (Teil-)Bereiche eines Arrays in ein anderes kopiert werden können. Die Methode hat folgende Signatur:

```
public static void arraycopy(Object src,
               int src_position,
               Object dst,
               int dst_position,
               int length)
```

Hiermit können Daten aus einem beliebigen Array (egal ob Objekt-Array oder ein Array mit elementaren Datentypen) ab einer bestimmten Position in ein anderes Array gleichen Typs ab einer bestimmten Position kopiert werden. Dabei werden so viele Daten kopiert, wie in length festgelegt ist.

Diese Methode ermöglicht es unter anderem, ein Array sehr einfach durch ein größeres zu ersetzen und die vorhandenen Daten zu übernehmen.

```
package javacodebook.collections.array.copy;

public class ArrayCopy {

  private static java.util.Random random =
              new java.util.Random(1000000);

  public static void main(String[] args) {
    // ein leeres Array mit 5 Plätzen
    int[] intArray = new int[5];
    int index = 0;
    int newValue = 0;
    // Unbekannte Menge an Zufallszahlen im Array speichern
    while(newValue >= 0) {
      newValue = getNewValue(index);
      System.out.println(newValue);
      // Array erweitern, wenn nötig
      if(index > intArray.length -1) {
        int[] tmp = new int[intArray.length + 5];
        System.arraycopy(intArray, 0, tmp, 0,
                 intArray.length);
        intArray = tmp;
      }
      intArray[index++] = newValue;
    }
    System.out.println("Das intArray enthält jetzt " + index + " Daten");
    System.out.println("und hat eine Länge von " + intArray.length);
  }

  // Mind. 20 Zufallszahlen liefern
  private static int getNewValue(int index) {
    return index < 20 ? Math.abs(random.nextInt()) :random.nextInt();
  }
}
```

Listing 230: ArrayCopy

165 Wie kann ich ein Array sortieren?

Die Sortierung von Arrays muss in Java zum Glück nicht mehr von Hand implementiert werden. Die Klasse `java.util.Arrays` enthält eine `sort()`-Methode für alle elementaren Datentypen, die sowohl gesamte Arrays als auch Teilbereiche sortieren kann. Dabei wird immer aufsteigend sortiert.

Die Klasse `SimpleSortArray` zeigt, wie das im Falle von `Integer`-Werten aussieht.

```
package javacodebook.collections.array.sort;

public class SimpleSortArray {
  public static void main(String[] args) {
    int[] values = new int[] {25, 13, 314, 255, 27, 99};
    java.util.Arrays.sort(values);
    for(int i = 0; i < values.length; i++)
      System.out.println(values[i]);
  }
}
```

Listing 231: SimpleSortArray

Die Sortierung funktioniert genauso für Strings, wobei diese ebenfalls aufsteigend, aber Case-sensitiv sortiert werden, d.h. Großbuchstaben werden vor Kleinbuchstaben sortiert. Um diese Reihenfolge in die natürliche Reihenfolge zu ändern, muss ein Objekt der Klasse `java.util.Comparator` an die `sort()`-Methode übergeben werden. Ein `Comparator` kann zwei Objekte mit seiner Methode `compare(Object o1, Object o2)` vergleichen. Freundlicherweise enthält die Klasse `String` bereits einen `Comparator` für die natürliche Reihenfolge, der über die statische Variable `CASE_INSENSITIVE_ORDER` erreichbar ist.

Die Klasse `StringSort` zeigt die Sortierung mit Strings.

```
package javacodebook.collections.array.sort;

public class StringSort {

  public static void main(String[] args) {
    String[] strings = new String[] {
      "erster", "dritter", "vierter", "Eins", "Drei", "Vier"
    };
```

Listing 232: StringSort

```
    System.out.println("---Case-Sensitive Sortierung---");
    java.util.Arrays.sort(strings);
    for(int i = 0; i < strings.length; i++)
      System.out.println(strings[i]);
    System.out.println("---Jetzt Case-Insensitive---");
    java.util.Arrays.sort(strings, String.CASE_INSENSITIVE_ORDER);
    for(int i = 0; i < strings.length; i++)
      System.out.println(strings[i]);
  }
}
```

Listing 232: StringSort (Forts.)

Es gibt noch weitere Möglichkeiten der Sortierung, die sich aber ausschließlich auf Objekte beziehen und daher bei der Sortierung von Collections erläutert werden.

166 Wie kann ich ein assoziatives Array verwenden?

Zuerst die schlechte Nachricht: Java kennt gar keine assoziativen Arrays. Dies wird für alle Skriptsprachen-Programmierer ein Schock sein, alle anderen denken sich schon, dass es auch eine gute Nachricht geben muss: Java hat einen objektorientierten Ersatz für assoziative Arrays.

Bereits seit der ersten Java-Version gibt es die Klasse `Hashtable`, die später mit dem Hinzukommen des Collections-Frameworks durch `HashMap` ergänzt wurde. `HashMap` ist wiederum nicht synchronisiert (wie bei `Vector`/`ArrayList`). Beide implementieren das Interface `Map`, das verschiedene Methoden definiert, um Schlüssel/Wert-Paare für die Datenspeicherung zu verwenden. Dabei wird jeweils ein Wert einem Schlüssel zugeordnet, über den er auch wieder ausgelesen werden kann. Sowohl der Schlüssel als auch der Wert müssen Objekte sein, elementare Datentypen wie `int` müssen wieder durch Wrapper-Klassen wie Integer »verpackt« werden.

Die Klasse `HashMapExample` zeigt die Verwendung der Klasse `HashMap`.

```
package javacodebook.collections.collection.hashmap;

import java.util.*;

public class HashMapExample {
```

Listing 233: HashMapExample

```
  public static void main(String[] args) {
    HashMap map = new HashMap();

    // Schlüssel/Wert-Paar in der HashMap ablegen
    map.put("Othello", "Shakespeare");
    map.put("Fidelio", "Mozart");
    map.put("Ring der Nibelungen", "Wagner");

    // Wieder auslesen kann man einen Wert über den Schlüssel
    String key = "Othello";
    String value = (String)map.get(key);
    System.out.println("Der Author des Werkes " + key
      + " ist " + value);

    // Vorhandensein eines Schlüssels abfragen
    if(!map.containsKey("West Side Story"))
      System.out.println("Wir führen nur Klassiker");

    // Durch alle Schlüssel/Werte-Paare iterieren
    Iterator iterator = map.keySet().iterator();
    while(iterator.hasNext()) {
      key = (String)iterator.next();
      System.out.println("Das Werk " + key + " wurde von " +
        map.get(key) + " geschrieben");
    }
  }
}
```

Listing 233: HashMapExample (Forts.)

167 Wie kann ich eine Collection sortieren?

Analog zu Arrays mit der Klasse `java.util.Arrays` gibt es auch für Collections eine Klasse `java.util.Collections`, die verschiedene Hilfsmethoden zur Verfügung stellt, unter anderem eine Sortierungsfunktion. Sie kann jedoch nur mit Objekten umgehen, nicht mit elementaren Datentypen wie `int` (was auch logisch ist, da Collections ja generell nur Objekte speichern können).

Es können nicht alle Collection-Spielarten sortiert werden, sondern nur solche, die das Interface List implementieren. Dies sind innerhalb der Collections die Klassen `ArrayList`, `LinkedList` und `Vector`. Für die anderen wichtigen Interfaces `Map` und `Set` existieren Subinterfaces `SortedMap` und `SortedSet`, die selbst für eine sortierte Struktur sorgen.

Die Klasse `java.util.Collections` enthält eine `sort()`-Methode in zwei Varianten.

1. `sort(List list)`
2. `sort(List list, Comparator c)`

Variante 1 setzt eine List mit Objekten voraus, die das Interface `java.lang.Comparable` implementieren. Dieses Interface enthält die Methode `compareTo(Object o)`, die eine Klasse in einer für sie geeigneten Weise implementieren kann. Hiermit ist jedoch nur eine Art von Sortierung pro Klasse möglich.

Die Klasse `User` enthält die Attribute Name, Straße, PLZ und Ort. Eine einfache Vergleichbarkeit soll über den Namen ermöglicht werden.

```
package javacodebook.collections.collection.sort;

public class User implements java.lang.Comparable {

  private String name;
  private String strasse;
  private String plz;
  private String ort;

  public User(String name, String strasse, String plz, String ort) {
    this.name = name;
    this.strasse = strasse;
    this.plz = plz;
    this.ort = ort;
  }

  public String getName() {
    return name;
  }

  public String getOrt() {
    return ort;
  }

  // die weiteren get()- und set()-Methoden sind für dieses
  // Beispiel nicht relevant

  // Vergleiche zwei User-Objekte anhand des Namens
  public int compareTo(Object o) {
    if(!(o instanceof User))
```

Listing 234: User

```
      throw new RuntimeException("Ungültiger Typ für Vergleich");
    User user = (User)o;
    return this.name.compareToIgnoreCase(user.getName());
  }

  public String toString() {
    return name + " - " + strasse + " - " + plz + " " + ort;
  }
}
```

Listing 234: User (Forts.)

Variante 2 setzt keine Objekte voraus, die das Interface `Comparable` implementieren. Die Sortierung erfolgt hier über den angegebenen `Comparator`. Damit ist es möglich, für die Objekte ein- und derselben Klasse verschiedene Sortierungen zu definieren, indem verschiedene `Comparator`-Klassen für die Klasse geschrieben werden.

So kann z.B. ein `Comparator` geschrieben werden, um die `User`-Objekte anhand des Ortes zu vergleichen. Der `AdressComparator` macht genau das.

```
package javacodebook.collections.collection.sort;

public class AdressComparator implements java.util.Comparator{

  public int compare(Object o1, Object o2) {
    if(!(o1 instanceof User) || !(o2 instanceof User))
      throw new RuntimeException("Ungültiger Typ für Vergleich");
    User u1 = (User)o1;
    User u2 = (User)o2;
    return u1.getOrt().compareToIgnoreCase(u2.getOrt());
  }

}
```

Listing 235: AdressComparator

Die Klasse `CollectionSort` zeigt die beiden Sortier-Möglichkeiten anhand eines `Vectors`, in dem mehrere `User`-Objekte gespeichert werden.

```
package javacodebook.collections.collection.sort;

import java.util.*;
public class CollectionSort {

  public static void main(String[] args) {
    Vector v = new Vector();
    v.add(new User("Mustermann, Klaus", "Musterstrasse 5",
                   "12345", "Musterhausen"));
    v.add(new User("Vorbildfrau, Ursula", "Solide Strasse 1",
                   "23456", "Anstandshausen"));
    v.add(new User("Beispielkind, Dietrich", "Spielplatz 9",
                   "34567", "Entenhausen"));

    System.out.println("---Standard-Sortierung nach Namen---");
    Collections.sort(v);
    for(Enumeration e = v.elements(); e.hasMoreElements(); )
      System.out.println(e.nextElement());

    System.out.println("---Comparator-Sortierung nach Ort---");
    Collections.sort(v, new AdressComparator());
    for(Enumeration e = v.elements(); e.hasMoreElements(); )
      System.out.println(e.nextElement());

  }

}
```

Listing 236: CollectionSort

168 Wie kann ich in einer Collection suchen?

Eine einfache Möglichkeit, Elemente in einer Collection zu finden, stellen die Collection-Implementierungen selbst mit der Methode `contains()` zur Verfügung. Sie durchläuft alle Elemente und führt jeweils die `equals()`-Methode aus, um die Objekte zu vergleichen. Als Ergebnis wird ein `boolean`-Wert zurückgegeben. Hiermit lässt sich also nur ermitteln, ob ein Objekt überhaupt in einer Collection enthalten ist, auslesen kann man es damit nicht.

Handelt es sich um eine sortierte Collection, so kann die Hilfsmethode `binarySearch()` aus der Klasse `Collections` verwendet werden. Sie sucht in der entsprechenden Collection nach dem Halbierungsverfahren, bei dem in der Mitte einer Liste mit der Suche begonnen wird. Ist das gesuchte Objekt kleiner als das in der Mitte, so wird in der unteren Hälfte weitergesucht, sonst in der oberen.

Mit der übrig gebliebenen Hälfte wird dann entsprechend so weiter verfahren, bis das Element gefunden ist (oder auch nicht). Als Rückgabewert wird die Position des Elements in der Collection zurückgegeben oder ein negativer Wert, wenn das Element nicht gefunden wurde.

Die Methode `binarySearch()` erhält als Suchparameter eine Liste und einen Key. In einer zweiten Variante gibt es, ähnlich zur Sortierung von Collections, eine Version der Methode, die zusätzlich zu den beiden genannten Parametern noch einen `Comparator` erhält, der den Suchvergleich durchführt. Dies ermöglicht eine flexible Suche nach unterschiedlichen Aspekten in Objekten.

Die Klasse `SearchExamples` zeigt die Verwendung beider Versionen.

```
package javacodebook.collections.collection.search;
import java.util.*;

public class SearchExamples {

  public static void main(String[] args) {
    ArrayList list = new ArrayList();

    // Ein Array mit 1000 aufsteigenden Zahlen wird erzeugt
    for(int i = 0; i < 1000; i++)
      list.add(new Integer(i));

    // Einfache Suche nach dem richtigen Zahlenwert
    int pos = Collections.binarySearch(list, new Integer(327));
    System.out.println("Position " + pos);
    list.clear();

    // Jetzt werden Strings mit einem Zahlenwert ergänzt
    for(int i = 0; i < 1000; i++)
      list.add("Nummer" + i);

    // Ein spezieller Comparator sorgt dafür, dass nur die
     //  Zahlenwerte verglichen werden
    Comparator numberComparator = new Comparator() {
      public int compare(Object o1, Object o2) {
        String s = (String)o1;
        Integer intValue = new Integer(s.substring(6, s.length()));
        return intValue.compareTo((Integer)o2);
      }
```

Listing 237: SearchExamples

```
      // die equals-Methode ist für die Suche unwichtig
      public boolean equals(Object o1, Object o2) {
        return o1.equals(o2);
      }
    };

    // Suche über Strings durchführen
    pos = Collections.binarySearch(list, new Integer(327),
                 numberComparator);
    System.out.println("Position " + pos);
  }
}
```

Listing 237: SearchExamples (Forts.)

169 Wie kann ich eine Collection stets sortiert halten?

Bei Anwendungen, in denen viele Suchoperationen ausgeführt werden und relativ wenige Änderungen an den Daten erfolgen, ist es sehr sinnvoll, die Daten stets sortiert zu halten, um die Suchgeschwindigkeit zu erhöhen. Dies kann dadurch geschehen, dass Daten bereits beim Hinzufügen an die richtige Position in einer Collection eingefügt werden.

Um die richtige Position für das einzufügende Element zu suchen, wird die Suchfunktion `binarySearch()` aus der Klasse `java.util.Collections` verwendet. Der Rückgabewert der Funktion erfüllt gleich einen doppelten Zweck:

Wird das gesuchte Element gefunden, so gibt sie seine Position in der Liste zurück. Wird das Element nicht gefunden, so gibt sie einen Wert zurück, der das Einfügen des Elements in der richtigen Sortierung ermöglicht. Es wird der Wert `position = (-Einfügeposition -1)` zurückgegeben. Umgerechnet ist die richtige Einfügeposition für das neue Element also -position-1.

Ein einfaches Beispiel dafür gibt die Klasse `AlwaysSortedInteger`. Hier werden zufällig erzeugte Zahlenwerte an die richtige Position innerhalb einer `ArrayList` eingefügt.

```
package javacodebook.collections.collection.sorted;

import java.util.*;
```

Listing 238: AlwaysSortedInteger

```
public class AlwaysSortedInteger {

  public static void main(String[] args) {
    Random random = new Random();
    ArrayList list = new ArrayList();

    // Liste mit zufälligen Werten füllen
    for(int i = 0; i < 1000; i++) {
      Integer intValue = new Integer(random.nextInt(1000));
      int index = Collections.binarySearch(list, intValue);
      if(index < 0)
        list.add(-index -1, intValue);
    }

    Iterator i = list.iterator();
    while(i.hasNext())
      System.out.println(i.next());
  }
}
```

Listing 238: AlwaysSortedInteger (Forts.)

Um dieses Vorgehen auch für komplexere Objekte nutzen zu können, müssen diese das Interface `java.lang.Comparable` implementieren, oder es muss an die Suchfunktion ein geeigneter Comparator übergeben werden. Sollen z.B. Personendaten stets nach dem Nachnamen alphabetisch sortiert in einer Liste gehalten werden, so müsste eine entsprechende Klasse ähnlich aussehen wie die Klasse `User` aus dem Beispiel »Eine Collection sortieren«.

170 Wie kann ich Elemente in einer Collection löschen?

Für das Löschen von Elementen in einer Collection gibt es mehrere Möglichkeiten, die auch je nach Typ der Collection variieren. Das Interface `java.util.Collection` definiert die Methode `remove(Object o)`, um ein einzelnes Element zu löschen. Dabei wird die Methode `equals()` eines Objekts verwendet, um die Identität festzustellen. Die `remove()`-Methode löscht jedoch nur das erste Element, das gefunden wird. Falls mehrere gleiche Elemente in einer Collection enthalten sind, bleiben die weiteren unangetastet.

```
// Einfaches Entfernen eines Objekts aus einer Liste
ArrayList list = new ArrayList();
list.add("Lieschen Müller");
list.add("Lieschen Müller");
list.remove("Lieschen Müller");
System.out.println(list.size());// immer noch ein Lieschen Müller vorhanden
```

Sollen mit einem Schlag alle gleichen Elemente gelöscht werden, so kann dies entweder durch mehrfachen Aufruf von `remove()` erfolgen oder mit Hilfe der Methode `removeAll()`, die als Parameter eine Collection erwartet. Dazu wird dann allerdings eine Hilfs-Collection notwendig.

```
ArrayList deleteList = new ArrayList();
deleteList.add("Lieschen Müller");
list.removeAll(deleteList);
System.out.println(list.size());// list ist jetzt leer
```

Der Aufruf von `removeAll()` entfernt alle Vorkommen der Elemente in der angegebenen Collection aus selbiger, auf die die Methode angewendet wird. Um alle Elemente in einer Collection zu löschen, kann die Methode `clear()` verwendet werden.

171 Wie kann ich eine Schnittmenge aus zwei Collections bilden?

Soll eine Schnittmenge gebildet werden, also alle Elemente aus Collection A, die auch in Collection B enthalten sind, ermittelt werden, so lässt sich dies am einfachsten mit der Methode `retainAll()` aus dem Interface `java.util.Collection` bewerkstelligen. Sie erhält als Parameter eine Collection und entfernt aus der Collection, auf die sie angewendet wird, alle Elemente, die nicht in der übergebenen Collection enthalten sind.

Im folgenden Beispiel wird aus einer Liste mit europäischen Ländern und einer Liste von Mittelmeer-Anrainern die Liste der europäischen Länder, die ans Mittelmeer grenzen, erzeugt. Zu beachten ist dabei, dass für die Schnittmenge eine neue Liste erzeugt werden muss, wenn beide Original-Listen bestehen bleiben sollen.

```
package javacodebook.collections.collection.intersection;
import java.util.*;

public class IntersectCollections {
  public static void main(String[] args) {
    // eine Liste mit Europäischen Staaten
    ArrayList europe = new ArrayList();
    europe.add("Deutschland");
    europe.add("Frankreich");
    europe.add("Italien");
    europe.add("Großbritannien");
    europe.add("Niederlande");
    europe.add("Schweden");

    // eine Liste mit Mittelmeer-Anrainern
    ArrayList mediterran = new ArrayList();
    mediterran.add("Frankreich");
    mediterran.add("Italien");
    mediterran.add("Ägypten");
    mediterran.add("Israel");
    mediterran.add("Marokko");

    // Zunächst wird eine Kopie der einen Liste erstellt
    ArrayList mediterranEurope = new ArrayList(europe);

    // Elemente löschen, die nicht in mediterran enthalten sind
    mediterranEurope.retainAll(mediterran);
    for(Iterator i = mediterranEurope.iterator(); i.hasNext(); )
      System.out.println(i.next());
  }
}
```

Listing 239: IntersectCollections

Die Ausgabe zeigt die verbleibenden Elemente:

```
Frankreich
Italien
```

Core
I/O
GUI
Multi-media
Daten-bank
Netz-werk
XML
RegEx
Daten
Threads
Web-Server
Applets
Sonsti-ges

172 Wie kann ich das kleinste oder größte Element einer Collection ermitteln?

Für die Suche nach dem kleinsten oder größten Element einer Collection bietet die Klasse `java.util.Collections` die Methoden `min()` und `max()` an. Sie durchsuchen eine beliebige Collection anhand des Iterators (ganz so, wie man es selbst von Hand programmieren würde und jetzt nicht mehr tun muss). Dabei müssen alle Objekte in der Collection entweder das Interface Comparable implementieren, um vergleichbar zu sein, oder es wird die zweite Variante der Methoden gewählt, die einen Comparator übergeben bekommt, der das Vergleichen der Objekte übernimmt (wie im Beispiel zur Sortierung einer Collection). Alle Wrapper-Klasse für elementare Datentypen, wie z.B. `Integer`, `Byte` usw., die Klasse `String` und einige andere implementieren das Interface `Comparable`. Damit sind sie direkt vergleichbar.

Es müssen jedoch alle Objekte in der Collection miteinander vergleichbar sein, da sonst eine `ClassCastException` geworfen wird, wenn z.B. ein `Integer`-Objekt mit einem `Double`-Objekt verglichen würde.

```
ArrayList list = new ArrayList();
list.add("Caesar");
list.add("Nero");
list.add("Augustus");
list.add("Markus Antonius");
String s = (String)Collections.min(list);
System.out.println(s);
s = (String)Collections.max(list);
System.out.println(s);
```

173 Wie kann ich einen Stack verwenden?

Ein Stack ist ein Stapelspeicher, von dem immer nur die Spitze nach außen hin sichtbar ist. Es kann entweder etwas auf ihm abgelegt werden oder das oberste Element kann angesehen oder heruntergenommen werden (Last-in-first-out-Prinzip – LIFO). Es gibt bereits eine Klasse `Stack` in Java. Diese hat aber einen Nachteil, sie ist von der Klasse `Vector` abgeleitet. Damit hat ein `java.util.Stack`-Objekt auch alle Fähigkeiten, die ein Vector-Objekt hat. Insbesondere kann mit den Vector-Methoden jederzeit auf alle Elemente innerhalb des Stacks zugegriffen werden, sowohl lesend als auch schreibend. Das kann u.U. zu unerwünschten Ergebnissen führen.

Sinnvoller wäre eine Lösung, die einen Vector (oder eine `ArrayList`) verwendet, um die Daten abzulegen, aber nicht von dieser Klasse erbt. So ein Stack ist relativ einfach zu schreiben und hat dann nur die Fähigkeiten, die er auch haben sollte. Die Klasse `RealStack` implementiert alle Methoden von `java.util.Stack` und verwendet intern eine `ArrayList` zur Datenhaltung. Diese Methoden sind im Einzelnen:

- `empty()` – überprüft, ob der Stapel leer ist.
- `push(Object item)` – legt ein Objekt auf dem Stapel ab.
- `pop()`– gibt das oberste Element vom Stapel zurück und entfernt es.
- `peek()`– gibt das oberste Element vom Stapel zurück, ohne es zu entfernen.
- `int search(Object o)` – sucht ein Objekt im Stapel und gibt die relative Position zur Spitze zurück. Dabei wird von 1 an gezählt, wobei 1 die Position des obersten Elements ist. Ist das Objekt nicht im Stapel vorhanden, wird -1 zurückgegeben.
- `int size()`– gibt die Anzahl der auf dem Stapel abgelegten Objekte zurück.

```
package javacodebook.collections.stack;

import java.util.*;

public class RealStack {

  private ArrayList dataArray;

  // Erzeugt einen leeren Stapelspeicher
  public RealStack() {
    dataArray = new ArrayList();
  }

  // Überprüft, ob der Stapel leer ist
  public boolean empty() {
    return dataArray.isEmpty();
  }

  // Zeigt das oberste Element vom Stapel, ohne es zu entfernen
  public Object peek() {
    if(dataArray.isEmpty())
      throw new EmptyStackException();
    return dataArray.get(dataArray.size()-1);
  }

  //  Gibt das oberste Element zurück und entfernt es vom Stapel
  public Object pop() {
    if(dataArray.isEmpty())
```

Listing 240: RealStack

```
      throw new EmptyStackException();
    Object o = dataArray.get(dataArray.size()-1);
    dataArray.remove(dataArray.size() -1);
    return o;
  }

  // Legt ein Objekt oben auf dem Stapel ab
  public Object push(Object item) {
    dataArray.add(item);
    return item;
  }

  // Sucht ein Objekt im Stapel
  public int search(Object o) {
    for(int i = dataArray.size()-1; i >= 0; i--) {
      if(o.equals(dataArray.get(i)))
        return dataArray.size() - i;
    }
    return -1;
  }

  // Gibt die Anzahl der Elemente im Stapel zurück
  public int size() {
    return dataArray.size();
  }
}
```

Listing 240: RealStack (Forts.)

Die Klasse UseStack zeigt, wie sich der Stack verhält, wenn Werte auf ihm abgelegt, gesucht und wieder entfernt werden. Werden zu viele Werte entfernt, so wird die EmptyStackException geworfen.

```
package javacodebook.collections.stack;

public class UseStack {

  public static void main(String[] args) {
    RealStack stack = new RealStack();

    if(stack.empty())
      System.out.println("Noch ist er leer");
    String s = "Der erste Wert";
```

Listing 241: UseStack

```
      stack.push(s);
      int pos = stack.search(s);
      System.out.println("Wert gefunden an Position " + pos);
      stack.push("Der zweite Wert");
      System.out.println("Der Stack enthält jetzt " + stack.size() + " Werte");
      pos = stack.search(s);
      System.out.println("Wert gefunden an Position " + pos);
      s = (String)stack.peek();
      System.out.println(s);
      s = (String)stack.pop();
      System.out.println(s);
      s = (String)stack.pop();
      System.out.println(s);
      // Hier wird eine EmptyStackException provoziert
      s = (String)stack.pop();
    }

  }
```

Listing 241: UseStack (Forts.)

174 Wie kann ich eine Warteschlange implementieren?

Eine Warteschlange ist eine ähnliche Datenstruktur wie ein Stack, allerdings mit dem Unterschied, dass das Element, welches zuerst eingefügt wurde, auch zuerst wieder herausgenommen wird (FIFO-Prinzip: First in, first out), im Gegensatz zum Stack mit seinem LIFO-Prinzip. Sie kann verwendet werden, um Probleme wie z.B. die Ausgabe von Ticketnummern zu steuern, wie sie seit einiger Zeit auch in Deutschland üblich sind, um Kundenandrang zu steuern (z.B. im Rathaus/Bürgerbüro). Jeder Kunde zieht dabei beim Kommen eine Nummer, die dann aufgerufen wird, wenn alle vorherigen Nummern (oder besser: Kunden) abgearbeitet sind. Natürlich gibt es auch viele Warteschlangen im Betriebssystem, z.B. bei Druckaufträgen, Tastatureingaben, Netzwerkübertragungen usw.

Eine einfache Warteschlange kann mit Hilfe der Klassen `java.util.LinkedList` implementiert werden. Sie ist intern als verkettete Liste implementiert und geht sehr effizient mit dem Anfügen und Entfernen von Objekten um, im Gegensatz z.B. zu einer `ArrayList`, bei der jeweils das gesamte Array umkopiert werden muss, wenn das erste Element entfernt wird. Mit den Methoden `addFirst()`, `removeFirst()`, `addLast()`, `removeLast()` bietet sie zudem sehr handlichen Zugriff auf die für eine Warteschlange relevanten Objekte.

Die Warteschlange soll die Methoden

- `insert(Object item)` – fügt ein Objekt ans Ende der Warteschlange an.
- `remove()` – gibt das vorderste Element aus der Warteschlange zurück und entfernt es.
- `peek()` – gibt das vorderste Element aus der Warteschlange zurück, ohne es zu entfernen.
- `isEmpty()` – überprüft, ob die Warteschlange leer ist.
- `size()` – gibt die Anzahl der Elemente in der Warteschlange zurück.

bereitstellen, mit denen die Elemente manipuliert werden können. Die Klasse `SimpleQueue` zeigt die Implementierung der Warteschlange.

```
package javacodebook.collections.queue;
import java.util.*;

public class Queue {
  protected LinkedList queue;
  // Erzeugt eine leere Warteschlange mit variabler Größe
  public Queue() {
    queue = new LinkedList();
  }

  // Fügt ein Element ans Ende der Warteschlange ein
  public void insert(Object item) {
    queue.addLast(item);
  }

  // Element vom Anfang der Warteschlange entfernen und zurückgeben
  public Object remove() {
    if(isEmpty())
      throw new EmptyQueueException();
    Object o = queue.removeFirst();
    return o;
  }

  // Zeigt das erste Element, ohne es zu entfernen.
  public Object peek() {
    if(isEmpty())
      throw new EmptyQueueException();
    return queue.getFirst();
  }
```

Listing 242: Queue

```
  // Überprüft, ob die Warteschlange Elemente enthält
  public boolean isEmpty() {
    return queue.size() == 0;
  }

  // Gibt die Anzahl der Elemente in der Warteschlange zurück
  public int size() {
    return queue.size();
  }

}
```

Listing 242: Queue (Forts.)

175 Eine Warteschlange mit Prioritäten versehen

Eine Warteschlange mit Prioritäten ist eine spezielle Version der Warteschlange. Sie hat, genau wie die normale Warteschlange, einen Anfang und ein Ende, und Elemente werden auch hier vom Anfang her aus der Warteschlange genommen. Im Unterschied zur normalen Warteschlange haben die Elemente hier allerdings eine Priorität (z.B. einen Schlüsselwert oder eine Rangfolge-Nr.), und das Element mit der höchsten Priorität steht immer am Anfang der Warteschlange. Damit das so ist, müssen Elemente bereits beim Einfügen in die Warteschlange an der entsprechenden Position eingefügt werden.

Ein Anwendungsfall für eine solche Prioritätswarteschlange ist z.B. die Prozessliste in einem modernen Computer, in dem jedem Prozess eine Priorität zugeordnet werden kann. Auch die Flugsicherung mit dem Leitsystem für Flugzeugstarts und Landungen benötigt Prioritätswarteschlangen für ankommende und abfliegende Flugzeuge, wenn ein Flugzeug z.B. nur noch wenig Treibstoff zur Verfügung hat, sollte es besser Vorrang vor einem Flugzeug mit vollen Tanks erhalten.

Die Prioritätswarteschlange erhält dieselben Methoden wie die normale Warteschlange mit der Ausnahme beim Einfügen von Elementen. Hier müssen die neu hinzukommenden Elemente an der richtigen Position in der Warteschlange eingefügt werden. Dazu müssen die Objekte vergleichbar sein. Es muss sich also um Objekte handeln, die das Interface `java.lang.Comparable` implementieren, oder es muss ein `Comparator` angegeben werden, mit dem die Elemente verglichen werden können.

Da die Prioritätswarteschlange so viele Gemeinsamkeiten mit der normalen Warteschlange aufweist, drängt sich eine Vererbungslösung geradezu auf. Die Klasse `PriorityQueue` erbt alle Methoden von Queue (wie im Rezept zur implementierten Warteschlange), überschreibt die `insert()`-Methode und fügt eine weitere `insert()`-

Methode hinzu. Beim Überschreiben der insert()-Methode wird eine Verschärfung vorgenommen: Als Parameter müssen jetzt Comparable-Objekte angegeben werden, da sichergestellt sein muss, dass die Elemente eine Sortierung ermöglichen. Die neue insert()-Methode akzeptiert als Parameter beliebige Objekte und einen Comparator, der den Vergleich nach Priorität ermöglichen muss.

```
package javacodebook.collections.priorityqueue;

import java.util.*;

public class PriorityQueue extends javacodebook.collections.queue.Queue {

  public PriorityQueue() {
    super();
  }

  public void insert(Comparable obj) {
    insert(obj, null);
  }

  public void insert(Object obj, Comparator comp) {
    int index = Collections.binarySearch(super.queue, obj);
    if(index < 0)
      super.queue.add(-index -1, obj);
    else
      super.queue.addLast(obj);
  }

}
```

Listing 243: PriorityQueue

Ein einfaches Beispiel zeigt die Benutzung der Prioritätswarteschlange anhand von Strings, die in die Warteschlange eingefügt, aber alphabetisch sortiert wieder ausgegeben werden. In einer realen Applikation müssten die entsprechenden Objekte das Comparable-Interface so auslegen, dass sie nach ihrer Priorität sortiert werden können, also im Falle der Prozessliste im Computer z.B. nach dem Integer-Wert der Priorität.

```
PriorityQueue queue = new PriorityQueue();
queue.insert("Eins");
queue.insert("Zwei");
```

```
    queue.insert("Drei");

    System.out.println(queue.remove()); // Erst wird Drei ausgegeben
    System.out.println(queue.remove()); // Dann Eins
    System.out.println(queue.remove()); // Dann Zwei
```

Core
I/O
GUI
Multimedia
Datenbank
Netzwerk
XML
RegEx
Daten
Threads
Web-Server
Applets
Sonstiges

176 Wie kann ich durch eine Datenstruktur iterieren?

Mit dem Collections-Framework ist das Interface `java.util.Iterator` hinzugekommen, das eine Erweiterung des seit Java 1.0 vorhandenen `Enumeration`-Interfaces darstellt. Ein Iterator dient dazu, Datenstrukturen in einer von der jeweiligen Datenstruktur vorgegebenen Weise zu durchlaufen, ohne dass die interne Struktur der Daten für das Programm bekannt sein muss. So, wie eine Enumeration einen gleichartigen Zugriff auf Elemente in einem Vector und die Schlüssel oder Werte einer Hash-Tabelle ermöglicht, erlaubt das `Iterator`-Interface den gleichartigen Zugriff auf den Inhalt einer Collection.

Im Gegensatz zur Enumeration enthält das `Iterator`-Interface allerdings noch eine Methode, um das gerade aktuelle Element zu löschen. Diese ist allerdings nicht zwingend, wenn ein Iterator für eine bestimmte Datenstruktur diese Methode nicht unterstützt, so kann er eine `UnsupportedOperationException` werfen, wenn sie aufgerufen wird.

Die Methoden des `Iterator`-Interfaces sind:

- `hasNext()` – liefert true, wenn es noch weitere Elemente aufzuzählen gibt.
- `next()` – liefert das nächste Element in der Aufzählung oder wirft eine NoSuchElementException, wenn keine Elemente mehr in der Aufzählung vorhanden sind.
- `remove()` – entfernt das zuletzt mit `next()` aufgerufene Element aus der zugrunde liegenden Datenstruktur.

Die vorhandenen Datenstrukturen aus dem Collections-Framework stellen Iteratoren zur Verfügung, die über die Methode `iterator()` aufgerufen werden. Sollen eigene Datenstrukturen oder Arrays mit einem Iterator ausgestattet werden, so muss dieser selbst implementiert werden. Dies wird hier am Beispiel der Klasse `ArrayIterator` gezeigt. Ein `ArrayIterator` macht es möglich, ein Array später durch eine Collection auszutauschen, da die Zugriffsschnittstelle gleich bleiben kann.

```
package javacodebook.collections.iterator;

import java.util.*;

public class ArrayIterator implements Iterator {

  private Object[] array;
  int index;

  public ArrayIterator(Object[] array) {
    this.array = array;
    index = -1;
  }

  public boolean hasNext() {
    return index < array.length - 1 && array.length > 0;
  }

  public Object next() {
    index++;
    if(index >= array.length)
      throw new NoSuchElementException();
    return array[index];
  }

  public void remove() {
    // wird nicht unterstützt
    throw new UnsupportedOperationException();
  }
}
```

Listing 244: ArrayIterator

Die Benutzung des `ArrayIterators` ist allerdings auf `Object`-Arrays beschränkt, elementare Datentypen werden nicht unterstützt.

```
String[] strArray = new String[] {"Eins", "Zwei", "Drei"};

// Ein ArrayIterator für das StringArray wird erzeugt
ArrayIterator iterator = new ArrayIterator(strArray);
while(iterator.hasNext())
  System.out.println(iterator.next());
```

177 Wie kann man in beiden Richtungen durch Listen iterieren?

Für lineare Listen steht im Collections-Framework eine Erweiterung des `Iterator`-Interfaces zur Verfügung, die zusätzliche Möglichkeiten bereitstellt, um durch die Daten zu navigieren. Das Interface `ListIterator` stellt neben den Methoden `hasNext()`, `next()` und `remove()` noch weitere Methoden bereit, die auch eine Rückwärtsbewegung durch die Datenstrukturen, Zugriff auf die Indizes der linearen Listen und sogar das Hinzufügen von Objekten erlauben. Am Beispiel einer `ArrayList` wird gezeigt, wie durch die Liste iteriert wird, bis ein bestimmter Schwellenwert erreicht ist, um dann den vorherigen Wert auszulesen (also das Problem zu lösen: Welches ist der letzte Wert vor x). Normalerweise würde man immer den letzten gelesenen Wert in einer temporären Variable zwischenspeichern. Das ist aber mit dem `ListIterator` nicht notwendig, da einfach die `previous()`-Methode aufgerufen werden kann, um den vorherigen Wert zu erhalten. Dabei ist allerdings zu beachten, dass der Iterator von der Logik her zwischen den einzelnen Datensätzen sitzt. Wird also ein `next()` ausgeführt, so wird der Iterator hinter dem zurückgegebenen Element positioniert, und die `previous()`-Anweisung gibt das zuletzt gelesene Element erneut zurück, um den Iterator davor zu positionieren. Demnach kann erst die zweite `previous()`-Anweisung das gewünschte Element vor dem zuletzt ausgelesenen zurückliefern.

Die Klasse `BackwardsIterator` zeigt ein einfaches Beispiel zur Rückwärtsnavigation.

```
package javacodebook.collections.iterate;

import java.util.*;

public class BackwardsIterator {

   public static void main(String[] args) {
     ArrayList list = new ArrayList();
     list.add("Meier");
     list.add("Müller");
     list.add("Schulze");

     ListIterator li = list.listIterator();
     // Wer war noch mal die Person vor Schulze?
     while(li.hasNext()) {
       String name = (String)li.next();
       if("Schulze".equals(name)) {
         li.previous();
```

Listing 245: BackwardsIterator

```
            System.out.println(li.previous());
            break;
         }
      }
   }
}
```

Listing 245: BackwardsIterator (Forts.)

178 Wie kann ich eine Baumstruktur abbilden?

Baumstrukturen sind besonders geeignet, um hierarchisch geordnete Datenstrukturen abzubilden. Solchen Strukturen finden sich bei vielen Alltagsdaten ebenso wie im Computer selbst. Das Dateisystem ist ein Beispiel für eine klare Baumhierarchie, mit einer Wurzel (»/« unter Unix/Linux, Laufwerke bzw. Arbeitsplatz unter Windows) und Verzeichnissen und Dateien. Die einzelnen Elemente eines Baums werden als Knoten bezeichnet und können beliebig viele »Kinder« haben, die ebenfalls Knoten sind. Ein Knoten wird als Blatt bezeichnet, wenn er keine Kinder hat, also am unteren Ende der Hierarchie steht.

Es gibt in Java bereits die Möglichkeit, Baumstrukturen abzubilden. Das Swing-Paket `javax.swing.tree` enthält diverse Klassen, die Baumstrukturen der gewünschten Art bereitstellen. Allerdings sind diese Klassen vergleichsweise komplex (es handelt sich insgesamt um ca. 20 Klassen und Interfaces) und stark auf die Bereitstellung einer graphischen Darstellung von Baumstrukturen in einer Swing-Anwendung ausgelegt.

Es gibt jedoch Anwendungsfälle, in denen eine Baumstruktur nur für die Aufbereitung von Daten für eine Darstellung benötigt wird, die aber nicht vom Benutzer manipuliert werden kann. Z.B. kommt es in Internet-Anwendungen häufiger vor, dass Daten in einer Baumstruktur vorliegen und auch entsprechend ausgegeben werden müssen. Dies lässt sich nicht immer innerhalb einer entsprechenden Datenbank-Abfrage bewerkstelligen, so dass ein kleiner, einfacher Baum hier Abhilfe schaffen kann.

Die hier vorgestellte Lösung eignet sich gut, um baumartig strukturierte Daten in einer bekannten Tiefe abzubilden. Am Beispiel eines einfachen Katalogs wird gezeigt, wie die Baumstruktur aufgebaut und wieder ausgelesen wird.

Für die Baumstruktur selbst ist nur eine Klasse erforderlich, da wir auf alle Funktionen zur Manipulation nach der Erstellung verzichten. Die Klasse `Node` ermöglicht eine vollständige Baumstruktur, ausgehend von einem Wurzelknoten. An diesen Wurzelknoten werden alle Elemente der obersten Hierarchieebene gehängt, an die jeweils die entsprechenden Elemente der zweiten Ebene gehängt werden usw.

Ein Knoten kann jeweils genau ein Objekt aufnehmen, das die eigentliche Information enthält. Jeder Knoten kennt seinen Elternknoten und seine Kindknoten, die in einer Liste verwaltet werden. Die Hierarchieebenen des Baumes werden implizit nummeriert, der Wurzelknoten befindet sich auf Ebene 0, die weiteren Ebenen werden aufsteigend gezählt.

```
package javacodebook.collections.tree;

import java.util.*;

public class Node {

  // Das eigentliche Objekt mit der Information
  private Object nodeObject;
  // Der Elternknoten
  private Node parent;
  // Die Liste der Kindknoten
  private ArrayList children = new ArrayList();

  // Erzeugt einen neuen Knoten mit dem angegebenen Objekt-Inhalt
  public Node(Object nodeObject) {
    this.nodeObject = nodeObject;
  }

  // Gibt das Informations-Objekt dieses Knotens zurück
  public Object getNodeObject() {
    return nodeObject;
  }

  // Gibt diesem Knoten ein anderes Informations-Objekt
  public void setNodeObject(Object nodeObject) {
    this.nodeObject = nodeObject;
  }

  // Gibt den Elternknoten zurück
  public Node getParent() {
    return parent;
  }

  // Setzt den Elternknoten
  public void setParent(Node parent) {
    this.parent = parent;
  }
```

Listing 246: Node

```
  // Fügt einen Kindknoten hinzu
  public void addChild(Node childNode) {
    children.add(childNode);
    childNode.setParent(this);
  }

  // Liste aller Kinder dieses Knotens
  public Node[] getChildren() {
    Node[] childArray = new Node[children.size()];
    children.toArray(childArray);
    return childArray;
  }

  // Ermittelt die Anzahl der Kindknoten
  public int getChildCount() {
    return children.size();
  }

  // Ermöglicht den Zugriff auf Kindknoten über den Index
  public Node getChildAt(int index) {
    if(index < 0 || index > children.size())
      throw new ArrayIndexOutOfBoundsException("Zu wenig " +
                                              "Kindknoten");
    return (Node)children.get(index);
  }

  // Entfernt einen Kindknoten
  public boolean removeChild(Node child) {
    return children.remove(child);
  }

  // Entfernt diesen Knoten inkl. aller seiner Kindknoten
  public boolean remove() {
    return parent.removeChild(this);
  }

  // Pfad vom aktuellen Knoten zum Wurzelknoten als Array
  public Node[] getPath() {
    Node current = this;
    LinkedList list = new LinkedList();
    while(current.getParent() != null) {
      list.addLast(current);
      current = current.getParent();
    }
    Node[] path = new Node[list.size()];
```

Listing 246: Node (Forts.)

```
    list.toArray(path);
    return path;
  }

  // Hilfsmethode zur Ausgabe der Knotenposition
  public void printPath() {
    Node[] path = getPath();
    for(int i = path.length-1; i >= 0; i--) {
      for(int j = 1; j < path.length - i; j++)
        System.out.print("  ");
      System.out.println(path[i].getNodeObject());
    }
  }

  // Ermittelt die Hierarchieebene des Knotens (Wurzelknoten = 0)
  public int getLevel() {
    return getPath().length;
  }

  // Wurzelknoten ermitteln
  public Node getRoot() {
    Node node = this;
    while(node.getParent() != null)
      node = node.getParent();
    return node;
  }

  // Knoten zu einem Objekt im Baum suchen
  public static Node findNode(Node startNode, Object searchObject) {
    Node[] resultNode = new Node[1];
    // Die Suche wird immer beim Wurzelknoten begonnen
    findNode(startNode, searchObject, resultNode);
    return resultNode[0];
  }

  // Rekursive Suche im Baum, resultNode ist Rückgabecontainer
  private static void findNode(Node node, Object searchObject,
                               Node[] resultNode) {
    if(node.getNodeObject().equals(searchObject)) {
      resultNode[0] = node;
      return;
    }
    else {
      Node[] children = node.getChildren();
      for(int i = 0; i < children.length; i++)
```

Listing 246: Node (Forts.)

Core
I/O
GUI
Multimedia
Datenbank
Netzwerk
XML
RegEx
Daten
Threads
Web-Server
Applets
Sonstiges

```
            findNode(children[i], searchObject, resultNode);
        }
    }
}
```

Listing 246: Node (Forts.)

In der Klasse `TreeExample` wird ein Baum erzeugt. Es wird eine dreistufige Katalogstruktur aufgebaut, bestehend aus Produktkategorie, Produktgruppe und Produkt. Dazu wird zunächst der Wurzelknoten erzeugt (»Root«). Die Methode `fillTree()` bekommt den Wurzelknoten übergeben und baut den Baum entsprechend der Kategorie, Produktgruppen und Produkte auf.

In der Methode `printTree()` wird gezeigt, wie der Baum durchlaufen werden muss, um alle Elemente auszugeben. Über eine Rekursion werden alle Elemente angesprochen, wobei der Baum wie ein voll ausgeklappter grafisch dargestellter Baum ausgegeben wird.

Mit der Methode `findNode()` kann ausgehend von einem beliebigen Knoten ein Objekt im Baum gesucht werden. Zurückgegeben wird der Knoten, der das Objekt enthält, oder null, wenn das Objekt nicht gefunden wurde.

```
package javacodebook.collections.tree;

public class TreeExample {

  public static void main(String[] args) {

    // Baum erzeugen und mit Katalogdaten füllen
    Node root = new Node("Kategorien");
    fillTree(root);
    printTree(root);
    // Suchen eines Objekts im Baum mit der Methode findNode().
    System.out.println();
    Node x = root.findNode(root, "TFT Monitor");
    System.out.println("Suche nach TFT Monitor liefert " +
                       "folgenden Knoten");
    x.printPath();

  }

  private static void fillTree(Node root) {
```

Listing 247: TreeExample

```
    // Produkt-Kategorie erzeugen und an den Wurzelknoten anfügen
    Node category = new Node("Hardware");
    root.addChild(category);
    // Produktgruppe erzeugen und an die Produktkategorie anfügen
    Node group = new Node("Mainboards");
    category.addChild(group);
    // Produkt erzeugen und an die Produktgruppe anfügen
    Node product = new Node("Sockel 2341 ABC");
    group.addChild(product);
    product = new Node("Sockel 33");
    group.addChild(product);
    product = new Node("Slot UX");
    group.addChild(product);
    group = new Node("Monitore");

    // Neue Kategorie erzeugen und ... s.o.
    category.addChild(group);
    product = new Node("17\" Monitor");
    group.addChild(product);
    product = new Node("19\" Monitor");
    group.addChild(product);
    product = new Node("TFT Monitor");
    group.addChild(product);
    category = new Node("Software");
    root.addChild(category);
    group = new Node("Betriebssysteme");
    category.addChild(group);
    product = new Node("Fenster 96");
    group.addChild(product);
    product = new Node("Fenster 99");
    group.addChild(product);
    product = new Node("Linux");
    group.addChild(product);
  }

  // Ausgabe des Baums in einer Rekursion
  private static void printTree(Node node) {
    Node[] children = node.getChildren();
    for(int i = 0; i < children.length; i++) {
      // Einrücken von Elementen je nach Level
      for(int j = 1; j < children[i].getLevel(); j++)
        System.out.print("  ");
      // Aktuellen Kindknoten ausgeben
      System.out.println(children[i].getNodeObject());
      // Kinder des aktuellen Kindknotens überprüfen
```

Listing 247: TreeExample (Forts.)

```
        if(children[i].getChildCount() > 0)
          printTree(children[i]);
      }
    }
  }
```

Listing 247: TreeExample (Forts.)

Die Ausgabe des Baumes sieht dann so aus:

```
Hardware
  Mainboards
    Sockel 2341 ABC
    Sockel 33
    Slot UX
  Monitore
    17" Monitor
    19" Monitor
    TFT Monitor
Software
  Betriebssysteme
    Fenster 96
    Fenster 99
    Linux


Suche nach TFT Monitor liefert folgenden Knoten
Hardware
  Monitore
    TFT Monitor
```

Mit der vorgestellten `Node`-Klasse ist es sehr leicht, Baumstrukturen aufzubauen und wieder auszugeben. Sind die Anforderungen höher und die Baumstruktur soll später bearbeitet werden, so ist wohl zu überlegen, ob nicht doch das Swing-Paket vorteilhafter ist. Es enthält die volle Funktionalität, die für die Manipulation von Bäumen notwendig ist.

Threads

179 Wie erzeuge ich einen Thread?

Soll ein Programmteil geschrieben werden, der aus einem bestimmten Grund – z.B. weil er in der Ausführung sehr lange braucht und das gesamte Programm blockiert – als eigener Thread laufen soll, bietet Java dazu zwei Möglichkeiten. Entweder wird der Programmteil in einer Klasse gekapselt, die von der Klasse `java.lang.Thread` erbt, oder aber die zu entwickelnde Klasse implementiert das Interface `java.lang.Runnable`. Das folgende Programm zeigt ein Beispiel, das durch Erben von der Klasse `Thread` entsteht. Zunächst einmal muss man verstehen, dass ein Thread – genau wie eine komplette Anwendung – einen Einstiegspunkt zur Ausführung benötigt. Bei einer Anwendung ist es die Methode `main(String []args)`, bei einem Thread die Methode `run()`. Zum Starten eines Threads wird die Methode `run()` aufgerufen. Sobald sie abgearbeitet worden ist, wird der Thread gestoppt. Danach kann er nicht mehr erneut gestartet werden! Es handelt sich bei Threads also quasi um Wegwerfprodukte.

Die Methode `run()` darf niemals direkt aufgerufen werden, da die Klasse dann nicht als eigener Thread gestartet wird. Die Klasse `java.lang.Thread` stellt eine eigene Methode `start()` zur Verfügung. Mit Hilfe dieser Methode wird es möglich, den Thread zu starten und damit die Methode `run()` auszuführen.

In dem folgenden Beispiel werden zwei Threads mit den Namen »Anton« und »Berta«« erzeugt und gestartet. Die Threads durchlaufen eine Schleife, in der sie jeweils 10-mal eine Ausgabe auf der Konsole ausgeben. Die Reihenfolge der Ausgabe ist dabei nicht vorher bestimmbar, da die beiden Threads parallel abgearbeitet werden.

Nach dem Durchlauf der Schleife beenden sich die beiden Threads mit einer entsprechenden Meldung. Beachten Sie auch, dass die Methode `main()` beendet ist, *bevor* die beiden Threads mit dem Durchlauf ihrer jeweiligen Schleifen fertig sind. Sie erkennen dies an der Ausgabe `Main: fertig`, die *nicht* als Letztes erscheint. Die Funktion `main()` läuft innerhalb der JVM als eigener Thread. Ist die Funktion `main()` beendet, beendet sich auch der dazugehörige Thread. Die Anwendung wird aber erst dann beendet, wenn sich der letzte Thread beendet (also in diesem Beispiel `Anton` bzw. `Berta`).

```
package javacodebook.thread.simplethread;
import java.util.Random;

public class SimpleThread extends Thread {
  private static Random random =
    new Random(System.currentTimeMillis());

  public SimpleThread(String name) {
    super(name);
  }

  public void run() {
    for (int i=0; i<10; i++) {
      try {
        sleep(random.nextInt(1000));
      }
      catch (InterruptedException e) { e.printStackTrace();}

      // Ein Lebenszeichen des Threads
      System.out.println(getName() + ": " + i );
      System.out.flush();
    }
    System.out.println(getName() + ": fertig");
  }

  public static void main(String []args) {
    // Zwei Threads neu erzeugen
    SimpleThread s1 = new SimpleThread("Anton");
    SimpleThread s2 = new SimpleThread("Berta");

    // Jetzt geht's los. Die Threads werden gestartet.
    s1.start();
    s2.start();
    System.out.println("Main: fertig");
  }
}
```

Listing 248: Simple Thread

Wenn Sie dieses Listing eingeben, erhalten Sie folgende Bildschirmausgabe:

```
> java javacodebook.thread.simplethread.SimpleThread
Main: fertig
Berta: 0
```

```
Berta: 1
Anton: 0
Anton: 1
Berta: 2
Berta: 3
Anton: 2
Berta: 4
Anton: 3
Berta: 5
Anton: 4
Berta: 6
Anton: 5
Anton: 6
Anton: 7
Berta: 7
Berta: 8
Berta: 9
Berta: fertig
Anton: 8
Anton: 9
Anton: fertig
```


180 Wie erzeuge ich einen Thread als Runnable?

In dem folgenden Beispiel möchten wir Ihnen zeigen, wie Sie einzelne Programmteile mit anderen Programmteilen ausführen.

Nicht immer kann man eine Klasse, die als Thread laufen soll, von der Klasse `Thread` erben lassen. Dies ist dann der Fall, wenn die Klasse bereits von einer anderen Klasse erbt. Was also tun? Zum Glück haben die Erfinder von Java auch diesen Fall berücksichtigt und stellen neben der Klasse `java.lang.Thread` auch das Interface `java.lang.Runnable` zur Verfügung. Eine Klasse, die dieses Interface implementiert, kann in einer Java-Anwendung innerhalb eines eigenen Threads ausgeführt werden. Mit Hilfe dieses Interfaces und der Klasse `Thread` lassen sich eigene Threads in zwei Schritten realisieren:

1. Schreiben Sie eine Klasse, die das Interface `java.lang.Runnable` definiert. Das Interface definiert eine einzige Methode: `run()`. In dieser Methode enthaltene Programmteile können innerhalb eines eigenen Threads abgearbeitet werden.
2. Erzeugen Sie ein Objekt der Klasse `Thread`, welches Ihre Klasse »huckepack« nimmt. Hierfür stellt die Klasse `Thread` einen Konstruktor bereit, in dem ihr ein Runnable übergeben werden kann. Zum Starten der Anwendung wird entsprechend die Methode `start()` des Threads verwendet.

Das folgende Beispiel ist eine Kopie des ersten Beispiels in diesem Kapitel mit dem Unterschied, dass die ausführende Klasse nicht von der Klasse `Thread` erbt, sondern das Interface `Runnable` implementiert. In der Hauptroutine werden zwei Instanzen der Klasse `SimpleRunnable` erzeugt. Die erzeugten Instanzen werden anschließend jeweils an einen neu erzeugten Thread übergeben und mit Hilfe des Threads gestartet.

```
package javacodebook.thread.simplerunnable;
import java.util.Random;

/**
 * Eine Klasse, die das Interface Runnable implementiert
 */
public class SimpleRunnable implements Runnable {
  private static Random random = new Random(System.currentTimeMillis());

  public void run() {
    // Der aktuelle Thread wird ermittelt.
    Thread myThread = Thread.currentThread();

    // Der Thread zeigt 10-mal an, dass er lebt, und legt sich
    // zwischendurch für eine zufällige Zeit zwischen 0 und 1
    // Sekunde schlafen.
    for (int i=0; i<10; i++) {
      try {
        Thread.sleep(random.nextInt(1000));
      }
      catch (InterruptedException e) {}

      // Ein Lebenszeichen des Threads
      System.out.println(myThread.getName() + ": " + i );
      System.out.flush();
    }
    System.out.println(myThread.getName() + ": fertig");
  }

  public static void main(String []args) {
    // Zwei Threads erzeugen
    SimpleRunnable r1 = new SimpleRunnable();
    SimpleRunnable r2 = new SimpleRunnable();
    Thread s1 = new Thread(r1, "Anton");
    Thread s2 = new Thread(r2, "Berta");

    // Jetzt geht's los. Die Threads werden gestartet.
```

Listing 249: SimpleRunnable

```
    s1.start();
    s2.start();
    System.out.println("Main: fertig");
  }
}
```

Listing 249: SimpleRunnable (Forts.)

Die Ausgabe beim Durchlaufen des Programms sieht wie folgt aus:

```
> java javacodebook.thread.simplerunnable.SimpleRunnable
Main: fertig
Berta: 0
Berta: 1
Anton: 0
Berta: 2
Anton: 1
Berta: 3
Anton: 2
Berta: 4
Anton: 3
Berta: 5
Anton: 4
Berta: 6
Anton: 5
Berta: 7
Anton: 6
Anton: 7
Berta: 8
Anton: 8
Berta: 9
Berta: fertig
Anton: 9
Anton: fertig
```

181 Wie starte und stoppe ich einen Thread?

Ein Thread ist dann beendet, wenn die Methode `run()` beendet worden ist. Manchmal möchte man aber einen Thread gezielt stoppen und nicht darauf warten, dass er sich von selbst beendet. Ursprünglich war für das Stoppen einen Threads die Methode `stop()` der Klasse `java.lang.Thread` vorgesehen. Es stellte sich jedoch schnell heraus, dass von der Benutzung der Methode aufgrund ihrer drastischen Natur abzuraten ist. Es kann nicht garantiert werden, dass der Aufruf der Methode `stop()` das gewünschte Ergebnis liefert. Also muss man sich eigene Mechanismen ausdenken, um einen Thread zu stoppen. Eine einfache Methode wird in dem folgenden Beispiel vorgestellt. Dem Beispiel-Thread wurde eine zusätzliche Methode `stopExecution()` spendiert, welche ein Stop-Flag auf `true` setzt. Innerhalb der `run()`-Methode wird regelmäßig überprüft, ob das Flag auf `true` oder `false` gesetzt ist. Ist es auf `true` gesetzt, beendet sich die `run()`-Methode.

```
package javacodebook.thread.stopthread;

/**
 * Ein Thread mit einer sanften Methode, gestoppt zu werden.
 */
public class StartStopThread extends Thread {
  boolean stop = false;

  public void run() {
    // Der Thread läuft so lange, bis er ein Stopsignal erhält.
    while(!stop) {
      System.out.println("Thread: läuft");
      try {
        sleep(2000);
      }
      catch (Exception ignore) {}
    }
    System.out.println("Thread: gestoppt");
  }

  /**
   * Dem Thread wird angezeigt, dass er stoppen soll
   */
  public void stopExecution() {
    stop = true;
  }

  public static void main(String []args) throws Exception {
    StartStopThread sst = new StartStopThread();

    System.out.println("Main: starte Thread");
    sst.start();
    sleep(4500);

    // Der Thread wird gebeten, zu stoppen.
    System.out.println("Main: stoppe Thread");
```

Listing 250: stopthread

```
    sst.stopExecution();
    System.out.println("Main: fertig");
  }
}
```

Listing 250: stopthread (Forts.)

```
>java javacodebook.thread.stopthread.StartStopThread
Main: starte Thread
Thread: läuft
Thread: läuft
Thread: läuft
Main: stoppe Thread
Main: fertig
Thread: gestoppt
```

Die Methode mit dem Flag funktioniert so lange, wie innerhalb der `run()`-Methode sichergestellt werden kann, dass das Flag regelmäßig überprüft wird. Unter bestimmten Umständen geht dies aber nicht. Zum Beispiel könnte der Thread gerade auf Benutzereingaben warten und blockiert sein oder der Thread horcht auf einem Socket auf Anfragen von Clients. In diesen Fällen müssen Sie sich eine andere Methode ausdenken. Meistens hilft ein Aufruf der Methode `interrupt()`, um die Blockade des Threads aufzulösen. In anderen Fällen jedoch müssen Sie sich eine für Ihr spezielles Problem angepasste Methode ausdenken. Ein Patentrezept gibt es hier nicht.

182 Wie kann ich Threads mehrfach nutzen?

Threads sind nicht dazu geeignet, mehrfach gestartet und gestoppt zu werden. Nachdem ein Thread einmal gestoppt worden ist, kann er nicht erneut gestartet werden. Sehen Sie sich das foldende Beispiel an. In der Hauptroutine wird versucht, einen *WorkerThread* insgesamt 5-mal zu starten und anschließend wieder zu stoppen. Offensichtlich klappt dies aber nur ein einziges mal. Bei den anderen vier Schleifendurchläufen passiert nichts.

```
package javacodebook.thread.multiusethread;

/**
 * Der Thread, der mehrfach gestartet und gestoppt werden soll
 */
```

Listing 251: WorkerThread.java

```
class WorkerThread extends Thread {
  boolean stop = false;

  public void run() {

    System.out.println("Thread gestartet");
    while (!stop) {
      System.out.print(".");
      try {
        sleep(100);
      }
      catch(Exception ignore) {}
    }
    System.out.println("\nThread gestoppt");
  }

  /*
   * Methode, um den Thread jederzeit sauber stoppen zu können
   */
  public void stopExecution() {
    stop = true;
  }
}
```

Listing 251: WorkerThread.java (Forts.)

```
package javacodebook.thread.multiusethread;

public class ThreadStarter extends Thread {
  public static void main(String []args) throws Exception {
    WorkerThread thread = new WorkerThread();

    for (int i=0; i<5; i++) {
      thread.start();
      sleep(1500);
      thread.stopExecution();
      sleep(500);
    }
  }
}
```

Listing 252: ThreadStarter.java

```
>java javacodebook.thread.multiusethread.ThreadStarter
Thread gestartet
...............
Thread gestoppt
```

Eine einfache Möglichkeit, das Problem zu umgehen, besteht darin, einen kleinen Thread-Container zu nutzen, wie er in dem folgenden Beispiel vorgestellt wird. In unserem Beispiel verwendet der Container wiederum den `WorkerThread`. Die Hauptroutine erzeugt eine Instanz des Containers und ruft in einer Schleife fünfmal die Methode `start()` und anschließend `stop()` auf. Dieses Mal funktioniert alles reibungslos und die Ausgabe ist so, wie sie sein sollte.

```
package javacodebook.thread.multiusethread;

/**
 * Simulieren des mehrfachen Startens und Stoppens eines Threads
 */
public class MultiuseThreadContainer {
  WorkerThread worker;
  boolean isStarted = false;

  /**
   * Erzeugt bei Bedarf einen neuen Thread und startet diesen
   */
  public void start() {
    if (isStarted)
      return;

    worker = new WorkerThread();
    worker.start();
    isStarted = true;
  }

  /**
   * Stoppt einen ggf. laufenden Thread
   */
  public void stop() {
    if (!isStarted)
      return;

    worker.stopExecution();
```

Listing 253: MultiuseThreadContainer.java

```
    isStarted = false;
  }
}
```

Listing 253: MultiuseThreadContainer.java (Forts.)

```
public class ContainerStarter extends Thread {
  public static void main(String []args) throws Exception {
    // Es wird ein neuer ThreadContainer für die
    // mehrfache Benutzung erzeugt.
    MultiuseThreadContainer container = new MultiuseThreadContainer();

    // Der 'Thread' wird mehrfach gestartet und
    // auch wieder gestoppt.
    for (int i=0; i<5; i++) {
      container.start();
      sleep(1500);
      container.stop();
      sleep(500);
    }
  }
}
```

Listing 254: ContainerStarter.java

```
>java javacodebook.thread.multiusethread.ContainerStarter
Thread gestartet
...............
Thread gestoppt
Thread gestartet
................
Thread gestoppt
Thread gestartet
...............
Thread gestoppt
Thread gestartet
..............
Thread gestoppt
Thread gestartet
..............
Thread gestoppt
```

183 Wie lasse ich einem anderen Thread den Vortritt?

Java ist plattformunabhängig. Leider gilt dieser Satz nicht immer. Eine Reihe von Funktionen in Java sind so implementiert, dass sie auf Betriebssystemroutinen zurückgreifen. Bei einigen sind die Unterschiede auf den verschiedenen Betriebssystemen offensichtlich. Denken Sie z.B. an AWT-Komponenten, die unter Linux ein völlig anderes Aussehen haben als unter Windows. Es gibt aber auch eine Reihe von Funktionen und Funktionalitäten, bei denen die Plattformabhängigkeit nicht unmittelbar zu erkennen ist. Threads sind so ein Beispiel. Die Ausführung von Java-Threads hängt stark vom Betriebssystem ab. So erfolgt das Scheduling – also die Entscheidung, welcher Thread wie lange die CPU benutzen darf und welcher Thread im Anschluss daran an der Reihe ist – plattformabhängig durch das Betriebssystem. In manchen Situationen macht es daher Sinn, dem Scheduler ein bisschen unter die Arme zu greifen. Dazu dient die Methode `yield()`. Mit ihr wird dem Scheduler mitgeteilt, dass auch ruhig mal ein anderer Thread ausgeführt werden kann. Sollte es keinen anderen auszuführenden Thread geben, geht es direkt weiter. Die Methode sollte z.B. dann genutzt werden, wenn ein Thread längere Berechnungen durchführt ohne zwischendurch zu pausieren. Das folgende Beispiel verdeutlicht den Einsatz der Methode `yield()`.

```
package javacodebook.thread.yield;

import java.util.Random;

public class UnyieldedThread extends Thread {
  StringBuffer buffer;

  public UnyieldedThread(String name, StringBuffer buffer) {
    super(name);
    this.buffer = buffer;
  }

  public void run() {
    // Der Thread zeigt 6-mal an, dass er lebt.
    for (int i=0; i<6; i++) {
      buffer.append(getName() + ": " + i + "\n");
    }
    buffer.append(getName() + ": fertig\n");
  }
```

Listing 255: UnyieldedThread.java

```
  public static void main(String []args) throws Exception {
    StringBuffer buffer = new StringBuffer();

    Thread s1 = new UnyieldedThread("Anton", buffer);
    Thread s2 = new UnyieldedThread("Berta", buffer);

    // Jetzt gehts los. Die Threads werden gestartet.
    s1.start();
    s2.start();

    s1.join();
    s2.join();

    System.out.println(buffer.toString());
    System.out.flush();
  }
}
```

Listing 255: UnyieldedThread.java (Forts.)

Das Ergebnis zeigt, dass die Anwendung nicht so arbeitet, wie zunächst vermutet. Zuerst wird der Thread `Anton` abgearbeitet, erst danach ist `Berta` an der Reihe.

```
>java javacodebook.thread.yield.UnyieldedThread
Anton: 0
Anton: 1
Anton: 2
Anton: 3
Anton: 4
Anton: 5
Anton: fertig
Berta: 0
Berta: 1
Berta: 2
Berta: 3
Berta: 4
Berta: 5
Berta: fertig
```

Durch den Einsatz der Methode `yield()` kann das Verhalten der Threads entscheidend verändert werden. Die neue Klasse unterscheidet sich etwas in der Methode `run.()`:

```
public void run() {
  // Der Thread zeigt 6-mal an, dass er lebt.
  for (int i=0; i<6; i++) {
    buffer.append(getName() + ": " + i + "\n");
    // Der Thread ist fair. Andere Threads erhalten
    // nun auch die Chance zu laufen.
    yield();
  }
  buffer.append(getName() + ": fertig\n");
}
```

Listing 256: YieldedThread.java

Die Ausgabe sieht nun so aus wie erwartet:

```
>java javacodebook.thread.yield.YieldedThread
Anton: 0
Berta: 0
Anton: 1
Berta: 1
Anton: 2
Berta: 2
Anton: 3
Berta: 3
Anton: 4
Berta: 4
Anton: 5
Berta: 5
Anton: fertig
Berta: fertig
```


184 Welche Threads laufen in meiner Anwendung?

Manchmal möchte man gerne wissen, welche Threads in einem Programm derzeit laufen. Dies kann vor allem dann wichtig werden, wenn sich ein Programm unerwartet verhält und man nicht weiß, was der Grund dafür sein könnte. In Java werden Threads immer zu Gruppen zusammengefasst. Eine Thread-Gruppe kann ihrerseits Gruppen enthalten. Somit bilden Thread-Gruppen eine Baum-Struktur. Um diese Struktur aufzulisten, muss man zunächst die oberste Thread-Gruppe herausfinden um dann von hier aus die einzelnen Untergruppen mit ihren Threads und weiteren Untergruppen aufzulisten.

Genau dies zeigt das folgende Beispiel.

```
package javacodebook.thread.threadlist;
public class Starter {

  public static void main(String []args) {
    ThreadGroup tg = new ThreadGroup("Gruppe 1");
    Thread t1 = new DemoThread(tg, "Anton");
    Thread t2 = new DemoThread(tg, "Berta");

    ThreadGroup tg2 = new ThreadGroup("Gruppe 2");
    Thread t3 = new DemoThread(tg2, "Charly");
    Thread t4 = new DemoThread(tg2, "Dora");

    t1.start();
    t2.start();
    t3.start();
    t4.start();

    ListThreads ls = new ListThreads();
    ls.listThreads();
  }
}
```

Listing 257: Starter.java

```
package javacodebook.thread.threadlist;

/**
 * Listet die in einer Anwendung laufenden Threads gruppiert nach
 * ihrer Thread-Gruppe auf
 */
public class ListThreads {

  private final static String TAB= "          “;


  /**
   * Listet die Threads einer ThreadGroup sowie Threads
   * untergeordneter ThreadGroups auf
   */
  public synchronized void listThreads(ThreadGroup group) {
```

Listing 258: ListThreads.java

```
    listThreads(group, 1);
  }

  /**
   * Listet alle Threads einer Anwendung auf
   */
  public synchronized void listThreads() {
    // Zuerst die Root-Threadgruppe ausfindig machen
    ThreadGroup root =
      Thread.currentThread().getThreadGroup().getParent();
    while (root.getParent() != null)
      root = root.getParent();

    listThreads(root, 1);

  }

  /**
   * Listet die Threads einer ThreadGroup sowie
   * untergeordneter ThreadGroups auf.
   */
  private void listThreads(ThreadGroup group, int level) {
    System.out.print(TAB.substring(0, level*3));
    System.out.println("[" + group.getName() + "]");

    int estimate, real;

    // Zuerst die Threads der Thread-Gruppe
    estimate = group.activeCount();
    Thread []threads = new Thread[estimate*2];

    real = group.enumerate(threads, false);
    for (int i=0; i<real; i++) {
      System.out.print(TAB.substring(0, level*3+3));
      System.out.print("-> " + threads[i].getName());
      System.out.println(", " + threads[i].getPriority());
    }

    // Und jetzt die Untergruppen
    estimate = group.activeGroupCount();
    ThreadGroup []groups = new ThreadGroup[estimate*2];

    real = group.enumerate(groups, false);
    for (int i=0; i<real; i++) {
      listThreads(groups[i], level+1);
```

Listing 258: ListThreads.java (Forts.)

```
        }
    }
}
```

Listing 258: ListThreads.java (Forts.)

Die Ausgabe sieht folgendermaßen aus:

```
>java javacodebook.thread.threadlist.Starter
    [system]
        -> Reference Handler, 10
        -> Finalizer, 8
        -> Signal Dispatcher, 10
        -> CompileThread0, 10
        [main]
            -> main, 5
            [Gruppe 1]
                -> Anton, 5
                -> Berta, 5
            [Gruppe 2]
                -> Charly, 5
                -> Dora, 5
```

Beim Start einer Anwendung existieren bereits die zwei Thread-Gruppen `system` und `main`. Alle Threads, die Sie anlegen und nicht explizit einer Gruppe zuordnen, werden vom System automatisch der Gruppe `main` zugeordnet. Genauso verhält es sich mit Thread-Gruppen, die nicht explizit einer anderen Thread-Gruppe zugeordnet werden.

185 Wie tausche ich große Datenmengen zwischen Threads aus?

In bestimmten Fällen macht es Sinn, zum Datenaustausch zwischen Threads sog. *Pipes* zu verwenden. Der Begriff Pipe drückt ziemlich gut ihren Verwendungszweck aus. Eine Pipe stellt einen Kommunikationskanal mit genau zwei Enden dar. In das eine Ende der Pipe werden Informationen geschrieben, die aus dem anderen Ende der *Pipe* wieder herausgelesen werden können. Daten, die zuerst in die Pipe geschrieben werden, werden auch als Erstes wieder aus der Pipe gelesen. Eine Pipe kann immer nur in eine Richtung verwendet werden. In Java werden die Enden einer Pipe durch einen `PipedInputStream` und einen `PipedOutputStream` bzw. einen `PipedReader` und einen

`PipedWriter` realisiert. Eine Pipe kann in gewissen Grenzen Daten in einem internen Puffer zwischenspeichern. Bei einem vollen Puffer bleibt ein in die *Pipe* schreibender Thread so lange geblockt, bis wieder genügend Platz im internen Puffer zur Verfügung steht. Das Gleiche gilt, wenn der Puffer leer ist und ein Thread versucht, Daten aus der Pipe zu lesen. In dem folgenden Beispiel wird für die Kommunikation zwischen zwei Threads die Variante mit `PipedInputStream`/`PipedOutputStream` verwendet. Zunächst einmal werden `PipedInputStream` und `PipedOutputStream` definiert und miteinander verbunden. Die beiden Enden der so entstandenen Pipe werden an zwei verschiedene Threads übergeben, die nun die Pipe zur Kommunikation nutzen.

```
package javacodebook.thread.pipes;

import java.io.OutputStream;
import java.util.Random;

/**
 * Dieser Thread schreibt in unregelmäßigen Abständen
 * Zahlen (Bytes) in den einen OutputStream
 */
class DataSource extends Thread {
  OutputStream os;
  Random random;

  public DataSource(OutputStream os) {
    this.os = os;
    this.random = new Random(System.currentTimeMillis());
  }

  public void run() {
    byte buf[] = new byte[1];

    try {
      // Es werden insgesamt 10 Zahlen in die Pipe geschrieben
      for (int i=0; i<10; i++) {
        // Eine neue Zufallszahl erzeugen ...
        buf[0] = (byte)random.nextInt(127);
        // .. auf der Konsole ausgeben ...
        System.out.println(buf[0]);
        // ... und in die Pipe schreiben
        os.write(buf, 0, 1);
        // Nach getaner Arbeit erst einmal pausieren.
        sleepRandomly(200, 300);
      }
```

Listing 259: DataSource.java

```
      System.out.println("EOF");
      os.close();
    }
    catch (Exception ignore) {}
  }
}
```

Listing 259: DataSource.java (Forts.)

```
package javacodebook.thread.pipes;

import java.io.InputStream;
import java.util.Random;

/**
 * Dieser Thread versucht in unregelmäßigen Abständen
* Zahlen (Bytes) aus der Pipe zu lesen
 */
class DataSink extends Thread {
  InputStream is;
  Random random;

  public DataSink(InputStream is) {
    this.is = is;
    this.random = new Random(System.currentTimeMillis());
  }

  public void run() {
    byte[] buf = new byte[1];
    int size = 0;

    try {
      // Der Thread läuft so lange, bis die Pipe von
      // der anderen Seite geschlossen wird.
      while(true) {
        // Es wird versucht, ein Byte aus der Pipe zu lesen.
        size = is.read(buf, 0, 1);

        // In der Pipe stehen keine Daten mehr zur Verfügung.
        if (size < 0)
          break;

        // Das gelesene Byte wird ausgegeben.
        System.out.println("\t\t" + buf[0]);
```

Listing 260: DataSink.java

```
        sleepRandomly(200, 300);
      }
      System.out.println("\t\tEOF");
      is.close();
    }
    catch (Exception ignore) {}
  }
}
```

Listing 260: DataSink.java (Forts.)

```
public class Starter {
  public static void main(String []args) throws IOException {
    // Zunächst einmal werden die Enden der Pipe erstellt
    // und miteinander verbunden.
    PipedInputStream  pis = new PipedInputStream();
    PipedOutputStream pos = new PipedOutputStream(pis);

    // Schreibender und lesender Thread werden erzeugt
    Thread sink   = new DataSink(pis);
    Thread source = new DataSource(pos);

    sink.start();
    source.start();
  }
}
```

Listing 261: Starter.java

Der erste Thread erzeugt eine Reihe von Zahlenwerten, die von dem zweiten Thread gelesen werden. `DataSource` schreibt insgesamt zehn Zahlen in die Pipe und beendet sich dann automatisch. `DataSink` liest so lange Daten aus der Pipe, bis die Pipe von dem schreibenden Thread geschlossen wird.

Die Ausgabe sieht folgendermaßen aus:

```
>java javacodebook.thread.pipes.Starter
0       104
1       121
2       89
3       79
4       69
                104
```

Core
I/O
GUI
Multi-media
Daten-bank
Netz-werk
XML
RegEx
Daten
Threads
Web-Server
Applets
Sonsti-ges

```
5       107
                121
6       118
                89
7       17
                79
8       83
                69
9       6
                107
EOF
                118
                17
                83
                6
                EOF
```

186 Wie schreibe ich einen Timer?

Manchmal ist es sinnvoll, innerhalb einer Anwendung einen Taktgeber zum Anstoßen bestimmter Aufgaben zu haben. So könnte ein Taktgeber dazu verwendet werden, in einem Editor alle 5 Minuten die automatische Dateisicherung anzustoßen oder aber in einem Mailprogramm alle 10 Minuten nachzusehen, ob neue Mails im Postkasten angekommen sind. Entweder man schreibt für jeden neuen Fall einen eigenen Thread oder man nutzt eine verallgemeinerte Klasse wie den `Metronome`. Der `Metronome` arbeitet quasi als Taktgeber. Alle x Sekunden werden die an dem Takt interessierten Parteien benachrichtigt. Das Beispiel verwendet das aus AWT und Swing bekannte Listener-Konzept. Eine Klasse, die benachrichtigt werden möchte, muss das Interface `Observer` implementieren und sich bei der Klasse `Metronome` als *Listener* anmelden.

```
package javacodebook.thread.metronome;

/**
 * Eine Klasse, die alle x Sekunden eine Nachricht an alle
 * angemeldeten Listener sendet
 */
public class Metronome extends java.util.Observable {
  int period;
  MetronomeThread thread;
  boolean isStarted;
```

Listing 262: Metronome.java

```
  public Metronome(int period) {
    this.period  = period;
    this.isStarted = false;
  }

  public void start() {
    if (isStarted)
      return;

    thread = new MetronomeThread(this, period);
    thread.start();
    isStarted = true;
  }

  public void stop() {
    if (isStarted == false)
      return;

    thread.stopExecution();
    isStarted =false;
  }

  protected void periodElapsed() {
    setChanged();
    notifyObservers();
  }
}
```

Listing 262: Metronome.java (Forts.)

```
package javacodebook.thread.metronome;

class MetronomeThread extends Thread {
  Metronome metronome;
  boolean stop;
  int period;

  MetronomeThread(Metronome metronome, int period) {
    this.metronome = metronome;
    this.stop     = false;
    this.period   = period;
  }
```

Listing 263: MetronomeThread.java

```
  void stopExecution() {
    stop = true;
  }

  public void run() {
    long start = System.currentTimeMillis();
    while(!stop) {
      try {
        // Schlafen, bis eine Periode um ist.
        long now = System.currentTimeMillis();
        long left = (period*1000) - ((now-start)%(period*1000));
        // Da die sleep-Methode manchmal etwas zu früh aufwacht,
        // müssen wir verhindern, dass die Observer in einer Periode
        // zweimal benachrichtigt werden. Ein Puffer von 500 ms
        // reicht.
        if (left < 500)
          left += (period*1000);
        sleep(left);
        metronome.periodElapsed();
      }
      catch (Exception ignore) {}
    }
  }
}
```

Listing 263: MetronomeThread.java (Forts.)

```
package javacodebook.thread.metronome;

import java.text.SimpleDateFormat;
/**
 * Erzeugt einen neuen Timer und lässt einen Listener auf
 * TimerEvents horchen
 */
public class Starter {
  public static void main(String []args) {
    TestListener tl = new TestListener();
    Metronome metronome = new Metronome(5);
    metronome.addObserver(tl);
    metronome.start();
  }
}
```

Listing 264: Starter.java

In unserer »Versuchsanordnung« benachrichtigt die Klasse `Metronome` alle interessierten Parteien im Zeitabstand von 5 Sekunden. Der einzige Interessent ist die Klasse `TestListener`, die bei einer Benachrichtigung auf der Konsole ausgibt, nach wie vielen Millisekunden die Nachricht erfolgte.

Die Ausgabe:

```
>java javacodebook.thread.metronome.Starter
Benachrichtigung nach 5018 Millisekunden
Benachrichtigung nach 10015 Millisekunden
Benachrichtigung nach 15002 Millisekunden
Benachrichtigung nach 20009 Millisekunden
Benachrichtigung nach 25006 Millisekunden
Benachrichtigung nach 30014 Millisekunden
...
```

187 Wie funktioniert ein Webserver?

Serversysteme zeichnen sich dadurch aus, dass sie in der Lage sind, eine Reihe von Anfragen verschiedener Clients gleichzeitig entgegenzunehmen und zu bearbeiten. Bekannte Beispiele für solche Serversysteme sind z.B. File-Server oder Mail-Server. Das wohl prominenteste Beispiel bildet aber mit Sicherheit der Web-Server.

Wie aber wird diese Gleichzeitigkeit bei der Beantwortung erreicht? Die Antwort ist einfach: Jede Anfrage eines Clients wird innerhalb eines eigenen Threads behandelt. Ein Hauptthread nimmt die Anfrage entgegen und leitet sie an einen Thread weiter. So auch in dem minimalistischen Web-Server aus dem folgenden Beispiel. Der Server besteht aus gerade mal zwei Klassen. Die Klasse `TinyHttpDaemon` bildet unseren Hauptthread. In der `run()`-Methode wird zunächst ein Port für die Kommunikation geöffnet und anschließend für jeden an diesem Port ankommenden Request ein neuer Thread der Klasse `RequestHandler` erzeugt. Das war's schon.

```
package javacodebook.thread.httpserver;

import java.net.*;
import java.io.*;

/**
 * Der Hauptthread des HTTP-Servers. Er nimmt Anfragen von Clients
```

Listing 265: TinyHttpDaemon.java

```
 * entgegen und leitet diese weiter an einen RequestHandler. Jede
 * einzelne Anfrage wird in einem eigenen Thread bearbeitet. Damit
 * wird sichergestellt, dass Anfragen von mehreren Clients
 * gleichzeitig beantwortet werden können.
 */
public class TinyHttpDaemon extends Thread {
  private int port;
  private String docRoot;

  public TinyHttpDaemon(String docRoot, int port) {
    this.docRoot = docRoot;
    this.port = port;
  }

  public void run() {
    ServerSocket socket;
    Socket request;
    RequestHandler handler;

    System.out.println("Starte HttpDaemon ...");
    try {
      socket = new ServerSocket(this.port);
    }
    catch (Exception e) {
      System.err.println(
        "Konnte HttpDaemon nicht starten. " +
        "Fehlermeldung: " + e.getMessage()
      );
      return;
    }

    // Die Hauptroutine des HTTP-Servers
    System.out.println("HttpDaemon bereit.");
    while(true) {
      try {
        // Der Aufruf von accept() blockiert so lange,
        // bis sich ein neuer Client mit einem
        // Request an den Server wendet
        request = socket.accept();

        // Für jeden Request wird ein neuer Thread erzeugt.
        handler = new RequestHandler(this.docRoot, request);
        handler.start();
      }
      catch (Exception e) {
```

Listing 265: TinyHttpDaemon.java (Forts.)

```
        System.err.println(
          "Konnte Anfrage nicht bearbeiten. " +
          "Grund: " + e.getMessage()
        );
      }
    }
  }
}
```

Listing 265: TinyHttpDaemon.java (Forts.)

Die Klasse `RequestHandler` nimmt den Request eines Clients entgegen und sendet – je nach Anfrage – einen entsprechenden Response an den Server. Sowohl Requests als auch Responses nutzen das sog. HTTP-Protokoll. Anfragen von Clients haben typischerweise das folgende Format, das wir hier in einem Auszug zeigen:

```
GET /index.html HTTP/1.1
User-Agent: Mozilla/4.0 (compatible; MSIE 5.0; Windows 2000) Opera 6.05  [de]
Host: 127.0.0.1:8080
Accept: text/html, image/png, image/jpeg, image/gif, image/x-xbitmap, */*
Accept-Language: de,en
Accept-Charset: windows-1252;q=1.0, utf-8;q=1.0, utf-16;q=1.0, iso-8859-1;q=0.6,
*;q=0.1
Accept-Encoding: deflate, gzip, x-gzip, identity, *;q=0
Connection: Keep-Alive
```

Unser `RequestHandler` interessiert sich lediglich für die erste Zeile und hier auch nur für den zweiten der drei Teile: Welche Datei fordert der Client an? Diese Information liest der Handler in der Methode `getRequestedUrl()` aus. Anschließend versucht der Client, die angeforderte Seite im Dateisystem zu finden und an den Client zurückzuschicken. Findet der Client statt einer Datei ein Verzeichnis, wird dem Client eine Auflistung des Verzeichnis-Inhalts geliefert.

```
package javacodebook.thread.httpserver;

import java.net.Socket;
import java.io.*;

/**
```

Listing 266: RequestHandler.java

```
 * Der RequestHandler bearbeitet einen Request und sendet an
 * den Client die von ihm verlangte Seite.
 */
public class RequestHandler extends Thread {
  String docRoot;
  Socket socket;

  public RequestHandler(String docRoot, Socket socket) {
    this.docRoot = docRoot;
    this.socket  = socket;
  }

  public void run() {
    try {
      // Welche Seite wurde angefordert?
      String requestedUrl = getRequestedUrl(socket);
      if (requestedUrl == null) {
        sendError(444, "Konnte request nicht auslesen");
        return;
      }

      System.out.print("Verlangte Seite: " + requestedUrl);
      System.out.println(" -> "+ docRoot + requestedUrl);

      File file = new File(docRoot + requestedUrl);
      // Huch, die Datei gibt es gar nicht! Der Client wird darüber
      // informiert.
      if (!file.exists())
        sendError(404, "Datei nicht gefunden!");
      // Handelt es sich um ein Verzeichnis, wird dem
      // Client der Inhalt des Verzeichnisses aufgelistet
      else if (file.isDirectory())
        sendDirectory(requestedUrl);
      // Die Seite wird an den Client gesendet.
      else
        sendFile(file);

      // Als Letztes wird die Verbindung geschlossen
      socket.close();
    }
    catch (Exception e) {
      System.err.print("Anfrage konnte nicht korrekt " +
                       "beantwortet werden");
      System.err.println("Grund: " + e.getMessage());
    }
```

Listing 266: RequestHandler.java (Forts.)

```
  }

  /**
   * Die URL des Requests wird ausgelesen.
   */
  private String getRequestedUrl(Socket socket) throws Exception {
    BufferedReader input = new BufferedReader(
    new InputStreamReader(socket.getInputStream()));
    String request = input.readLine();

    int start = request.indexOf(' ');
    int end = request.indexOf(' ', start+1);
    return request.substring(start+1, end);
  }

  /**
   * Sendet eine Datei an den Client
   */
  private void sendFile(File file) throws IOException {
    // Streams zum Lesen der Datei und Schreiben zum Client öffnen.
    FileInputStream input = new FileInputStream(file);
    PrintStream  output =
      new PrintStream(this.socket.getOutputStream());

    // HTTP-Header an Client senden. Da der Content-Type
    // der Datei (kann z.B. eine HTML-Seite, ein Bild,
    // eine PDF-Datei sein) unbekannt ist, wird auch
    // kein Content-Type angegeben.
    output.println("HTTP/1.0 200 OK");
    output.println("");

    // Komplette Datei auslesen und an Client senden
    int size = 0;
    byte buf[] = new byte[1024];
    while(true) {
      size = input.read(buf);
      if (size < 0)
        break;
      output.write(buf, 0, size);
    }

    output.close();
    input.close();
  }
```

Listing 266: RequestHandler.java (Forts.)

Core
I/O
GUI
Multimedia
Datenbank
Netzwerk
XML
RegEx
Daten
Threads
Web-Server
Applets
Sonstiges

```
private void sendError(int errorCode, String errorMsg)
  throws IOException {
  PrintStream output =
    new PrintStream(this.socket.getOutputStream());

  // HTTP-Header mit Fehlercode und Fehlermeldung schreiben
  output.println("HTTP/1.0 " + errorCode + " " + errorMsg);
  output.println("Content-type: text/html");
  output.println("");

  // Eine Standard-Fehlermeldungsseite an den Client senden.
  output.println("<html>");
  output.println("<head><title>");
  output.println(errorCode + " - " + errorMsg);
  output.println("</title></head>");
  output.println("<body>");
  output.println("<h2>");
  output.println(errorCode + " - " + errorMsg);
  output.println("</h2>");
  output.println("</body>");
  output.println("");

  output.close();
}

private void sendDirectory(String requestedUrl)
  throws IOException {
  // Verzeichnis-Angaben müssen immer mit einem Slash enden.
  if (!requestedUrl.endsWith("/"))
    requestedUrl += "/";

  // Einen Stream zum Schreiben von Daten an den Client öffnen
  PrintStream output =
    new PrintStream(this.socket.getOutputStream());

  // Den gesamten Inhalt des Verzeichnisses lesen
  File dir = new File(docRoot + requestedUrl);
  File[] entries = dir.listFiles();

  output.println("HTTP/1.0 200 OK");
  output.println("Content-type: text/html");
  output.println("");
  output.println("<html>");
  output.println("<body>");
  output.println("<h2>" + requestedUrl + "</h2>");
```

Listing 266: RequestHandler.java (Forts.)

```
    output.println("<table border='1' cellspacing=5>");

    // Evtl. die Möglichkeit bieten eine Verzeichnisebene
    // hochzuklettern
    if (!requestedUrl.equals("/")) {
      output.println("<tr>");
      output.println("<td>dir</td>");
      output.println("<td><a href='..'>..</a></td>");
      output.println("</tr>");
    }

    for (int i=0; i<entries.length; i++) {
      String name = entries[i].getName();

      output.println("<tr>");
      output.println("<td>");
      // Verzeichnisse mit 'dir', Dateien mit 'file' bezeichnen
      if (entries[i].isDirectory())
        output.println("dir");
      else
        output.println("file");
      output.println("</td>");
      output.println("<td>");
      output.print("<a href='" + requestedUrl + name + "'>");
      output.println(name + "</a>");
      output.println("</td>");
      output.println("</tr>");
    }
    output.println("</table>");
    output.println("</body>");
    output.println("</html>");

    output.close();
  }
}
```

Listing 266: RequestHandler.java (Forts.)

```
  public static void main(String []args)
  {
    int port = 8080;
    try {
      String docRoot = args[0];
      if (args.length>1)
```

Listing 267: Starter.java

Core
I/O
GUI
Multi-media
Daten-bank
Netz-werk
XML
RegEx
Daten
Threads
Web-Server
Applets
Sonsti-ges

```
        port = Integer.parseInt(args[1]);
      TinyHttpDaemon daemon = new TinyHttpDaemon(docRoot, port);
      daemon.start();
    }
    catch (Exception e) {
      System.err.println("Bitte rufen Sie das Beispiel wie " +
                         "folgt auf: ");
      System.err.println("java javacodebook.thread.httpserver." +
                         "Starter docRoot [port]");
    }
  }
```

Listing 267: Starter.java (Forts.)

Das Programm kann über die Klasse `Starter` gestartet werden. Ihr müssen beim Aufruf zwei Parameter übergeben werden. Der erste Parameter definiert das Verzeichnis, aus dem die HTML-Seite, Bilder etc. geladen werden sollen (sog. *Document-Root*). Der zweite Parameter ist optional und definiert den Port, auf dem der Server Anfragen entgegennimmt. Wenn hier nichts angegeben wird, nutzt der Server den Port 8080. Haben Sie die Anwendung mit den genannten Parametern gestartet, können Sie sich anschließend über einen normalen Browser die im Document-Root abgelegten Seiten ansehen, indem Sie im Browser die folgende URL eingeben: `http://127.0.0.1:8080/`. Haben Sie einen anderen Port als 8080 gewählt, müssen Sie entsprechend den gewählten Port anstelle der 8080 angeben. Der Server gibt alle Seitenanfragen aus der Standardkonsole aus:

```
>java javacodebook.thread.httpserver.Starter c:\\dokumentation\\jdk1.4\\docs\\api\\
8080
Starte HttpDaemon ...
HttpDaemon bereit.
Verlangte Seite: / -> C:\dokumentation\jdk1.4\docs\api/
Verlangte Seite: /index.html -> C:\dokumentation\jdk1.4\docs\api/index.html
Verlangte Seite: /overview-frame.html -> C:\dokumentation\jdk1.4\docs\api/overview-
frame.html
Verlangte Seite: /allclasses-frame.html -> C:\dokumentation\jdk1.4\docs\api/
allclasses-frame.html
Verlangte Seite: /overview-summary.html -> C:\dokumentation\jdk1.4\docs\api/overview-
summary.html
Verlangte Seite: /stylesheet.css -> C:\dokumentation\jdk1.4\docs\api/stylesheet.css
Verlangte Seite: /java/nio/channels/spi/AbstractInterruptibleChannel.html ->
C:\dokumentation\jdk1.4\docs\api/java/nio/channels/spi/
AbstractInterruptibleChannel.html
Verlangte Seite: /stylesheet.css -> C:\dokumentation\jdk1.4\docs\api/stylesheet.css
```

188 Wie lade ich alle Bilder einer Webseite herunter?

Um alle Bilder einer Webseite auf einem lokalen Datenträger zu speichern, muss man zunächst herausfinden, welche Bilder es überhaupt auf der Seite gibt. Die gefundenen Bilder können dann jeweils über einen eigenen Thread von ihrer Quelle heruntergeladen und in einem vorgegebenen Verzeichnis gespeichert werden. Dabei sind zwei Punkte zu beachten:

1. Bilder können auf einer Webseite mehrfach referenziert werden. Es muss also verhindert werden, dass ein Bild mehrfach von der Quelle heruntergeladen wird.
2. Verschiedene Bilder können den gleichen Namen haben, wenn sie unter verschiedenen URLs zu finden sind. Da alle Bilder in dem gleichen Verzeichnis gespeichert werden sollen, kann es evtl. zu Namenskonflikten kommen, die es aufzulösen gilt.

Die Klasse `DownloadImageVisitor` dient zum Herunterladen der Bilder einer Webseite. Sie implementiert das Interface `LinkVisitor` aus der Kategorie I/O. Der Methode `processLink()` werden alle auf einer Webseite vorkommenden externen Verweise übergeben. Handelt es sich bei dem Verweis um einen Bildverweis, wird das entsprechende Bild heruntergeladen (falls dies nicht schon früher passiert ist) und unter einem eindeutigen Namen in dem vorgegebenen Verzeichnis gespeichert.

Der eigentliche Download erfolgt in einem eigenen Thread. Dadurch werden bei Seiten mit vielen Bildern mehrere Downloads parallel bearbeitet und somit die Gesamtzeit zum Download aller Bilder verkürzt.

```
package javacodebook.chapter10.imagedownload;

/**
 * Mit Hilfe dieser Klasse werden Bilder einer Webseite
 * heruntergeladen und in einem Verzeichnis gespeichert.
*/

import javacodebook.chapter15.regex_html.*;
import java.io.*;
import java.net.URL;
import java.util.Hashtable;

public class DownloadImageVisitor implements LinkVisitor {
  URL  absoluteUrl   = null;
  File downloadFolder = null;
```

Listing 268: Die Klasse DownloadImageVisitor

```
  Hashtable images = new Hashtable();

  public DownloadImageVisitor(URL absoluteUrl, File downloadFolder) {
    this.absoluteUrl = absoluteUrl;
    this.downloadFolder = downloadFolder;
  }

  /**
   * Lädt ein Bild von der angegebenen Quelle herunter und
   * speichert es im vorgegebenen Verzeichnis ab
   */
  public String processLink(String tag, String link, boolean href) {
    if (href == true)
      return link;

    File file;
    try {
      // Ist der Link schon einmal vorgekommen?
      URL absLink = new URL(absoluteUrl, link);
      if (images.containsKey(absLink))
        file = (File)images.get(absLink);
      else {
        // Gleiche Bildnamen unter verschiedenen URLs
        // werden eindeutig benannt und heruntergeladen
        file = getFilename(absLink, downloadFolder);
        images.put(absLink, file);
        ImageDownloader id = new ImageDownloader(absLink, file);
        id.start();
      }
      System.out.println(absLink + " -> " + file);
      return file.toString();
    }
    catch (Exception e) {
      System.err.println("Konnte nicht bearbeitet werden: " + link);
    }
    return link;
  }

  /**
   * Es wird ein eindeutiger Dateiname erzeugt
   */
  private File getFilename(URL absLink, File folder)
    throws IOException {
    String prefix, suffix;
```

Listing 268: Die Klasse DownloadImageVisitor (Forts.)

```
    File file = new File(absLink.getPath());
    int dotIndex = file.getName().lastIndexOf('.');
    if (dotIndex > -1) {
      prefix = file.getName().substring(0, dotIndex);
      suffix = file.getName().substring(dotIndex);
    }
    else {
      prefix = file.getName();
      suffix = "";
    }

    int index = 0;
    String infix = "";
    while (true) {
      file = new File(folder.toString(), prefix + infix + suffix);
      if (!file.exists())
        break;
      index++;
      infix = "_" + index;
    }
    return file;
  }
}

/**
 * Dieser Thread lädt das Bild von der URL herunter und
 * speichert es unter dem vorgegebenen Namen ab.
 */
class ImageDownloader extends Thread {
  URL image = null;
  File file = null;

  public ImageDownloader(URL image, File file) {
    this.image = image;
    this.file = file;
  }

  public void run() {
    try {
      FileOutputStream out = new FileOutputStream(file);
      InputStream in = image.openStream();

      byte[] buf = new byte[1023];
      int len = -1;
```

Listing 268: Die Klasse DownloadImageVisitor (Forts.)

```
      // Das Bild wird ausgelesen und in die Datei geschrieben
      while ((len = in.read(buf)) > -1)
        out.write(buf, 0, len);

      in.close();
      out.close();
    }
    catch (Exception e) {
      System.err.println("Fehler beim Download einer Datei: " +
                         e.getMessage());
    }
  }

}
```

Listing 268: Die Klasse DownloadImageVisitor (Forts.)

Die Klasse funktioniert nur im Zusammenspiel mit der Klasse `LinkProcessor`, welche dafür zuständig ist, sämtliche Links in einer Webseite herauszufinden. Ihre Funktionsweise wird in der Kategorie »Reguläre Ausdrücke« eingehend erklärt. Der folgende Code verdeutlicht die Benutzung der Klasse `DownloadImageVisitor`

```
package javacodebook.chapter10.imagedownload;

import java.net.URL;
import java.io.*;
import javacodebook.chapter15.regex_html.*;

/**
 * Download aller Bilder einer HTML-Seite
 */
public class Starter {

  public static void main(String []args) throws Exception {
    URL  url  = null;
    File file = null;
    try {
      url  = new URL(args[0]);
      file = new File(args[1]);
    }
    catch (Exception e)
    {
```

Listing 269: Verwendung der Klasse DownloadImageVisitor

```
      printUsage();
      return;
    }

    // HTML-Seite lesen und alle Bilder herunterladen.
    String content = readContent(url);
    LinkVisitor visitor = new DownloadImageVisitor(
      url, file.getParentFile());
    LinkProcessor proc = new LinkProcessor();
    String newContent = proc.execute(content, visitor);

    // Den neuen Inhalt in die angegebene Datei schreiben
    FileWriter fw = new FileWriter(file);
    fw.write(newContent);
    fw.close();

  }

  /**
   * Liest den gesamten Inhalt der URL in einen String ein.
   */
  public static String readContent(URL url) throws IOException {
    StringBuffer buf = new StringBuffer();
    BufferedReader in = new BufferedReader(
    new InputStreamReader( url.openStream()));

    // Ressource auslesen und in einen StringBuffer schreiben
    String inputLine;
    while ((inputLine = in.readLine()) != null) {
      buf.append(inputLine);
      buf.append("\n");
    }

    in.close();
    return buf.toString();
  }

  private static void printUsage() {
    System.out.println("Aufruf: java " +
      "javacodebook.chapter10.imagedownload.Starter <input-url> " +
      "<filename>");
    System.exit(0);
  }
}
```

Listing 269: Verwendung der Klasse DownloadImageVisitor (Forts.)

Das Beispiel können Sie wie weiter unten gezeigt aufrufen. In diesem Beispiel wird die Eingangsseite von Addison-Wesley heruntergeladen und zusammen mit den Bildern im Verzeichnis *c:\temp\download* abgespeichert. Aus Platzgründen werden an dieser Stelle nur die ersten Zeilen der Ausgabe der Anwendung dargestellt.

```
>java javacodebook.chapter10.imagedownload.Starter http://www.addisonwesley.de
c:\temp\download\index.html
http://www.addisonwesley.de/../images/aw-logo.gif -> c:\temp\download\aw-logo.gif
http://www.addisonwesley.de/../images/clear.gif -> c:\temp\download\clear.gif
http://www.addisonwesley.de/../images/clear.gif -> c:\temp\download\clear.gif
...
```

Web Server

Um ein Servlet zu starten, wird ein sog. *Servlet-Container* benötigt. Er stellt eine definierte Ausführungsumgebung für Servlets (und JSPs) zur Verfügung, die in der Java-Servlet-Specification festgelegt ist (Download bei SUN). Als Referenzimplementierung und gleichzeitig qualitativ hochwertiger Server wird hier der Tomcat-Server als Beispiel angeführt. Er kann von der Website *http://jakarta.apache.org/tomcat* heruntergeladen werden.

Nach der Installation stellt er ein Verzeichnis *webapps* bereit, in dem die einzelnen Web-Applikationen liegen. Eine Web-Applikation besteht meist aus Servlets, HTML-Seiten, Grafiken und JSPs (sowie weiteren Daten wie Stylesheets). Innerhalb einer Web-Applikation gibt es eine teilweise vorgegebene Verzeichnisstruktur für den Bereich der Servlets und unterstützenden Java-Klassen und Archive. Dies sorgt für eine problemlose Übertragbarkeit von einem Server auf einen anderen (soweit keine serverspezifischen Klassen verwendet wurden). Das Verzeichnis *WEB-INF* enthält die Klassen und Konfigurationsdateien einer Web-Applikation. Es hat meist mindestens die folgende Struktur:

- *WEB-INF*
- *WEB-INF/web.xml*
- *WEB-INF/classes*
- *WEB-INF/lib*

Die Datei *web.xml* enthält die Konfigurationsdaten, anhand derer der Server die einzelnen Servlets identifiziert (siehe nächstes Rezept). Im Verzeichnis *classes* werden die Klassendateien angelegt. Das Verzeichnis *lib* enthält applikationsspezifische Java-Archiv-Dateien (*jar*-Dateien).

Ein Servlet muss kompiliert werden, bevor der Server es ausführen kann. Manche Server erledigen dies auch selbst, aber davon kann nicht ausgegangen werden. Ein Servlet, das direkt im Verzeichnis *classes* angelegt wird, also ohne Package-Angabe, wird im Tomcat mit der URL

http://localhost:8080/appname/servlet/HelloWorld

aufgerufen. Der Teil *appname* steht für den Verzeichnisnamen der Web-Applikation. Tomcat stellt einen vordefinierten Bereich *servlet* zur Verfügung, über den Servlets aufgerufen werden können. Ist ein Servlet in einem Package untergebracht, so müssen bei obigem Aufruf alle Package-Angaben durch Punkte getrennt vor den Namen des Servlets gestellt werden. Im unten aufgeführten Beispiel `HelloWorld` sähe der Aufruf so aus:

http://localhost:8080/appname/javacodebook.chapter13.servletbasics.firstuse.HelloWorld

Dies lässt sich durch das sog. *Mapping* vereinfachen, wie im Rezept 190 gezeigt wird.

189 Wie kann ich ein Servlet benutzen (Server, Web-Applikation)?

Ein Servlet ist normalerweise eine Unterklasse der abstrakten Klasse `javax.servlet.http.HttpServlet`. Sie definiert die grundlegenden Methoden, mit denen Aufrufe per HTTP-Protokoll beantwortet werden. Die wichtigsten Methoden sind `doGet()` und `doPost()`, die bei den entsprechenden HTTP-Anfragetypen aufgerufen werden. Dabei ist die HTTP `GET`-Methode dazu gedacht, Seiten aufzurufen, während die HTTP `POST`-Methode dazu dient, Informationen an den Server zu schicken. Dies spiegelt sich auch im Browser wieder. Bei der `GET`-Methode sind alle Parameter nach dem Seitenaufruf in der Adresszeile des Browsers zu sehen, bei der `POST`-Methode nicht. Damit dürfte auch klar sein, dass Sie die `GET`-Methode nicht zum Versand sensibler Informationen wie Passwörter, Benutzerdaten etc. verwenden sollten.

Beide Methoden erhalten als Parameter jeweils ein `HttpServletRequest`- und ein `HttpServletResponse`-Objekt. Diese Klassen definieren die Schnittstelle zu einer HTTP-Anfrage (`HttpServletRequest`) und der Antwort an den Browser (`HttpServletResponse`). Über das `Request`-Objekt lassen sich die Anfrageparameter ermitteln, während das `Response`-Objekt den Ausgabekanal bereitstellt, über den eine Antwort an den Browser gesendet wird.

Ein Servlet, das keine Informationen auswertet, muss nur die `doGet()`-Methode überschreiben. Dort wird die HTML-Seite erzeugt und an den Browser geschickt. Die Klasse `HelloWorld` erzeugt eine einfache HTML-Seite innerhalb der `doGet()`- Methode.

```
package javacodebook.chapter13.servletbasics.firstuse;

import javax.servlet.*;
import javax.servlet.http.*;

// das gute alte HelloWorld als Servlet
public class HelloWorld extends HttpServlet {
```

Listing 270: HelloWorld

```
    // Die doGet()-Methode behandelt den Standard-Aufruf über
    // einen URL.
    protected void doGet(HttpServletRequest request,
      HttpServletResponse response)
      throws ServletException, java.io.IOException {

      // Dem Browser mitteilen, dass eine HTML-Seite als Antwort kommt
      response.setContentType("text/html");
      // Einen Ausgabestrom öffnen, der an den Browser gesendet wird
      java.io.PrintWriter out = response.getWriter();
      //HTML erzeugen
      out.println("<html>");
      out.println("<body>");
      out.println("Hello World");
      out.println("</body>");
      out.println("</html>");
      // nicht unbedingt notwendig, da der Server selbst den
      // Ausgabestrom schließt.
      out.close();
    }
  }
```

Listing 270: HelloWorld (Forts.)

Statt `doGet()` und `doPost()` zu verwenden, kann ein Servlet auch die `service()`-Methode aus dem Interface `javax.servlet.Servlet` verwenden. Sie wird normalerweise innerhalb des Servers ausgewertet, um dann die `doGet()`- oder `doPost()`-Methode eines Servlets aufzurufen. Sie können jedoch auch selbst die `service()`-Methode überschreiben, dann werden die `doGet()`- und `doPost()`-Methoden nicht mehr aufgerufen. Innerhalb der `service()`-Methode kann mit der Methode `getMethod()` ermittelt werden, ob es sich um einen `GET`- oder `POST`-Aufruf handelt.

Weitere wichtige Methoden eines Servlets sind `init()` für die Initialisierung eines Servlets beim Laden, vor dem ersten Aufruf, und `destroy()`, die aufgerufen wird, wenn der Server beendet wird. Sie werden in der Klasse `javax.servlet.GenericServlet` definiert. Mit diesen Methoden ist es möglich, ein Servlet vor dem ersten Aufruf in einen bestimmten Zustand zu bringen, z.B. um Ressourcen wie Texte zu laden oder Datenbankverbindungen aufzubauen, und diese Ressourcen beim Beenden wieder freizugeben.

190 Wie kann ich ein Servlet benennen (mapping)?

Servlets können über ein Mapping mit einem Namen belegt werden, der den Aufruf erleichtert, da die Package-Angaben wegfallen. Das Mapping wird in der Datei *web.xml* im Verzeichnis *WEB-INF* einer Web-Anwendung angegeben. Ein Beispiel für das im vorigen Rezept gezeigte `HelloWorld`-Servlet sähe z.B. so aus:

```
<webapp>
  <servlet>
    <servlet-name>hi</servlet-name>
    <servlet-class>
      javacodebook.chapter13.servletbasics.firstuse.HelloWorld
    </servlet-class>
  </servlet>
  <servlet-mapping>
    <servlet-name>hi</servlet-name>
    <url-pattern>/hi</url-pattern>
  </servlet-mapping>
</webapp>
```

Zunächst wird der Name des Servlets festgelegt, der intern vom Server verwendet wird. Er muss eindeutig innerhalb der Web-Anwendung sein. Dann wird der Name mit einer URL oder einem URL-Muster verknüpft, in diesem Falle `/hi`.

Der Aufruf kann dann über die viel kürzere URL

http://localhost:8080/appname/hi

anstelle von

http://localhost:8080/appname/servlet/javacodebook.chapter11.servletbasics.firstuse.HelloWord

erfolgen. Das URL-Pattern fängt mit einem / an, das Servlet wird jedoch immer relativ zum Namen der Web-Anwendung aufgerufen (`appname`). Es handelt sich hier also um eine absolute Referenzierung innerhalb der Anwendung, nicht innerhalb des gesamten Servers.

Zu beachten ist, dass bei manchen Servern strikt auf die Reihenfolge der XML-Tags zu achten ist. So müssen beim Tomcat immer zuerst alle `<servlet>`- Tags angegeben werden und erst danach die `<servlet-mapp>`.

191 Wie kann ich Servlets mit Parametern initialisieren?

Wenn Sie einem Servlet bestimmte Parameter mitgeben wollen, z.B. den Pfad für temporäre Dateien, Datenbank-Zugangsparameter, so geben Sie Initialisierungsparameter in der Datei web.xml im Verzeichnis WEB-INF an. Dazu wird das Element `<init-param>` verwendet.

```
<!-- Context Parameter - werden unten erklärt -->
<context-param>
  <param-name>image_dir</param-name>
  <param-value>images</param-value>
</context-param>
<!-- Angaben zum Servlet -->
<servlet>
  <servlet-name>parameter</servlet-name>
  <servlet-class>
    javacodebook.chapter13.servletbasics.initparam.InitParamServlet
  </servlet-class>
  <init-param>
    <param-name>user</param-name>
    <param-value>Max Mustermann</param-value>
  </init-param>
  <init-param>
    <param-name>tmpdir</param-name>
    <param-value>c:\tmp</param-value>
  </init-param>
</servlet>
```

Ein Servlet wird beim ersten Laden initialisiert und erhält dabei alle Parameter in Form eines `ServletConfig`-Objekts. Dies geschieht in der `init()`-Methode eines Servlets, die überschrieben werden muss, um Parameter auszuwerten.

```
  /** Beim ersten Laden eines Servlets wird es vom Servlet-Container
   *  initialisiert. Dabei wird ein Objekt der Klasse ServletConfig
   *  übergeben, das die in der web.xml angegebenen Parameter
   *  enthält.
   */
  public void init(ServletConfig config) throws ServletException {
    //sehr wichtig, damit das Servlet ordnungsgemäß initialisiert wird
    super.init(config);
    //Jetzt kommen die eigenen Aktionen.
```

```
    this.user = config.getInitParameter("user");
    this.tmpdir = config.getInitParameter("tmpdir");
  }
```

Sollen Daten allen Servlets einer Web-Applikation zur Verfügung gestellt werden, so können entsprechende Parameter für den `ServletContext` angegeben werden. Der `ServletContext` ist einer Web-Applikation zugeordnet und kann über das `ServletConfig`-Objekt mit der Methode `getServletContext()` ausgelesen werden. Der `ServletContext` selbst stellt wie die Klasse `ServletConfig` eine Methode `getInitParameter()` zur Verfügung. Die Parameter werden in der Datei *web.xml* wie oben gezeigt angegeben, hier z.B. das Verzeichnis für Grafiken innerhalb der Web-Applikation.

192 Wie kann ich Informationen über den verwendeten Server ermitteln?

Das Interface `javax.servlet.ServletContext`, das von jedem Server individuell implementiert wird, enthält diverse Methoden, mit denen der verwendete Server, die Version des Servlet-API und andere Informationen gewonnen werden können.

```
package javacodebook.chapter13.servletbasics.server;

import java.util.*;

import javax.servlet.*;
import javax.servlet.http.*;

// Ausgabe von Informationen über den verwendeten Server
public class ServerInfo extends HttpServlet {

  protected void doGet(HttpServletRequest request,
    HttpServletResponse response)
    throws ServletException, java.io.IOException {

    java.io.PrintWriter out = response.getWriter();
    ServletContext context = getServletConfig().getServletContext();
    for(Enumeration enum = context.getAttributeNames();
        enum.hasMoreElements(); )
    {
      String name = (String)enum.nextElement();
```

Listing 271: ServerInfo

```
      out.println(name + "=" + context.getAttribute(name));
    }

    int major = context.getMajorVersion();
    int minor = context.getMinorVersion();
    out.println("JSDK " + major + "." + minor);
    out.println("Server: " + context.getServerInfo());
  }
}
```

Listing 271: ServerInfo (Forts.)

Der Webserver Tomcat z.B. liefert die folgenden Parameter:

```
javax.servlet.context.tempdir=F:\java\netbeans_system\jspwork\
Tomcat+3.2\37f68d90
sun.servlet.workdir=F:\java\netbeans_system\jspwork\Tomcat+3.2\
37f68d90
JSDK 2.2
Server: Tomcat Web Server/3.2 (final) (JSP 1.1; Servlet 2.2; Java 1.4.1_01; Windows
2000 5.0 x86; java.vendor=Sun Microsystems Inc.)
```

193 Wie kann ich ein Servlet beim Start einer Anwendung konfigurieren?

Wann wird eine Web-Anwendung gestartet? Diese Frage ist nicht so einfach zu beantworten, da Web-Anwendungen anfragebasiert sind. Trotzdem ist es manchmal notwendig, einen definierten Zustand herzustellen, bevor die erste Anfrage kommt. Dazu gehört z.B. die Initialisierung eines Pools von Datenbankverbindungen oder das Laden bestimmter Ressourcen. Da Servlets normalerweise erst beim ersten Zugriff geladen werden, kann man sich nicht darauf verlassen, dass diese Aufrufe in der richtigen Reihenfolge passieren.

Daher gibt es einen Konfigurationsparameter für Servlets, mit denen das Laden direkt beim Starten des Servers ausgeführt werden kann. Dieser Parameter wird innerhalb des `<servlet>`-Elements der *web.xml* angegeben:

```
<servlet>
  <servlet-name>startup</servlet-name>
  <servlet-class>
```

Core
I/O
GUI
Multimedia
Datenbank
Netzwerk
XML
RegEx
Daten
Threads
Web-Server
Applets
Sonstiges

```
      javacodebook.chapter13.servletbasics.startup.StartupServlet
    </servlet-class>
    <load-on-startup>1</load-on-startup>
  </servlet>
```

Der Parameter <load-on-startup> erwartet eine ganze Zahl als Parameter. Die Zahl bestimmt die Reihenfolge, in der Servlets beim Start geladen werden, falls es mehrere Servlets dieser Art gibt. Damit kann sichergestellt werden, dass die für die Applikation erforderlichen Grundeinstellungen zuerst ausgeführt werden.

```
package javacodebook.chapter13.servletbasics.startup;
import javax.servlet.*;
import javax.servlet.http.*;

/** Ein Beispiel für ein Servlet, das beim Start des Servers
 *  geladen wird und eine Aktion ausführt. Wird der Tomcat-Server
 *  gestartet, sollte es sich in der Konsole, von der aus es
 *  gestartet wurde, melden.
 */
public class StartupServlet extends HttpServlet {

  public void init(ServletConfig config) throws ServletException {
    super.init(config);
    // Hier können jetzt beliebige Aktionen eingefügt werden, die
    // beim Laden des Servlets ausgeführt werden sollen
    System.out.println("StartupServlet geladen");
  }
}
```

Listing 272: StartupServlet

194 Wie kann ich ein Formular auswerten?

Bei Web-Applikationen werden Benutzereingaben fast immer über HTML-Formulare erfasst (Applets wären auch eine Möglichkeit, werden aber sehr selten verwendet). Daher ist die Auswertung von HTML-Formularen ein wesentliches Element jeder Web-Applikation. Java unterstützt dies im JSDK mit der Möglichkeit, auf einfache Weise Daten aus abgeschickten Formularen aus der Anfrage auszulesen.

Im Interface `ServletRequest` wird dazu die Methode `getParameter()` zur Verfügung gestellt, mit der ein bekannter Parameter sehr einfach ausgelesen werden kann. Sollen alle Parameter ausgelesen werden, so kann die Methode `getParameterNames()` verwendet werden, die eine `Enumeration` mit allen abgeschickten Feldnamen des

HTML-Formulars enthält. Über die einzelnen Namen können dann die Daten aus den Feldern ausgelesen werden.

Kann ein Parameter mehrere Werte haben, wie z.B. CheckBoxen und RadioButtons, so werden diese mit der Methode `getParameterValues()` als String-Array ausgelesen und in einer Schleife ausgewertet.

Das folgende Beispiel verdeutlicht die Auswertung eines einfachen HTML-Formulars, in dem eine Pizza-Bestellung aufgegeben werden kann.

```
<HTML>
  <BODY>
  Willkommen beim Pizzaservice. Stellen Sie Ihre Pizza zusammen:<br>
  <form name="pizza" action="get_pizza" method="post">
    Pizzatyp:
    <select name="pizzatyp">
      <option value="Classic">Classic
      <option value="Cheesy">Cheesy
    </select><br>
    Beläge:<br>
    <input type=checkbox name="belag" value="Tomaten">Tomaten<br>
    <input type=checkbox name="belag"
           value="Champignons">Champignons<br>
    <input type=checkbox name="belag" value="Schinken">Schinken<br>
    Mit extra viel Käse?
    <input type=CHECKBOX name="extra_kaese" value="ja">Extra-Käse
dazu
    <br><br>
    <input type=submit value="Abschicken">
  </form>
  </BODY>
</HTML>
```

Die Parameter werden mit der oben genannten Methode `getParameter()` ausgelesen. Dabei werden nicht alle HTML-Formularelemente gleich behandelt. Die Daten einer Checkbox werden nur dann an den Server geschickt, wenn sie gesetzt ist. Das Gleiche gilt für einen noch nicht belegten `RadioButton`.

```
package javacodebook.chapter13.servletbasics.readparams;
import java.util.Enumeration;
import javax.servlet.*;
import javax.servlet.http.*;
```

Listing 273: ParameterServlet

```
// ein Servlet, das die Daten aus einem Formular ermittelt/ausgibt
public class ParameterServlet extends HttpServlet {

  // Auswertung der Parameter
  protected void doGet(HttpServletRequest request,
    HttpServletResponse response)
    throws ServletException, java.io.IOException {

    response.setContentType("text/html");
    java.io.PrintWriter out = response.getWriter();
    out.println("<html>");
    out.println("<body>");
    out.println("Sie haben folgende Pizza bestellt:<br><br>");

    //Parameterwert für "Pizzatyp" auslesen
    out.println("Typ: " + request.getParameter("pizzatyp") +
                "<br>");
    out.println("Beläge: <br>");
    // Mehrere Werte sind möglich, da die CheckBoxen für Belag alle
    // den Namen
    // Belag haben. Sie werden als String-Array ausgelesen.
    String[] toppings = request.getParameterValues("belag");
    if(toppings != null)
      for(int i = 0; i < toppings.length; i++)
        out.println(toppings[i] + "<br>");
    // Abfrage einer einzelnen CheckBox
    if("ja".equals(request.getParameter("extra_kaese")))
      out.print("Mit extra viel Käse");
    out.println("</body>");
    out.println("</html>");
    out.close();
  }
}
```

Listing 273: ParameterServlet (Forts.)

195 Wie kann ich Suchmaschinen überlisten?

Viele Suchmaschinen folgen keinen Verweisen, die Parameter enthalten, also am Ende `?name=wert` enthalten. Da viele Webseiten, die datenbankgestützt sind, genau mit solchen Parametern arbeiten, werden ihre Inhalte von Suchmaschinen oft nicht erfasst. Es ist jedoch möglich, auch ohne Parameterangabe in der oben genannten Form Parameter zu übergeben. Dies wird durch die sog. Pfad-Information (engl.

path information) ermöglicht, einen CGI-Mechanismus, über den zusätzliche Informationen, die nach dem Namen eines benannten Servlets kommen, extrahiert werden.

So kann ein Servlet, das über die *web.xml* mit dem Namen `katalog` belegt wurde, z.B. über `http://www.meinserver.de/katalog/produkt/1234.html` aufgerufen werden. Das Servlet kann nun die Pfad-Informationen nach seinem Namen auslesen und hat danach alle notwendigen Informationen, um das entsprechende Produkt anzuzeigen, ohne dass explizite Parameter verwendet wurden.

In der Konfigurationsdatei *web.xml* muss dazu das Servlet-Mapping wie hier gezeigt angegeben werden. Der Asterisk (*) zeigt dem Webserver, dass alles, was hinter `katalog` noch in der URL folgt, zur Pfad-Information gehören soll.

```
<servlet-mapping>
  <servlet-name>katalog</servlet-name>
  <url-pattern>/katalog/*</url-pattern>
</servlet-mapping>
```

Die Klasse `CatalogServlet` zeigt die Verwendung dieses Mechanismus. Dazu wird ein kleiner Bücherkatalog aufgebaut, der als Tabelle angezeigt wird. Ist eine Pfad-Information vorhanden, werden die Details des Buchs angezeigt. Dazu muss nur über einfache Stringfunktionen die Pfad-Information zerlegt werden.

```
package javacodebook.chapter13.servletbasics.pathinfo;

import java.io.*;
import java.util.*;
import javax.servlet.*;
import javax.servlet.http.*;

public class CatalogServlet extends HttpServlet {

  private Hashtable catalog;

  public void init(ServletConfig config)
  throws ServletException {
    catalog = new Hashtable();
    catalog.put("P001", new Book("Das Java Codebook",
      "Donnermeyer/Rusch/Brodersen/Skulschus/Wiederstein",
```

Listing 274: CatalogServlet

```
      "------", "Addison-Wesley"));
    catalog.put("P002", new Book("Das Excel-VBA Codebook",
      "Körn/Weber", "3-8273-1979-X", "Addison-Wesley"));
    catalog.put("P003", new Book("Das Acces-VBA Codebook",
      "Grießhammer/Michaels/Zerbe", "3-8273-1953-6",
      "Addison-Wesley"));
  }


  protected void doGet(HttpServletRequest req,
    HttpServletResponse res)
    throws ServletException, java.io.IOException {

    res.setContentType("text/html");
    java.io.PrintWriter out = res.getWriter();
    out.println("<html>");
    out.println("<body>");
    if(req.getPathInfo() == null)
      showCatalog(out);
    else {
      String pathInfo = req.getPathInfo();
      String prodNr = pathInfo.substring(
        pathInfo.lastIndexOf("/") + 1, pathInfo.lastIndexOf("."));
      Book book = (Book)catalog.get(prodNr);
      if(book != null) {
        out.println("<b>" + book.getTitle() + "</b><br>");
        out.println(book.getAuthors() + "<br>");
        out.println("ISBN " + book.getIsbn() + "<br>");
        out.println(book.getPublisher() + "<br>");
      }
      else {
        out.println("<b>Kein Buch mit dieser Produktnummer " +
                    "gefunden</b>");
      }
    }
    out.println("</body>");
    out.println("</html>");
  }

  private void showCatalog(PrintWriter out) {
    out.println("<table border=1 cellpadding=1 cellspacing=0>");
    out.println("<tr>");
    out.println("<th width=150 align=left>Produktnummer</th>");
    out.println("<th width=450 align=left>Bezeichnung</th>");
    out.println("</tr>");
```

Listing 274: CatalogServlet (Forts.)

```
    for(Enumeration keys = catalog.keys(); keys.hasMoreElements(); )
    {
      String prodNr = (String)keys.nextElement();
      Book book = (Book)catalog.get(prodNr);
      out.println("<tr>");
      out.println("<td><a href=\"catalog/produkt/" + prodNr +
        ".html\">" + prodNr + "</a></td>");
      out.println("<td>" + book.getTitle() + "</td>");
      out.println("</tr>");
    }
    out.println("</table>");
  }
}
```

Listing 274: CatalogServlet (Forts.)

196 Wie kann ich eine Grafik in einem Servlet generieren?

Ein Servlet kann nicht nur HTML-Seiten als Ausgaben erzeugen, sondern auch Binärdaten, wie z.B. Grafiken oder PDF-Dateien. Um eine Grafik in einer Webseite anzuzeigen, die aus einem Servlet generiert wird, müssen Sie wie sonst auch das `IMG`-Tag verwenden. Als `SRC`-Parameter wird aber in diesem Fall keine Datei angegeben, sondern der URL eines Servlets. Die Ausgabe des Servlets wird dann vom Browser als Grafik interpretiert und entsprechend angezeigt. Damit lassen sich auf einfache Weise dynamische Grafiken zur Laufzeit erzeugen und in eine Web-Anwendung einbinden.

Das vorgestellte Servlet erhält einen Text als Parameter, der anschließend als Grafik ausgegeben wird. Die Größe der Grafik wird entsprechend der eingestellten Schriftart und Schriftgröße berechnet. Mit dem `IMG`-Tag wird es in der Form

```
<img src="/application_name/headline?text=Hier kommt mein Text"
 border=0>
```

angesprochen, vorausgesetzt, das Servlet ist in der *web.xml*-Datei mit dem url-pattern `/headline` eingetragen.

Zu Generierung der Grafiken wird das Java2D-API verwendet, das recht umfangreiche Möglichkeiten bietet, Grafiken zu erzeugen und zu manipulieren. Es wird ein `java.awt.image.BufferedImage` erzeugt, auf das der Text gezeichnet wird. Die mit

Java2D eingeführte Klasse `Graphics2D` bietet wesentlich erweiterte Möglichkeiten für Zeichenoperationen mit einfachen Zeichenobjekten und Text an. Hier wird der Text mit Antialias-Funktionen gerendert, um eine bessere Darstellung zu erreichen.

Hat man die gewünschten Grafikeffekte erzielt, so muss das Image anschließend an den Browser geschickt werden. Dazu muss es allerdings noch in ein für den Browser verständliches Format konvertiert werden. Java selbst bietet hierfür keine standardisierten Funktionen an. Im Internet finden sich jedoch zahlreiche Klassen, die diese Aufgabe hervorragend erledigen. Eine der am längsten verfügbaren ist unter *http:// www.acme.com* zu finden und frei verfügbar. Die Klasse `GifEncoder` erhält im Konstruktor als Parameter das `java.awt.Image`-Objekt und den `OutputStream`, in den geschrieben werden soll, und kodiert die Grafikdaten als GIF.

```
package javacodebook.chapter13.graphics;
import Acme.JPM.Encoders.GifEncoder;
import java.awt.*;
import java.awt.image.*;
import javax.servlet.*;
import javax.servlet.http.*;

/** Ein Servlet, das einen beliebigen Text als Grafik erzeugt und
 *  ausgibt. Der Text wird als Parameter übergeben.
 */
public class HeadlineServlet extends HttpServlet {

  protected void doGet(HttpServletRequest request,
    HttpServletResponse response)
    throws ServletException, java.io.IOException {

    // den korrekten Content-Type setzen um Grafik anzuzeigen
    response.setContentType("image/gif");

    // Statt eines Writers muss ein Stream verwendet werden.
    ServletOutputStream out = response.getOutputStream();
    String text = "Text fehlt";
    if(request.getParameter("text") != null)
      text = request.getParameter("text");

    // Schriftart auswählen und Größe berechnen
    int fontSize = 24;
    Font font = new Font("Verdana", Font.BOLD, fontSize);
    FontMetrics fm = new Label().getFontMetrics(font);
    // Länge des Textes in Pixel berechnen
```

Listing 275: HeadlineServlet

```
    int width = fm.stringWidth(text);
    // Schriftgröße als Höhe
    int height = fm.getHeight();

    // Graphik erzeugen und Hintergrund weiß färben
    BufferedImage image = new BufferedImage(width, height,
                        BufferedImage.TYPE_INT_RGB);
    Graphics2D graphics = image.createGraphics();
    graphics.setColor(Color.white);
    graphics.fillRect(0,0,image.getWidth(), image.getHeight());
    graphics.setColor(Color.black);

    // Schriftart, Antialias einstellen und String zeichnen lassen
    graphics.setFont(font);
    graphics.setRenderingHint(RenderingHints.KEY_ANTIALIASING,
                              RenderingHints.VALUE_ANTIALIAS_ON);
    graphics.drawString(text, 0,(height - (height-fontSize)));

    // Grafik als GIF kodieren und an den Browser schicken
    GifEncoder encoder = new GifEncoder(image, out);
    encoder.encode();
  }

}
```

Listing 275: HeadlineServlet (Forts.)

Es können natürlich noch mehr Parameter als nur der Text übergeben werden. Denkbar sind z.B. Hintergrund- und Schriftfarbe, Schriftart und -größe und der Stil (fett, kursiv). Zusätzliche Parameter können einfach z.B. mit `&fontSize=16` an den Aufruf des Servlets angefügt werden.

Hinweis: Damit das AWT auch unter Unix/Linux funktioniert, müssen die X-Bibliotheken installiert sein, da das AWT auf native Funktionen zurückgreift.

197 Wie kann ich den Browser identifizieren?

Für manche Web-Anwendungen, insbesondere im Unternehmensumfeld, wird ein bestimmter Browser vorausgesetzt, da es immer noch Inkompatibilitäten zwischen den einzelnen Browsern gibt. Um zu ermitteln, mit welchem Browser der Benutzer eine Anwendung aufgerufen hat, kann eine Information aus dem Header des Requests ausgelesen werden. Jeder Browser sendet Informationen über sich, die mittels der Methode `getHeader()` aus der Klasse `HttpServletRequest` ausgelesen werden können.

Um den Typ des Browsers zu ermitteln, wird die Header-Information *User-Agent* ausgewertet.

```
String userAgent = request.getHeader("User-Agent");
```

Unglücklicherweise ist es nicht so, dass jeder Browser nur seinen eigenen Namen angibt. Da noch vor einigen Jahren Netscape nahezu der einzige verfügbare Browser war, haben sich viele andere, wie z.B. Internet Explorer und Opera, als Netscape-kompatible Browser ausgegeben, um nicht von Internetseiten ausgeschlossen zu werden. Das macht es jetzt etwas komplizierter, den wahren Browser zu ermitteln. Einige Beispiele für den User-Agent zeigen die möglichen Variationen:

```
Mozilla 1.0.1:
Mozilla/5.0 (Windows; U; Windows NT 5.0; en-US; rv:1.0.1) Gecko/20020826
Internet Explorer 5.0:
Mozilla/4.0 (compatible; MSIE 5.01; Windows NT 5.0)
```

Der Internet Explorer ist eindeutig an der Zeichenfolge `MSIE` im User-Agent erkennbar, so dass hier die Unterscheidung sehr leicht fällt. Browser, die Netscape/Mozilla aus historischen Gründen im Namen führen, unterscheiden sich durch die Angabe `compatible` vom richtigen Netscape/Mozilla.

198 Wie kann ich anhand des Browsers die Sprache des Benutzers erkennen?

Viele Webseiten und Anwendungen sind mehrsprachig aufgebaut. Häufig bleibt es dem Besucher überlassen, auf einer Einstiegsseite die gewünschte Sprache zu wählen. Es ist jedoch sehr einfach möglich, die Sprache zu ermitteln, die im Browser als bevorzugte Sprache eingestellt ist (und meistens mit der Sprache des Benutzers übereinstimmen dürfte).

Die Sprache wird aus dem `Request` ermittelt. Hierzu steht die Methode `getLocale()` zur Verfügung. Anhand der Locale können dann sämtliche Spracheinstellung vorgenommen werden.

```
Locale locale = request.getLocale();
out.println(locale.getDisplayName());
```

Core
I/O
GUI
Multi-media
Daten-bank
Netz-werk
XML
RegEx
Daten
Threads
Web-Server
Applets
Sonsti-ges

199 Wie kann ich die IP-Adresse des Aufrufers ermitteln?

Manchmal ist es wichtig, die IP-Adresse des aufrufenden Browsers zu ermitteln, wenn z.B. nur aus einem bestimmten IP-Adresse-Bereich auf eine Anwendung zugegriffen werden darf. Die IP-Adresse lässt sich sehr einfach mit der Methode `getRemoteAddr()` aus dem Interface `ServletRequest` ermitteln:

```
String adresse = request.getRemoteAddr();
```

Sie liefert einen String in der bekannten Form, z.B. *192.168.121.10.*

200 Wie kann ich den Browser-Cache ausschalten?

Um den Browser-Cache auszuschalten, gibt es Möglichkeiten innerhalb von HTML-Seiten und innerhalb von Servlets. Im HTML-Code können entsprechende Hinweise angegeben werden. Hier gibt es die Möglichkeit, im `HEAD`-Bereich einer Seite spezielle Anweisungen zu platzieren, die vom Browser ausgewertet werden. Eine Anweisung bezieht sich speziell auf das Caching von Seiten.

```
<head>
  <meta http-equiv="expires" content="0">
</head>
```

Diese Anweisung teilt dem Browser mit, dass die Seite immer vom Server geladen werden soll, nicht aus dem lokalen Cache.

Eine andere Möglichkeit, den Browser-Cache zu steuern, bietet das Servlet-API. Die Klasse `HttpServlet` enthält die Methode `getLastModified()`. Jeder Browser kann (abhängig von den Einstellungen, die der Benutzer vornimmt) beim Aufruf einer Seite das Datum der letzten Änderung mit dem Datum der Seite im Cache verglei-chen. Diese Zeitangabe kann in einem Servlet mittels der genannten Methode expli-zit gesteuert werden. Soll das Servlet jedes Mal ausgeführt werden, so kann am einfachsten die Methode `currentTimeMillis()` der Klasse `java.lang.System` verwen-det werden. Hier ist aber auch eine genaue Steuerung möglich, z.B. könnte bei News-Systemen das Datum der letzten Nachricht angegeben werden. Diese Methode funktioniert allerdings nur, wenn alle Benutzer einer Anwendung den Browser so eingestellt habe, dass er Seiten im Cache auf aktuellere Versionen überprüft (z.B. im Internet Explorer: *Neuere Versionen der gespeicherten Seite suchen – Immer*).

```
protected long getLastModified(HttpServletRequest request)
{
  return System.currentTimeMillis();
}
```

201 Wie kann ich eine Datei an den Browser schicken?

Wenn ein Browser eine Binärdatei anfordert, die von einem Servlet ausgeliefert wird, so muss ein Binär-Datenstrom (`OutputStream`) an den Browser gesendet werden. Das können z.B. Dateien sein, die nicht über den normalen Server-Mechanismus ausgeliefert werden sollen, weil etwa eine Zugangskontrolle abhängig von der entsprechenden Anwendung erfolgen soll. Oder es kann sich um Dateien handeln, die in einer Datenbank gespeichert wurden.

Das folgende Servlet erhält im `Request` einen Dateinamen und liefert die entsprechende Datei aus (dies ist allerdings unter normalen Umständen nicht empfehlenswert, da hiermit eine große Sicherheitslücke geschaffen wird).

```
package javacodebook.chapter13.stream;

import java.io.*;

import javax.servlet.*;
import javax.servlet.http.*;
public class StreamServlet extends HttpServlet {

  protected void doGet(HttpServletRequest request,
    HttpServletResponse response)
    throws ServletException, java.io.IOException {

    // Parameter file auswerten und überprüfen, ob Datei existiert
    String filename = request.getParameter("file");
    if(filename == null || !(new File(filename)).exists())
      return;
```

Listing 276: StreamServlet

```
    //den korrekten Content-Type ermitteln
    String mimeType = getServletConfig().getServletContext().getMimeType(filename);
    response.setContentType(mimeType);

    // statt eines Writers muss ein Stream verwendet werden
    ServletOutputStream out = response.getOutputStream();
    FileInputStream in = new FileInputStream(filename);
    byte[] buffer = new byte[8192];
    int bytesRead = 0;
    while((bytesRead = in.read(buffer)) > 0)
      out.write(buffer, 0, bytesRead);

    in.close();
    out.close();
    // ganz wichtig bei sehr kleinen Dateien: response-Buffer-flush
    response.flushBuffer();
   }

}
```

Listing 276: StreamServlet (Forts.)

202 Wie kann ich eine Datei hochladen?

Dateien per Formular zu einem Server hochzuladen ist für viele Web-Anwendungen zum Standard geworden. Leider bietet das Java Servlet API von sich aus keine nennenswerte Unterstützung an. Daher muss die entsprechende Funktionalität durch den Einsatz von Software von Drittherstellern oder frei verfügbare Open-Source-Software ergänzt werden (natürlich kann man auch selbst die entsprechenden Klassen entwickeln, aber welcher Programmierer hat schon so viel Zeit?).

HTML stellt einen bestimmten Typ Formular-Element für den Upload zur Verfügung. Jeder Browser stellt den Input-Typ `file` als Textfeld mit einem *Durchsuchen*-Button dar. Damit die Daten an den Server übermittelt werden können, muss das Formular außerdem eine bestimmte Kodierung aufweisen, was mit der Anweisung `enctype="multipart/form-data"` geschieht. Ein entsprechendes HTML-Formular sieht so aus:

```
<HTML>
<BODY>
<form action="upload" method="post" enctype="multipart/form-data">
  Name:<br>
  <input type="text" name="name" size=20>
```

```
    <br><br>
    Beschreibung:<br>
    <TEXTAREA name="beschreibung" cols=50 rows=4></TEXTAREA>
    <br><br>
    Bild:<br>
    <input type="file" name="datei">
    <br><br>
    Alter:<br>
    <input type="text" name="alter" size="3">
    <br><br>
    Hobbys:<br>
    <input type=checkbox name="hobbys" value="segeln">Segeln
    <input type=checkbox name="hobbys" value="fernsehen">Kino
    <input type=checkbox name="hobbys" value="nasebohren">Fußball
    <br><br>
    <input type="submit" value="Hochladen">
  </form>
  </BODY>
  </HTML>
```

Um die Daten auszuwerten, die mit diesem Formular abgeschickt werden, muss der Datenstrom ausgelesen und in seine Bestandteile zerlegt werden. Den Datenstrom erhält man über die Methode `getInputStream()` der Klasse `request`. Es handelt sich hierbei um einen so genannten MIME-Datenstrom, ein im RFC 1521 definiertes Format, mit dem Binär- und Textdaten gemischt mit einem speziellen Protokoll übertragen werden.

Das Apache Jakarta-Projekt stellt nicht nur den Tomcat-Server zur Verfügung, der allgemein als stabile und ausgereifte Plattform anerkannt ist, sondern auch diverse andere Java-Projekte, die das Entwicklerleben leichter machen. Eins davon ist das Commons-Projekt, in dem verschiedene kleinere, wiederverwendbare Komponenten zusammengefasst werden. Hier findet sich auch ein `FileUpload`-Paket, das in der Lage ist, den oben genannten MIME-Datenstrom in seine Bestandteile zu zerlegen und zur einfachen Auswertung bereitzustellen.

Das `FileUpload`-Paket enthält mehrere Klassen und ein Interface, für die Benutzung relevant sind jedoch nur die Klasse `FileUpload`, `FileUploadException` und das Interface `FileItem`. Das folgende Servlet demonstriert die Benutzung dieser Klassen anhand des oben vorgestellten Formulars. Die Formularfelder werden ausgelesen und wieder ausgegeben und die Datei wird in einem vordefinierten Verzeichnis gespeichert.

Im Beispiel wird ein Initialisierungs-Parameter für das Zielverzeichnis erwartet, in das die Dateien bei einem Upload geschrieben werden sollen. Es kann natürlich auch das temporäre Verzeichnis des Benutzers (System-Property `user.temp`) oder des Servers (`ServletContext`-Attribut `javax.servlet.context.tempdir`) verwendet werden.

```
package javacodebook.chapter13.upload;

import java.io.*;
import java.util.*;

import javax.servlet.*;
import javax.servlet.http.*;

import org.apache.commons.fileupload.*;

/** ein Beispiel für File-Upload mit Hilfe eines Formulars und dem
 *  Input-Typ "file".
 */
public class FileUploadServlet extends HttpServlet {

  // das Zielverzeichis, in das letztendlich alle hochgeladenen
  // Dateien kopiert werden sollen (in der Form c:\tmp oder /tmp
  private File targetDir;

  /** Beim Initialisieren wird das Verzeichnis ausgelesen, in das
   *  die hochgeladenen Dateien gespeichert werden sollen. Es wird
   *  in der Datei web.xml angegeben.
   */
  public void init(ServletConfig config) throws ServletException {
    super.init(config);
    try {
      // Hier kann eine NullPointerException geworfen werden,
      // wenn der Parameter nicht gesetzt ist.
      targetDir = new File(config.getInitParameter("target_dir"));
      if(!targetDir.exists() || !targetDir.isDirectory())
        throw new IOException();
    } catch(Exception e) {
      throw new ServletException("Init-Parameter target_dir "
          + "falsch gesetzt");
    }
  }

  /** Datei-Upload muss mit der Post-Methode erfolgen. Daher wird
   *  hier die doPost()-Methode verwendet. Mit Hilfe der Klasse
   *  FileUpload wird der Datenstrom ausgewertet, den der Browser an
   *  das Servlet schickt. Er ist als MIME-Datenstrom kodiert (RFC
```

Listing 277: FileUploadServlet

```
 *  1867).
 */
protected void doPost(HttpServletRequest req,
  HttpServletResponse res)
  throws ServletException, java.io.IOException {

  res.setContentType("text/html");
  PrintWriter out = res.getWriter();
  out.println("<html>");
  out.println("<body>");

  // Für das Parsen des Multipart-Requests wird ein FileUpload-
  // Objekt verwendet.
  FileUpload fileUpload = new FileUpload();
  // maximal hochgeladene Datenmenge (Formularfelder + Dateien)
  fileUpload.setSizeMax(1000000);
  // im Speicher gehaltener Cache
  fileUpload.setSizeThreshold(4096);
  // Speicherort/temporäres Verzeichnis für die hochgeladenen
  // Daten
  ServletConfig config = getServletConfig();
  ServletContext context = config.getServletContext();
  File tmpDir = (File)context.getAttribute(
                              "javax.servlet.context.tempdir");
  fileUpload.setRepositoryPath(tmpDir.getAbsolutePath());

  // Hier erfolgen das eigentliche Parsen des Requests und die
  // Auswertung
  try {
    List fileItems = fileUpload.parseRequest(req);
    out.println("Folgende Daten wurden übermittelt:<br>");
    Iterator i = fileItems.iterator();
    // Alle übermittelten Formularfelder und Dateien durchgehen
    // und entsprechende Auswertungen vornehmen
    while(i.hasNext())
    {
      FileItem item = (FileItem) i.next();
      if (item.isFormField()) {
        // Es handelt sich um ein Formular-Feld.
        out.println(item.getFieldName() + "=" + item.getString() +
          "<br>");
      } else {
        // Es handelt sich um ein Datei-Upload-Feld. -> erst
        // überprüfen, ob eine Datei vorhanden ist
        if(item.getStoreLocation() != null)
```

Listing 277: FileUploadServlet (Forts.)

```
          {
            out.println(item.getFieldName() + "=" + item.getName() +
              "<br>");
            // Die temporäre Datei wird in ein definiertes
            // Zielverzeichnis kopiert.
            item.write(targetDir + File.separator + item.getName());
          }
        }
      }
    } catch(Exception e) {
      e.printStackTrace(out);
    }

    out.println("</body>");
    out.println("</html>");
    out.close();
  }

}
```

Listing 277: FileUploadServlet (Forts.)

Soll die Datei in einer Datenbank gespeichert werden, so kann über die `FileItem.getInputStream()`-Methode auch komfortabel ein `InputStream` auf die Datei geöffnet werden.

Core
I/O
GUI
Multimedia
Datenbank
Netzwerk
XML
RegEx
Daten
Threads
Web-Server
Applets
Sonstiges

203 Wie kann ich eine statische HTML-Seite in ein Servlet einbinden?

Häufig treten bei Web-Anwendungen wiederkehrende HTML-Elemente auf, die auf allen Seiten einer Anwendung erscheinen sollen. Insbesondere wenn diese Elemente des Öfteren geändert werden sollen, ist es lästig bis unhandlich, wenn dazu jedes Mal ein Servlet kompiliert werden muss. Das Servlet API ermöglicht die Einbindung statischer (und auch dynamischer) Elemente über einen `RequestDispatcher`. Seine `include()`-Methode erlaubt es, den Ablauf des Servlets analog zu einem Methodenaufruf an der aktuellen Stelle zu unterbrechen und externe statische oder dynamische Bereiche einzubinden. Dabei wird ein `Request` für die angegebene Seite erzeugt, d.h. es wird nicht eine Datei eingelesen, sondern ein Aufruf innerhalb des Servers erzeugt. Die Ausgabe dieses Aufrufs wird dann in die Ausgabe des Servlets eingefügt.

Das `IncludeServlet` zeigt die Verwendung der `include()`-Methode.

```
package javacodebook.chapter13.include;

import java.io.*;
import javax.servlet.*;
import javax.servlet.http.*;

/** eine externe Datei in die Ausgabe einfügen
 */
public class IncludeServlet extends HttpServlet {

  protected void doGet(HttpServletRequest req, HttpServletResponse res)
    throws ServletException, java.io.IOException {

    res.setContentType("text/html");
    PrintWriter out = res.getWriter();
    out.println("<html>");
    out.println("<body>");

    // Hier wird die externe Datei eingebunden.
    req.getRequestDispatcher("../news.html").include(req, res);
    out.println("</body>");
    out.println("</html>");
    out.close();
  }

}
```

Listing 278: IncludeServlet

204 Wie kann ich einen Request umleiten?

Wird in einem Servlet festgestellt, dass es gar nicht zur Annahme dieses `Requests` geeignet ist, so kann der Browser veranlasst werden, direkt einen neuen `Request` zu einer anderen Seite zu starten, ohne dass der Benutzer etwas davon merkt bzw. selbst etwas tun muss. Dazu bietet die Klasse `HttpServletResponse` die Methode `sendRedirect()` an. Sie erhält als Parameter einen URL bzw. eine Seite, die relativ zur aktuellen Position oder absolut angegeben werden kann. Der Server vervollständigt die Angaben zu einem vollständigen URL.

Wird die Umleitung ausgeführt, so kann das ausführende Servlet keine Daten mehr an den Browser senden, da dieser ja bereits umgeleitet wurde. Daher sollte nach einer Umleitung keine Ausgabe mehr erfolgen, andernfalls wird eine `IllegalStateException` geworfen.

```
protected void doGet(HttpServletRequest req, HttpServletResponse res)
  throws ServletException, java.io.IOException {
  // Umleitung und Beendigung der Abarbeitung in diesem Servlet
  if(falsches_servlet) {
    res.sendRedirect("andere_seite.html");
    return;
  }
  res.setContentType("text/html");
  PrintWriter out = res.getWriter();
  out.println("<html>");
  out.println("<body>");
  ...
}
```

Core
I/O
GUI
Multimedia
Datenbank
Netzwerk
XML
RegEx
Daten
Threads
Web-Server
Sonstiges

Statt eines `Redirects` kann auch ein `Include` verwendet werden. Dabei wird allerdings der URL im Browser nicht geändert, da dieser den `Include` nicht bemerkt. Damit ist es u. U. nicht möglich, Bookmarks zu setzen.

205 Wie kann ich einen dauerhaften Cookie setzen, um Benutzer wiederzuerkennen?

Viele Websites (wie z. B. Amazon oder das Oracle-Technet etc.) begrüßen den Benutzer auch nach längeren Pausen wieder mit dem Benutzernamen. Dazu nutzen sie dauerhafte Cookies, die den Benutzernamen bzw. eine ID enthalten. Ruft der Benutzer die Website wieder auf, werden die Daten aus dem Cookie übertragen und die Website kann den Benutzer identifizieren. Der Browser schickt den einmal gesetzten Cookie bei jedem Aufruf einer Seite desselben Servers mit, so dass er nicht nur auf einer speziellen Eingangsseite ausgelesen werden kann.

Das Java Servlet API unterstützt Cookies mit der Klasse `javax.servlet.http.Cookie`. Sie bietet verschiedene Methoden, die die Handhabung von Cookies sehr einfach machen. In der Klasse `IdentServlet` wird die Benutzung von Cookies gezeigt. Dazu wird eine einfache Anmeldung vorgeschaltet, bei der der Name in einem Cookie abgelegt wird. Wird der Browser geschlossen und das Servlet später wieder aufgerufen, so wird der Benutzer wiedererkannt und namentlich begrüßt.

```
package javacodebook.chapter13.cookie;

import java.util.*;
```

Listing 279: IdentServlet

```
import javax.servlet.*;
import javax.servlet.http.*;

/** Ein dauerhafter Cookie wird gesetzt und ein Benutzer anhand
 *  dessen beim nächsten Besuch wieder identifiziert.
 */
public class IdentServlet extends HttpServlet {

  // einfache Hilfskonstruktion, um Benutzer zu erkennen
  private static Hashtable users = new Hashtable();

  protected void doGet(HttpServletRequest req, HttpServletResponse res)
    throws ServletException, java.io.IOException {

    res.setContentType("text/html");
    java.io.PrintWriter out = res.getWriter();
    out.println("<html>");
    out.println("<body>");

    // Es können mehrere Cookies vorhanden sein, alle werden
    // überprüft.
    Cookie[] cookies = req.getCookies();
    String userName = null;
    for(int i = 0; i < cookies.length; i++) {
      if("userID".equals(cookies[i].getName()))
        userName = cookies[i].getValue();
    }

    // wenn der Cookie nicht gesetzt war
    if(userName == null && req.getParameter("name") == null)
      showForm(out);

    // Bei der Anmeldung wird der Cookie gesetzt, die Lebensdauer
    // wird auf ein Jahr eingestellt.
    else if(req.getParameter("name") != null) {
      userName = req.getParameter("name");
      Cookie cookie = new Cookie("userID", userName);
      cookie.setMaxAge(60*60*24*365); // Lebensdauer in sec:
      res.addCookie(cookie);

      out.println("Willkommen, " + userName + "<br>");
      out.println("Beim nächsten Besuch werden Sie mit Namen " +
                  "begrüßt");
    }
    // Begrüßung, wenn der Benutzer erkannt wurde
```

Listing 279: IdentServlet (Forts.)

```
    else {
      out.println("Willkommen, " + userName + "<br>");
      out.println("Schön, dass Sie wieder hier sind!");
    }
    out.println("</body>");
    out.println("</html>");
  }

  private void showForm(java.io.PrintWriter out) {
    out.println("<form>");
    out.println("Bitte geben Sie Ihren Namen ein: ");
    out.println("<input type=text name=name size=20><br>");
    out.println("<input type=submit value=Weiter>");
    out.println("</form>");
  }
}
```

Listing 279: IdentServlet (Forts.)

206 Wie kann ich Ausgaben im PDF-Format erzeugen?

HTML ist als Druckformat relativ ungeeignet, da die Darstellung immer abhängig vom verwendeten Browser und der eingestellten Schriftgröße ist. Ein geeigneteres Format findet sich in PDF-Dateien, die für die Druckausgabe optimiert sind und immer einheitlich dargestellt und ausgedruckt werden. Sie werden anstelle von HTML-Seiten ausgeliefert, wenn eine Druckansicht verlangt wird. Ein häufig vorkommender Verwendungszweck ist die Ausgabe von Berichten, z.B. in Form von tabellarisch aufbereiteten Listen.

Diese Listen können statt als HTML-Seiten eben auch direkt in Form von PDF-Dateien erzeugt werden. Dazu gibt es verschiedene freie und kommerzielle Bibliotheken, die die Erzeugung von PDF-Dateien sehr einfach machen. Eine freie, als Open-Source verfügbare Bibliothek für Java ist *iText* (*http://www.lowagie.com/iText*). Sie erlaubt es, ein PDF-Dokument direkt in den Ausgabestrom eines Servlets zu schreiben. Es stehen Elemente für die Gestaltung von Abschnitten, Tabellen, Verweisen, Schriften und Bildern zur Verfügung, mit denen eine freie Gestaltung des Layouts möglich ist.

Die Klasse `PdfServlet` zeigt ein einfaches Beispiel, in dem ein tabellarischer Bericht mit zufällig generierten Namen, Adressen und Telefonnummern mehrseitig ausgegeben wird. Dabei wird auf jeder Seite die Beschriftung des Berichts wiederholt, und es wird eine Seitennummerierung vorgenommen.

```
package javacodebook.chapter13.pdf;
import java.io.*;
import java.util.*;
import javax.servlet.*;
import javax.servlet.http.*;
import com.lowagie.text.*;
import com.lowagie.text.pdf.PdfWriter;

public class PdfServlet extends HttpServlet {

  protected void doGet(HttpServletRequest request, HttpServletResponse response)
    throws ServletException, java.io.IOException {

    response.setContentType("application/pdf");
    ServletOutputStream out = response.getOutputStream();

    // Ein PDF-Dokument wird erzeugt, Seitengröße sowie Ränder
    // (l,r,o,u) werden gesetzt.
    Document document = new Document(PageSize.A4, 72, 35, 50, 50);
    try {
      // Es wird ein PDFWriter erzeugt, der auf Änderungen im PDF-
      // Dokument lauscht und diese direkt in den angegebenen
      // OutputStream schreibt.
      PdfWriter.getInstance(document, out);

      // Eine Fußzeile mit Seitenzahlen wird erzeugt.
      HeaderFooter footer = new HeaderFooter(new Phrase("Seite "),
                                              true);
      footer.setBorder(Rectangle.NO_BORDER);
      footer.setAlignment(Element.ALIGN_RIGHT);
      document.setFooter(footer);

      // Das Dokument wird geöffnet.
      document.open();

      // Eine tabellarische Auflistung über mehrere Seiten hinweg
      // wird erzeugt und ausgegeben. Dabei wird jeweils eine
      // festgelegte Anzahl Zeilen pro Seite ausgegeben.
      int rows = 100;
      int pageLength = 24;
      Table table = writePageTop(document, pageLength);
      for(int i = 0; i < rows; i++) {
        String[] row = getTableRow();
        table.addCell(row[0]);
        table.addCell(row[1]);
```

Listing 280: PdfServlet

```
        table.addCell(row[2]);
        if((i+1) % pageLength == 0) {
          document.add(table);
          document.newPage();
          table = writePageTop(document, pageLength);
        }
      }
      document.add(table);
    }
    catch(DocumentException e) {
      e.printStackTrace(System.out);
    }
    document.close();
    out.close();
    // Puffer leeren
    response.flushBuffer();
  }

  private Table writePageTop(Document document, int pageLength)
    throws DocumentException {

    document.add(new Paragraph("Adressliste"));
    Table table = new Table(3, pageLength);
    table.setAlignment(Element.ALIGN_LEFT);
    table.setPadding(2);
    table.setBorderWidth(1);
    table.addCell("Name");
    table.addCell("Adresse");
    table.addCell("Telefon");
    return table;
  }

  private String[] getTableRow() {
    return new String[] {
      javacodebook.chapter3.stringtools.StringToolbox.randomWord(15),
      javacodebook.chapter3.stringtools.StringToolbox.randomWord(12),
      "0" + new Random().nextInt(1000) + "/"
      + new Random().nextInt(1000000)
    };
  }
}
```

Listing 280: PdfServlet (Forts.)

Unter der URL *www.pdfzone.com* können über das Stichwort *Java* weitere freie und kommerzielle PDF-Bibliotheken gefunden werden.

207 Wie kann ich qualifizierte Fehlermeldungen ausgeben?

Tritt in einem Servlet eine `Exception` auf, so kann diese entweder abgefangen werden oder bei schwerwiegenden Fehlern, die eine Ausführung des Servlets nicht sinnvoll erscheinen lassen, als `ServletException` an den Server weitergegeben werden. Der Server kann dann anhand seiner Konfiguration eine Fehlerseite ausgeben. Ohne entsprechende Einstellung wird der `StackTrace` der `Exception` als *Internal Server Error* ausgegeben, was in einer Anwendung meist nicht gewünscht wird.

Es ist aber auch möglich, ein spezielles Servlet anzusteuern, das die Nachricht, die der Ausnahme beigefügt ist, ausgibt. Dazu muss einerseits in der Konfigurationsdatei *web.xml* ein entsprechender Eintrag vorgenommen und andererseits ein entsprechendes Servlet erstellt werden. Es ist auch möglich, zusätzliche Informationen neben der Ausnahmemeldung über den `Request` an das Fehler-Servlet weiterzugeben.

Die Klasse `ErrorMessageServlet` wertet die Information aus, die in der `Exception-Message` steht (erhältlich über die Methode `getMessage()` der `Exception`). Diese Information wird vom Server in einem `Request`-Attribut gespeichert, das über den Namen `javax.servlet.error.message` ausgelesen werden kann. Zusätzliche Detailinformationen werden manuell als `Request`-Attribut unter dem Namen `error_detail` übergeben.

```
package javacodebook.chapter13.error;
import java.io.*;
import javax.servlet.*;
import javax.servlet.http.*;

/** Auswertung einer Exception in einem Servlet
 */
public class ErrorMessageServlet extends HttpServlet {

  protected void doGet(HttpServletRequest req,
    HttpServletResponse res)
    throws ServletException, java.io.IOException {

    res.setContentType("text/html");
    PrintWriter out = res.getWriter();
    out.println("<html>");
    out.println("<body>");
    out.println("<h2>Es ist ein Fehler aufgetreten</h2>");
```

Listing 281: ErrorMessageServlet

```
    out.println("Fehlermeldung: ");
    out.println(req.getAttribute("javax.servlet.error.message") +
                                "<br>");
    out.println("Details: ");
    out.println(req.getAttribute("error_detail"));
    out.println("</body>");
    out.println("</html>");
  }

  protected void doPost(HttpServletRequest req,
    HttpServletResponse res)
  throws ServletException, java.io.IOException {
    doGet(req, res);
  }
}
```

Listing 281: ErrorMessageServlet (Forts.)

Die Klasse `Error` hat die einzige Aufgabe, einen Fehler zu produzieren und entsprechende Nachrichten zu generieren. Hier ist zu sehen, wie die `Exception` im `Catch`-Block aufgefangen und dann als `ServletException` weitergegeben wird. Bei Bedarf können noch Details zur Ausnahme angegeben werden, soweit das in der entsprechenden Situation möglich ist.

```
package javacodebook.chapter13.error;
import javax.servlet.*;
import javax.servlet.http.*;
/** simuliert eine Ausnahme vom Typ ServletException und gibt eine
 *  Fehlermeldung mit
 */
public class Error extends HttpServlet {

  protected void doGet(HttpServletRequest req,
    HttpServletResponse res)
    throws ServletException, java.io.IOException {

    try {
      // Hier tritt ein Fehler in der Anwendung auf.
      throw new Exception("Anwendungsfehler!");
    } catch(Exception e) {
      // eine Fehlermeldung an das ErrorMessageServlet weiterleiten
      req.setAttribute("error_detail", "Das hätte nicht " +
```

Listing 282: Error

```
                        "passieren dürfen");
        throw new ServletException(e.getMessage());
      }
    }
  }
```

Listing 282: Error (Forts.)

Der notwendige Konfigurationseintrag in der *web.xml* sieht so aus:

```
<error-page>
  <exception-type>javax.servlet.ServletException</exception-type>
  <location>
    /servlet/javacodebook.chapter13.error.ErrorMessageServlet
  </location>
</error-page>
```

Hier können natürlich auch noch andere Arten von Ausnahmen behandelt werden. Für andere Arten von Ausnahmen wird ein entsprechendes `<error-page>`-Tag angegeben, das die gewünschte `Exception` als `exception-type` und eine entsprechende `Location` angibt. Die `Location` kann auch eine statische Seite sein. Auch die im HTTP-Protokoll definierten Fehlercodes können abgefangen werden. Der bekannteste Fehler *Seite nicht gefunden* hat den Fehlercode 404. Um eine solche Fehlermeldung abzufangen und eine eigene Fehlerseite anzuzeigen, müssen Sie ebenfalls ein `<error-page>`-Tag verwenden. Dort wird dann jedoch der Fehlercode angegeben.

```
<error-page>
  <error-code>404</error-code>
  <location>
    /page_not_found.html
  </location>
</error-page>
```

Für jeden Fehlercode müssen Sie ein eigenes `<error-page>`-Tag verwenden.

208 Wie kann ich ein Formular mit JSP und JavaBeans auswerten?

Core
I/O
GUI
Multi-media
Datenbank
Netzwerk
XML
RegEx
Daten
Threads
Web-Server
Applets
Sonstiges

Mit der JSP-Spezifikation stehen dem Entwickler sehr einfache Möglichkeiten zur Verfügung, JavaBeans aus JSPs heraus anzusprechen. Dabei handelt es sich um die JSP-Aktionen `useBean()`, `getProperty()` und `setProperty()`. Diese Aktionen erlauben auch eine einfache Auswertung von HTML-Formularen in JSPs, ohne dass große Mengen an Java-Code in eine JSP eingefügt werden müssen.

Dabei wird folgendermaßen vorgegangen: Eine JavaBean dient der Kapselung der Daten und ihrer Gültigkeitsregeln. Eine JSP-Formularseite wird zur Eingabe der Daten und zur Anzeige von evtl. nötigen Korrekturen verwendet. Eine weitere JSP-Seite übernimmt die Auswertung des Formulars und zeigt bei korrekter Eingabe die Daten an (in einer »richtigen« Anwendung würde hier eine Bestätigung angezeigt, dass die Daten übernommen wurden). Als Beispiel wird die Eingabe von (stark reduzierten) Kundendaten genommen.

Die Klasse `Customer` ist die JavaBean für die Kundendaten. Sie enthält die Attribute `Name`, `Vorname`, `Alter`, `Straße`, `Ort` und `get()`- und `set()`-Methoden für alle Attribute. Diese Methoden werden jeweils von den JSP-Aktionen angesprochen, wobei darauf zu achten ist, dass in einer JSP das Attribut `name` zum Methodenaufruf `getName()` bzw. `setName()` wird. Der Anfangsbuchstabe wird also jeweils zum Großbuchstaben konvertiert. Weiterhin enthält die Klasse `Customer` eine Methode `isValid()`, um die eingegebenen Daten auf Gültigkeit zu überprüfen. Dabei werden intern Fehlermeldungen produziert, die bei der erneuten Anzeige des Formulars angezeigt werden können.

```
package javacodebook.chapter13.jsp.bean;

import java.util.*;
public class Customer {

  private String name;
  private String surname;
  private String age;
  private String street;
  private String city;

  private Vector errors = new Vector();

  public Customer() {
```

Listing 283: Customer

```
  }

  public void setName(String name) {
    this.name = name;
  }

  public String getName() {
    return name;
  }

  public void setSurname(String surname) {
    this.surname = surname;
  }

  public String getSurname() {
    return surname;
  }

  public void setAge(String age) {
    this.age = age;
  }

  public String getAge() {
    return age;
  }

  public void setStreet(String street) {
    this.street = street;
  }

  public String getStreet() {
    return street;
  }

  public void setCity(String city) {
    this.city = city;
  }

  public String getCity() {
    return city;
  }

  public boolean isValid() {
    boolean isValid = true;
    if(name == null) {
```

Listing 283: Customer (Forts.)

```
      isValid = false;
      errors.addElement("Es muss ein Name eingegeben werden.");
    }
    try {
      Integer.parseInt(age);
    } catch(NumberFormatException e) {
      isValid = false;
      errors.addElement("Das angegebene Alter ist keine Zahl.");
    }
    return isValid;
  }

  public String[] getErrorMessages() {
    String[] errorMessages = new String[errors.size()];
    for(int i = 0; i < errors.size(); i++)
      errorMessages[i] = (String)errors.elementAt(i);
    return errorMessages;
  }
}
```

Listing 283: Customer (Forts.)

Das Formular wird in der JSP *customerform.jsp* umgesetzt. Um eine JavaBean in einer JSP verwenden zu können, wird die Anweisung `<jsp:useBean>` benutzt. Sie gibt hier den Variablennamen an, unter dem die Bean in der JSP angesprochen werden kann (`id`), den Gültigkeitsbereich (`scope`) der Bean sowie die Klasse inkl. des Package-Pfades. Der Gültigkeitsbereich ist sehr wichtig für die weitere Verwendung der Bean. Es stehen vier verschiedene Gültigkeitsbereiche zur Verfügung:

- `page`: Die Bean ist nur innerhalb der JSP-Seite gültig.
- `request`: Die Bean wird als Attribut in den Request hinzugefügt und kann damit auch von anderen JSPs oder in Servlets, die per *forward* angesteuert werden, verwendet werden.
- `session`: Die Bean wird der Session hinzugefügt und ist dort so lange vorhanden, bis die Session beendet (meist 15-30 Minuten) oder manuell entfernt wird.
- `application`: Die Bean wird dem `Context` hinzugefügt, in dem die Anwendung gestartet wurde, und kann von allen Servlets und JSPs aus angesprochen werden.

Da das Formular auch wieder angezeigt werden soll, wenn bei der Eingabe ein Fehler aufgetreten ist, werden die Textfelder direkt mit den Werten aus der `Customer`-Bean gefüllt.

```
<%@ page contentType="text/html"%>
<jsp:useBean id="customer" scope="request"
  class="javacodebook.chapter13.jsp.bean.Customer" />
<html>
<head><title>Neuer Kunde</title></head>
<body>
<h4>Kundendateneingabe</h4>
<%
  String[] errorMessages = customer.getErrorMessages();
  for(int i = 0; i < errorMessages.length; i++) {
%>
  <font color="red"><%= errorMessages[i] %></font><br>
<%
  }
%>
<br>
<form name="customer" action="show_customer.jsp" method="post">
<table border="0" cellpadding="1" cellspacing="0">
<tr>
  <td width=100>Name:</td>
  <td width=400><input type="text" name="name"
    value="<jsp:getProperty name="customer" property="name" />"
    size="30"></td>
</tr>
<tr>
  <td>Vorname:</td>
  <td><input type="text" name="surname"
       value="<jsp:getProperty name="customer"  property="surname"
       />" size="30"></td>
</tr>
<tr>
  <td>Alter:</td>
  <td><input type="text" name="age"
       value="<jsp:getProperty name="customer"  property="age" />"
       size="3"></td>
</tr>
<tr>
  <td>Straße/Hausnr:</td>
  <td><input type="text" name="street"
       value="<jsp:getProperty name="customer"  property="street"
       />" size="30"></td>
</tr>
<tr>
  <td>PLZ / Ort:</td>
  <td><input type="text" name="city"
```

Listing 284: customerform.jsp

```
       value="<jsp:getProperty name="customer"  property="city" />"
       size="30"></td>
</tr>
<tr>
  <td colspan="2"><input type="submit" value="Speichern"></td>
</tr>
</table>
</form>
</body>
</html>
```

Listing 284: customerform.jsp (Forts.)

Die Auswertung des Formulars erfolgt in einer weiteren JSP (*show_customer.jsp*). Sie verwendet zur Auswertung der Parameter die sehr komfortable Anweisung `<jsp:setProperty name="customer" property="*" />`. Damit werden alle Parameter aus dem `Request` extrahiert und die entsprechenden `set()`-Methoden der Klasse `Customer` aufgerufen.

Für die Abfrage, ob die eingegebenen Daten gültig sind, wird ein Java-Scriptlet in die Seite eingebettet. Es leitet den `Request` auf das Formular um, wenn die eingegebenen Daten Fehler enthalten. Damit wird die JSP nicht weiter ausgeführt.

```
<%@ page import="javacodebook.chapter13.jsp.bean.Customer" %>
<jsp:useBean id="customer" scope="request"
  class="javacodebook.chapter13.jsp.bean.Customer" />
<jsp:setProperty name="customer" property="*" />
<%
  if(!customer.isValid()) {
%>
  <jsp:forward page="customerform.jsp" />
<%
  }
%>
<html>
<head><title>Eingabe bestätigt</title></head>
<body>
<h4>Es wurden folgende Daten eingegeben</h4>
<table border="0" cellpadding="1" cellspacing="0">
<tr>
  <td width=100>Name:</td>
  <td width=400><jsp:getProperty name="customer"
```

Listing 285: show_customer

```
                  property="name" /></td>
</tr>
<tr>
  <td>Vorname:</td>
  <td><jsp:getProperty name="customer" property="surname" /></td>
</tr>
<tr>
  <td>Alter:</td>
  <td><jsp:getProperty name="customer" property="age" /></td>
</tr>
<tr>
  <td>Strasse/Hausnr:</td>
  <td><jsp:getProperty name="customer" property="street" /></td>
</tr>
<tr>
  <td>PLZ / Ort:</td>
  <td><jsp:getProperty name="customer" property="city" /></td>
</tr>
</table>
</body>
</html>
```

Listing 285: show_customer (Forts.)

209 Wie kann ich Teilbereiche einer JSP auslagern?

Treten auf mehreren JSP-Seiten dieselben Elemente auf, so ist es möglich, diese Elemente in eine eigene Datei auszulagern. Dazu stehen in JSP zwei Möglichkeiten zur Verfügung, die unterschiedlich behandelt werden.

- Die eine Möglichkeit ist ein statisches Einfügen der separaten Datei zur Kompilierungszeit. Dies erfolgt mit der JSP-Direktive

```
<%@ include file="extern.jsp" %>
```

  die dann ausgewertet wird, wenn aus der JSP, die diese Direktive enthält, ein Servlet generiert wird. Dabei wird der HTML/JSP-Text der eingefügten Seite mit einkompiliert.

- Die zweite Möglichkeit ist die `<jsp:include>` Anweisung, die dynamisch zur Laufzeit ausgewertet wird. Sie wird in der Form eines speziellen JSP-Tags angegeben:

```
<jsp:include page="include.jsp" />
```

Sollen noch Parameter an die aufgerufene Seite übergeben werden, kann dies mit zusätzlichen `<jsp:param>`-Anweisungen erfolgen:

```
<jsp:include page="include.jsp">
  <jsp:param name="param1" value="wert1" />
  <jsp:param name="param1" value="<%= variable1 %>" />
</jsp:include>
```

Statt den HTML/JSP-Text einer Seite einzubinden, erzeugt die dynamische Variante einen Aufruf der entsprechenden URL und fügt dessen Ausgabe in die JSP-Seite ein. Die Angabe `page=...` wird dabei relativ zur JSP-Seite ausgelegt. Der dynamische Aufruft erlaubt also auch das Einbinden von Servlet-Ausgaben in eine JSP, was der Architektur einer Web-Anwendung zusätzliche Flexibilität verleihen kann. Die übergebenen Parameter können auch zur Laufzeit ausgewertet werden, wie mit dem zweiten Parameter gezeigt wird.

Ein Beispiel zeigt die Verwendung der verschiedenen Einfügeaktionen. Eine JSP-Seite enthält die statische Einfüge-Direktive, um zwei Dateien hinzuzufügen, die von allen Seiten einer Web-Anwendung benutzt werden würden. Die erste Datei deklariert gemeinsame Imports und Variablen, während die zweite den HTML-Kopf aufbaut. Die zweite JSP-Seite enthält auch diese Einfügeaktionen, aber zusätzlich noch einen dynamischen `Include`, um anhand der Angaben aus dem Formular der ersten Seite ein entsprechendes Formular auf der zweiten Seite anzuzeigen.

Die beiden per statischem `Include` eingefügten Dateien sind *declarations.jsp* und *header.jsp*. Die Datei *declarations.jsp* ist sehr kurz gehalten und definiert nur die allen Seiten gemeinsamen Variablen:

```
<%@ page contentType="text/html" language="java" %>
<%
  String pageTitle = "";
  String headline = "";
%>
```

Den HTML-Kopf stellt die Datei *header.jsp* zur Verfügung:

```
<%@ page contentType="text/html" %>
<html>
<head>
  <title><%= pageTitle %></title>
</head>
<body>
<p align=center><%= headline %></p>
```

Die Datei *start.jsp* legt Seitentitel und Überschrift fest und fügt die beiden anderen Dateien per Einfüge-Direktive hinzu. In einem Formular wird eine Auswahl über eine Zahlungsart getroffen. Die Werte der Radiobuttons passen zu den JSP-Seiten der Formulare, die auf der nächsten Seite angezeigt werden.

```
<%@ include file="declarations.jsp" %>
<%
  pageTitle = "Zahlungsvorgang";
  headline = "Wahl der Zahlungsart";
%>
<%@ include file="header.jsp" %>
Bitte wählen Sie eine der möglichen Zahlungsarten aus:
<form action="payment.jsp" method="post">
<input type="radio" name="method" value="creditcard">Kreditkarte<br>
<input type="radio" name="method" value="bank">Bankeinzug<br>
<input type="radio" name="method" value="vorkasse">Vorkasse<br>
<input type="submit" value="Auswählen">
</form>
</body>
</html>
```

Listing 286: start.jsp

Die Datei *payment.jsp* wertet die Zahlungsart aus, die auf dem Formular ausgewählt wurde. Es wird ein String zusammengesetzt, der die entsprechende JSP-Seite bezeichnet (z.B. *bank.jsp*). Diese wird dynamisch eingefügt.

```
<%@ include file="declarations.jsp" %>
<%
  pageTitle = "Zahlungsvorgang";
```

Listing 287: payment.jsp

```
  headline = "Zahlungsangaben vervollständigen";
  String includePage = request.getParameter("method") + ".jsp";
%>
<%@ include file="header.jsp" %>
Sie haben folgende Zahlungsart gewählt<br>

<jsp:include page="/bank.jsp" flush="true" />

</body>
</html>
```

Listing 287: payment.jsp (Forts.)

Die Seite *bank.jsp* enthält wiederum nur die Details zur Zahlungsart *Bankeinzug*.

```
<p>Bankeinzug</p>
Bitte geben Sie Ihre Kontodaten ein:<br><br>
<form>
<table>
  <tr>
    <td>Kontoinhaber:</td>
    <td><input type="text" name="owner" size="30"></td>
  </tr>
  <tr>
    <td>Kontonummer:</td>
    <td><input type="text" name="account" size="20"></td>
  </tr>
  <tr>
    <td>BLZ:</td>
    <td><input type="text" name="code" size="20"></td>
  </tr>

</form>
```

Listing 288: bank.jsp

210 Wie kann ich ein eigenes Tag schreiben?

Eine der nützlichsten Fähigkeiten von JSP ist die Möglichkeit, eigene Aktionen in Form von JSP-Aktionen (*Tags*) zu erstellen. Damit können JSP-Seiten weitgehend von Java-Code freigehalten werden, was bei großen Projekten mit Arbeitsteilung zwischen Programmierern und Layoutern sehr wichtig wird.

Um ein JSP-Tag in einer Seite verwenden zu können, muss in der JSP-Seite mit der `taglib`-Direktive die entsprechende sog. *Tag-Library* angegeben werden. Dies erfolgt in der Form:

```
<%@ taglib uri="/javacodebook" prefix="jcb" %>
```

In einer Tag-Library können mehrere Tags verfügbar sein, die dann in der JSP entsprechend mit dem angegebenen Präfix, hier `jcb`, verwendet werden können. Ist ein Tag mit dem Namen »mytag« in der Tag-Library eingetragen, so wird es in der JSP z.B. folgendermaßen verwendet:

```
<jcb:mytag ... />
```

Die Angaben zur Tag-Library werden in einem sog. *Tag-Library-Descriptor* gemacht, der nichts anderes ist als eine Textdatei. Hier werden im XML-Format Angaben zu den Tags gemacht, die in dieser Bibliothek zusammengefasst sind. Diese Datei kann z.B. `taglib.tld` heißen und liegt normalerweise im Verzeichnis *WEB-INF* einer Web-Anwendung. Ihr URI und der Speicherort müssen noch in der Konfigurationsdatei *web.xml* bekannt gemacht werden. Dies geschieht in der Form:

```
<taglib>
  <taglib-uri>http://www.addison-wesley.de/jcb/jcb.tld</taglib-uri>
  <taglib-location>/WEB-INF/jcb.tld</taglib-location>
</taglib>
```

Dabei ist zu beachten, dass die Datei *web.xml* eine bestimmte Reihenfolge für die einzelnen XML-Elemente einhalten sollte, da manche Server sonst Probleme damit haben. Der `Taglib`-Eintrag sollte immer nach den Servlet-Mappings angegeben werden.

Für viele Zwecke sind inzwischen bereits Tags verfügbar, und mit der JSP Standard Tag Library (JSTL) existiert auch ein Standard. Sie ist aus dem Java Community Process entstanden, an dem viele Firmen und Open Source Entwickler beteiligt sind. Unter der URL *http://jakarta.apache.org/taglibs/doc/standard-doc/intro.html* kann sie heruntergeladen werden. Die Spezifikation dazu findet sich unter *http://java.sun.com/products/jsp/jstl/*.

Als einfaches Beispiel für ein Tag wird hier gezeigt, wie mit einem Tag eine einfache HTML-Tabelle erstellt und mit Werten aus einer Datenbanktabelle gefüllt werden kann.

```
package javacodebook.chapter13.jsp.tag;

import javax.servlet.jsp.*;
import javax.servlet.jsp.tagext.*;
import java.sql.*;

/**
 *  Ein Tag zur Kapselung von Datenbank-Abfragen in HTML-Seiten.
 *  Eine SQL-Abfrage wird ausgeführt und aus dem ResultSet wird eine
 *  Tabelle erzeugt.
 */
public class SQLTable extends javax.servlet.jsp.tagext.TagSupport {

  // Name des Datenbanktreibers
  private String driver;
  // der Connect-String, mit dem die Verbindung geöffnet wird
  private String connectString;
  // Name des Datenbankusers
  private String user;
  // Password des Datenbankusers
  private String passwd;
  // Text der Abfrage
  private String queryString;

  /**
   *  Die doStartTag-Methode wird aufgerufen, nachdem alle Attribute
   *  des Tags gesetzt sind.
   */
  public int doStartTag()
  throws JspException {
    Connection conn = null;
    Statement stmt = null;
    try {
      // Treiber laden und Verbindung öffnen
      Class.forName(driver);
      conn = DriverManager.getConnection(connectString, user,
                                         passwd);

      // Statement erzeugen und Abfrage abschicken
      stmt = conn.createStatement();
```

Listing 289: SQLTable

Core
I/O
GUI
Multimedia
Datenbank
Netzwerk
XML
RegEx
Daten
Threads
Web-Server
Applets
Sonstiges

```
    ResultSet rs = stmt.executeQuery(queryString);
    ResultSetMetaData rsmd = rs.getMetaData();
    int colCount = rsmd.getColumnCount();
    JspWriter out = pageContext.getOut();
    out.println("<table border=1 cellpadding=0 cellspacing=0>");

    // Titelzeile der Tabelle aufbauen anhand der Metadaten
    out.println("<tr>");
    for(int i = 1; i <= colCount; i++)
      out.println("<th>" + rsmd.getColumnName(i) + "</th>");
    out.println("</tr>");

    // alle Zeilen des ResultSets in Tabellenzeilen ausgeben
    while(rs.next()) {
      out.println("<tr>");
      for(int i = 1; i <= colCount; i++)
        out.println("<td>" + rs.getString(i) + " </td>");
      out.println("</tr>");
    }
    rs.close();
    out.println("</table>");
  } catch(Exception e) {
    e.printStackTrace(System.out);
  }
  finally {
    try { stmt.close(); } catch(Exception ignored) {}
    try { conn.close(); } catch(Exception ignored) {}
  }
  return SKIP_BODY;
}

/** die Methode zur Auswertung des Attributs queryString */
public void setQueryString(String queryString) {
  this.queryString = queryString.trim();
}

/** wertet das Attribut driver aus */
public void setDriver(String driver) {
  this.driver = driver.trim();
}

/** wertet das Attribut connectString aus */
public void setConnectString(String connectString) {
  this.connectString = connectString;
}
```

Listing 289: SQLTable (Forts.)

```
  /** wertet das Attribut user aus */
  public void setUser(String user) {
    this.user = user;
  }

  /** wertet das Attribut passwd aus */
  public void setPasswd(String passwd) {
    this.passwd = passwd;
  }

}
```

Listing 289: SQLTable (Forts.)

Die Benutzung dieses Tags zeigt eine einfache JSP-Seite, die anhand einer Oracle-Datenbankverbindung (der Leser wird sie im Beispiel der Benutzeranmeldung wiederfinden, es kann aber auch eine beliebige andere Datenbank verwendet werden) eine Tabelle ausgibt.

```
<%@page contentType="text/html"%>
<%@ taglib uri="http://www.addison-wesley.de/jcb/jcb.tld" prefix="jcb" %>
<html>
<body>
Dies ist das Ergebnis des SQLTable-Tags<br>
<jcb:sqltable driver="oracle.jdbc.driver.OracleDriver"
  connectString="jdbc:oracle:thin:@127.0.0.1:1521:dirk"
  user="book" passwd="book"
  queryString="select user_name as Name, user_email as email " +
              "from user_table"
/>

</body>
</html>
```

Listing 290: sqlpage.jsp

Der Tag-Library-Descriptor zeigt, wie das Tag beschrieben wird. Dabei werden der Tag-Name und alle Parameter angegeben. Bei jedem Parameter wird neben dem Namen auch noch angegeben, ob der Parameter zur Laufzeit ausgewertet werden kann oder nicht, d.h. ob eine Java-Variable an das Tag übergeben werden kann oder nur ein Text.

```
<?xml version="1.0" encoding="ISO-8859-1" ?>

<!DOCTYPE taglib PUBLIC "-//Sun Microsystems, Inc.//DTD JSP Tag Library 1.1//EN"
          "http://java.sun.com/j2ee/dtds/web-jsptaglibrary_1_1.dtd">

<taglib>
  <tlibversion>1.0</tlibversion>
  <jspversion>1.1</jspversion>
  <shortname>vdb</shortname>
  <uri>http://www.addison-wesley.de/jcb/jcb.tld</uri>

  <tag>
    <name>sqltable</name>
    <tagclass>javacodebook.chapter13.jsp.tag.SQLTable</tagclass>
    <info>Eine Abfrage als HTML-Tabelle ausgeben</info>
    <attribute>
      <name>driver</name>
      <required>true</required>
      <rtexprvalue>false</rtexprvalue>
    </attribute>
    <attribute>
      <name>connectString</name>
      <required>true</required>
      <rtexprvalue>false</rtexprvalue>
    </attribute>
    <attribute>
      <name>user</name>
      <required>true</required>
      <rtexprvalue>false</rtexprvalue>
    </attribute>
    <attribute>
      <name>passwd</name>
      <required>true</required>
      <rtexprvalue>false</rtexprvalue>
    </attribute>
    <attribute>
      <name>queryString</name>
      <required>true</required>
      <rtexprvalue>true</rtexprvalue>
    </attribute>
  </tag>

</taglib>
```

Listing 291: jcb.tld

211 Eine anwendungsbezogene Benutzeranmeldung realisieren?

Viele kleinere Web-Anwendungen haben eine eigene Benutzeranmeldung, die nur für diese Anwendung verwendet wird. Dazu wird meist eine Tabelle mit Benutzerdaten in einer Datenbank abgelegt, in der die Zugangsdaten für die einzelnen Benutzer gespeichert werden. Über ein Web-Formular werden Benutzername und Kennwort abgefragt.

Das folgende Beispiel zeigt eine Implementierung einer solchen Anmeldung. Dabei werden Konzepte wie die Trennung von Layout und Logik verwendet, um die Wiederverwendbarkeit zu erhöhen. Hierbei werden in den Servlets ausschließlich Auswertungen der Parameter eines `Requests` vorgenommen, die Anzeige von Daten erfolgt in JSP-Seiten.

Die Zugangssteuerung erfolgt über ein zentrales Servlet (`LoginController`), von dem alle weiteren Servlets erben. Innerhalb der `doGet()`-Methode der Klasse `LoginController` wird abgefragt, ob ein Benutzer bereits angemeldet ist. Dies erfolgt über ein Objekt der Klasse `User` in der Session des Benutzers. Ist dieses Objekt in der Session vorhanden, so ist der Benutzer bereits angemeldet. Ist es nicht vorhanden, wird das Login-Formular angezeigt.

```
package javacodebook.chapter13.login;
import javax.servlet.*;
import javax.servlet.http.*;
public abstract class LoginController extends HttpServlet {

  protected void doGet(HttpServletRequest req,
                       HttpServletResponse res)
    throws ServletException, java.io.IOException {
      User user = (User)req.getSession().getAttribute("user");
      // Hier wird der Name des aufgerufenen Servlets gespeichert,
      // um nach erfolgreicher Anmeldung dahin leiten zu können.
      String calledServlet = req.getServletPath().substring(1,
        req.getServletPath().length());  //führender "/" weg
        req.setAttribute("called_servlet", calledServlet);

      // Login und Passwort überprüfen, wenn korrekt, Benutzer
      // einloggen
      if("true".equals(req.getParameter("perform_login"))) {
        String login = req.getParameter("login");
        String passwd = req.getParameter("passwd");
```

Listing 292: LoginController

```
        String passwdRep = req.getParameter("passwd_rep");
        if(!passwd.equals(passwdRep))
          showLogin(req, res);
        else {
          user = User.findUser(login, passwd);
        if(user == null)
          showLogin(req, res);
        else {
          req.getSession().setAttribute("user", user);
          handleRequest(req, res);
        }
      }
    }

    // Logout durchführen, d.h. das Attribut "user" wird wieder aus
    // der Session entfernt.
    else if("true".equals(req.getParameter("perform_logout"))) {
      req.getSession().removeAttribute("user");
      showLogin(req, res);
    }

    //noch kein Benutzer eingeloggt -> Formular anzeigen
    else if(user == null) {
      showLogin(req, res);
    }

    // Benutzer ist bereits eingeloggt, jetzt wird die
    // handleRequest()-Methode der entsprechenden Unterklasse
    // ausgeführt.
    else {
      handleRequest(req, res);
    }
  }

  protected void doPost(HttpServletRequest req,
    HttpServletResponse res)
    throws ServletException, java.io.IOException {
      doGet(req, res);
  }

  /*
   * Diese Methode wird von Servlet-Unterklassen implementiert, die
   * eine Zugangskontrolle benötigen.
   */
  protected abstract void handleRequest(HttpServletRequest req,
```

Listing 292: LoginController (Forts.)

```
    HttpServletResponse res)
    throws ServletException, java.io.IOException;

  // Bequemlichkeitsmethode für die Anzeige der Login-Seite
  private void showLogin(HttpServletRequest req,
    HttpServletResponse res)
    throws ServletException, java.io.IOException {

    req.getRequestDispatcher("login.jsp").forward(req, res);
  }
}
```

Listing 292: LoginController (Forts.)

Die Klasse `User` kapselt die Abfrage von Benutzername und Passwort. Dazu wird hier kein öffentlicher Konstruktor angeboten, sondern über die statische Methode `findUser()` ein `User`-Objekt zurückgegeben, wenn die Login-Daten korrekt waren. Ein Benutzer hat hier die häufig verwendeten Attribute `Id`, `Name`, `Login-Name` und `Email`. `Get()`-Methoden für die Attribute erlauben den lesenden Zugriff darauf. Die Daten stammen aus der Tabelle `user_table`, die mit einem entsprechenden `Create`-Statement erzeugt wird (siehe Buch-CD).

```
package javacodebook.chapter13.login;

import java.sql.*;

/** Die Klasse User kapselt die Benutzerdaten und die Abfrage der
 *  Login-Daten aus einer Datenbank. Ein Benutzer hat die Daten ID,
 *  Login-Name, Name, Passwort und Email. Das Passwort kann von
 *  außen nicht ermittelt werden, um keine Sicherheitslücke zu
 *  erzeugen.
 */
public class User {

  private String id;
  private String loginName;
  private String name;
  private String email;

  // der Konstruktor für User ist privat, da die Klasse selbst
  // kontrolliert, wie der Zugriff auf die Benutzertabelle erfolgt.
  private User(String id, String loginName, String name,
```

Listing 293: User

```
              String email) {
    this.id = id;
    this.loginName = loginName;
    this.name = name;
    this.email = email;
  }

  // Hier wird anhand des Login-Namens und des Passworts nach einem
  // entsprechenden Benutzer gesucht. Wird keiner gefunden, so wird
  // null zurückgegeben. Login-Namen müssen eindeutig sein, daher
  // kann kein mehrfaches Ergebnis gefunden werden.
  public static User findUser(String loginName, String passwd) {
    User user = null;
    Connection conn = null;
    PreparedStatement stmt = null;
    try {
      //JDBC-Treiber laden
      Class.forName("oracle.jdbc.driver.OracleDriver");
      conn = DriverManager.getConnection(
      "jdbc:oracle:thin:@127.0.0.1:1521:dirk", "book", "book");

      // Abfrage von Login und Passwort in der Datenbank
      String sql = "select * from user_table where user_login = ? "
             + " and user_passwd = ?";
      stmt = conn.prepareStatement(sql);
      stmt.setString(1, loginName);
      stmt.setString(2, passwd);
      ResultSet rs = stmt.executeQuery();
      if (rs.next()) {
        user = new User(rs.getString("user_id"),
        rs.getString("user_login"),
        rs.getString("user_name"),
        rs.getString("user_email"));
      }
      rs.close();
    } catch(Exception e) {
      e.printStackTrace(System.out);
    } finally {
      // Connection und PreparedStatement müssen auf jeden Fall
      // geschlossen werden, um belegte Ressourcen wieder
      // freizugeben.
      try { stmt.close(); } catch(Exception ignored) {}
      try { conn.close(); } catch(Exception ignored) {}
    }
    return user;
  }
```

Listing 293: User (Forts.)

```
  public String getId() {
    return id;
  }

  public String getLoginName() {
    return loginName;
  }

  public String getName() {
    return name;
  }

  public String getEmail() {
    return email;
  }
}
```

Listing 293: User (Forts.)

Das Servlet `ShowUser` ist eine einfache Unterklasse der Klasse `LoginController`. Es leitet den `Request` auf die JSP zur Anzeige der Benutzerdaten weiter, wenn der Benutzer eingeloggt ist. Hier ist erkennbar, dass sich die Unterklassen von `LoginController` nicht mehr darum kümmern müssen, ob ein Benutzer angemeldet ist oder nicht.

```
package javacodebook.chapter13.login;

import javax.servlet.*;
import javax.servlet.http.*;
public class ShowUser extends LoginController {

  /*
   * Hier wird die Methode handleRequest implementiert, um die
   * konkrete Funktion dieses Servlets umzusetzen.
   */
  protected void handleRequest(HttpServletRequest req,
    HttpServletResponse res)
    throws ServletException, java.io.IOException {

    req.getRequestDispatcher("show_user.jsp").forward(req, res);
  }
}
```

Listing 294: ShowUser

Da die Servlets nach dem MVC-Ansatz kein HTML erstellen, werden für das Formular und die Anzeige der Benutzerdaten noch zwei JSPs benötigt. Das Anmeldeformular wird vom `LoginController` mit der Information versorgt, welches Servlet aufgerufen wurde, damit nach erfolgreicher Anmeldung die richtige Seite angezeigt werden kann. Diese Information wird in der Action des Formulars verwendet. Ansonsten weist das Formular keine Besonderheiten auf – wichtig ist nur, die `POST`-Methode für die Übermittlung zu verwenden, damit Benutzername und Passwort nicht in der Browser-Adresszeile auftauchen.

```
<%@page contentType="text/html"%>
<html>
<head><title>Anmeldung erforderlich</title></head>
<body>
<form name="login" action="<%= request.getAttribute("called_servlet") %>"
method="post">
<input type="hidden" name="perform_login" value="true">
<b>Bitte geben Sie Ihren Login-Namen und Ihr Passwort ein.</b>
<br><br>
<table border=0 cellpadding=1 cellspacing=0>
  <tr>
    <td width=150>Name:</td>
    <td width=450><input type="text" name="login" size="20"></td>
  </tr>
  <tr>
    <td width=150>Passwort:</td>
    <td><input type="password" name="passwd" size="20"></td>
  </tr>
  <tr>
    <td width=150>Passwort-Wiederholung:</td>
    <td><input type="password" name="passwd_rep" size="20"></td>
  </tr>
  <tr>
    <td colspan=2 height=10> </td>
  </tr>
  <tr>
    <td colspan=2><input type="submit" value="Anmelden"></td>
  </tr>
</table>
</form>
</body>
</html>
```

Listing 295: login.jsp

War die Anmeldung erfolgreich, so werden die Benutzerdaten angezeigt. Dazu holt die JSP-Seite *show_user.jsp* das `User`-Objekt aus der Session und kann dann über die `get()`-Methoden die Informationen auslesen.

```
package javacodebook.chapter13.login;
import javax.servlet.*;
import javax.servlet.http.*;

public class ShowUser extends LoginController {
  /*
   * Hier wird die Methode handleRequest implementiert, um die
   * konkrete Funktion dieses Servlets umzusetzen.
   */
  protected void handleRequest(HttpServletRequest req, HttpServletResponse res)
    throws ServletException, java.io.IOException {

    req.getRequestDispatcher("show_user.jsp").forward(req, res);
  }
}
```

Listing 296: show_user.jsp

Core
I/O
GUI
Multi-media
Daten-bank
Netz-werk
XML
RegEx
Daten
Threads
Web-Server
Applets
Sonsti-ges

Applets

Java-Entwickler sind in der glücklichen Lage, sich bei der Entwicklung von Software wenig Gedanken über die Plattform machen zu müssen, auf der ihre Software zu Einsatz kommen wird. Diese Bürde wird ihnen durch die Plattformunabhängigkeit von Java und den damit verbundenen »Write once, run everywhere» abgenommen.

In der Welt der Applets ist dieser Spruch jedoch leider nicht immer zutreffend. Die Möglichkeit, ein Applet über ein Plugin oder über die vom Browser mitgelieferte JVM einzubinden, sowie eine Reihe von Inkompatibilitäten zwischen verschiedenen Browsern machen es einem Applet-Entwickler nicht immer leicht. Das Java-Plugin wird mit dem JDK mitgeliefert. Unter Windows wird es automatisch installiert und ist über die *Systemsteuerung / Java Plugin* administrierbar.

Vor allem dann, wenn ein Applet über die `LiveConnect`-API auf JavaScript und das DOM der HTML-Seite zugreift, ist eine Plattformunabhängigkeit nicht mehr gegeben (wenn man in diesem Zusammenhang vom Browser als Plattform sprechen darf). Aus diesem Grund funktionieren auch nicht alle Beispiele dieses Kapitels auf allen Plattformen und Browsern. In den einzelnen Applet-Beispielen wird bei Bedarf darauf hingewiesen, mit welchem Browser oder welchen Browsern das Beispiel funktioniert.

Mit dem JDK 1.4 hat SUN das Format des Java-Bytecodes verändert. Bei normalen Anwendung macht sich diese Anpassung meist nicht bemerkbar. Wenn Sie jedoch ein mit einem JDK 1.4 kompiliertes Applet mit einem Browser älteren Semesters aufrufen, kann es passieren, dass das Applet nicht funktioniert. In diesem Fall müssen Sie den Java-Compiler anweisen, das Applet in einen zu älteren JDK-Versionen kompatiblen Bytecode zu übersetzen. Dies geschieht über das Flag »`-target 1.1`« des Compilers.

1 Wie binde ich ein Applet in eine HTML-Seite ein?

Applets können Sie in einer HTML-Seite auf verschiedene Arten einbinden. Zum einen besteht die Möglichkeit über das `APPLET`-Tag:

```
<APPLET code="HelloWorldApplet.class" codebase="." width="200" height="200">
    <PARAM NAME="text" VALUE="Hello World from APPLET-TAG">
    Applets werden von Ihrem Browser nicht unterstützt
</APPLET>
```

Bei neueren Versionen der JRE ist es aber auch möglich, Applets über ein Java-Plugin in Ihrem Browser einzubinden. Unter Windows wird das Plugin während der Installation der JRE automatisch in Ihrem Browser (Internet Explorer oder Netscape) eingebunden. Da Explorer und Communicator/Mozilla verschiedene Schreibweisen für die Einbindung von Applets anbieten, müssen Sie in diesem Fall entsprechend eine Fallunterscheidung vornehmen.

Über Java-Script können Sie entsprechende Browser-Checks durchführen und dann direkt die richtigen Tags zum Einbinden Ihres Applets erzeugen. Allerdings bedeutet das eine Menge Arbeit für Sie und ist obendrein auch noch fehlerträchtig. Das hat sich auch SUN gedacht und spendiert seit der Version 1.2 Ihrem SDK (nicht JRE!) ein kleines Tool zur automatischen Konvertierung eines Applet-Tags in ein entsprechendes Konstrukt, welches die Möglichkeiten des Java-Plugins ausnutzt und dabei die Eigenheiten der verschiedenen Browser berücksichtigt.

Das Tool befindet sich im Installationspfad Ihres SDK in dem Verzeichnis *lib*. Öffnen Sie eine DOS-Konsole (oder eine Shell unter Unix), wechseln Sie in das *lib*-Verzeichnis Ihres SDK und geben Sie den folgenden Befehl ein (hier für DOS dargestellt):

```
C:\sdk1.4\lib>..\bin\java -jar htmlconverter.jar -gui
```

Es öffnet sich nun ein Fenster, in dem Sie definieren können, welche HTML-Dateien konvertiert und welche Browser- und Java-Versionen unterstützt werden sollen. Nach einem Klick auf den Button KONVERTIEREN werden automatisch alle Applet-Tags in den HTML-Seiten entsprechend Ihrer Angaben konvertiert.

2 Kann ich Applets auch in einem eigenen Fenster darstellen?

Ein Applet ist nicht auf den Anzeigebereich beschränkt, der ihm durch eine HTML-Seite zugestanden wird. Sie können über AWT Dialoge und Fenster so öffnen, wie es auch mit normalen Applikationen der Fall ist. Der einzige Unterschied ergibt sich aus der Tatsache, dass jeder Dialog und jedes Fenster, das von einem Applet geöffnet wird, über eine Statuszeile entsprechend markiert wird.

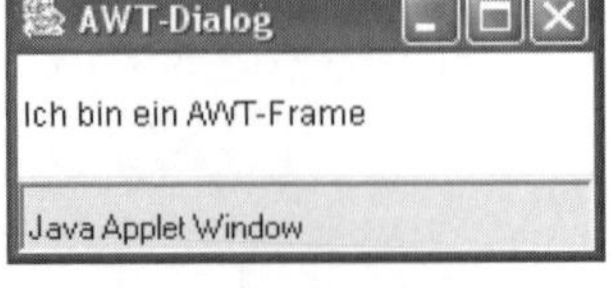

Abbildung 1: Ein AWT-Frame, der von einem Applet erzeugt wurde

Beispiele zur Verwendung von AWT-Frames und AWT-Dialogen finden Sie in der Kategorie GUI.

Wenn Sie ausschließlich Dialoge und Frames verwenden möchten und auf den Anzeigebereich des Applets innerhalb der HTML-Seite verzichten wollen, dann erstellen Sie einfach ein Applet mit einer Breite und Höhe von 0 Pixel auf der HTML-Seite.

```
import java.awt.*;
/**
 * Anzeigen eines externen AWT-Frames
 */
public class FrameApplet extends java.applet.Applet {

  Frame frame;
  public void init() {


    frame = new Frame("AWT-Dialog");

    frame.setLayout(new BorderLayout());
    frame.add("Center", new Label("Ich bin ein AWT-Frame"));
    frame.setSize(100,100);

    // Frame soll auch wieder geschlossen werden können
    frame.addWindowListener(new java.awt.event.WindowAdapter() {
      public void windowClosing(java.awt.event.WindowEvent we) {
        frame.dispose();
      }
    });
    frame.show();
  }

}
```

Listing 1: FrameApplet

Beachten Sie bitte, dass mit dem JDK 1.4 das Format des Bytecodes von `CLASS`-Dateien geändert wurde. In älteren Browsern funktioniert das Beispiel nur dann, wenn Sie es mit dem Flag `-target 1.1` des Java-Compilers übersetzen.

3 Kann ich auch Swing in meinem Applet benutzen?

Die Antwort ist relativ berühmt und heißt: »Es kommt darauf an.« Die Swing-API beinhaltet die Klasse `JApplet`, mit deren Hilfe es möglich ist, ansprechende GUI-Designs zu erstellen und in Ihrer HTML-Seite einzubinden. Allerdings steht die Swing-Bibliothek auf Browsern älterer Generationen noch nicht zur Verfügung. Ihr Browser muss also neueren Datums sein oder es muss das Applet-Plugin auf dem Rechner installiert sein.

Sind diese Voraussetzungen erfüllt, kann es losgehen. Sehen Sie sich das folgende Beispiel dazu an:

```
import javax.swing.*;
import java.awt.*;

/**
 * Anzeigen eines externen Swing-Frames
 */
public class JFrameApplet extends javax.swing.JApplet {

  public void init() {

    JFrame frame;
    frame = new JFrame("Swing-Dialog");

    Container pane = frame.getContentPane();
    pane.setLayout(new BorderLayout());
    pane.add("Center", new Label("Ich bin ein Swing-Frame"));
    frame.pack();
    frame.show();
  }

}
```

Listing 2: JFrameApplet

Die Einbindung eines `JApplets` erfolgt genauso, wie Sie es von der Einbindung eines normalen Applets her kennen:

```
<HTML>
  <HEAD><TITLE>Externes Fenster</TITLE></HEAD>
  <BODY>
  <H4>Applet</H4>
  <APPLET code="JFrameApplet" codebase="." height=0 width=0/>
  </BODY>
</HTML>
```

Listing 3: starter.html

Wie bei AWT-Frames und Dialogen wird auch bei Swing aus Sicherheitsgründen eine Warnmeldung in jedem Frame und Dialog angezeigt.

Abbildung 2: Ein Swing-Frame, der von einem Applet erzeugt wurde

4 Wie kann ich Bilder nachladen?

Damit ein Applet ein Bild anzeigen kann, muss das Bild natürlich zunächst vom Server heruntergeladen werden. Die Methoden `getImage(URL)` sowie `getImage(URL, String)` der Klasse Applet bieten hierfür die grundlegende Funktionalität. Die Methoden erzeugen jedoch nur einen Stub des Bildes. Die eigentlichen Bildinformationen werden erst dann vom Server geladen, wenn es zum ersten Mal angezeigt werden soll. Da Bilder je nach Bildgröße, Bildinformationen und Bildformat mehrere Megabyte groß sein können, bedeutet dies beim erstmaligen Anzeigen unter Umständen eine erhebliche zeitliche Verzögerung und damit scheinbare »Hänger« Ihres Applets. Aus diesem Grund sollten Bildern nicht erst dann geladen werden, wenn das Bild angezeigt werden soll, sondern nach Möglichkeit schon vorher – ohne dabei jedoch den normalen Programmablauf zu stören.

Für diese Art von Aufgaben ist die Klasse `MediaTracker` aus dem Paket `java.awt` hervorragend geeignet. Die Klasse dient dazu, ein oder mehrere Bilder in einem eigenen Thread – und damit im Hintergrund – zu laden. Jedem zu ladenden Bild kann eine Priorität in Form einer Zahl vom Typ `int` zugewiesen werden. Je kleiner die Zahl, desto höher die Priorität. Die Priorität entscheidet darüber, welche Bilder zuerst geladen werden sollen.

Das folgende Applet zeigt die Funktionsweise des `MediaTrackers` anhand einer Diashow. Die in der Diashow anzuzeigenden Bilder werden als Parameter an das Applet übergeben.

```
<APPLET code="SlideShowApplet" id="slides" codebase="." height=400 width=400>
  <PARAM NAME="image0" VALUE="./images/buch1.gif">
  <PARAM NAME="image1" VALUE="./images/buch2.gif">
  <PARAM NAME="image2" VALUE="./images/buch3.gif">
  <PARAM NAME="image3" VALUE="./images/buch4.gif">
  <PARAM NAME="image4" VALUE="./images/buch5.gif">
</APPLET>
```

Das Applet liest bei der Initialisierung die Namen der anzuzeigenden Bilder aus und erzeugt für jedes Bild ein entsprechendes Objekt der Klasse `Image`. Die Liste der Bilder übergibt das Applet an die Klasse `ImageCanvas`.

```
import java.awt.*;
import java.awt.event.*;
import java.applet.*;
import java.util.*;

public class SlideShowApplet
  extends Applet
  implements ActionListener {

  Button      nextButton;     /* Nächstes Bild */
  Button      prevButton;     /* Vorheriges Bild */
  ImageCanvas imageCanvas;    /* Bildanzeige */

  public void init() {

    // Die Bilder erstellen und in einem Vector speichern
    Vector imageVector = new Vector();
    String name;
    for (int i=0; (name = getParameter("image"+i)) != null; i++) {
      Image image = getImage(getCodeBase(), name);
      imageVector.addElement(image);
    }

    // Bildbereich und Buttons erzeugen und im Applet anordnen
    nextButton  = new Button("weiter");
```

Listing 4: SlideShowApplet

```
    prevButton  = new Button("zurück");
    imageCanvas = new ImageCanvas(imageVector);

    ScrollPane scrollPane =
          new ScrollPane(ScrollPane.SCROLLBARS_AS_NEEDED);
    imageCanvas = new ImageCanvas(imageVector);
    scrollPane.add(imageCanvas);

    Panel buttons = new Panel(
              new FlowLayout(FlowLayout.CENTER));
    nextButton.setActionCommand("next");
    nextButton.addActionListener(this);
    prevButton.setActionCommand("prev");
    prevButton.addActionListener(this);
    buttons.add(prevButton);
    buttons.add(nextButton);

    setLayout(new BorderLayout());
    add("Center", scrollPane);
    add("South", buttons);
  }

  /*
   * Klicken auf einen der Buttons abfangen und entsprechend
   * das nächste oder das vorhergehende Bild anzeigen
   */
  public void actionPerformed(ActionEvent e) {
    if ("prev".equals(e.getActionCommand())) {
      imageCanvas.previousImage();
    }
    else {
      imageCanvas.nextImage();
    }
  }
}
```

Listing 4: SlideShowApplet (Forts.)

Die Klasse `ImageCanvas` erstellt einen `MediaTracker` zum Laden der Bilddaten. Die einzelnen Bilder werden beim `MediaTracker` zum Herunterladen angemeldet und mit einer Priorität versehen. Anschließend wird der Download der Bilder über die Methode `waitForAll(int)` gestartet – ohne dabei jedoch auf die Beendigung des Downloads zu warten. Die Zahl gibt dabei die Zeit in Millisekunden an, die maximal auf die Beendigung des Downloads gewartet werden soll. Ist der Download bis dahin nicht abgeschlossen, kehrt die Methode trotzdem zurück. Wird als Zahl 0 angegeben, dann kehrt die Methode sofort zurück. Über die Methode `showImage` wird ein Bild angezeigt. Die Auswahl des Bildes erfolgt über die zwei Methoden `nextImage()` und `previousImage()`.

```
import java.awt.*;
import java.util.Vector;

/**
 * Eine Klasse, die Bilder in einer Komponente anzeigt
 */
public class ImageCanvas extends Canvas {
  Image current;
  Vector images;
  int index = 0;
  MediaTracker tracker;

  ImageCanvas(Vector images) {
    // Die Daten werden an einen MediaTracker übergeben
    // Jedes Bild bekommt eine eigene ID.
    tracker = new MediaTracker(this);
    for (int i=0; i < images.size(); i++) {
      tracker.addImage((Image)images.elementAt(i), i);
    }

    // Der MediaTracker startet nun mit dem Laden der Bilder
    try {
      tracker.waitForAll(0);
    }
    catch (Exception e) {}

    // Das erste Bild wird angezeigt
    this.images = images;
    showImage(0);
  }

  /**
   * Das nächste Bild soll angezeigt werden
   */
  public void nextImage() {
    index++;
    if (index >= images.size())
      index = 0;
    showImage(index);
  }
```

```
  /**
   * Das vorhergehende Bild soll angezeigt werden
   */
  public void previousImage() {
    index--;
    if (index < 0)
      index = images.size()-1;
    showImage(index);
  }

  /**
   * Ein neues Bild soll angezeigt werden
   */
  public void showImage(int index) {
    // Zunächst das Bild aus der Liste der Bilder holen
    current = (Image)images.elementAt(index);
    try {
      // Evtl. ist das Bild noch nicht komplett geladen//
      // Dann warten, bis das Bild geladen ist
      tracker.waitForID(index);
      // Der Anzeigebereich wird der Bildgröße angepasst
      setSize(current.getWidth(this),
              current.getHeight(this));
      // Das neue Bild darstellen
      repaint();
      getParent().validate();
    }
    catch (Exception e) {}
  }

  /**
   * Die Komponente - und damit das Bild - wird gezeichnet
   */
  public void paint(Graphics g) {
    // Das Bild zeichnen.
    g.drawImage(current, 0, 0, this);
  }
}
```

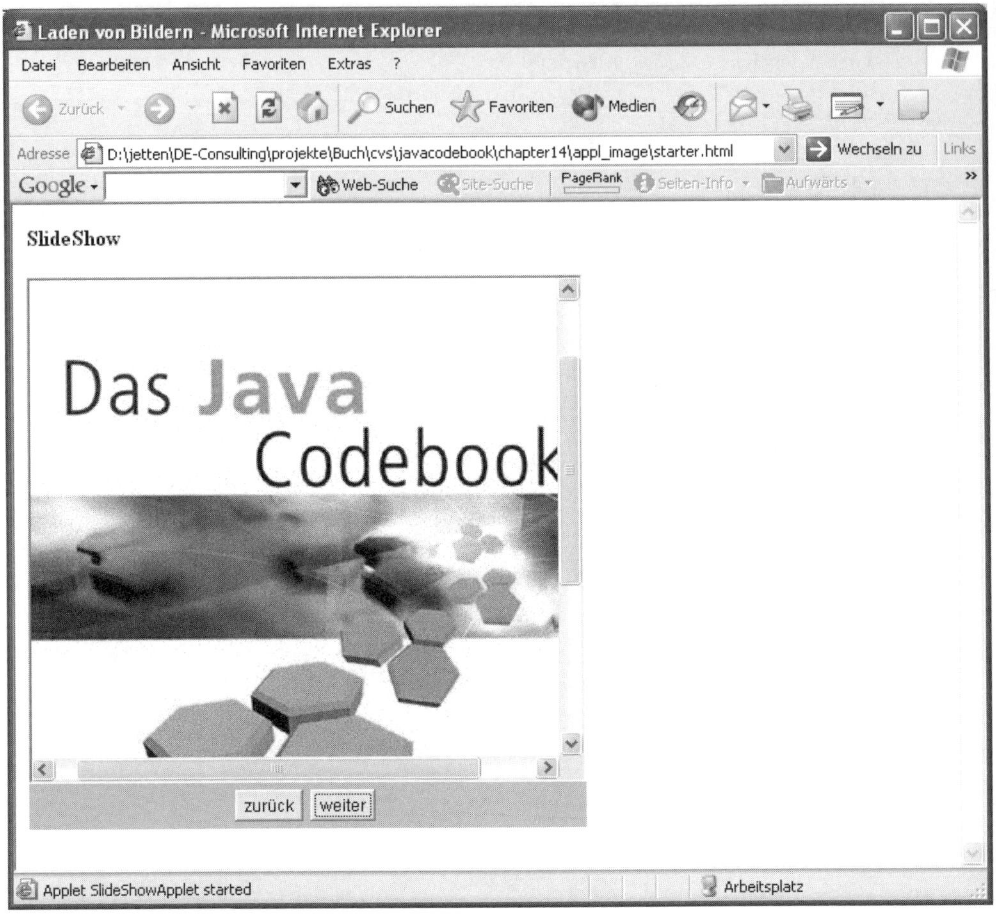

Abbildung 3: Ein Slideshow-Applet

5 Wie stelle ich fest, ob ein Browser Java unterstützt?

Nicht alle Browser unterstützen Java-Applets. Wenn Sie ein Applet auf Ihrer Website einbinden möchten, sollten Sie für Browser ohne Applet-Unterstützung eine alternative Site erstellen und alle Browser entsprechend ihrer Möglichkeiten auf die eine oder auf die andere Site leiten. Hierzu dient eine Applet-Weiche.

```
<html>
  <head>
  <title>Applet-Weiche</title>
  <meta http-equiv="refresh"
```

```
        content="5; url=./applet_disabled.html">
  </head>
  <body>
  Sie werden in K&uuml;rze auf eine andere Seite umgeleitet. <br>
  Sollte in den nächsten 5 Sekunden nichts passieren,
  klicken Sie bitte
  <a href="applet_disabled.html">hier</a>
  <applet code="AppletDetect" codebase="." width="1" height=1>
    <param name="url" value="./applet_enabled.html" maysript>
    <!-- Der Code im Java-Script wird nur dann ausgeführt,
       wenn der Browser keine Applets unterstuetzt -->
    <script language="javascript">
      <!--
        window.location.href= "./applet_disabled.html";
      // -->
    </script>
  </applet>
  </body>
</html>
```

Die Idee: Es wird auf der Seite ein Applet eingebunden, welches beim Laden automatisch auf die Seite mit Appletunterstützung verzweigt. Das kann natürlich nur dann passieren, wenn der Browser auch Applets unterstützt. Browser, die Applets nicht unterstützen, verstehen auch die Tags <APPLET>, </APPLET> und <PARAMETER> nicht und tun so, als wären sie gar nicht da. Daher führen Sie das innerhalb des Applets befindliche JavaScript aus, mit dem auf die Seite ohne Appletunterstützung verzweigt wird. Wenn auch JavaScript vom Browser nicht unterstützt wird, dann erfolgt die Weiterleitung auf die Seite ohne Appletunterstützung über das Meta-Tag im Kopf der HTML-Seite nach fünf Sekunden. Schlägt auch das fehl, kann der Benutzer den auf der Seite befindlichen Link anklicken, um zu der Seite ohne Applet-Unterstützung zu gelangen.

Das Applet zur Weiterleitung auf die richtige Seite sieht folgendermaßen aus:

```
import java.applet.*;
import java.net.*;
/**
 * Testen, ob Applets vom Browser unterstützt werden
 */
public class AppletDetect extends java.applet.Applet {
```

Listing 5: AppletDetect

```
  public void init() {
    URL baseUrl, toUrl;
    AppletContext context;

    context = getAppletContext();
    baseUrl = getCodeBase();
    try {
      // Neue URL aus Parameter lesen und Seite aufrufen
      toUrl = new URL(baseUrl, getParameter("url"));
      context.showDocument(toUrl);
    }
    catch (MalformedURLException e) {
      context.showStatus("Angegebene URL fehlerhaft!");
    }
  }
}
```

Listing 5: AppletDetect (Forts.)

6 Wie erkenne ich den aktuellen Browser?

Manchmal ist es wichtig herauszufinden, in welchem Browser ein Applet läuft. Weder die Klasse `Applet` noch `AppletContext` oder `AppletStub` bieten hierfür eine direkt Unterstützung in Form von entsprechenden Methoden. Allerdings kann man mit einem kleinen Trick über das Interface `AppletContext` einigermaßen zuverlässig den verwendeten Browser ableiten. Je nach verwendetem Browser wird eine andere Implementierung des Interfaces genutzt. Diese Eigenschaft kann man nutzen, den verwendeten Browser herauszufinden. Im folgenden Beispiel wird die Klasse `AppletContext` im Applet in einen String verwandelt. Dieser String wird auf das Vorhandensein bestimmter Worte untersucht, die Aufschluss über den Browser geben:

```
import java.awt.*;
import java.applet.*;

/**
 * Herausfinden, in welchem Browser das Applet läuft
 */
public class BrowserApplet extends Applet {

  String browser = "browser";
```

Listing 6: BrowserApplet

```
  public void init() {
    try {
      // Die Klasse AppletContext in einen String umwandeln
      // Der String liefert wichtige Hinweise auf den Browser
      String context =
            getAppletContext().toString().toLowerCase();

      if (context.indexOf("iexplorer") >= 0)
        browser = "IExplorer";
      else if (context.startsWith("com.ms.applet"))
        browser = "IExplorer";
      else if (context.indexOf("netscape6") >= 0)
        browser = "Mozilla";
      else if (context.indexOf("netscape") >= 0)
        browser = "Communicator";
      else if (context.indexOf("opera") >= 0)
        browser = "Opera";
      else if (context.indexOf("appletviewer") >= 0)
        browser = "Appletviewer";
    }
    catch (Exception e) {}
  }

  /**
   * Den verwendeten Browser anzeigen
   */
  public void paint(Graphics g) {
    g.drawString(browser, 10, 20);
  }
}
```

Listing 6: BrowserApplet (Forts.)

Core
I/O
GUI
Multi-media
Daten-bank
Netz-werk
XML
RegEx
Daten
Threads
Web-Server
Applets
Sonsti-ges

7 Wie kann ich ein Applet transparent darstellen?

Ein Applet stellt von sich aus keine Möglichkeit zur Verfügung, transparent dargestellt zu werden. Bei einem einfarbigen Hintergrund stellt das kein großes Problem dar. Die Hintergrundfarbe des Applets wird einfach auf die Hintergrundfarbe der HTML-Seite gesetzt.

Bei einer HTML-Seite mit einem Hintergrundbild wird es schon schwieriger. In diesem Fall muss das Applet das gleiche Hintergrundbild darstellen. Da das Applet sich an einer beliebigen Stelle auf der HTML-Seite befindet, muss das Zeichnen des Bildes mit einem entsprechenden Offset erfolgen. Unglücklicherweise gibt das Applet seine Position auf der HTML-Seite nicht so einfach preis.

Über die `LiveConnect`-API von Netscape gibt es jedoch zumindest für den Internet Explorer eine einfache Methode, wie die folgende Klasse zeigt. Die Methode erwartet als Übergabeparameter das Applet sowie den Namen des Applets auf der HTML-Seite.

```
import java.awt.*;
import java.applet.*;
import netscape.javascript.*;

/**
 * Berechnung des Offset eines Applets in einer HTML-Seite
 * Funktioniert nur mit einem Internet Explorer
 */
public class AppletPositionExplorer extends AppletPosition {

  Applet appl;
  String applName;

  public AppletPositionExplorer(Applet appl, String applName)
  {
    this.appl = appl;
    this.applName = applName;
  }

  public Point getPosition() {

    Point pos = new Point(0,0);
    JSObject winObj = JSObject.getWindow( appl);
    JSObject docObj = (JSObject)winObj.getMember("document");
    JSObject appObj = (JSObject)docObj.getMember(applName);

    pos.y = (int)Double.valueOf(""+appObj.
               getMember("offsetTop")).doubleValue();
    pos.x = (int)Double.valueOf(""+appObj.
               getMember("offsetLeft")).doubleValue();

    return pos;
  }
}
```

Listing 7: AppletPositionExplorer

Um die Klasse kompilieren zu können müssen Sie die `LiveConnect`-API in Ihrem Projekt einbinden. Die API befindet sich bei jeder Java JRE in der Datei *lib/jaws.jar.*

Das Applet selbst lädt zunächst das zu verwendende Hintergrundbild und holt ein Objekt der Klasse `AppletPosition` zur Berechnung seines Offsets auf der HTML-Seite. In der Paint-Methode des Applets wird das Hintergrundbild so positioniert, dass es mit dem Hintergrundbild zusammenfällt.

```
import java.awt.*;
import java.applet.*;
public class TransparentApplet extends Applet {
  Image image = null;
  AppletPosition pos = null;

  public void init() {
    try {
      // Hintergrundbild über einen MediaTracker laden und Objekt
      // zur Berechnung der Position des Applets holen
      image = getImage(getCodeBase(), getParameter("image"));
      MediaTracker tracker = new MediaTracker(this);
      tracker.addImage(image,0);
      tracker.waitForAll(0);
      pos = AppletPosition.getInstance(this,
                 getParameter("name"));
    }
    catch (Exception e) {}
  }

  public void paint(Graphics g) {
    try {
      // Position des Applets herausfinden
      Point off = pos.getPosition();
      // Größe des Bildes lesen
      int imgWidth  = image.getWidth(this);
      int imgHeight = image.getHeight(this);

      // Bild gekachelt anzeigen. Offset beachten
      for (int x=0-off.x; x<this.getSize().width; x+=imgWidth) {
        for (int y=0-off.y; y<this.getSize().height; y+=imgHeight) {
          g.drawImage(image, x, y, this);
        }
      }
    }
    catch (Exception e) {}
```

Listing 8: TransparentApplet

```
    g.setColor(Color.white);
    g.drawString("Ich bin ein Applet", 20, 20);
  }
}
```

Listing 8: TransparentApplet (Forts.)

8 Wie kann mein Applet mit dem Server kommunizieren?

Die einfachste Methode für ein Applet, Daten vom Server zu erhalten, nutzt das HTTP-Protoll für den Datenaustausch. Dazu ruft das Applet eine URL vom Server auf und liest seinen Inhalt aus. Das folgende Beispiel lädt eine statische HTML-Seite. Die Seite enthält eine Reihe von Namen bekannter Comic-Figuren, wobei jeder Name in einer einzelnen Zeile steht. Entsprechend liest das Applet die HTML-Seite zeilenweise ein und füllt mit den so gefundenen Namen einen Vector.

```
import java.awt.*;
import java.awt.event.*;
import java.applet.Applet;
import java.net.*;
import java.util.Vector;
import java.io.*;

/**
 * Ein Applet, welches Daten vom Server nachlädt und
 * anzeigt
 */
public class AppletGetData extends java.applet.Applet implements ActionListener {

  Vector names;
  Button nextButton, prevButton;
  TextField name;
  int index = 0;

  public void init() {

    setBackground(Color.white);

    Panel buttons = new Panel(new FlowLayout(FlowLayout.CENTER));
    nextButton = new Button("weiter");
```

Listing 9: AppletGetData

```
    prevButton = new Button("zurück");
    nextButton.setActionCommand("next");
    nextButton.addActionListener(this);
    prevButton.setActionCommand("prev");
    prevButton.addActionListener(this);
    buttons.add(prevButton);
    buttons.add(nextButton);

    name = new TextField();
    name.setEnabled(false);
    setLayout(new BorderLayout());
    add("Center", name);
    add("South", buttons);

    URL baseUrl, datenUrl;
    baseUrl = getCodeBase();
    try {
      // URL aus Parameter lesen und seinen Inhalt
      // in einen Vector schreiben
      datenUrl = new URL(baseUrl, getParameter("url"));
      names = getNames(datenUrl);
    }
    catch (Exception e) {}
  }

  /**
   * Die Namen werden aus der URL ausgelesen. Jeder Name
   * steht in einer eigenen Zeile auf der HTML-Seite
   */
  protected Vector getNames(URL url) throws IOException {
    Vector vector = new Vector();
    BufferedReader in = new BufferedReader(
      new InputStreamReader( url.openStream()));

    String inputLine;
    while ((inputLine = in.readLine()) != null)
      vector.addElement(inputLine);

    in.close();
    return vector;
  }

  /**
   * Den nächsten oder vorhergehenden Namen anzeigen
   */
```

Listing 9: AppletGetData (Forts.)

```
  public void actionPerformed(ActionEvent e) {
    if ("next".equals(e.getActionCommand()))
      index++;
    else
      index--;
    if (index < 0) index = names.size()-1;
    if (index >= names.size()) index = 0;
    name.setText((String)names.elementAt(index));
  }
}
```

Listing 9: AppletGetData (Forts.)

Die HTML-Seite, welche die Daten enthält, sieht entsprechend so aus:

```
Duffy Duck
Micky Mouse
Daniel Düsentrieb
Gustaf Gans
Dagobert Duck
Roger Rabbit
Bugs Bunny
Tick, Trick & Track
```

In unserem Fall wurde eine statische HTML-Seite als Datenquelle genutzt. Es kann jedoch genauso gut eine dynamische Quelle – z.B. eine JSP-Seite oder ein CGI-Script – verwendet werden. Die Daten könnten dann z.B. über JDBC aus einer Datenbank gelesen werden.

Wichtig ist, dass die Daten das richtige Format besitzen, damit das Applet die Daten lesen kann. Bei sehr einfachen Daten kann man jedes Element in eine eigene Zeile schreiben (wie hier geschehen). Andere geeignete Formate sind zum Beispiel CSV oder XML. Genauso gut ist es aber auch möglich, Bilder oder serialisierte Java-Objekte per HTML-Seiten an den Client zu schicken.

Auch der umgekehrte Weg ist möglich: Sie können an den Server Daten schicken. Im einfachsten Fall hängen Sie die Daten als Parameter an die URL an.

```
http://www.addison-wesley.de/main/main.asp?page=home/bookdetails&ProductID=13502
```

Im obigen Fall werden an die URL die zwei Parameter `page` und `ProductId` gehängt. Bei großen Datenmengen funktioniert dieser Ansatz leider nicht mehr. In diesem Fall sollten Sie die Daten über die Klasse `URLConnection` aus dem Paket `java.net` verschicken.

9 Wie steuere ich mein Applet über JavaScript?

Jedes Applet einer HTML-Seite kann über einfache Methodenaufrufe von JavaScript aus gesteuert werden. Dazu müssen die im Applet aufzurufenden Methoden als `public` markiert und im Applet-Tag der HTML-Seite das Schlüsselwort *MAYSCRIPT* enthalten sein. Sind diese Bedingungen erfüllt, erfolgt der Aufruf einer Methode von JavaScipt aus in der folgenden Form:

```
<script language='JavaScript'>
  document.applets[0].<Methode>(<Parameter>, ...);
  document.applets[<Appletname>].<Methode>(<Parameter>, ...);
  document.<Appletname>.<Methode>(<Parameter>, ...);

  document.embeds[0].<Methode>(<Parameter>, ...);
  document.embeds[<Appletname>].<Methode>(<Parameter>, ...);
  document.<Appletname>.<Methode>(<Parameter>, ...);
</script>
```

Listing 10: HTML-Seite

Nutzen Sie die ersten drei Aufrufe, wenn das Applet über das Applet-Tag in einer HTML-Seite eingebunden ist, und die letzten drei, falls über das Applet-Plugin.

Die folgende HTML-Seite enthält ein Applet, das einen Text anzeigt. Der Text wird über die zwei Methoden `setText(String)` und `resetText()` von JavaScript aus angesteuert:

```
<!DOCTYPE HTML PUBLIC "-//W3C//DTD HTML 4.01 Transitional//EN">
<HTML>
  <HEAD>
  <TITLE>Kommunikation Applet -&gt; JavaScript</TITLE>
  </HEAD>
  <BODY>
  <H4>Applet</H4>
```

Listing 11: HTML-Seite

```
  <APPLET code="AppletGetParam" id="paramApplet" codebase="."
      width="100%" height='110' MAYSCRIPT>
    Ihr Browser unterstützt leider keine Applets!
  </APPLET>
  <HR>
  <H4>Java-Script</H4>
  <FORM name>
    <INPUT name="text" type="text"><BR>
    <INPUT type="button" value="Text setzen"
           onclick="javascript:document.paramApplet.
           setText(document.forms[0].text.value)"><BR>
    <INPUT type="button" value="Text löschen"
           onclick="javascript:document.
           paramApplet.resetText()"><BR>
  </FORM>
  </BODY>
</HTML>
```

Listing 11: HTML-Seite (Forts.)

Das Applet sieht folgendermaßen aus:

```
import java.awt.*;

/**
 * Ein Applet mit einem von JavaScript gesteuerten Textfeld
 */
public class AppletGetParam extends java.applet.Applet {

  private String text = "";

  public void init() {
    text = "Bitte einen Text angeben";
    repaint();
  }

  public void setText(String text) {
    this.text = text;
    repaint();
  }

  public void resetText() {
    text = "";
```

Listing 12: AppletGetParam

```
    repaint();
  }

  public void paint(Graphics g) {
    g.setFont(new Font(g.getFont().getName(), Font.PLAIN, 60));
    g.drawString(text, 10, 80);
  }
}
```

Listing 12: AppletGetParam (Forts.)

In diesem Fall wurde ein String als Parameter an die Methode übergeben. Andere JavaScript-Datentypen werden nach den folgenden Regeln in entsprechende Java-Datentypen umgewandelt:

- Strings, Zahlen und boolesche Werte werden zu Objekten der Klasse String, Float oder Boolean konvertiert.
- Objekte, die innerhalb JavaScripts als Wrapper von Java-Klassen genutzt wurden, werden in ihre ursprünglichen Java-Typen verwandelt.
- Andere Objekte werden in ein Objekt der Klasse JSObject umgewandelt.

Die Klasse `JSObject` und die Bedeutung von *Wrapper-Klassen* werden im nächsten Rezept beleuchtet.

Weitere Informationen zur Verwendung von LiveConnect finden Sie in der Dokumentation zu Ihrem JDK unter der URL *<pfad zur dokumentation ihres jdk>\guide\plugin\developer_guide\contents.html* und auf der Seite *http://developer.netscape.com/docs/manuals/communicator/jsguide4/livecon.htm*

10 Wie kann ein Applet auf JavaScript zugreifen?

Applets erhalten Zugriff auf JavaScript-Funktionen einer HTML-Seite über eine von der Firma Netscape definierte Schnittstelle mit dem Namen *LiveConnect*.

Das LiveConnect-Paket wird mit jedem von SUN ausgelieferten JRE mitgeliefert und befindet sich in dem JAR-File `lib/jaws.jar`. Entsprechend müssen Sie dieses Paket in Ihren Projekten einbinden, wenn Sie Applets entwickeln wollen, die mit JavaScript kommunizieren sollen.

Der Zugriff auf JavaScript erfolgt über die Klasse `netscape.javascript.JSObject`, welche Teile des DOM (Document Object Model) einer HTML-Seite abbildet. Zunächst benötigt das Applet eine Referenz auf die HTML-Seite. Diese wird über die statische Methode `JSObject getWindow(Applet)` gelesen. Über dieses Objekt kann man nun durch das DOM über die Methode JSObject.getMember() navigieren oder eine JavaScript-Funktion über Object call(String methodName, Object args[]) aufrufen. Die folgende HTML-Seite und das dazugehörige Applet verdeutlichen die Benutzung von call().

```
<!DOCTYPE HTML PUBLIC "-//W3C//DTD HTML 4.01 Transitional//EN">

<HTML>
  <HEAD>
  <TITLE>Kommunikation JavaScript -&gt; Applet</TITLE>
  <SCRIPT language="JavaScript">
    function setText(text) {
      document.forms[0].elements[0].value = text;
    }
  </SCRIPT>
  </HEAD>
  <BODY>
  <H4>Applet</H4>
  <APPLET code="AppletSetParam" id="paramApplet" codebase="."
          width="400" height="70" MAYSCRIPT>
    Ihr Browser unterstützt leider keine Applets!
  </APPLET>
  <HR>
  <H4>Java-Script</H4>
  <FORM>
    Hier kommt das Ergebnis rein: <INPUT type="text"><BR>
  </FORM>
  </BODY>
</HTML>
```

Listing 13: HTML-Seite

Beachten Sie bitte, dass in dem Applet-Tag das Schlüsselwort *MAYSCRIPT* enthalten ist. Ohne dieses Schlüsselwort erhält das Applet keinerlei Zugriff auf JavaScript-Funktionen der Seite.

Die JavaScript-Methode setText() auf der Seite ist dafür zuständig, den an sie übergebenen String in das Textfeld der Seite zu schreiben. Diese Methode wird vom Applet aus aufgerufen.

```
import java.awt.*;
import java.awt.event.*;
import java.applet.*;
```

```
import netscape.javascript.*; /* LiveConnect */

/**
 * Zugriff auf JavaScript-Funktionen.
*/
public class AppletSetParam extends Applet implements ActionListener {

  private TextField text;

  public void init() {
    setBackground(Color.white);
    Button set = new Button("Text setzen");
    set.setActionCommand("set");
    set.addActionListener(this);
    Button reset = new Button("Text löschen");
    reset.setActionCommand("reset");
    reset.addActionListener(this);
    text = new TextField("");
    text.setColumns(30);
    Panel input = new Panel(new FlowLayout(FlowLayout.LEFT));
    input.add(new Label("Bitte Text setzen"));
    input.add(text);
    Panel buttons = new Panel(new FlowLayout(FlowLayout.LEFT));
    buttons.add(set);
    buttons.add(reset);
    setLayout(new BorderLayout());
    add("Center", input);
    add("South", buttons);
  }

  /**
   * Es wurde ein Button gedrückt. Entsprechende Aktion
   * durchführen und Text in ein HTML-Textfeld kopieren.
   */
  public void actionPerformed(ActionEvent e) {
    if (e.getActionCommand().equals("reset"))
      text.setText("");
    // Ein JSObject als Referenz auf die HTML-Seite lesen
    // und die JS-Methode setText(String) aufrufen.
    JSObject win = JSObject.getWindow(this);
    String []args = new String[1];
    args[0] = text.getText();
    win.call("setText", args);
  }
}
```

Core
I/O
GUI
Multi-media
Daten-bank
Netz-werk
XML
RegEx
Daten
Threads
Web-Server
Applets
Sonsti-ges

Die Übergabeparameter für eine JavaScript-Funktion wird in Form eines Arrays vom Typ `Object` übergeben. Bei der Parameterübergabe von Java zu JavaScript werden folgende Typkonvertierungen vorgenommen:

- Java `byte`, `char`, `short`, `int`, `long`, `float` und `double` werden in JavaScript-Zahlen umgewandelt.
- Ein Java `boolean` wird zu einem JavaScript `boolean` umgewandelt.
- Ein Objekt der Klasse `JSObject` wird zu seinem originalen JavaScript-Objekt umgewandelt.
- Ein Objekt einer anderen Klasse wird zu einem JavaScript-Wrapper umgewandelt. Dieser kann genutzt werden, um auf Felder und Methoden der Java-Klasse zuzugreifen. Wird das Objekt innerhalb JavaScripts in einen String umgewandelt, wird die Java-Methode `toString()` aufgerufen; wird es in eine Zahl umgewandelt, wird – wenn möglich – die Methode `floatValue()` aufgerufen, bei einer Konvertierung zu einem Boolean entsprechend die Methode `booleanValue()`.
- Arrays werden in ein JavaScript Pseudo-Array umgewandelt.

Weitere Informationen zur Verwendung von LiveConnect finden Sie in der Dokumentation zum Ihrem JDK unter der URL *<pfad zur dokumentation ihres jdk>\guide\plugin\developer_guide\contents.html* und auf der Seite *http://developer.netscape.com/docs/manuals/communicator/jsguide4/livecon.htm.*

11 Wie können zwei Applets auf einer Seite miteinander kommunizieren?

Unter Umständen (z.B. aufgrund von Design-Vorgaben) kann es nötig werden, eine bestimmte Funktionalität auf mehrere Applets zu verteilen. Damit ein Applet mit einem anderen Applet der gleichen Seite kommunizieren kann, kann es sich über den `AppletContext` eine Referenz auf ein anderes Applet besorgen. Kennt es den Namen des Applets, kann es das Applet mit der Methode `getApplet(String name)` direkt adressieren. Als Name wird der `Identifier` für das Applet im `<applet>`-Tag der HTML-Seite genutzt. Ansonsten besteht noch die Möglichkeit, über die Methode `getApplets()` eine `Enumeration` aller auf der Seite befindlichen Applets zu erhalten und das richtige Applet aus dieser `Enumeration` herauszulesen.

Hat das Applet eine Referenz auf ein anderes Applet erhalten, ist es natürlich ein Leichtes, mit diesem über Methoden-Aufrufe zu kommunizieren.

```
<HTML>
  <HEAD>
  <TITLE>Kommunikation Applet -&gt; Applet</TITLE>
  </HEAD>
  <BODY>
  <H4>Applet 1</H4>
  <APPLET code="ComApplet" id="sender1" codebase="." height=100
          width="300">
  </APPLET>
  <HR>
  <H4>Applet 2</H4>
  <APPLET code="ComApplet" id="sender2" codebase="." height=100
          width="300">
  </APPLET>
  </BODY>
</HTML>
```

Listing 14: starter.html

```
import java.awt.event.*;
import java.applet.*;
import java.util.*;

/**
 * Ein Applet, das mit einem anderen Applet kommuniziert
 */
public class ComApplet extends Applet implements ActionListener {
  TextArea text;

  public void init() {
    text = new TextArea();
    Button send = new Button("senden");
    send.addActionListener(this);
    setLayout(new BorderLayout());
    add("Center", text);
    add("South", send);
  }

  public void actionPerformed(ActionEvent e) {
    String newText = text.getText();
    text.setText("");
    // Alle Applets auf der Seite untersuchen
    Enumeration enum = getAppletContext().getApplets();
```

Listing 15: ComApplet

```
    while (enum.hasMoreElements()) {
      Object tmp = (Object)enum.nextElement();
      // Daten an das andere Applet verschicken
      if ((tmp instanceof ComApplet) && (tmp != this)) {
        ((ComApplet)tmp).setText(newText);
      }
    }
  }

  public void setText(String newText) {
    text.setText(newText);
  }
}
```

Listing 15: ComApplet (Forts.)

12 Wie kann ich Einstellungen dauerhaft speichern?

Wenn ein Applet Benutzereinstellungen speichern soll, dann gibt es hierzu prinzipiell drei Möglichkeiten:

1. Sie senden alle Benutzereinstellungen an den Server und speichern sie dort ab. Beim nächsten Start des Applets werden die Einstellungen vom Server neu geladen.
2. Die Daten werden auf dem Client in einer Konfigurationsdatei abgelegt.
3. Die Daten werden in einem Cookie des Browsers gespeichert.

Die erste Methode hat zum einen den Nachteil, dass zum Laden und Speichern der Daten immer eine Internetverbindung bestehen muss. Wird ein Applet aus dem Browsercache geladen und hat der Rechner keine Verbindung zum Internet, können die Daten nicht gelesen werden. Daneben kann es mit der Zeit zu einem erheblichen Datenvolumen auf dem Server kommen, wenn das Applet von vielen verschiedenen Personen genutzt wird.

Bei der zweiten Möglichkeit benötigt das Applet einen Zugriff auf lokale Ressourcen. Dazu muss das Applet signiert werden, allerdings ist nicht jeder Benutzer gewillt, diesen Zugriff zu gewähren.

Cookies sind also unter bestimmten Umständen die beste Wahl. Um Daten in einem Cookie speichern zu können, benötigen Sie zunächst einmal Zugriff auf Cookies. Dies erfolgt über JavaScript-Aufrufe aus dem Applet heraus. Hierzu benötigen Sie die von der Firma Netscape entwickelte Schnittstelle `LiveConnect` zur Anbindung von Java an JavaScript. Das `LiveConnect`-Paket wird mit jedem von Sun ausgelieferten JRE mitgeliefert und befindet sich in dem JAR-File *lib/jaws.jar*.

Die Methode `setCookie(String, String, Date)` aus dem unteren Beispiel erzeugt ein neues Cookie mit einem Namen, einem Wert und einem Ablaufdatum. Wichtig ist, dass das Datum im richtigen Format an die `LiveConnect`-API übergeben wird.

Die Methode `getCookie(String)` liest entsprechend ein Cookie vom Browser aus.

```
import java.applet.Applet;
import netscape.javascript.*;
import java.text.*;
import java.util.*;
import java.awt.Graphics;

/**
 * Cookies aus einem Applet heraus speichern und lesen
 * Benutzt die LiveConnect-API von Netscape
 */
public class CookieApplet extends Applet
{
  // Das Format, in dem das Ablaufdatum eines Cookies gespeichert
  // werden muss
  private static final String COOKIE_DATES = "EE, dd-MMM-yy HH:mm:ss zz";
  // Der Name des Cookies.
  String name = "cookie";

  public void init ()
  {
    try {
      // Ein neues Cookie mit einer Lebensdauer von 1 Std.
      Date expires = new Date(System.currentTimeMillis() +
                              1000*60*60);
      String value = "Der Wert, der aus dem Cookie kam.";

      // Cookie setzen
      setCookie(name, value, expires);
    }
    catch (Exception e) {
    }
  }

  public void paint(Graphics g) {
    // Den Inhalt des Cookies schreiben
    try {
      g.drawString("Wert: " + getCookie(name), 10, 10);
    }
```

Listing 16: CookieApplet

```
    catch (JSException ex) {
      g.drawString("Fehler: " + ex.getMessage(), 10, 10);
    }

  }

  /**
   * Ein Cookie mit seinem Namen, seinem Wert und einem
   * Ablaufdatum erstellen. Wenn das Ablaufdatum in der
   * Vergangenheit liegt, dann wird das Cookie gelöscht.
   */
  private void setCookie(String name, String value, Date expires)
              throws JSException {
    // Das richtige Format und die richtige Zeitzone für das
    // Cookie setzen
    DateFormat format;
    format = new SimpleDateFormat(COOKIE_DATES, new Locale("en",
                              "US"));
    format.setTimeZone(TimeZone.getTimeZone("GMT"));
    String cookie = name +"=" + value + "; expires="
                  + format.format(expires);
    System.out.println("Cookie: " + cookie);

    // Cookie speichern
    JSObject window = JSObject.getWindow(this);
    JSObject document = (JSObject )window.getMember("document");
    document.setMember("cookie", cookie);
  }

  /**
   * Ein Cookie auslesen. Das Cookie wird aus der Liste
   * der Cookies ausgeschnitten.
   */
  private String getCookie(String name) throws JSException {
    String cookie = getCookies();
    String search = name + "=";
    if (cookie.length() > 0) {
      int off = cookie.indexOf(search);
      if (off != -1) {
        off += search.length();
        int end = cookie.indexOf(";", off);
        if (end == -1) end = cookie.length();
          return cookie.substring(off,end);
      }
    }
```

Listing 16: CookieApplet (Forts.)

```
    return "";
  }

  /**
   * Alle Cookies auslesen
   */
  private String getCookies() throws JSException {
    JSObject window = JSObject.getWindow(this);
    JSObject document = (JSObject )window.getMember("document");
    String myCookies = (String) document.getMember("cookie");
    return myCookies;
  }

}
```

Listing 16: CookieApplet (Forts.)

Damit das Beispiel funktioniert, muss in dem Applet-Tag das Schlüsselwort `MAYSCRIPT` enthalten sein, da sonst der Zugriff auf die `LiveConnect`-API vom Browser verwehrt wird.

```
<HTML>
  <HEAD>
  <TITLE>Chat Client</TITLE>
  </HEAD>
  <BODY>
  <H4>Applet</H4>
  <APPLET code="CookieApplet" codebase="." height=50 width=300
        MAYSCRIPT>
  </APPLET>
  </BODY>
</HTML>
```

Listing 17: Starter.html

Weitere Informationen zur Verwendung von LiveConnect finden Sie in der Dokumentation zu Ihrem JDK unter der URL *<pfad zur dokumentation> \guide\plugin\developer_guide\contents.html* und auf der Seite *http://developer.netscape.com/docs/manuals/communicator/jsguide4/livecon.htm*

13 Wie erstelle ich ein Chat-Applet?

Chaträume sind ein schönes Beispiel für die Verwendung von Applets auf einer Web-Site. Ein Chat-Client innerhalb einer HTML-Seite kommuniziert laufend mit dem Server, ohne dass dabei jeweils eine neue Seite vom Server heruntergeladen werden muss. Ohne Applets ist diese Funktionalität nur sehr schwer nachzubilden.

Da Ihnen die Funktionsweise eines Chats bekannt sein wird, schauen wir uns direkt die Klassen, die für unseren Chat benötigt werden, an. Zunächst einmal gibt es die Klasse `SocketHandler`. Sie organisiert die Kommunikation zwischen Client und Server und wird sowohl im Client als auch im Server eingesetzt. Die Klasse erbt von der Klasse `Observable` und implementiert das Interface `Runnable`. Die Methode `run()` liest aus dem `Socket` Nachrichten vom Kommunikationspartner und leitet diese an interessierte Parteien weiter. Zusätzlich stellt die Klasse die Methode `write(String)` zur Verfügung. Hierüber können Nachrichten an den jeweiligen Kommunikationspartner weitergeleitet werden.

```
import java.util.Observable;
import java.net.Socket;
import java.io.*;

/**
 * Die Klasse für die Kommunikation. Die Klasse sendet
 * und empfängt Texte.
 */
public class SocketHandler extends Observable implements Runnable {

  Socket socket;
  OutputStream os;
  boolean stop = false;

  public SocketHandler(Socket socket) throws IOException {
    this.socket = socket;
    this.os = socket.getOutputStream();
  }

  /**
   * Die Klasse horcht am Kommunikationskanal auf ankommende
   * Nachrichten und informiert interessierte Objekte, wenn
   * ein neuer Text vorliegt
   */
  public void run() {
    try {
```

Listing 18: SocketHandler rein

```
      InputStream is = socket.getInputStream();
      BufferedReader reader = new BufferedReader(
        new InputStreamReader(is));

      String text;
      while(!stop && (text = reader.readLine()) != null) {
        System.out.println("-> " + text);
        // Alle Observer benachrichtigen
        setChanged();
        notifyObservers(text);
      }
    }
    catch (Exception e) {}
    close();
  }

  /**
   * Einen Text an den Kommunikationspartner verschicken
   */
  public void write(String text) throws IOException {
    System.out.println("<- " + text);
    os.write((text + "\n").getBytes());
  }

  /*
   * Den Thread stoppen
   */
  public void stopNow() {
    stop = true;
  }

  /**
   * Den Kommunikationskanal abbauen
   */
  public void close() {
    try {
      os.close();
      socket.close();
    }
    catch(Exception ignore) {}
  }
}
```

Listing 18: SocketHandler rein (Forts.)

Der `ChatClient` nutzt den `SocketHandler` für die Kommunikation. Dazu erstellt er ein Objekt der Klasse `SocketHandler` und meldet sich selbst als `Observer` an. Sobald neue Texte vom Server einreffen, wird der `ChatClient` hiervon in Kenntnis gesetzt und zeigt den Text im Applet-Fenster an. Umgekehrt sendet der `ChatClient` vom Benutzer eingegebene Chat-Nachrichten an den Server.

```
import java.awt.*;
import java.awt.event.*;
import java.io.*;
import java.net.*;
import java.util.*;

public class ChatClient extends java.applet.Applet
  implements ActionListener, Observer {

  TextArea other;
  TextField own;
  TextField name;
  Button send;
  SocketHandler handler;

  /**
   * Layout des Client erstellen und einen Kommunikationskanal
   * zum Server öffnen
   */
  public void init() {
    other = new TextArea();
    own = new TextField();
    name = new TextField("Unbenannt");
    send = new Button("Senden");
    send.addActionListener(this);

    Panel south = new Panel(new BorderLayout());
    south.add("West", name);
    south.add("Center", own);
    south.add("East", send);

    setLayout(new BorderLayout());
    add("Center", other);
    add("South", south);
    System.err.println(this.getDocumentBase().getHost());

    try {
      String host = this.getDocumentBase().getHost();
```

Listing 19: ChatClient

```
      // Wenn das Applet nicht über einen Webserver geladen
      // wurde, dann ist kein Host definiert
      if (host == null || host.equals(""))
        host = "localhost";
      handler = new SocketHandler(new Socket(host, 8090));
      handler.addObserver(this);
      Thread thread = new Thread(handler);
      thread.start();
    }
    catch (Exception e) {
      other.setText("Dieses Applet muss von einem Webserver " +
                    "geladen werden!");
    }
  }

  /**
   * Der Benutzer schreibt einen Satz
   */
  public void actionPerformed(ActionEvent ev) {
    try {
      handler.write(name.getText() + ": " + own.getText());
      own.setText("");
    }
    catch (Exception ex) { ex.printStackTrace(); }
  }

  /**
   * Ein Satz wird vom Server geliefert
   */
  public void update(Observable o, Object arg) {
    other.setText(other.getText() + arg + "\n");
  }
}
```

Listing 19: ChatClient (Forts.)

Der `ChatServer` ist das Gegenstück zum `ChatClient`. Auch er nutzt die Klasse `SocketHandler` für die Kommunikation. Für jeden angemeldeten Client wird ein Objekt der Klasse erzeugt. Treffen neue Texte über einen der `SocketHandler` am Server ein, werden sie automatisch an alle angemeldeten Clients weitergeleitet.

```
import java.net.*;
import java.util.*;
```

Listing 20: ChatServer

```
/**
 * Der Server nimmt Texte entgegen und sendet diese an alle
 * verbundenen Clients
 */
public class ChatServer extends Thread implements Observer {

  Vector handlers = new Vector();

  public static void main(String[] args) {
    ChatServer cs = new ChatServer();
    cs.start();
  }

  /**
   * In der run()-Methode werden neue Verbindungen zu ChatClients
   * aufgebaut
   */
  public void run() {
    ServerSocket socket;
    Socket chat;

    System.out.println("Starte ChatServer ...");
    try {
      socket = new ServerSocket(8090);
    }
    catch (Exception e) {
      return;
    }

    // Die Hauptroutine des Chat-Servers
    while(true) {
      try {
      // Der Aufruf von accept() blockiert so lange, bis sich ein
      // neuer Client mit einem Request an den Server wendet
        chat = socket.accept();
        System.out.println("Client angemeldet ...");
        // Es wird ein neuer Socket-Handler erzeugt, der
        // Texte über die Verbindung versendet und empfängt.
        SocketHandler handler = new SocketHandler(chat);
        handler.addObserver(this);
        Thread thread = new Thread(handler);
        thread.start();
        handlers.add(handler);
      }
      catch (Exception e) { e.printStackTrace(); }
```

Listing 20: ChatServer (Forts.)

```
        }
    }

    /**
     * Es liegt ein Text eines Clients vor. Der Text wird nun
     * an alle verbundenen Clients verschickt. Wenn ein Client
     * nicht mehr reagiert, dann wird er aus der Liste der
     * Clients gestrichen.
     */
    public synchronized void update(Observable o, Object arg) {
      int i = handlers.size()-1;
      while (i >= 0) {
        SocketHandler tmp =
                (SocketHandler)handlers.elementAt(i);
        try {
          tmp.write(""+arg);
        } catch (Exception ignore) {
          handlers.removeElement(tmp);
          tmp.stopNow();
          System.out.println("Client abgemeldet ...");
        }
        i--;
      }
    }
}
```

Listing 20: ChatServer (Forts.)

Um das Beispiel nutzen zu können, müssen Sie zunächst den `ChatServer` starten. Anschließend können Sie die HTML-Seite *starter.html* aufrufen und den Chat starten. Beachten Sie, dass ein Applet nur zu dem Rechner eine Socket-Verbindung aufbauen darf, von dem es geladen wurde. Wenn Sie das Applet von der lokalen Festplatte anstatt über einen Web-Server laden, wird Ihr Browser evtl. eine `SecurityException` aufwerfen. In diesem Falle müssen Sie auf Ihrem Rechner einen Webserver installieren und das Applet dort einbinden.

14 Wie verwende ich Java-WebStart?

Java-WebStart bietet hervorragende Möglichkeiten, plattformunabhängige Anwendungen in einem Intranet oder im Internet zu verteilen und auf dem jeweils neuesten Stand zu halten. Die lästigen Installationsorgien neuer oder aktualisierter Software auf vielen Rechnern entfallen komplett, da diese Aufgabe von Java-WebStart übernommen wird. WebStart-Anwendungen werden auf einem Web-Server in

Form von JAR-Archiven abgelegt und können von Benutzern über ihren Browser heruntergeladen, installiert und ausgeführt werden, wobei alle drei Schritte von WebStart automatisiert erledigt werden.

Damit Java-WebStart verwendet werden kann, müssen sowohl auf dem Client als auch auf dem Server ein paar Dinge installiert sein:

- *Client*: Auf jedem Rechner, auf dem WebStart genutzt werden soll, muss eine aktuelle Version von WebStart installiert sein. Diese wird mit dem JDK 1.4 mitgeliefert. Haben Sie eine ältere JDK-Version auf Ihrem Rechner, müssen Sie WebStart in einer aktuellen Version von der SUN-Seite herunterladen und installieren.
- *Server*: Dem Web-Server muss ein neuer Mime-Type bekannt gemacht werden. Der Mime-Type wird in der Konfiguration des Servers angegeben. Beim Tomcat z.B. geschieht dies über den folgenden Eintrag in der Konfigurationsdatei *web.xml*:

```
<mime-mapping>
  <extension>jnlp</extension>
  <mime-type>application/x-java-jnlp-file</mime-type>
</mime-mapping>
```

  Tomcat 4.0 hat den Eintrag bereits integriert, andere aktuelle Webserver werden den Mime-Type bei aktuellen Versionen ebenfalls integriert haben. Im Zweifelsfall sollten Sie die entsprechenden Dokumentationen Ihres Webservers konsultieren.

Eine WebStart-Anwendung wird in Form einer oder mehrerer JAR-Daten von einem Webserver heruntergeladen. Der Benutzer lädt jedoch nicht die JAR-Dateien direkt, sondern eine XML-Datei mit der Endung *JNLP* herunter. Diese Datei enthält eine Reihe von Informationen über die Anwendung, verwendete JAR-Dateien und weiteres. Eine einfache JNLP-Datei hat das folgende Format:

```
<?xml version="1.0" encoding="UTF-8"?>
<!-- Codebase bitte mit der IP-Adresse Ihres Server belegen -->
<jnlp spec="1.0+" codebase="http://192.168.121.2:8080/examples/start_basic/"
href="basic.jnlp">
<information>
  <title>Basic Webstart</title>
  <vendor>Java Codebook</vendor>
```

Listing 21: basic.jnlp

```
    <homepage href="http://www.addisonwesley.com" />
    <description>Erste Anwendung mit Web Start</description>
    <offline-allowed/>
  </information>
  <resources>
    <j2se version="1.2+"/>
    <jar href="basic.jar" main="true"/>
  </resources>

  <application-desc main-class="javacodebook.client.start_basic.HelloWebStart"/>
  </jnlp>
```

Listing 21: basic.jnlp (Forts.)

Die JNLP-Datei wird zusammen mit dem (oder den) in der Datei angegebenen JAR-Archiv(en) auf dem WebServer abgelegt (am besten in das gleiche Verzeichnis). Die JNLP-Datei wird auf einer HTML-Seite als Link angegeben:

```
<HTML>
  <HEAD>
  <TITLE>Eine WebStart-Anwendung</TITLE>
  </HEAD>
  <BODY>
  <H4>Link auf die Anwendung</H4>
  <A HREF="basic.jnlp">Die Anwendung</A>
  </BODY>
</HTML>
```

Listing 22: starter.html

Das war es schon fast. Wenn ein Benutzer den Link in der HTML-Seite anklickt, dann wird die JNLP-Datei in den Browser geladen. Da der Server zu der Datei den richtigen Mime-Type angibt, zeigt der Browser die Datei nicht einfach an, sondern startet WebStart und übergibt die Datei an WebStart. Java-WebStart lädt alle in der Datei angegebenen JAR-Dateien vom Server herunter und führt die Anwendung aus.

Bei einem erneuten Start der Anwendung testet WebStart zunächst, ob auf dem Server neuere Versionen der JAR-Dateien vorliegen. In diesem Fall werden die neueren JAR-Dateien vom Server heruntergeladen. Liegen keine neuere Versionen vor, dann werden die bereits bei früheren Starts der Anwendung heruntergeladenen JAR-Dateien zur Ausführung der Anwendung genutzt.

Die folgende Beispiel-Anwendung ist eine normale Applikation, die über die Methode `main(String[])` gestartet wird. Beachten Sie allerdings, dass eine WebStart-Anwendung – genauso wie ein Java-Applet – in einer *Sandbox* läuft und normalerweise keinen Zugriff auf Ressourcen des Rechners erhält, auf dem sie läuft. Wie Sie dennoch Zugriff auf lokale Ressourcen erhalten können, erfahren Sie im nächsten Rezept.

```
package javacodebook.client.start_basic;
import javax.swing.JOptionPane;
/**
 * Eine einfache Anwendung, die über Java-WebStart gestartet wird
 */
public class HelloWebStart {

  public static void main(String []args) {
    JOptionPane.showMessageDialog(null, "Hello Web Start");
  }
}
```

Listing 23: HelloWebStart

Damit das Beispiel richtig funktioniert, müssen Sie die HTML-, JNLP- und JAR-Dateien auf einen Webserver kopieren und dann von diesem Webserver über Ihren Browser abrufen. Außerdem müssen Sie in der JNLP-Datei den Parameter `Codebase` mit einer für Ihren Server passenden URL belegen.

15 Wie kann ich mit WebStart auf Ressourcen des Rechners zugreifen?

Genau wie bei Applets besteht bei WebStart-Anwendungen das Problem, dass der Benutzer nicht immer entscheiden kann, ob ein Programm vertrauenswürdig ist. Aus diesem Grund erhält eine WebStart-Anwendung keinerlei Zugriff auf lokale Ressourcen des Rechners.

Ein versuchter Zugriff auf eine lokale Ressource durch eine WebStart-Anwendung wird mit der folgenden Fehlermeldung quittiert:

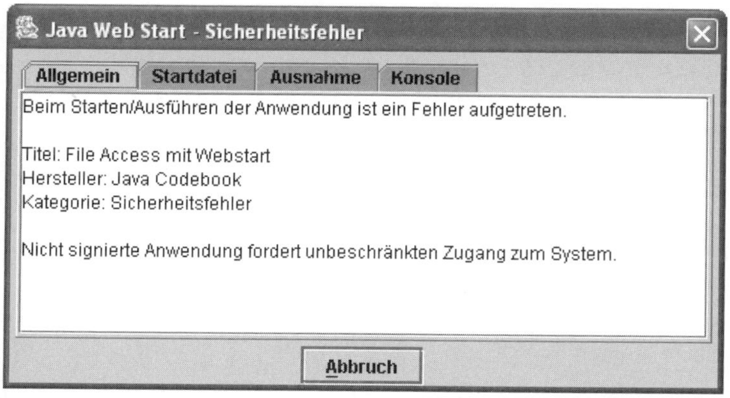

Abbildung 4: Sicherheitsfehler bei nicht signierten Webstart-Anwendungen

Zugriff wird einer Anwendung nur dann gewährt, wenn alle zu der Anwendung gehörenden JAR-Archive durch ein Zertifikat signiert werden. Ein Zertifikat ist ein elektronischer Ausweis, mit dem Sie sich anderen gegenüber ausweisen können. Die Erläuterung der Prinzipien und Funktionsweise von Zertifikaten würden den Rahmen dieses Beispiels bei weitem sprengen. Eine gute Einführung in diesen Themenkomplex bietet die Website *www.tctrustcenter.de*.

Ein Zertifikat kann man in einem sog. Trust-Center beantragen wie z.B. bei TC Trustcenter (*www.trustcenter.de*), Thawte (*www.thawte.com*) oder Verisign (*www.verisign.de*). Das Trust-Center dient dazu, die Identität des Antragstellers zu überprüfen und zu bestätigen. Zu Testzwecken kann man sich aber auch ein eigenes Zertifikat erstellen. Hierbei bestätigen Sie sich Ihre eigene Identität, was natürlich nicht besonders vertrauenswürdig ist. Bei dieser Art von Zertifikaten wird der Benutzer der Anwendung über einen Warnhinweis darüber informiert, dass der Aussteller des Zertifikates nicht als vertrauenswürdig eingestuft wird.

Zur Erstellung von eigenen Zertifikaten dienen die beiden Java-Dienstprogramme `keytool` und `jarsigner`. Die beiden Programme sind im JDK 1.4 enthalten. Die Erstellung eines Test-Zertifikates und das anschließende Signieren der Anwendung erfolgt in drei Schritten:

1. Erstellen und Überprüfen eines Zertifikates

   Hierzu verwenden Sie das Programm `keytool`, welches sich im *bin*-Verzeichnis Ihrer JDK-Installation befindet. Alle Zertifikate, die Sie mit dem Programm erstellen, werden in einem `Keystore` mit einem Alias-Namen abgelegt. Der `Keystore` ist eine Datei mit dem Namen *keystore* und befindet sich normalerweise im *Home*-Verzeichnis des Benutzers.

```
>keytool -genkey -alias signed_appl
Geben Sie das Keystore-Passwort ein:  ******
Wie lautet Ihr Vor- und Nachname?
 [Unknown]:  Mark Donnermeyer
Wie lautet der Name Ihrer organisatorischen Einheit?
 [Unknown]:  Mark Donnermeyer
Wie lautet der Name Ihrer Organisation?
 [Unknown]:  Java Codebook
Wie lautet der Name Ihrer Stadt oder Gemeinde?
 [Unknown]:  Bochum
Wie lautet der Name Ihres Bundeslandes oder Ihrer Provinz?
 [Unknown]:  NRW
Wie lautet der Landescode (zwei Buchstaben) für diese Einheit?
 [Unknown]:  DE
Ist CN=Mark Donnermeyer, OU=Mark Donnermeyer, O=Java Codebook, L=Bochum, ST=NRW,
 C=DE richtig?
 [Nein]:  ja

Geben Sie das Passwort für <signed_appl> ein.
    (EINGABETASTE, wenn Passwort dasselbe wie für Keystore):  ******

>keytool -list -alias signed_appl
Geben Sie das Keystore-Passwort ein:  ******
signed_appl, 16.03.2003, keyEntry,
Zertifikatsfingerabdruck (MD5): 59:D2:BF:2D:27:C0:E4:66:73:30:93:20:FE:4E:99:94
```

2. Erstellen eines JAR-Archives

   Alle zu dem Programm gehörenden Klassen müssen in ein oder mehrere JAR-Archive kopiert und jedes Archiv signiert werden.

```
>jar -cvf javacodebook\client\start_access\access_signed.jar
javacodebook\client\start_access\*.class
Manifest wurde hinzugefügt.
Hinzufügen von: javacodebook/client/start_access/FileAccessWebStart$1.class(ein =
739) (aus= 357)(komprimiert 51 %)
Hinzufügen von: javacodebook/client/start_access/FileAccessWebStart$2.class(ein =
766) (aus= 376)(komprimiert 50 %)
Hinzufügen von: javacodebook/client/start_access/FileAccessWebStart.class(ein = 3607)
(aus= 1723)(komprimiert 52 %)
```

3. Signieren des JAR-Archivs

   Erzeugte JAR-Archive können Sie nun signieren. Dazu verwenden Sie das Programm `jarsigner`, welches sich im *bin*-Verzeichnis Ihrer JDK-Installation befindet. Das Programm liest das zu verwendende Zertifikat aus dem `Keystore` aus.

```
>jarsigner javacodebook\client\start_access\access_signed.jar signed_appl
Enter Passphrase for keystore: ******
```

In der Konfigurationsdatei der WebStart-Anwendung müssen Sie dann noch angeben, dass Ihre Anwendung Zugriff auf lokale Ressourcen benötigt. Dazu müssen Sie in der JNLP-Datei die Angabe `<security>` einfügen:

```
<?xml version="1.0" encoding="UTF-8"?>

<!-- Codebase bitte mit der IP-Adresse Ihres Server belegen -->
<jnlp spec="1.0+" codebase="http://192.168.121.2:8080/examples/start_access/"
href="access_signed.jnlp">

<information>
  <title>File Access mit Webstart</title>
  <vendor>Java Codebook</vendor>
  <homepage href="http://www.addisonwesley.com" />
  <description>Signierte Anwendung zeigt Dateiinhalt an</description>
  <offline-allowed/>
</information>

<security>
  <all-permissions/>
</security>

<resources>
  <j2se version="1.2+"/>
  <jar href="access_signed.jar" main="true"/>
</resources>

<application-desc main-class="javacodebook.client.start_access.FileAccessWebStart"/>

</jnlp>
```

Listing 24: access_signed

Sobald die signierte WebStart-Anwendung versucht, ihre Sandbox zu verlassen, wird der Benutzer hierüber informiert. Er kann nun entscheiden, ob er der signierten Anwendung (und damit dem »Signierer« selbst) vertraut und dem Programm das Verlassen der Sandbox gestatten möchte.

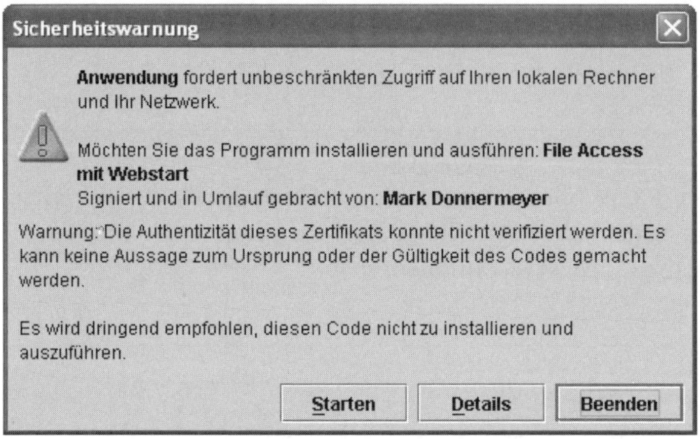

Abbildung 5: Warnmeldung bei selbst signierter WebStart-Anwendung

Sonstiges

16 Welche Sprachen unterstützt mein System?

Sie können sich die auf einem System zur Verfügung stehenden *Locales* über die statische Methode `getAvailableLocales()` der Klasse `java.util.Locale` anzeigen lassen. Als Rückgabe erhalten Sie eine Liste aller installierter Locales in Form eines Arrays. Eine Locale definiert die Eigenschaften Sprache, Land und Sprachvariation und dient als Grundlage für eine Reihe sprach- und länderspezifischer Funktionen wie z.B. das Formatieren von Zahlen und Datumsangaben. Durch die Sprachvariante wird die teils unterschiedliche Benutzung einer Sprache in verschiedenen Ländern definiert. So gibt es beispielsweise verschiedene Sprachvariationen für die deutsche Sprache in den Ländern Deutschland, Schweiz, Österreich und Luxemburg.

Die Liste der Locales, welche von der Methode `getAvailableLocales()` geliefert wird, ist nicht alphabetisch sortiert. Zur Sortierung des Arrays nutzen Sie am besten die statische Methode `sort(Object[], Comparator)` der Klasse `java.util.Arrays` und schreiben eine Klasse, die das Interface `Comparator` implementiert. Die Klasse `LocaleComparator`, die Sie im folgenden Beispiel sehen können, tut genau dies.

Das sortierte Array können Sie z.B. dazu nutzen, eine Auswahlliste zur Auswahl der Sprache einer Anwendung darzustellen.

```
package javacodebook.misc.i18n_list;
import java.util.*;
/**
 * Auflistung der zur Verfügung stehenden Locales
*/
public class ListLocales {

  public static void main(String args[]) {
    // Alle Locales lesen
    Locale locales[] = Locale.getAvailableLocales();
    // Nach dem DisplayName sortieren
    Arrays.sort(locales, new LocaleComparator());
    // Liste ausgeben
    for (int i=0; i<locales.length; i++)
      System.out.println(locales[i].getDisplayName());
  }
}
```

Listing 25: ListLocales

```
package javacodebook.misc.i18n_list;
import java.util.Comparator;
import java.util.Locale;
/**
 * Locales lexikalisch miteinander vergleichen.
 */
public class LocaleComparator implements Comparator {

  /**
   * Zwei Locales werden nach ihrem DisplayNamen sortiert.
   */
  public int compare(Object obj1, Object obj2) {
    Locale loc1 = (Locale)obj1;
    Locale loc2 = (Locale)obj2;

    return loc1.getDisplayName().compareTo(loc2.getDisplayName());
  }
}
```

Listing 26: LocaleComparator

17 Wie ändere ich die Standardeinstellung für die Sprache?

Beim Start einer Java-Anwendung wird die in dem Programm verwendete Sprache automatisch gesetzt. Die Sprachinformation erhält die JVM vom Betriebssystem. Sprachabhängige Klassen wie z.B. die Klassen für die Formatierung von Zahlen, Texten und Datumsangaben aus dem Paket `java.text` nutzen entsprechend die bereitgestellte Spracheinstellung. Sie können die verwendete Sprache über die Methode `Locale.getDefaultLocale()` erfragen und über `Locale.setDefaultLocale(Locale)` neu setzen. Die zu verwendende Sprache und das Land können Sie über die jeweiligen Sprach- bzw. Ländercodes angeben.

```
package javacodebook.misc.i18n_default;

import java.util.Locale;
import java.text.DateFormat;
import java.text.NumberFormat;
import java.util.Date;
```

Listing 27: DefaultLocale

```
/**
 * Standardeinstellung zur Sprache lesen und neu setzen.
 */
public class DefaultLocale {
    public static void main(String[] args) {
    showDefaultLocale();
    // Amerikanisches Englisch als neue Locale setzen
    Locale.setDefault(new Locale("en", "US"));
    showDefaultLocale();
  }

  // Zeigt die eingestellte Sprache
  public static void showDefaultLocale() {
    double number = 100003424.23;
    Date   date = new Date();

    Locale loc = Locale.getDefault();
    System.out.println("Ihre aktuelle Spracheinstellung: ");
    System.out.println("Code:     " + loc);
    System.out.println("Land:     " + loc.getDisplayCountry());
    System.out.println("Sprache:  " + loc.getDisplayLanguage());
    System.out.println("Variante: " + loc.getDisplayVariant());
    System.out.println("Zahlen:   " +
                       NumberFormat.getInstance().format(number));
    System.out.println("Datum:    " +
                       DateFormat.getInstance().format(date));
    System.out.println();
  }
}
```

Listing 27: DefaultLocale (Forts.)

Wie Sie an der Ausgabe sehen können, wurde die neue Spracheinstellung von Java korrekt erkannt und entsprechend der neuen Angaben wird auch die Formatierung von Zahlen und Datumsangaben angepasst. Nähere Informationen zu den im Beispiel verwendeten Klassen `DateFormat` und `NumberFormat` finden Sie in der Kategorie *Core API*.

```
>java javacodebook.misc.i18n_default.DefaultLocale
Ihre aktuelle Spracheinstellung:
Code:     de_DE
Land:     Deutschland
Sprache:  Deutsch
Variante:
```

```
Zahlen:    100.003.424,23
Datum:     24.01.03 18:01

Ihre aktuelle Spracheinstellung:
Code:      en_US
Land:      United States
Sprache:   English
Variante:
Zahlen:    100,003,424.23
Datum:     1/24/03 6:01 PM
```

18 Wie kann ich internationale Texte verwalten?

Bei einem Programm, welches mehrere Sprachen unterstützt, müssen sämtliche sprachspezifischen Zeichenketten in der vom Benutzer ausgewählten Sprache angezeigt werden. Zur Verwaltung der sprachspezifischen Zeichenketten können Sie sog. *Resource-Bundles* zu Hilfe nehmen. Ein Resource-Bundle ist eine Datei, in der Zeichenketten für genau eine Sprache abgelegt werden. Die Anwendung kann nun die Zeichenketten aus dem Resource-Bundle auslesen und anzeigen. Je nach verwendeter Sprache kommt hierbei ein anderes Resource-Bundle zum Einsatz.

Bei der Namensgebung der Resource-Bundles muss man einem vorgegebenen Schema folgen. Die Dateinamen setzen sich aus dem Namen des Resource-Bundles, der Angabe zur Sprache und der Endung `.properties` zusammen.

Im Folgenden sehen Sie einige Beispiele für Resource-Bundles:

Dateiname	Sprache
`texte_de.properties`	Deutsch
`texte_en.properties`	Englisch
`texte_fr_CH.properties`	Französisch (Schweiz)
`texte_fr.properties`	Französisch

Tabelle 13: Beispiele für Namen von Resource-Bundles

Wie Sie an der Tabelle erkennen, können Sie nicht nur zwischen Sprachen, sondern auch zwischen Sprachvarianten unterscheiden.

Den Aufbau eines Resource-Bundles zeigt das folgende Beispiel: Jede Zeichenkette wird in einer einzelnen Zeile geschrieben und mit einem eindeutigen `Identifier` versehen. Das Hash-Zeichen ("#") leitet einen Kommentar ein.

```
# deutsche Texte der Anwendung
hello_world = Hallo Welt!
test = Dies ist ein Test.
```

Listing 28: Inhalt des Resource-Bundles texte_de.properties

Mithilfe der Klasse `ResourceBundle` aus dem Paket `java.util` können Sie über die Methoden `getBundle(String name)` oder `getBundle(String name, Locale locale)` entsprechende `ResourceBundle` erzeugen. Beachten Sie, dass Sie beim Aufruf nicht den Dateinamen des `ResourceBundle`, sondern nur seinen Namenspräfix (also `texte` statt `texte_de.properties`) sowie ggf. den Pfad zur Datei in Form eines Paketnamens angebenen (also z.B. entsprechend `javacodebook.misc.i18n_resource.texte`). Die Datei muss in einem Verzeichnis abgelegt werden, das im `CLASSPATH` der Anwendung liegt.

Die Methoden `getBundle(...)` verwenden zur Initialisierung des `ResourceBundle` eine entsprechende Datei mit passendem Namen und die durch die Locale angegebene Sprache (wurde die Locale weggelassen, wird die eingestellte *Default-Locale* verwendet). Anschließend können aus dem `ResourceBundle` die sprachabhängigen Texte über ihre Identifier ausgelesen werden.

```
package javacodebook.misc.i18n_resource;

import java.util.ResourceBundle;
import java.util.Locale;
import java.util.MissingResourceException;
/**
 * Demo zur Verwendung von ResourceBundle
 */
public class HelloWorldI18N {

  public static void main(String []args) {
    String resource = "javacodebook.misc.i18n_resource.texte";

    try {
      // Zunächst die Texte für die Standard-Sprache laden
      ResourceBundle bundle =
                ResourceBundle.getBundle(resource);
      System.out.println( bundle.getString("hello_world") );
      System.out.println( bundle.getString("test") );

      // Jetzt die englischen Texte laden.
```

Listing 29: HelloWorldI18N

```
      bundle = ResourceBundle.getBundle(resource,
                                        Locale.ENGLISH);
      System.out.println( bundle.getString("hello_world") );
      System.out.println( bundle.getString("test") );
    }
    catch ( MissingResourceException e ) {
      // Es konnte keine entsprechende Datei geladen werden.
      System.err.println( e );
    }
  }
}
```

Listing 29: HelloWorldI18N (Forts.)

An der Ausgabe erkennen Sie, dass die Texte korrekt aus den Ressource-Dateien gelesen wurden:

```
>java javacodebook.misc.i18n_resource.HelloWorldI18N
Hallo Welt!
Dies ist ein Test.
Hello world!
This is a test.
```

19 Wie füge ich dynamischen Inhalt in statischen Texten ein?

Java bietet über die Methoden der Klasse `MessageFormat` ähnliche Möglichkeiten zur Formatierung von Nachrichten an wie `printf()` und `sprintf()` für C/C++. Die Klasse dient dazu, statische Texte mit dynamischen Inhalten zu verbinden, wobei die Formatierung des dynamischen Inhalts sprachabhängig bzw. abhängig von der eingestellten Locale vorgenommen wird. Typischerweise wird der statische Text in einem sprachabhängigen Resource-Bundle abgelegt und die dynamischen Daten zur Laufzeit der Anwendung generiert (Informationen zur Verwendung von `ResourceBundle` erhalten Sie im Rezept 214).

Der statische Text wird in Form eines Patterns angegeben. Innerhalb des Patterns werden die Stellen markiert, an denen variable Inhalte eingefügt werden sollen. Im Folgenden sehen Sie ein paar Beispiele zur Verwendung von Patterns.

```
text1 = "Sehr geehrter Herr {0}";
text2 = "Die Summe von {0} und {1} ist {2}";
text3 = "Aus '''Hallo {0}''' wird ''Hallo {0}''";
text4 = "Beim nächsten Piep ist es {0, time, short}";
```

Der dritte Beispieltext zeigt die Bedeutung von einfachen Anführungszeichen. Textfragmente, die durch einfache Anführungszeichen begrenzt sind, werden beim Parsen nicht verändert. Um ein einfaches Anführungszeichen darzustellen zu können, müssen Sie im Text zwei einfache Anführungszeichen hintereinander schreiben.

Im vierten Text wird über eine Angabe des Format-Typs angezeigt, dass als variabler Inhalt eine Zeitangabe erwartet wird, die – je nach eingestellter Sprache – in einen entsprechend formatierten String umgewandelt werden soll. Der dritte Parameter gibt Aufschluss darüber, wie die Formatierung aussehen soll. In diesem Fall wird eine kurze Schreibweise gewählt. Neben Zeitangaben werden auch Datumsangaben und Zahlen erkannt und sprachspezifisch formatiert. Die folgende Tabelle zeigt, welche Parameter verwendet werden können.

Format-Typ	Möglicher Format-Style
`number`	`<keine Angabe>, integer, currency, number, percent, <pattern>`
`date`	`<keine Angabe>, short, medium, long, full, <pattern>`
`time`	`<keine Angabe>, short, medium, long, full, <pattern>`

Tabelle 14: Parameter für Formate

Zur Formatierung werden die Klassen `DateFormat` und `NumberFormat` aus dem Paket `java.text` herangezogen. Möchten Sie nicht die voreingestellte Formatierung für Zahlen und Datumsangaben verwenden, können Sie auch ein eigenes Pattern angeben, welches an die Klasse `DateFormat` bzw. `NumberFormat` weitergegeben wird. Nähere Angaben zum Format der Patterns finden Sie in den entsprechenden Rezepten aus der Kategorie »*Core API*«.

Kommen wir zum zweiten Teil einer Nachricht – dem variablen Inhalt. Er wird in Form eines Arrays vom Typ `Object` übergeben. Über die in dem statischen Text enthaltenen Zahlen in geschweiften Klammer werden die Objekte in dem Array referenziert.

Das folgende Beispiel zeigt die Verwendung der Klasse `MessageFormat`:

```
package javacodebook.misc.i18n_msg;

import java.text.MessageFormat;
import java.util.Date;

/**
 * Verwendung von MessageFormat zur Ausgabe von Texten mit
 * variablem Inhalt.
 */
public class MessageFormatExample {

  public static void main(String[] args) {

    // Beispiel mit einem String
    String[] args1 = { "Bundeskanzler" };
    showMessage("Sehr geehrter Herr {0}", args1);

    // Beispiel mit Zahlen
    Object[] args2 = { new Float(12.5),
      new Integer(42), new Float(54.5)
    };
    showMessage("Die Summe von {0} und {1} ist {2}", args2);

    // Verwendung von einfachen Anführungszeichen
    String[] args3 = { "Spencer" };
    showMessage("Aus '''Hallo {0}!''' wird ''Hallo {0}!''", args3);

    // Verwendung von Datumsangaben
    Date[] args4 = { new Date() };
    showMessage("Beim nächsten Piep ist es {0, time, short}",
                              args4);
  }

  public static void showMessage(String pattern, Object[] obj) {
    MessageFormat msg = new MessageFormat(pattern);
    System.out.println(msg.format(obj));
  }

}
```

Listing 30: MessageFormatExample

Die Ausgabe der Daten sieht wie folgt aus:

```
>java javacodebook.misc.i18n_msg.MessageFormatExample
Sehr geehrter Herr Bundeskanzler
Die Summe von 12,5 und 42 ist 54,5
Das Pattern 'Hallo {0}!' ergibt den String 'Hallo Spencer!'
Beim nächsten Piep ist es 14:59
```

20 Wie sortiere und vergleiche ich Strings sprachabhängig?

Viele Sprachen (in diesem Falle ist von Sprachen wie Deutsch, Englisch etc. die Rede und nicht von Java, C++ o.Ä.) enthalten neben den normalen Zeichen des Alphabets auch besondere Zeichen oder Zeichenkombinationen. So kennt die deutsche Sprache die Umlaute und das `ß`, welches alphabetisch dem `ss` gleichgestellt ist, die dänische Sprache z.B. kennt dagegen die Sonderzeichen `Æ`, `Ø` und `Å`.

Möchte man zwei Zeichenketten miteinander vergleichen bzw. lexikalisch in Beziehung setzen, ist die Methode `compareTo()` der Klasse String nicht immer ausreichend, da sie für den lexikalischen Vergleich den Unicode-Wert jedes einzelnen Zeichens im String heranzieht. Weil aber z.B. die deutschen Umlaute im Unicode-Zeichensatz hinter dem `z` angeordnet sind, werden Worte mit deutschen Umlauten lexikalisch falsch eingeordnet, wie das folgende Beispiel zeigt:

```
// Vergleich zweier Strings nach Unicode.
String str1 = "Käseplatte";
String str2 = "Kommode";

if (str1.compareTo(str2) > 0)
  System.out.println("Käseplatte kommt hinter Kommode");
else if (str1.compareTo(str2) == 0)
  System.out.println("Käseplatte und Kommode sind gleich");
if (str1.compareTo(str2) < 0)
  System.out.println("Käseplatte kommt vor Kommode");
```

Man erhält als Ausgabe:

```
Käseplatte kommt hinter Kommode
```

Für Java kommt die *Käseplatte* alphabetisch erst nach der *Kommode*, was natürlich nicht stimmt, da der Buchstabe `ä` für alphabetische Betrachtungen als `ae` angesehen werden muss. Um landessprachliche Besonderheiten beim Vergleich von Strings beachten zu können, nutzen Sie die Klasse `Collator` aus dem Paket `java.text`. Die Klasse stellt die beiden Methoden `compare(String, String)` und `equals(String, String)` für den lexikalischen Vergleich zweier Strings bereit. Zunächst einmal müssen Sie sich jedoch ein Objekt der Klasse über eine der beiden Methoden `getInstance()` und `getInstance(java.util.Locale)` erzeugen. Die Locale gibt an, für welche Sprache Sie Stringvergleiche anstellen möchten. Lassen Sie die Locale weg, wird ein Collator mit einer Standard-Locale erzeugt. Mit Hilfe des Objektes können Sie nun Strings miteinander vergleichen. Versuchen wir es noch einmal mit *Kommode* und *Käseplatte*:

```
// Vergleich zweier Strings mit der Klasse Collator
Collator col = Collator.getInstance(Locale.GERMAN);
String str1 = "Käseplatte";
String str2 = "Kommode";

if (col.compare(str1, str2) > 0)
  System.out.println("Käseplatte kommt hinter Kommode");
else if (col.compare(str1, str2) == 0)
  System.out.println("Käseplatte und Kommode sind gleich");
if (col.compare(str1, str2) < 0)
  System.out.println("Käseplatte kommt vor Kommode");
```

Man erhält dann folgende Ausgabe:

```
Käseplatte kommt vor Kommode
```

Die Klasse `Collator` implementiert das Interface `Comparator`. Somit ist sie dazu geeignet, Arrays von Strings und einige Collections (z.B. `TreeMap` oder `TreeSet`) zu sortieren. Das folgende Beispiel zeigt, wie Sie ein Array von Strings sortieren können:

```
// Sortieren eines Arrays über Array.sort() und einen Collator
String []str = {
  "Kastanie", "Käseplatte", "Kommode", "Kabeljau",
  "Äther", "Strasse", "Straße", "Strassenbahn"
};
```

```
Collator collator = Collator.getInstance(Locale.GERMAN);
Arrays.sort(str, collator);

// Ausgabe des sortierten Arrays.
for (int i=0; i<str.length; i++)
  System.out.println(str[i]);
```

Die Sortierung des Arrays erfolgt genauso, wie es sein sollte. Dies schließt die richtige Einordnung des ß als ss mit ein.

```
Äther
Kabeljau
Käseplatte
Kastanie
Kommode
Strasse
Straße
Strassenbahn
```

Nun gibt es aber bei der Sortierung und beim Vergleich weitere Dinge zu beachten: Manchmal möchte man z.B. bei der Sortierung die Groß- und Kleinschreibung beachten, manchmal aber nicht. Der Unterschied zwischen ss und ß ist uns in einem Falle egal, in einem anderen aber nicht. Für diese unterschiedlichen Anforderungen können Sie zum einen über die Methode `setStrength()` eine Toleranz (`PRIMARY`, `SECONDARY`, `TERTIARY` oder `IDENTICAL`) für Vergleiche definieren. Daneben gibt es noch die Möglichkeit anzugeben, ob verschiedene Betonungen von Buchstaben (z.B. a und â) bei einem Vergleich beachtet werden sollen oder nicht. Da sich die beiden Angaben in verschiedenen Sprachen unterschiedlich auswirken, sollten Sie daher im Zweifelsfalle eine geeignete Einstellung durch Ausprobieren herausfinden.

21 Wie kann ich einfache Log-Meldungen erstellen?

Die Entwicklung einer neuen Software besteht zu 10% aus der Entwicklung von neuen Funktionen und 90% aus dem Ausbügeln von Fehlern in den neuen Funktion. Das Einfügen von Logging-Ausgaben ist der erste Ansatz für die Fehlerkorrektur einer Anwendung. Die erste Idee ist, an bestimmten Stellen im Quelltext Fehlersuchinformationen auf die Standardausgabe zu schreiben (`System.out.println`). Eleganter geht es mit der im JDK 1.4 eingeführten Logging-API aus dem Paket `java.util.logging`.

Die wichtigste Klasse der API ist die Klasse `Logger`. Sie dient dazu, Logging-Meldungen zu erstellen. Ein `Logger` wird über die statische Methode `getLogger(String)` erzeugt, wobei der String den Namen des Loggers angibt. Gibt es bereits einen Logger mit gleichem Namen, wird dieser Logger anstelle eines neuen Loggers an die aufrufende Instanz zurückgegeben.

Wie bei der Benennung von Paketen in Java werden Logger über ihren Namen hierarchisch angeordnet. So ist beispielsweise ein `Logger` mit dem Namen `foo.bar` dem `Logger` mit dem Namen `foo` untergeordnet. Es hat sich in der Praxis durchgesetzt, den Klassennamen (mit seinem Paketnamen) als Namen für einen `Logger` zu verwenden. Einen `Logger` würde man dann auf die folgende Weise erzeugen:

```
Logger logger = Logger.getLogger(MeineKlasse.class.toString());
```

Eine zweite wichtige Klasse ist die Klasse `Level`. Jede Logging-Meldung wird mit einem Level – quasi einer Dringlichkeitsstufe – versehen. In einem `Logger` kann ein Minimal-Level gesetzt werden. Logging-Meldungen mit einem niedrigeren Level werden von dem Logger nicht verarbeitet. Ist in einem Logger kein Level explizit gesetzt worden, dann wird der Level des übergeordneten Loggers verwendet.

Das folgende Beispiel verdeutlicht die Funktionsweise der Klasse `Logger`.

```
package javacodebook.misc.log_intro;

import java.util.logging.*;
/**
 * Ein kurzes Programm, um die Funktionsweise der
 * Logging-API zu verdeutlichen
 */
public class Starter {

  public static void main(String []args){

    // Einen Logger erzeugen
    Logger logger =
      Logger.getLogger(Starter.class.toString());

    // Ausgabelevel für den Logger explizit setzen.
    // Es werden alle Ausgaben verarbeitet.
    logger.setLevel(Level.INFO);
```

Listing 31: Starter

```
    // Eine Ausgabe mit dem Level INFO ausgeben.
    logger.log(Level.INFO, "Starte Programmausführung");
    try{
      // Eine Schleife mit einer Division by zero!
      int j;
      for (int i=10; i>=0; i--)
        j = 100/i;
    } catch (ArithmeticException ex){
      // Oops, ein Fehler. Entsprechende Warnung ausgeben.
      logger.log(Level.WARNING,"Fehler bei der
                  Ausführung",ex);
    }
    // Eine Ausgabe mit dem Level INFO ausgeben
    logger.log(Level.INFO, "Fertig mit der Ausführung");
  }
}
```

Listing 31: Starter (Forts.)

22 Wie definiere ich den Ausgabeort von Log-Meldungen?

Die Ausgabe von Logging-Meldungen wird über `Handler` auf verschiedene Ausgabemedien exportiert. Die Logging-API von Sun bietet von Haus aus fünf verschiedene `Handler` an:

Klasse	Funktion
`ConsoleHandler`	Log-Ausgaben werden auf die Standardfehlerausgabe – also `System.err` – geschrieben.
`FileHandler`	Die Ausgaben erfolgen in einer Datei.
`MemoryHandler`	Ausgaben werden in einem Ringspeicher zwischengespeichert und zu gegebener Zeit an einen sog. Target-Handler weitergeleitet.
`SocketHandler`	Log-Ausgaben werden über eine Netzwerkverbindung geschrieben.
`StreamHandler`	Log-Ausgaben werden in einen `Stream` geschrieben.

Tabelle 15: Handler in der Logging-API

Standardmäßig werden alle Meldungen eines Loggers über den `ConsoleHandler` ausgegeben. Sie können zu jedem einzelnen Logger aber bei Bedarf weitere `Handler` anmelden bzw. bereits am `Logger` angemeldete `Handler` wieder abmelden. Die Ausgabe der Logging-Informationen erfolgt über alle an einem Logger angemeldeten `Handler`.

Das folgende Beispiel zeigt die Verwendung des `FileHandlers` für die Ausgabe von Meldungen in verschiedene Dateien.

```
package javacodebook.misc.log_handler;

import java.util.logging.*;
import java.io.*;

/**
 * Einsatz von Handlern zur Verteilung von Log-Meldungen
 */
public class Starter {

  public static void main(String []args) throws IOException {

    // Einen Logger erzeugen
    Logger logger =
      Logger.getLogger("javacodebook.misc.log_handler");

    // Ausgabelevel für den Logger explizit setzen.
    logger.setLevel(Level.INFO);

    // Zwei Handler erzeugen
    Handler errorHandler  =
              new FileHandler("c:\\temp\\error.log");
    Handler accessHandler =
              new FileHandler("c:\\temp\\access.log");

    // Welche Logging-Infos sollen geschrieben werden
    errorHandler.setLevel(Level.WARNING);
    accessHandler.setLevel(Level.FINEST);

    // Das Format, in dem die Daten geschrieben werden
    errorHandler.setFormatter(new XMLFormatter());
    accessHandler.setFormatter(new SimpleFormatter());

    // Die Handler zu dem Logger hinzufügen
    logger.addHandler(errorHandler);
    logger.addHandler(accessHandler);

    // Eine Ausgabe mit dem Level FINE ausgeben.
```

Listing 32: Starter

```
    logger.log(Level.INFO, "Starte Programmausführung");
    try{
      // Eine Schleife mit einer Division by zero!
      int j;
      for (int i=10; i>=0; i--)
        j = 100/i;
    } catch (ArithmeticException ex){
      // Fehlerwarnung ausgeben.
      logger.log(Level.WARNING,"Fehler bei der Ausführung", ex);
    }
    // Eine Ausgabe mit dem Level INFO ausgeben
    logger.log(Level.INFO, "Fertig mit der Ausführung");
  }
}
```

Listing 32: Starter (Forts.)

23 Ein GUI zur Verwaltung von Loggern

Nutzt man die Logging-API in einem großen Projekt extensiv, stellt sich schnell das Problem, dass in der Menge der Logging-Informationen die zur Lösung eines Problems wichtigen Informationen untergehen können. Was man braucht, ist eine Möglichkeit, während der Laufzeit der Anwendung für einzelne `Logger` den Ausgabe-Level variieren zu können um die Ausgaben der `Logger` zu steuern.

Wir haben zu diesem Zweck eine kleine Anwendung geschrieben, die einfach in ein vorhandenes Projekt integriert werden kann. Sie ist als eigener Frame realisiert und lässt sich sehr einfach innerhalb einer eigenen Anwendung starten. Sie finden den gesamten Source-Code der Anwendung auf der CD zu diesem Buch.

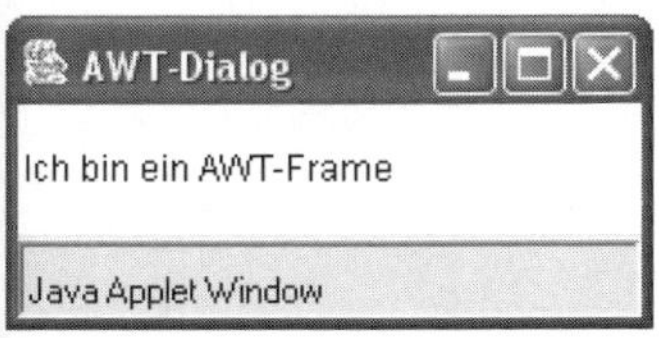

Abbildung 6: GUI für Logger

Der Frame teilt sich in zwei Bereiche auf. Im linken Teil werden die `Logger` in einer Baumansicht dargestellt. Jedem Knoten ist eines der drei folgenden Symbole vorangestellt:

- Ordnersymbol: Der Knoten ist gar kein eigener `Logger`.
- Grüner Pfeil: Zu dem `Logger` wurde kein Level angegeben. Entsprechend wird der Logging-Level eines übergeordneten `Loggers` beachtet.
- Rotes Achteck: Zu dem `Logger` wurde ein eigener Level angegeben.

Die rechte Spalte zeigt die Details zum jeweils ausgewählten `Logger` an. Zu jedem `Logger` kann der Ausgabe-Level neu bzw. auf `NULL` (Anzeige: NICHT GESETZT) werden.

Im unteren Bereich befinden sich zwei Buttons. Mit Hilfe des Buttons AKTUALISIEREN wird die Liste der `Logger` neu gelesen. Dies ist wichtig, wenn während des Betriebs der Anwendung neue `Logger` hinzukommen. Über den Button SCHLIEßEN wird das Fenster geschlossen.

Zum Start der Anwendung müssen Sie lediglich ein Objekt der Klasse `LoggingFrame` erzeugen und die Methode `show()` aufrufen. Zu Testzwecken sollten Sie mehrere `Logger` mit verschiedenen Log-Level, `Handler` und evtl. Filter anlegen, so wie in dem folgenden Beispiel:

```
package javacodebook.misc.log_gui;

import java.util.logging.*;

/**
 * Anlegen einer Reihe von Loggern und Aufrufen des
 * LogginFrame.
 */
public class Starter {

  public static void main(String []args) throws Exception {

    //LogManager.getLogManager().reset();
    Logger logger;

    // Ein paar Logger erzeugen
    Logger.getLogger("javacodebook.misc.log_sample1");
    Logger.getLogger("javacodebook.misc.log_sample2");
    Logger.getLogger("javacodebook.misc");
    Logger.getLogger("javacodebook.client.applet_sample");

    logger = Logger.getLogger("java");
    logger.setLevel(Level.ALL);
```

Listing 33: Starter

Core
I/O
GUI
Multimedia
Datenbank
Netzwerk
XML
RegEx
Daten
Threads
Web-Server
Applets
Sonstiges

```
    // Ein Logger mit einem eigenen Handler, einem
    // Filter und einem eigenen Log-Level.
    logger = Logger.getLogger("javacodebook");
    Handler handler = new ConsoleHandler();
    handler.setLevel(Level.ALL);
    logger.addHandler(handler);
    logger.setLevel(Level.ALL);
    logger.setFilter(new SampleFilter());

    // Das GUI zur Verwaltung der Logger anzeigen
    new LoggingFrame().show();

    // Nach 30 Sekunden wird ein weiterer Logger angelegt um zu
    // zeigen, dass der Button "Aktualisieren" funktioniert.
    Thread.sleep(30000);
    Logger.getLogger("delayed_sample");
  }
}
```

Listing 33: Starter (Forts.)

24 Wie erfahre ich zuverlässig, ob mein Algorithmus richtig arbeitet?

Bei der Entwicklung eines Algorithmus wissen Sie, was Ihr Algorithmus leisten soll und was nicht. Häufig werden für Algorithmen sog. *Pre-Conditions* und *Post-Conditions* definiert. Ein Algorithmus wird dann als fehlerfrei betrachtet, wenn vor seiner Ausführung die Pre-Conditions gelten und nach seiner Ausführung die Post-Conditions.

Seit dem JDK 1.4 kennt Java ein neues sprachliches Konstrukt – die sog. *Assertions*. Dafür wurde das Keyword `assert` neu eingeführt. Eine Assertion ist ein boolescher Ausdruck, von dem der Entwickler ausgeht, dass er bei der Ausführung wahr (`true`) ist. Sollte der Ausdruck bei der Ausführung falsch (`false`) sein, dann wird ein `AssertionError` geworfen. Gegenüber herkömmlichen Konstrukten der Form

```
if(expr) throw new Error();
```

bieten Assertions folgende Vorteile:

- Die Bedeutung einer Assertion erschließt sich demjenigen, der einen Blick in den Quellcode einer Klasse wirft, auf Anhieb.

- Sie können den Java-Interpreter anweisen, Assertions bei der Ausführung eines Programmes nicht zu beachten, und erreichen damit eine höhere Leistung.

Eine Assertion hat die folgende Syntax:

```
assert <BoolescherAusdruck>;
assert <BoolescherAusdruck>:<Ausdruck>;
```

Der boolesche Ausdruck ist derjenige, der von der Assertion überprüft wird. Liefert der Ausdruck den Wert `false`, wird ein `AssertionError` geworfen. Ist noch ein zweiter Ausdruck angegeben, dann wird dieser zur Erzeugung des Meldetextes genutzt.

Das folgende Beispiel berechnet aus einer gegebenen Zahl die Quadratwurzel über eine Intervallschachtel. Die Intervallschachtel liefert keinen exakten Wert. Daher wird über den Parameter `delta` eine maximale Abweichung vom wirklichen Wert angegeben. Die Einhaltung dieser maximalen Abweichung wird über eine Assertion getestet.

```
package javacodebook.misc.deb_assert;

/**
 * Berechnung einer Quadratwurzel zur Demonstration von Assertions
 */
public class Sqrt {
  static double DELTA = 0.000001;
  public static void main(String[] args) {
    if (args.length < 2)
      printUsage();
    try {
      double zahl   = Double.parseDouble(args[0]);
      double delta = Double.parseDouble(args[1]);
      double result = sqrt(zahl, delta);
      System.out.println("sqrt(" + zahl + ") = " + result);
    }
    catch (AssertionError e)
    {
      System.out.println("FEHLER: " + e.getMessage());
    }
  }
```

Listing 34: Sqrt

```
  public static double sqrt(double number, double delta)
            throws IllegalArgumentException {
    // Wurzeln von negativen Zahlen kann die Methode
    // nicht berechnen.
    if (number < 0)
      throw new IllegalArgumentException();

    // Eine Intervallschachtel für die Berechnung der Wurzel.
    // Die Schleife bricht nach 10 Durchgängen ab
    double min = 0, check = 0, max = number;
    for (int i=0; i<10; i++) {
      check = ((max-min)/2)+min;
      if ((check*check) > number)
        max = check;
      else
        min = check;
    }

    // Sicherstellen, dass die Wurzeln genau genug ist.
    assert (number-(min*min)) < delta:"Wurzel zu ungenau";
    return min;
  }

  private static void printUsage() {
    System.out.println("Aufruf: java [-ea]
      javacodebook.misc.deb_assert.Sqrt <zahl> <delta>");
    System.exit(0);
  }
}
```

Listing 34: Sqrt (Forts.)

Die Kompilierung und Ausführung der Anwendung sieht folgendermaßen aus:

```
>javac -source 1.4 javacodebook\misc\deb_assert\Sqrt.java
>java -ea javacodebook.misc.deb_assert.Sqrt 2 0.1
sqrt(2.0) = 1.4140625
>java -ea javacodebook.misc.deb_assert.Sqrt 2 0.0000001
FEHLER: Wurzel zu ungenau
```

Der Compiler wird über den Schalter `source 1.4` angewiesen, Assertions als solche zu erkennen. Ohne diesen Schalter lässt sich das Beispiel nicht kompilieren.

Der Interpreter wird über die Schalter `-ea` und `-da` angewiesen, für welche Klassen und Pakete Assertions ein- bzw. ausgeschaltet werden sollen. Folgende Möglichkeiten stehen Ihnen zur Verfügung:

Schalter	Argument	Auswirkung
`-ea`	`:<package name>`	Aktivierung für das Paket
`-ea`	`:<package name>...`	Aktivierung für das Paket und Unterpakete
`-ea`	`:<class name>`	Aktivierung für die Klasse
`-ea`		Aktivierung für alle Klassen – außer System-Klassen
`-esa`		Aktivierung für alle System-Klassen
`-da`	`:<package name>`	Deaktivierung für das Paket
`-da`	`:<package name>...`	Deaktivierung für das Paket und Unterpakete
`-da`	`:<class name>`	Deaktivierung für die Klasse
`-da`		Deaktivierung für alle Klassen – außer System-Klassen
`-dsa`		Deaktivierung für alle System-Klassen

Tabelle 16: XX

Wenn Sie mehrere Schalter nacheinander angeben, werden sie in der angegebenen Reihenfolge untersucht und die Assertions entsprechend ein- bzw. ausgeschaltet.

25 Wie kann ich Übergabeparameter komfortabel parsen?

Parameter in der Kommandozeile werden einem Java-Programm in Form eines Arrays vom Typ `String` an die Methode `main()` übergeben. Bei der Auswertung der Daten in dem Array darf man von der Java-API allerdings keine Unterstützung erwarten.

Von der FSF (Free Software Foundation) gibt es eine Portierung des UNIX-Pakets `getopt`. Sie können eine aktuelle Version des Paketes unter der URL *http://www.gnu.org/software/java/* herunterladen oder Sie kopieren die Version 1.0.9 von der CD zu diesem Buch. Mit diesem Paket können Sie Optionen in der unter Unix üblichen Form an ein Java-Programm übergeben.

Optionen bestehen aus einem einzelnen Buchstaben, dem ein »-« vorangestellt ist (z.B. `-a -b -c` oder zusammengefasst `-abc`). Eine Option kann zusätzlich ein optionales oder ein obligatorisches Argument enthalten. Das Argument folgt dem Parameter (z.B. `-af Datei.doc`) In diesem Fall gibt es die zwei Optionen `a` und `f`, wobei `f` das Argument `Datei.doc` enthält.

Bei optionalen Argumenten darf es keinen Leerraum zwischen Option und Argument geben. Als Letztes besteht noch die Möglichkeit, für Optionen lange Schreibweisen der Form `--option` zu definieren. Soll ihnen ein Argument übergeben werden, dann erfolgt dies in der Form `--option=argument`.

Um diese Möglichkeiten mit der Klasse `Getopt` abzubilden, müssen Sie zunächst einmal die erlaubten Optionen definieren. Dies erfolgt über einen Format-String, in dem die Optionen in der folgenden Form nacheinander angegeben werden:

Format	Bedeutung
`c`	Option `c` ohne Argument
`h:`	Option `h` mit einem Argument (Argument muss angegeben werden)
`v::`	Option `v` mit einem optionalen Argument

Tabelle 17: Optionen für Formate

Lange Parameter definieren Sie über ein Array der Klasse `LongOpt`. Dabei sind jeweils der lange Name, die Behandlung von Argumenten (nicht erlaubt, optional, verpflichtend) sowie der äquivalente kurze Name der Option anzugeben.

Damit haben Sie alle Informationen zusammen. Schauen Sie sich nun das folgende Beispiel an und sehen Sie, wie die Optionen aus dem Parameter-Array `args` ausgelesen werden.

```
package javacodebook.misc.getopt;

import gnu.getopt.*;

/**
 * Auslesen von Übergabeparametern an eine Anwendung
 */
public class GetOptTest {

  public static void main(String[] args) {
```

Listing 35: GetOptTest

```
// Option f mit optionalem, o mit obligatorischem
// sowie v und h jeweils ohne Argument.
String optStr = "vho::f:";

// Die Optionen h, o und f gibt es auch in langer Form.
LongOpt[] longopts = new LongOpt[3];
longopts[0] = new LongOpt("help", LongOpt.NO_ARGUMENT, null, 'h');
longopts[1] = new LongOpt("output",
          LongOpt.REQUIRED_ARGUMENT, null, 'o');
longopts[2] = new LongOpt("from", LongOpt.OPTIONAL_ARGUMENT, null, 'f');

// Einen Parser für Optionen erzeugen. Als ersten
// Parameter erwartet Getopt den Namen der Anwendung.
Getopt g = new Getopt("GetOptTest", args, optStr, longopts);

String arg;
int c;

// Getopt soll keine eigenen Fehlerausgaben erzeugen
g.setOpterr(false);

// Die Liste der Optionen durchlaufen. Eine Option
// wird als int-Wert zurückgegeben.
while((c = g.getopt()) != -1) {
  switch(c) {
    // Option o (oder output) mit
    // obligatorischem Argument
    case 'o':
      arg = g.getOptarg();
      System.out.println("Option o mit Argument: " + arg);
      break;
    // Option f (oder from) mit optionalem Argument
    case 'f':
      arg = g.getOptarg();
      System.out.println("Option f (from) mit Argument: " + arg);
      break;
    // Option v ohne Argument
    case 'v':
      System.out.println("Option gefunden: " + (char)c);
      break;
    // Option h (oder help) ohne Argument
    case 'h':
      System.out.println("Option h (help) gefunden");
      break;
```

Listing 35: GetOptTest (Forts.)

```
          // Unerlaubte Optionen werden über '?'
          // referenziert.
        case '?':
          char wrong = (char)g.getOptopt();
          System.out.println("Ungültige Option: " + wrong);
      }
    }
  }
}
```

Listing 35: GetOptTest (Forts.)

26 Wie kann ich Mails über SMTP verschicken?

Mails versenden Sie am einfachsten über die von SUN bereitgestellte Mail-API, welche nicht Teil der J2SE ist. Für die Verwendung der Mail-API benötigen Sie zusätzlich noch das Activation-Framework. Beide APIs finden sich auf der Buch-CD. Sie können die beiden APIs natürlich auch direkt von der SUN-Website herunterladen.

Der Versand einer Mail folgt dem immer gleichen Schema:

1. Erzeugen Sie eine Mail-Session. In der Session werden einige für den Mailversand benötigte Daten – wie z.B. der zu verwendende SMTP-Server – hinterlegt. Die Daten werden über Properties angegeben.
2. Erzeugen Sie über die Session ein `Mail`-Objekt.
3. Setzen Sie Absender, Empfänger, Betreff und Nachricht in die `Mail`.
4. Verschicken Sie die `Mail` über die Klasse `Transport`.

Das hört sich einfach an und ist es auch! Sehen Sie sich hierzu die Klasse `SimpleMailSender` an.

```
package javacodebook.misc.mail_send;
import javax.mail.*;
import javax.mail.internet.*;
import javax.activation.*;
import java.util.Date;
import java.util.Properties;
/**
 * Diese Klasse dient zum Versenden einer einfachen Mail.
 * Die Mail hat keine Attachments und sie kann auch nicht
 * an Personen im CC oder BCC versendet werden.
```

Listing 36: SimpleMailSender

```
 */
public class SimpleMailSender {

  // Die Daten, die zum Versand einer Mail benötigt werden.
  String recipient = null;
  String sender  = null;
  String subject   = null;
  String text    = null;
  String host    = null;

  public SimpleMailSender() {
  }

  public void setHost(String host) {
    this.host = host;
  }

  public void setRecipient(String recipient) {
    this.recipient = recipient;
  }

  public void setSender(String sender) {
    this.sender = sender;
  }

  public void setSubject(String subject) {
    this.subject = subject;
  }

  public void setText(String text) {
    this.text = text;
  }

  /**
   * Versenden der Nachricht
   */
  public void sendMessage() throws AddressException,
                                   MessagingException {

    // Der SMTP-Host, über den die Mails gesendet werden,
    // wird in der Liste der Properties angegeben.
    Properties props = new Properties();
    props.put("mail.smtp.host", host);

    // Es wird eine Mail-Session angelegt. Über diese
```

Listing 36: SimpleMailSender (Forts.)

```
      // Session erfolgt der Versand.
      Session session = Session.getDefaultInstance(props, null);

      // Nachricht erzeugen, Adressat, Absender,
      // Betreff und Text angeben.
      Message msg = new MimeMessage(session);
      msg.setFrom(new InternetAddress(sender));
      InternetAddress[] address = {
               new InternetAddress(recipient)};
      msg.setRecipients(Message.RecipientType.TO, address);
      msg.setSubject(subject);
      msg.setSentDate(new Date());
      msg.setText(text);

      // Die Nachricht versenden.
      Transport.send(msg);
   }
}
```

Listing 36: SimpleMailSender (Forts.)

Um eine Nachricht über diese Klasse zu versenden, müssen Sie zunächst SMTP-Server, Empfänger, Versender, Betreff und Text über die entsprechenden `set()`-Methoden setzen. Anschließend kann der Versand der Nachricht über einen Aufruf der Methode `sendMessage()` erfolgen. Bitte achten Sie darauf, dass Sie einen SMTP-Server angeben, der das Versenden von Mails ohne Angabe von Benutzername und Kennwort erlaubt.

Zum Testen der Klasse verwenden Sie am einfachsten die Klasse `MailSendFrame`, die Sie auf der beiliegenden Buch-CD finden können. Die Klasse bietet ein einfaches GUI zum Versenden von Mails über einen anzugebenden SMTP-Server.

Abbildung 7: GUI der Klasse »MailSender«

27 Wie kann ich Mails mit einem Anhang verschicken?

Mails mit Dateien als Anhang werden als sog. *Multipart-Messages* versendet. Der erste Teil enthält hierbei den Text der Nachricht. Für jede Datei wird ein weiterer Teil benötigt. Die grundlegende Vorgehensweise zum Versenden von Mails wird im vorhergehenden Rezept erläutert.

Die Klasse `AttachmentMailSender` erwartet zunächst einmal die für den Versand einer Nachricht benötigten Angaben über den SMTP-Server, Absender, Empfänger, Betreff sowie den Text der Mail. Darüber hinaus kann noch eine Datei als Anhang angegeben werden.

Um den Anhang zu versenden, müssen Sie für die Anhänge und für den Text jeweils ein `MimeBodyPart` erzeugen und mit dem entsprechenden Inhalt füllen. Anschließend werden die einzelnen Teile in einem `Multipart` zusammengefasst und als `Content` an die Mail gehängt.

Das Versenden der Mail erfolgt dann wieder über die statische Methode `send()` der Klasse `Transport`.

```
package javacodebook.misc.mail_attach;
import javax.mail.*;
import javax.mail.internet.*;
import javax.activation.*;
import java.util.Date;
import java.util.Properties;
import java.io.*;
/**
 * Diese Klasse dient zum Versenden einer einfachen Mail.
 * Die Mail hat ein Attachment, kann aber nicht an Personen
 * im CC oder BCC versendet werden.
 */
public class AttachmentMailSender {

  // Die Daten, die zum Versand eine Mail benötigt werden
  String recipient  = null;
  String sender     = null;
  String subject    = null;
  String text       = null;
  String host       = null;
  File   attachment = null;
```

Listing 37: AttachmentMailSender

```
  public AttachmentMailSender() {
  }

  public void setHost(String host) {
    this.host = host;
  }

  public void setRecipient(String recipient) {
    this.recipient = recipient;
  }

  public void setSender(String sender) {
    this.sender = sender;
  }

  public void setSubject(String subject) {
    this.subject = subject;
  }

  public void setText(String text) {
    this.text = text;
  }

  public void setAttachment(File attachment) {
    this.attachment = attachment;
  }

  /**
   * Versendet die Nachricht
   */
  public void sendMessage() throws AddressException,
                MessagingException {

    // Der SMTP-Host, über den die Mails gesendet werden,
    // wird in der Liste der Properties angegeben.
    Properties props = new Properties();
    props.put("mail.smtp.host", host);

    // Es wird eine Mail-Session angelegt.
    // Über diese Session erfolgt der Versand.
    Session session = Session.getDefaultInstance(props, null);

    // Nachricht erzeugen
    MimeMessage msg = new MimeMessage(session);
    msg.setFrom(new InternetAddress(sender));
```

Listing 37: AttachmentMailSender (Forts.)

```
    InternetAddress[] address = {
              new InternetAddress(recipient)};
    msg.setRecipients(Message.RecipientType.TO, address);
    msg.setSubject(subject);
    msg.setSentDate(new Date());

    if (attachment != null)
    {
      // Der Text als erster Part
      MimeBodyPart mbp1 = new MimeBodyPart();
      mbp1.setText(text);

      // Das Attachment als zweiter Part
      MimeBodyPart mbp2 = new MimeBodyPart();
      FileDataSource fds = new FileDataSource(attachment);
      mbp2.setDataHandler(new DataHandler(fds));
      mbp2.setFileName(fds.getName());

      // Die beiden Teile als Multipart zusammenfügen
      Multipart mp = new MimeMultipart();
      mp.addBodyPart(mbp1);
      mp.addBodyPart(mbp2);

      // Den Multipart an die Nachricht hängen
      msg.setContent(mp);
    }
    else
      msg.setText(text);

    // Die Nachricht versenden
    Transport.send(msg);
  }
}
```

Listing 37: AttachmentMailSender (Forts.)

Zum Testen der Klasse verwenden Sie am einfachsten die Klasse `MailSendFrame`, die Sie auf der beiliegenden Buch-CD finden. Die Klasse bietet ein einfaches GUI zum Versenden von Mails mit Anhang über einen anzugebenden SMTP-Server.

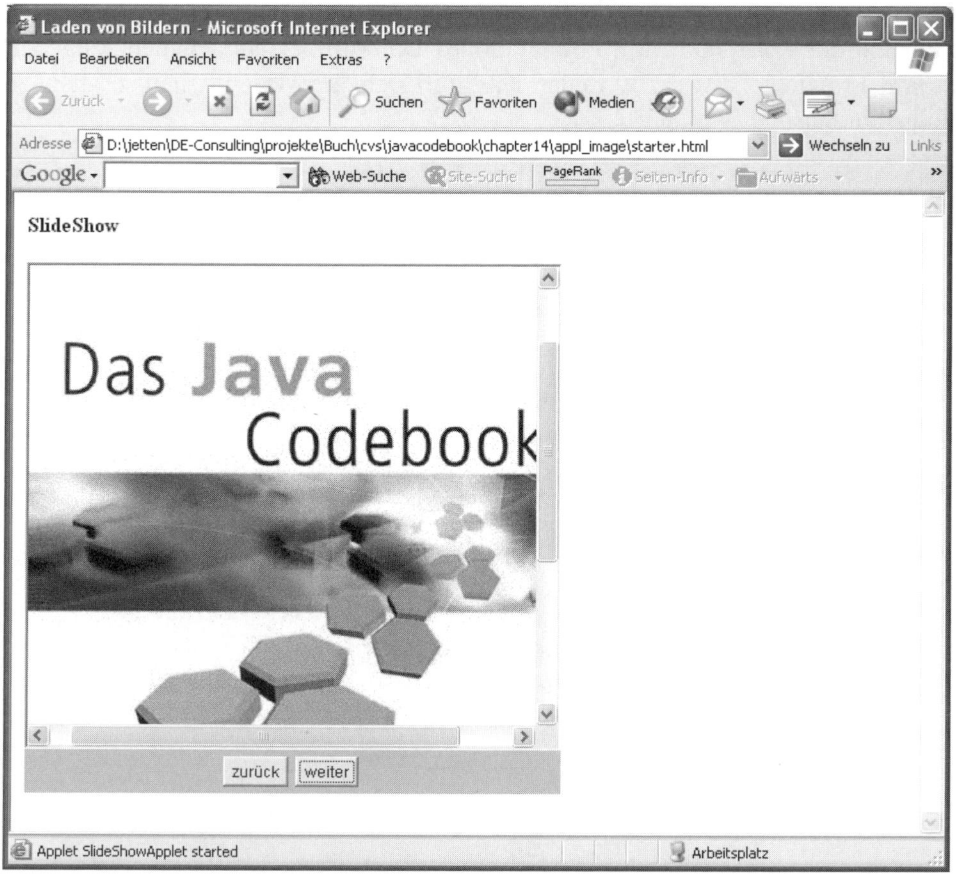

Abbildung 8: GUI der Klasse »AttachmentMailSender«

28 Wie kann mir Ant in meinem Projekt helfen?

Der Name *ANT* ist ein Akronym und steht für *Another Neat Tool*. ANT wird von der Apache-Foundation entwickelt und gepflegt und steht frei verfügbar unter der URL *http://jakarta.apache.org/ant/* zum Download bereit.

Beim Kompilieren und Ausführen von Java-Programmen müssen immer wieder die gleichen Befehlszeilen eingegeben werden. Das ist zum einen langweilig und zeitaufwändig und kann bei größeren Projekten auch fehlerträchtig werden. Zusätzlich gibt es eine Reihe weiterer langweiliger Tätigkeiten, die neben der reinen Programmierung in der Entwicklung einer Software dazugehören – wie z.B. das Erstellen von JAR-Dateien. ANT ist das Mittel der Wahl zur Automatisierung solcher Aufgaben. Über eine XML-Datei werden eine Reihe von `Targets` (z.B. kompilieren, ausführen) definiert, die ANT ausführen soll. Einzelne Ziele bestehen aus einer oder mehreren

Aufgaben (engl. *Task*) und können von anderen Zielen abhängig sein (z.B. folgt die Ausführung der Kompilierung). Eine Standard-Datei für die alltäglichen Aufgaben eines Java-Entwicklers ist ca. 30 Zeilen lang und sieht im Wesentlichen so aus, wie das folgende Beispiel zeigt:

```
<?xml version="1.0" encoding="UTF-8"?>
<project basedir="." default="all" name="HelloAnt">

    <target name="init">
        <!-- Definieren Sie hier Properties, die im Script verwendet werden. -->
        <property name="path" value="."/>
    </target>

    <!-- Anwendung kompilieren. Aber zuerst <init> ausführen, um die
         Pfadangabe zu initialisieren -->
    <target depends="init" name="compile" description='Übersetzen'>
        <javac debug="true" deprecation="true" destdir="." srcdir="${path}">
        </javac>
    </target>
    <!-- Anwendung ausführen. Vorher die Anwendung kompilieren -->
    <target depends="init,compile" description="Jetzt geht's los!"
                               name="all">
        <java classname="HelloAnt" failonerror="true">
            <classpath>
                <pathelement location="."/>
            </classpath>
        </java>
    </target>

    <!-- Projekt aufräumen und alle Class-Dateien entfernen. -->
    <target depends="init" description="Alle *.class entfernen."
                      name="clean">
        <delete>
            <fileset dir=".">
                <include name="**/*.class"/>
            </fileset>
        </delete>
    </target>
</project>
```

Wenn Sie der XML-Datei den Namen *build.xml* geben und ANT in dem Verzeichnis ausführen, in das Sie die Datei abgelegt haben, findet ANT sie automatisch, ansonsten müssen Sie die zu verwendende Datei explizit angeben. Ein Target können Sie folgendermaßen ausführen:

```
>ant compile
```

Geben Sie kein Ziel an, dann wird automatisch das Ziel mit dem Namen `all` ausgeführt.

29 Wie kann ich Klassen mit ANT kompilieren?

Zum Kompilieren von Java-Dateien stellt ANT den vordefinierten Task `javac` zur Verfügung. Im einfachsten Fall erwartet der Task lediglich das Attribute `srcdir`, welches den Pfad zu den zu kompilierenden Dateien bzw. Verzeichnissen definiert. Der Compiler durchläuft alle enthaltenen Verzeichnisse rekursiv und kompiliert sämtliche in den Verzeichnissen enthaltenen Java-Dateien.

Um mehr Kontrolle über die zu kompilierenden Dateien zu erhalten, können Sie die beiden Parameter `includes` und `excludes` nutzen. Die Parameter `includes` und `excludes` erwarten jeweils ein oder mehrere durch ein Komma oder Leerzeichen voneinander getrennte Pfadangaben. Während der Parameter `includes` (Wenn der Parameter nicht angegeben ist, werden alle Dateien und Verzeichnisse beachtet.) definiert, welche Dateien und Verzeichnisse beim Kompilieren beachtet werden sollen, definiert `excludes` (Wenn der Parameter nicht angegeben ist, dann werden keine Dateien und Verzeichnisse außer Acht gelassen.) solche, die entsprechend nicht beachtet werden sollen.

```
<target description="Dateien kompilieren" name="compile_simple">
  <javac srcdir="source"/>
</target>

<target description="Dateien kompilieren" name="compile_extended">
  <javac srcdir="source"
         destdir="build"
         includes="foo/bar/*.java"
         excludes="foo/bar/Unused.java"
         classpath="xyz.jar"
         debug="on"
  />
</target>
```

Im obigen Beispiel werden alle Dateien unterhalb des Ordners `foo/bar/` kompiliert. Die einzige Ausnahme bildet die Datei *Unused.java*, die nicht kompiliert wird.

Bei der Angabe von Namen und Verzeichnissen in den Parametern `includes` und `excludes` können Sie ?, * und ** als Platzhalter verwenden. Das Fragezeichen steht für ein beliebiges Zeichen, der einfache Asterisk für kein, ein oder mehrere beliebige Zeichen. Der doppelte Asterisk hat eine besondere Bedeutung, denn er steht für eine beliebige Anzahl von Verzeichnissen.

30 Wie kann ich Klassen und JAR-Dateien mit ANT ausführen?

Zur Ausführung einer Anwendung mittels ANT nutzen Sie den vordefinierten Task `java`. Die Parameter, die ein Java-Interpreter zu seiner Ausführung erwartet – wie z.B. der `CLASSPATH`, die auszuführende **.class*-Datei, mögliche Properties für die Anwendung und andere Einstellungen –, können Sie dem Task angeben. Im Folgenden sehen Sie einen kleinen Ausschnitt aus einer Konfigurationsdatei mit zwei Zielen zum Ausführen eines Java-Programmes. Im ersten Fall wird die JAR-Datei mit dem Namen *foo.jar* ausgeführt. Dazu muss allerdings das JAR-File ausführbar sein Als Übergabeparameter wird der Anwendung `-h` übergeben und im `Classpath` wird neben dem JAR-File *foo.bar* noch ein vordefinierter Pfad gesetzt. Die Ausführung der Anwendung erfolgt innerhalb einer eigenen JVM (`fork=true`), welche maximal 128 MB Speicher nutzen darf. Das zweite Target führt dagegen eine Klasse mit dem Namen `foo.Bar` aus.

```
<!-- Ein globales Property definieren -->
<property name="project.classpath" location="foo/bar.jar"/>

<target description="Jar ausführen!" name="exec_jar">
    <echo message="JAR in eigener JVM ausführen">
    <java jar="foo/foo.jar" fork="true" maxmemory="128m">
        <arg value="-h"/>
        <classpath>
            <pathelement location="foo/foo.jar"/>
        </classpath>
    </java>
</target>

<!-- Eine Klasse ausführen -->
<target description="Klasse ausführen!" name="exec_class">
    <echo message="Klasse ausführen">
    <java classname="foo.Bar">
        <classpath>
            <pathelement location="foo/foo.jar"/>
```

```
            <pathelement path="${project.classpath}"/>
        </classpath>
    </java>
</target>
```

31 Wie kann ich eine JAR-Datei mit ANT erzeugen?

Möchten Sie eine Reihe von Projekt-Dateien in einem JAR zusammenfassen, nutzen Sie den vordefinierten ANT-Task `jar`. Sie müssen lediglich den Namen der zu erzeugenden JAR-Datei über das Attribut `destfile` angeben. Alle weiteren Parameter sind optional.

```
<target description="Jar erzeugen" name="create_jar">
    <jar destfile="source/lib/app.jar"
        basedir="source/classes"
        includes="foo/bar/*.class"
        excludes="foo/bar/Unused.class"
    />
</target>
```

Die Parameter `includes` und `excludes` erwarten jeweils ein oder mehrere durch Komma oder Leerzeichen voneinander getrennte Pfadangaben. Während der Parameter `includes` definiert, welche Dateien und Verzeichnisse beim Erzeugen des JAR beachtet werden sollen (Wenn der Parameter nicht angegeben ist, dann werden alle Dateien und Verzeichnisse beachtet.), definiert `excludes` solche, die entsprechend nicht beachtet werden sollen. Wenn dieser Parameter nicht angegeben ist, dann werden keine Dateien und Verzeichnisse außer Acht gelassen.

Im obigen Beispiel werden alle Dateien unterhalb des Ordners *foo/bar/* in das JAR aufgenommen. Die einzige Ausnahme bildet die Datei *Unused.class*, die nicht aufgenommen wird.

Bei der Angabe von Namen und Verzeichnissen in den Parametern `includes` und `excludes` können Sie `?`, `*` und `**` als Platzhalter verwenden. Das Fragezeichen steht für ein beliebiges Zeichen, der einfache Asterisk für kein, ein oder mehrere beliebige Zeichen. Der doppelte Asterisk hat eine besondere Bedeutung, denn er steht für eine beliebige Anzahl von Verzeichnissen.

32 Wie erhalte ich mittels Reflection Informationen über eine Klasse?

Die Reflection-API von Java ermöglicht es einem Programm, Informationen über Klassen zu erhalten, die dem Programm eigentlich unbekannt sind. Das folgende Programm demonstriert, wie man über eine beliebige Klasse eine Reihe von Informationen beziehen kann. Die Klasse wird dem Programm als Parameter übergeben. Über die statische Methode `forName(String)` der Klasse `java.lang.Class` wird zunächst ein Objekt der Klasse `Class` erzeugt. Mit Hilfe dieses Objektes werden anschließend die gewünschten Informationen ausgelesen und angezeigt.

```
package javacodebook.misc.ref_info;

import java.lang.reflect.*;

/**
 * Informationen über eine Klasse auslesen
 */
public class ClassInfo {

  public static void main(String []args) throws
            ClassNotFoundException {
    if (args.length < 1)
      printUsage();

    // Anhand des Namens der Klasse wird ein Objekt der Klasse
    // "Class"erzeugt. Das funktioniert für jede Java-Klasse
    Class clazz = Class.forName(args[0]);

    // Die implementierten Interfaces sowie Konstruktoren,
    // Methoden und Felder der Klasse werden aufgelistet.
    System.out.println("-- Interfaces --");
    Class[] interfaces = clazz.getInterfaces();
    showList(interfaces);
    System.out.println("-- Konstruktoren --");
    Constructor[] constructors = clazz.getConstructors();
    showList(constructors);
    System.out.println("-- Methoden --");
    Method[] methods = clazz.getMethods();
    showList(methods);
    System.out.println("-- Felder --");
    Field[] fields = clazz.getFields();
```

Listing 38: ClassInfo

```
    showList(fields);
  }

  private static void showList(Object []list) {
    for (int i=0; i<list.length; i++)
      System.out.println(list[i].toString());
  }

  private static void printUsage() {
    System.out.println("Aufruf: java javacodebook.misc.ref_info.ClassInfo <class>");
    System.exit(0);
  }
}
```

Listing 38: ClassInfo (Forts.)

Dieses Vorgehen funktioniert mit jeder Java-Klasse. Beispielhaft hier die Ausgaben für die Klasse `java.lang.String` (Aufgrund der Länge der Ausgabe nur in Ausschnitten dargestellt):

```
>java javacodebook.misc.ref_info.ClassInfo java.lang.String
-- Interfaces --
interface java.io.Serializable
interface java.lang.Comparable
interface java.lang.CharSequence
-- Konstruktoren --
public java.lang.String(char[],int,int)
public java.lang.String(byte[],int,int,int)
public java.lang.String(byte[],int)
public java.lang.String(char[])
public java.lang.String(java.lang.String)
public java.lang.String(byte[],java.lang.String) throws
java.io.UnsupportedEncodingException
public java.lang.String(byte[],int,int)
public java.lang.String(byte[])
public java.lang.String(java.lang.StringBuffer)
public java.lang.String(byte[],int,int,java.lang.String) throws
java.io.UnsupportedEncodingException
public java.lang.String()
-- Methoden --
public int java.lang.String.hashCode()
public int java.lang.String.compareTo(java.lang.String)
public int java.lang.String.compareTo(java.lang.Object)
public boolean java.lang.String.equals(java.lang.Object)
```

```
...
public final native void java.lang.Object.notify()
public final native void java.lang.Object.notifyAll()
-- Felder --
public static final java.util.Comparator java.lang.String.CASE_INSENSITIVE_ORDER
```

33 Wie erzeuge ich mittels Reflection ein Objekt und rufe Methoden des Objektes auf?

Sie können auf jedem beliebigen Objekt eine Methode aufrufen, auch wenn Ihnen weder die zugehörige Klasse noch die aufzurufende Methode zum Zeitpunkt der Entwicklung Ihrer Anwendung bekannt sind. Dies wird durch die Reflection-API ermöglicht. Das folgende Beispiel erzeugt ein Objekt der Klasse `StringBuffer` und ruft auf dem Objekt die Methode `insert(int, String)` auf. Die Klasse wird jedoch niemals direkt verwendet, sondern komplett über das Reflection-API erzeugt und genutzt.

```
package javacodebook.misc.ref_use;

import java.lang.reflect.*;

/**
 * Instanzierung eines Objektes und Benutzung der Methoden
 * mit Hilfe von Reflection demonstrieren
*/
public class ClassUse {
  public static void main(String[] args) throws Exception {

    // Die Klasse StringBuffer
    Class clazz = Class.forName("java.lang.StringBuffer");

    // Die Parameter mitsamt ihrem Inhalt für den Konstruktor
    // der Klasse StringBuffer definieren
    Class consTypes[] = {
      Class.forName("java.lang.String")
    };

    Object consData[] = {
      "Donauschiff"
    };

    // Parameter und deren Inhalt für die Methode "insert"
```

Listing 39: ClassUse

```
      // definieren
      Class methTypes[] = {
        Integer.TYPE,
        String.class
      };

      Object methData[] = {
        new Integer(5),
        "dampf"
      };

      // Den Konstruktor und die Methode "insert" holen.
      Constructor constructor = clazz.getConstructor(consTypes);
      Method method = clazz.getMethod("insert", methTypes);

      // Jetzt das Objekt erzeugen und die Methode ausführen
      Object clazzObj = constructor.newInstance(consData);
      method.invoke(clazzObj, methData);

      // Das Resultat ausgeben
      System.out.println("Resultat: " + clazzObj.toString());
    }
  }
```

Listing 39: ClassUse (Forts.)

Zunächst einmal wird ein `Class`-Objekt der Klasse `java.lang.StringBuffer` erzeugt. Dieses Objekt wird dazu genutzt, einen geeigneten Konstruktor sowie die zu nutzende Methode zu erzeugen. Damit Sie den jeweils richtigen Konstruktor und die richtige Methode erhalten, müssen Sie ihre Signaturen angeben. Dies erfolgt jeweils über ein Array vom Typ `Class`. Beachten Sie hier, dass die Klasse `Integer` über `Integer.class` oder `Class.forName("java.lang.Integer")`, der primitive Datentyp `int` aber über `Integer.TYPE` angegeben wird. Entsprechendes gilt für alle anderen primitiven Datentypen.

Jetzt können Sie den Konstruktor dazu nutzen, ein neues Objekt der Klasse zu erzeugen, und auf diesem Objekt anschließend die definierte Methode aufrufen. Dieses Grundgerüst reicht, um jede Klasse und jede Methode in Ihrem Programm zu nutzen, auch wenn Ihnen die Klasse und deren Methoden zur Entwicklungszeit vollkommen unbekannt sind.

34 Wie kann ich die Windows Registry manipulieren?

Windows speichert Konfigurationsinformationen in einer eigenen Datenbank, der sog. *Registry*. Die Registry wird auch von verschiedenen Programmen zum persistenten Speichern von Konfigurationseinstellungen genutzt. Da die Registry nur auf Windows-Betriebssystemen bekannt ist, sieht Java keine Möglichkeit zum Zugriff auf die Registry vor.

Abhilfe schaffen hier externe Bibliotheken, die über die JNI-Schnittstelle und eine DLL den Zugriff auf die Windows-Registry ermöglichen. Das Paket `JRegistryKey` der Firma BEQ-Technologies ist eine solche Bibliothek. Sie können das Paket kostenlos von der BEQ-Website *http://www.beq.ca* herunterladen und nutzen. Es ist unter der LGPL freigegeben. Die Version 1.0 ist auch auf der Buch-CD enthalten.

Um das Paket nutzen zu können, müssen Sie zunächst einmal die in dem Paket enthaltene DLL in ein Verzeichnis kopieren, das in der Umgebungsvariable `PATH` vorkommt. Tun Sie das nicht, wird die Ausführung des Beispiels mit einem `UnsatisfiedLinkError` quittiert. Als Zweites muss sich das JAR-Archiv *jRegistryKey.jar* im `CLASSPATH` befinden um in Ihrem Projekt eingebunden werden zu können.

Das folgende Beispiel demonstriert die Benutzung des Paketes.

```
package javacodebook.misc.jni_registry;

import ca.beq.util.win32.registry.*;
import java.util.Iterator;

/**
 * Programm zum Testen des Zugriffs auf die Windows-Registry
 * über das Paket jRegistryKey
 */
public class TestRegistry {

  public static void main(String[] args) {

    // Einen Key besorgen, der bereits existiert
    RegistryKey key = new RegistryKey(RootKey.HKEY_CURRENT_USER, "Software");

    // Alle Subkeys auflisten
    System.out.println("--- Subkeys von
             'HKEY_CURRENT_USER\\Software' ---");
    if(key.hasSubkeys()) {
```

Listing 40: TestRegistry

```
      Iterator iter = key.subkeys();
      while(iter.hasNext()) {
        RegistryKey subkey = (RegistryKey)iter.next();
        System.out.println(subkey.toString());
      }
    }

    // Einen neuen Subkey erzeugen
    RegistryKey newSubkey = key.createSubkey("Javacodebook");

    // Jetzt ein paar Werte in den Subkey schreiben
    RegistryValue value = new RegistryValue("val_1",
             "Ein neuer Wert");
    newSubkey.setValue(value);
    value = new RegistryValue("val_2", 127);
    newSubkey.setValue(value);

    // Einen spezifischen Wert aus dem Key auslesen und
    // auf der Konsole ausgeben
    System.out.println("--- Wert von val_2 des Keys
      'Javacodebook' ---");
    if(newSubkey.hasValue("val_2")) {
       value = newSubkey.getValue("val_2");
       System.out.println(value.toString());
    }

    // Alle zu dem Key angelegten Werte auslesen und
    // auf der Konsole ausgeben
    System.out.println("--- Alle Werte des Keys
         'Javacodebook' ---");
    if(newSubkey.hasValues()) {
      Iterator iter = newSubkey.values();
      while(iter.hasNext()) {
        value = (RegistryValue)iter.next();
        System.out.println(value.toString());
      }
    }

    // Den neuen Key wieder löschen
    newSubkey.delete();
  }
}
```

Listing 40: TestRegistry (Forts.)

In dem Beispiel sind alle wichtigen Anwendungsfälle zum Arbeiten mit der Registry enthalten. Sie können einfach die für Sie wichtigen Teile aus dem Beispiel nehmen und für Ihre Zwecke abwandeln.

Bitte beachten Sie, dass ab dem JDK 1.4 die neue Preferences-API zur persistenten Speicherung von Konfigurationsdaten genutzt werden sollte. Über die API können Implementationen für verschiedene Speicher bereitgestellt werden. Als Speicher kann z.B. eine SQL-Datenbank, eine Datei oder aber auch die Windows-Registry dienen. Im Zweifelsfall sollten Sie also besser eine entsprechende Implementation der Preferences-API in Anspruch nehmen.

35 Wie kann ich mittels JNI die Uhrzeit des Computers stellen?

Da das JDK keine Möglichkeit bietet, die Systemzeit eines Rechners zu setzen, muss diese Funktionalität über eine eigene Klasse nachgebildet werden. Dazu benötigt die Klasse einen Zugriff auf die entsprechende Betriebssystem-Routine. Dies Zugriff ist aber abhängig vom jeweiligen Betriebssystem. Die Methode zum Setzen der Systemzeit muss entsprechend in einer nativen Sprache (wie z.B. C oder C++) implementiert werden.

Die Klasse `SystemClock` definiert über die abstrakte Methode `resetClock(Date)` die grundlegende Funktionalität zum Setzen der Systemzeit. Die Klasse `WinClock` bietet eine entsprechende native Implementierung für Windows-Betriebssysteme an.

```
package javacodebook.misc.jni_date;

import java.util.*;

/**
 * Eine Klasse Date, bei der das Datum gesetzt werden kann
 */
public abstract class SystemClock {

  /**
   * Instanz der Klasse in Abhängig vom Betriebssystem
   * erzeugen
   */
  public static SystemClock getInstance() throws
          UnsupportedOperationException {
    String os = System.getProperty("os.name");
    System.out.println(os);
```

Listing 41: SystemClock

```
    if (os.toLowerCase().startsWith("windows"))
      return new WinClock();
    else
      throw new UnsupportedOperationException(
                    "Unsupported OS!");
  }

  /**
   * Das Datum neu setzen.
   */
  public void resetClock(java.util.Date date) {
    Calendar cal = new GregorianCalendar();
    cal.setTime(date);
    int year   = cal.get(Calendar.YEAR);
    int month  = cal.get(Calendar.MONTH)+1;
    int day  = cal.get(Calendar.DAY_OF_MONTH);
    int hour   = cal.get(Calendar.HOUR_OF_DAY);
    int minute = cal.get(Calendar.MINUTE);
    int second = cal.get(Calendar.SECOND);
    resetClockImpl(year, month, day, hour, minute, second);
  }

  /**
   * Die Methode zum Setzen des Datums
   */
  public abstract void resetClockImpl(int year, int month,
                  int day, int hour,
                  int minute, int second);
}
```

Listing 41: SystemClock (Forts.)

```
package javacodebook.misc.jni_date;

/**
 * Die Implementation der Klasse SystemClock
 * für Windows-Plattformen
 */
public class WinClock extends SystemClock {

  static {
    System.loadLibrary("winclock");
  }
```

Listing 42: WinClock

```
  public native void resetClockImpl(int year, int month,  int day,
                  int hour, int minute, int second);
}
```

Listing 42: WinClock (Forts.)

Um die native Methode mit Leben zu füllen, müssen Sie die folgenden Schritte ausführen:

1. Kompilieren Sie die Klasse `WinClock` und `SystemClock`.
2. Erzeugen Sie eine Header-Datei für die Klasse `WinClock`. Dies geschieht über das Java-Dienstprogramm »javah«.
3. Schreiben Sie eine C-Funktion zum Setzen der Systemzeit. Die C-Funktion muss genau die in der Header-Datei definierte Signatur aufweisen.
4. Kompilieren Sie die C-Funktion und erzeugen Sie eine Bibliothek mit dem Namen `winclock`. Sie können auch einen anderen Namen wählen, müssen dann aber in der Klasse `WinClock` entsprechend nicht die Bibliothek `winclock`, sondern die Bibliothek mit dem von Ihnen gewählten Namen laden.
5. Stellen Sie sicher, dass das Betriebssystem Ihre Bibliothek finden kann.

Die letzten drei Schritte sind abhängig vom Betriebssystem. Unter Windows müssen Sie z.B eine DLL (also *winclock.dll*) erzeugen und diese in ein Verzeichnis kopieren, die in der Umgebungsvariable `PATH` enthalten ist (bzw. `PATH` entsprechend erweitern). Die C-Funktion für Windows sieht folgendermaßen aus:

```
#include <windows.h>
#include <javacodebook_misc_jni_0005fdate_WinClock.h>

JNIEXPORT void JNICALL Java_javacodebook_misc_jni_1date_WinClock_resetClockImpl
  (JNIEnv *env, jobject obj, jint year, jint month, jint day,
         jint hour, jint minute, jint second)
{
  SYSTEMTIME tmp;
  SYSTEMTIME *sysTime;

  sysTime          = &tmp;
  sysTime->wYear   = year;
  sysTime->wMonth  = month;
  sysTime->wDay    = day;
  sysTime->wHour   = hour;
```

```
  sysTime->wMinute = minute;
  sysTime->wSecond = second;

  SetSystemTime(sysTime);
}
```

Da sich die Datentypen zwischen Java und C/C++ voneinander unterscheiden, müssen beim Austausch von Daten zwischen Java und C/C++ Konvertierungen vorgenommen werden. Im Anhang des Buches finden Sie zwei Tabellen, in denen die Java-Datentypen und ihre Entsprechungen in C aufgelistet sind.

36 Wie kann ich von C aus auf ein Java-Programm zugreifen?

Wie Sie von einem Java-Programm auf eine C-Routine zugreifen können, zeigt Ihnen das vorhergehende Rezept. Der umgekehrte Weg – nämlich der Zugriff auf eine in Java geschriebene Methode von C oder C++ aus – ist genauso gut möglich. Für die Anbindung von Java in Ihrem C-Programm müssen Sie in Ihrem C-Programm die folgenden Schritte durchführen:

1. Erzeugen Sie eine Virtuelle Maschine.
2. Holen Sie aus der JVM eine Referenz auf die Klasse und die Methode, die ausgeführt werden soll.
3. Erzeugen Sie die Übergabeparameter für die Methode.
4. Rufen Sie die Methode auf.
5. Zerstören Sie die JVM.

Die folgende C-Routine zeigt die Vorgehensweise anhand eines Beispiels. Hier wird die `main()`-Methode der Klasse `Hello` aufgerufen. Sie können aber auch andere Methoden aufrufen. Bedenken Sie dabei aber, dass in diesem Falle die Ausführung des Java-Programms entsprechend nicht mit der Methode `main()` startet!

```
#include <jni.h>
#include <windows.h>
int main(int argc, char *argv[]) {
  JNIEnv *env;
  JavaVM *jvm;
  JavaVMInitArgs jvm_args;
```

Core
I/O
GUI
Multimedia
Datenbank
Netzwerk
XML
RegEx
Daten
Threads
Web-Server
Applets
Sonstiges

```
jint res;
jclass main_class, string_class;
jmethodID method_id;
jobjectArray args;
int i;
JavaVMOption options[3];

options[0].optionString = "-Djava.compiler=NONE";
options[1].optionString = "-Djava.class.path=.";
options[2].optionString = "-verbose:jni,gc";

jvm_args.version  = JNI_VERSION_1_4;
jvm_args.options  = options;
jvm_args.nOptions = 3;
jvm_args.ignoreUnrecognized = 1;

// Die JVM erzeugen
res = JNI_CreateJavaVM(&jvm, (void**)&env, &jvm_args);
if (res < 0) {
  fprintf(stderr, "Konnte JVM nicht erzeugen! Code %d\n",
          res);
  exit(1);
}

// Die Klasse, die aufgerufen werden soll, holen
if ((main_class = (*env)->FindClass(env, "Hello")) == NULL) {
  fprintf(stderr, "Konnte Klasse 'Hello' nicht finden!");
  exit(1);
}

// Eine Referenz auf die Methode main() der Klasse holen
method_id = (*env)->GetStaticMethodID(env, main_class, "main",
          "([Ljava/lang/String;)V");
if (method_id == 0) {
  fprintf(stderr, "Konnte main(String []args) nicht finden!\n");
  exit(1);
}

// Eine Klasse vom Typ String holen
if ((string_class = (*env)->FindClass(env, "java/lang/String"))
             == NULL){
  fprintf(stderr, "Konnte String-Klasse nicht erzeugen!\n");
  exit(1);
}

// Ein String-Array für die Übergabeparameter erzeugen.
```

```
  // Da in C der erste Parameter der Name der Datei ist,
  // muss dieses Array um 1 kleiner sein. */
  if ((args = (*env)->NewObjectArray(env, argc-1, string_class,
          NULL))==NULL) {
    fprintf(stderr, "Konnte String-Array nicht erzeugen!\n");
    exit(1);
  }

  // Das String-Array wird mit Werten gefüllt
  for (i=1; i<argc; i++)
    (*env)->SetObjectArrayElement(env, args, i-1, (*env)
        ->NewStringUTF(env, argv[i]));

  // Die Methode wird nun aufgerufen
  (*env)->CallStaticVoidMethod(env, main_class, method_id, args);

  // Nach dem Programmdurchlauf wird die JVM zerstört
  (*jvm)->DestroyJavaVM(jvm);

  return 0;
}
```

Die Klasse `Hello` gibt alle an die `main()`-Methode übergebenen Parameter als Liste aus. Die Klasse ist folgendermaßen implementiert:

```
public class Hello {

  public static void main(String[] args) {
    System.out.print("Hallo ");
    for (int i=0; i<args.length; i++) {
      if (i==args.length-1 && i>0)
        System.out.print(" und ");
      else if (i>0)
        System.out.print(", ");
      System.out.print(args[i]);
    }
  }
}
```

Listing 43: Hello

Die Vorgehensweise bei der Übersetzung der C-Routine ist abhängig vom Betriebssystem und dem verwendeten Compiler. Wichtig ist, dass Sie die Verzeichnisse <pfad zum jdk>/include sowie <pfad zum jdk>/include/win32 und die Bibliothek jvm.lib für den Linker angeben. Für andere Betriebssysteme entsprechend <pfad zum jdk>/include/<betriebssystem>. Wenn Sie den Borland-Compiler unter Windows nutzen, muss die Bibliothek zunächst über das Borland-Dienstprogramm *coff2omf* in ein für den Compiler passendes Format umgewandelt werden.

Unter Windows sieht die Übersetzung dann z.B. so aus:

```
set JAVA_HOME=C:\Programme\j2sdk1.4.1_02
set INCLUDE=%JAVA_HOME%\include;%JAVA_HOME%\include\win32
bcc32 -eaccess_java.exe -I%INCLUDE% -L%JAVA_HOME%\lib jvm.lib access_java.c
```

Zur Laufzeit benötigt das Programm die Bibliothek jvm (unter Windows ist dies entsprechend *jvm.dll*, unter Unix *jvm.so*). Dazu müssen Sie die Umgebungsvariable PATH um das Verzeichnis erweitern, in dem sich die Bibliothek befindet. Die Datei befindet sich im bin-Verzeichnis des Java-Runtime-Environment (JRE). Bitte kopieren Sie die Datei nicht in ein anderes Verzeichnis, da sie von anderen Dateien abhängig ist, die dann nicht mehr gefunden werden. Nun können Sie das Programm ausführen:

```
set JAVA_HOME=C:\Programme\j2sdk1.4.1_02
set PATH=%JAVA_HOME%\jre\bin
access_java.exe
```

Teil III
Glossar

Glossar

1. Abstrakte Klassen/Interfaces

   Es handelt sich bei den abstrakten Klassen um Klassen, bei denen bestimmte Methoden nur deklariert, aber nicht implementiert werden. Eine abstrakte Klasse kann nicht instanziert werden. Klassen können von abstrakten Klassen erben. Die Methode enthält zudem das Schlüsselwort `abstract`.

2. API/Application Programming Interface

   Wie schon in der Überschrift angedeutet, heißt API Application Programming Interface. Sie beschreibt alle Klassen und Methoden, die zur Entwicklung von Java-Programmen notwendig sind.

3. Applet

   Ein Applet ist eine kleine Java-Applikation. Diese wird in einem Browser gestartet oder kann mit dem Programm *appletviewer.exe* ausgeführt werden. Das Programm wird von Sun im SDK mitgeliefert. Das Applet selbst benötigt grundsätzlich zu seiner Ausführung eine HTML-Datei.

4. <applet>-Tag

   Bei dem `<applet>`-Tag handelt es sich um ein gewöhnliches HTML-Tag. Zweck dieses Tags ist es, ein Applet in HTML einzubinden. Das Applet wird damit in einem Browser angezeigt und ausgeführt.

5. appletviewer.exe

   Eine von SUN mitgelieferte Anwendung, die ein Applet ausführen und anzeigen kann. Ein Applet kann grundsätzlich in einem Web-Browser (wie dem Internet Explorer, HotJava oder Netscape Navigator/Mozilla) angezeigt werden. Alternativ hierzu kann ein Applet mit dem Programm *appletviewe.exe* angezeigt werden.

6. Application

   Im Gegensatz zu einem Applet ist eine Java-Applikation eine plattformunabhängige Byte-Code-Datei. Sie wird durch den Java-Compiler *javac.exe* erstellt und mit dem Interpreter von Java namens java.exe ausgeführt.

7. Arrays

   Unter einem Array versteht man einen Bereich von Daten des gleichen Typs. Beispielsweise kann man mit einem Array mehrere Integerwerte in nur einem Array deklarieren.

8. Ausnahme

   Ein Signal dafür, dass im Programm eine unerwartete Bedingung aufgetreten ist. In Java sind Ausnahmen Objekte, die Unterklassen von `Exception` oder `Error` darstellen, welche wiederum Unterklassen von `Throwable` sind. Ausnahmen werden in Java mit dem Schlüsselwort `throw` ausgelöst und mit dem Schlüsselwort `catch` abgefangen.

9. AWT / Abstract Windowing Toolkit

   Bei dem AWT handelt es sich um ein API zum Erstellen von Programmen mit grafischer Oberfläche. Dieses Buch widmet ein ganzes Kapitel der AWT und Swing-API.

10. Basisklasse

    Bei der Basisklasse handelt es sich um eine gewöhnliche Klasse, von der andere Klassen erben. Es werden von der Basisklasse sowohl die Eigenschaften als auch die Methoden vererbt.

11. Bibliothek (engl. Library)

    Eine Bibliothek ist eine Sammlung von Programmen oder Programmmodulen, die bei der Entwicklung von Anwendungen mit dem eigenen Programm verknüpft werden kann. In Standardbibliotheken werden häufig benutzte Funktionen zusammengefasst und in einer einheitlichen Weise allgemein nutzbar gemacht.

12. Boolean

    Ein einfacher Java-Datentyp, der einen Wahrheitswert (kann die Werte `true` oder `false` annehmen) enthält.

13. Byte

    Ein einfacher Java-Datentyp (in allen Implementierungen eine 8 Bit lange Zweierkomplementzahl mit Vorzeichen).

14. Byte-Code

    Aus dem Quellcode entsteht durch einen Compilerlauf der so genannte Byte-Code. Der Quellcode, also das eigentliche Java-Programm, wird zunächst mit der Dateiendung .java gespeichert und dann kompiliert. Das Compilat ergibt dabei den so genannten Byte-Code. Dieser Byte-Code ist plattformunabhängig und steht somit für jede Hardware-Plattform zur Verfügung.

15. CGI

    CGI ist das so genannte *Common Gateway Interface.* Dabei bezeichnet es eine Parameterübergabe- sowie eine Aufruf-Technik, die es Webclients ermöglicht, Informationen an Webserver zu übermitteln.

16. Callback

    Eine Aktion, die von einem Objekt definiert wird und beim Eintreten eines bestimmten Ereignisses von einem anderen Objekt aufgerufen wird.

17. Catch

    Die Anweisung `catch` leitet einen Codeblock zur Ausnahmebehandlung ein, der einer `try`-Anweisung folgt. Jede Anweisung `catch` definiert, welche Ausnahmeklasse durch den Codeblock behandelt werden soll.

18. Char

    Ein einfacher Java-Datentyp; eine Variable vom Typ `char` speichert ein einzelnes 16-Bit-Unicode-Zeichen.

19. Class

    Das Schlüsselwort `class` wird zur Deklaration einer Klasse verwendet, wobei gleichzeitig ein neuer Objekttyp definiert wird.Die Syntax von `class` ähnelt der des Schlüsselworts `struct` in C (siehe *Klasse*).

20. Client

    Eine Anwendung, die im Rahmen einer vernetzten Client/Server-Applikation eine Verbindung mit dem Server herstellt.

21. Compiler

    Ein Compiler übersetzt einen Code von einer Sprache in eine andere. Hier übersetzt der Java-Compiler von dem Java-Quellcode in den so genannten Bytecode. Der JIT vom Bytecode übersetzt ihn in den Maschinencode, der Java-Compiler von Quellcode in Maschinencode.

22. Container

    Zunächst einmal ist ein Container eine Klasse, die eine Reihe von Objekten (meist müssen diese Objekte ein Interface definieren) aufnimmt und dann mit diesen etwas anstellt. Im AWT ist die Klasse Container ein GUI-Komponenten-Container. Die Klasse aus dem Paket java.awt kann GUI-Komponenten aufnehmen. Die Komponenten eines Containers werden innerhalb des Bildschirmbereichs angezeigt. Die Klassen Dialog, Frame, Panel und Window sind Container.

23. Content-Handler

    Eine Klasse, die den Inhaltstyp (`content type`) bestimmter Daten parst und in ein entsprechendes Objekt konvertiert.

24. Datagramm

    Ein Datenpaket, das ohne Warnung, Fehlerüberprüfung oder andere Steuerinformationen an einen anderen Rechner gesendet wird.

25. Debugger

    Unter einem Debugger versteht man ein Tool, mit welchem sich während der Entwicklung eines Programms Fehler suchen lassen. Somit können mit diesem Tool Programme schrittweise ausgeführt werden und es besteht die Möglichkeit, mit Hilfe von Zwischenschritten Fehler zu erkennen.

26. Double

    Ein einfacher Java-Datentyp; ein `double`-Wert entspricht einer 64 Bit langen Gleitkommazahl doppelter Genauigkeit.

27. Einfacher Datentyp

    Einer der Java-Datentypen `boolean` – `char` – `byte` – `short` – `int` – `long` – `float` und `double`. Einfache Datentypen werden als Wert (und nicht als Referenz) geändert, zugewiesen und an Methoden übergeben (d.h. die Bytes der Daten werden tatsächlich kopiert). Siehe auch Referenztyp.

28. Embedded Java

    Bei Embedded Java handelt es sich nicht um eine eigene Java Plattform, sondern um eine konfigurierbare Java-Umgebung beispielsweise für Gerätehersteller. Die Gerätehersteller benötigen meistens eine Java-Umgebung für geschlossene – embedded -Systeme, die konfigurierbar ist. Beispiele solcher Geräte sind mobile Telefone, Pager, Office-Peripheriegeräte (Drucker), Netzwerk-Router und Switches. Embedded Java ist auch für den Einsatz unter einem Echtzeit-Betriebssystem vorgesehen. Hierbei hat Java leider keinen großen Fortschritt erzielt und konnte sich nicht im vollem Umfang durchsetzen.

29. Enterprise JavaBeans -Technologie

Mit Enterprise JavaBeans (EJB) stellten SUN Microsystems und IBM 1998 eine Komponententechnologie zur Realisierung von Client-Server-Architekturen vor, die Java in Unternehmen etablieren soll.

30. Ereignisse/Events

Grundsätzlich geben grafische Benutzeroberflächen Informationen weiter. Dabei werden durch entsprechende Aktionen Ereignisse ausgelöst. Einfache Beispiele sind das Anklicken einer Schaltfläche mit der Maus, das Öffnen oder Schließen, das Minimieren oder Maximieren von Fenstern. Mit der vom Benutzer getätigten Aktion kann im Hintergrund Programmcode ausgeführt werden.

31. Exception

Es handelt sich bei den `Exceptions` um Ausnahmebedingungen. Normalerweise werden diese durch Fehler im Programm ausgelöst. Allerdings muss nicht unbedingt ein Programmfehler die `Exception` verursachen, auch ein Hardwarefehler kann dies auslösen. Zum Beispiel kann ein Festplattenfehler dazu führen, dass auf eine vorhandene Datei nicht mehr zugegriffen werden kann.

32. Extends

Mit dem Schlüsselwort `extends` wird in einer `class`-Deklaration die Oberklasse der zu definierenden Klasse festgelegt. Die zu definierende Klasse besitzt Zugang zu allen als `public` oder `protected` deklarierten Variablen und Methoden der Oberklasse (oder zu allen nicht privaten Variablen und Methoden, falls sich die Klasse im selben Paket befindet). Fehlt die Klausel `extends` in einer Klassendefinition, wird - `java.lang.object` als Oberklasse angewiesen.

33. Final

Das Schlüsselwort `final` ist ein Modifizierer, der auf Klassen, Methoden und Variablen angewandt werden kann.

34. Finalize

Mit `Finalize` löscht man ein nicht länger benötigtes Java-Objekt. Handelt es sich dabei beispielsweise um ein Objekt mit einer offenen Verbindung zu einer Datenbank (DBMS), muss sichergestellt werden, dass vor dem Löschen des Objektes die Verbindung zum DBMS ordnungsgemäß geschlossen ist.

35. finally

Eine wichtige Eigenschaft von Java ist die Fehlerbehandlung, die in Java mit `Exceptions` sehr elegant ist. Das Schlüsselwort `finally` leitet den `finally`-Block eines `try` / `catch` / `finally`-Konstrukts ein.

36. Float

Ein einfacher Java-Datentyp (`float`-Wert ist eine 32-Bit-Gleitkommazahl).

37. Garbage Collection (GC, auch Garbage Collector)

Der Garbage Collector sammelt Objekte, die nicht mehr benutzt werden, und löscht diese. Danach stellt er den entsprechenden Speicher wieder zur Verfügung. In den meisten Programmiersprachen muss der Programmierer für diese Speicherbereinigung selbst sorgen. So muss unter C/C++ explizit der Destruktor eines Objektes aufgerufen werden. Diese Aufgabe übernimmt in Java komplett der Garbage Collector.

38. Graphikkontext

Es handelt sich bei dem Graphikkontext um eine Oberfläche, in der man zeichnen kann. Diese wird durch die Klasse `jawa.awt.graphics` repräsentiert.

39. GUI (Graphical User Interface)

Ein GUI ist eine graphische Benutzeroberfläche, die graphische Schaltflächen, Textfelder, Pulldown-Menüs, Dialog-Boxen und andere Steuerkomponenten für Oberflächen enthält. In Java werden graphische Benutzeroberflächen durch die Klassen im Paket `java.awt` implementiert.

40. Hashcode

Eine Identifikationsnummer beliebigen Aussehens, die als eine Art Signatur für ein Objekt verwendet wird. Anhand des Hashcodes wird ein Objekt in einer Hashtabelle gespeichert. (siehe Hashtabelle)

41. Hashtabelle

Ein Objekt, das einem Wörterbuch oder assoziativen Feld ähnelt. Bei einer Hashtabelle werden Elemente anhand von Schlüsselwerten namens Hashcodes gespeichert und abgerufen.

42. Host-Name

Der Name eines an das Internet angeschlossenen einzelnen Rechners.

43. HotJava

    Ein in Java geschriebener WWW-Browser, der Java-Applets vom Netz laden und ausführen kann.

44. HTML-Datei

    Die Hypertext Markup Language ist das Standardformat des World Wide Webs (WWW) zur Darstellung von Inhalten auf einem Browser. Ein Webbrowser kann die so genannten HTML-Tags in einer HTML-Datei auslesen und grafisch im Browser anzeigen. Für Java-Applets ist ein eigenes Tag Bestandteil von HTML.

45. ImageConsumer

    Eine Schnittstelle für den Empfang von Bilddaten aus einer Bildquelle.

46. ImageObserver

    Eine Schnittstelle aus dem Paket `java.awt.image` (Informationen über den Status des Bildes).

47. ImageProducer

    Eine Schnittstelle aus dem Paket `java.awt.image`, die eine Bildquelle (Quelle von Pixeldaten) repräsentiert.

48. implements

    Das Schlüsselwort `implements` zeigt in Klassendeklarationen an, dass die Klasse die genannte(n) Schnittstelle(n) implementiert.

49. import

    Die Anweisung `import` stellt der aktuellen Klasse andere Java-Klassen und Java-Pakete unter einem abgekürzten Namen zur Verfügung.

50. InfoBus

    Mechanismus, der Beans in die Lage versetzt, dynamisch Daten asynchron auszutauschen.

51. instanceof

    `Instanceof` wird dazu verwendet festzustellen, ob ein Objekt eine Instanz einer bestimmten Klasse ist oder ein bestimmtes `interface` definiert.

52. Instanz

    Ein Objekt. Wenn eine Klasse zur Erstellung eines Objektes instanziert wird, nennt man das resultierende Objekt eine Instanz der Klasse.

53. Instanz-Methode

    Eine nicht-statische Methode einer Klasse.

54. Instanz-Variable

    Eine nicht statische Methode einer Klasse.

55. Interface

    Wird zur Deklaration einer Schnittstelle verwendet. Allgemein definiert eine Schnittstelle eine Liste von Methoden, die es einer Klasse ermöglichen, die Schnittstelle selbst zu implementieren.

56. Interpreter

    Der Interpreter ist das Programm, das Java-Bytecode decodiert und ausführt. Der Bytecode ist dabei plattformunabhängig, der Interpreter hingegen nicht. Dieser muss explizit für jede Hardware-Plattform vorhanden sein. Zu diesem Zweck haben Hardware-Hersteller mit SUN selbst Lizenzverträge abgeschlossen, um die Quelltexte des Interpreters zur erhalten. Der Java-Interpreter für Windows-Betriebssysteme heißt *java.exe.*

57. ISO 8859-1

    8-Bit-Zeichensatz, von der ISO standardisiert (auch Latin-1 genannt)

58. ISO 10646

    4-Bit-Zeichensatz, (auch UCS.Universal Character Set genannt)

59. Java

    Ist eine Programmiersprache für das Internet, die unabhängig vom jeweiligen Betriebssystem ist. Diese Eigenschaft wird auch kurz Plattformunabhängigkeit genannt. Ein Entwickler schreibt ein kleines Programm, also eine Anwendung, oder ein Applet.

    Ein Applet funktioniert auf allen Computern, die eine Java Virtual Machine bereitstellen. Java-Applets sorgen oft für aufwändige Animationen oder Sound, aber auch für sichere Banking-Lösungen. Mittlerweile sind Applets aber wieder aus der Mode gekommen und man nutzt Java eher für die gesamte serverseitige Programmierung.

60. Java Archive (JAR)

    Bei den JAR-Archiven handelt es sich um ein Dateiformat, welches auf dem verbreiteten ZIP-Dateiformat basiert. Somit kann man mehrere zusammengehörende Dateien komprimiert zu einer Datei zusammenzufassen. Primäres Ziel für JAR war es, dass Java Applets mit den zugehörigen Files (.class Files, Images, Sound, ...) in einer Datei von einem Browser in einer einzigen http-Transaktion geladen werden können. Dies sollte zusätzlich auch noch komprimiert sein um Ladezeiten zu verringern.

61. JavaBeans Activation Framework (JAF)

JAF ist als eine Java Standard Extension implementiert. Das File *activation.jar* enthält das JAF, es muss lediglich zugänglich sein für die JVM (CLASSPATH). Die JAF-Klassen enthalten Standard-Services, um den Typ eines beliebigen Datenstücks zu bestimmen, Zugriff darauf zu erhalten, für den Datentyp verfügbare Operationen ausfindig zu machen und die entsprechenden JavaBeans-Komponenten zu instanzieren, um die Operationen auf die Daten auszuführen. Wenn z. B. ein Browser ein JPEG-Bild erhält, dann kann der Browser über dieses Framework die Daten als JPEG-Bild identifizieren und daraufhin ein Objekt lokalisieren und instanzieren, um das Bild zu bearbeiten oder anzuzeigen.

62. Java Blend

Java Blend ist ein Satz leistungsfähiger Tools sowie eine Runtime-Umgebung zur einfachen Entwicklung von Geschäftsanwendungen, die Java-Objekte mit Unternehmensdaten integrieren, die in relationalen Datenbanken gespeichert sind.

63. JavaCC (Java Compiler)

Ein Java Testing-Tool. Parser Generator in Java geschrieben für Java-Anwendungen, damit kann eine Grammatik-Spezifikation gelesen werden und daraus ein Java-Programm bzw. ein Parser erzeugt werden.

64. JavaCheck

Entwicklungswerkzeug um die Java-Plattformkompatibilität für eine Java-Anwendung oder ein Applet sicherzustellen. Dabei wird überprüft, ob die Java Class-Files einer Anwendung oder eines Applets konform zu einer Spezifikation einer bestimmten Java-Plattform-API sind.

65. Java Development Kit / JDK

Hierbei handelt es sich um ein vollständiges Paket zur Entwicklung von Java-Programmen. Neben dem Compiler enthält es den Interprete, sowie die vollständige Dokumentation zum API. Es kann zudem ein Tutorial auf der Webseite von SUN heruntergeladen werden, mit dem eine einfache Einarbeitung in die Programmierung mit Java ermöglicht werden soll. Dieses JDK wird seit der Version 1.2 auch SDK genannt und steht dem Entwickler von Java-Programmen kostenlos zur Verfügung.

66. Java Extensions Framework

Extensions sind Packages von Java-Klassen zur Erweiterung der Kern-Funktionalität der Java-Plattform. Der Extensions-Mechanismus erlaubt es der JVM die Extensions-Klassen in der gleichen Weise zu verwenden wie die System-Klassen. Der Extensions-Mechanismus definiert auch, wie Extensions von einem bestimmten URL heruntergeladen und installiert werden, wenn sie noch nicht auf der Java-Plattform installiert sind.

67. JavaHelp

Bei JavaHelp handelt es sich um ein plattformunabhängiges, erweiterbares, vollständig in Java geschriebenes Hilfesystem für die Java-Plattform.

68. Java Plug-In

Kostenlose Software, um Browser zu veranlassen, zur Ausführung von Java Applets oder JavaBeans die SUN JRE anstelle der Browser Default JRE zu verwenden. Ist in den neueren Versionen des SDK von Java enthalten.

69. Java Safe

Managementsystem mit integrierter Versionsverwaltung für Web-Inhalte und Quellcode jeder Art.

70. JavaScript

Diese Sprache wurde von Netscape entwickelt und hat keinen direkten Zusammenhang mit Java. Der ursprüngliche Name der Sprache war LiveScript. Durch den großen Erfolg von Java hat sich Netscape kurz vor der Veröffentlichung der Sprache LiveScript dazu entschieden, ihr den Namen JavaScript zu geben. JavaScript ist dabei, wie man dem Namen bereits entnehmen kann, eine Script-Sprache, die in HTML eingebettet ist.

71. Java Security

Java wurde von Haus aus hinsichtlich maximaler Sicherheit konzipiert. Sicherheitsmechanismen betreffen vor allem Applets, die über das Internet/Intranet geladen im Browser ablaufen.

72. JDK (Java Development Kit)

Es handelt sich bei dem JDK um das Standardsoftwarepaket von SUN für Java-Entwickler. Es enthält den Java-Interpreter, Java-Klassen und Java-Entwicklungswerkzeuge wie Compiler – Debugger – Disassembler – Applet-Viewer – Stub-File-Generator – Dokumentations-Generator.

73. JFC (Java Foundation Classes)

    JFC beinhaltet einen umfassenden Satz an Klassen und Diensten für GUI-Komponenten und GUI-Dienste, ein so genanntes Lightweight UI Framework. Ab der Version 1.2 ist das JFC im JDK enthalten. Alle JFC GUI-Komponenten sind in Java als JavaBeans implementiert.

74. JSDT (Java Shared Data Toolkit) JSDT

    Komplett in Java geschrieben, implementiert einen Multipoint Data Delivery Service. Damit können einfach interaktive, kollaborative (zusammenarbeitende) Anwendungen entwickelt werden.

75. Kapselung

    Eine objektorientierte Programmier-Technik, welche die Daten eines Objektes privat (`private`) oder geschützt (`protected`) macht, das heißt verbirgt. Zugriff oder Änderung der Daten ist dann nur über Methodenaufrufe möglich.

76. Java-Klassenbibliothek

    Eine Klasse besteht aus Methoden und Variablen; sie dient als Blaupause für *Instanzen* der Klasse, die Laufzeitobjekte darstellen, welche die Klassenstruktur implementieren. Eine Klasse wird mit dem Schlüsselwort `class` deklariert. Methoden und Variablen der Klasse werden in den geschweiften Klammern der Klassendeklaration festgelegt. Eine gekapselte Zusammenstellung von Daten und Methoden, die auf diesen Daten operieren. Eine Klasse kann instanziert werden, um ein Objekt, das heißt eine Instanz der Klasse zu erstellen. Siehe auch unter `class`.

77. Klassenlader

    Ein Objekt im Sicherheitsmodell von Java, das dafür zuständig ist, binäre Java-Klassen zu laden und dem Interpreter zur Verfügung zu stellen.

78. Klassenmethoden

    Eine als `static` deklarierte Methode. An Methoden dieses Typs werden nicht implizit `this`-Referenzen übergeben.

79. Klassenpfad

    Der Verzeichnispfad, der den Ort der kompilierten Java-Klassendateien auf dem lokalen System angibt.

80. Klassenvariable

    Eine als `static` deklarierte Variable. Variablen dieses Typs sind an die Klasse und nicht eine bestimmte Instanz der Klasse gebunden.

81. Kompilierungseinheit

    Der Quell-Code einer Java-Klasse.

82. Komponente

    Jedes GUI-Grundelement (Graphical User Interface), das im Paket `java.awt` als Unterklasse von Component implementiert ist. Komponenten sind neben vielen anderen zum Beispiel die Klassen Button, Choice und TextField.

83. Konstruktor

    Eine Methode, die bei der Erstellung einer neuen Instanz einer Klasse automatisch aufgerufen wird.

84. Laufzeitfehler

    Es handelt sich bei den Laufzeitfehlern um Fehler, die während der Ausführung eines Programms auftreten. Diese Art von Fehlern sind syntaktisch einwandfrei, das ist auch der Grund, warum der Compiler diese Art von Fehler nicht erkennt. Ein typischer Laufzeitfehler ist z.B. die Division durch Null oder das Laden von Dateien, die gar nicht vorhanden sind. Man kann im Quellcode diese so genannten Laufzeitfehler durch eine geeignete Fehlerbehandlung umgehen.

85. Layout-Manager

    Ein Objekt, das die Anordnung von Komponenten innerhalb des Anzeigebereichs eines Containers steuert. Das Paket `java.awt` enthält eine Reihe von Layout-Managern, die verschiedene Layout-Stile bieten.

86. Lokale Variable

    Eine Variable, die innerhalb einer Methode deklariert ist.

87. Look & Feel

    Bei Swing oder AWT gibt es eigene Formen und Komponenten, die in der grafischen Benutzeroberfläche verwendet werden. Diese Komponenten, Formen, Schaltflächen und dergleichen haben, was das äußere Erscheinungsbild anbelangt, natürlich nicht allzu viel Auswahlmöglichkeiten, wobei das Look & Feel bei Swing eingestellt werden kann und sehr flexibel ist. Beim AWT wird hingegen immer das Look & Feel des Betriebssystems verwendet.

88. Long

    Ein einfacher Java-Datentyp (in allen Implementierungen / 64 Bit lange Zweierkomplementzahl mit Vorzeichen).

89. Methode

    Der in der objektorientierten Programmierung übliche Begriff für eine Funktion oder Prozedur.

90. Modifizierer

    Ein Schlüsselwort, das einer Klasse, Variablen oder Methode vorangestellt wird und damit die Zugreifbarkeit, das Verhalten oder die Bedeutung ändert. Siehe `abstract` – `final` – `native` – `private` – `protected` – `public` – `static` – `synchronized`.

91. Model/View/Controller (MVC)-Modell

    Ein Designmodell für die Benutzeroberflächen, das aus der Programmiersprache Smalltalk stammt. In MVC werden die Daten für ein Anzeigeelement *Modell* (model) genannt. Eine Ansicht (view) zeigt eine bestimmte Darstellung des Modells an. Ein *Controller* bietet Benutzerinteraktionen mit beidem. Java enthält zahlreiche MVC-Konzepte.

92. NaN (not-a-number)

    Ein besonderer Wert der Datentypen `double` und `float`, der ein undefinierbares Ergebnis einer mathematischen Operation (z. B. Null geteilt durch Null) repräsentiert.

93. Native

    `native` ist ein Modifizierer, der auf Methodendeklaration angewandt werden kann.

94. Native Methode

    Eine Methode, die in einer nativen Sprache auf einer Rechnerplattform und nicht in Java implementiert wurde. Native Methoden bieten Zugriff auf Ressourcen wie Netzwerk, Fenster- oder Dateisystem.

95. New

    Bei `new` handelt es sich um einen unitären Operator, der ein neues Objekt oder Feld erzeugt.

96. NULL

    `NULL` ist ein besonderer Wert, der anzeigt, dass sich eine Variable auf kein Objekt bezieht.

97. Oberklasse

 Eine Klasse, die durch eine andere Klasse erweitert wird. Alle als `public` und `protected` deklarierten Methoden und Variablen sind in der Unterklasse verfügbar. Siehe `extends`.

98. Objekt

 Bei einem Objekt handelt es sich um eine Instanz einer Klasse. Eine Klasse bildet eine Art Oberbegriff, beispielsweise Person. Ein Objekt wiederum ist eine spezielle Person, wie zum Beispiel Heiner Müller. Die in der Klasse mit allgemeinen Variablen beschriebenen Eigenschaften, wie Größe, Gewicht, Augenfarbe etc., bekommen in dem speziellen Objekt Werte.

99. Objektorientierte Programmierung

 Unter Objektorientierter Programmierung versteht man im Allgemeinen den Versuch, Funktionen auf Objekte abzubilden. Objekten wiederum werden Eigenschaften zugewiesen, die durch Variablen oder Konstanten dargestellt werden. Objekte können etwas tun, sie haben also die so genannten Methoden.

100. Optimierung (Optimierung von Java-Programmen)

 Unter Optimierung von Java-Programmen versteht man:

 1. Verringerung der Laufzeit
 2. Verringerung der Größe
 3. Verbesserung des Entwicklungsprozesses.

101. Overriding

 Overriding ist ein Vorgang, bei dem eine Methode in einer Unterklasse erstellt wird,
 die die gleiche Signatur (Name, Zahl und Typ der Argumente sind gleich) hat wie eine Methode in einer Oberklasse. Durch diese neue Methode wird die Methode der Oberklasse verborgen bzw.überschrieben.

102. Package

 Die Anweisung `package` legt fest, zu welchem Paket der Code in der Datei gehört.

103. <param>-TAG

 HTML-Tag, das innerhalb von `<applet>...</applet>` verwendet wird, um Namen und String-Wert eines benannten Parameters zu einem Applet in einer Web-Seite festzulegen.

104. Peer

Die Implementierung einer GUI-Komponente auf einer bestimmten Plattform. Peer-Komponenten befinden sich innerhalb eines `Toolkit`-Objektes. Siehe `Toolkit`.

105. Personal Applications

Die Personal Applications Suite ist eine auf Java basierende integrierte Sammlung von kompakten Applikationen für netzwerkfähige Consumer Devices wie Internet Screen-Phones, drahtlose High-End-Telefone (Wireless), Settop-Boxen oder Navigationssysteme für das Auto. Die Personal Applications Suite läuft auf der Personal-Java-Plattform und benötigt einschließlich der Basiskomponenten Browser, E-Mail-Client und Organizer weniger als 800 KB Speicher. Das User Interface ist vollkommen anpassbar und skalierbar und eignet sich dabei für den Einsatz auf verschiedenen Displays und die modulare Architektur erlaubt die einfache Integration neuer Funktionalität.

106. Polymorphismus

Polymorphismus ist die Fähigkeit von Objektvariablen, Objetkte unterschiedlicher Klassen aufzunehmen.

107. private (privates Feld)

Das Schlüsselwort `private` ist ein Modifizierer, der die Sichtbarkeit beeinflusst und auf die Methoden und Feldvariablen von Klassen angewandt werden kann (außerhalb seiner Definition nicht sichtbar).

108. private protected

Wenn zu einer Methode, einem Feld oder einer Klasse kein Modifizierer angegeben wird, dann ist das Feld, die Methode oder Klasse automatisch `private protected`. Explizit angeben kann man das aber nicht!

109. Protected

Das Schlüsselwort `protected` ist ein Sichtbarkeitsmodifizierer, der auf Methoden und Instanzvariablen von Klassen angewandt werden kann. Mit dem Schlüsselwort `protected` sind alle Mitglieder einer Klasse für die Unterklassen sichtbar. Genauso sind sie im gesamten Paket sichtbar.

110. Protocol-Handler

Software, welche die Verwendung eines neuen Protokolls beschreibt und ermöglicht. Besteht aus den beiden Klassen `StreamHandler` und `URLConnection`.

111. Public

Das Schlüsselwort `public` ist ein Sichtbarkeitsmodifizierer, der auf Klassen und Schnittstellen sowie auf die Methoden- und Feldvariablen von Klassen und Schnittstellen angewandt werden kann. Eine `public` deklarierte Klasse ist überall sichtbar. Auch Felder und Methoden sind überall sichtbar.

112. Referenztyp

Alle Objekte oder Felder sind Referenztypen. Referenztypen werden als Referenz bearbeitet, zugewiesen und an Methoden übergeben (wobei nicht der zugrunde liegende Wert, sondern nur ein Verweis darauf kopiert wird).

113. SDK (Software Development Kit)

Seit der Version 1.2 wird das JDK auch SDK genannt.

114. SecurityManager

Die Java-Klasse, in der die Methoden definiert sind, die das System aufruft, um zu überprüfen, ob der Aufruf einer bestimmten Operation in der aktuellen Umgebung erlaubt ist.

115. Server

Die Applikation, die im Rahmen einer vernetzten Client/Server-Applikation Anfragen nach einer Konversation erhält. Siehe Client.

116. Short

Ein einfacher Java-Datentyp, der in allen Implementierungen eine 16 Bit lange Zweierkomplementzahl mit Vorzeichen darstellt.

117. Socket

Eine Schnittstelle, die einen Datenport nach Verbindungen von Clients abhört und den Datenstrom vom Client zur Empfänger-Applikation leitet.

118. Static

Das Schlüsselwort `static` ist ein Modifizierer, der auf Methoden- und Variablendeklarationen (Klassenvariable) in einer Klasse angewandt werden kann.

119. Stream

Ein Datenfluss oder Kommunikationskanal. Jede grundlegende Ein-/Ausgabe basiert in Java auf Streams.

120. String

Eine Klasse, die zur Darstellung von Textinformationen verwendet wird. Der `String` enthält zahlreiche Methoden zur Behandlung von Zeichenfolgen.

121. Super

Das Schlüsselwort `super` verweist auf dieselbe Variable wie `this`: nämlich auf die Instanz der Klasse, für die die aktuelle Methode aufgerufen wurde. Bei einer polymorphen Methode (also einer Methode, die in der Unterklasse überschrieben wurde) wird nicht die Methode der Unterklasse, sondern die Methode der Oberklasse aufgerufen.

122. Superklasse

Bei der Superklasse handelt es sich um die Klasse, von der andere Klassen erben. Siehe hier auch Vererbung.

123. Swing

Swing ist etwas neuer als das AWT. Hiermit erstellt man grafische Benutzeroberflächen für Java auf komfortable Weise. Swing ist dabei viel moderner als AWT und bietet einen größeren Funktionsumfang. Hinzu kommt, dass Swing im Gegensatz zu AWT selbst in Java geschrieben und somit plattformunabhängig ist.

124. Synchronized

Das Schlüsselwort `synchronized` wird in Java auf zwei ähnliche Arten eingesetzt: als Modifizierer und als Anweisung. Dieses Sprachkonstrukt regelt es, wenn ein Objekt oder eine Klassenmethode atomar ablaufen soll.

125. This

`this` verweist innerhalb der Instanzmethode oder des Konstruktors einer Klasse auf »dieses Objekt«, d.h. auf die Instanz, die gerade behandelt wird. `This` kann allerdings an jeder Stelle innerhalb eines Objektes verwendet werden, also nicht nur im Konstruktor.

126. Thread

Ein einzelner unabhängiger Ausführungsstrang innerhalb eines Programms. Da Java eine multithread-fähige Programmiersprache ist, können im Java-Interpreter mehrere Threads gleichzeitig ausgeführt werden. Threads werden in Java durch die Klasse Thread dargestellt und gesteuert.

127. Throw

Die Anweisung `throw` signalisiert, dass eine Ausnahmebedingung aufgetreten ist, indem sie ein bestimmtes Ausnahmeobjekt auslöst.

128. Throws

Das Schlüsselwort `throws` wird in einer Methodendeklaration verwendet, um die Ausnahmen aufzulisten, welche die Methode auslösen kann. (Error / RunTimeException)

129. Toolkit

Eine Klasse, die bestimmte Aufgaben erledigt, die plattformabhängig sind.

130. Top Level-Container

Bei grafischen Benutzeroberflächen steht diese Form von Containern an oberster Stelle. Ein Top-Level-Container stellt grundsätzlich immer den Rahmen einer Anwendung dar, kann aber selbst weitere untergeordnete Container enthalten. Zu den Top-Level-Containern in Java gehören Rahmen, Fenster und Dialoge. Alle anderen Komponenten sind untergeordnete Komponenten der Top-Level-Container.

131. Try

`Try` leitet einen Codeblock ein, in dem bestimmte Ausnahmebedingungen auftreten können und die innerhalb des Codeblockes abgefangen werden sollen.

132. Überladen von Methoden

Definition mehrerer Methoden, die denselben Namen, aber unterschiedliche Argumentlisten und Rückgabetypen besitzen. Beim Aufruf einer überladenen Methode entscheidet der Compiler, welche Methode verwendet werden soll.

133. Überschreiben von Methoden

Definition einer Methode, die im Namen, den Argumenttypen und dem Rückgabetyp exakt mit einer Methode übereinstimmt, die in einer Oberklasse definiert wurde.

134. UDP (User Datagram Protocol)

Ein verbindungsorientiertes Protokoll ohne Zustellgarantie. UDP beschreibt eine auf Datagrammen basierende Netzdatenverbindung mit wenigen Möglichkeiten zur Kontrolle der Pakete.

135. Unterklasse

Eine Klasse, die eine andere Klasse erweitert. Die Unterklasse erbt die als `public` und `protected` deklarierten Methoden und Variablen ihrer Oberklasse. Siehe `extends`.

136. Vektor

Ein dynamisches Feld von Elementen

137. Verbergen von Daten (siehe unter Kapselung)

138. Verdeckung

Deklaration einer Variablen mit dem Namen einer in einer Oberklasse definierten Variablen.

139. Vererbung

Ein wesentliches Merkmal Objektorientierter Programmierung, bei dem eine neue Klasse durch Änderung oder Verfeinerung des Verhaltens einer vorhandenen Klasse definiert wird. Das bedeutet, dass eine Klasse implizit alle nicht privaten Variablen seiner Oberklasse enthält und alle nicht privaten Methoden seiner Oberklasse aufrufen kann. Java unterstützt die Einfach-Vererbung von Klassen und die Mehrfach-Vererbung von Schnittstellen.

140. Verifizierer

Ein Theorembeweiser, der den Java-Bytecode vor der Ausführung schrittweise durchläuft und sicherstellt, dass sich dieser anständig verhält. Der Bytecode-Verifizierer steht im Sicherheits-Modell von Java an vorderster Front.

141. Wurzel

Die Basis einer Hierarchie, wie zum Beispiel eine Basis-Klasse, deren Abkömmlinge Unterklassen bilden. Die Klasse `java.lang.Object` dient als Wurzel der Java-Klassen-Hierarchie.

142. XML

XML ist eine Metasprache für das Definieren von Dokumenttypen. Anders gesagt: XML liefert die Regeln, die beim Definieren von Dokumenttypen angewendet werden.

37 Allgemeine Tabellen

38 Applets

Parameter für den Applet-Tag

In folgender Tabelle finden Sie einige Parameter beschrieben, die dem Applet-Tag mitgegeben werden kann:

Parameter	Beschreibung
ALIGN	Anordnung eines Applets im Browser: left, right, top, texttop, middle, absmiddle, baseline, bottom, absbottom
ALT	Alternativtext, falls Browser nicht Java-fähig ist
ARCHIVE	JAR-Archiv, das die Ressourcen des Applets enthält
CODEBASE	Alternatives Verzeichnis für das Laden der Klassendateien wird angegeben. Standard: Dokumentenverzeichnis
HSPACE	horizontaler Applet-Rand
NAME	Eindeutiger Name für ein Applet
OBJECT	bezeichnet eine Datei, die den Inhalt des Applets enthält
VSPACE	vertikaler Applet-Rand

Tabelle 18: Optionale Parameter des Applet-Tags

39 Arithmetische Operationen

In folgender Tabelle finden Sie einige arithmetische Operatoren.

Operator	Bezeichnung	Beschreibung
+	Positives Vorzeichen	+ a ist das Gleiche wie a.
-	Negatives Vorzeichen	- a ist a mit negativem Vorzeichen.
+	Summe	a + b ist die Summe von a und b.
-	Differenz	bildet die Differenz zwischen zwei Zahlen.
*	Produkt	bildet die Multiplikation zwischen zwei Zahlen.
/	Quotient	bildet die Division zwischen zwei Zahlen.
%	Restwert	a % b ergibt den Rest der ganzzahligen Division von a durch b. Dies ist in Java auch auf auf Fließkommazahlen anwendbar. Geläufig ist der Begriff Modulo für diesen Operator.
++	Präinkrement	a = ++a ergibt a+1 und erhöht a um 1 noch vor der in dieser Zeile stehenden Operation.

Tabelle 19: Arithmetische Operatoren

Operator	Bezeichnung	Beschreibung
++	Postinkrement	`a = a++` ergibt `a` und erhöht `a` um 1 nach der in dieser Zeile stehenden Operation. Für die Operation, die in dieser Zeile steht, wird der Wert von vorher verwendet.
--	Prädekrement	`a = --a` ergibt `a` um 1 erniedrigt noch vor der in dieser Zeile stehenden Operation.
--	Postdekrement	`a = a--` ergibt a und 1 erniedrigt nach der in dieser Zeile stehenden Operation. Für die Operation, die in dieser Zeile steht, wird der Wert von vorher verwendet.

Tabelle 19: Arithmetische Operatoren (Forts.)

40 AWT

Cursorauswahl

In AWT gibt es verschiedene Cursortypen. Dazu enthält die Klasse Toolkit die Methoden `createCustumCursor`, `getBestCursorSize` und `getMaximumCursorColors`. In nachfolgender Tabelle erhalten Sie die Information, wie Ihr Cursor je nach Konstante aussehen kann.

Framekonstante	Cursoraussehen
`Cursor.CROSSHAIR_CURSOR`	Fadenkreuz
`Cursor.DEFAULT_CURSOR`	Standardpfeil
`Cursor.MOVE_CURSOR`	Vierfachpfeil
`Cursor.TEXT_CURSOR`	Senkrechter Strich
`Cursor.WAIT_CURSOR`	Eieruhr

Tabelle 20: Konstanten zur Cursorauswahl

Wenn ein Programm abläuft, müssen Nachrichten abgefangen werden. Dies nennt man Ereignisquellen. Ein Button in einem Dialogfeld beispielsweise kann eine solche Ereignisquelle darstellen. Ein Ereignis tritt in diesem Beispiel dann ein, wenn dieser Button angeklickt wird.

Die folgenden Tabellen geben vollständig an, auf welche Ereignisse bei den Ereignisquellen reagiert werden kann:

Eventhandling: Focus-Ereignisse

Eigenschaft	Klassen, Interfaces, Methoden
Ereignisklasse	`FocusEvent`
Listener-Interface	`FocusListener`
Mögliche Ereignisquellen	`Component`
Registrierungsmethode	`addFocusListener`

Tabelle 21: Focus-Ereignisse

Ereignismethode	Beschreibung
`focusGained`	Focuserhalt einer Komponente
`focusLost`	Focusverlust einer Komponente

Tabelle 22: Methoden für Focus-Ereignisse

Eventhandling: Key-Ereignisse

Eigenschaft	Klasse, Interface oder Methode
Ereignisklasse	`KeyEvent`
Listener-Interface	`KeyListener`
Registrierungsmethode	`addKeyListener`
Mögliche Ereignisquellen	`Component`

Tabelle 23: Key-Ereignisse

Ereignismethode	Beschreibung
`keyPressed`	Eine Taste wurde gedrückt.
`keyReleased`	Eine Taste wurde losgelassen.
`keyTyped`	Eine Taste wurde gedrückt und wieder losgelassen.

Tabelle 24: Methoden für Key-Ereignisse

Eventhandling: Mouse-Ereignisse

Eigenschaft	Klasse, Interface oder Methode
Ereignisklasse	`MouseEvent`
Listener-Interface	`MouseListener`
Mögliche Ereignisquellen	`Component`
Registrierungsmethode	`addMouseListener`

Tabelle 25: Mouse-Ereignisse

Ereignismethode	Bedeutung
`mouseClicked`	Eine Maustaste wurde gedrückt und wieder losgelassen.
`mouseEntered`	Der Mauszeiger betritt die Komponente.
`mouseExited`	Der Mauszeiger verlässt die Komponente.
`mousePressed`	Eine Maustaste wurde gedrückt.
`mouseReleased`	Eine Maustaste wurde losgelassen.

Tabelle 26: Methoden für Mouse-Ereignisse

Eventhandling: MouseMotion-Ereignisse

Eigenschaft	Klasse, Interface oder Methode
Ereignisklasse	`MouseEvent`
Listener-Interface	`MouseMotionListener`
Registrierungsmethode	`addMouseMotionListener`
Mögliche Ereignisquellen	`Component`

Tabelle 27: MouseMotion-Ereignisse

Ereignismethode	Beschreibung
`mouseDragged`	Mausbewegung bei gedrückter Taste
`mouseMoved`	Einfache Mausbewegung

Tabelle 28: Methoden für MouseMotion-Ereignisse

Eventhandling: Component-Ereignisse

Eigenschaft	Klasse, Interface oder Methode
Ereignisklasse	`ComponentEvent`
Listener-Interface	`ComponentListener`
Mögliche Ereignisquellen	`Component`
Registrierungsmethode	`addComponentListener`

Tabelle 29: Komponenten-Ereignisse

Ereignismethode	Beschreibung
`componentHidden`	Unsichtbarmachen einer Komponente
`componentMoved`	Verschieben einer Komponente
`componentResized`	Größenänderung einer Komponente
`componentShown`	Eine Komponente wurde sichtbar.

Tabelle 30: Methoden für Komponenten-Ereignisse

Eventhandling: Container-Ereignisse

Eigenschaft	Klasse, Interface oder Methode
Ereignisklasse	`ContainerEvent`
Listener-Interface	`ContainerListener`
Registrierungsmethode	`addContainerListener`
Mögliche Ereignisquellen	`Container`

Tabelle 31: Container-Ereignisse

Ereignismethode	Bedeutung
`componentAdded`	Eine Komponente wurde hinzugefügt.
`componentRemoved`	Eine Komponente wurde entfernt.

Tabelle 32: Methoden für Container-Ereignisse

Eventhandling: Window-Ereignisse

Eigenschaft	Klasse, Interface oder Methode
Ereignisklasse	WindowEvent
Listener-Interface	WindowListener
Registrierungsmethode	addWindowListener
Mögliche Ereignisquellen	Dialog, Frame

Tabelle 33: Window-Ereignisse

Ereignismethode	Beschreibung
windowActivated	aktiviert das Fenster.
windowClosed	hat das Fenster bereits geschlossen.
windowClosing	schließt das Fenster.
windowDeactivated	deaktiviert das Fenster.
windowDeiconified	stellt das Fenster wieder her.
windowIconified	verkleinert das Fenster.
windowOpened	hat das Fenster geöffnet.

Tabelle 34: Methoden für Window-Ereignisse

Eventhandling: Action-Ereignisse

Eigenschaft	Klasse, Interface oder Methode
Ereignisklasse	ActionEvent
Listener-Interface	ActionListener
Mögliche Ereignisquellen	Button, List, MenuItem, TextField
Registrierungsmethode	addActionListener

Tabelle 35: Action-Ereignisse

Ereignismethode	Bedeutung
actionPerformed	Eine Aktion wurde ausgelöst.

Tabelle 36: Methoden für Action-Ereignisse

Eventhandling: Adjustment-Ereignisse

Eigenschaft	Klasse, Interface oder Methode
Ereignisklasse	`AdjustmentEvent`
Listener-Interface	`AdjustmentListener`
Registrierungsmethode	`addAdjustmentListener`
Mögliche Ereignisquellen	`Scrollbar`

Tabelle 37: Adjustment-Ereignisse

Ereignismethode	Bedeutung
`adjustmentValueChanged`	Der Wert wurde verändert.

Tabelle 38: Methoden für Adjustment-Ereignisse

Eventhandling: Item-Ereignisse

Eigenschaft	Klasse, Interface oder Methode
Ereignisklasse	`ItemEvent`
Listener-Interface	`ItemListener`
Registrierungsmethode	`addItemListener`
Mögliche Ereignisquellen	`Checkbox, Choice, List, CheckboxMenuItem`

Tabelle 39: Item-Ereignisse

Ereignismethode	Bedeutung
`itemStateChanged`	Der Zustand hat sich verändert.

Tabelle 40: Methoden für Item-Ereignisse

Eventhandling: Text-Ereignisse

Eigenschaft	Klasse, Interface oder Methode
Ereignisklasse	`TextEvent`
Listener-Interface	`TextListener`

Tabelle 41: Text-Ereignisse

Eigenschaft	Klasse, Interface oder Methode
Registrierungsmethode	`addTextListener`
Mögliche Ereignisquellen	`TextField, TextArea`

Tabelle 41: Text-Ereignisse (Forts.)

Ereignismethode	Bedeutung
`textValueChanged`	Veränderung des Textes

Tabelle 42: Methoden für Text-Ereignisse

Nachfolgend haben wir einige Tabellen aufgeführt, die angeben, welche Methoden von `WindowListener` verwendet werden können: Immer wenn sich eine Änderung ergeben hat, wird ein so genannter `Window-Event` erzeugt.

Ereignismethode	Aktion
`windowActivated`	bewirkt die Aktivierung des Fensters.
`windowClosed`	bewirkt das Schließen des Fensters.
`windowClosing`	Das Fenster soll geschlossen werden. Diese Methode wird aufgerufen, wenn der Anwender das Fenster über die Titelleiste, das Systemmenü oder die Tastenkombination [ALT]+[F4] schließen will. Der Anwender kann mit dem Ereignis Code hinterlegen, der das Fenster dann tatsächlich schließt.
`windowDeactivated`	deaktiviert das Fenster und bringt es in den Hintergrund.
`windowDeiconified`	stellt das Fenster wieder her.
`windowIconified`	verkleinert das Fenster zu einem Symbol.
`windowOpened`	öffnet das Fenster.

Tabelle 43: Methoden von WindowListener

Nachfolgende Tabelle zeigt die Methoden von `ComponentListener`. Ein `Component-Event` wird immer dann erzeugt, wenn eine Komponente verschoben wurde. Auch wird sie erzeugt, wenn ihre Größe verändert wurde:

Ereignismethode	Bedeutung
componentHidden	Komponente ist unsichtbar geworden
componentMoved	Komponente ist verschoben worden
componentResized	Komponentengröße ist geändert worden
componentShown	Komponente ist sichtbar geworden

Tabelle 44: Methoden von ComponentListener

Die nächste Tabelle gibt eine Übersicht über die Ereignisbehandlung:

Ereignismethode	Bedeutung
mouseClicked	Maustaste wurde gedrückt und sofort wieder losgelassen. Diese Methode wird nach mouseReleased aufgerufen.
mouseEntered	Mauszeiger wurde in den Client-Bereich der auslösenden Komponente bewegt
mouseExited	Mauszeiger wurde aus dem Client-Bereich der auslösenden Komponente bewegt
mousePressed	Maustaste ist gedrückt worden
mouseReleased	Maustaste ist losgelassen worden

Tabelle 45: Methoden von MouseListener

Zudem gibt es noch die so genannten `Key-Events`.Sie finden in der folgenden Tabelle eine komplette Übersicht der virtuellen `Key-Codes`:

Symbolischer Name	Beschreibung
VK_0 ... VK_9	[0] ... [9]
VK_A ... VK_Z	[A] ... [Z]
VK_ENTER	[ENTER]
VK_SPACE	[LEER]
VK_TAB	[TAB]
VK_ESCAPE	[ESC]
VK_BACK_SPACE	[RÜCK]

Tabelle 46: Virtuelle Key-Codes

Symbolischer Name	Beschreibung
VK_F1 ... VK_F12	Die Funktionstasten [F1] ... [F12]
VK_HOME, VK_END	[HOME], [END]
VK_INSERT, VK_DELETE	[EINFG], [ENTF]
VK_PAGE_UP, VK_PAGE_DOWN	[BILDHOCH], [BILDRUNTER]
VK_DOWN, VK_UP	[CURSORHOCH], [CURSORRUNTER]
VK_LEFT, VK_RIGHT	[CURSORLINKS], [CURSORRECHTS]

Tabelle 46: Virtuelle Key-Codes (Forts.)

Die Rückgabe für die Tastaturereignisse sind in folgender Tabelle aufgelistet:

	getKeyCode	getKeyChar
keyTyped	Zeichentaste: VK_UNDEFINED Funktionstaste: --	Zeichentaste: Taste als char-Funktionstaste: --
keyPressed	Zeichentaste: VK_... Funktionstaste: VK_...	Zeichentaste: Taste als char-Funktionstaste: *CHAR_UNDEFINED*

Tabelle 47: Rückgabecodes bei Tastaturereignissen

Konstante	Bedeutung
UNIT_INCREMENT	Wert wurde durch Klicken eines Buttons erhöht.
UNIT_DECREMENT	Wert wurde durch Klicken eines Buttons vermindert.
BLOCK_INCREMENT	Wert wurde durch Klicken der Schaltfläche zwischen Button und Schieber um eine Seite erhöht.
BLOCK_DECREMENT	Wert wurde durch Klicken der Schaltfläche zwischen Button und Schieber um eine Seite vermindert.
TRACK	Wert wurde durch Ziehen des Schiebers verändert.

Tabelle 48: Konstanten für Schiebereglerereignisse

Folgende Tabelle zeigt die Möglichkeiten des scrollbarDisplayPolicy-Parameters:

Konstante	Bedeutung
`ScrollPane.SCROLLBARS_AS_NEEDED`	Schieberegler erscheinen nur, wenn es notwendig ist.
`ScrollPane.SCROLLBARS_ALWAYS`	Schieberegler werden immer angezeigt.
`ScrollPane.SCROLLBARS_NEVER`	Die Schieberegler werden nie angezeigt.

Tabelle 49: Anzeige der Schieberegler in ScrollPane

Schriftarten in AWT

Bei Schriftarten in AWT gibt es den Parameter Style, der entsprechend bestimmt, ob die Ausgabe standardmäßig, fett oder kursiv erfolgt.

Nachfolgende Tabelle listet die Parameter auf:

Name	Wert	Beschreibung
`Font.PLAIN`	0	Standard-Font
`Font.BOLD`	1	Fett
`Font.ITALIC`	2	Kursiv

Tabelle 50: Style-Parameter

Bitweise Operatoren

Nachfolgend finden Sie eine Übersicht über die Bitweisen Operatoren:

Operator	Bezeichnung	Beschreibung
&	Bitweises `UND`	`a & b` ergibt den Wert, der herauskommt, wenn die Bits von a und b an gleicher Stelle `UND`-verknüpft werden.
^	Bitweises Exklusiv-`ODER`	`a ^ b` ergibt den Wert, der herauskommt, wenn die Bits von a und b an gleicher Stelle `Exklusiv-ODER`-verknüpft werden.
|	Bitweises `ODER`	`a | b` ergibt den Wert, der herauskommt, wenn die entsprechenden Bits an gleicher Stelle von a und b miteinander `ODER`-verknüpft werden.

Tabelle 51: Bitweise Operatoren

Operator	Bezeichnung	Beschreibung
~	Einerkomplement	Alle Bits von a werden mit dem Operator ~a invertiert.
<<	Linksschieben	a << b ergibt den Wert, der herauskommt, wenn alle Bits von a um b Positionen nach links geschoben werden.
>>	Rechtsschieben mit Vorzeichen	a >> b ergibt den Wert, der herauskommt, wenn alle Bits von a um b Positionen nach rechts geschoben werden. Falls das höchstwertige Bit gesetzt ist (a also negativ ist), wird auch das höchstwertige Bit des Resultats gesetzt.
>>>	Rechtsschieben ohne Vorzeichen	a >>> b ergibt den Wert, der herauskommt, wenn alle Bits von a um b Positionen nach rechts geschoben werden. Dabei wird das höchstwertige Bit des Resultats immer auf 0 gesetzt.

Tabelle 51: Bitweise Operatoren (Forts.)

41 Calendar

Feldbezeichner	Minimal wert	Maximal wert	Bezeichnung
Calendar.AM_PM	0	1	Vor-/nachmittags
Calendar.DAY_OF_MONTH	1	31	Tag im Monat
Calendar.DAY_OF_WEEK	1	7	Wochentag
Calendar.DAY_OF_WEEK_IN_MONTH	-1	6	Wochentagswiederholung im Monat
Calendar.DAY_OF_YEAR	1	366	Tag im Jahr
Calendar.DST_OFFSET	0	1*60*60*1000	Sommerzeitoffset
Calendar.ERA	0	1	Ära
Calendar.HOUR	0	12	Amerik. Stunde
Calendar.HOUR_OF_DAY	0	23	Stunde

Tabelle 52: Feldbezeichner der Klasse Calendar

Feldbezeichner	Minimal wert	Maximal wert	Bezeichnung
`Calendar.MILLISECOND`	0	999	Millisekunde
`Calendar.MINUTE`	0	59	Minute
`Calendar.MONTH`	0	11	Monat – 1
`Calendar.SECOND`	0	59	Sekunde
`Calendar.WEEK_OF_MONTH`	1	6	Woche im Monat
`Calendar.WEEK_OF_YEAR`	1	54	Woche im Jahr
`Calendar.YEAR`	1	5,000,000	Jahr
`Calendar.ZONE_OFFSET`	-12*60*60*1000	12*60*60*1000	Zeitzonenoffset

Tabelle 52: Feldbezeichner der Klasse Calendar (Forts.)

Escape-Sequenzen

In der nachfolgenden Tabelle finden Sie die so genannten Literale. Sie können grundsätzlich wie in C eine Reihe von Sonderzeichen darstellen, indem Sie die so genannten Literale verwenden.

Zeichen	Ergebnis
`\`	Einfaches Anführungszeichen
`\*`	Doppeltes Anführungszeichen
`\\`	Backslash
`\b`	Rückschritt (Backspace)
`\f`	Seitenumbruch (Formfeed)
`\n`	Zeilenschaltung (Newline)
`\nnn`	Oktalzahl nnn
`\r`	Wagenrücklauf (Carriage return)
`\t`	Horizontaler Tabulator

Tabelle 53: Escape-Sequenzen

42 Java Native Interface

Java-Typ	C-Typ aus jni.h
Array	jarray
Boolean	jboolean
Byte	jbyte
Char	jchar
Class	jclass
Double	jdouble
Float	jfloat
Int	jint
Long	jlong
Object	jobject
Short	jshort
String	jstring
Throwable	jthrowable
Void	jvoid

Tabelle 54: Datentypen in Java und C

Array-Typ	C-Typ aus jni.h
boolean[]	jbooleanArray
byte[]	jbyteArray
char[]	jcharArray
double[]	jdoubleArray
float[]	jfloatArray
int[]	jintArray
long[]	jlongArray
Object[]	jobjectArray
short[]	jshortArray

Tabelle 55: Array-Typen in Java und C

43 JDBC

Rückgabewerte

Einige Typkonvertierungen funktionieren auf einfache Art und Weise über die getXXX- Methode. Folgende Tabelle liefert einen Überblick über sämtliche get-Methoden von ResultSets:

Rückgabewert	Methodenname
`boolean`	`getBoolean`
`byte`	`getByte`
`byte[]`	`getBytes`
`Date`	`getDate`
`double`	`getDouble`
`float`	`getFloat`
`int`	`getInt`
`long`	`getLong`
`short`	`getShort`
`String`	`getString`
`Time`	`getTime`
`Timestamp`	`getTimestamp`

Tabelle 56: get-Methoden von ResultSet

Logische Operatoren

Nachfolgend finden Sie eine tabellarische Übersicht über die logischen Operatoren.

Operator	Bezeichnung	Beschreibung
`!`	Logisches `NICHT`	`!a` ergibt `false`, wenn `a` wahr ist, und `true`, wenn a falsch ist.
`&&`	`UND` mit Short-Circuit-Evaluation	`a && b` ergibt `true`, wenn sowohl `a` als auch `b` wahr sind. Ist `a` bereits falsch, so wird `false` zurückgegeben und `b` nicht mehr ausgewertet.

Tabelle 57: Logische Operatoren

Operator	Bezeichnung	Beschreibung
`||`	`ODER` mit Short-Circuit-Evaluation	`a || b` ergibt `true`, wenn mindestens einer der beiden Ausdrücke a oder b wahr ist.
`&`	`UND` ohne Short-Circuit-Evaluation	`a & b` ergibt `true`, wenn `a` und `b` gleichzeitig wahr sind.
`|`	`ODER` ohne Short-Circuit-Evaluation	`a | b` ergibt `true`, wenn mindestens einer der beiden Ausdrücke `a` oder `b` wahr ist.
`^`	`Exklusiv-ODER`	`a ^ b` ergibt `true`, wenn beide Ausdrücke einen unterschiedlichen Wahrheitswert haben.

Tabelle 57: Logische Operatoren (Forts.)

Primitive Datentypen

In der folgenden Tabelle finden Sie die grundlegenden primitiven Datentypen. In Java gibt es acht primitive Datentypen. Der Wertebereich ist auf allen Plattformen und Betriebssystemen gleich.

Typ	Wertebereich	Bytes
`boolean`	true, false	1
`char`	alle Unicode – Zeichen	2
`byte`	- 2 exp 7 bis 2 exp 7 – 1	1
`short`	- 2 exp 15 bis 2 exp 15 – 1	2
`int`	- 2 exp 31 bis 2 exp 31 – 1	4
`long`	- 2 exp 63 bis 2 exp 63 – 1	8
`float`	- 3,40282347 exp 38 bis 3,40282347 exp 38	4
`double`	-1,797693134862311570 exp 308 bis 1,797693134862311570 exp 308	8

Tabelle 58: Primitive Datentypen

Relationale Operatoren

Folgende Tabelle enthält die so genannten relationalen Operatoren:

Operator	Bezeichnung	Bedeutung
`==`	Gleich	`a == b` ergibt `true`, wenn `a` gleich `b` ist. Handelt es sich bei a und `b` um Referenztypen, so ist der Rückgabewert dann `true`, wenn beide auf dasselbe Objekt zeigen.
`!=`	Ungleich	`a != b` ergibt true, wenn `a` ungleich `b` ist. Handelt es sich bei a und `b` um Referenztypen, so ist der Rückgabewert dann `true`, wenn beide auf unterschiedliche Objekte zeigen.
<	Kleiner	`a < b` ergibt `true`, wenn a kleiner `b` ist.
<=	Kleiner gleich	`a <= b` ergibt `true`, wenn `a` kleiner oder gleich `b` ist.
>	Größer	`a > b` ergibt `true`, wenn a größer `b` ist.
>=	Größer gleich	`a >= b` ergibt `true`, wenn `a` größer oder gleich `b` ist.

Tabelle 59: Relationale Operatoren

Symbolische Fließkommaliterale

Neben den numerischen Literalen gibt es noch einige Literale für die Klassen Float und Double des Paketes java.lang. Nüachfolgende Tabelle enthält eine Übersicht über die vordefinierten Konstanten.

Name	Verfügbar für	Beschreibung
`MAX_VALUE`	`Float, Double`	Größter darstellbarer positiver Wert
`MIN_VALUE`	`Float, Double`	Kleinster darstellbarer positiver Wert
`NaN`	`Float, Double`	Not-A-Number
`NEGATIVE_INFINITY`	`Float, Double`	Negativ unendlich
`POSITIVE_INFINITY`	`Float, Double`	Positiv unendlich

Tabelle 60: Symbolische Fließkommaliterale

System-Properties

Durch Properties kann man auf die Umgebungsvariablen eines Programms zugreifen. Properties sind dabei Eigenschaften, die einem Programm zur Laufzeit zur Verfügung gestellt werden.

In der nachfolgenden Tabelle finden Sie eine genaue Auflistung der Properties und eine kurze Beschreibung der Eigenschaft.

Property	Eigenschaft
`file.separator`	gibt die Trennzeichen für die Bestandteile eines Pfadnamens aus.
`java.class.path`	gibt den aktuellen Klassenpfad zurück.
`java.class.version`	gibt die Versionsnummer der Java-Klassenbibliothek aus.
`java.home`	gibt das Installationsverzeichnis aus.
`java.specification.name`	gibt die Bezeichnung der Spezifikation der Laufzeitumgebung zurück.
`java.specification.vendor`	gibt den Hersteller der Spezifikation der Laufzeitumgebung zurück.
`java.specification.version`	gibt die Version der Spezifikation der Laufzeitumgebung zurück.
`java.vendor`	gibt die herstellerspezifische Zeichenkette aus.
`java.vendor.url`	URL (also ein Internet-Link) zum Hersteller
`java.version`	gibt die Javaversionsnummern aus.
`java.vm.name`	gibt den Namen der VM-Implementierung zurück.
`java.vm.specification.name`	gibt die Bezeichnung der VM-Spezifikation aus.
`java.vm.specification.vendor`	gibt den Hersteller der VM-Spezifikation an.
`java.vm.specification.version`	gibt die Version der VM-Spezifikation zurück.
`java.vm.vendor`	gibt den Hersteller der VM an.
`java.vm.version`	gibt die VM-Version an.
`line.separator`	gibt die Zeichenkette für Zeilenschaltung aus.
`os.arch`	gibt die Betriebssystem-Architektur aus.
`os.name`	gibt den Namen des Betriebssystems zurück.
`os.version`	gibt die Versionsnummer des Betriebssystems aus.
`path.separator`	gibt die Trennzeichen für die Laufwerksangabe eines Pfadnamens aus.
`user.dir`	gibt das aktuelle Arbeitsverzeichnis zurück.

Tabelle 61: Standard-Properties

Property	Eigenschaft
user.home	gibt das Home-Verzeichnis zurück.
user.name	gibt den Name des angemeldeten Benutzers zurück.

Tabelle 61: Standard-Properties (Forts.)

Klassenobjekte für den primitiven Datentyp

Klassenobjekt	Typ
Boolean.TYPE	boolean
Character.TYPE	char
Byte.TYPE	byte
Short.TYPE	short
Integer.TYPE	int
Long.TYPE	long
Float.TYPE	float
Double.TYPE	double
Void.TYPE	void

Tabelle 62: Klassenobjekte für die primitiven Typen

Farben basierend auf RGB

Das Farbmodell von Java fußt in den meisten Fällen auf RGB. Diese Mischung aus Rot, Grün und Blau wird in nachfolgender Tabelle aufgezeigt:

Farbe	Rot-Anteil	Grün-Anteil	Blau-Anteil
Weiß	255	255	255
Schwarz	0	0	0
Grau	127	127	127
Rot	255	0	0
Grün	0	255	0
Blau	0	0	255
Yellow	255	255	0
Magenta	255	0	255
Cyan	0	255	255

Tabelle 63: Gebräuchliche Farbwerte

Farben des Systems

Farbkonstante	Eigenschaft
SystemColor.activeCaption	Rückgabe der Hintergrundfarbe der Titelleiste
SystemColor.activeCaption-Border	Rückgabe der Rahmenfarbe der Titelleiste
SystemColor.activeCaption-Text	Rückgabe der Schriftfarbe der Titelleiste
SystemColor.control	Rückgabe der Hintergrundfarbe der Dialogelemente
SystemColor.controlDkShadow	Rückgabe der dunkleren Farbe für den Schatten von Dialogelementen
SystemColor.controlHighlight	Rückgabe der Farbe für hervorgehobene Dialogelemente
SystemColor.controlLtHigh-light	Rückgabe der hellen Farbe für hervorgehobene Dialogelemente
SystemColor.controlShadow	Rückgabe der Farbe für den Schatten von Dialogelementen
SystemColor.controlText	Rückgabe der Textfarbe für Dialogelemente
SystemColor.desktop	Rückgabe Desktop-Hintergrundfarbe
SystemColor.inactiveCaption	Rückgabe der Hintergrundfarbe der Titelleiste von den nicht ausgewählten Fenstern
SystemColor.inactiveCaption-Border	Rückgabe der Rahmenfarbe der Titelleiste von den nicht ausgewählten Fenstern
SystemColor.inactiveCaption-Text	Rückgabe der Schriftfarbe der Titelleiste von den nicht ausgewählten Fenstern
SystemColor.info	Rückgabe der Hintergrundfarbe für Hilfetexte
SystemColor.infoText	Rückgabe der Textfarbe für Hilfetext
SystemColor.menu	Rückgabe der Hintergrundfarbe für Menüs
SystemColor.menuText	Rückgabe der Textfarbe für Menüs
SystemColor.scrollbar	Rückgabe der Hintergrundfarbe der Schieberegler
SystemColor.text	Rückgabe der Hintergrundfarbe der Textfelder
SystemColor.textHighlight	Rückgabe der Hintergrundfarbe des hervorgehobenen Textes

Tabelle 64: Liste der vordefinierten Systemfarben

Farbkonstante	Eigenschaft
SystemColor.textHighlight-Text	Rückgabe der Textfarbe des hervorgehobenen Textes
SystemColor.textInactiveText	Rückgabe der Textfarbe des inaktiven Textes
SystemColor.textText	Rückgabe der Textfarbe der Textfelder
SystemColor.window	Rückgabe der Hintergrundfarbe für Fenster
SystemColor.windowBorder	Rückgabe der Farbe der Fensterrahmen
SystemColor.windowText	Rückgabe der Farbe der Texte im Fenster

Tabelle 64: Liste der vordefinierten Systemfarben (Forts.)

44 Swing

Swing benutzt plattformunabhängige Komponenten im Gegensatz zu AWT. Somit wird zum Beispiel unter Windows ein Button direkt von Swing erstellt, während er in AWT vom Windows-UI-Manager erstellt und dargestellt wird.

Bestätigungseingaben

In nachfolgender Tabelle finden Sie eine Auflistung der Rückgabewerte einer Bestätigungsschaltfläche:

Rückgabewert	Bedeutung
YES_OPTION	Mit dem »Yes«-Button
NO_OPTION	Mit dem »No«-Button
CANCEL_OPTION	Mit dem »Cancel«-Button
OK_OPTION	Mit dem »OK« -Button
CLOSED_OPTION	Mit dem »Schließen«-Button der Titelzeile

Tabelle 65: Rückgabewerte von showConfirmDialog

JscrollPane-Anzeige

Folgende Tabelle gibt einen Überblick über die Argumente vsbPolicy und hsbPolicy. Diese Argumente kümmern sich darum, ob der Schieberegler angezeigt wird oder nicht.

Konstante	Beschreibung
VERTICAL_SCROLLBAR_NEVER	Der vertikale Schieberegler wird nie angezeigt.
VERTICAL_SCROLLBAR_ALWAYS	Der vertikale Schieberegler wird immer angezeigt.
VERTICAL_SCROLLBAR_AS_NEEDED	Der vertikale Schieberegler wird nur angezeigt, wenn er tatsächlich benötigt wird.
HORIZONTAL_SCROLLBAR_NEVER	Der horizontale Schieberegler wird nie angezeigt.
HORIZONTAL_SCROLLBAR_ALWAYS	Der horizontale Schieberegler wird immer angezeigt.
HORIZONTAL_SCROLLBAR_AS_NEEDED	Der horizontale Schieberegler wird nur angezeigt, wenn er tatsächlich benötigt wird.

Tabelle 66: Anzeige der Schieberegler bei JScrollPane

Menüs

Nachfolgende Tabelle zeigt auf, welcher KeyStroke welcher Taste entspricht:

Konstante	Bedeutung
SHIFT_MASK	[UMSCHALT]
CTRL_MASK	[STRG]
META_MASK	[META] (gibt es auf den meisten Plattformen nicht)
ALT_MASK	[ALT]

Tabelle 67: Konstanten für Umschalttasten

Positionierung von Swing-Komponenten

Ein Interface namens SwingConstants bestimmt, wo eine Komponente in Swing positioniert ist. Nachfolgende Tabelle listet die Konstanten für die Positionierung auf:

Konstante	Positionierung
BOTTOM	Unten
CENTER	Mittig
EAST	Rechts
HORIZONTAL	Horizontal
LEADING	Anlehnend an einem anderen Element am Anfang

Tabelle 68: Die Konstanten der Klasse SwingConstants

Konstante	Positionierung
LEFT	Links
NORTH	Oben
NORTH_EAST	Oben Rechts
NORTH_WEST	Oben Links
RIGHT	Rechts
SOUTH	Unten
SOUTH_EAST	Unten Rechts
SOUTH_WEST	Unten Links
TOP	Oben
TRAILING	Anlehnend an einem anderen Element am Ende
VERTICAL	Vertikal
WEST	Links

Tabelle 68: Die Konstanten der Klasse SwingConstants (Forts.)

Ränder in Swing

Nachfolgende Tabelle zeigt Ihnen die entsprechenden Parameter für den Rand. Die Klasse Jcomponent bietet Ihnen die Möglichkeit den Objekten einen Rand zu verleihen:

Klassenname	Beschreibung
EmptyBorder	Unsichtbarer Rand mit einstellbarer Dicke
LineBorder	Einfache Linie mit einstellbarer Farbe und Dicke
BevelBorder	Erhabener oder vertiefter 3D-Effekt
EtchedBorder	Eingelassene Linie mit 3D-Effekt
CompoundBorder	Aus zwei anderen Umrandungen zusammengesetzt
TitledBorder	Umrandung mit einem eingebetteten Text

Tabelle 69: Border-Implementierung

Tastaturkommandos

Selbstverständlich können auch in Swing Tastaturkommandos abgefangen werden. Das Registrieren der Tastaturkommandos erfolgt mit der Methode registerKeyboardAction. Das entsprechende Argument ist der so genannte ActionListener. Folgende Werte kann das Argument annehmen:

Konstante	Beschreibung
WHEN_FOCUSED	Das Tastaturkommando wird ausgelöst, wenn die Komponente den Focus hat.
WHEN_IN_FOCUSED_WINDOW	Das Tastaturkommando wird ausgelöst, wenn die Komponente den Focus hat oder sie zu einem Container gehört.
WHEN_ANCESTOR_OF_FOCUSED_COMPONENT	Das Tastaturkommando wird ausgelöst, wenn die Komponente oder eines der enthaltenen Elemente den Focus hat.

Tabelle 70: Bedingungen zur Registrierung von Tastaturkommandos

Tabellen

Der Parameter mode bestimmt das Verhalten der Tabelle, wenn Sie die Breite einer Tabelle ändern. Folgende Tabelle listet die Möglichkeiten für den Parameter auf:

Modus	Beschreibung
AUTO_RESIZE_ALL_COLUMNS	Die Größenänderung wird auf alle Spalten der Tabelle verteilt.
AUTO_RESIZE_LAST_COLUMN	Maßgebend für die Größe ist die letzte Spalte. Die Spalte wird je nach der Größe der anderen Spalten vergrößert oder verkleinert.
AUTO_RESIZE_NEXT_COLUMN	Maßgebend für die Größe ist die rechts neben der angepassten Spalte liegende Spalte.
AUTO_RESIZE_OFF	Keine automatische Größenanpassung der übrigen Spalten. Wenn sich die Tabelle in einem JscollPane befindet, erhält sie einen Schieberegler bei Bedarf.
AUTO_RESIZE_SUBSEQUENT_COLUMNS	Eine Änderung der Größe einer Spalte wirkt sich gleichmäßig auf die nachfolgenden Spalten aus.

Tabelle 71: Parameter für setAutoResizeMode

45 Sicherheit in Java

Policy-Datei

Nachfolgende Tabelle listet die gebräuchlichsten Berechtigungen und deren Argumente auf:

Klasse	Zugriff auf	Target	Action
java.io.FilePermission	Dateien und Verzeichnisse	Dateinamen. Wird als letztes Zeichen ein »*« angegeben, so gilt die Berechtigung für das komplette Verzeichnis. Steht dort ein »-«, so gilt sie zusätzlich für alle Unterverzeichnisse. Wird »<<ALL FILES>>« angegeben, gilt die Berechtigung für alle Dateien in allen Verzeichnissen!	read, write, delete, execute
java.net.SocketPermission	TCP/IP-Verbindungen	Hostname oder IP-Adresse, gefolgt von Portnummern-Bereich	accept, connect, listen, resolve
java.util.PropertyPermission	System-Properties	Names des Propertys	read, write
java.lang.RuntimePermission	Klasse Runtime	exitVM, stopThread, loadLibrary, queuePrintJob, ...	-
java.awt.AWTPermission	Window-Ressourcen	accessClipboard, showWindowWithoutWarning-Banner, ...	-
java.security.AllPermission	Alle Ressourcen	-	-

Tabelle 72: Wichtige Permission-Klassen

UTF-8-Kodierung

Jede Methode wird in einem bestimmten Code ausgegeben. Die Methode writeUTF dient dazu, die UNICODE-Zeichen von Java in Einzelzeichen zu verwandeln.

Nachfolgende Tabelle zeigt die entsprechende Kodierung:

Von	Bis	Byte	Darstellung
\u0000	\u007F	1	0nnnnnnn
\u0080	\u07FF	2	110nnnnn 10nnnnnn
\u0800	\uFFFF	3	1110nnnn 10nnnnnn 10nnnnnn

Tabelle 73: Die UTF-8-Kodierung

Vorrangregeln

Nachfolgende Tabelle listet die Operatoren in der Reihenfolge ihrer Vorrangregeln auf. Die oberen Operatoren haben dabei Vorrang vor den unteren Operatoren. Innerhalb derselben Gruppe stehende Operatoren werden entsprechend ihrer Assoziativität ausgewertet.

Die Spalte *Typisierung* gibt die möglichen Operandentypen an. Dabei steht »N« für numerische, »I« für integrale (also ganzzahlig numerische), »L« für logische, »S« für String-, »R« für Referenz- und »P« für primitive Typen. Ein »A« wird verwendet, wenn alle Typen in Frage kommen, und mit einem »V« wird angezeigt, dass eine Variable erforderlich ist.

Gruppe	Operator	Typisierung	Assoziativität	Bezeichnung
1	++	N	R	Inkrement
	--	N	R	Dekrement
	+	N	R	Unäres Plus
	-	N	R	Unäres Minus
	~	I	R	Einerkomplement
	!	L	R	Logisches NICHT
	(type)	A	R	Type-Cast
2	*	N,N	L	Multiplikation
	/	N,N	L	Division
	%	N,N	L	Modulo
3	+	N,N	L	Addition
	-	N,N	L	Subtraktion
	+	S,A	L	String-Verkettung
4	<<	I,I	L	Linksschieben
	>>	I,I	L	Rechtsschieben
	>>>	I,I	L	Rechtsschieben mit Nullexpansion
5	<	N,N	L	Kleiner
	<=	N,N	L	Kleiner gleich
	>	N,N	L	Größer

Tabelle 74: Operator Vorrangregeln

Gruppe	Operator	Typisierung	Assoziativität	Bezeichnung
	>=	N,N	L	Größer gleich
	instanceof	R,R	L	Klassenzugehörigkeit
6	==	P,P	L	Gleich
	!=	P,P	L	Ungleich
	==	R,R	L	Referenzgleichheit
	!=	R,R	L	Referenzungleichheit
7	&	I,I	L	Bitweises UND
	&	L,L	L	Logisches UND mit vollständiger Auswertung
8	^	I,I	L	Bitweises Exklusiv-ODER
	^	L,L	L	Logisches Exklusiv-ODER
9	|	I,I	L	Bitweises ODER
	|	L,L	L	Logisches ODER mit vollständiger Auswertung
10	&&	L,L	L	Logisches UND mit Short-Circuit-Evaluation
11	||	L,L	L	Logisches ODER mit Short-Circuit-Evaluation
12	?:	L,A,A	R	Bedingte Auswertung
13	=	V,A	R	Zuweisung
	+=	V,N	R	Additionszuweisung
	-=	V,N	R	Subtraktionszuweisung
	*=	V,N	R	Multiplikationszuweisung
	/=	V,N	R	Divisionszuweisung
	%=	V,N	R	Restwertzuweisung
	&=	N,N u. L,L	R	Bitweises-UND-Zuweisung und Logisches-UND-Zuweisung
	|=	N,N u. L,L	R	Bitweises-ODER-Zuweisung und Logisches-ODER-Zuweisung

Tabelle 74: Operator Vorrangregeln (Forts.)

Gruppe	Operator	Typisierung	Assoziativität	Bezeichnung
	^=	N,N u. L,L	R	Bitweises-Exklusiv-ODER-Zuweisung und Logisches-Exklusiv-ODER-Zuweisung
	<<=	V,I	R	Linksschiebezuweisung
	>>=	V,I	R	Rechtsschiebezuweisung
	>>>=	V,I	R	Rechtsschiebezuweisung mit Nullexpansion

Tabelle 74: Operator Vorrangregeln (Forts.)

Folgende Tabelle zeigt die Wrapperklassen auf, die zu den primitiven Datentypen existieren.

Writer

Alle sequenziellen Ausgaben setzten die Klasse Writer des Paktes java.io voraus. Diese stellt eine Schnittstelle zur Verfügung, die stream-basierte Ausgaben ermöglicht. Es gibt einige Klassen, die nun für das konkrete Handling des Ausgabegerätes zuständig sind. In der nachfolgenden Tabelle finden Sie die Klassen, die dies bewerkstelligen:

Klasse	Nutzen
`BufferedWriter`	dient der Ausgabepufferung.
`CharArrayWriter`	dient zur Ausgabe in ein Zeichen-Array.
`FileWriter`	Konkrete Ableitung von `OutputStreamWriter` zur Ausgabe in eine Datei
`FilterWriter`	Abstrakte Basisklasse für die Konstruktion von Ausgabefiltern
`OutputStreamWriter`	Basisklasse für alle Writer, die einen Character-Stream in einen Byte-Stream umwandeln
`PipedWriter`	Writer zur Ausgabe in einen `PipedReader`
`PrintWriter`	Ausgabe aller Basistypen im Textformat
`StringWriter`	dient der Ausgabe in einen String.

Tabelle 75: Aus Writer abgeleitete Klassen

46 Xpath Ausdrücke

XPath Ausdruck	Beschreibung
XXX	Adressierung alle direkten Child-Elemente mit dem Namen XXX
*	adressiert alle direkten Child-Elemente unabhängig vom Namen (allerdings keine Text-Elemente).
../TITLE	adressiert alle TITLE Child-Elemente des Parent-Elements.
XXX[@AAA]	adressiert alle Child-Elemente namens XXX, die ein Attribut namens AAA haben.
*[last()]	adressiert das letzte aller Child-Elemente.
*/ZZZ	adressiert alle Child-Elemente namens ZZZ aller Child-Elemente des aktuellen Kontextes.
XXX[ZZZ]	adressiert alle Child-Elemente namens XXX, die ein Child-Element namens ZZZ haben.
XXX[@WIDTH and not(@WIDTH="20")]	Adressiert alle Child-Elemente namens XXX, die ein Attribut namens WIDTH haben, das nicht den Wert 20 hat.
/*	Adressiert das Root-Element des Dokuments unabhängig vom Namen.
//TITLE	Adressiert alle Elemente namens TITLE im ganzen Dokument.
./@*	Adressiert alle Attribute des aktuellen Elements.

Tabelle 76: Xpath-Ausdrücke

▶ Zahlenformatierung

Nachfolgende Tabelle gibt an, wie Sie mit Hilfe der Klasse DecimalFormat aus dem Paket java.text die Ausgabe formatieren können.

1. Durch mehrmalige Angabe eines Steuerzeichens vom Typ Zahl hintereinander bestimmen sie die Anzahl an Stellen, die für die Angabe verwendet werden soll. Evtl. nicht benötigte Stellen werden über führende Nullen gefüllt. Hiervon ausgenommen sind die Angaben zum Jahr (y) und zum Monat (M).
2. Bei Textangaben (z.B. Monatsnamen) wird die auf dem System eingestellte Default-Locale zur Darstellung der Texte herangezogen.
3. Text in einfachen Anführungszeichen wird nicht umgewandelt.

Ein einfaches Anführungszeichen wird durch zwei einfache Anführungszeichen dargestellt.

Buchstabe	Bedeutung	Typ	Beispiel
`G`	Ära	Text	n. Chr.
`Y`	Jahr 2-stellig	Zahl	96
`Yyyy`	Jahr 4-stellig	Zahl	1996
`M`	Monat ohne Null	Zahl	1
`MM`	Monat mit Null	Zahl	01
`MMM`	Monatsname kurz	Text	Jan
`MMMM`	Monatsname lang	Text	Januar
`W`	Woche im Jahr	Zahl	27
`W`	Woche im Monat	Zahl	2
`D`	Tag im Jahr	Zahl	189
`D`	Tag im Monat	Zahl	10
`F`	Tag der Woche im Monat	Zahl	2
`E`	Tag der Woche	Text	Do
`EEEE`	Tag der Woche	Text	Donnerstag
`A`	AM / PM	Text	PM
`H`	Stunde (0-23)	Zahl	0
`K`	Stunde (0-23)	Zahl	24
`K`	Stunde (0-11)	Zahl	0
`H`	Stunde (1-12)	Zahl	12
`M`	Minute	Zahl	30
`S`	Sekunde	Zahl	55
`S`	Millisekunde	Zahl	978
`Z`	Zeitzone	Text	CET
`Zzzz`	Zeitzone lang	Text	Zentraleuropäische Zeit
`Z`	Zeitzone nach RFC 822	Text	+0100
`'`	Maskierung von Text	Trennzeichen	»Text ohne Steuerzeichen«
`''`	Einzelnes Hochkomma	Literal	'

Tabelle 77: Zeitformatsteuerung

▶ Zuweisungsoperatoren

Nachfolgend finden Sie eine Auflistung über die Zuweisungsoperatoren:

Operator	Bezeichnung	Beschreibung
`=`	Einfache Zuweisung	`a = b` weist a den Wert von `b` zu.
`+=`	Additionszuweisung	`a += b` weist a den Wert von `a + b` zu.
`-=`	Subtraktionszuweisung	`a -= b` weist a den Wert von `a - b` zu.
`*=`	Multiplikationszuweisung	`a *= b` weist a den Wert von `a * b` zu.
`/=`	Divisionszuweisung	`a /= b` weist a den Wert von `a / b` zu.
`%=`	Modulozuweisung	`a %= b` weist a den Wert von `a % b` zu.
`&=`	UND-Zuweisung	`a &= b` weist `a` den Wert von `a & b` zu.
`|=`	ODER-Zuweisung	`a |= b` weist a den Wert von `a | b` zu.
`^=`	Exklusiv-ODER-Zuweisung	`a ^= b` weist `a` den Wert von `a ^ b` zu.
`<<=`	Linksschiebezuweisung	`a <<= b` weist `a` den Wert von `a << b` zu.
`>>=`	Rechtsschiebezuweisung	`a >>= b` weist `a` den Wert von `a >> b` zu.
`>>>=`	Rechtsschiebezuweisung mit Nullexpansion	`a >>>= b` weist a den Wert von `a >>> b` zu und liefert `a >>> b` als Rückgabewert.

Tabelle 78: Zuweisungsoperatoren

47 Installationsanleitungen

Wie installiere ich Jakarta-Tomcat?

Sie können den Jakarta-Tomcat von folgender URL runterladen:

http://jakarta.apache.org/tomcat/

Führen Sie bitte die Datei *jakarta-tomcat-XXX.exe* aus. Hierbei stellt XXX die aktuelle Versionsnummer dar, die wir hier nicht angeben möchten, da sie zumeist nicht lange aktuell ist. Danach wählen Sie bitte das entsprechend gewünschte Installationsverzeichnis aus und führen die Default-Installation durch.

In dem gewählten Installationsverzeichnis entsteht das Unterverzeichnis Tomcat, in das Tomcat nun installiert wird. Dieses Verzeichnis muss als CATALINA_HOME Umgebungsvariable gesetzt werden. Für den reibungslosen Betrieb muss außerdem die *JAVA_HOME*-Umgebungsvariable auf das Installationsverzeichnis des JDK gesetzt werden.

Innerhalb des Tomcat-Verzeichnisses sind folgende Verzeichnisse entstanden:

- bin

hier kann der Server gestartet und gestoppt werden (`startup.bat` / `shutdown.bat`)

- common

hier sind benötigte Klassen-Bibliotheken aufgehoben. Zusätzliche benötigte Klassenbibliotheken können in das Unterverzeichnis 'endorsed' gepackt werden.

- conf

Das Konfigurationsverzeichnis. Hier liegen die *server.xml* und die *web.xml*, die zur Konfiguration des Servers dienen. Die *web.xml* ist der default j2ee-Deployment-Deskriptor, der von web.xml-Dateien in den einzelnen Web-Kontexten überschrieben werden kann.

- logs

hier werden die Log-Dateien geschrieben

- server

Jakarta-Tomcat-Klassen und deren Bibliotheken

- shared

Klassen, die von allen Web-Applikationen benutzt werden

- webapps

In diesem Verzeichnis befinden sich die Web-Applikationen. Jede war-Datei, die in diesem Verzeichnis platziert wird, wird automatisch deployed, sofern Auto-Deployment in der server.xml eingeschaltet ist. In dem Verzeichnis befindet sich auch das ROOT-Verzeichnis, in dem die Server Home-Web-Applikation enthalten ist.

- work

Arbeitsverzeichnis von Tomcat für temporäre Dateien.

- temp

Arbeitsverzeichnis, das von der JVM benutzt wird (`java.io.tmpdir`)

Stichwortverzeichnis

T

Sun Microsystems, Inc.

Binary Code License Agreement

for the

JAVATM 2 SOFTWARE DEVELOPMENT KIT (J2SDK), STANDARD EDITION, VERSION 1.4.2_X

SUN MICROSYSTEMS, INC. ("SUN") IS WILLING TO LICENSE THE SOFTWARE IDENTIFIED BELOW TO YOU ONLY UPON THE CONDITION THAT YOU ACCEPT ALL OF THE TERMS CONTAINED IN THIS BINARY CODE LICENSE AGREEMENT AND SUPPLEMENTAL LICENSE TERMS (COLLECTIVELY "AGREEMENT"). PLEASE READ THE AGREEMENT CAREFULLY. BY DOWNLOADING OR INSTALLING THIS SOFTWARE, YOU ACCEPT THE TERMS OF THE AGREEMENT. INDICATE ACCEPTANCE BY SELECTING THE "ACCEPT" BUTTON AT THE BOTTOM OF THE AGREEMENT. IF YOU ARE NOT WILLING TO BE BOUND BY ALL THE TERMS, SELECT THE "DECLINE" BUTTON AT THE BOTTOM OF THE AGREEMENT AND THE DOWNLOAD OR INSTALL PROCESS WILL NOT CONTINUE.

DEFINITIONS. "Software" means the identified above in binary form, any other machine readable materials (including, but not limited to, libraries, source files, header files, and data files), any updates or error corrections provided by Sun, and any user manuals, programming guides and other documentation provided to you by Sun under this Agreement. "Programs" mean Java applets and applications intended to run on the Java 2 Platform, Standard Edition (J2SETM platform) platform on Java-enabled general purpose desktop computers and servers.

LICENSE TO USE. Subject to the terms and conditions of this Agreement, including, but not limited to the Java Technology Restrictions of the Supplemental License Terms, Sun grants you a non-exclusive, non-transferable, limited license without license fees to reproduce and use internally Software complete and unmodified for the sole purpose of running Programs. Additional licenses for developers and/or publishers are granted in the Supplemental License Terms.

RESTRICTIONS. Software is confidential and copyrighted. Title to Software and all associated intellectual property rights is retained by Sun and/or its licensors. Unless enforcement is prohibited by applicable law, you may not modify, decompile, or reverse engineer Software. Licensee acknowledges that Licensed Software is not designed or intended for use in the design, construction, operation or maintenance of any nuclear facility. Sun Microsystems, Inc. disclaims any express or implied warranty of fitness for such uses. No right, title or interest in or to any trademark, service mark, logo or trade name of Sun or its licensors is granted under this Agreement. Additional restrictions for developers and/or publishers licenses are set forth in the Supplemental License Terms.

LIMITED WARRANTY. Sun warrants to you that for a period of ninety (90) days from the date of purchase, as evidenced by a copy of the receipt, the media on which Software is furnished (if any) will be free of defects in materials and workmanship under normal use. Except for the foregoing, Software is provided "AS IS". Your exclusive remedy and Sun's entire liability under this limited warranty will be at Sun's option to replace Software media or refund the fee paid for Software. Any implied warranties on the Software are limited to 90 days. Some states do not allow limitations on duration of an implied warranty, so the above may not apply to you. This limited warranty gives you specific legal rights. You may have others, which vary from state to state.

DISCLAIMER OF WARRANTY. UNLESS SPECIFIED IN THIS AGREEMENT, ALL EXPRESS OR IMPLIED CONDITIONS, REPRESENTATIONS AND WARRANTIES, INCLUDING ANY IMPLIED WARRANTY OF MERCHANTABILITY, FITNESS FOR A PARTICULAR PURPOSE OR NON-INFRINGEMENT ARE DISCLAIMED, EXCEPT TO THE EXTENT THAT THESE DISCLAIMERS ARE HELD TO BE LEGALLY INVALID.

LIMITATION OF LIABILITY. TO THE EXTENT NOT PROHIBITED BY LAW, IN NO EVENT WILL SUN OR ITS LICENSORS BE LIABLE FOR ANY LOST REVENUE, PROFIT OR DATA, OR FOR SPECIAL, INDIRECT, CONSEQUENTIAL, INCIDENTAL OR PUNITIVE DAMAGES, HOWEVER CAUSED REGARDLESS OF THE THEORY OF LIABILITY, ARISING OUT OF OR RELATED TO THE USE OF OR INABILITY TO USE SOFTWARE, EVEN IF SUN HAS BEEN ADVISED OF THE POSSIBILITY OF SUCH DAMAGES. In no event will Sun's liability to you, whether in contract, tort (including negligence), or otherwise, exceed the amount paid by you for Software under this Agreement. The foregoing limitations will apply even if the above stated warranty fails of its essential purpose. Some states do not allow the exclusion of incidental or consequential damages, so some of the terms above may not be applicable to you.

SOFTWARE UPDATES FROM SUN. You acknowledge that at your request or consent optional features of the Software may download, install, and execute applets, applications, software extensions, and updated versions of the Software from Sun ("Software Updates"), which may require you to accept updated terms and conditions for installation. If additional terms and conditions are not presented on installation, the Software Updates will be considered part of the Software and subject to the terms and conditions of the Agreement.

SOFTWARE FROM SOURCES OTHER THAN SUN. You acknowledge that, by your use of optional features of the Software and/or by requesting services that require use of the optional features of the Software, the Software may automatically download, install, and execute software applications from sources other than Sun ("Other Software"). Sun makes no representations of a relationship of any kind to licensors of Other Software. TO THE EXTENT NOT PROHIBITED BY LAW, IN NO EVENT WILL SUN OR ITS LICENSORS BE LIABLE FOR ANY LOST REVENUE, PROFIT OR DATA, OR FOR SPECIAL, INDIRECT, CONSEQUENTIAL, INCIDENTAL OR PUNITIVE DAMAGES, HOWEVER CAUSED REGARDLESS OF THE THEORY OF LIABILITY, ARISING OUT OF OR RELATED TO THE USE OF OR INABILITY TO USE OTHER SOFTWARE, EVEN IF SUN HAS BEEN ADVISED OF THE POSSIBILITY OF SUCH DAMAGES. Some states do not allow the exclusion of incidental or consequential damages, so some of the terms above may not be applicable to you.

TERMINATION. This Agreement is effective until terminated. You may terminate this Agreement at any time by destroying all copies of Software. This Agreement will terminate immediately without notice from Sun if you fail to comply with any provision of this Agreement. Either party may terminate this Agreement immediately should any Software become, or in either party's opinion be likely to become, the subject of a claim of infringement of any intellectual property right. Upon Termination, you must destroy all copies of Software.

EXPORT REGULATIONS. All Software and technical data delivered under this Agreement are subject to US export control laws and may be subject to export or import regulations in other countries. You agree to comply strictly with all such laws and regulations and acknowledge that you have the responsibility to obtain such licenses to export, re-export, or import as may be required after delivery to you.

TRADEMARKS AND LOGOS. You acknowledge and agree as between you and Sun that Sun owns the SUN, SOLARIS, JAVA, JINI, FORTE, and iPLANET trademarks and all SUN, SOLARIS, JAVA, JINI, FORTE, and iPLANET-related trademarks, service marks, logos and other brand designations ("Sun Marks"), and you agree to comply with the Sun Trademark and Logo Usage Requirements currently located at http://www.sun.com/policies/trademarks. Any use you make of the Sun Marks inures to Sun's benefit.

U.S. GOVERNMENT RESTRICTED RIGHTS. If Software is being acquired by or on behalf of the U.S. Government or by a U.S. Government prime contractor or subcontractor (at any tier), then the Government's rights in Software and accompanying documentation will be only as set forth in this Agreement; this is in accordance with 48 CFR 227.7201 through 227.7202-4 (for Department of Defense (DOD) acquisitions) and with 48 CFR 2.101 and 12.212 (for non-DOD acquisitions).

GOVERNING LAW. Any action related to this Agreement will be governed by California law and controlling U.S. federal law. No choice of law rules of any jurisdiction will apply.

SEVERABILITY. If any provision of this Agreement is held to be unenforceable, this Agreement will remain in effect with the provision omitted, unless omission would frustrate the intent of the parties, in which case this Agreement will immediately terminate.

INTEGRATION. This Agreement is the entire agreement between you and Sun relating to its subject matter. It supersedes all prior or contemporaneous oral or written communications, proposals, representations and warranties and prevails over any conflicting or additional terms of any quote, order, acknowledgment, or other communication between the parties relating to its subject matter during the term of this Agreement. No modification of this Agreement will be binding, unless in writing and signed by an authorized representative of each party.

SUPPLEMENTAL LICENSE TERMS

These Supplemental License Terms add to or modify the terms of the Binary Code License Agreement. Capitalized terms not defined in these Supplemental Terms shall have the same meanings ascribed to them in the Binary Code License Agreement . These Supplemental Terms shall supersede any inconsistent or conflicting terms in the Binary Code License Agreement, or in any license contained within the Software.

Software Internal Use and Development License Grant. Subject to the terms and conditions of this Agreement, including, but not limited to the Java Technology Restrictions of these Supplemental Terms, Sun grants you a non-exclusive, non-transferable, limited license without fees to reproduce internally and use internally the Software complete and unmodified for the purpose of designing, developing, and testing your Programs.

License to Distribute Software. Subject to the terms and conditions of this Agreement, including, but not limited to the Java Technology Restrictions of these Supplemental Terms, Sun grants you a non-exclusive, non-transferable, limited license without fees to reproduce and distribute the Software, provided that (i) you distribute the Software complete and unmodified (unless otherwise specified in the applicable README file) and only bundled as part of, and for the sole purpose of running, your Programs, (ii) the Programs add significant and primary functionality to the Software, (iii) you do not distribute additional software intended to replace any component(s) of the Software (unless otherwise specified in the applicable README file), (iv) you do not remove or alter any proprietary legends or notices contained in the Software, (v) you only distribute the Software subject to a license agreement that protects Sun's interests consistent with the terms contained in this Agreement, and (vi) you agree to defend and indemnify Sun and its licensors from and against any damages, costs, liabilities, settlement amounts and/or expenses (including attorneys' fees) incurred in connection with any claim, lawsuit or action by any third party that arises or results from the use or distribution of any and all Programs and/or Software.

License to Distribute Redistributables. Subject to the terms and conditions of this Agreement, including but not limited to the Java Technology Restrictions of these Supplemental Terms, Sun grants you a non-exclusive, non-transferable, limited license without fees to reproduce and distribute those files specifically identified as redistributable in the Software "README" file ("Redistributables") provided that: (i) you distribute the Redistributables complete and unmodified (unless otherwise specified in the applicable README file), and only bundled as part of Programs, (ii) you do not distribute additional software intended to supersede any component(s) of the Redistributables (unless otherwise specified in the applicable README file), (iii) you do not remove or alter any proprietary legends or notices contained in or on the Redistributables, (iv) you only distribute the Redistributables pursuant to a license agreement that protects Sun's interests consistent with the terms contained in the Agreement, (v) you agree to defend and indemnify Sun and its licensors from and against any damages, costs, liabilities, settlement amounts and/or expenses (including attorneys' fees) incurred in connection with any claim, lawsuit or action by any third party that arises or results from the use or distribution of any and all Programs and/or Software.

Java Technology Restrictions. You may not modify the Java Platform Interface ("JPI", identified as classes contained within the "java" package or any subpackages of the "java" package), by creating additional classes within the JPI or otherwise causing the addition to or modification of the classes in the JPI. In the event that you create an additional class and associated API(s) which (i) extends the functionality of the Java platform, and (ii) is exposed to third party software developers for the purpose of developing additional software which invokes such additional API, you must promptly publish broadly an accurate specification for such API for free use by all developers. You may not create, or authorize your licensees to create, additional classes, interfaces, or subpackages that are in any way identified as "java", "javax", "sun" or similar convention as specified by Sun in any naming convention designation.

Distribution by Publishers. This section pertains to your distribution of the Software with your printed book or magazine (as those terms are commonly used in the industry) relating to Java technology ("Publication"). Subject to and conditioned upon your compliance with the restrictions and obligations contained in the Agreement, in addition to the license granted in Paragraph 1 above, Sun hereby grants to you a non-exclusive, nontransferable limited right to reproduce complete and unmodified copies of the Software on electronic media (the "Media") for the sole purpose of inclusion and distribution with your Publication(s), subject to the following terms: (i) You may not distribute the Software on a standalone basis; it must be distributed with your Publication(s); (ii) You are responsible for downloading the Software from the applicable Sun web site; (iii) You must refer to the Software as JavaTM 2 Software Development Kit, Standard Edition, Version 1.4.2; (iv) The Software must be reproduced in its entirety and without any modification whatsoever (including, without limitation, the Binary Code License and Supplemental License Terms accompanying the Software and proprietary rights notices contained in the Software); (v) The Media label shall include the following information: Copyright 2003, Sun Microsystems, Inc. All rights reserved. Use is subject to license terms. Sun, Sun Microsystems, the Sun logo, Solaris, Java, the Java Coffee Cup logo, J2SE , and all trademarks and logos based on Java are trademarks or registered trademarks of Sun Microsystems, Inc. in the U.S. and other countries. This information must be placed on the Media label in such a manner as to only apply to the Sun Software; (vi) You must clearly identify the Software as Sun's product on the Media holder or Media label, and you may not state or imply that Sun is responsible for any third-party software contained on the Media; (vii) You may not include any third party software on the Media which is intended to be a replacement or substitute for the Software; (viii) You shall indemnify Sun for all damages arising from your failure to comply with the requirements of this Agreement. In addition, you shall defend, at your expense, any and all claims brought against Sun by third parties, and shall pay all damages awarded by a court of competent jurisdiction, or such settlement amount negotiated by you, arising out of or in connection with your use, reproduction or distribution of the Software and/or the Publication. Your obligation to provide indemnification under this section shall arise provided that Sun: (i) provides you prompt notice of the claim; (ii) gives you sole control of the defense and settlement of the claim; (iii) provides you, at your expense, with all available information, assistance and authority to defend; and (iv) has not compromised or settled such claim without your prior written consent; and (ix) You shall provide Sun with a written notice for each Publication; such notice shall include the following information: (1) title of Publication, (2) author(s), (3) date of Publication, and (4) ISBN or ISSN numbers. Such notice shall be sent to Sun Microsystems, Inc., 4150 Network Circle, M/S USCA12-110, Santa Clara, California 95054, U.S.A , Attention: Contracts Administration.

Source Code. Software may contain source code that, unless expressly licensed for other purposes, is provided solely for reference purposes pursuant to the terms of this Agreement. Source code may not be redistributed unless expressly provided for in this Agreement.

Third Party Code. Additional copyright notices and license terms applicable to portions of the Software are set forth in the THIRDPARTYLICENSEREADME.txt file. In addition to any terms and conditions of any third party opensource/freeware license identified in the THIRDPARTYLICENSEREADME.txt file, the disclaimer of warranty and limitation of liability provisions in paragraphs 5 and 6 of the Binary Code License Agreement shall apply to all Software in this distribution.

For inquiries please contact: Sun Microsystems, Inc., 4150 Network Circle, Santa Clara, California 95054, U.S.A.

(LFI#130039/Form ID#011801)

InformIT™ CHECK IT

... aktuelles Fachwissen rund um die Uhr – zum Probelesen, Downloaden oder auch auf Papier.

www.InformIT.de

InformIT.de, Partner von **Addison-Wesley**, ist unsere Antwort auf alle Fragen der IT-Branche.

In Zusammenarbeit mit den Top-Autoren von Addison-Wesley, absoluten Spezialisten ihres Fachgebiets, bieten wir Ihnen ständig hochinteressante, brandaktuelle Informationen und kompetente Lösungen zu nahezu allen IT-Themen.

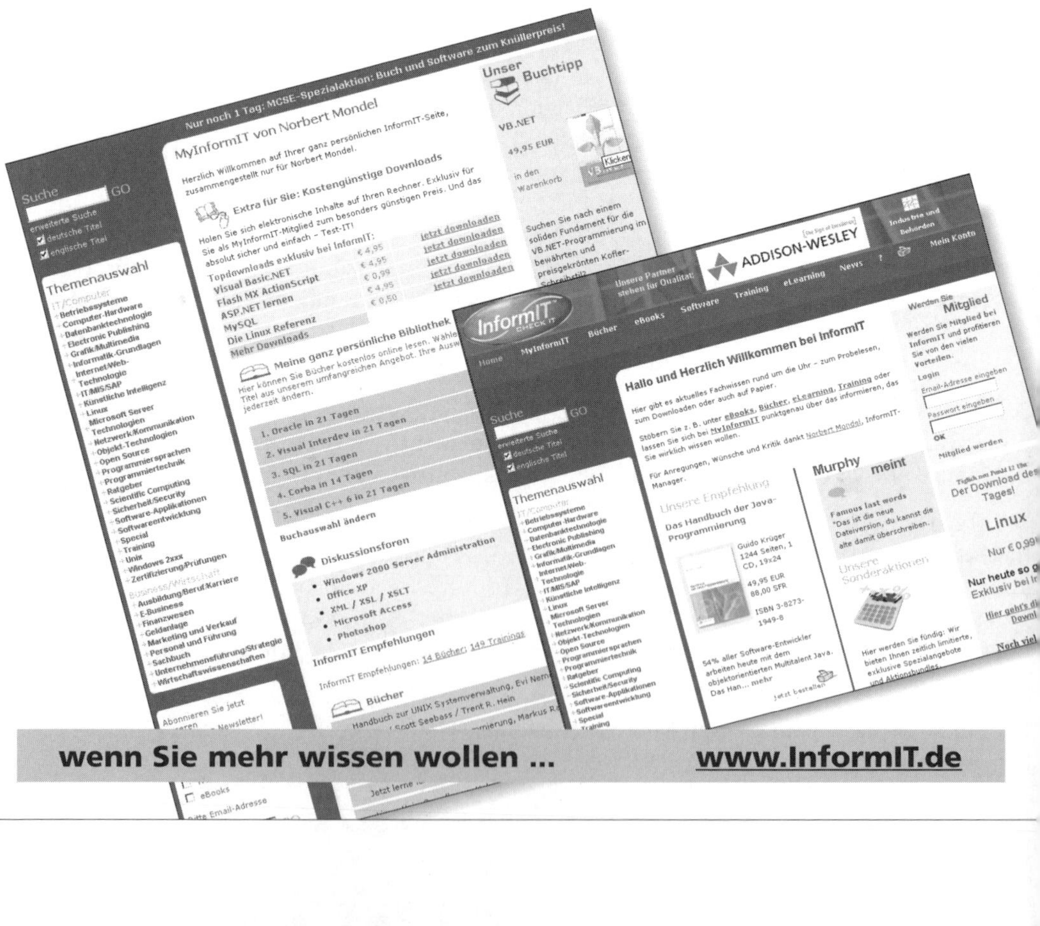

wenn Sie mehr wissen wollen ... **www.InformIT.de**